이오덕의 문학 1

시정신 유희정신

읽어두기

1 이 책은 《시정신과 유희정신》(굴렁쇠)을 새로 고쳐 펴냈습니다.

2 글쓴이의 글은 되도록 고치지 않았습니다. 다만 이 책에 실은 글
   은 글쓴이가 우리 말 운동에 매달리기 전에 쓴 글이라 '~적' 같은
   말이 나옵니다. 이것은 아주 필요한 경우에만 뜻을 해치지 않는
   범위 안에서 고쳤습니다. 또 지금은 잘 쓰지 않는 어려운 한자말
   은 되도록 쉬운 우리 말로, 이중부정문도 되도록 긍정문으로 바꾸
   었습니다.

3 '아동'은 '어린이'로, '아동문학'은 '어린이문학'으로 바꾸었습니
   다. 다만 제목과 인용글에서는 그대로 두었습니다.

4 '글짓기'는 '글쓰기'로 바꾸었습니다. 하지만 경쟁 교육으로 했던
   글짓기는 그대로 두었습니다.

5 글쓴이가 지금 맞춤법과 달리 띄어 써야 옳다고 여긴 '우리 말'과
   '우리 나라'는 그 뜻에 따라 표기했습니다.

6 '국민학교'는 '초등학교'로 바꾸었습니다.

7 ( ) 안의 주는 글쓴이가 쓴 것은 본문 크기로, 편집자가 쓴 것은
   조금 작게 표기했습니다.

8 이 책에 나오는 부호 표기는 아래처럼 했습니다.
   단행본《 》| 신문, 잡지, 논문, 시, 단편동화, 단편소설〈 〉

시정신 유희정신

어린이문학의 길

이오덕

양철북

머리말

이오덕 씨는 우리 나라 아동문학에서 가히 황무지라 할 수 있는 비평 분야에서 가장 주목할 활동을 해 오는 분이다.

그의 평론은 건전한 사상의 토대 위에서 이루어지고, 그의 필봉은 신랄하며 항상 논의 대상의 정곡을 찌르고 있다.

실로 씨의 평론은 아동문학 50년의 역사에 일찍이 없었던 본격적인 것으로, 이로 말미암아 혼돈 상태에 있는 아동문학 이론에 많은 영향을 끼치고 있으며, 작가·시인 들에게 밝은 진로를 보여 주고 있는 것이다.

씨가 글에서 항상 견지하고 있는 것은 문학의 서민성 옹호 정신이며, 인생을 위한 문학에의 열의다.

동시에 대한 그의 논평은 오늘날 동시의 여러 경향을 분석하고, 특히 시인들의 아동관과 시작(詩作)의 관계를 예리하게 관찰하여 기교주의와, 아동을 떠난 동시에 대해 확고한 신념으로써 발언하고 있다.

〈시정신과 유희정신〉〈동시란 무엇인가〉같은 논문에서 씨는 동시의 이상형을 제시하고 있으며, 〈아동문학과 서민성〉에서 아동문학의 귀중함이 서민성을 떠나서는 얻기 어려움을 증명하고 있다.

씨는 일찍이 그의 오랜 경험과 연구에서 《글짓기 교육의 이론과 실제》, 《아동시론》같은 저서를 낸 바 있는데, 아동문학 이론의 연구와 그 확립은 이미 그때부터 쌓인 것으로 생각된다.

이 평론집에 실린 글들은 씨가 근년에 발표해 온 역작들로 많은 공감을 불러일으킨 글들이요, 또 적지 않은 파문을 일으켜 아동문학계에 비평 활동을 자극하기도 한 것들이다.

이 책이 한국 아동문학의 앞길을 밝혀 주는 횃불이 되어 줄 것을 믿고 즐거이 서문의 자리에 몇 마디 반가움의 뜻을 적는 바이다.

1977년 4월 이원수

차례

머리말-이원수   4

1부 **시정신과 유희정신**

시정신과 유희정신   11

동시란 무엇인가   50

부정(否定)의 동시   90

진실과 허상   146

표절 동시론   173

모작 동시론   208

아동문학 작가의 아동 기피1   228

아동문학 작가의 아동 기피2   262

2부 **아동문학과 서민성**

열등의식의 극복   273
동심의 승리   316
아이들은 어떤 동화를 재미있게 읽는가   360
아동문학과 서민성   408
아동문학의 문제점   458
어린애 흉내와 어른의 넋두리   495

책 끝에   508

1부

시정신과 유희정신

시정신과 유희정신

머리말

지극히 당연한 말이지만 동시(동요·소년시도 포함해서)는 어린이를 위해서 쓴 시다. 어린이를 위해서, 혹은 어린이에게 읽히기 위해서 쓴 시란, 시인 자신이 반드시 어떤 성장 과정에 있는 아이의 심리 상태가 되어 쓴 것을 말하는 것이 아니다. 그렇게 어린애의 마음이 된다는 것은 엄밀히 따지자면 있을 수 없고, 그것은 아무런 뜻이 없으며 속임수가 되기 쉽다. 동시는 어른인 시인 자신의 세계를 온몸으로(물론 어린이에게 주는 시란 것을 의식할 수도 있고 전혀 의식하지 않을 수도 있다) 쓴 것이 그대로 어린이에게 이해되고 받아들여지는 것이 가장 바람직하다.

이러한 시가 되자면 어린이의 세계(관념적인 동심이 아니라 살아가고 있는 어린이의 현실 세계)에 대한 시인의 깊은 관심과 이해가 있어야 할 것은 물론이지만, 무엇보다도 시인으로서의 자각과 특질, 곧 높은 지성을 밑받침으로 한 '시정신'을 가져야 한다. 그것은 '우주 감각'(발레리, 1871~1945년)이라 해도 좋고, '숭고한 미에 대한 인간의 열원'(보들레르, 1821~1867년)이라 해도 좋다. 자칫하면 모방과 정체 상태로 떨어지기 쉬운 형식성에 대해 끊임없는 자기 갱신과 탈피의 자세를 확보하는 일 또한 시인이 지녀야 할 특성이라 하겠다.

그런데 우리 한국의 동시는 거의 대부분이 이러한 참된 '시정신'의 산물이 아닌 것 같다. 유아들의 의식 상태를 재미있는 말재주를 부려 흉내 낸 것을 동시라 하여 온 것 같다. 반세기 전 동요의 출발이 그러했고, 그 뒤 유아들의 귀여움이 어린이와 소년들의 귀여움으로, 명랑하고 재미스러운 놀이로 바뀐 경우에도 동시인들이 아이들을 거짓 꾸며 보이는, 곧 어린애인 척하는 태도로 동시를 쓰는 상태는 다름없었다. 동요·동시라면 시란 느낌이 들지 않고 뭔가 치졸스런 아이들의 모습을 나타낸 것이라는 인상을 누구에게나 주는 것이 이 때문이다.

윤석중의 《초생달》

동요집 《초생달》(박문출판사, 1946년)은 8·15 직후에 나왔지만 여기 실린 대부분의 작품은 왜정 치하에서 쓴 것이다. 이 동요집은 글쓴이의 동요 세계가 가장 잘 나타나 있고, 나아가 한국 동요의 기본 성격을 뚜렷이 보여 주고 있다는 점에서 우리 창작 동요의 고전이라 할 수 있다.

우리 아기 아장아장

걸음마를 배울 땐
맨드라미 빨강 비로
앞마당을 쓸어라.

<걸음마>

읽으면 저절로 웃음 짓게 된다. 귀여운 아기의 모습과 그
아기를 보는 어른의 애정이 넘쳐 있다. 《초생달》은 이러한 귀
여운 유아 완상(玩賞)의 세계다. 어쩌면 이렇게도 아기들의 귀
여움을 재미있게 그려 놓았을까? 시인의 마음은 아기의 천진
스런 모습이 그대로 비칠 만큼, 그토록 세상의 티끌이 묻지 않
은 순수한 마음일 수 있었을까?
  그러나 아무리 세상을 모르고 젖만 빨고 밥만 먹고 있는
아기들이라 하더라도 온 민족이 수난을 당하던 그 암흑의 세월
에서, 그리고 해방이 되어 온통 세상이 어지럽게 되고 먹고살
기조차 힘들던 그 시기에 사회 환경의 영향을 받지 않고 다만
맑은 눈동자와 즐거운 웃음만으로 자란 아이들이 얼마만큼 있
었을까? 그토록 아이들을 사회와 절연된 세계에서 아무 생각
없이 귀엽게만 바라보는 것으로 작품을 쓸 수 있는 시인이 있
었던가, 놀라지 않을 수 없다. 같은 시기에 다음과 같은 동시를
쓴 시인이 있었기 때문이다.

찔레꽃이 하얗게 피었다오.
누나 일 가는 광산 길에 피었다오.

찔레꽃 이파리는 맛도 있지.
배고픈 날 가만히 먹어 봤다오.

광산에서 돌 깨는 누나 맞으러
저무는 산길에 나왔다가

하얀 찔레꽃 따 먹었다오.
우리 누나 기다리며 따 먹었다오.

〈찔레꽃〉, 이원수, 〈신소년〉, 1930년

　　해마다 흉년이 들고 가혹한 공출을 해야 했던 농촌에서 결코 특수하게 가난한 사람들을 들춰내어 쓴 것이 아니고, 모든 농산촌의 보편적인 현실을 그린 것이다. 그런데 〈맨드라미 빨강 비〉든지 〈주먹 빨고 자는 아기〉든지, 《초생달》에 실려 있는 작품들을 어느 외국인이 읽는다고 할 때, 그 누가 이 작품들을 수난당한 민족의 어린이들 모습이라고 할 것인가?
　　《초생달》 동요 세계의 다음 문제점은 어린이를 위해서 쓴 시인의 시라기보다 어린애들을 상대로 한 어른의 유희적인 취미물이 되고 있다는 사실이다. 젖을 빨거나 걸음마를 배우는 아기들은 어린이문학 작품의 독자가 될 수 없다. 동화도 그렇고, 동요 역시 말을 할 줄 아는 유년기부터라야 수용이 된다. 그런데도 거의 모든 작품이 그것을 부를 수도 없고, 즐길 수도 없고, 시로서 느낄 수도 없는 아기들의 얘기를 쓰고 있는 것은, 그 아기들의 성장을 위한 것이 아니라 어른들의 흥취를 위한 것이다. 이런 어른들의 자기만족을 위한, 어른 본위의 표현이란 것은 아무리 쉬운 말로 썼다고 하더라도 어린이를 위한 문학이라고는 하기 어렵다.

유아들에게뿐 아니라, 글을 읽을 수 있는 어린이들에게도 이것은 시로서 받아들여지기 어렵다. 지금 막 유아기를 지나온 아이들이 이런 작품을 읽으면(이런 동요는 누구나 어린이들이 읽는 것으로 알고 있고, 실지로 거의 어린이들만 읽는 것이다) 그들이 조금 전에 가졌던 그 유치한 세계를 생각해 낼 뿐이지, 그것이 어른들의 눈에 비치는 것처럼 감흥을 일으킬 거리가 못 된다. 아기들이 세상모르게 구는 행동이란 것은 어른들이나 진귀하게 여기고, 혹은 그리워하는 구경거리다. 이런 것을 아이들에게 보여 주는 일은 어린이들의 의식을 과거에다 매어 두어 그 지적 발달뿐 아니라 모든 인간적인 성장을 막고 해치는 결과까지 가져온다. 어찌 그것이 시가 할 일이라고 하겠는가?

시는 맨 처음 어린이의 것이었다고 하는데, 이 말은 옳다. 그런데 시가 어린이의 것이라고 함은 어린이가 온몸으로 세상을 보고 느끼는 경이심이 시가 된다는 것이지, 어린아이의 행동을 재미스런 장난감처럼 본 어른의 마음이 시가 된다는 말이 아니다.

엄마, 엄마,
내 키가 이키나(이렇게) 컸어.

이것은 해가 막 뜬 아침에 제 그림자를 보고 놀란 세 살짜

15

리 아이의 입에서 터져 나온 말이다. 제 그림자를 보고 스스로 자란 모습을 느끼고 놀란 이 마음은 세 살짜리 아이의 발견이요, 시다. 그런데 어른이 이런 어린아이의 상태가 되어 그들의 흉내를 낸다 해서 시가 될 수 없다. 비록 아무리 놀라운 말솜씨로 어린애의 귀여움을 그렸다고 하더라도, 그것이 어른의 시(물론 대단한 시도 아니지만)는 될 수 있을지 모르지만 아이들을 위한 동시는 될 수 없는 것이다. 추억이라든가 회상이란 것도 어른들에게는 절실한 마음의 운동이 될지 모르지만 아이들에게는 유익하기 어렵고, 오히려 대개의 경우 정신이 자라남을 방해하게 되는 것이다.

그러나 이러한 유희 세계에서 벗어나려고 한 이 동요 시인의 노력이 《초생달》에서도 얼마간 엿보인다. 이 동요집에 실린 많은 작품들은 그가 초기에 썼던 3·4조나 7·5조의 정형 동요에서 벗어나 같은 정형이라도 여러 가지 다양한 변형을 시도한 것이 보이지만, 특히 〈우리 집 들창〉 〈길 잃은 아기와 눈〉 〈다락〉 〈아기와 도토리〉 〈길〉 〈우리 집〉 같은 작품들은 정형을 아주 벗어난 것이 주목된다. 이런 작품들 역시 유희 세계의 것이라 하더라도, 더러는 동화적 얘기로서, 더러는 향수적인 것을 찾으려고 하여, 외형적인 것에서보다 내재적인 시의 세계에 접근하려고 한 진지한 시적 태도가 엿보이는 것이다. 그리하여 해방 후에 쓴 몇 편의 소년시는 이런 창조적 노력이 발전하여 이뤄진 것이라 보고 싶다.

물론 책 끝에 붙은 세 편의 소년시는 8·15 직후의 정치적 선풍과 혼란의 시대에 그 역시 휘말려 들어가 사회에 대한 관심을 포기할 수 없었던 작품을 썼다고 생각되지만, 한편 그런 가능성은 동요의 길을 열기 위해 선구적으로 노력한 그의 작품이 발전해 온 과정을 생각할 때 더욱 필연성을 띤 것으로 보인다.

그러면 그 소년시는 시로서 어느 정도 성공하고 있는가? 다음에 〈독립〉이란 작품을 들어 본다.

길가에
방공호가 하나 남아 있었다.
집 없는 사람들이 그 속에서
거적을 쓰고 살고 있었다.

그 속에서 아이 하나가
제비 새끼처럼 내다보며
지나가는 사람에게 물었다.
"독립은 언제 되나요?"

형식 면에서 볼 때 여기엔 동요적인 것의 그림자도 안 보인다. 그러면 자유시로서 더욱 발전할 바탕, 곧 내재한 시의 혼이란 것은 어느 정도로 있는 것인가? 섭섭하게도 이 작품엔 그런 것이 보이지 않는다. 내용은 여전히 동요적 발상이다. 8·15 당시 방공호 속에서 거적을 쓰고 살고 있었던 사람은 얼마든지 볼 수 있는 거리의 풍경이었지만, 그 방공호 속에 보이는 아이를 "제비 새끼"라 한 것이라든지, 지나가는 사람에게 "독립은 언제 되나요?" 하고 물었다는 것은, 단지 아이들의 모습을 귀엽게만 파악하려고 한 동심적 관념에서 벗어나지 못한 것이다. 내용과 형식이 어긋나는 데서 오는 결과는 아무런 감동도 줄 수 없는, 다만 싱거운 작품으로 만들고 있다. 다른 두 편의 소년시도 모두 이런 정도의 인식 세계로 되어 있다. 이것을 앞에 든 이원수(1911~1981년)의 〈찔레꽃〉과 비교해 보면, 비록 앞의 것이 정형으로 쓰인 것이지만, 아이들의 생활에 대한 이해와 애정에서 이것이 얼마나 방관적이고 동시적 '유희정신'에 사로잡혀 있는가를 알 것이다.

그렇다고 하더라도 이런 자유시로 썼다는 것은 유아적인 데서 벗어나려는 진정 귀한 노력이었는데, 이 동요 시인의 이토록 귀한 시의 싹이 그것으로 더 피어나지 못했다는 것은 애석한 일이다. 《초생달》 이후 그는 많은 동요를 발표하고 동요집도 여러 권 냈지만, 한결같이 《초생달》의 유희 세계에 안주하여 다만 말재주의 수준 높은 솜씨만을 보여 왔을 뿐이다.

이 윤석중(1911~2003년) 동요의 동심 세계는 우리 동요 문학의 주류를 형성해 왔으니, 박목월(1916~1978년)의 환상적인 꿈의 세계가 그렇고, 강소천(1915~1963년)의 명랑한 표정을 조립해 보인 소년시가 그렇고, 서민의 생활을 표현할 듯하다가 결국 감각적인 것에서 더 나아가지 못하고 만 김영일(1914~1984년)의 단시(短時)가 그러하다. 그리고 이런 동심의 망령은 오늘날 대부분의 어린이문학 작가들의 작품 세계를 완고하게 지배하고 있는 것이다.

박목월, 강소천

박목월의 동요 〈송아지〉는 초등학교 아이들이 부르게 되어 있
지만, 사실 그 작품은 초등학교에 들어가기 전의 어린애들에게
만 경이감을 안겨 주는 시가 될 수 있다는 것을 나는 다른 곳에
서 말한 바 있다. 또 〈꽃주머니〉도 〈토끼 방아〉도 그 밖의 모든
동요가 유아들의 것으로 되어 있다. 다만 즐겁고 기쁘고 재미
있기만 한 그 유아들의 세계는 바로 천사들이 사는 하늘 위의
세계다. 목월의 동시는 이런 천사들의 모습을 나타내기 위해
될 수 있는 대로 아름답고 귀엽고 기쁘고 재미스러운 이미지를
만들어 보이는 것이다. 괴롭다든가 슬프다든가 그 밖의 현실의
흙이 묻은 생활 세계에는 아예 관심을 가질 수 없는 것이 그의
시관(詩觀)인 듯하다.

　강소천의 동요·동시(1964년에 나온 《강소천 아동문학 전
집》(배영사)에는 158편이 수록되어 있다)는 그 태반이 동요와
가사로 되어 있다. 가사는 모두 아이들이 실제 놀이에서 부를
수 있도록 쓴 것이 아니면, 착한 일이나 상식적인 도덕을 권하
고 가르치는 내용이다. 동요·동시는 아이들의 귀여운 말과 행
동, 재미와 웃음의 세계, 곧 윤석중·박목월의 천사 같은 유아
세계를 그 나이만 조금 높인 어린이, 혹은 소년의 것으로 바꿔
놓은 것이다. 그래서 동요는 유아적인 발상 그대로이고, 동시
또한 그런 유희 세계의 연장이 아니면 지극히 상식적이고 피
상적인 어린이 생활의 일상을 명랑한 웃음으로 미화시킨 것뿐
이다.

　소천의 작품에서 드물게 성공하였다고 일컬어지고 있는

작품을 들어 본다.

물 한 모금
입에 물고
하늘 한 번
쳐다보고.

또 한 모금
입에 물고
구름 한 번
쳐다보고.

〈닭〉, 〈소년〉, 1937년 4월

이것을 동요로서 완벽한 작품이라고 하는 이도 있다. 그리고 이 작품을 두고 박목월 씨는 다음과 같이 설명하고 있다.

물 한 모금 입에 물고 하늘 한 번 치어다보는 닭의 동작은 우리 마음속에 끝없는 것(영원감)을 느끼게 하는 하나의 귀여운 모습입니다. 작고 귀여운 병아리들이 그 넓고 아득한 하늘을 쳐다보는 모습은 우리에게 아무리 작은 미물이라도 '하늘을 안다'는 느낌을 줍니다. 이 느낌은 우리에게 참으로 귀중한 것입니다.

《동시교실》, 아데네사, 1957년

그런데, 닭이 물을 마실 때 하늘을 쳐다보는 것은 하늘을 알기 때문이 아니다. 물을 마시려면 그렇게 위를 쳐다봐야 물이 목구멍으로 넘어가는 것이다. 이것은 아이들이라도 짐작한다. 닭집 안에 들어 있는 닭들도 물을 먹을 때 천장을 쳐다보듯 목을 위로 올려 세우지 않는가? "하늘 한 번 쳐다보고" "구름 한 번 쳐다보고" 하여 닭이 물 먹는 모습을 재미있는 노래로 쓴 것뿐인데, 이렇게 닭이, 혹은 병아리들이 하늘을 안다느니 하여 별나게 해설을 하는 것은 우스운 일이다.

이 동요를 읽은 그 어느 어린이가 그런 생각을 할 것인가? 별것 아닌 것을 가지고 무슨 신묘한 작품처럼 보이자니 이런 무리한 해설이 나오게 되는 것이다.

다시 말하면 이것은 썩 좋은 동요가 못 된다. 시로서는 더구나 그렇다. 관조의 눈이 어떻고 해서 그럴듯한 설명을 하는 사람이야 제멋대로이고, 아이들이 여기서 시와 같은 그 무엇을 느낀다면 지극히 평범한 풍경밖에 없다. 그리고 재미스럽고 귀여운 것, 곧 유희의 세계뿐이다.

다음에 〈도라지꽃〉이란 동시를 보자.

도라지꽃은 가신 언니 꽃
예쁜 보라색.

언니를 찾아 뒷산에 가자.
보라색 저고리.

오늘도 나는 혼자
뒷동산에 올라서
언니가 좋아하던
꽃을 찾아 헤맨다.

도라지꽃은 가신 언니 꽃
예쁜 보라색.

이것은 《신문학 60년 대표작 전집》(정음사, 1974년) 아동문학 편에 수록된 이 작가의 대표작이다. 이 작품은 유아의 세계도 아니고, 흔히 나타나는 소천의 착한 아이식 설교도 아니다. 여기에는 아이들에게 시적인 그 무엇을 느끼게 하는 것이 있다. 그러나 이 역시 흔해 빠진 가사이다. 시정신이 살아 있는 사람이라면 이런 소재로 이런 유행 가사 같은 표현을 하지는 않을 것이다.

김영일의 《다람쥐》

김영일은 동심주의에서 일찍이 벗어나려고 했고, 그리고 어느 정도 벗어날 수 있었던 드문 동시인이다.

《아동자유시집 다람쥐》(고려서적, 1950년)를 보면 '자유시 이전'에 벌써 사실적인 작품이 나오고 있다.

바지랑 끝에
잠자리는

무섭지도 않나.

저렇게
높은 데서
잠을 자ㅡ구.

〈잠자리〉

　이것을 윤석중이나 박목월의 아기의 유희 세계 같은 동요들과 비교해 보면 얼마나 동시를 쓰는 자세가 다른가를 쉽게 느낄 수 있을 것이다.

　그러나 잘 살펴보면 여기에도 한국 동요·동시의 특유한 위시적(爲詩的)인 면을 뚜렷이 느낄 수가 있다. 잠자리가 바지랑대 끝에 앉아 있는 것을 보고 정말 아이들이 '무섭지 않나' 하고 느낄 것인가? 바지랑대 끝에 앉아 있는 것이 잠자리란 것을 알고 있는 아이라면 그런 생각은 하지 않는다. 잠자리는 날개로 하늘을 날아다닌다는 것, 잠자리뿐 아니라 참새도 나비도 날아다니고, 그렇게 날아다니는 것들은 바지랑대뿐 아니라 더 높은 나뭇가지에도 앉는다는 것을 알 것이다. 결코 나뭇가지나 바지랑대 끝에 앉아 있는 잠자리나 새를 보고 '무섭지 않나' 하고 염려하지는 않을 것이다.

　이것은 아이들의 세계를 안이하게 짐작한 어른의 잘못이다. 시인 스스로 아무 감격도 하지 않는 사실을 가지고, 이런 것은 아마 아이들이 이렇게 보겠지, 하고 일부러 아이들인 척해 보이는 것이다. 시인이 아이들의 생활과 운명에 깊은 관심

을 가지고 온몸으로 느끼고 생각한 것을 쓴 것이어야 할 터인
데, 자신의 것도 아니고 아이들의 것일 수도 없는 것을 이렇게
쓰게 되는 곳에 아이들의 세계를 치졸한 공상으로 만들어 내는
동심주의가 있다.

어린아이인 척하는 동심주의는 시의 감동을 지적 밑받침
이 있는 상상에서 창조하지 않고, 환상과 공상에만 기대는 동
화적인 세계에서 찾으려고 한다(이것은 한국의 많은 공상 동
화가 지적인 것이나 현실성을 잃어버린 안이한 환상 속에서 만
들어지는 것과 같다). 윤석중·박목월의 동요가 다 그러하지만,
김영일의 초기 동요·동시가 여기에서 벗어나지 못한다.

〈잠자리〉도 매우 사실적인 것 같으면서 실제로는 공상 동
화적인 발상을 못 면하고 있다. 또한 동화적인 것을 동화적 얘
기로 전개해 나가지 못한 채 어설픈 스케치로 표현해 보이려고
한 것이 더욱 실패의 원인이 되고 있다고 보인다.

이런 동화적 발상이 잘 그려지기만 한다면 그것은 아이들
에게 재미있게 읽힐 수도 있다. 그 한 가지 예가 널리 알려진
〈다람쥐〉(1944년)다. "도토리 점심 갖고/ 소풍 간다"의 이 동화
적 공상은 "다람쥐야/ 팔딱/ 재주나 한 번 넘어라"에서 한층
가경(佳境)에 들어 다람쥐의 생생한 모습을 그리게 하는데, 그
것은 단순한 동화적 공상에 그치는 것이 아니라 사실적 상상으
로 살아나서 아이들의 감흥을 돋우고 있다.

〈다람쥐〉는 공상의 동심 세계에서 사실적인 '자유시 현재'
로 옮겨 간 과정에서 쓴 '자유시 이전'의 대표작이다. '자유시
현재'에 와서 동심의 공상 세계를 일단 청산한 그의 동시는, 그

이전에 쓰고 있던 '가아고' '자아구' '왔네' '하지' 하는 유아적
인, 혹은 동요적인 말의 모방을 지양해서 서술형 어미 '~다'로
철저히 바뀐 형태 면에서도 그 모습이 달라진 것을 뚜렷이 볼
수 있다.

소낙비 그쳤다.

하늘에
세수하고 싶다.

〈비 그친 하늘〉, 〈아동문화〉, 1948년 11월

이 작품의 둘째 연을 "세수하고 싶은/ 하늘"이라고 명사
로 끝맺지도 않고, "하늘에/ 세수하고 싶네"라 하여 감탄형 어
미로 하지도 않고 그냥 서술형 어미 '다'로 해 놓았는데, 이 '자
유시 현재'의 작품들은 모두 이와 같은 형식으로 되어 있다. 이
것은 그가 동시란 것을 말의 기교나 유희성에 기대지 않고 더
욱 생활에 가까운 사물과 현상에서 감동을 찾으면서 솔직하고
담백한 표현 형태를 가져 보려는 매우 시적인 태도에서 연유하
는 것이다. 그리고 이러한 창조적인 태도와 노력은 어린이를
천사로 모시고 있는 공상적 관념의 세계에 안주하지 않고, 살
아 있는 아이들의 서민적인 세계에 접근하고 있음을 말해 주는
것이기도 하다. 보라, 이 〈비 그친 하늘〉은 얼마나 신선한 느낌
을 주는가? 여기에는 진부한 동심의 공상적 유희란 것이 전혀
없다. 아이들의 귀여움을 어른의 눈으로 바라보고 생각하는 장

난감 동요의 세계에서는 멀리 벗어나 있다. 어디까지나 구체적인 사물을 관찰하는 눈을 통한 느낌의 세계인 것이다.

그러나 이 '자유시 현재'의 작품들 역시 시로서는 너무나 단편적이고 감각적인 데 머물고 있어 단순한 스케치가 되어 버렸다. 이런 작품은 초등학교 아이들도 어쩌면 쓸 수 있는 것이 아닐까?

〈달밤〉이란 제목으로 된 작품이 여러 편 있는데, 그중 하나를 들어 본다.

달밤에
어린애 울음소리.

하늘은 새맑다.

언젠가 4학년의 어느 아이가 달밤에 이웃집에서 장기 두는 소리를 들으면서 멀리 간 아버지 생각을 한 것을 적어 낸 시가 있었던 것을 기억하는데, 그런 아이들의 시보다 이런 작품이 더 잘된 것으로 느껴지지는 않는다. 또,

산은 언제나 마음을 하나하나 한 마음을 가지고 가만히 앉아 있다.

〈산〉, 김한영(경북 안동 대곡분교 2), 1970년 11월 7일

이렇게 쓴 산골 초등학교의, 이제 겨우 글자를 익혀 쓴

2학년 아이의 시라든가,

조그만 구름아,
어서 빨리 갈라고 하면 뭘 하노?
평생 가 봐도 너의 집은 없다.
몇 며칠 굶고 가도 밥 한 숟갈 안 준단다.
〈조그만 구름〉, 이성윤(경북 안동 대곡분교 3), 1969년 11월 8일

역시 산골의 초등학교 3학년 아이가 쓴 이런 시들에 견줄 때, 시인이 쓴 이 '자유시 현재'의 시편들 대부분이 아이들 것보다 월등하게 수준이 높지 않다는 것을 생각할 수 있다. 이것은 시인이 온몸을 던져 넣는 자세로 동시를 쓰지 않고, 어린이의 세계를 자연 관찰의 안이한 감각적인 것에다 설정하여 거기 맞추어 쓰려고 한 때문이라 보인다. 이런 점에서 이 시인의 태도는 동심주의 세계에서 완전히 벗어났다고 할 수 없다.

만일 그의 대표작이 '자유시 초기'의 작품인 〈다람쥐〉라는 것이 틀림없다면 〈다람쥐〉 이후의 모든 '자유시 현재'의 작품들이 〈다람쥐〉만큼 아이들의 세계에 접근하지 못하고 있다는 말이 될 수도 있다. 이것은 〈다람쥐〉의 동화 같은 세계를 살아 있는 것으로 만든 참된 동심으로 상상하는 눈이 승리한 것이요, 또한 '자유시 현재'의 모든 작품들이 아이들의 생활 감동의 세계에까지 파고들어 가지 못하고 말았다는 말이 되는 것이다.

어린이의 생활 현실을 깊고 폭넓게 파악하지 않고 겨우 풍경만을 그리는 데 그쳐 버린 제재의 편향성과 함께, 일상의 상

식을 크게 벗어나지 못한 시의 감도며, 어떤 풍경을 두세 줄로
소묘해 놓고 마지막 한 줄에서 짧은 감상을 술회하고 있는, 이
한결같은 내용과 형식의 매너리즘은 결국 시인의 안이한 시정
신에 기인하는 것이다.

소재와 주제

여기서 유희 세계를 주된 조류로 한 한국의 동요·동시 전체 모
습을 내려다보기로 한다. 1972년 말에 나온 신구문화사의《소
년소녀 한국의 문학 8》의 〈현대편·동시집〉은 우리 어린이문학
이 출발한 이후 지금까지의 동요 시인 102명의 작품 302편을
수록하고 있는데, 이 선집을 참고로 한 것은 작품을 싣는 데 어
떤 편중성이 없다고 보기 때문이다.

먼저 302편의 작품을 농촌을 소재로 한 작품과 도시를 소
재로 한 작품으로 나누면 다음과 같다.

① 농촌   208편
② 어촌(바다)   11편
③ 도시   10편
④ 도시·농촌   73편

여기서 '④ 도시·농촌'이라고 한 것은 농촌이나 도시 그
어느 곳에도 해당되지 않거나, 혹은 그 어느 곳이라고 지적할
수 없는, 말하자면 특정한 지역성이 나타나지 않은 작품을 말
한다. 그러니 이 ④를 빼고 보면 소재의 90%가 농촌이 되고 도

시는 겨우 4%밖에 되지 않는다. 즉, 거의 모든 동요 시인들이 농촌을 소재로 해서 쓰고 있다는 것을 알 수 있다.

다음, 주제별로 나눠 본 것이 다음과 같다.

① 유희적인 것　　　　　　149편(43%)
(이 중에 특히 아기들의 귀여움을 나타낸
것이 90편이나 된다.)
② 풍경 스케치　　　　　　78편(26%)
③ 자연의 아름다움　　　　27편(10%)
④ 심리적인 것　　　　　　15편
⑤ 고향 생각　　　　　　　5편
⑥ 부모 형제 생각　　　　　6편
⑦ 일(노동)　　　　　　　4편
⑧ 학습　　　　　　　　　2편
⑨ 생활　　　　　　　　　4편
⑩ 기타　　　　　　　　　12편

이것으로 보면 전체 작품의 태반이 아기들의 말과 행동의 귀여움이나, 좀 더 자란 아이들이 천진하게 뛰노는 모습을 그린 유희적인 내용이다. 그리고 그중에서도 특히 아기의 귀여움을 그린 것이 90편(유희 세계를 다룬 작품의 60%, 전체 작품의 30%)이나 된다.

다음으로 단순한 감각적인 것, 혹은 아이들 눈으로 재미스러운 풍경이라 볼 것 같은 것을 스케치한 데 지나지 않는 것이 78편(26%)을 차지하고 있다. 셋째 번의 자연의 아름다움 (27편, 10%)도 거의 모두가 감각적이고 기교만 드러나고 있는 작품들이다. 네 번째로 많은, 심리적인 작품(15편)은 거의 모두 무슨 뚜렷한 주제 의식 같은 것이 없이 그저 아이들 심리의 재미스러움이나 미묘함을 찾아내려고 한 것이다.

이상의 네 가지 주제는 모두 어른들의 유희적 동요 세계의 것이다. 아기의 귀여움이 유희 대상이 되고, 심리가 유희 대상이 되고, 풍경이 완상 대상이 되는 이 유희의 세계, 장난감의 세계가 우리 동요·동시의 90%를 차지하고 있다는 것은 놀랄 만한 사실이다.

여기서 깨닫게 되는 것은 어린이 생활에서 중요한 부분을 차지하고 있는 학습 생활과, 그리고 특히 농촌 아이들의 가정 생활에서 중심이 되고 있는, 일하는 모습의 표현을 아주 무시하고 있다는 사실이다

앞서 농촌을 소재로 한 작품이 90%나 된다고 했는데, 그 농촌을 소재로 한 작품 거의 전부가 농촌 아이들의 생활을 그린 것이 아니라, 농촌의 산과 들과 물과 구름과 달을 노래하고, 그 풍경 속에서 천진하게 뛰어다니는 귀여운 아기들의 천사 같은 눈동자와 재미스런 모양만을 공상 속에 그리고 있다는 것은, 도시에서 살고 있는 동요 작가들이 얼마나 농촌과 농촌 아이들을 모르고 있고, 아이들의 세계에서 등을 돌리고 폐쇄된 자기 울안에 갇혀 안이한 창작 행위를 하고 있는가를 보여 준다.

혹 어떤 이는 말한다. 아이들의 놀이는 엄연한 아이들의

생활 현실이라고. 그렇다. 놀이도 아이들의 중요한 생활이다. 그러나 젖먹이 아이라면 몰라도 문학작품의 본격적인 독자로 되어 있는 어린이들이나 소년·소녀 들에게는 놀이가 결코 생활의 전부일 수 없고, 더구나 농촌 아이들에게는 그러하다.

그리고 우리 동요 시인들의 유희 세계란 것은 아이들의 놀이를 그들의 살아 있는 현실의 한 토막에서 싱싱한 모습을 그대로 잡을 줄을 모르고, 잡은 것이 아니다. 아이들의 놀이 생활조차 붙잡은 것이 없다. 아이들의 놀이가 아니고 시인 자신의 공상의 유희 상태를 그려 낸 것이다. 그들은 완전히 아이들과 동떨어진 딴 세상에서 살고 있다. 아이들을 인형으로, 위안물로 여기는 어른 중심의 개인주의적이고 향락주의적인 유희정신으로 작품을 매만지고 있는 것이다.

어린이를 외면한 이런 동요·동시 들이 사회에서 어떠한 구실을 할 것인가는 추측하기 어렵지 않다. 그것은 안일한 생활에 젖어 있는 사람들을 위해 한갓 오락물 노릇을 하는 데 지나지 않는 것이다. 동시가 어린이의 정신을 키워 가기 위한 양식이 되어야 하는 원래 기능을 나타내지 못하고 해로운 독소를 숨긴 저질 과자 노릇을 하고 있다는 것은, 이런 상품이 행세하는 사회가 되어 있기 때문이다. 그래서 이런 동요 선집에도 나타나 있듯이 참으로 우스꽝스럽고 난센스 거리밖에 될 수 없는 말장난 작품이 있는가 하면, 공연히 난해한 말귀나 표현으로 내용의 공허함을 은폐하려는 것도 있고, 가난한 시골 사람을 소재로 하여, 다만 그들의 촌스러움을 희롱하고 있는 것밖에 아무것도 없는 것도 여러 편 보인다. 천박한 도시의 기계문명에 정신이 팔려 그것을 예찬하기도 하고 경솔한 애국적인 구호가 나오기도 한다. 이 모든 현상은 어린이문학 작가들이 얼마나 지적인 허약한 상태에 있는가, 철학이 빈곤한가를 잘 말해 주고 있다.

방정환

작가와 작품을 수량으로 볼 때 이상과 같이 우리 동요·동시의 주류는 어린애인 척하는 유희와 모방의 세계였다. 빈 말장난의 수공품이 동요·동시의 이름으로 범람하여 어린이문학의 주류를 형성하였고, 이 땅의 교육과 어린이 문화 전반에 커다란 영향을 미쳐 온 사실을 부인할 수 없다. 그러나 이러한 비뚤어진 문화의 흐름, 비문학적·비시적인 동시의 범람 속에서 치열한 시정신을 잃지 않고 빛나는 동시를 써서 우리 민족의 전체 어린이들에게 따스한 피의 영양소를 공급해 준 시인이 있었으니, 방정환(1899~1931년) 그리고 이원수 이 두 이름을 우리는 자랑스럽게 들지 않을 수 없다. 비록 그 수에서 쓸쓸하다 하겠으나 이들의 동요와 동시는 순간의 웃음을 파는 그 수많은 동시인 척하는 거짓 작품들과는 달리 모든 어린이들의 마음에 깊숙이 파고들어 그들의 심혼을 흔들어 주는 힘을 나타내고 있었다.

방정환은 많지 않은 동요를 남겼지만 그의 동요는 동심이란 것을 덮어놓고 예찬만 하는 동요들과는 전혀 다른 세계에서 나온 것이다. 어느 것을 보아도 어린이들을 장난감으로, 귀엽게만 본 것이 아니다. 외적에 짓밟힌 식민지 어린이들의 운명을 스스로의 운명으로 자각한 곳에 그의 동요의 혼이 있었다. 그 암담하던 시대에 스스로의 모습을 슬픈 노래로 부를 수 있게 한 그의 동요는 얼마나 큰 위안과 기쁨을 이 땅의 어린이들에게 주었던 것인가? 일본 동요의 번역판이나 다름없는 명랑한 웃음을 자아내려고만 한 동요와는 달리 날 저무는 하늘에 반짝이는 〈형제별〉(1923년)이 흘리는 눈물을 우리는 모두 스스로의 것으로 느끼면서 자라 온 것이다. 자기 자신을 노래한 것이 그대로 어린이들이 읽고 부르는 동요일 수 있었던 것은 그가 스스로를 고고한 위치에 놓아두고 불행한 어린이들을 멀리서 구경만 하고 있었던 것이 아니라, 어린이와 민족의 운명에 밀착된 세계에 살면서 작품을 썼기 때문이다. 어린이를 인형으로 대한 것이 아니라 수난당한 민족의 주인공으로서 인식하였기 때문이다.

만일 그가 좀 더 오래 살았더라면, 더구나 해방 후까지 살아서 작품을 계속 썼더라면, 그는 틀림없이 아이들을 위해 자유로운 형식의 훌륭한 시를 썼으리라 생각된다. 어린이를 진정으로 사랑했던 그의 시정신이 애상적인 동요에 갇혀 있지는 않았을 것으로 보인다.

이원수

이원수의 동요·동시는 1920년대 〈고향의 봄〉(〈어린이〉, 1926년 4월)을 기점으로 동요 몇 편을 발표한 뒤 곧 동시 창작으로 발전하였다. 그만큼 그의 창작은 처음부터 유희 세계와는 전혀 다른 세계에서 시작되었다. 그것은 서민 어린이들에 대한 깊은 이해와 사랑을 바탕으로 한 서정의 세계다. 이러한 시의 정신은 자신을 표현한 것이 그대로 어린이와 소년들이 이해하고 깊은 감동으로 받아들이는 동시가 되었고, 어린이의 세계와 시인의 세계가 작품 속에 하나로 되어 조금도 틈이 없었다. 그는 어린이란 존재를 단순한 작품 창작의 소재나 대상으로 보지 않고, 또한 한층 내려선 자리에 있는 주체로서 파악하지 않고, 자신과 같은 자리에 있는, 아니 바로 자기 옆에 있어 함께 울고 웃으며 살아가는 동반자로서 느끼고 생각했다. 여기에 그의 문학 정신이 자리 잡고 있으며, 이러한 정신이 원천이 되어 그의 동시는 아이들뿐 아니라 모든 어른들에게까지 높은 감도의 시로 읽히고 있다.

이제 우리 어린이문학의 고전이 되고 있는 그의 폭넓은 동시 세계를 이해하기 위해 편의상 몇 가지로 나누어 얘기해 보겠다.

① 먼저 일제 치하에서 가난한 어린이들에 대한 눈물겨운 애정을 표현한 작품들이 많다. 〈자전거〉(〈소년〉, 1937년) 〈나무간 언니〉(〈조선일보〉, 1936년) 〈이삿길〉(1932년) 〈헌 모자〉(〈어린이〉, 1929년) 〈보오야 넨네요〉(〈소년〉, 1938년) 〈찔레꽃〉(〈신소년〉, 1930년) 〈개나리꽃〉(1945년) 〈가엾은 별〉(1941년) 〈가시는 누나〉(1929년) 같은 시들은 모두 우리 민족의 수난기에 쓴 감동 깊은 시편들이다.

혹 어떤 이는 이 시기에 쓴 그의 작품들이 슬프고 어둡기만 하다고 해서 해방 후에 쓴 밝은 동시들보다 못한 것으로 보기도 하나, 이는 시를 쓴 역사적 상황을 전혀 고려하지 않은 잘못된 견해다. 물론 8·15 이후의 그의 동시들도 새로운 역사 속에 살아가는 우리 민족의 어린이를 올바로 파악해서 쓴 것이기는 하지만, 적 치하에서 버림받고 짓밟혀 불행의 극에 다다르고 있던 어린이들에게 따스한 인간의 사랑을 보여 주었다는 것은 분명히 고귀한 문학 행위였다. 그것은 곧 포악무도한 일제에 짓밟힌 서민들이 당하는 고난을 같은 형제로서 흘리는 눈물로 참아 가게 하며, 그리하여 거짓과 아부와 불의에 충만했던 세상에서 민족의 한 사람으로서 자기를 최소한도로 확보하게 할 수 있었던, 거의 유일한 어린이문학의 길이 아니었던가 생각된다.

② 일제가 물러간 이후에 쓴 작품들이 지난날의 슬픔을 씻고 좀 더 밝은 생활의 노래로 된 것은 너무나 당연한 일이다. 그러나 이때도 그는 여전히 피해자가 된 어린이들을 위해 그들의 생활을 보여 주고 그들을 격려해 주고 있다. 〈밤중에〉(〈아동문화〉, 1948년) 〈너를 부른다〉(1946년) 〈송화 날리는 날〉(〈아동문화〉, 1947년) 〈토마토〉(〈아동문화〉, 1948년) 〈순희 사는 동네〉(1960년)와 같은 시들이 모두 역경에서 살아가는 아이들에게 위로와 용기를 주고 싶어 쓴 것이다. 특히 일하면서 살고 있는 생활의 아름다움을 보여 주려고 쓴 것이 주목된다.

③ 고난을 이겨 낸 기쁨, 억눌린 것에 대한 동정, 불의에 항거하는 정신 같은 것이 나타난 시로 〈개나리 꽃봉오리 피는 것은〉(〈국민학교 학생〉, 1960년) 〈오키나와의 어린이들〉(〈주간 소학생〉, 1946년) 〈들불〉(〈어린이 나라〉, 1949년) 같은 것이 있다. 마구 샘솟는 듯 터져 나온 생명력이 율동적인 긴 호흡으로 흘러나와 장엄하고 침중하며, 혹은 비장한 아름다움이 나타나고 있

다. 억눌린 생명의 부르짖음으로 표현된 이 시들은 소년들에게 고난의 뜻을 알리고, 불의를 미워하고 정의를 지키려는 마음을 흔들어 깨워 주는 강한 감정으로 끌어가고 있다.

④ 고향과 자연과 인정의 아름다움을 노래한 서정적 동시가 많다. 〈고향의 봄〉은 작곡이 되어 이제 우리 민족의 입에서 민요처럼 불리게 되었지만, 1937년에 쓴 〈고향 바다〉(〈소년〉, 1939년)라든지, 〈부르는 소리〉(〈어린이신문〉, 1946년) 〈포플러 잎새〉(〈조선일보〉, 1953년) 같은 시들은 모두 많은 사람들에게 애송될 명편들이다. 여기서 자연을 노래한 시들이 결코 관조의 처지에서 쓴 것이 아니고, 어디까지나 인간의 생활 속에서 살아 있는 자연을 찬미한 것임은 말할 것도 없다.

⑤ 작곡으로 널리 애창되고 있는 서정적 가사도 모두 훌륭한 시로 되어 있다. 〈고향의 봄〉 외에도 〈새눈〉(HLKA방송, 1958년) 〈파란 동산〉(〈방학공부〉, 1958년) 〈포도밭 길〉(〈방학공부〉, 1957년) 〈겨울나무〉(〈방학공부〉, 1957년) 같은 시들이다. 만약 이런 훌륭한 시의 가사가 없었다면 우리 어린이들은 모두 어설픈 엄마 아빠 짝짜꿍의 동요 곡만 억지로 부르다가 유행가로 넘어가지 않았을까?

⑥ 최근의 작품들은 어린이 세계보다 시인 자신에 더욱 충실하려는 듯하여 전보다 더 인생을 노래하는 것으로 기울어지고 있다. 그리하여 어린이문학을 벗어난 시 창작과 함께, 동시라기보다 어린이들에게도 이해되는 시라고 할 작품들을 이따금 보여 주고 있는데, 이는 우리 동시가 가지는 고질병인 유아의 유희 세계를 치료하는 데 많은 시사를 주는 것이라 생각

한다. 〈햇볕〉(〈새벗〉, 1965년) 〈밤안개〉(〈국민학교 어린이〉, 1967년) 〈산동네 아이들〉(〈평화신문〉, 1960년) 〈달〉(〈경향신문〉, 1960년) 〈시월 강물〉(〈소년중앙〉, 1969년) 〈산딸기〉(〈어깨동무〉, 1968년) 같은 동시들인데 이 가운데서 〈햇볕〉은 높은 감도를 지니면서 초등학교 저학년 아이들도 감상할 수 있다는 점에서 보기 드문 수작이라 생각한다. 그러나 이제 그가 지난날에 가졌던 그 서민을 향한 사랑과 저항의 정신이 다소 희박해진 듯하고, 그리하여 많은 어린이와 소년들에게 더욱 넓고 깊게 파고들어 갈 수 있었던 생활을 노래한 감동의 세계를 차차 잃어 가고 있는 듯한 것은 우리 어린이와 동시를 위해 섭섭한 일이다.

　이러한 최근의 변모는 단순히 노령에 들어선 그가 시에 대한 정열이 감퇴해서라고 할 것인가? 세계와 역사가 변함에 따라 그의 시도 새로운 길을 열어 가는 것이라 볼 것인가? 이제 우리는 단순한 빈부의 차에서 오는 불행보다 더욱 큰 문제로 압도당하고 있는 것이 사실이다. 벽에 부딪친 기계문명과 정치 상황이 가져온 인간성의 파멸 위기와 절망 의식이 시인의 눈을 더욱 내면의 세계로 돌리게 한 것 같다. 사회를 위한 목적의식이나 어린이를 위한 동정이란 것이 너무나 무력한 감상밖에 될 수 없는 이 참담한 시대 상황에서 시인은 우선 타락한 동시를 구출하기 위해 더욱 문학적인 것에 집착하고 있는 것이라고도 보인다.

　사회적인 관심에서 더욱 내면의 정신세계로 가는, 이원수 동시의 이러한 커다란 최근의 방향 전환에도 그의 작품의 밑뿌리가 되고 있는 것은 인간성을 옹호하려는 강력한 의지임에 변함없다. 그의 반세기에 걸친 이 땅의 어린이를 위한 시 창작 생활에서 나온 모든 작품에 공통되게 깔려 있는 시심의 핵이 되는 것은 약한 자에 대한 연민의 정이요, 악을 미워하고 진실을 옹호하는 마음이요, 인간과 자연을 사랑하는 서정의 정신이다. 시대에 아부하는 천박하고 옹졸한 기교 위주의 유희 동요들과 비교할 때 이러한 시정신은 진정 고귀한 것이라 할 수 있다.

이원수 동시를 말할 때 특히 한 가지 얘기해 둘 것은 일하는 아이들의 생활을 표현한 작품에 관해서다. 우리 동요·동시가 나온 이후 반세기 동안, 백여 명의 작가들이 수천 편의 동요·동시를 발표하였을 것인데, 과문인지 모르지만 일하는 아이들의 모습을 쓴 작가는 이원수밖에 없는 줄 안다. 앞에 든 신구문화사의 〈현대편·동시집〉에서 찾으면 이종택(1927~1987년)의 〈새 고무신〉(1955년)은 읍내 장에 나무를 팔고 돌아가는 아이가 나오는데, 새로 산 고무신이 아깝다고 벗어 들고 간다는 고무신 얘기지, 일하는 얘기가 아니고 현실성도 잃고 있다. 김종상(1937년~)의 〈시장 골목〉(〈새소년〉, 1971년 3월)도 시장에서 일하는 사람들의 참모습을 그리기보다 시인의 상념 세계를 표현한 것이고, 어효선(1925~2004년)의 〈신기료장수〉는 매우 귀한 소재로 보이는데, 신기료장수의 모습을 재미있는 풍경으로 노래해 버렸고, 이오덕의 〈해가 지면〉은 목가풍의 노래밖에 안되고 있다.

그런데 이원수의 작품은 일하는 사람들의 생활과 감정을 표현한 것이 대부분이지만, 일하는 부모 형제나 다른 사람들을 보고 그 모습을 그리거나 생각을 표현한 것도 여러 편이 있다.

〈순희 사는 동네〉(1960년)는 순희가 사는 동네에 가 보고 개울
물 소리와 바람 소리와 나무의 향기를 알고, 높은 산밭에서 거
름을 주고 있는 순희를 보고 일하는 모습의 그 귀여움을 알았
다는 내용이다. 도시에서 살아가는 아이들은 너무 일이 없어서
일을 할 줄 모르고, 따라서 일하는 생활을 천하게 여기지만, 농
촌에서는 너무 일이 많아 일에 시달려서 아이들은 일을 싫어한
다. 그래서 이런 시를 우리 나라의 모든 아이들에게 읽히고 싶
은 것이다. 이 동시를 읽으면 일에 시달리는 아이들은 위로를
받을 것이고, 도시의 아이들도 일이란 것을 다시 생각할 수 있
게 될 것이다. 그러나 일하는 것을 너무 쉽게 미화해 버려서 농
촌 아이들에게는 실감이 덜할 것 같다.

　〈나무 간 언니〉는 1936년에 발표한 것인데, 추운 날 지게
를 지고 산으로 나무하러 간 언니를 생각하는 아이의 마음을
그린 것이다. 산에 나무를 하러 가는 것은 옛날이나 지금이나
농촌 모든 아이들의 가장 일상적인 생활 일과로 되어 있다. 그
런데 어째서 이렇게 흔한 아이들의 생활 사실이 동시를 쓰는
사람들에게 외면당하는지 알 수 없다. 이 땅의 수많은 아이들
의 나무하는 현실을 그 수많은 동시인 중에 단 한 사람이 단 한
편 쓴 것이 이 〈나무 간 언니〉다. 그리고 이것은 자기가 나무를
하고 나뭇짐을 지고 온 것을 쓴 것이 아니라 언니가 나무하러
간 것을 집에서 앉아 생각한 것으로 되어 있다. 이원수의 다른
서정 동시들이 모두 감동 깊게 읽히는데, 이런 근로를 주제로
한 몇 편의 작품들이 박진감이 부족하고 뭔가 겉 스쳐 간 듯한
느낌을 주는 것은, 실제 노동을 하지 않고 도시에 살고 있는 지

식층 시인으로서는 어쩔 수 없는 것이었으리라.

그런데, 밤늦게까지 삯바느질을 하는 어머니가 돌리시는 미싱 소리에 잠이 깨어 생각하고 잠이 들어 꿈속에서도 어머니 말씀을 듣고 있는 아이의 마음을 그린 〈밤중에〉는 절실한 감동을 준다. 어머니의 괴로운 모습을 생각하는 아이와 아들에게어서 자라고 이불을 덮어 주는 어머니, 이 어머니와 아들의 모습과 대화가 살아 있어 그 따스한 정경이 눈물겹게 느껴진다. 역시 도시의 시인들은 일을 하는 괴로움이나 기쁨이나 그 모습을 그리는 것은 어려운 일이고, 이와 같이 간접적으로 표현하는 것이 무난할 것 같다.

도시에 살면서 도시의 서민들뿐 아니라 농촌에서 괴롭게 일하는 사람들을 잊지 않는 휴머니스트, 눈보라 속에 떨고 있는 겨울나무를 노래하고, 그 겨울을 견디어 난 개나리꽃의 환희를 노래한 열정의 시인, 고향과 자연과 인간을 사랑한 애정의 사람 이원수의 동시는 그 폭넓은 제재와 깊이 있는 주제에서, 우리 어린이문학에서 가장 리얼리즘에 접근해 있는 문학적 위치에서, 그리하여 모든 어린이와 어른들에게 삶의 기쁨을 안겨 주는 높은 시의 감도에서, 아직은 그 아무도 따를 수 없는 독보적 업적으로 평가될 수밖에 없다. 매너리즘에 빠져 있는 지금의 모든 유희 동시들이 앞으로 새로운 길을 열어 성장해 나아가자면, 그의 최근의 작품에서뿐 아니라 특히 일제 말기와 해방 직후의 작품들에서 많은 영양을 섭취해야 하리라 믿는다.

내일에 대한 기대

동심의 유희 세계는 그 주제의 빈약성과 제재의 한계성 때문에 우리 동시를 참된 시로서 높여 주지 못하고 갈수록 심하게 반시적인 수공품의 조작 경향으로 기울어졌다. 윤석중과 박목월의 유아적 세계는 김영일과 강소천에 와서 어린이 혹은 소년층까지 그 유희의 대상이 높아졌을 뿐, 생활의 표면만을 미화하고 어린것의 흉내를 내는 상태는 다름이 없었다. 이런 동시인의 작품들은 안이함을 원하고 이기적인 삶의 태도를 익히고 있는 많은 어린이들에게 한갓 오락물을 주는 구실을 하여 크게 환영받았다. 매스컴의 물결을 타고 전국의 도시와 농촌 아이들에게 침투되고 보급되었다. 비뚤어지고 추잡한 어른의 사회에서 거칠고 살벌하고 잔인한 습성에 젖어 있던 아이들은 이런 동시에서 경박한 웃음과 신기로운 말재주의 잔꾀를 공급받고 좋아한 것이다.

이러한 분위기 속에서 이뤄진 신진 작가들의 작품 세계는 8·15 이후 많은 짝짜꿍 동요의 아류를 낳게 되고, 모작은 물론이고 표절작·타작들이 신춘문예고 잡지 추천이고 단행본·시화집 따위에 이르기까지 예사로 횡행하고 행세하는 기이한 광경을 이루어 놓았다. 악화가 양화를 쫓아내는 현상이 상품으로 된 문학작품의 시장에서도 어쩔 수 없이 나타나게 된 것이다.

그러나 근년에 와서 이런 부패한 동시를 구해 내려는 노력을 몇몇 젊은 시인들이 하고 있어서 우리 동시에 활력을 불어넣고 있음은 다행한 일이다. 박경용(1940년~), 오규원(1941년~) 같은 이들의 작품은 동시라는 것이 결코 어린애들의 치졸한 심리 속에 시인이 내려가서 그들의 마음을 간지럽히는 장난이 아니고, 시인의 온 정신을 투입하여서만 이뤄질 수 있는 것임을 보여 주고 있다.

특히 박경용의 시집《어른에겐 어려운 시》(대한기독교서회, 1969년)는 그 감각의 날카로움과 언어의 신선함에서 획기적인 업적을 남긴 것이라 할 것이다. 그러나 생활을 철저하게 배제하는 태도에서 자연 경물만을 시의 소재로 한 결과는 감각적 언어의 유희가 되어 동시의 생명인 감동을 희박하게 하고 있다. 감각의 세계에서 우리 시의 한 정점을 이뤄 놓았던 정지용 (1902~1950년)의 시도 이토록 철저하게 생활을 기피하지는 않았다고 생각된다. 인간으로서 자연을 파악하지 않고 이렇게 탈사회·탈인간의 처지에서 파악한다는 것은 관념적 자연관임을 면치 못하는 것으로, 그것은 어디까지나 동시의 수용자인 어린이를 떠난 입장이다. 생활자인 아이들이 그의 시에 큰 감동을 얻지 못하는 이유가 여기에 있다. 그리고 감각적 언어의 기교만으로써 우리 동시를 구하려고 하는 노력은 결국은 헛된 짓이다. 우리 동시가 이미 빠져 있는 유희 세계가 다름 아닌 기교의 세계이기 때문이다. 기교 곧 유희가 되는 것이다.

우리 동시가 살아날 수 있는 길은 시인의 어린이 생활에 대한 넓은 이해와 접근, 유희적 제재에서 탈피하기, 동심이란 고정관념의 타파, 그리고 무엇보다도 높은 시정신의 획득에서만 기대할 수 있다. 이러한 동시의 내일에 대한 기대를, 현재 매우 개성적인 작업을 하고 있는 몇 사람의 작가들을 찾아 그 가능성을 타진해 본다.

손동인(1924년~)은 동시를 드물게 쓰지만, 〈잠꾸러기 나라〉〈그믐날〉 같은 작품에서 보는 바와 같이 시인의 관심이 가장 절실한 것을 제시하려는, 제재 선택에 대한 진지한 시인의 자세를 보여 주고 있다.

김종상의 동시집 《흙손 엄마》(형설출판사, 1964년)는 〈두메 아이〉(조약돌 회람지, 1963년)와 〈나무꾼〉(《먼동에》, 외남초교, 1959년)과 〈산골짜기〉(《푸른잔디》, 1961년) 들을 미화하려고 한 의식에 사로잡혔음에도, 흙 묻은 어머니의 손과 가난과 고향에 대한 사랑과 그리움이 담뿍 담겨 있는 훌륭한 작품이다. 〈길〉이란 작품만 보더라도, 같은 제목으로 된 과거의 여러 동시 작품과 비교할 때 그 시상이 얼마나 심화되어 있는가를 알 수 있다. 농촌과 도시의 더욱 리얼한 어린이 생활의 파악이 이 시인의 동요 세계를 한층 더 높이 비약하게 할 것이다.

신현득(1933년~)은 동시집 《아기 눈》(형설출판사, 1961년)에서 《고구려의 아이》(형설출판사, 1964년)와 《바다는 한 숟갈씩》(배영사, 1968년)을 거쳐 《엄마라는 나무》(일심사, 1973년)에 이르는 동안에 적지 않은 정신의 편력을 겪은 것 같다. 동심의 세계에서 민족적인 것, 혹은 애국적인 것에 대한 집념이 시정신의 주축이 되다가, 최근에는 안정된 심경에서 사회의 모든 현상을 긍정적으로 보고 미화하려는 자세를 취하고 있다. 역사에 대한 더욱 깊은 통찰이 없는 사회참여가 자칫하면 쇼비니즘으로 떨어지듯이, 모든 사물을 긍정적으로만 보는 태도는 아이들에게 이 세상 모든 것이 편리하고 유익하고 재미스럽게만 되어 있는 것으로 잘못 보이게 하지 않을까 염려된다. 그러나 이 시인의 자세는 충분히 여유가 있고 유동적이다. 항상 자기 혁신의 정신을 잃지 않으면서 우리 동시의 앞날을 끌고 나가려는 의욕을 보여 주고 있는 것이다.

김녹촌(1927~2012년)의 동시는 흔히 건강하다고 한다. 이 건강하다는 것이 명랑한 소년들의 웃음을 그렸다고 해서 그런 다면 잘못이다. 시의 건강이란 것이 시정신을 뜻하는 것이어야 하겠는데, 명랑하게 웃는 사람을 그리면 건강한 시가 되고, 애 통하고 울거나 괴로워하면 병든 것이라고 한다면 어찌 말이 되 겠는가? 오히려 어떤 역사에서는 이와 흔히 반대되는 현상이 나타날 수 있는 것이다. 그러나 바다와 하늘과 풀과 나무와 아 이들을 사랑하는 이 시인이 어찌 건강하지 않은 시를 쓸 것인 가.

이무일(1941~1992년)은 생활에서 나오는 감동을 잘 파악하 여 시로 만드는 재질을 보여 주고 있다. 〈오늘이 자라〉(1969년) 와 같은 맹목적인 문명 예찬의 상태에서 벗어나 〈비탈밭〉(〈소년 한국〉, 1970년 6월)과 같은 독자적 세계로 정진할 것이 기대된다.

차보현(1929~1998년). 이 작가에게는 우리 동시인들에게는 극히 드물다 할 수 있는 매우 개성적이고 굵직한 목소리가 있 다. 동시라면 가늘고 보드랍고 귀엽고 간지럽고 가냘픈 것이 통례가 되어 있는 우리 문단에서 가장 특이한 자기의 목소리를 내고 있다. 〈산〉(〈새소년〉, 1965년) 〈너, 동물아〉(〈새벗〉, 1967년) 〈선인장 꽃〉(〈소년〉, 1965년) 같은 작품은 모두 이 시인의 앞날을 크게 약속하게 하는 작품들이다.

이 밖에도 독자적인 길을 모색하고 있는 작가가 여럿 있어 우리 동시의 앞날은 밝은 빛을 보여 주고 있다. 더구나 어린이문학의 권외(圈外)에 있는 우수한 시인들 가운데서 어린이, 혹은 소년들이 이해할 수 있는 시를 이따금 보여 주는 이들이 있어, 빈혈 상태에 있는 동시를 도와 이롭게 하고 있는 것은 다행한 일이라 본다.

동시의 권외에서

아이들에게 시를 얘기하고 시를 이해시키려고 할 때, 우리는 흔히 작가들이 쓴 동시를 교재로 쓰기보다 일반 시인들의 시에서 아이들이 이해할 만한 작품을 찾아내어 보여 주는 것이 한층 효과가 있다는 것을 깨닫게 된다. 동시란 것을 보이면 대개의 경우 시를 잘못 생각한다. 아이들의 귀여운 모습을 그리거나 그 행동을 흉내 내는 말장난 같은 것으로 알아 버린다. 그래서 감상 지도에도 창작 지도에도 도움이 안 되고 오히려 크게 방해가 된다. 이것은 물론 우리 동시의 대부분이 시가 되지 못하고 있다는 것을 잘 말해 주는 것이기도 하다.

동시란 것을 의식하지 않고 쓴 시인들의 시, 가령 자연을 찬탄한 신석정(1907~1974년)의 여러 작품들과 장만영(1914~1975년) · 조지훈(1920~1968년) · 유치환(1908~1967년)의 적지 않은 작품들을 우리는 아이들에게 줄 우리 문학의 유산으로 이용할 수 있다. 이 밖에도 찾으면 많이 나올 것 같다. 김소월(1902~1934년)의 〈엄마야 누나야〉(〈개벽〉, 1922년 1월)도 좋고 〈접동새〉(1925년)도 있다. 윤동주(1917~1945년)의 〈창〉 〈밤〉 〈산울림〉(〈소년〉 1939년 3월) 같은 시들, 정지용의 〈말〉(〈조선지광〉, 1927년 7월) 〈향수〉(〈조선지광〉, 1927년 3월) 같은 시들도 각각 적당한 나이의 어린이와 소년들에게 시를 알게 하는, 매우 좋은 교재가 될 수 있으리라.

　그런데 윤동주가 아이들에게 읽히려고 의식적으로 쓴 몇 편의 동요나 동시들은 말 맞추기 짝짜꿍이 되고 있는 것을 볼 수 있고, 정지용의 〈해바라기 씨〉(《신소년》, 1927년 6월)나 〈할아버지〉(《신소년》, 1927년 5월)도 동요나 동시로 쓴 것이어서, 그냥 시로서 쓴 〈말〉이나 〈향수〉에 견주어 가슴 깊이 울리는 것이 없이 다만 재미스런 말재주에서 오는 가벼운 웃음만 나오게 되는 것을 알 수 있다. 동심주의의 동요 세계는 이토록 일반 시인에게까지 영향을 미쳐 그들을 비시적인 태도를 지니게 만들고 있는 것이다.

　그러나 이것은 이미 지나간 일이다. 이제 어린이 문단 밖에 있는 시인들이 이런 동심 놀이를 하는 사람은 없는 것 같다. 우리 동시의 앞날은 훌륭한 일반 시인들 작품의 많은 섭취와 교류에서, 그리고 시인들이 진지한 태도로 동시 혹은 소년시 창작에 대량 참가하면서 크게 전진할 수도 있으리라 믿는다.

　결론

어린이문학 작가는 어린이를 그가 생산한 작품으로써 키워 가야 하는 사회적 책임을 감당하여야 한다. 시로써 어린이를 키워 가자면 무엇보다 시가 되어 있어야 하고, 시가 되자면 아이들이 읽어서 가슴 깊이 파고드는 것이 있어야 한다.

　감동이 없는 동시를 생각할 수 없다. 그런데도 지금까지 나온 많은 동요·동시 들이 감동 대신에 가벼운 웃음과 손재주를 팔아 왔다. 동시인들은 아이들을 유치한 세계에서 꿈만 꾸고 놀이와 장난만 하고 있는 천사로 생각해 왔다. 그래서 아이들인 척하여 우스꽝스러운 흉내를 내고, 괴상한 말의 재치와 꾸밈으로 아이들의 관심을 끌고, 혹은 공연히 어렵게 써서 아이들을 어리둥절하게 하고, 더러는 괴이한 느낌이나 생각을 억지로 만들어 보이기도 했다. 물론 극소수의 훌륭한 시인이 없는 것은 아니었지만 아이들에게 보급되는 상품의 양이라는 면에서 볼 때 이러한 대세는 어쩔 수 없는 현실이었던 것이다.

우리 동시인들이 도시에서 온갖 공해 속에 병들고 있는 아이들을 모른 척하고, 농촌에서 정신적 물질적 가난과 일에 시달리는 아이들에게 완전히 등을 돌리고, 그들을 장난감으로 삼아 천박한 작품을 주어 뜻 없는 웃음만 팔고 있는 것이 웬일인가? 온갖 정화되지 못한 환경 속에서, 비뚤어지면서 자라나고 있는 아이들의 앞날을 근심하는 동시인과 동시가 거의 없다는 것은 웬일인가? 오히려 그런 상태를 묵인하고 조장하는 장난질을 동시라고 쓰고 있는 것은 아닌가?

이러한 비뚤어진 문화 현상을 역사와 사회의 책임으로 돌려 버리기는 쉽다. 그러나 동시인들이 저급한 장난감이나 과자를 만들어 파는 장사꾼이 아니고 적어도 문화를 창조하는 일에 앞장서고 있는 시인이란 것을 자각한다면, 이런 책임은 마땅히 준엄하게 물어야 할 것이다.

첫째는 동시인들이 스스로 시인이란 것을 깨닫지 못하는 데 잘못이 있다. 시를 알지 못하고 아이들에게 시 비슷한 어떤 형식의 운문을 만들어 주려고 하고 있다. 가장 시를 목마르게 찾아 구하고 있고, 그리하여 시를 생활하고 있어야 할 아이들에게 거짓스런 시를 주어 그 정신을 오히려 병들게 한다는 것은 진정한 의미에서 아이들을 학대하는 짓이다.

다음에 어린이를 알지 못하고 있는 사실이다. 작품을 읽어 줄 아이들이 어디서 무엇을 하면서 살고 있는가를 알지 못하고 알려고도 하지 않는 불성실한 태도다. 그래서 스스로 안일한 마음속에 갇혀 장난을 일삼고 잔꾀만 부리는 것이다. 이런 창작 행위는 곧 사치한 생활을 누리는 도시 일부 아이들에게 한갓 오락물을 제공하는 반면 우리 민족의 전체 아이들을 배반하는 결과가 되고 있다.

한마디로 말해서 시정신이 없는 상태다. 참된 동심도 소유하지 못하고 숭고한 그 무엇을 열원하는 자세도 보이지 않고, 우주적인 감각도 없으며, 비평 정신도 완전히 결여된 상태다. 동시라면 그저 꽃밭이요 나비요 봄바람이요, 옹달샘과 달밤과 군밤에 할머니 옛얘기가 아니면 기껏해야 골동품 항아리나 들여다보고 있는 상태에서 무슨 시가 나오겠는가?

많은 작가들이 당분간 동시라는 말을 기피할 필요도 있을 것 같다. 동시를 쓴다는 생각을 버리고 시를 쓴다는 정신을 가져야 할 것 같다. 아이들을 멀리서 바라보지 말고, 위에서 내려다보지 말고, 또는 하늘 위에 모셔 두지 말고, 자기와 같은 자리에서, 바로 옆에서 함께 손을 잡고 살아가는 인간으로 파악할 수 있어야 하지 않겠는가? 그렇게 함이 유익할 것 같다.

그리고, 무엇보다도 세계를 넓혀야 한다. 말장난, 심리의 장난, 골동품의 장난, 그 손장난을 그만두고, 더욱 크고 넓고 깊고 무겁고 굵직한 감동의 세계로, 생활의 세계로 나와야 한다. 안개만 마시고 꿈만 꾸는 그 천사도 아닌 유령의 세계에서 탈출해야 한다.

시가 심리나 관념에 갇혀 있거나 기교에만 기대고 있을 때 시정신은 유폐된다. 곧 시정신의 파멸이요, 부재 상태가 된다. 시의 제재가 한정되고 편협해 있다는 것은 단지 시를 왜소하고 빈약한 것으로 만드는 결과를 가져올 뿐만 아니라 시를 천박한 것으로 만들어, 필경은 시 아닌 공허한 언어의 유희로 타락시킨다. 시정신은 그 표현의 과정에서뿐 아니라 먼저 소재와 주제 선택에서부터 절대 자유의 창조 정신을 발휘하여야 하는 것이기 때문이다. 〈창작과비평〉, 1974년 가을

동시란 무엇인가

머리말

"아동문학은 독자인 아동의 지능이 낮고 판단력이 미약하기 때문에 독자로부터의 반향을 기대하기 어렵다. 거기에다 우리 아동문학은 비평 활동마저 없는 상태이기 때문에 작가들은 일방적으로 주기만 하는 것으로 끝나고 있다."[*] 이렇게 주기만 할 뿐 비판을 받지 못하고 반성이 없고 올바른 방향에 대한 모색이 없는 것은 10년 전이나 지금이나 거의 다름없는 상태로 되어 있다.

동화나 소설에 비해 작품 생산량에서 비교적 많다고 할 수 있는 동시에 관한 논의가 없는 것도 물론이다. 광복 후 30년 동안 신문 잡지에 발표된 작품이 수천 편이 될 것 같고, 동시

---

* 박홍근, 〈반향 없는 문학에서의 탈피〉, 〈아동문학〉 9집, 배영사, 1964년 7월 참조

집 나온 것만 해도 아마 그 수를 백으로 헤아려 남을 듯한데, 이 방면의 이론 탐색은 거의 황무지다. 기껏해야 동요와 동시가 어떻게 다른가 하는 정도다. 10년 전 배영사에서 낸 〈아동문학〉(1962년 10월~1969년 5월)에 몇 편의 논문이 있는데, 이것도 핵심을 파고들지 못하고 겨우 문제를 제기하려다가 말거나, 혹은 거의 보편화되어 있는 어떤 편견을 그대로 추종하고 있는 형편이다.

비판과 이론이 없더라도 작품을 제대로 쓰고 있다면 문제될 것은 없다. 그런데 우리 동시는 대부분이 어린애들의 유희 세계를 그려 낸 짝짜꿍 동요였던 것이, 최근에는 어른들이 읽는 시의 흉내를 억지로 내려고 하고 있는 상태다. 비평 없는 창작 활동의 전진을 기대하기도 어렵지만, 워낙 창작 그 자체가 침체해 있고 보면 비평도 흥미를 잃고 효용성을 단념하여 외면하고 있는가도 싶다. 동시란 무엇인가, 하는 가장 기본이 되는 물음을 제기하는 까닭이 여기에 있다. 이런 기초적인 문제를 밝혀 두지 않고 지나가도 된다면 오죽 좋으랴만, 불행히도 아직 우리는 동시의 개념을 창작에 필요한 최소한도의 지식으로서도 밝혀 놓지 못했고, 파악하지 못하고 있는 실정이다.

나는 이 잡지 지난 호에 한국 동시를 개관(〈시정신과 유희 정신〉)하면서 이 문제에 대해 약간 언급했지만, 여기 좀 더 자세한 고찰을 시도해 볼 필요를 느낀다.

여기 동시의 개념을 고찰하면서 편의상 ① 누가 ② 누구를 위해 ③ 어떻게 쓴 시를 말하는가, 하는 세 항목으로 나누어 말해 보려고 한다. 이렇게 함으로써 우리 동시가 나아갈 기본 방향을 얼마쯤이라도 밝힐 수 있을 것 같기 때문이다.

누가 쓰는가

어린이문학의 장르인 동시는 어른이 쓰는 것이다. 그냥 시인이
라 해도 좋고 동시인, 혹은 동요 시인이라고 하는, 문학작품을
창작하는 어른이 쓴다. 달리 더 생각할 여지가 없다. 그런데도
우리 문단에서는 이것을 여기 좀 지루할 정도로 문제 삼아야
되도록 참으로 어처구니없는 오해와 편견이 보편화되어 있고,
그런 편견을 밑바탕으로 한 기괴한 교육과 문학 현상이 나타나
있다. 그것은 어린이가 쓰는 것도 동시라는 것, 혹은 어린이가
쓴 것이야말로 순수한 동시라고 해서 그러한 동시를 아이들의
글짓기로서 지도하고, 어른들의 작품으로 쓰려고 하고 있는 사
실이다. 아이들의 글쓰기를 어른의 창작 행위와 조금도 다름없
이 보는 것이다.

잠깐 이런 견해의 대표되는 것을 몇 가지 들어 보자.

김동리(1913~1995년) 씨는 〈아동문학이란 무엇인가〉(〈아동
문학〉1집, 1962년 10월 심포지엄 자료집)에서 어린이문학은 어린이
와 관계되는 문학이라고 하면서, 그 어린이와의 관계를, 첫째
는 어린이를 독자로 하는 문학, 둘째는 어린이를 작가로 하는
문학, 셋째는 어린이를 소재로 하는 문학, 이렇게 셋으로 나눠
놓아, 어린이가 문학작품을 쓰는 것으로 보고 있다.

조지훈 씨는 같은 심포지엄에서 〈아동문학은 아동을 주체
로 한 문학이다〉라는 제목으로 어린이를 위한 문학은 실상 "아
동의 문학으로서의 아동이 짓는(느끼는) 문학" "아동이 지을

(생각할) 수 있는 문학"을 바탕으로 삼아야 할 것이라고 하면서, 어린이가 어린이문학 작품을 짓고, 또 지을 수 있도록 하는 것이 더욱 근본이 되는 것이라 하고 있다.

홍사중(1931년~) 씨도 〈아동문학의 비평 기준〉(위와 같은 책 5집, 1963년)의 결론에서 어린이의 글쓰기를 어린이문학과 혼동하고 있다.

여기서 잠시 주의를 일으켜 둘 것은, 앞에 든 분들이 말하는, 아이들이 쓸 수 있는 어린이문학이란 동화나 소설보다도 동시에 더 역점을 두고 한 말일 것이라는 생각이다. 그것은 아이들이 동화나 소설을 쓴 예는 없지만 우리 아이들이 어른들의 동시를 흉내 내어 쓰고 있는 현상은 모두 알고 있을 터이기 때문이다.

백철(1908~1985년) 씨는 〈아동문학의 문제점〉(위와 같은 책 5집)에서 이 문제를 좀 더 독자적인 견해로 부연하고 있다. 그는 "순수한 아동문학의 첫째 조건은 그 아동문학 작가가 아동 자신이 되는 사실이다"고 하면서 "이것은 언뜻 생각해서 엉뚱한 이야기 같지만(사실은 엉뚱한 견해가 아니다. 모든 사람이 그렇게 보는 것이다-글쓴이) 나로서는 근거가 있어서 하는 말이다"고 하면서 아동화(兒童畵)의 예를 들어 놓고 있다. 그는 아동화가 매우 서투른 듯하면서 독특한 작품 세계와 수법을 나타내고 있다는 것을 강조하고서, 도저히 어른 작가로서는 느낄 수 없는 독특한 어린이의 작품 세계가 순수한 어린이문학의 전제로 되어야 한다고 하고 있다.

이 밖에 〈아동문학과 교육〉(위와 같은 책 3집, 1963년 1월)에서 곽종원(1915~2001년)·조석기(1899~1976년) 두 분의 대담은 말할 것도 없고, 어린이문학 작가들 자신의 단편적인 의견 같은 것도 모두 앞에 든 일반 문단의 작가·평론가 들의 주장을 따라(주장과 다름없이) 어린이문학과 어린이의 글쓰기를 같이 보고 조금도 의심하지 않고 있다.

배영사 〈아동문학〉지의 여기저기에 보이는 논문 외에 《동시교실》(박목월, 1957년)도 아이들에게 문학작품인 동시를 가르치려고 한 것이고, 최근 김흥규(1947년~) 씨의 〈윤동주론〉(〈창작과비평〉, 1974년 가을)에서도 동시를 논한 대문에서 어린이가 문학작품인 동시를 쓰는 것으로 말하고 있다.

이러한 편견이나 오해는 어디서 오는 것일까? 동시라고 하니 아이 동(童) 자와 글 시(詩) 자라, 말뜻 그대로 소박하게 해석해서 아이들의 글이라 생각하여 어린이의 글과 어른의 문학작품을 혼동하는 것인가? 이런 주장을 하는 이들이 대부분 우리 어린이문학 작품이나 아이들의 글을 보지 않고 탁상공론으로 이론을 펴기 때문일까? 혹은 아이들과 어른의 작품을 너무나 잘 보고 알기 때문일까? 곧, 우리 어린이가 쓰는 동시라는 것이 어른들의 동시 흉내를 낸 것이고(이름도 그대로 '동시'다) 어른들의 동시와 어린이의 그것이 근본적으로 구별이 안 되는, 유치한 상태에 있는 것을 보고 그렇게 단정하는 것일까? 또는 우리 글쓰기 교육이란 것이 그 가장 기본이 되는 목표와 방향 설정도 못 하고 문학인들이 늘어놓는 창작 이론을 그대로 교실에 가져와 적용하면서 상 타고 이름 팔기에 정신이 없는, 거짓스런 장삿속 교육을 하다 보니 어린이가 써야 할 시가 어떤 것인지조차 모르고, 그 이름까지 문학작품인 동시를 그대로 붙여 말하면서 아무렇지도 않게 생각하고 있는 상태이기 때문일까? 이렇게도 두드러지게 나타나고 있는 비뚤어진 문화 현상을 비판하려고 하는 학문적 양식이 우리에게는 없는 탓일까?

시인이 세심한 말의 선택과 치밀한 구성으로 그의 높은 지성을 바탕으로 쓴 동시가 그때그때 충동적으로, 거의 자연 발생적으로 쓰게 되는 어린이의 시와 같을 수 없다는 것은 의심할 여지가 없이 명백하다. 어린이가 쓰는 작품이 어른의 것일 수 없는 것은 아이가 어른이 될 수 없는 것과 같다. 어른이 쓴 것이 어린이의 것일 수 없는 것이 어른이 아이가 될 수 없는 이치와 같이.

앞에서 인용한 것 중에 다른 분들의 주장은 그 논지가 아무 근거도 든 것이 없어서 다만 어린이가 썼다 해서 동시라 보는 듯하여 얘깃거리가 안 되지만 백철 씨의 말은 그냥 넘길 수 없다. 백 씨는 앞에 든 글에서 "도저히 성인 작가로서는 그렇게 보고 느낄 수 없는 작품 세계, 그것은 아동 작가의 연령적인 센스에서만 파악될 수 있는 독특한 세계가 순수한 아동문학의 전제 조건"이라고 하여 어린이 작품에 대한 깊은 이해를 보여 주고 있다. 그러나, 어린이들만이 파악할 수 있는 세계를 어떻게 해서 어른 작가들이 창조하는 문학에서 본받을 수(본령으로 삼을 수) 있다는 것인지 알 수 없다. 이것은 논리의 모순이다. 어른들의 세계관이나 표현 기술이라는 것을 글쓰기 공부를 하고 있는 아이들이 문학작품을 쓴다고 본받거나 흉내 내어서도 안 되고, 아이들의 작품을 어른이 본받는다는 것도 난센스다. 아이들이 동화를 쓸 수 없는 것과 마찬가지로 문학작품인 동시를 쓰는 기술을 배우게 해서도 안 되지만, 어른이 "아동다운 신선한 센스와 순수한 파악"을 한다고 어린이 작품을 (그것을 읽고 어린이의 마음과 생활을 이해하여 작품 창작에 참고하고, 그리하여 어린이문학을 살찌게 하는 것은 좋지만), 그 어린이 작품을 순수 어린이문학이라고 하여 창작의 본령으로 삼는다는 것은 결코 있을 수 없고 있어서도 안 되는 일이다. 만일 어린이 작품을 본받으려고 할 때 어린이문학은 퇴화하는 것밖에 될 수 없다. 어린이의 글과 어른의 문학작품은 어디까지나 구별되어야 하는 것이다.

백 씨는 아동화의 예를 들었지만, 아동화와 글쓰기는 그 쓰고 그리는 과정과 결과가 매우 비슷하면서도 다른 점이 있다. 비슷한 점은 다 같이 어린이의 생활과 마음을 거짓 없이 나타낼 수 있다는 점이고, 구별되는 점은 그림이라는 것은 종이와 크레용이라는 용구만 있으면 초등학교 1학년이나, 혹은 학교에 들어가기 이전의 어린애들이라도 거의 별다른 저항을 받지 않고 자기를 표현할 수 있지만, 글쓰기란 글자를 표기할 능력이 있어야 하고, 보고 생각한 것을 어느 정도라도 알 수 있게 진술할 수 있어야 하는 것이다. 그러니 정신박약 어린이가 그린 놀라운 그림은 많이 나오고 있지만 정신박약 어린이가 쓴 글은 나오지 못하는 것이다. 그림은 모든 어린이가 그들의 세계를 더욱 자유롭게 표현하는 수단으로 삼고 있지만, 글쓰기는 그림만큼 자유로운 표현 수단이 되지 못하고, 또 그 표현이 잘못되고 비뚤어지기 쉽다.

그림이란 것은 선과 색채를 매개로 한 더욱 추상적이고 상 징적인 예술이어서, 선천적으로 색채를 잘 선택하여 본능적이 고 충동적인 표현을 하는 아이들이 쉽게 친근할 수 있지만, 문 학과 글쓰기는 언어 문자를 매개로 한 더욱 구체적인 인간의 정서와 사상을 표현하는 좀 까다로운 영역임을 생각해야 한다. 그래서 설령 아동화를 자연 발생적인 특수한 예술 작품으로 다 룰 수 있다고 하더라도, 아이들이 쓴 글만은 그것을 쓰게 되는 과정과 결과, 그것을 지도하는 교육상의 여러 가지 복잡한 문 제로 하여 문학작품으로 다룰 수 없고 다루어서도 안 된다고 본다. 넓은 의미에서 문학으로 보는 것은 자유다. 그러나 여기 논의되는 일반 창작 문학과 같은 범주에 넣을 수는 없다.

나는 어린이가 쓴(써야 할) 시가 어른이 쓰는 문학작품과 다르고 달라야 한다는 것을 《글짓기 교육의 이론과 실제》(아인 각, 1965년)에서 다음과 같이 구별해 보이고,

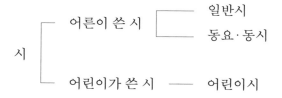

다시 어린이가 써야 할 시와, 어른이 쓰는 동시를 흉내 내 어 어린이가 쓰고 있는 동시가 다르다는 것을 그 내용과 형태 와 쓰는 태도와 표현 기교와 평가 기준, 발전에 이르기까지 나 누어 표를 만들어 보인 바가 있다. 또한 《아동시론》(세종문화사,

1973년)*의 〈아동시의 이해〉 항에서 어린이가 쓰는 시가 ① 생활 감동의 소박한 표현 ② 모든 아동이 쓰는 시 ③ 아동과 함께 성장하는 시 ④ 사투리로 쓰이는 시라고 논하여, 어른의 시나 동시와 다른 점을 밝혔다. 그리고, 또 같은 책 첫째 장 〈아동 없는 아동의 동시〉에서는 우리 나라의 어린시가 지금까지는 거의 싹도 트지 못한 상태에 있고, 다만 어른들 동시를 모방만 하고 있었다는 사실을 해방 후 30년 동안의 동시와 교육의 역사에서 고찰해 놓고, 그 원인이 어린이에게 문학작품을 쓰게 하는 그릇된 교육을 교사들이 문학인들의 창작 이론을 그대로 받아 덮어놓고 무조건 교실에서 하고 있었기 때문임을 상세히 논한 바 있기에, 여기 다시 그것을 되풀이하지 않는다. 다만 앞에서 말한 우리 문단의 저명 작가·평론가 들의 어린이문학 내지 동시에 관한 잘못된 이론과 발언이 어린이의 교육 면을 전혀 고려하지 않고 있음을 여기 지적해 두고 싶다.

어린이가 쓰는 글을 작문이라 하든지 글쓰기라 하든지, 시 또는 동시, 그 무엇이라고 이름을 붙이든지 그것은 교육으로서 이뤄지는 것이고 교육의 문제가 된다. 교육 문제와 교육의 현실을 도외시한 어린이 작품의 논의는 아무 뜻도 없다. 만일 아이들이 쓴 글이 문학작품이라면 글을 쓰게 하는 것이 곧 문학작품을 쓰게 하는 것이고 '글쓰기 교육=문학작품 창작 교육'이 된다. 또한 '글쓰기 교육=시인·소설가·어린이문학 작가 양성 교육'이 되지 않을 수 없다. 이러한 교육은 세계 어느 나

---

* 《어린이는 모두 시인이다》(양철북, 2017년)로 다시 나왔다.

라에도 없는 것이고, 우리 나라 교육과정에도 물론 없다. 이렇게 되면 아이들을 참된 인간으로 키워 가는 전인교육의 효과적인 수단이 되는 글쓰기 교육은 간곳없이 되고 한갓 문예 작품 창작 기술 지도를 함으로써 손끝의 재주만 익히는 놀음이 되는 것이다. 아이들의 생활과 심리에 전혀 맞지 않는 어른들의 창작 과정을 그대로 밟아 글을 쓰게 하자니 그런 억지 결과가 될 수밖에 없다. 이론상으로뿐 아니라 교육 현실이 그러하다. 해방 이후 30년 동안 우리 나라 국어 교육의 표현 면의 지도는 이런 그릇된 길을 걸어온 역사였음을 부인할 수 없다. 그것은 정신적인 면, 생활적인 면이 아주 무시된 손재주와 잔꾀로 타락한 놀음이었고, 상 타기·이름 팔기의 상품 선전 교육이었고, 많은 아이들의 희생 위에 이뤄진, 특별히 선발된 소수 어린이를 위한 극히 비민주적인 교육이었다. 이러한 그릇된 교육의 역사를 돌아보면 돌아볼수록(그것은 아직도 거의 조금도 반성이 없이 그대로 진행되고 있지만) 이토록 교육을 잘못 이끌어온 문학인들의 책임을 묻고 따지고 싶어진다.

잘못된 교육을 받은 아이들이 사회와 인간과 문학에 대해 잘못된 인식과 태도를 가지고 있는 이상, 그들 가슴속에 올바른 문학의 씨앗이 심어졌을 리가 만무하다. 상 타기 위해 말재주 놀이만 하여 온 아이들이 자라나서 어른이 된들 어찌 문학 작품을 제대로 쓰겠는가?

나는 최근 신춘문예나 잡지 추천으로 문단에 나온 신인들, 특히 어린이문학 작가들의 작품이 동시고 동화고 할 것 없이 빈약한 내용을 공연히 어지럽고 허황한 말의 장식만으로 꾸며 내려는 공통되는 경향이 있음을 생각해 본다. 이러한 경향은 그들이 해방 이후 성장하여 이 땅의 비민주적이고 비뚤어진 교육, 말장난의 국어와 글짓기 선수 양성 교육을 받아 온 것과 아무 상관이 없다고 생각되지 않는다. 참된 문학의 씨를 아이들의 가슴에 심기 위해서도 어른들이 쓰는 동시 창작을 아이들에게 강요할 것이 아니고, 문학작품을 아이들에게 쓰게 하는 그릇된 이름 내기의 장삿속 교육을 할 것이 아니고, 모든 어린이가 자기 생활을 정직하게 글로 써서 개성을 펴 나갈 수 있도록 참된 생활 글쓰기 교육, 어린이 자신의 시(문학작품이 아닌)를 쓸 수 있는 교육을 해야 되겠다는 것을 30년 교육의 과거가 뼈아프게 가르쳐 주고 있다.

아이들은 원칙적으로 동화나 소설이나 동시를 쓸 수 없다. 이 말은 아이들이 쓰고 있고 쓸 수 있는 산문이나 시가 어른의 문학작품에 견주어 반드시 가치가 떨어진다는 말이 아니다. 어린이의 작품은 자라나는 그들의 특수한 세계를 표현한 것인 만큼 독특한 문화적 산물로서 가치가 있는 것은 말할 것도 없다.

또한 아이들이 문학작품을 쓸 수 없다는 말은 일반적인 원칙이 그렇다는 것이고 어떤 형태의 문학작품도 절대로 아이들에게서는 나올 수 없다는 말이 아니다. 특별히 조숙한 어린이가 극히 드물게 어른이 쓰는 것과 같은 문학작품을 쓸 수 있을지 모른다. 백철 씨는 그런 예로서《안네 프랑크의 일기》(1947년)와《말馬》,《작문 교실》을 들고 있는데, 찾아보면 또 더 있을지 모른다. 설령 더 있다고 하더라도 이런 것이 아이들에게 문학작품 창작 교육을 해야 한다는 구실이 될 수 없다. 그런 예는 극히 드물게 나타나는 것이고, 그런 예로서 아이들에게 동시나 동화를 쓰게 하려는 것은 마치 열두 살 되는 아이가 대학 입학시험에 합격했다고 하여(그런 예가 있었다) 중고등학교를 없애고 초등학교 졸업생을 모조리 대학에 보내자는 주장과 다를 바 없다.

더구나 어린이가 쓰는 일기체나 스케치 같은 작품 양식만이 순수한 어린이문학의 양식으로서 어른들이 본받아야 할 것이 될 수 없는 것도 말할 필요가 없다. 또한《안네 프랑크의 일기》나《작문 교실》을 쓴 아이가 어른이 되어 작품 활동을 계속했다고 할 때, 그런 것을 어릴 때 쓰지 못하고 자라나 훨씬 뒤에 문학 수련을 한 다른 사람들에 견주어 반드시 더 훌륭한 작품을 썼을까도 의문이다.

또《안네 프랑크의 일기》나《작문 교실》을 낳은 네덜란드나 일본의 교육이 결코 아이들에게 글쓰기를 문학작품으로 알고 시인·소설가 양성 교육을 했기 때문이 아니라, 오히려 부분적으로라도 건전한 글쓰기 교육을 했기 때문에 그런 진실한 생활 기록이 나왔다고 본다.

광복 후 우리 나라의 글쓰기 교육이 엉터리 동시 지도를 하지 않고 참된 시 지도를 하였더라면 지금쯤 얼마나 풍성한 어린이 문화가 어린이시로 꽃피어 있을 것인가? 그리고, 어린이의 손으로 쓴 훌륭한 시집이 그동안 몇 권쯤은 나왔을지도 모른다.

그런데 여기 나와 같이 어린이 작품을 어른의 것과 구별해야 한다는 견해를 표명한 글이 있기에 필요한 대문을 인용해 본다. 박경용 씨는 〈동시의 새 국면을 제시한 '5월의 바람이 불면'을 말함〉(《아동문학》 9집)에서 다음과 같이 말하고 있다.

원칙적으로 어린이들이 쓰는 동시는 어른들이 쓰지 않아야 하며 어른들이 쓰는 동시는 어린이들이 사실상 흉내도 내지 못해야 하는 것입니다. 그렇지 않다면 왜 동시인(아동문학가)이라는 거추장스런 존재를 어른 작가 가운데다가 따로 두어야 하는 것입니까? (……) 엄밀히 따져서 성인 작가는 어린이의 입장에 설 수도 없으며 또 이런 점에 집착한다는 것은 오히려 위험한 일입니다. 어른인 작가는 어린이 세계와 접촉되고 상통할 수 있는 감정의 테두리에서 차라리 자유분방해 버리는 것이 현명합니다.

이것은 훌륭한 탁견이다. 다만 이 논술에서 좀 불만스러운 것은, 박 씨가 분명히 어린이가 쓰는 작품과 문학가인 어른이 쓰는 작품을 구별할 수밖에 없다는 것을 본질적으로 파악하여 밝혀 놓았으면서도 그 두 가지 판이한 세계에서 이뤄진 작품의 명칭을 똑같이 '동시'라고 일컫고 있는 일이다. 이름이 같아서는 두 가지의 개념이 분명 다름을 인식하더라도 자칫하면 혼란이 생겨나기 쉽고, 더구나 아이들은 혼동하게 된다. 나는 10년 전부터 아이들이 써야 할 것을 '시', '어린이시', '아동시'라고 말하고, 어른의 문학작품은 이때껏 말해 온 그대로 '동시'라고 하고 있는데, 이보다 더 적절한 명칭이 달리 있으면 다시 붙여 말해도 좋다고 생각한다.

어쨌든 이런 발언이 10년이 지난 아직도 새롭고 혹은 엉뚱스럽기까지 하다면 어린이의 글쓰기나 어른의 문학이 지금껏 제자리를 못 잡고 있음이 분명하다 하겠다.

누구를 위해 쓰는가

이런 물음 자체를 부당하게 생각할 사람이 있을 것 같다. 예술 작품의 창작은 순수한 내적 충동에 따른 것이지 도대체 누구를 위한다는 일이 있을 수 없다는 주장이다. 그러나 순수한 표현 충동으로 창작 행위를 한다고 하는 경우라도 결국 자기 자신의 내심의 만족을 얻기 위해 하는 행위, 곧 자기를 위한 행위라고 본다면, 어떤 작가나 시인이라도 이런 반문은 제기할 수 없으리라 생각된다. 그래서 '동시(물론 동화도 소설도 그렇지만)는 누구를 위해 쓰는가?' 할 때 그 대답을,

① 어린이를 위해 쓰는 것이다.

② 작가 자신을 위해 쓰는 것이다.

③ 어린이와 어른이 함께 읽을 수 있도록 쓰는 것이다.

이렇게 세 가지로 생각할 수 있다.

여기서 ①의 '어린이를 위해 쓰는 것'이란 어린이만을 위해 쓰는 것이 아니고 어린이를 주된 독자 대상으로 하되, 어린이 문제에 관심이 있는 사람이나 어린이 세계에 공감을 가지는 모든 어른들이 함께 읽게 되는 것을 배제하지 않을 뿐 아니라, 오히려 그런 상태가 더 바람직한 것이라면, ①과 ③은 결국 다른 것이 되지 않는다고 할 수 있다. 즉, '어린이와 어른이 함께'에서 '어른'의 참여는 어른이 위주가 될 수 없는 것이다. 그

러니 동시(동화나 소설도 마찬가지)는 누구를 위해 쓰느냐, 할 때 '① 아이들을 위해 쓴다' '② 자기를 위해 쓴다'는 두 가지 대답만이 남게 된다.

그런데 '② 자기를 위해 쓴다'고 하는 이 대답은 시를 순수한 표현 욕구에 따라 쓰는 것으로 보고, 동시도 시라는 생각에 사로잡힌 나머지 이런 말을 하게 된 것 같다. 창작 과정에서 볼 수 있는 일면적인 심리 상태를 지나치게 생각한 결과 이런 논리를 고집하여 동시의 개념을 규정한다는 것은 잘못이다. 아무리 이런 주장에 일리가 있다는 것을 수긍하는 사람이라도 어린이를 전혀 도외시한 동시를 쓰지는 않을 것 같고, 그런 동시 작품은 사실상 존재하지도 않는 것이다. 가령 어떤 이는 자기 작품이 독자를 전혀 고려하지 않고 순수한 예술 충동이나 영감에서 생겨나는 것처럼 말하고, 그리고 아무도 자기 작품을 이해해 주지 않아도 좋고, 단 한 사람도 읽어 주지 않아도, 심지어 자기 자신조차 알 수 없는 것이 되어도 좋다는 극단적인 말을 하는 사람이 있으나, 동시가 아닌 일반 시에서도 이런 말은 대부분 사람들에게 비웃음을 살 것인데, 동시를 쓰면서 이런 말을 한다는 것은 누가 들어도 좀 괴상한 말이 될 것이다.

동시를 경우에 따라서 그냥 시라고 할 수도 있고, 동시집을 '소년 시집'이라거나 그냥 시집으로 이름 붙일 수도 있지만, 어린이에게 주기 위해 쓰는 것이 아니라 어른에게 읽히기 위해 쓰는 것이라든지, 자기 자신만을 위해 쓰고 있다고 하는 사람의 심리에는 뭔가 어린이문학이란 것에 대한 부당한 열등감 같은 것이 있는 것은 아닐까? 어린이문학의 특수성을 무시하거나 잊어버리고 굳이 일반 문학과 동일시하려는 것은 어린이문학을 하는 사람의 사명감을 버리고 문단의 지위나 사회의 처세에 더욱 눈이 팔린 사람이 아닌가도 생각된다.

또, 어떤 작가가 진정으로 어린이에게 준다는 의식이 전혀 없이 자기만족만을 위해 쓰거나, 어른을 독자로 예상한 동시란 것을 썼다면(그런 사람이 있을 것 같다. 요즘 동시를 보면 아이들의 말로 쓰여 있으면서도 어른의 세계가 되고 있거나 아이들이 알 수 없는 말재주만을 부린 것이 자꾸 나오니) 왜 그런 사람은 어른인 자기를 표현하는 데 하필이면 동시를 썼을까? 어린애들의 세계와 말을 빌려 자기를 표현할 수밖에 없는 그런 정신세계가 있었을까? 자기의 어린 시절로 돌아가 그 추억에 파묻혀 꿈을 꾸듯 쓴 것일까? 혹은 흔히 말하는 소위 동심이란 상태가 된 것일까? 또는 김흥규 씨가 말한 대로 "특수한 화자와 그에 따른 화법과 세계 인식의 특이성을 가진 시"이기 때문일까? 그러나, 그렇다 하더라도 독자인 어린이를 전혀 염두에 두지 않으면서 하필 자기를 표현하는 데 어린애의 말과 세계를 빌린다는 것은 아무래도 좀 이상한 상태로밖에 안 보인다. 결국 이런 사람이 쓴 동시는 도피, 혹은 퇴행 행위밖에 될 것이 무엇이겠는가 싶다. 윤동주의 동시를 김흥규 씨가 "화해의 세계"라고 본 것은 매우 타당하고 흥미 있는 견해지만, 이 화해란 말을 뒤집어 보면 결국 퇴행의 세계가 되는 것이다. 윤동주가 동시를 쓰기 이전에 쓴 시와 동시를 쓰다가 그만둔 이후의 시 작품의 발전을 생각할 때, 이 퇴행이란 말은 그의 시 이해에 더욱 뚜렷한 의미를 가져오는 것 같다.

윤동주는 어린애들을 좋아한 것 같고, 그가 동시를 어린애들에게 읽히기 위해 쓴 것이 거의 틀림이 없는 것 같은데, 그러한 경우에도 이 젊은 시인이 자기의 젊음과 조국과 인간의 문제를 접어 두고 어린애들의 세계에만 몰두하는 경우 이러한 해석이 가능하다. 하물며 아이들을 위한다는 생각이 없이 어린애말의 흉내를 내는 동시인에 있어서랴? 한국 어린이문학의 모든 동심론자들의 유희적 동시도 필경 일종의 정신 퇴행 현상으로 설명할 수 있을 것이다.

이러한 퇴행적 정신의 표현이 참된 동시가 될 수 없음은 명백하다. 그것은 동시가 마땅히 보여 주어야 할 자태가 아니며 동시가 나아갈 길이 될 수 없다. 동시는 어디까지나 아이들을 위해, 아이들에게 읽히기 위해 쓰는 것이다.

이렇게 동시의 성격을 규정할 때, 여기 문학작품으로서는 매우 꺼림직스런 협잡물이 끼어드는 것 같은 느낌이다. 곧 아이들을 위한다는 교육성이 그것이다.

그러나, 어린이문학의 교육성이란 넓은 뜻의 문학 교육을 말하는 것이다. 작품으로 어린이를 감동시켜 그들의 감성을 풍부하게 하고 지성을 높이고 인간성을 아름답고 선한 방향으로 키워 가도록 하는 것이 교육성이다. 이러한 더욱 근원적인 뜻의 교육성조차 배제해 버리고 순수한 아름다움이란 것만을 추구한다면, 일반 문학에서는 몰라도 어린이문학에서는 그런 태도가 오히려 유해한 '교육성'이 될 수 있다. 특히 동시에서는 이러한 태도가 유치한 동심주의나 내용 없는 기교주의로 타락하여 어린이의 심정을 비뚤어지게 하고 마음의 성장을 방해하는 결과가 된다. 해방 후 우리 어린이문학과 글쓰기 교육의 관계를 살펴볼 때 더욱 이런 결론을 굳힐 수 있다.

어린이문학이 어린이에게 주기 위해 쓰는 문학인 이상 작가가 어린이가 받게 되는 영향을 생각하지 않고 작품을 쓴다면 그러한 행위는 어른들이 술을 마시고 담배를 피우는 행위와 크게 다를 것이 없다. 어른의 기호만으로 만들어지는 어린이문학이 존재해서는 안 된다. 어린이문학 작가들은 어린이를 위해 쓰는 것이 자기를 위한 것이 되어야 하며, 문학으로써 어린이를 키워 가야 할 사회적 책임을 지고 있는 것이다.

어린이문학의 교육성에 대한 여러분의 의견은 어떠한가?

홍사중 씨는 앞에 든 글에서 "원칙적으로 우리가 문학이라 할 때 아동문학을 포함하지 않는다. 그것은 아동문학이 문학이 될 수 없는 까닭에서가 아니라 아동문학에서 우리가 찾는 가장 중요한 것이 문학성은 아니며, 꼭 문학성이 높아야만 아동문학이 된다고도 할 수 없기 때문이다"라고 하고 있다. 이것은 어린이문학에 대한 일반 문단의 통상적인 견해를 표명한 것이다. 어린이문학에서 교육성을 중요한 것으로 본 것은 타당한 견해지만, "꼭 문학성이 높아야만 아동문학이 된다고도 할 수 없다"는 견해는 잘못되어 있다. 문학성이 낮아도 교육성만 있으면 어린이문학이 된다는 말이 되기 때문이다. 그래서 어린이문학을 문학의 권외에 두는 모순을 저지르는 것이다.

이러한 어린이문학에 대한 오해는 어린이문학의 교육성이란 것을 문학성과 대립된 개념으로 파악하기 때문에 생겨난 것으로 본다. 어린이문학 작품에서 다루는 소재나 주제나 표현 수법이 어린이 세계의 것이 아니어서 어린이의 관심이나 이해 한계를 벗어난 것이라든지, 어린이의 심성을 해롭게 하는 내용이라면, 가령 그것을 아무리 어른의 처지에서 재미가 있고 문학적인 표현을 하였다고 하더라도, 그런 작품의 문학성을 우리는 인정할 수 없고, 그런 것을 어린이문학 작품으로 볼 수도 없다. 이와 반대로 수신 교과서나 도덕 교과서의 글이 어린이문학 작품이 될 수 없는 까닭도 뚜렷하다. 문학성과 교육성은 어린이문학에서 하나가 되고 공존하는 것으로 보아야 옳은 것이다. 어린이문학을 문학으로 보지 않는 사람은, 이와 같은 교육성에 대한 잘못된 생각을 가진 것이 아니라면, 그것은 또 우리 어린이문학 자체에 기인할 수도 있다. 즉, 우리 어린이문학이 높은 뜻의 교육성을 담은 훌륭한 작품이 드물고, 문학성이 없이 노골적인 교육적 설교가 되고 있거나, 이와 반대로 어른 중심의 자기 넋두리나 어린이의 현실을 아주 무시한 탐미주의적인 작품이 범람하기 때문이라 여겨진다.

최태호(1915~1987년) 씨는 〈아동문학의 나아갈 길〉(《아동문학》 제4집, 1963년 3월)에서 우리 어린이문학은 우리의 '신문학'이 출발하였을 때, 곧 잡지 〈소년〉(1908~1911년) 시대로 돌아가 민족을 계몽하는 횃불이 되고, 더욱 넓은 시야에서 어린이 문화를 건설하는 방향으로 지향해야 된다고 하면서, 한편으로는 "교육사의 근대적 성격은 문예부흥 이후의 예술교육에서 볼 수 있으며, 예술교육의 근본 목표인 정서의 함양은 문화 의식을 북돋는 데 있다"고 하여 교육의 근대적 성격과 예술교육의 근본 목표가 인간성의 회복과 개성의 신장에 있는 것이 아니고 막연한 '정서의 함양'이니 '문화 의식'을 배양하는 것으로 보고 있다. 그러면서 "어린이도 사회참여를 해야 한다는 문화관에서, 성인문학과 똑같은 사회관에서 자기의 인생관을 작품화하는 것을 문화인의 양심으로 생각하는 것은 상대자의 어린이로서 실로 딱한 일이 아닐 수 없다" 하여 그의 어린이 문화니 민족 계몽이니 하는 것이 무엇을 말하는 것인지 종잡기 힘들게 하고 있다. 그리하여 필경 그 계몽이니 문화니 하는 것은 "아동문학의 꿈과 소망과 동경의 문학"이니 "동심이라는 그들의 심신 발달에 적응한 자기 발견과 인류가 가장 역사와 사회를 초월하여 간직할 수 있는 소박한 원시성을 지닌 렌즈가 있는 것"이란 말들을 하는 것으로 보아, 아무래도 관료 근성이 몸에 밴 사람들이나 좋아할 '계몽'이거나 획일화된 '문화'가 아닌가 우려된다.

여기에 대해 조연현(1920~1981년) 씨는 〈가치 의식의 혁신〉(위와 같은 책)에서 흥부와 놀부의 예를 들어 "우리 나라 아동문학이 가지고 있는 공식적 인간 해석과 선악에 대한 비과학적인 해석"을 경계하는 정도로 비판하고 있지만, 김동리 씨는 작품의 윤리적 효용성을 조심해야 한다고 하면서 동심주의 문학관에 동조하고 있다. 김 씨는, 어린이문학은 어린이에게 선을 가르칠지언정 악을 가르치지 말아야 한다고 하면서 어린이문학의 윤리적 효용 가치보다 더 중요한 것이 미적 가치라고 하여 "특히 민족이나 국가에 대해서 적극적인 목적의식을 작품 속에 넣는 일은 경계해야 하리라고 본다"(위와 같은 책〈윤리적인 효용성은 소극적으로〉)라고 하고 있다. 김 씨는 이와 같이 어린이문학의 윤리성은 인정하되 그것을 미적 가치보다 낮은 데 두고, 될 수 있는 대로 그것이 소극적으로 작품에 나타나기를 바라고 있다. 이것은 미적 가치란 것을 사회와 인간에서 아주 떠난 곳에 설정하고 있는 그릇된 태도고, 그리하여 어린이문학의 소재와 주제, 표현 방법을 다시 더 안이한 곳으로 후퇴시키고 한정해 버리는 비문학적 결과를 가져오게 하고 있는 것이라 본다.

대체로 이러한 논리의 모순은 어린이문학 작품에서 교육성과 문학성, 윤리성과 미적 가치를 분리하여 대립시키는 데 원인이 있지만, 이렇게 두 가지를 분리 대립시켜 미적 가치를 우위에 두는 의도는 결국 어린이에게 사회의 진상과 진실을 알리지 말아야 한다는 데 있다. "악을 가르치지 말아야 한다" 그러니 악을 보여 주지 말고 선만을 보여 주자는 것이다. 그리고 그 선은 사회와 인간의 생활에서 배우는 것이 아니라 인간 사회를 떠난 어떤 공상의 세계에서 꿈만 꾸고 즐거워하는 것이 곧 선이 된다는 것이다.

이쯤이면 선이고 미란 것이 무엇을 말하는 것인지 알기 힘들다. 사회의 현실과 인간의 생활을 떠난 선악이며 미추가 어디 있는가? 대관절 우리가 문학작품에서 선이란 것을 어떻게 보여 줄 수 있는가? 악과의 구체적인 관계에서 보여 주지 않고 어떻게 선을 가르칠 수 있는가? 아이들이 이미 세상에서 모두 보고 듣고 알고 행하기까지 하고 있는 사회와 인간의 악을 작품에서 덮어 둔다고 해서 선을 가르치는 것이 되는가? 사회와 인간의 참모습을 보여 주어 옳지 못한 것을 미워하고 바르게 살아가려는 정신을 키워 가지 않고 어떻게 정의감과 진실을 가르칠 수 있겠는가? 가난한 이웃 사람들의 어두운 생활을 보여 주지 않고 어떻게 아름다운 동정심을 기르겠는가. 나라가 두 동강이 나고 동족끼리 총부리를 겨누고 있어도 민족 문제에 대한 목적의식을 가지고 작품을 쓰는 것은 윤리적 효용성을 노리는 것이기에 소극적으로 해 두어야 하는가? 윤리성보다 위에 두는 미라는 것은 대체 어떤 것인가? 불의를 미워하고 정의를 사랑하는 마음이나 가난하고 약하고 짓밟히고 있는 생명에 대한 동정심이나 고난을 이겨 낸 즐거움이나, 그런 인간 정신의 아름다움은 미적 가치가 없고, 또 그런 인간의 마음속에 비쳐 든 자연도 미적 가치 기준에 해당이 안 되고, 다만 재미스럽고 웃기는 것이 아니면, 꽃과 나비와 달빛과 옹달샘과 사슴의 눈동자와 골동품 항아리 같은 것만이 미가 되는가?

이렇게 보면 이와 같은 사고방식은 지금까지 우리 어린이문학의 흐름을 지배해 오던 바로 그것임을 알게 된다. 아이들을 세상모르는 천사로 살아가도록 아름답고 명랑한 '착한 아기식' 얘기만 들려주고, '딸랑 딸랑 방울이 딸랑'식 노래만 들려주어야 한다는 동심천사주의가 바로 이것이다.

대관절 동화나 동시에서 현실을 미화하기만 하는, 이 비문학적이고 비시적인 창작 태도를 어린이문학의 특성처럼 잘못 알고 있는 것은 얼마나 어리석은 일인가? 동심으로 도피하거나 현실을 미화하는 것을 교육성이고 윤리성이라고 생각하기 때문에 교육성과 윤리성이 논란이 되고 기피되는 것이다. 현실 미화는 분명 어린이를 기만하는 행위다. 이것이야말로 문학에

71

서 어린이를 근본적으로 악으로 몰아가는 비문학적인 창작 태도다. 그리고 이런 기만에 찬 창작 행위는, 어린이문학을 어린이에게 주기 위해 쓰는 것이란 엄연한 사실을 모른 척하고 작가 자신의 심리 세계에 도취되어 쓰면 그만이라고 하는 이들의 작품에 더욱 뚜렷하게 나타나고 있음을 볼 수 있다.

어린이문학이 인간 사회를 정직하게 가르쳐 주는 참된 문학이 되지 못하고 당치도 않는 꿈만 꾸도록 하고 있는 점에 대해 홍사중 씨는 앞에서 인용한 글에서 다음과 같이 말하고 있다.

또 하나 조심해야 할 것이 있다. 그것은 어린이로 하여금 현실을 바라보는 눈을 기르게 하기 위해서는 어른 세계의 추한 면까지도 솔직하게 드러내어 주는 '리얼리즘'이 아동문학에도 필요하다는 생각이다. 분명히 어린이의 마음을 너무나 꿈의 세계에 묶어 놓는다는 것은 어른의 세계에 대한 지나친 환멸과 반감을 갖게 만들지 모른다.

'아름답다'는 것은 어떤 사물에서 진실이 충만해 있을 때 느끼는 감정이다. 진실이 없이 아름다움이 있을 수 없다. 껍데기만의 사치나 호화로움이 참된 아름다움이 아니라는 것을 우리는 작품으로 보여 주어야 한다. 이 세상에서 아름다움이 무엇인가를 알리기 위해서 어린이문학 작가들은 어린이를 속이지 말아야 하며, 사실을 밑뿌리로 한 진실의 꽃과 열매를 창조하여 보여 주어야 한다. 진실만이 어린이를 감동시킬 것이기 때문이다.

어린이문학은 어린이에게 주는 것, 동시는 어린이의 참된 성장을 위해 쓰는 것이다.

무엇을 어떻게 쓰는가

이 '무엇을'과 '어떻게'는 조금만 깊이 생각하면 따로 나눌 수 없는 관계에 있음을 알게 된다. 소재의 선택이나 제재의 결정은 아무리 단순하고 우연히 이뤄지는 것처럼 보여도 결국 그것은 작가나 시인의 독특한 개성과 문학관, 작품의 경향성에서 결정되는 만큼 그러한 '무엇'의 선택과 결정은 그대로 '어떻게'의 태도를 결정하고 표현 방법을 한정하는 것이 되기 때문이다. 그러나 여기서는 편의상 '무엇을'과 '어떻게'를 나누어 고찰하기로 한다.

먼저, 무엇을 쓰는가 하는 문제다. 우선 동시라고 하여 반드시 어린이를 소재로 해야 하는 것이 아님은 일반 시가 어린이를 소재로 할 수 있는 것과 같다. 다만 소재가 어린이의 세계든 어른의 세계든 어린이가 느끼고 이해할 수 있고, 어린이가 관심과 흥미를 가지는 것이어야 한다는 것은 달리 논란이 없을 것이다.

주제와 표현에까지 영향을 미치는 소재의 선택은 시를 쓰는 과정에서 매우 중요하다. 만약 어떤 시인이 '무엇을' 쓰는가를 항시 소홀히 하고 있다면, 그의 시는 필경 장인바치의 손재주로 만들어지는 것이라, 거기 정신의 천박성과 편벽성이 드러날 것이고, 그리하여 매너리즘에 빠진 상태가 될 것이 분명하다.

　우리 나라의 동시인들은 어린이의 유희 세계를 다루는 사람이 가장 많다(〈시정신과 유희정신〉 참조). 다음에 많은 것이 자연 풍경이고, 작자 자신의 관념 세계가 되고 있다. 유희의 동심 세계나 풍경 스케치가 어른만의 취미로 만들어지는 것임은 뒤에서 다시 언급하겠다. 관념 세계에 파묻혀 있는 동시인 중 어떤 이는 역사의 껍질이나 유적 같은 데 별난 관심을 보이고, 혹은 목가적인 농촌을 그리는 취미에 젖어 있고, 또는 '빛'이라든가 '나무'라든가 하는 것에 어떤 형이상학적 의미를 캐려고 하고 있는 것을 보게 된다. 이와 같은 관념은 어른이 읽을 시라면 모르지만 아이들에게 주는 동시라면 참 엉뚱한 것일 수밖에 없다. 동시의 소재가 어른 세계의 것일 수 있다고 하더라도 어린이의 생활 현실에서 교섭이 될 수 있는 사회와 인간의 현상이 아닌 어른들만의 정신 내부의 풍경이나 상념이라면 벌써 그것은 아이들과는 단절된 딴 세상의 것이다. 그것은 동시의 세계를 넓히는 것이 아니고 동시의 영역을 이탈하는 것이 된다.

　물론 동시의 표현 내용이 어린이의 눈에 비치는 단순한 세계에 머물러야 한다는 것이 아니다. 어린이가 보고 느끼고 생각할 수 있는 가능의 세계다. 혹은 보고 느끼고 생각한 것을 시인의 세계에서 다시 질서를 세우고 의미를 붙여 놓은 세계다. 동시라는 나무에 피어난 꽃과 열매는 그 뿌리가 어린이가 살아가고 있는 땅에 내리고 있어야 하는 것이니, 꽃과 열매가 아무리 자유롭고 탐스럽게 피고 맺어 있다 하더라도 어린이가 그 향기를 맡을 수 없고 아름다움을 느낄 수 없다면, 그것은 동시의 나무라고 할 수 없고, 기실은 병든 꽃이요 열매일 따름이다. 유희적인 것과 풍경의 완상과 관념의 세계는 그것들이 다 같이 어린이 세계에 뿌리를 내린 것이 아니어서 어린이가 그 향기를 맡고 아름다움을 느낄 수 없다는 것, 그것은 어른들만의 취미물로 만들어진 조화요, 모조품의 열매라는 점에서 비판되어야 한다.

소재 선택에서 동시의 어른 취향은 동시인이 '무엇을' 쓰는가, 하는 문제를 등한히 하고, 따라서 불성실한 시 창작 태도를 입증하는 것이 된다. 시정신의 상실을 말하는 이런 태만이 시의 표현 태도와 형식으로 나타나 공허한 말장난의 동시가 되고 있는 것은 너무나 당연하다. 시인은 그 표현 태도나 수법이 그러해야 하는 것처럼, 그것에 앞선다고 할 수 있는 '무엇을' 쓰는가 하는 문제에 있어서도 참된 자유의 정신을 발휘하지 않으면 시를 쓸 수 없다는 것이다.

다음, '어떻게'의 문제는 다음 세 가지를 고찰해 보려고 한다. 첫째는 어린이에게 읽혀야 한다는 특수성에서 오는 표현 형식 면의 제약성 문제이고, 둘째는 쓰는 태도라든가 자세 문제, 셋째는 시점 문제다.

동시가 어린이에게 받아들여지기 위한 표현 형식 면의 조건으로서 들어야 할 것은 ① 될 수 있는 대로 쉬운 말로 쓰고 ② 지나친 생략이나 비약적 표현을 피해야 하며 ③ 은유법 같은 것도 지나친 것을 쓰지 않도록 할 것이며 ④ 실감이 따르지 않는 공허한 말을 안 쓰도록 할 일이다. 이런 것은 독자인 어린이를 위해 당연히 유의해야 될 일이다. 이렇게 함으로써 혹 어떤 경우 시에 다소 손상이 가는 느낌을 주더라도 어쩔 수 없다고 본다. 이런 제약을 받는 것이 동시의 존재 이유의 하나가 되기 때문이다.

흔히 난해한 어른시를 보면 아무 감흥도 없는 것이 공연히 말만 어렵게 되어 있는데, 그러면서 언뜻 보기에 뭔가 그럴듯한 시다운 것이 들어 있는 것같이 느껴진다. 그런 작품을 쓰는 사람이 간혹 동시라고 해서 써 놓은 것을 보면 한심스러울 만큼 보잘것없는 것이 되고 있다. 이것은 어른시에는 어려운 말이나 표현의 기교가 한몫 보지만 동시에서는 말의 속임수라는 것이 들지 않기 때문에 시인의 능력이 숨김없이 잘 드러난다는 것을 말해 주는 것이 된다. 훌륭한 동시는 훌륭한 시인만이 쓸 수 있는 것이다.

둘째 번의 쓰는 태도, 혹은 자세 문제에 대해 언급해 본다. 동시를 쓰는 시인은 어린이인 척할 수 있을지 모르지만 아주 어린이가 되어 버린 상태에서는 시가 될 수 없다. 또한 어른만의 세계를 표현하는 데 그친다면 그것은 동시가 될 수 없다. 여기에 동시의 어려움이 있다. 자칫하면 어린이 흉내에 그치고, 아니면 어른의 넋두리로 되고 만다. 실지로 우리 동시가 걸어온 길이 그러했다. 1950년대까지의 동요가 어린애들의 유희 세계였다고 하면, 60년 이후에는 동시인 자신의 한갓 취미로 쓰고 있는 경향을 부인할 수 없다(구체적인 사례는 〈시정신과 유희정신〉 참조 바람). 동시가 빠지기 쉬운 이러한 함정에서 벗어나기 위해 우리는 다시 동시란 누가 누구에게 주기 위해 쓰는 것인가를 확인하고, 그것은 시인의 어떤 정신적 바탕과 자세로 비로소 써질 수 있는가를 두 가지 면에서 생각해 보아야 할 것 같다. 하나는 시인이 어린애가 된 상태에서 벗어나 자기 자신의 세계관을 확보해야 한다는 것이고, 다른 하나는 이와 반대로 시인이 어린이를 이해하고 어린이의 세계를 깊이 파악해야 한다는 것이다. 이제 이 두 가지 측면을 따로 고찰해 보자.

시인이 아주 어린애가 되어서는(사실 어린애가 될 수도 없고 어린애의 흉내를 내는 것이지만) 안 된다는 것은 많은 말이 필요하지 않을 것 같다. 동시란 것이 어린애가 쓰는 것이 아니고 어른인 시인이 아이들에게 주기 위해서 쓰는 것이라는, 이 사실을 확인하면 될 것이다. 현대의 시가 지적인 바탕을 가지고 있어야 한다는 것은 동시라고 해서 결코 예외일 수 없다. 동시는 사탕 과자나 장난감이 아니라 아이들의 피와 살이 되는 정신의 영양소를 공급해 주는 것이다. 동시는 아이들의 기분이나 감각을 간지럽히는 웃음을 제공해 주는 것이 아니고(그러니 수수께끼 놀이나 만화와는 근본이 다르다) 인간스런 마음을 찾아 주고 세계를 넓혀 주는 것이어야 한다. 그러기 위해서 시인은 어린이의 세계를 파악할 뿐 아니라 어린이의 세계를 넘어서 더욱 높은 세계에서 시를 창조해야 한다.

그런데 어린애다운 것을 동심이라고 하여 이런 동심을 찾아다니는 이들이 있다. 동심을 나타내는 것이 어린이문학이요, 동시는 동심으로 써야 하고, 동시인은 동심을 가져야 한다고 한다. 이러한 그릇된 동심주의는 아직도 많은 동시인들이 사로잡혀 있는 망령이 되고 있다.

동심주의는 어린이의 세계를 관념 속에 설정하여 될 수 있는 대로 그것을 미화하려고 한다. 어린이를 근심 걱정 없는 꿈 속에서 살아가는 천사로 모시는 것이다. 그래서 같은 어린이라도 더 나이 어린 유아들의 천진난만한 놀이의 세계가 되고, 현실의 생활 감동이 극단적으로 제거된 시인의 몽상 속에서 아름답고 귀엽고 달콤하고 재미스러운 것만을 찾는 것이다. 여기서 동시인은 어린이의 현실을 알 필요도 없고, 그것을 걱정할 필요도 없다. 다만 동시인은 어린애가 되면 다 되는 것이고, 될 수 있는 대로 어린애다운 어린애가 되어 어리광을 부리거나 귀여움을 보여 주면 되는 것이다.

이런 동심의 꽃밭에서 아이들은 한때 달콤한 꿈을 꾸는 즐거움을 누릴지 모른다. 그러나 아이들은 곧 그 꿈에서 깨어날 것이고(깨어나지 않고 꿈만 꾸고 있다면 병든 아이다), 그런 꿈은 현실에서 이뤄질 수 없는 것이요, 자기와는 상관이 없는 세계라는 것을 깨닫게 된다. 혹은 동시란 것은 더 나이가 어린 유아들이나 읽을, 유치한 읽을거리로 안다. 그러나 이것으로 그친다면 얼마나 다행이랴? 동심의 거짓 꾸밈은 어린이 생활의 진실을 덮어 감추고 모든 것을 아름답고 재미있는 것으로 보이게 하는 화장술(미학)로 말미암아 어린이의 정신 속에 뿌리 깊이 파고드는 독소가 되고 있다.

대개 문학작품이란 것이 그 속에서 읽는 사람의 생활이 담겨 있는 것을 발견함으로써 위안을 얻고 기쁨과 용기를 가지게 되는 것인데, 이와 반대로 전혀 자기와 상반되는 생활이나, 가까이 할 수 없이 먼 거리감을 느끼는 세계가, 그것도 어린이가 읽는 작품에 나타난다고 할 때, 거기서 아이들은 무엇을 얻게 되겠는가? 아이들은 작품의 세계보다 실지 살고 있는 세상이 가난하고 부자유스럽고 고통스럽다는 것을 한층 더 느끼게 된다. 그 결과는 마음이 어두워지고 세상을 미워하는 태도가 된다. 열등감에 사로잡히게 되며 저와 같은 자리에 있는 사람들을 멸시하고 화려한 것, 남의 것을 부러워한다. 생활에 대한 자신과 용기를 잃는 대신에 시기·질투·증오·자포자기·비굴과 아첨·멸시…… 이런 모든 저열한 감정으로 가득 찬 음산한 골짜기로 쫓겨 들어가게 된다. 오늘날 돈과 권세 앞에는 머리를 숙여 아부하지만, 가난하고 약한 자는 짓밟고 올라서는 윤리를 익혀 가는 아이들이 이런 동심주의가 뿌린 해독을 입지 않았다고 할 수 있을 것인가? 동심주의는 단순히 어린애다운 것을 찾고 어린애가 되면 끝나는 것이 아니다. 그것은 어린이의 정신을 퇴화시키고 진실을 보는 눈을 멀게 한다. 안이한 웃음과 재미 속에 자기를 잃고 비뚤어진 노예 습성을 길들일 위험이 많다는 점에서, 이것은 분명 외래 식민지적 문학관이라 할 수 있다. 동심주의자들은 어린이문학을 이상과 낭만의 문학이라고 하지만 어린이와 현실에 뿌리박은 철학이 없는 이상이나 낭만은 이렇게 하여 한갓 속임수가 되고 있는 것이다.

다음에 시인이 어린이를 이해하고 어린이의 세계를 파악해야 한다는 점을 생각할 차례다. 어린이를 알지 못하고는 어린이에게 주는 시를 쓰지 못할 것은 당연하다. 시인이 쓴 시를 읽어 줄 아이들은 어디서 무엇을 하며 어떻게 자라나고 있는가?

우리가 어린이를 파악할 때는 두 가지 기본적인 면을 생각할 수 있다. 하나는 어른이 아닌 미성년으로서 시시각각으로 성장하고 있는 일반적인 어린이란 존재로서 심리와 생활의 특징 파악이요, 다른 하나는 사회적 역사적 존재인 어린이의 파악이다.

　　일반적인 어린이의 심리와 생활에서 오는 특징의 파악이란 측면부터 말하면, 어린이는 시인들처럼 공상 속에서 말장난을 즐기는 취미란 도무지 없는 것이고, 이른바 시인들의 생활을 떠난 상념의 세계를 이해하지 못하는 존재다. 시를 쓸 때는 물론이고 시를 받아들일 경우에도 그렇다. 아이들은 철저하게 생활인이고, 생활 속에서만 시를 느끼고 시를 생활하고 있는 것이다. 이런 어린이를 모르고 있다면 그들이 공감할 수 있는 시를 쓸 수 없다. 만일 어느 시인의 동시를 어린이가 멀리한다면, 첫째로 반성해야 할 것이 생활자인 어린이의 세계를 파악하고 있는가, 생활자인 어린이가 느낄 수 있는 감정과 생각인가 하는 점이다. 요즘 우리 동시에서 현저하게 나타나고 있는 두 가지 경향, 풍경 묘사와 감각 시는 이런 생활인인 어린이의 존재를 아주 무시하거나 망각한 자세로 쓴 것이다. 무릇 사람의 일보다 자연 풍경에 관심을 가진다는 그 자체가 어린이답다기보다는 어른의 태도라 할 수 있는데, 더구나 자연 풍물을 점잖게 앉아 바라보는 관조의 자세로 쓴 동시가 어린이의 것으로 받아들여질 수 없는 것은 당연하다. 그것은 어른들의 풍월 취미밖에 아무것도 될 수 없는 것이다. 또 이런 풍경 스케치의 동시가 그 내용의 공허하고 감동 없음을 가리기 위해서 감각적인 말의 꾸밈에 유달리 신경질이 되고 있는 것을 볼 수 있다. 이런 동시는 단지 그것이 감각적 표현에 그치고 있다는 점에서도 어린이의 세계에서 멀리 떠나 있는 것이지만, 그 감각적 표현조차 전혀 실감할 수 없는 언어의 유희로 빗나가고 있는 경향에 대해서는 이게 무슨 괴이스런 장난인지, 한두 사람에 그치지 않고 많은 동시인, 특히 신인들의 대다수가 이러함을 볼 때 개탄하지 않을 수 없다. 공허한 말장난은 동시인이 어린이를 그 최소한의 인간적 존재로서도 파악하지 못하고 있는 데 기인하는, 불성실한 시 창작 태도다.

이번에는 어린이를 사회적 역사적 존재로서 파악하는 일이다. 시인의 창작이 개인의 취미로 그치는 것이 아니라 이 땅의 어린이에게 주는 것이 되고, 거기에 따른 사회적 책임이 문제되는 만큼 사회적 존재인 어린이를 파악하지 못한다면 시인이 쓴 동시는 만홧가게의 만화보다 차라리 못한 것이 될지 모른다. 우리 어린이들은 어떤 역사 속에서 살고 있는가?

우리의 동시를 읽어 줄 아이들은 일본의 아이도 아니고 미국이나 소련이나 또 그 밖의 어떤 나라의 아이들도 아닌 한국의 아이들이다. 또한 천 년 전 신라 때 아이들도 아니고, 태평세월 속에 목가를 들으면서 자라나는 아이들도 아니다. 국토가 두 동강 난 땅, 동족상잔의 처참한 전쟁을 치르고, 전쟁도 평화도 아닌 상태에서 대부분의 사람들이 제정신을 빼앗긴 채 남의 흉내만 내고, 온갖 부조리와 혼란 속에서 아이들은 인간성을 잃어 가며 비뚤어진 어른이 되어 가고 있다.

호숫가에서 구름을 쳐다보고 꿈을 꾸는 사슴과 같은 아이들은 이 땅의 아이들이 아니다. 어른들과 다름없이 오염된 공기와 물을 마시고 해로운 과자를 먹기도 하고 욕지거리와 잔인한 행동으로, 다만 '나 혼자 무사하고 나 혼자 살면 그만이다'는 약육강식의 질서를 몸에 익히면서 비참한 어른이 되고 있는 것이 이 땅의 아이들이다. 욕설과 싸움질과 전쟁놀이와 철저한 이기적 행동 속에서 자라나는 오늘날의 대부분의 아이들을 보고도 모른 척한다면 이것은 기만이다. 알고도 그들의 앞날을 염려하지 않는다면 이 또한 극단적인 이기주의로 살아가는 병든 어른일 수밖에 없다. 태평세월 속에서 모든 것이 잘되어 가고 아이들은 귀엽게만 자라나고 있다면 모르지만, 오늘날과 같은 이런 시대에 꽃과 나비와 달과 구름만을 노래하는 시인은 동시를 쓸 자격이 없다. 어린이의 운명에 관심이 없는 어른이 어찌 어린이가 읽을 시를 쓰겠는가? 동시는 웃음과 재미와 귀여움을 손끝으로 만들어 내는 재치가 아니라, 더 커다란 감동의 세계를 창조하는 시가 되어야 한다. 이러한 감동의 창조는 역사와 사회 속에서 살아가는 어린이의 참된 파악에서만이 비로소 가능한 것이다.

지금까지 말한 것을 한마디로 요약하면, 결국 동시는 시인의 세계와 어린이의 세계가 하나로 일치되는 자리에서 비로소 참되게 쓸 수 있는 것이라고 말할 수 있다.

시인의 처지와 어린이의 세계를 고찰할 때 한 가지 처리해야 할 문제가 있다. 곧 '어떻게' 쓰는가의 세 번째 문제인 시점을 어디에 두는가 하는 것이다. 달리 말하면 동시의 진술 용어가 어린이의 말이 되는가(어린이의 입을 빌려서 하는 말인가),

작자가 직접 하는 말이 되는가 하는 문제다. 김홍규 씨는 앞에 든 글에서,

> 동시는 '어린이의 눈을 통해 세계를 보고, 어린이의 목소리(화법·어조·리듬)를 통해 진술된 시'라 보는 것이 온당한 개념 파악이다. 즉, 동시의 핵심은 화자(話者)가 어린이어야 한다는 점이다. 따라서 동시는 독자적인 시의 종류는 아니며, 다만 특수한 종류의 화자와 그에 따른 화법과 세계 인식의 특이성을 가진 시들을 지칭하는 것이라 본다.

고 하였지만, 이것은 어떤 근거에서 말한 것인지 모른다. 동시는 어른이 아이가 되어 아이의 눈과 입을 빌려 쓰는 수도 있지만, 어른이 그대로 어린이에게 이야기해 주는, 혹은 어른이 그대로 혼잣말을 하는 경우도 얼마든지 있는 것이다. 아이들을 위한다든지, 아이들이 읽기를 바란다든지 하는 것이 반드시 작품 속에서 작자가 아이들이 되어 있어야만 하는 것이 아니기 때문이다. 이론상으로도 그렇고 실제 작품을 봐도 그렇다.

시점	① 8·15 이전	②8·15 이후 1950년대까지	③ 1960년 이후	계
어린이	66	23	83	172
시인 자신	5	12	60	77
어린이, 시인 자신을 구별 못 한 것 (어느 편이라도 됨)	22	5	24	51

시점의 혼란			2	2
계	93	40	169	302

신구문화사 편《소년소녀 한국의 문학 8》(1972년) 〈현대편·동시집〉에 수록된 동시 302편을 ① 8·15 이전 ② 8·15 이후에서 1950년대까지 ③ 1960년 이후, 이렇게 편의상 시대를 셋으로 나누어 동시 작품의 시점이 어떻게 되었는가를 표로 만들어 본 것이 앞과 같다.

이 표에 나타난 숫자를 시대에 얽매임이 없이, 곧 오른쪽의 합계만 보면, 시점이 어린이로 되어 있는 것이 172편이나 되어 총 302편에서 과반수를 훨씬 넘는다. 그러나 시대에 따른 변천을 보면 작자의 시점이 어린이에서 시인 자신으로 옮겨 가고 있음이 눈에 띄는 경향으로 되고 있다.

이것은 우리 동요·동시가 짝짜꿍의 유희 세계에서 차차 벗어나 일반 시에 접근하고, 혹은 형식상으로는 일반 시와 구별이 어렵게 되어 가고 있는 경향을 말해 주는 것이기도 하다. 어쨌든 이 표만 보더라도 동시가 '어린이의 눈을 통해 세계를 보고 어린이의 목소리를 통해 진술된 시'만이 아님을 알 것이다.

그러면 어린이의 눈과 입을 빌려 쓴 것과 어른이 그대로 말하는 것과는 어느 것이 더 동시의 진술 형태로서 적당한가? 어느 것이 더 동시다운가? 혹은 동시의 본질에서 이 두 가지 형식을 어떻게 보아야 하는가?

어린이의 눈과 목소리를 빌려서 쓰는 것이 언뜻 보기에 더욱 동시다울 것 같다. 독자인 어린이가 더 친근할 수 있는 진술 방법임이 틀림없다. 그러나 그 반면에 이런 작품은 자칫하면 시인이 어린이의 치졸한 심리 세계에 일방적으로 내려가 어린이의 세계를 안이하게 가정하고 상상해서 표현하기 쉽다. 즉, 시인이 아주 어린애가 되어 버리는 것이다. 우리의 동시가 지금까지 범해 온 가장 큰 잘못이 바로 이것이었다. 동시라면 어린애다운 '동심'을 그리는 것이 되고, 그 동심은 유치한 말장난으로 나타나서, 심지어 어린애들의 혀짤배기 말을 흉내 내어 보이기까지 하였던 것이다.

이와는 반대로 시인이 그대로 말하게 되는 경우는 어린이의 세계를 무시하고 어른 자신의 마음 세계를 나타내는 데 그치기 쉽다. 1960년 이후 우리 동시에 나타난 경향으로 봐서 이 사실은 확인된다.

그러니 이 두 가지 수법에서 어느 것이 더 나은가 하는 것은 일률적으로 말할 수 없고, 시인에 따라서 그 어느 편이든지 더 적당한 것을 취할 일이고, 또 소재와 주제에 따라서 취할 일이다. 다만 어느 시점이든지 '어린애다운 것'에 빠져서 자기를 잃지 말고, 또 어린이의 세계에서 떠남이 없이 독자인 어린이에게 깊은 감동을 줄 수만 있으면 되는 것이다.

이 문제에 대한 또 하나의 의견은 두 시점을 하나로 일치시킬 수 없을까 하는 것이다. 말하자면 시인 자신의 눈이 그대로 어린이의 눈이 되고 시인의 말이 그대로 어린이의 말이 되도록 하는 것이다. 진정으로 어린이의 세계에서 살아가는 애정과 그 세계를 참되게 높이려는 정신을 가진다면, 아니 시인이 세계와 인간 사회를 살아가는 그 정신의 순도가 어린이의 그 순진함과 상통한다면 이러한 작품이 써질 수 있다고 생각한다. 그리고 이런 동시야말로 이상적인 형태가 아닌가 싶다.

작품 하나를 예로 들어 본다.

해는 먼 먼 저 세상에 있다.
빛만 오는
헤아릴 수 없이 먼 나라.

지금 내게 와서 닿는
이 따순 입김은
거기서 오는 마음만의 손길.
어루만지고
때로는 태울 듯 홧홧 다는…….

멀리 있어 보고픈 아이,
가 버려서 슬픈 어머니.
아득한 먼 곳에서
애타게 더듬어 나를 만져 주시는가.

따가운 볕에
얼굴 내맡기고
마음 흐뭇다 못해
눈이 젖어 온다.

〈햇볕〉, 이원수, 〈새벗〉, 1965년

이것은 어린이의 눈과 입을 빌린 것이 물론 아니고, 어른만의 목소리로도 느껴지지 않는다. 여기서 시인과 어린이는 온전히 한 사람으로 되어 있다. 시인의 세계가 그대로 어린이의 세계로 받아들여지도록 되어 있다. 관념이나 공허한 말을 희롱하는 취미에 빠져 있는 것이 아니라, 항상 생활 속에서 감동을 발견하면서 어린이의 세계를 자신의 것으로 삼고 있는 시인에게는 새삼스레 아이들의 입을 빌린다든지 눈을 통한다든지 할 필요가 없이 자신이 곧 그대로 어린이가 되고 있는지 모른다.

이와 같이 두 시점을 하나로 지향함으로써 우리 동시가 가지고 있는 몇 가지 문제점도 함께 해결할 수 있을 것 같다. 즉, ① 유희적 시재(詩材)에서 탈피할 수 있게 되고 ② 동시 독자의 나이를 종래의 유년 중심에서 어린이 내지 소년기로 높여 줄 수 있고 ③ 시의 난해성이란 것도 해결할 수 있어, 동시의 높은 문학성을 얻게 될 것이 기대된다. 그러나 모든 동시가 반드시 이와 같은 합일된 시점에서 써질 수 없다는 것은 말할 것도 없다.

결론

동시는 시인이 어린이에게 주기 위해 쓰는 시다. 어린이는 동시를 쓸 수 없고(그래서 지금까지 많이 써 온 아이들의 동시란 것은 어른들의 흉내요, 시가 될 수 없는 말장난이다), 어린이에게 동시를 쓰게 해서도 안 된다. 어린이에게 동시를 쓰게 하는 것은 교육과 문학을 함께 해치는 결과를 가져온다.

어른이 쓰는 어른의 시가 있듯이 어린이에게는 어린이의 시가 있다. 이 어린이의 시를 어른이 쓰는 어린이문학 작품인 동시와 구별해야 한다. 어린이를 위해 쓰는 동시가 어른도 읽을 수 있고 읽는 것이 바람직하지만, 어린이에게 읽힌다는 이 전제가 없으면 어린이문학인 동시가 될 수 없다. 그리고 어린이에게 읽히기 위해 쓰는 것이 시와 문학의 불명예가 아니고 더욱 큰 영광이다. 그것은 더 많은 제약과 성찰과 표현상의 배려를 요하는 장르이며, 더 순수한 시정신을 필요로 하는 문학인 것이다.

이리하여 동시는 먼저 시가 되어야 하고, 그 위에 다시 동시로 되어야 한다. 동시가 된다는 것은 '동시다운 것'이 되는 것을 말하는 것이 아니다. 우리는 이 '~답다'는 것에서 끊임없이 탈피해야 시를 획득할 수 있다. 동시의 세계는 현실에서 살아가고 있는 어린이의 눈과 마음으로 보고 느끼고 생각할 수 있는 세계여야 할 것이지, 결코 시인의 머릿속에서 짜낸 관념이나 공상이나 심리의 장난 같은 것이어서는 안 된다. 빈말을 꾸미고 다듬는 재주놀이여서도 안 된다. 동시는 시인만의 위안물이어서도 안 되지만, 어른이 읽어도 감동을 받을 수 있어야 한다.

동시인은 시를 많이 읽고, 또 어린이의 글쓰기 작품을 읽을 필요도 있을 것이다. 그러나 동시인은 일반 시의 흉내를 내어서도 안 되고, 어린이 작품을 흉내 내어서도 안 된다.

동시인은 어린이 속에(정신적으로라도) 살면서 어린이의

세계를 이해하고 어린이를 더욱 아름답고 참되게 키워 가려는 사랑의 마음을 가지고 어린이의 미래와 역사의 앞날에 대한 철학적인 투시의 눈을 가져야 한다. 그렇게 해야만 동시는 흔히 말하는 이상주의와 낭만주의로서 어린이문학의 본령을 발휘할 수 있을 것이다.

시가 모든 문학의 핵이요, 시인이 문화 창조의 가장 전위적인 위치에 서 있는 영광스러운 존재라면, 동시를 쓰는 시인이야말로 위대한 예술가인 동시에 가장 참된 의미의 위대한 민족의 교사가 되어야 하는 것이다. 〈창작과비평〉, 1974년 겨울

부정(否定)의 동시

머리말

동시는 어린이에게 읽히기 위해 쓰는 시다. 따라서 어린이의 처지와 어린이의 세계를 떠나서 생각할 수 없다. 어린이를 위해 있어야 할 동시가 어린이를 전혀 생각하지 않고 쓰이고 있다면 이것은 크게 반성할 문제가 된다. 동시가 어린이들에게서 버림받고 있다는 말은 벌써 들은 지가 오래되는데, 그 원인이 어린이 쪽에 있는 것이 아니라 작품을 쓰는 동시인 쪽에 있다는 것도 누구나 인정하는 바다. 어른들이 읽는 시도 어려워져 가고 있는데 동시도 그렇게 되어 독자를 잃고 있는 것이 당연하다고 굳이 우길 사람이 있을지 모르지만, 그런 말은 적어도 어린이문학에서만은 허용될 수 없다.

학교마다 크건 작건 도서실이 있다. 거기 찾아오는 아이들에게 만화책은 가장 인기가 있지만, 동시집을 찾는 아이들은 없다고 한다. 간혹 찾는 아이가 있더라도 몇 장 넘기지 않아 그

만 책을 덮어 버리고 말거나 거기 나온 삽화나 구경하는 정도
란다. 그러니 책방에 나온 동시집을 사 보는 아이가 어디 있겠
는가. 돈이 없어서도 못 사지만, 그런 재미없고 시시한 책은 돈
이 있어도 사지 않을 것이다. 어느 어린이문학 세미나 때 얘기
인데, 초등학교 선생님 한 분이 마침 기증받은 동시집을 바로
그 자리에서 쳐들어 보이며 이렇게 말했다.

이처럼 귀한 책을 받았으니 오늘 밤엔 잠을 덜 자더라도
알뜰히 읽겠습니다. 그런데, 요즘 동시가 왜 아이들과 인
연이 없는 것으로 되어 갑니까? 동인지나 동시집도 아이
들 손에는 가지도 않고, 어른들에게도 물론 읽히지 않고
동시 쓰는 사람들끼리만 책을 나눠 가지고 마는 형편 같아
요. 그리고 동시 쓰는 사람들도 처음부터 이렇게 동인들끼
리나 읽히는 작품으로 생각하고 쓰는 태도인 것 같습니다.
그러니, 이런 동시집이 책방에 나온들 누가 사겠습니까?
내 아이가 있다고 해도 사 줄 맘 없습니다.

나는 이 말을 듣고 크게 한 대 얻어맞은 느낌이었다. 나 자
신이 그런 작품을 써 온 때문이기도 하지만, 이런 상황을 우리
가 진작부터 느끼고 알고 있으면서도 왜 바로잡으려고 하지 않
았던가? 동시인이 아닌 일선 학교의 한 선생 입에서 이런 말이
나오도록 우리는 안일하게 지내 온 것이구나, 그저 서로 적당
히 칭찬이나 해 주고 이름이나 내는 것으로 문학을 한다고 하
여 온 것이 아닌가, 하는 뉘우침과 반성을 되새기지 않을 수 없

었다. 그리고 최근 몇몇 잡지에서 발언 내용이 아주 모호하고 다만 허황한 장식적인 용어만을 어리둥절하게 나열하고 있는 어린이문학에 대한 월평이나 연평 따위에 생각이 미치자, 이런 교사들의 싱싱한 발언이야말로 진정 훌륭한, 동시에 대한 비평이라고 깨닫게 되었다.

어린이와 상관이 없는, 작가나 동시인만을 위한 동시란 것이 설령 있다고 하더라도 그런 것을 어린이문학 작품이라고 할 수 없는 이상, 우리는 이제 오늘날 쓰고 있는 동시란 것을 전면 검토하지 않을 수 없다. 이러한 작업이 동시인들 대부분의 비위를 거스르고, 그리하여 그들의 비난을 산다고 하더라도, 동시인들의 취미나 체면을 위해서가 아니라 이 땅의 전체 어린이들과 참된 동시 문학의 발전을 위해서 더욱 진지한 논의를 할 때가 왔다고 믿는다. 어린이가 쫓겨나고 없는 동시인들만의 동시가 된 그 원인을 규명하고 현상을 검토하는 일은 동시를 쓰는 일보다 차라리 더 시급하고 중요한 일이 된 것이다.

1960년대가 이뤄 놓은 것

우리 동요·동시의 주류는 일제시대부터 동심천사주의의 유아적 유희 세계였다. 적어도 표면상의 경향은 그러했다. 이러한 동심적 동요 세계가 해방 후의 혼란기를 거쳐 6·25 전쟁이 지나간 뒤인 1960년대에 들어서자 동요적 형식의 묵은 허물에서 탈피하려는 동향이 뚜렷하게 나타났다. 여기에 대해서 이재철 (1931~2011년) 씨는 《아동문학개론》(문운당, 1967년)에서, 4·19 학생 의거를 계기로 하여 자유당 독재 정권이 끼친 어용주의·

교훈주의에서 벗어나게 된 경위를 말하고 이원수 씨의 말을 인용하여 "동요의 부패상—상업적인 유행 가사나 유희적인 노래, 진부한 무내용의 영탄 등을 물리치는 데 과감했다"고 하면서 젊은 시인들과 기성 시인들의 여러 이름을 든 뒤 "이들은 아동의 내면세계를 더듬어 심오한 것을 발견하려 하거나 형식상의 변화를 시도하거나 난해한 상징적인 동시를 써서 작가 내부의 목소리를 담고자 애썼다"하고, 혹은 특히 시에서는 "비문학적 요소를 과감히 배척하고, 아동문학이 진정한 의미로서의 본격문학이라는 점을 자각했을 뿐 아니라, 독자에게도 인식시켰다"고도 했다.

　이렇게 동요가 1960년대에 들어와서 주로 젊은 동시인들로 말미암아 참된 시로서 비약적으로 발전하였다는 견해는 어느 정도로 타당한 것인가? 우선 형식상의 변화를 시도하려고 했다는 점은 누구나 인정할 수 있고, 난해한 상징적인 동시를 써서 작가 내부의 목소리를 담으려고 했다는 점도 몇 사람의 작품으로써 그 경향을 시인할 수 있을지 모른다. 그런데 "아동의 내면세계를 더듬어 심오한 것을 발견하려" 했다는 것은 어떤 사람의 어떤 작품을 두고 말한 것인지 몰라도 내가 보기로는 그런 작품은 없는 것 같다. '아동의 내면세계'가 아니라 '시인의 내면세계'라고 함이 적당한 진술이 아니었을까. 그렇다면 이재철 씨가 지적한 1960년대 동시의 새로운 경향이란 ① 형식상의 변화 시도 ② 작가 내면세계의 상징적 표현, 이 두 가지로 될 수밖에 없다. 그런데 작가 내면세계의 상징적 표현이란 것은, 이런 경향이 어른들이 읽을 시라면 모르지만 동시로서는 긍정될 수 없다. 그리고 이런 경향은 1960년대 동시에서는 그리 눈에 띄는 것도 아니어서 거의 문제도 되지 않을 것 같다. 일부 극소수 작가의 실험적 작품에서나 보일 뿐이라고 말해야 옳은 것이다. 그렇다면 나머지 문제, '형식상의 변화 시도'란 어떤 것을 말하며, 그것은 진정한 의미에서 동시의 발전이라고 볼 수 있는 것인가?

형식상의 변화란 것이 정형인 동요에서 자유시인 동시로 발전하였다는 그 이상으로 더 자세히 무엇을 말하려 하였는지 모르지만, 산문이든 시든 문학작품의 형식이란 것을 내용과 따로 분리해서 그것만으로 논의한다는 것은 대개 무의미한 얘기가 된다. 동요가 동시로 발전하였다면 그러한 표현 형식의 변화 내면에는 거기에 상응하는 시정신의 변화 발전이 필연적으로 있는 법이다. 이러한 내면적인 것의 파악 없이 단순히 동요가 동시로 발전하였다는 것은, 그것만으로는 실상은 발전이라고 할 수 없을지 모른다. 그것은 외부적인 것의 모방에서 오는 형식의 변화로도 얼마든지 볼 수 있기 때문이다. 사실 동시라 하여 동요보다 반드시 낫다고 할 수 없다. 1960년대에 쓴 것이 아니라 70년대에 쓴 것이라도 작품에 따라서는 40년 전의 동요보다 못한 것이 얼마든지 있다고 보이기 때문이다. 그렇다면 1960년대 동시의 형식적 변화는 단순한 외부의 영향(외국의 작품이나 특히 어른시의 영향)에서 오는 것인가? 아니면 그 내부의 진지한 창조적 고투를 치른 참된 발전인가?

나는 1960년대의 동시가 단순한 외부의 모방(여러 가지 복잡한 문단 사정으로 우리 동시는 어른시의 영향에서 벗어날 수 없는 상태에 있다. 그리고 어른시의 영향을 받는 것이 반드시 나쁘다고만 할 수 없기도 하다)에서만 이뤄졌다고 보지 않는다. 그러나 그렇다고 해서 참된 동시의 자각에서 온 창조적 발전이라고 하기도 어렵다고 본다. 그 까닭은 1950년대 이전의 동요의 내용과 형식을 이뤄 놓았던 동심천사주의적 유희 세계의 아동관이 60년대의 모든 동시인의 작품에 조금도 비판 없이 그대로 이어져 있기 때문이다. 그렇다면 종래의 동요 형식을 탈피하게 한 시정신의 근원은 무엇이었던가? 나는 이것을 감각의 개방과 생활의 표면적 미화주의라고 지적하고 싶다. 이것을 설명하기 위해 1960년대에 가장 많은 활동을 하였고, 그리하여 가장 큰 영향을 같은 연대의 동시인들과 후배들에게 끼쳤다고 볼 수 있는 두 사람의 시인, 박경용과 신현득에 대해 그 작품들을 고찰할 필요를 느낀다. 이 두 사람은 여러 가지 면에서 대조되면서 또한 공통되는 세계를 가지고 있는데, 이들이 남긴 업적, 그 작품 세계에서 긍정적인 면과 부정적인 면을 검토하는 것은 오늘날 활동하고 있는 거의 모든 동시인들의 작품 세계를 파악하는 열쇠를 얻게 될 것이기 때문이다.

박경용

박경용은 1969년에 첫 동시집 《어른에겐 어려운 시》를 내었는데, 이 동시집의 머리말을 보면 열한 해 동안 발표한 동시 160편 중 60편을 가려서 책으로 낸다고 해 놓았다. 그래서 이 동시집은 1960년대에 활동한 동시인이라는 그의 업적의 집대성이라 보이며, 그의 동시 세계를 엿볼 수 있는 충분한 자료가 된다고 생각되어 여기에 수록된 작품에 대하여 살펴보기로 한다. 동시집 첫 장에 나오는 작품이 〈귤 한 개〉다.

귤
한 개가
방을 가득 채운다.

짜릿하고 향깃한
냄새로
물들이고,

양지쪽의 화안한
빛으로
물들이고,

사르르 군침 도는
맛으로
물들이고,

귤
한 개가
방보다 크다.

종래의 동시인 같으면 귤이라는 과일 하나를 두고 그것을 유희 삼아 재미스럽게 흥얼거리며 노래할 것인데, 여기에는 사물을 좀 더 참되게 파악해 보려는 태도가 보인다. 그는 귤의 향기와 빛깔과 맛을 "짜릿하고 향깃한" "양지쪽의 화안한" "사르르 군침 도는" 것으로 방을 가득 채워 놓았다고 하여, 한 개의 정물을 두고 시각·후각·미각 따위의 감각을 동원해서 그 존재를 객관적으로 파악하려고 했다. 이와 같이 하여 모든 감각 기관을 통해서 자연의 아름다움을 감각적으로 파악 표현하려고 한다. 이슬, 안개, 개나리, 대추나무, 석류, 달밤, 아침, 초여름, 숲…… 따위, 지금까지 동시인들이 우습고 재미스럽고 귀여운 것으로만 노래하던, 동심 유희의 한갓 소재로 이용되고 있던 자연이 그에게 와서는 '아름다움'의 존재로, 더욱 미세한 눈으로 새롭고 경이로운 존재로 파악(창조)되고 있는 것이다. 이것은 확실히 하나의 시적 업적임에 틀림없다. 감각적 인식이란 것은 외계의 사물을 인식하는 가장 기본이 되고 가장 신빙할 수 있는 수단이다. 그리고 우리 동시의 역사에서는 아직, 가장 최초로 겪어야 했던(한 차례 겪는 것이 매우 유익할 수 있었던) 이 시의 발전 단계를 거치지 못했다고 할 수 있고, 그것을 늦게야 박경용이 어느 정도 이뤘다고 할 수 있는 것이다.

누구든지 이 〈귤 한 개〉를 아이들에게 읽혀 보라. 아이들은 가볍게 노래한 종래의 동요에서는 느낄 수 없었던 새로운 시 맛을 알게 되어 좋아할 것이다. 아이들을 시의 세계로 이끌어 주고, 시와 친근해지도록 할 수 있는 적지 않은 동시를 그는 지금까지 어느 동시인도 쓰지 못한 신선한 언어로 보여 주고 있다.

그런데 그의 동시는 감각에만 머물고 있다. 감각이란 것이 세계를 인식하고 정서를 낳는 수단이 되어야 할 것인데, 이 지극히 단순한 심리 상태에 시인의 정신이 교착되어 있다는 것은 웬일인가? 그에게는 정서라고 할 만한 것이 너무나 단편적이다. 그의 시에는 세계가 없다. 있다고 하더라도 그것은 닫혀서 보이지 않고, 혹은 극히 좁거나 흐릿한 안개와 꿈속의 것이어서 잡을 수도 없는 상태의 막연한 것이다. 그리고 이런 감각적인 상태에 잡혀 있다는 것은 시가 손끝의 재주로만 되어 버릴 위험성을 안고 있는 것이다. 그의 작품 소재가 자연 경물에 국한되어 있는 사실을 아울러 생각할 때, 어린이의 생활 감동의 세계와는 거리가 먼, 시인의 언어 기교의 취미물로 동시가 정체될 가능성은 더욱 더해진다고 볼 수 있다. 이 시집에서는 벌써 이런 작품이 너무나 많이 보인다.

> 망망망
> 강아지 울음이
> 방울을 퉁긴다
> 소다수 냄새.
>
> 〈안개 2〉에서

감각적인 말의 재미만을 추구하고 있는 시의 기교술이 다다르는 종착지가 어디인가를 생각해 보아야겠다. 시의 말이 아무리 새롭고 재미스런 느낌을 준다고 하더라도 그것이 생활자인 어린이들이 실감할 수 있는 세계에서 멀어진 것이 될 때, 한갓 말의 유희로 떨어지고 마는 것은 피할 수 없는 결과다.

> 햇살이
> 유리창에
> 부리를 박고
>
> 얼음 꽃을
> 하나하나
> 쪼아 먹고는
>
> 숨 가쁘게 할딱이며
> 입김 호호 뿜으며
>
> 두 날개
> 활짝 펴고
> 봄을 낳는다.

〈이른 봄 1〉

이 작품을 읽는 사람은 이른 봄날의 그 따스한 햇살을 마음으로 느끼기보다는 햇살을 의인화한 표현의 기교가 재미스럽다고 느낀다. 이러한 언어 기교의 재미를 시라고 할 수 있을까? 시의 재미는 감동이라고 할 수밖에 없는데, 여기서는 말의 재치란 것이 감동을 불러일으키지 못하고, 말재주가 놀랍구나, 하는 재미에 거의 그치고 있다. 요즘 동시를 쓰기 시작한 신인들 거의 모두가 어린이의 생활 감정을 떠나 공연히 말재주만 부리려고 하는 것을 보는데, 그들이 박경용의 시에서 부정되어야 할 측면만을 다투어 모방하고 있는 것이 아닌가 생각된다. 〈이른 봄 1〉을 요즘 어느 잡지에서 추천 작품이나 월평·연평들에서 칭찬받는 신인들의 작품 속에 끼워 놓고 보라. 거기 작자를 구별할 수 없을 만큼 개성 없는 손재주가 꼼짝도 할 수 없도록 매너리즘에 빠져 있는 것을 누구나 쉽게 알게 될 것이다.

박경용은 감각 시에서 새로운 면을 열어 보였다. 그것은 시의 소재에 더욱 가까이 접근하여 그것을 성실하게 파악하려는 시적 노력에서 출발하였던 만큼 종래의 동요 정형을 깨뜨리지 않을 수 없었다. 그리하여 더욱 새롭고 자유스러운 동시의 리듬을 창조하였다. 그러나 그에게는 현대적인 어린이관과 생활관이 없었다. 따라서 그의 동시가 자리하고 있는 곳은 여전히 시간과 공간이 분명하지 않은 안개와 꿈의 세계, 곧 동요적 발상의 세계임을 벗어날 수 없었다. 소재와 표현 내용이 어린이의 세계와는 거리가 먼 것이어서, 시인 자신만의 공허한 언어의 탐색과 구성 취미로 끝나고 있는 것이다.

그의 동심주의 어린이관을 말해 주는 것으로 같은 동시집의 서문에서 자신이 다음과 같이 쓰고 있다. "늙는 세월 앞에서 매양 나는 어린 채로 있고 싶다. 어른이 될까 보아 걱정이다." 이 어린 채로 있고 싶다고 하는 그가 시인으로서 가지는 염원이란 것이 결국 또 어느 동시인이 말한 "동시의 눈으로 보면 세상이 모두 아름답고 동요의 귀로 들으면 세상의 모든 소리가 웃음소리로 들린다"고 한 동심천사주의 어린이관, 동시관밖에 되지 못하고 있다는 것은 너무나 뚜렷하다. 그리고 그것은 그의 동시가 또 너무나 잘 설명해 주고 있다. 동시가 커다란 감동의 세계를 창조할 가능성마저 잃고 다만 감각적 언어 기교의 수공적 유희로 끝날 수밖에 없는 자리에서 맴돌고 있는 것은 이러한 정체된 심리 세계에 시인이 스스로 안주해 있기 때문이다. 그의 동시에서 생활의 제재가 없는 것도, 생활을 문제 삼고 생활을 얘기한다는 것은 어른스럽고 늙은 사람들이나 할 것으로 보기 때문이다. 〈숲〉이란 작품을 하나 더 들어 본다.

우리네 오손도손 모여 사는 우리 마을
끼리끼리 세상은 어디에나 마을인데
보아라, 저기 숲 마을엔 뉘랑뉘랑 모여 살까.

크낙한 그늘 속에 실오라기 빛을 켜고
머리 맞대고 둘러앉아 깨알 쏟는 재미로……
들킬라! 밝은 대낮에도 숨어 사는 숲 마을.

개도 안 짖는 마을, 불은 밝혀 무엇 하나,
밤이면 문도 안 닫고 아슴아슴 꿈나라로……
할머니 옛얘기 속의 그 마을이 여기일까.

여기 나오는 숲은 아이들이 실감할 수 있는 숲이 아니고 시인의 상념이 낳은 환상의 숲이다. 아이들로 하여금 아름다운 꿈의 숲속에 살게 하려는 시인의 의도를 모르는 것이 아니다.

그러나 그런 시인의 의도에도 이 작품이 독자인 아이들에게 주는 영향은, 항상 짓밟히고 침해당하고 있는 우리들 둘레의 무수한 자연과 숲에 대한 더욱 사람다운 관심과 감정을 내버리고, 다만 보호받는 특수한 지역 안에 있는 존재들에게만 아름다움을 느끼고 관심을 갖도록 하는 결과가 되는 것이다. 그리고 아이들에게는 항상 이런 현실적인 영향만이 살아서 미치게 된다는 점을 유의할 필요가 있다.

이 시인이 만일 현실적으로 느낄 수 있는 숲을 노래하면 어른스런 것으로 생각하거나 동시가 될 수 없다고 생각하고, 그래서 공상적인 꿈의 숲만 그림으로써 어린애가 되고 '동심' 속에서 동시가 되도록 한 것이라면, 이 얼마나 시대에 뒤떨어진 그릇된 견해인가. 이 〈숲〉은 시조의 형식으로 되어 있는데, 그의 동시에는 가끔 이런 정형이 나타나고 있다. 동심주의 세계가 인간 문제에서 한 걸음 물러나 앉은 시조의 세계와 일맥 상통하고 있음을 여기서 볼 수도 있다.

《어른에겐 어려운 시》는 이리하여 동심적 공상의 세계를 감각적 용어로 다듬어 만들어 놓은 꿈과 빛의 동시집이다. 이 동시집에서 가장 많은 빈도로 쓰이고 있는 말이 '빛' '햇살' '꽃' '반짝인다' '밝다' 같은 감각적이고 표면 채색적인 낱말들이다. 그리고 '꿈'이란 낱말은 열네 편의 작품에서 볼 수 있다. 이 시인이 얼마나 동심적인 꿈의 세계 속에 살고 있는가 하는 것을 알 수 있다.

박경용은 1960년대의 동시에서 사물을 신선한 감각으로 파악해 보여 주려고 했지만 그러한 진지한 노력이 어린이 세계의 진실을 보여 주는 방향으로 발전하지 못하고 말았다. 그것은 감각에 집착하는 시 창작 태도가 객관 세계를 인식하는 방향으로 심화되지 못하고 다시 엉뚱한 주관 속으로, 꿈속으로 들어가 자기를 폐쇄시켜 버렸기 때문이다. 이리하여 어린이 세계와 통하는 길은 차단되고 소재와 표현 내용은 낡은 동심주의를 벗어나지 못했다. 이러한 부정되어야 할 측면이 1960년대 이후의 많은 동시인들에게 커다란 영향을 주었다는 것은 그의 감각적 기교의 동시가 어쩌면 부박(浮薄)한 시대상을 잘 반영하고 있기 때문이라고도 생각된다.

신현득

신현득은 1959년 조선일보 신춘문예에 동시 〈문구멍〉이 뽑힘으로써 문단에 나와 61년에 동시집 《아기 눈》을 낸 후 《고구려의 아이》 《바다는 한 숟갈씩》 《엄마라는 나무》 《박꽃 피는 시간에》(대학출판사, 1974) 이렇게 다섯 권의 동시집을 내놓았다. 1960년 이후에 나온 동시인 중에서 작품의 소재나 표현 기교에서 특이한 존재라고 할 수 있으며, 따라서 박경용과는 또 다른 면에서 많은 영향을 끼친 시인이라 할 수 있다.

우리 동시가 1960년대에 와서 일단 동요에서 벗어나 시의 모습을 보여 주려고 한 것이 대부분 농촌을 소재로 한 자연 풍물의 스케치였다. 그런데 여기 오직 한 사람이라고 할 만큼 특이하게 자연에는 관심이 없이 농촌의 어린이와 생활 현상을 시의 소재로 한 사람이 바로 신현득이다. 그의 시에는 구수한 흙내 나는 시골 사람의 생활이 나온다. 보리밥을 먹고 고무신을 신고 지게를 지고 일하는 사람들의 모습을 조금도 부끄러워하지 않고 의젓한 태도로 보여 주고 있다. 농촌과 농민의 모습을 이렇게 주체적으로 파악하고 있다는 것은 그것만으로도 여간 귀중한 것이 아니다. 그리고 이렇게 농촌을 소재로 하고 있는 그의 작품은 1960년 이후 거의 모든 동시인들이 그 속에 빠져 헤어나지 못하고 있는, 감각적 언어유희의 오염된 동시 풍습에서 구제되고 있는 점이 또한 주목된다. 생활을 소재로 한 그의 동시는 설령 그 속에 자연이 나오더라도 의인화한 표현으로 얘기하거나 어린이의 생활 느낌으로 쉽게 이해되도록 쓰고 있다.

> 줄을 지은 보리밭골에
> 종달이가 떠서
> 되나 마나 지껄여도
> 노래가 된다.
>
> 〈사월은 살구꽃이 마을을 덮고〉에서

다른 동시인 같으면 종달새의 노랫소리를 감각적인 언어로 재미스럽게 표현하려고 할 것 같은데, 그는 지엽적인 말의 장난에 관심이 없다. 그러면서 여기 종달새 소리는 얼마나 훌륭한 표현이 되고 있는가?

어린이의 생활 감각에 밀접해 있는 이런 표현은 그가 어린이를 단순한 장난감으로 여기지 않고, 동시를 수공적 언어 조립의 취미물로 삼지 않고 있음을 입증해 주는 것이다. 그의 이런 작품 세계를 해명해 준다고 볼 수 있는 것으로 동시집《고구려의 아이》의 후기에 다음과 같은 자신의 말이 있다.

물론 나는 예술을 하는 사람은 아니다. 알뜰히 작가이고
싶지 않기 때문이다. 그렇기 때문에 나는 이 작품들이 예
술품이 아니어도 좋다. 그저 내 작품을 내 교실의 아이들
이 좋아하고 그 좋아하는 것을 보고 내가 만족하면 그만
이다. 내 교실에 머리카락이 노란 아이가 있었다. "너 서
양 아이 같구나" 했더니 그 아이 말이 "내가 서양 아이라
면 얼마나 좋게요" 하는 것이었다. 나는 그 아이의 말을 듣
고 며칠 동안이나 잠을 못 잤다. 제 아비가 힘이 모자라 남
에게 두들겨 맞는 것을 보았을 때 아이들은 얼마나 낙심을
할까 상상해 본다. 아이들에게는 아비란 반드시 세상에서
제일 힘이 세어야 하기 때문이다. 이런 제 아비처럼 든든
히 믿어야 할 제 나라가 약소국가란 걸 아이들은 1학년 때
부터 안다. 선생이 안 가르쳐도 다 알고 있다. 심각하게 생
각할 문제다. 나의 태도는 여기에 있다.

이 글에서도 나타난 바와 같이 그는 동시를 쓰고 싶어서
쓴다든지, 말을 고르고 다듬고 짜는 데서 오는 재미로 쓰는 것
이 아니고 어디까지나 어린이에게 어떤 생각을 주기 위해서 쓴
다는 확고한 입장에 서 있는 것이다. 이 점에서 1960년 이후에
출발한 동시인으로서는 드물게 어린이문학으로서 동시의 기
능을 뚜렷이 의식한 사람이라고 할 수 있다. 그는 시인으로서,
혹은 교사로서 아이들에게 해 주고 싶은 간절한 얘기를 시에

담으려고 하고 있는 것이다. 대체로 긴 시가 많고, 때로는 교훈이 드러나 보이는 작품이 있는 것도, 이런 사실을 말해 주는 것이다. 아이들에게 들려주고 싶은 얘기가 가슴에 가득한데 무엇 때문에 그까짓 말재주 놀이에 신경질이 될 것인가? 그가 하고 싶은 얘기는 그의 말과 같이 우리 민족이 못난 민족이 아니라는 것, 힘이 있고 또 아름다운 것을 많이 가지고 있는 민족이라는 것이다. 그래서 역사의 지난날을 얘기해 주고, 전설을 들려주고, 현재의 생활이 아름다운 것임을 애써 보여 주려고 하는 것이다. 이런 그의 작품 세계는 제1동시집 《아기 눈》의 소박한 동심의 세계에서 제2동시집 《고구려의 아이》에 이르자 비로소 확고한 자기 것으로 파악됨으로써 사설과 서사 중심의 경향으로 두드러지게 나타나다가, 제3동시집 《바다는 한 숟갈씩》이 되면 그것이 새로운 기교적 모습으로 나타나고, 다시 제4동시집 《엄마라는 나무》에서는 미화된 생활 풍경이 되고, 제5동시집 《박꽃 피는 시간에》에 와서는 회상적으로 그린 농촌의 세시 풍속 그림으로 되어, 변함없는 그의 시의 주축을 이루고 있는 것이다.

그러면 그의 작품이 이 땅의 아이들에게 감동을 줄 수 있는 시가 되고 있는가? 그의 동시는 현대시로의 감도를 지니고 있는 것인가? 신현득의 동시가 언어 조립의 수공품이 아니고 우선 어린이에게 친근할 소지를 가지고 있음은 의심할 여지가 없다. 소재가 농촌 생활이 아니면 역사나 전설 얘기로 되어 있고, 뚜렷한 주제가 있어 선명한 언어로 얘기하고 있기 때문이다. 그런데 감동을 창조한 시라고 볼 때 깊이가 없고, 뭔가 겉

스쳐 지나가는 노래가 되고 있다는 느낌을 받게 된다.

아,
어쩌면 들리는 듯하구나,
신라의 아기 울음.
신라의 강아지 짖는 소리.
신라의 새벽 닭 소리.

〈경주〉 4연

　그의 작품은 거의 모두가 너무 안이한 시인 혼자의 얘기
로 되고 있다. 이 작품에서도 볼 수 있듯이 옛날의 생활이란 것
을 평범한 그대로 그려 보여 주려고 하고 있는데, 과거의 역사
를 현재의 의미로 살리지 못한 단순한 재현―그것은 죽은 역사
다. 이런 작품이 감동을 줄 수 있는 시가 될 리 없다. 어린이에
게 살아 있는 어떤 뜻을 줄 수 있는 문제로서 과거의 역사를 파
악할 줄을 모르고 있다. "아이들의 뼈에까지 스민 민족적 열등
감을 씻어 주고, 제 나라 제 조상을 업신여기지 않는 놈으로 키
우기" 위해서 "얼마든지 많은 힘과 좋은 것들"을 보여 준다는
것이 첨성대나 불국사 얘기를 들려주거나, "우리 나라// 고추
장/ 먹는 나라// 우리 나라// 동짓날에/ 새알 수제비 넣고/ 팥
죽 끓여 먹는 나라"(〈우리 나라〉)라고 해 봤자 아이들의 마음
깊이 들어가는 것이 과연 무엇이 있겠는가? 이런 것으로 남의
나라를 부러워하는 아이들의 정신 상태가 고쳐진다면 아이들
은 벌써 다 고쳐져 있을 것이다. 학교의 교과서에는 이런 내용

의 얘기로 가득 차 있기 때문이다. 더구나 "얼마든지 많은 힘과 좋은 것들"을 보인다는 것이 과거의 역사 유적이나 사화나 전설이 아니고 현재의 생활을 보여 줄 때 지나치게 미화시키려고만 하고 있는 것이 마치 외국 사람들에게 보이는 관광 엽서의 그림을 상기시키고 있어, 시의 생명감을 완전히 거세해 버리고 있다고 할밖에 없다.

아침 학교 길
골목에
꼬마들 얼굴이 쏟아집니다.

꼬마들 얼굴은
선생님 팔에 안겨
커다란 아름이 됩니다.

그리고도 남아
선생님의 뒤로
줄을 섭니다.

줄은
교문으로 교문으로
이어집니다.

선생님은

교문을 열고
학교 마당에
꼬마들 얼굴을
한 아름 풀어놓습니다.

학교는
빨간 벽돌 2층은
커다란 목소리로 스피이커가
아침 노래를 신나게 부릅니다.

교실도
운동장의 나무도
덩실덩실
어깨춤이 됩니다.

〈아침〉

　이렇게 아이들의 생활이 술술 재미있게 풀려 나가고, 모든 것이 반갑고 아름답게만 돌아가고 있는 것으로 보는 관점의 근거는 어디에 있는가? 이런 작품에서 아이들이 무엇을 느낄 수 있는가? 아이들은 학교에 갈 때도 공부를 할 때도 쉬는 시간 뛰어나가 놀 때도 청소할 때도 결코 이와 같이 한 가지 색깔로 보기 좋게 칠해 놓은 듯한 생활은 안 하고 있는 것이다. 여기서 참고로 아동 작품 하나를 보고 넘어가기로 한다.

연못에 들어 있는
나뭇잎을 쓸어 내다가
나도 모르게
일하기 싫어졌다.

비를 들고 서서
동화 이야기를 생각하다가
문득
바보 이반을
생각하였다.

아무리 아파도
일을 한다는
바보 이반.
바보 이반을 생각하면서
다시 나뭇잎을
깨끗이 끌어내었다.

〈나뭇잎을 끌어내며〉, 유태하(경북 상주 청리초 6), 1966년 11월 6일

　　혼자 청소를 하는 경우에도 아이들 마음 세계가 얼마나 다
양하고 깊을 수 있는가, 하는 것을 우리는 이런 아이들의 작품
에서도 생각할 수 있다. 하물며 여러 아이들이 공동으로 청소
를 하거나 작업을 할 경우 온갖 문제에 부딪히게 되고, 따라서
그들의 정신세계가 결코 단순할 수 없다는 것은 누구나 짐작할

것이다. 그런데 이 시인은 〈골목 청소〉란 작품에서,

아침 일찍 일어나
골목을 씁니다.
잠꾸러기 아이도
일어났습니다.

싹싹 쓰레기를 쓸어 냅니다.
게으른 마음이
쓸려 나갑니다.

엄마를 조르던
아이들 고집도
쓰레기와 함께
쓸려 나갑니다.

어저께는 다투던
아이끼리도
골목을 쓸고 나니
즐겁습니다.

깨끗한 골목에
정다운 웃음.

웃음이 피는 골목 끝에서
한 아름
밝은 해가
떠오릅니다.

이렇게 만사를 즐겁고 재미있고 반가운 것으로만 노래하고 있다. 정말 이것은 노래지 시는 될 수 없다. 아이들의 생활을 그 내면에서 깊이 파악하는 태도를 보이지 않고 지극히 피상적으로 보기 좋게만 스쳐 가고 있는 이런 안이한 작시(作詩) 태도는 그의 모든 작품에 나타나고 있다.

아기가 자는 동안에도
엄마 가슴에는
젖 줄기 따라
젖이—
달콤한 젖이
한 방울씩 흘러 고이고.

아기가 우는 동안에도
공장에는
과자 공장에는
바쁜 기계들이
동그란 사탕을 만들어 내고.

아기가 노는 동안에도
사과나무는
파란 가지를 햇볕에 들고
빨갛고 예쁜
사과를 열고.

세상—
세상의 어디서나
크고 있는 아기를 위해
빨갛고
예쁘고
달콤한 것이……

〈빨갛고 예쁘고 달콤한 것이〉, 〈어깨동무〉 창간호, 1967년

─찰가닥 찰깍
─찰가닥 찰깍
바쁜 기계들이
장갑 공장에는

눈바람의 추위에
엄마도
방앗간에서 손이 곱는데

얼마나 고마우냐

장갑 공장에는?

〈장갑 공장에서〉에서

과자 공장의 기계가 돌아가는 것도, 사과나무에서 사과가
열리는 것도, 장갑 공장에서 장갑이 만들어지는 것도 아기를
위해 그러는 것이고, 이 세상의 모든 것이 아기를 위해 일하고
움직이고 있어 빨갛고 예쁘고 달콤한 세상이라고 한다. 아기들
을 위해 이 세상은 천국이 되고 있다고 가르친다. 그러나 이것
은 얼마나 전도(顚倒)된 생각인가? 속임수인가?

돌각담 너머로
감나무 긴 팔이
감 한 개 들고
아가 손에 와 닿는다.

—이거 내가 익힌 거야,
맛 좀 봐.

탱자 울 밖으로
사과나무도
아가 손에
사과 하나 놓아 주면서

—이거 내가 익힌 거야,

맛 좀 봐 줘.

〈가을〉

　자기 집에 사과밭을 가지고 있지 않은 아이들로서 사과를 자주 사 먹을 수 있는 농촌 아이란 아직 드물다. 사과를 마음대로 먹는 경우보다 사과나무를 철조망이나 탱자나무 울타리 너머로 쳐다보고 먹고 싶어 하는 마음을 참고 살아가야 하는 아이들이 훨씬 많다고 보아야 한다. 이렇게 먹고 싶은 것을 참고 쳐다보는 아이들에게 "이거 내가 익힌 거야, 맛 좀 봐 줘" 하는 것은 가엾은 아이들의 편이 되어 쓴 것이 아니다. 아이들을 바라보고 구경하는 어른의 마음, 아이들을 장난감으로 삼고 놀리고 있는 동시인의 처지다.

　현실에서는 못 먹더라도 상상으로나마 맛 좀 보라는 것이 언뜻 생각하면 시인의 애정일 것 같고 동시의 세계일 것 같지만 결코 그렇지 않다. 배고픈 아이의 눈앞에 맛있는 음식을 자랑해 보이는 행위가 어찌 애정일 수 있는가? 그것은 참된 인간적 처지와는 전혀 반대편에 서는 태도다. 어린이를 목적으로서가 아니라 수단으로 이용하는 문학 태도, 그것은 필경 어린이 문학이 될 수 없는 태도다.

　동심주의의 잔인성은 이렇게 해서 나타난다. 그것은 작가가 의식하든 의식하지 않든 결과적으로 그렇게 된다. 더구나 그 사과는 "어둡고 무서운 밤에/ 가슴 떨리도록 무서운 밤"에도 "발자국 소리 여럿이 몰려"오는 도둑을 가시로 마구 찔러 쫓아 버리면서 "과일밭을 지키면서/ 즐겁다"(〈탱자나무〉)로 노래되고 있는 탱자나무 울타리로 엄중히 둘러싸인 사과나무에 달려 있는 것이 아닐까. 가까이 할 수도 없는 사과나무의 사과를 쳐다보는 아이에게 달콤한 얘기를 해 준다는 것은, 얘기하는 시인은 달콤할지 몰라도 그것을 듣는 아이들은 정말 불행하다. 먹고 싶은 유혹을 참는 고통을 주는 것보다 먹을 수도 없는 그런 것에서 차라리 눈을 돌려 땅바닥의 흙이라도 파며 놀게 해 주는 것이 참된 사랑의 마음이 아닐까.

> 시골길 좁은 길,
> 꼬부랑길.
> "부릉부릉!"
> 큰 소리로 버스가 지나면
> 길가의 민들레도 비켜서 서고,
> 지나던 송아지도 비켜서 서고.
>
> "오라잇"
> "스톱"
> 대추나무 밑에서 한 사람 타고
> 동구나무 돌아서
> 또 한 사람 타고.
>
> "오라잇"
> "스톱"
> 잔치 있는 마을에

잔치 손님 내리고.
장터 앞에 와서
장꾼을 내리고.

지나는 손님이 반가와서
쪼바리도 밭둑에서
손을 흔들고.

지나는 손님이 반가와서
산에 걸린 칡덩굴이
손짓을 하고.

"부릉부릉"
차 소리가 고개를 넘을 때
뻐꾸기 소리도 같이 타고 넘고.
산바람 소리도 같이 타고 넘고.

〈버스〉

시골에서 잠시라도 살아 본 사람이라면 누구나 시골 버스
를 잘 알고 있을 터이지만, 시골 버스에서 흔히 겪게 되는 그
초만원의 지옥 같은 풍경은 간 곳 없고, 이처럼 재미스럽고 반
갑고 아름다운 버스의 풍경으로만 그려져 있다. 아이들이 이미
현실에서 너무나 잘 알고 체험하고 있는 사실을 모른 척하거나
덮어 버리려고 하는 것이 문학이 되고 시가 되어야 하는가? 진

실을 보여 주어야 하는 어린이문학의 기능이 여기서는 그 진실을 은폐하는 역기능으로 작용할 우려가 있다고 해야겠다. 결국 아이들은 이런 작품에서 동시와 어린이문학 전반을 불신하게 되고, 문학마저 불성실한 것으로 되어 있는 조국을 원망하여 더욱 열등감을 가지게 될지 모른다.

신현득의 농촌 동시에는 농민들과 어린이 생활의 문제성, 그들의 마음속 괴로움과 기쁨 같은 것이 참되게 파악되는 데에서만 창조될 수 있는 감동 깊은 시의 리듬이 없다. 다만 즐겁고 재미있고 만사가 고맙게만 돌아가고 있는 데서 오는 안이한 리듬이 있을 뿐이다. 시가 쉽게 읽힌다는 것은 그것만으로는 잘된 것이라고도 못된 것이라고도 할 수 없다. 어린이의 마음과 생활에 밀착된 내용과 표현이라면 아이들 호흡에 맞게 경쾌한, 혹은 박진감 있는 리듬으로 얼마든지 쓸 수 있을 것이다. 그런데, 신현득의 경우 쉽게 읽히는 것은 진술된 시의 내용이 사물의 표면만을 겉 스쳐 미끄러져 가는 안이한 태도에서 연유하는 것이다. 이렇게 하여 보기 좋고 듣기 좋은 노래로 다듬어진 작품에서 현실성을 찾는다는 것은 애당초 불가능한 일이다.

산모롱이
잔디밭

아가와 송아지가
같이 논다.

송아지와 꿀꿀이가
같이 달린다.
꿀꿀이 꼬꼬가
같이 뒹군다.

같이 뒹굴면서
같이 큰다.

아가도 송아지도
튼튼해지고,

꿀꿀이도 꼬꼬도
튼튼해진다.

〈산골 놀이터〉

"아가와 송아지가/ 같이 논다"고 했는데, 송아지란 놈은 결코 사람 가까이 오지 않는다. 강아지라면 모르지만. 아이들과 생활이란 것을 멀리서 그저 막연히 바라보거나 생각하기만 할 때 이런 잘못을 저지르기 쉽지만, 이 작가의 태도는 원체 사물이나 생활의 진실을 잡으려는 태도가 아니고, 보기 좋고 아름다운 풍경을 관념으로 설정해 놓고, 동물들이나 아이들은 소재로서 이용할 따름이다 보니 이렇게 되는 것이다. "꿀꿀이 꼬꼬가/ 같이 뒹군다"도 잘못되어 있다. 꼬꼬, 닭이 어떻게 뒹구는가? 이런 말은 아이들도 틀렸다는 것을 쉽게 깨달을 것이다.

이 밖에 〈뒷고개〉〈박꽃 피는 시간에〉 같은 많은 작품에서 '아빠'란 말을 함부로 쓰고 있는 것도 동심주의 발상에서 오는 잘못이라 보인다. 내가 알고 있는 한 농촌 아이들은 아직 아빠란 말을 대개 안 쓰고 있다. 이것은 도시 아이들의 말이다.

현실을 무조건 긍정하여 그것을 아름다운 것으로만 보이려는 데서 오는 감동 없는 내용의 공백 상태를 메우려는 노력이 마침내 그로 하여금 독특한 공상의 기교를 고안하게 한 것 같다.

그것은 가령 〈매국노의 배 안에 회충 한 마리〉〈달에 오르는 사닥다리〉와 같이 기발한 착상이 되기도 하고, 〈석기 시대 일기〉〈1억 5천만 년 그때 아이에게〉〈별나라에서 새 둥지까지〉처럼 시간과 공간을 뛰어넘는 유희가 되기도 하고, 〈새끼틀에서〉〈바다는 한 숟갈씩〉〈키〉〈키가 큰다〉와 같이 어떤 숫자 계산에서 오는 흥미를 일으키려고도 한다.

그러나 이런 것은 모두 역사의 파악, 특히 현대 문명에 대한 비판 의식의 얕음으로 말미암아 시의 감동을 창조하지 못하고 단순히 기발한 착상이 되거나 숫자의 유희에 끝나고 있다. 그리하여 그는 결국 사물을 바르게 보고 진실하게 느끼도록 하는 건강한 생활 감각의 표현 수법을 쓰지 못하고 〈삼밭에서〉〈호박 덩굴 이야기〉와 같은 가장 생활적인 제재조차도 실감에서 떠난 말재주의 기교에 시를 맡겨 버리는 잘못을 범하고 있는 것이다.

아이들의 성장을 위해 하고 싶은 얘기를 하고 있는 그의 동시에서 또 하나 언급하지 않을 수 없는 것이 입신출세주의다.

>　　내 손이 커서
>　　오빠 손만 해지고
>　　오빠 손이
>　　엄마 손보다 커졌을 때
>　　우리 집은 아무도
>　　쌀 단지를 긁어내지 않아도 된다.
>
>　　아기가 커서
>　　오빠만 해졌을 때는
>　　아기 손에
>　　구두약이 묻지 않아도 된다.

〈손〉에서

　　개인주의적 돈벌이의 재미로 살아가고 있는 생활 태도를 지극히 소박하게 털어놓고 있는 이런 얘기는 그저 소시민적인 안정된 생활에 대한 염원이라고 할 수도 있다.

　　그러나 시가 모든 사람들을 분열시키고 있는 장벽을 헐어서 따스한 피가 통하는 감동의 세계를 열어 주지 못하고 인간의 정신을 지리멸렬시키는 그 벽을 오히려 긍정하고만 있는 것은 웬일인가? 그리하여 "아빠는/ 계장으로 진급이 되고/ 월급이/ 아가야 사탕 값만치 늘어났다"(〈터울〉)에서 보면 입신출세식 사회관 속에 안주하고 있는 시인의 모습이 부각되어 나타나는 것이다.

그래서 다음과 같은 작품도 이러한 의식 상태의 표현일 수 밖에 없다.

나무는
같은 값에
이 산 바위 밑에 나서
이 좋은 경치에 어울려 보는 것이다.

물은
같은 값에
이런 골짝을 흘러 보는 것이다.

〈가야산〉에서

같은 값에 좋은 옷 입고, 같은 값에 잘 먹고, 같은 값에 도시의 좋은 집에서 편안히 살아야 한다는 생각은 이기주의를 강요받고 있는 사회에서 대부분의 사람들이 취하는 생활 태도임에 틀림없다. 그러나 그렇다고 해서 시가, 더구나 동시가 대중들의 얕은 정신 상태를 그대로 긍정해 보인다는 것은 될 말이 아니다. 동시란 쉬운 말로 쓰는 것이니 무엇이든지 시인의 마음속에 떠오르는 생각을 쓰기만 하면 시가 된다는 태도만큼 어리석은 일은 없다.

대관절 그의 작품에 현실적 인물을 함부로 제재로 하여 미화하고 있는 것은 또 무슨 시관(詩觀)에서 오는 것인가? 물론 자기로서는 존경심을 가졌기에 그러하겠지만, 동시란 것이 문학작품인 이상, 식장에서 낭독하고 버리는 인사말과는 달라야 할 것 아닌가? "나는 이 작품들이 예술품이 아니어도 좋다"고 하지만, 시가 아니어도 좋다는 태도로 시를 쓴다고 해서 써 놓은 것이 시가 안 되는 것이 아니고, 그의 모든 작품은 이 땅의 아이들에게 읽히기 위해 이미 모두 동시집으로 되어 나와 있는 것이다.

민족의 열등감을 씻어 주기 위해 조상이 잘나고 후손들도 자랑할 만한 것을 많이 가지고 있다는 것을 가르쳐 주려고 한 그의 동시는 역사와 어린이 생활을 올바르게 잡으려고 하지 않고 무작정 사회의 모든 현상을 긍정하고 아름답게만 꾸며 보이려고 함으로써 참된 시를 창조하는 데 실패하였다. 그의 동시에서 어린이가 느낄 수 있는 것은 단순한 재미스런 얘기거나 우스운 생각이 아니면 차라리 싱겁고 시시한 내용이 되고 있기 때문이다.

생활의 표면을 곱게 화장만 하고 있는 속임수로 그의 동시를 아이들이 대한다면 차라리 다행한 일이다. 왜냐하면, 이런 동시에 나타난 그릇된 환상을 현실로 믿는 어린이가 있다고 할 때, 그런 어린이는 결국 잘못된 생각에서 깨어날 것이고, 깨어나서는 그의 동시를 읽지 않았을 때보다 한층 더 현실을 어둡게 보고 낙심할 것이 틀림없다. 그리하여 "서양 아이라면 얼마나 좋아요" 하는 아이들의 그릇된 의식을 그의 동시는 더욱 조장할 것이기 때문이다.

이러한 교화 의도, 민족의 열등감을 씻어 주기 위해서 역사와 사회의 표면을 분 발라 보이는 방법은 결국 역효과를 나타낼 수밖에 없는 교화 방법이 되고 말았지만, 민족의 열등감이란 것을 가지게 된 원인이 단순히 제 나라가 약소국가란 것을 아이들이 어릴 때부터 알게 된 때문이라고 본 것은 그것부터 잘못된 설정이다. 아이들이나 어른들이나 남의 것에 정신이 팔리는 상태는 제 나라의 생활이 너무 어둡고 불합리하여 견디기 어렵도록 괴로운 것으로 차 있기 때문이라 해야 옳을 것이다. 우리 삶이 아름답고 진실한 것이라면 그 누가 말도 생각도 잘 통하지 않는 다른 민족이 사는 몇 만 리 먼 낯선 땅에까지 이민을 가려고 서로 다투겠는가? 아이들에게 민족과 나라를 사랑하는 마음을 가지게 하려면, 우리 생활의 불미스럽고 비뚤어진 것을 바로잡아 나가도록, 괴로운 것을 함께 괴로워하면서 참되고 밝은 길을 찾아가도록 하는 사람다운 삶의 자세를 확립시켜 주어야 할 것이고, 그러기 위해 무엇보다도 진실을 보여 주어야 할 것이다.

어쨌든 신현득의 동시는 사물을 달콤하고 아름답게만 보이려고 하는 순응주의로 하여 그 뜻한 바 교화 의도조차 달성하지 못하였다. 그리고 이러한 사물 미화의 작시 방법은 근본에서부터 그가 동심주의 어린이관에서 벗어나지 못한 때문이라고 본다.

동심의 눈으로 보면 모든 것이 아름답게 보이고 동심의 귀로 들으면 모든 소리가 아름다운 음악으로 된다는 한국의 거의 모든 동시인들의 동심 몰입의 의식 세계에서 그도 벗어날 수 없었던 것이다. 이런 동심주의 발상은 그가 맨 처음으로 발표

한 〈문구멍〉에서부터 제5동시집에 나오는 〈산골 놀이터〉에 이
르는 많은 작품들에 일관해 있는 것을 발견할 수 있다.

그런데, 이러한 동심주의 어린이관이나 생활의 표면을 미
화하는 수법은 어쩌면 원래 그가 가졌던 정신 바탕에서 우러난
것일지 모른다. 제1동시집《아기 눈》의 후기를 보면 그런 생각
이 든다. 그래서 제1동시집에 나오는 〈옥중이〉〈아침에〉와 같
은 소박한 동심, 관념적인 동심이 아니라 좀 더 어린이에 밀착
되어 생활적인 동심의 시 세계를 잃지 않고 심화해 갔어야 하
는 게 아니었던가? 그리하여 제4동시집에 나오는 〈엄마 이마
에서 교실 문까지〉〈고아원 하늘에 피는 노을〉과 같은 불행한
어린이에 대한 관심을 더욱 확대시켜 나갔어야 하는 게 아니었
던가? 제4동시집에 수록된 이 두 작품은 그의 전체 작품 세계
에서 볼 때 너무나 예외가 되고 있는 것이다.

어린이를 떠난 동시들

1960년 이후에 동시를 써 온 사람으로 박경용·신현득 두 사람
의 영향을 많든 적든 받지 않은 사람이란 극히 드물다. 우선 신
현득의 영향은, 세상을 단순한 재미스런 구경거리로 보이려고
하는 발상에서 놀랄 만큼 많은 작가들의 관심을 사로잡고 있지
만, 그의 기발한 착상까지 시 짓기의 기법으로 모방하려는 사
람이 많다.

최춘해(1932년~)의 동시집《시계가 셈을 세면》(한글문학사,
1967년)에 수록된 많은 작품들의 세계가 신현득의 그것에서 벗
어나지 못하고, 그 내용과 기법과 리듬이 너무 닮아 있다고 느

껴진다. 최효섭(1932년~)의 동화집에 《거꾸로 돌아가는 시계》(한국교육도서 출판사, 1970년)란 것이 있지만, 역사의 과거나 미래를 현대의 뜻으로 다시 보지 않고 지극히 평범한 상식으로 무슨 신기한 재주나 되는 것처럼 아이들에게 펼쳐 보이는 이런 작품이 어린이문학에서 꽤 유행이 되고 있는 것은 작가들의 역사의식의 결여와 정신의 안일성을 말해 주는 것이다. 신현득의 세계에서 멀어 보이는 하청호(1943년~)의 동시에도 〈단 한 번이라도〉란 것이 있어 "단 한 번이라도/ 시계가 거꾸로 돌면/ 세상은/ 참 희한할 테지"라고 시작하여 옛날을 단지 진귀한 그것으로 펼쳐 보이려고 하고 있는데, 이것은 신현득 세계의 재현이고 그 수법의 모방이다.

노원호(1946년~)의 〈무명옷에서 들리는 물레 잣는 소리〉(《바다에 피는 꽃》, 일지사, 1979년)에는 "목화밭 하얀 송이가/ 햇볕에 바래어 자여질 때/ 어머니의 고운 마음도/ 가락에 감기어/ 올이 된다./ 무늬가 된다"라는 구절이 있는데, 이런 작품도 신현득의 〈삼밭에서 삼이 듣는 베틀 소리〉와 비교해 보면 작가가 다른 사람이라고 여겨지지 않을 만큼 비슷한 것으로 되고 있다.

허동인(1941~2009년) · 이무일 같은 이를 비롯해 사회에 관심을 보이는 많은 동시인들이 도시 문명과 농촌 생활을 극히 피상적으로 보고 그것을 찬양하고 있어 사회와 어린이를 파악하는 데서 신현득 동시의 차원에 머물고 있다고 할 수밖에 없다.

우뚝우뚝한
고층 빌딩들은
경제성장을 말해 주는
막대그래프
〈새 서울 전망〉, 허동인, 《조약돌 형제》, 세종문화사, 1975년

내일은 무엇을 타고
서울 길을
오고 갈까?
〈오늘이 자라〉, 이무일, 《참새네 철판》, 세종문화사, 1975년

서울 아이들보다
시골 아이들이
복되다.
〈서울 아이와 시골 아이〉, 김사림, 〈어깨동무〉, 1967년 6월

이자 없는
모갯돈
돌이네 논 사고
철이네 소 사고
〈이웃사촌〉에서, 이명수

토실토실 꿈이 크는
산골 마을 내 고향은

즐거움에 꽃이 피고……
즐거움에 꽃이 지고……

〈내 고향〉에서, 심우천

여기는 아름다운 나라
여기는 살기 좋은 나라
여기는 싸움이 없는 나라라고
큰 소리로 전하자.

〈가을 소식〉에서, 한상억

문경 시멘트로
지은 집은

큰 장마도
큰불에도
끄덕 없임더.

〈경상북도에는〉에서, 정진채,《꽃동네》, 백민사, 1971년

작품의 예는 얼마든지 들 수 있다. 이런 작가들의 작품이
저마다 얼마큼씩 경향이 다르다고 하더라도 현대시로서 지녀
야 할 지적인 토대가 거의 이뤄져 있지 않다는 점에서 한가지
로 얘기할 수 있고, 따라서 이런 작품들은 도저히 시라고 하기
곤란하도록 값싼 작품으로 떨어져 있다고 하겠다.

박경용은 또 다른 면에서 많은 동시인들에게 결정적인 영

향을 주었다. 우선 김사림(1939~1987년)의 시는 그 대부분이 감
각적 표현에 머물고 있다. 그런 감각 표현은 어느 만큼은 어린
이에게 느껴질 수 있는 것이지만 그것을 시라고 하기에는 너
무나 감도가 얕고 또 단편적인 것이 되어 버리고 있다. 그런데
이상현(1940년~)에 와서는 그 감각이 차차 실재(實在) 느낌에서
벗어나 한갓 말의 유희로 빗나가고 있다. 실체가 느껴지지 않
는 공허한 말의 공중누각이란 인상이다. 이쯤 되면 동시가 어
린이에게서는 말할 것도 없고 어른들에게서도 떠나 다만 언어
조립의 취미를 즐기는 동시인의 전용물로 되어 버렸다고 할밖
에 없다.

    생선 비늘이 뛰어
    번뜩거리는 바다.

    노오란
    지느러미를 펴다가
    그물에 걸려든
    해.

    바다를 휘감고
    퍼덕거린다.

    개펄이 묻은
    장대로

뛰는 바다를 치면
그 빠알간
해의 아가미 속에서
비린내 나는
햇살이 쏟아진다.

〈풍경〉, 이상현, 〈현대시학〉, 1973년

"생선 비늘이 뛰어/ 번뜩거리는 바다"라든지, "노오란/ 지느러미를 펴다가/ 그물에 걸려든/ 해"라든지, "그 빠알간/ 해의 아가미 속에서/ 비린내 나는/ 햇살이 쏟아진다"와 같은 말들은 아주 신선하고 매력이 있어 보인다. 그러나 이런 말들은 독자들의 머릿속에 바다의 풍경을 펼쳐 보이는 데서 사물 자체로서 던지는 살아 있는 말이 못 되고, 적어도 머릿속에서 한 차례 번역을 해야 하는, 성가신 과정을 거쳐야 짐작이 되는 이질적인 말의 덩어리, 곧 죽은 말의 조립으로 되어 있다. 시가 어째서 이런 모양으로 되고 있는가? 실제의 느낌에서 떠난 괴이스런 말의 질서를 만들어 내는 손재주를 시라고 하는가? 그러나 감동이 아니라 말재주의 재미스러움을 추구하는 것이 시의 본질이 아님은 명백하다. 그것은 어디까지나 쓰는 사람만의 취미물밖에 될 수 없다. 그런데도 요즘 얼마나 많은 동시인들이 실감의 세계에서 전혀 떠난 무의미한 내용을 다만 신기로운 말에만 관심이 끌려 꾸미고 다듬고 짜서 만드는 것을 동시로 알고 있는 것인가?

해를 밴 바다가
몸부림친다.
낙산사 아기 스님
울리는 범종 소리에
바다는
쏘옥
해를 낳는다.

<해맞이>에서, 임교순

내 낚시 끝엔
허리 잘린
햇살만
번뜩이고 있었다.

<낚시질>에서, 윤운강

졸다 깬 새들이
나뭇잎 사이로 떠돌아다니며
"음매—"소리를
부리로 쪼다가 놓친다.

<꿈꾸는 대낮>에서, 오규원

흐르는 빛결을
잎새로 잡아
찰깍

찰깍
꽃잎 짜는 소리

〈꽃밭에서〉에서, 하청호

숲 맴돌며
꽃잎 차곡 포개진
산새 노래 꺼내 들고

해묵은
나무 키 재 본다.

〈메아리〉에서, 박유석

수탉의 부리에서
수다스럽게 일어난 아침,

처마 끝을 용케 찾아가
참새 주둥이에 물린 아침을

사르르 빼낸다.

〈새벽〉에서, 이진호

　　실감으로 받아들여지지 않고 하나의 말재주 놀이로 되고
있는 이런 동시들이 범람하고 있는 것은 오늘날의 동시가 어린
이는 물론이고 인간 자체에서 떠나 있는 경향을 말해 주는 것

이기도 하다. 인간을 떠난 곳에 시의 아름다움이 따로 있다고 믿는 사람은 기계문명이 빚어내는 모든 문화의 비인간적 상황 속에서 자신이 비참한 꼭두각시 노릇을 하고 있는 사실을 깨닫지 못하는 존재다. 모든 어린이를 소외시키고 시를 수공품으로 쪼그라들게 하는, 이런 작품들이 상업적인 안목으로 상찬되고 혹은 또 다른 괴이스런 말재주로써 변명되고 있다면, 이것보다 타락한 문화 현상이 없다 하겠다.

동시의 의미 없고 감동 없는 내용을 은폐하기 위한 안간힘으로 이렇듯 말의 곡예술을 익히고 있는 경향은 1960년대 이전부터 작품을 쓰고 있던 이들조차 대부분 감염되고 있다. 동시의 이론 탐색에서 상당한 진지성을 보이고 있는 듯한 이종기 (1929년~)도 동시집 《하늘과 땅의 사랑》(아인각, 1967년)에서 현대성이 없는 단순한 역사 자료의 재현으로 어린이에게는 인연이 먼 작품을 쓰더니, 〈너 보랏빛 나비〉(1965년) 〈바람〉 같은 작품에서는 더욱 어린이와 유리된 어른만의 세계나 말의 유희에 지나지 않은 것으로 쓰고 있다. 조유로(1930~2004년)는 동심의 세계를 아기자기한 말로, 때로는 아이들의 말씨까지 흉내 내어 수다스럽게 얘기하고 있으나, 너무 쉽게 낭비된 말에 견주어 감동이 희박한 것은 역시 어린이의 세계를 살아 있는 현실에서 다양하고 깊이 있게 파악하는 것이 아니라, 동심이란 테두리 안에서 관념적으로 잡으려는 시 짓기 태도의 안이성에서 오는 듯하며, 그리하여 그의 동시가 허공에 뜬 말의 구성이라는 인상을 지울 수 없다. 《꽃사슴》(숭문사, 1966년) 《아기 사슴》(일지사, 1974년)의 동시집을 내어, 잠자는 아기 사슴의 꿈의 세계를 그림으로써 가장 전형의 동요 세계를 지키는 듯하던 유경환(1936~2007년)조차 최근에 와서는 〈햇빛의 잔치〉 같은 작품으로 감각적 표현 기교에 관심을 보이고 있다. 이석현(1925~2009년)은 쉬운 말로 얘기하는 긴 시를 '동화시'란 이름으로 많이 쓰고 있는 것이 어쩌면 어린이들이 친근해질 수 있는, 새로운 서사시의 형태가 될 듯하나, 여기서도 어린이는 여전히 소외당하고 있다. 그것은 그의 동시의 발상이 근본적으로 관념의 세계에서 비롯하고 있어서 생활자인 어린이에게 밀착하지 못하고 있기 때문이다.

이상에서 든 몇몇 중견들의 작품 경향은 저마다 얼마쯤씩 개성을 보여 주기는 하지만, 어린이의 세계에서 떠나 있다는 점에서 모두 한가지로 논할 수 있다. 그리고 더욱 주목해야 할 것은 최근 신문·잡지들에서 신인들의 작품 심사를 대개 이런 중견들이 맡고 있는데, 여기서 당선작을 내세워 상찬하고 있는 작품들의 경향이 위에서 말한 감각적 언어 기교의 면에서 다만 신기로운 손재주를 보이는 것이 아니면, 한 걸음 나아가 빈말의 장난스런 꾸미기 놀이밖에 될 수 없는, 아이들과는 전혀 혈맥이 통할 수 없는 작품들뿐이란 것이다.

광부의 목소리를
가득 실은 인차가

덜컥
덜컥

산 중턱
밤새 다문 갱구를 열면

까맣게 깔렸던
어둠이
우르르 몰려 들어간다.

갱 속에서 따라온
새벽이
광부의 삽 끝에 매달려
반짝인다.

탄 마을의 아침은
언제나
갱 속에서 실려 나온다.

〈탄 마을 새벽〉, 김지도

이 작품은 월간 〈아동문학〉 창간호(1962년)에 나온 추천작이다. 4연까지 읽으면 제법 선명한 영상이 떠올라 뭔가 있을 듯하다가 결국 그것은 지극히 단편적인 감각의 조각밖에 되지 못하고 말았다. 이런 의미 없는 언어의 감각 표현만을 동시의 새로운 길인 양 상찬하는 것은 착각도 이만저만이 아니다. 이 작품을 추천한 말이 놀랍게도, "죽음, 공포, 고된 생활로부터 아침으로 탈출하는 주제 의식, 그리고 발상도 깔끔한 편이다.

다만 산만한 이미지의 가지를 때로는 대담하게 쳐서 시를 보다 단단하고 투명하게 하는 데 애쓰길 바란다"이렇게 되어 있다. 여기 무슨 "죽음, 공포, 고된 생활로부터 아침으로 탈출하는 주제 의식" 따위가 있는가? 그리고 원체 시를 감동의 창조적 표현으로 보지 않고, 형식을 내용에서 분리시켜 깔끔하다느니, 단단하고 투명하다느니 하는, 이런 수공품 조립식으로만 보는 데서 잘못이 생겨나는 것이다. 이 작품은 생활적 소재에도 불구하고 생활의 표현은 거의 없으며, 지극히 사소하고 지엽적인 표현에 지나지 않고 단편적인 묘사에 그치고 있다. 또 하나, 같은 잡지의 추천작인데 좀 긴 것이지만 전문을 들어 본다. 김옥영의 〈우리의 것〉이다.

산이 익는다.
가을이 익는다.
가을도 한국의 가을이라서
토방에 걸터앉아
터뜨리는
서리 맞은 바알간 홍시 맛이다.
햇발도 한국의 햇발이라서
따끈하게 끓여 올린 숭늉 맛이다.
오오, 순이
한국의 아이
한여름 물들인 봉숭아 손톱에
하얀 반달 하나 떠 있는,

산 아래 엎드린
순이네 마을도
한국의 마을이래서
손 덥은 인정은 백설기 맛.

―하모, 그렇고 말고―
―그럼, 그래야제―
주름살 함께 접혀 온
어른들 맘은
땅속에 묻은 오지독 안에
어둠을 걸러
얼큰히 괴어오른 보리술이다.
아쉴 때
한 잔씩 서로의 속을 기울이는
아, 익숙한 뚝배기에 담긴
이 담담한 기쁨.

순이하고 돌이하고
반주깨미 사는 돌각 담 아래서
그 야리고 파란 맘들은
시금초 맛이다.
한나절 풀밭을 찾아 헤매던
조그맣고 빛나는 맛의 알맹이
(어린 날의 밤하늘에

반짝이는
시그러운 기억의 보석)
돌이, 네 혀끝에 감치는
순이, 네 이 끝에 부신
꿈속의 햇볕 같은, 꿈속의 평화 같은,
가을이 익는다.
산도 한국의 산이래서
화선지 번져 난 색깔끼리 젖어
선연히 우러난 탕약 맛이다.

　　이 작품에서 관념의 형상화가 어느 정도 감흥을 일으키는 데 성공하였다 하더라도, 이러한 발상과 표현은 어른을 위한 것일 수는 있어도 아이들을 위한 것은 아니다. 가령 "땅속에 묻은 오지독 안에/ 어둠을 걸러/ 얼큰히 괴어오른 보리술이다./ 아쉴 때/ 한 잔씩 서로의 속을 기울이는/ 아, 익숙한 뚝배기에 담긴/ 이 담담한 기쁨"이라든가 "산도 한국의 산이래서/ 화선지 번져 난 색깔끼리 젖어/ 선연히 우러난 탕약 맛이다"고 하는, 이런 술맛이나 탕약 맛이란 아이들로서는 알 수 없는 것이고, 따라서 동시에서 이런 내용이나 표현이 있을 수 없다. 또 "순이하고 돌이하고/ 반주깨미 사는 돌각 담 아래서/ 그 야리고 파란 맘들은/ 시금초 맛이다"고 하는 표현이나 "돌이, 네 혀끝에 감치는/ 순이, 네 이 끝에 부신/ 꿈속의 햇볕 같은, 꿈속의 평화 같은,/ 가을이 익는다"와 같은 표현들은 아이들을 소재로 이용한 것일 뿐 어디까지나 어른을 위한 어른만의 감회가 되고 있는 것이다. 이 시 전체가 아이들의 느낌 세계를 벗어난 어른스런 감정의 표현으로 되고 있다. 어느 아이가 이 작품을 이해할 것인가? 이것은 동시라고 할 수 없다. 어린이를 버리고 제멋대로 된 작품을 쓰고 있는 동시인들은 드디어 동시가 될 수 없는 작품을 추천하고 상찬하기에 이른 것이다. 이 작품을 추천한 말이 다음과 같다.

주제 의식이 지나칠 정도로 강렬한 것이 다소 거슬리나 발랄하면서도 독창성과 자립성, 대담한 주제의 건강성, 투박한 형상의 화술이 그대로 신인다웠다는 게 살 만한 추천의 근거다.

이런 비평의 말들이 모두 적절한 것이 되지 못하고 있지만, 특히 주제가 강렬하다느니 건강하다느니 하는 것은 관념적 발상이 그런 느낌을 주는지 모르지만, 실상 이 시에 나타난 '우리의 것'의 파악은 신현득의 "우리 나라// 고추장/ 먹는 나라// 우리 나라// 동짓날에/ 새알 수제비 먹고/ 팥죽 끓여 먹는 나라" 정도의 것밖에 될 수 없는 것이다.

이래서 이른바 동시인이 되기를 지망하는 신인들은 모두가 다투어 어린이 세계와는 인연이 없는 작품들을 안일한 언어 기교나 공상 혹은 회고 취미로 만들어 내고 있음을 볼 수 있다.

숭늉 내음 물씬 밴
추석이

메밀꽃으로 핀다.

〈송편〉에서, 박유석

포르르 날아가는 남대문 참새
오늘 밤 달 속에다 남대문 짓고
보름달 같은 참새 알을 자꾸 낳았다.
달 속에 남아 있는 참새 발자국.

〈남대문 참새〉에서, 정호승

우리들은 밤마다 바다를 보러 나갔다. 바다로부터는 더듬거리는 말소리가 수군수군 들려왔고 우리들은 귀를 모아 그 소리 하나 하나를 밤새도록 건져 내었다. 반짝거리며 펄펄 뛰는 말소리들을 우리들은 가슴속으로 비밀처럼 숨겨 놓았다. 어느 날 밤 우리들이 그 말소리들을 꺼내어 서로서로 맞추어 보았을 때, 그것들은 수천 벌의 눈부신 '레이스'가 되었다. 우리들은 모두 옷을 훨훨 벗어 던지고 알몸에 '레이스'로 갈아입었다.

〈인어〉에서, 정중수

올챙이
코홀쭉이
우쭐
우쭐
학교 가는 날

강아지도
덩달아
따라가고

으스대는
글씨들이
멋대로
토라지면,

터엉 빈 골목길도
한나절
시무룩

올챙이
코홀쭉이
우쭐
우쭐
입학하는 날.

<학교 가는 날>, 윤갑철

이런 작품들은 그것이 서정이든 환상이든 기발한 착상이
든, 혹은 어린이를 장난감으로 여기는 종래의 동요적 발상이
든, 어쨌든 어린이의 마음을 움직일 수 없는 어른만의 세계, 시
인 자신의 폐쇄적 취미로만 쓰여 있다는 점에서 동시의 바른

길을 빗나가고 있는 것이다. 특히 마지막에 전문을 보인 〈학교 가는 날〉은 〈월간문학〉 신인상 입선작인데, 어린이를 유희의 대상으로 삼았던 어느 옛날의 동요적 발상 작품이 공인된 추천 작으로 뽑혀 부활이 되고 있어 놀라움을 금할 수 없다. 이 작품을 뽑은 사람은 오늘날의 동시가 어린이들이 느끼고 이해할 수 없는, 어른들의 말 꾸밈으로만 되어 가고 있는 것을 염려하여 일부러 이런 졸작을 드러내어 보이려고 하였는지는 모르지만, 이것 역시 어린이와는 인연이 없는 어른만의 유희, 그것도 한 시대가 지나간 옛날의 작품인 것이다. 이쯤 되면 갈팡질팡하고 있고 뒤죽박죽으로 도무지 갈 길을 못 잡고 있는 형편 같다.

신춘문예나 추천 작품의 선정은 신인들의 작품 경향을 좌우할 수 있는 만큼 함부로 할 것이 아니다. 과거 20년 동안의 당선, 혹은 추천작들이 대부분 짝짜꿍 동요들이 아니면 한갓 손재주로 만들어진, 어린이와는 인연이 없는 작품들이었던 것은 앞으로도 두고두고 반성 비판해야 한다. 어린이문학 작가를 지망하는 청년들이 참된 문학 정신을 체득하려 하지는 않고, 한갓 유행하는 경향에만 민감하여 심사원들의 입맛에나 맞추려고 하여, 본말이 전도된 건전하지 못한 자세로 동시를 쓰고 있다는 것은 참으로 한심스런 일이라 아니 할 수 없다.

결론

가슴 밑바닥에 고이고 쌓인, 살아 있는 감동의 말은 없고, 어째서 혀끝으로 야불거리는 죽은 말만 있는가? 더욱 커다란 세계를 열어 주는 진실은 없고 어째서 생명이 없이 만들어진 거짓스런 꽃들만이 사람들의 눈길을 어지럽히고 있는가? 흐려진 동심을 맑게 씻어 줄 참된 동심은 없고 어째서 아이들의 귀여움 속에 몰입해 버리는 퇴행하는 정신만이 동심이란 탈을 쓰고 버티고 있는가? 어째서 아이들을 짓밟아 버리고, 쫓아내어 버리고 태연한가? 어째서 인간의 목소리는 들리지 않고 재주꾼들의 기이하고 괴상한 소리만이 난무하고 있는가?

아이들이 동시를 읽지 않는 것은 너무나 당연하다. 이런 동시를 아이들이 읽게 된다면 오히려 불행할 것 같다. 소박하고 굵직한 마음으로 정직하고 참되게 살아가려는 아이들과는 전혀 딴판인 아이들, 꾀부리고 매끌매끌 닳아 처세술이나 익혀 요령 있게 살아가면서, 너무나 일찍이 어른이 되어 버린 아이들밖에는 이런 동시를 좋아할 아이들을 상상할 수 없다.

1960년대에 이뤄 놓은 일부 동시인들의 공적이 무엇이었던가? 긍정적인 면에서 그 공적을 최대한으로 확대해 본다 하더라도 감각적 기교와 생활의 천박한 화장술로 하여 동시를 잘못된 길로 이끌어 놓았다는 결론을 피할 수 없다. 이제 우리 동시에는 어린이가 읽지 않고 읽어도 알 수 없는 동시가 범람하고 있고, 그런 동시들이 잘된 것으로 찬양되고 있다. 동시 작품 속에 어린이의 세계가 담겨 있는 대신에 병든 어른이 도사리고 앉아 있을 뿐이다. 어린이가 있다고 해도 그것은 허수아비로 만들어진 어린이거나 장난감 인형이다. 어린이가 없는 동시인만의 동시, 어린이문학의 중요 장르의 하나가 이제 멸망의 위기에 놓여 있다고 하면 지나친 말일까? 물론 감각 표현의 재주 놀이에 휩쓸리지 않는, 극히 소수의 시인들이 없는 것은 아니지만, 그들 역시 동심주의의 그릇된 어린이관에서 벗어나지 못했고, 현대에 살고 있는 어린이를 모른 채, 여전히 구태의연한 자리에 머물고 있거나 개성 있는 시 세계를 창조하지 못하고 답보하고 있는 상태다.

올바른 어린이관을 확립하여 현대시로서의 동시를 쓰려면 무엇보다도 긴요하고 시급한 과제는 종래의 동심천사주의 어린이관을 청산하는 일이다. 이것의 철저한 청산이 없이는 동시 문학의 전진은 기대할 수 없다. 동심천사주의란 어린이를 떠난 어른 중심의 세계에서 어린이를 한갓 도구로 삼아 안이한 유희를 즐기는 것이기 때문이다. 이런 관점에서 지금까지 동심주의 어린이관에서 이뤄진 모든 동시를 일단 부정해야만 새로운 어린이관의 주축이 형성될 땅이 발견될 것이다.

역사는 흐르고 시대는 바뀌어 가고 있다. 우리가 지켜보고 있는 아이들, 우리가 키우고 있는 아이들은 우리가 어릴 때 부르고 자라났던 그 동요 속의 아이들이 아니다. 어쩌면 참 서글픈 일일지 모르지만 그것은 어쩔 수 없다. 산천초목도 금수 곤충도 모든 자연이 변하고 있다. 우리가 바라보는 길가의 풀도 나무도 20년 전의 그것이 아니고, 10년 전의 그것도 아니다. 강물을 보고 그것이 공장의 폐수와 도시의 하수, 그리고 먼 상류에 있는 광산의 광독으로 그 속에 있는 물고기조차 오염이 되고 혹은 멸종이 되고 있다는 사실을 느끼지 않고 다만 아름다운 강물로만 보고 있는 시인을 우리는 순수한 정신을 가졌다고 할 수 없다. 가게에서 팔고 있는 과자를 아무 생각 없이 아이들에게 사 주기만 하는 것으로 어린이에 대한 사랑의 봉사라고 할 수 없게 되었다. 하늘에서 떨어지는 빗방울 속에 핵먼지나 오염된 티끌 같은 것을 염려하는 사람과 그 빗물을 달콤한 젖으로 상상하는 사람과, 어느 쪽이 더 건강한 감각이고 생각이 겠는가? 어느 쪽이 더 병든 인간이겠는가?

> 밤새도록 눈이 내려 쌓여
> 찬란한 태양이 떠오르는 아침입니다.
> 주여!
> 이렇게 밝고 빛나는 아침엔
> 땅 위에서 굶주리는 사람들이 없게 하소서.
>
> 〈눈 온 아침의 기도〉 첫머리

이것은 20년 전에 쓴 내 작품이다. 이제 이런 작품은 아무런 현대성이 없게 되었다. 눈이 와서 산과 들을 덮은들 어찌 이런 소박한 심정이 될 수 있겠는가? 온갖 티끌로 더럽혀진 하늘에서 내려와 쌓인 눈을 공기의 오염과 기후의 이변, 도시 문명의 앞날과 인간의 운명 들을 생각함이 없이 그저 순수한 그 옛날의 눈으로만 보고 있다면 이 얼마나 철없고 둔감한 사람이겠는가? 풀 한 포기, 벌레 한 마리에 이르기까지 모든 것이 변해버리고 변하고 있는 이제는, 새로운 문명관·새로운 자연관·새로운 어린이관에 서지 않고 쓴 지금까지의 모든 동시를 낡은 것으로 일단 부정해야 할 것이다. 아이들이 읽어서 피가 되고 살이 될 새로운 동시는 이러한 부정의 정신 위에서만 쓰일 것으로 확신한다. 《동시, 그 시론과 문제성》, 1975년 7월

진실과 허상

1.

나는 지금 어느 어린이 잡지에 나온 표지 그림을 보고 있다. 그
것은 언덕을 걸어가는 소의 등에 목동이 올라타고 피리를 불
고 있는 그림이다. 소를 타고 있는 목동 아이는 말을 타듯이 다
리를 양쪽에 뻗치고 소 등에 걸타고 있는 것이 아니라, 두 다리
를 한쪽으로만 모으고 엉덩이를 슬쩍 얹어 놓고, 그리고 두 손
으로 피리를 잡아 입에 갖다 대고 있는 것이다. 그림의 제목을
'피리 부는 목동'쯤으로 붙이면 될 것이다. 이렇게 말하면 대개
의 독자들은 짐작이 가서 "아하, 그런 그림인가, 그거야 나도
많이 봤지. 우리 사무실 달력에도 있고, 아이들이 읽는 동화책
에도 있지" 할 것 같다. 그래서 "그런 그림 좋아하십니까?" 하
고 물으면, 이번에도 서슴지 않고 대답할 사람이 있을 듯하다.
"아무렴 좋아하고말고. 추상이니 입체니 하여 어려운 그림도
아니고, 무엇보다도 시정이 넘치거든!"

그런데, 나는 이런 그림을 보면 슬그머니 화가 난다. 또 나왔구나, 하는 유행과 통속을 따르는 세계에 대한 반발 때문만이 아니다. 거기 풀밭과 하늘과 구름과 냇물의 아름다움을 느끼기 전에 무엇보다도 불안하다. 소를 타고 있는 아이가 금방이라도 곧 땅바닥에 굴러 떨어질 것만 같은 것이다. 참 이런 걸 그리는 사람은 어지간히도 신경이 둔한 모양이지, 어째서 이렇게 그려 놓고 태연한가? 이런 그림에서 시를 느끼다니! "흥, 넌 그림을 아직 모르니까 그렇다. 넌 시도 아직 모르고 있다." 이렇게 또 어떤 사람들로부터 핀잔을 받을 것 같다. 그러나 할 수 없다. 내게는 그림 속의 아이가 아무래도 불안해서 하늘이고 구름이고 포플러고 물이고, 그런 배경의 자연을 완상할 기분이 될 수 없다. 아이가 부는 피리 소리는 들리지 않고 서커스의 줄을 타는, 흉내를 내는 어설픈 아이의 모습밖에 보이지 않는다. 이런 그림을 그리면서 목가의 꿈속에 묻혀 있는 사람의 감정을 믿을 수 없다. 아이가 떨어져 죽든 말든 자기 혼자의 기분만이 소중한 것이 아닌가? 그런 것이 시란 말인가?

이 그림을 한 번 더 살피면, 거기 소가 또 잘못 그려져 있는 것이 곧 눈에 뜬다. 우선 코뚜레가 없는 것 아닌가. 이건 영 엉터리 그림이구나, 하고 깨달아진다. 코뚜레 없는 농가의 소를 그리는 사람이 어찌 농촌 아이의 생활과 마음을 이해할 것인가?

이러한 느낌, 곧 코뚜레 없는 소의 등에 비스듬히 앉아 피리 부는 흉내를 내는 아이를 보았을 때 품게 되는 어설프고 불안한 느낌은 모든 아이들이 가지고 있는 건강한 생활 감정에 통하는 것이라고 나는 믿고 있다. 그것은 인간을 소외시키는 기계문명에 오염되지 않은 원시의 순수성을 지닌 가장 사람다운 감각이요, 감정이라고 생각한다. 반면에 이 '피리 부는 목동'을 보고 어울리지 않는 느낌이나 불안한 느낌을 가지기는커녕 그 속에서 아름다운 시를 꿈꾸고 좋아하는, 나와는 다른 감각을 가진 듯한 어떤 시인들의 감정을, 나는 진실성이 없는 허망한 것이라 보고, 그런 감정으로 이뤄진 이미지를 허상이라고 말해 두고 싶다.

2.
어린이가 받아들일 수 없는 작자만의 취미로 쓴 허상의 동시와 어린이의 생활 감정에 뿌리를 내린 동시를 다음과 같은 예로서 우선 비교해 본다.

㉠
후두둑
후두둑

대추알을 털 듯
장대로 뚫어

빠끔하게 열어 놓은
겨울 하늘.

줄을 당기듯
줄을 당기듯

아이들은 빙판에 서서
햇살을 끌어내린다.

장대로 털어 놓은
겨울 햇살을
모두 모두
호주머니 속에 주워 담는다.

〈겨울〉

ⓛ
해바라기는
그 대궁부터가 굵고 튼튼하다.

키도 다른 꽃들과는 상대가 안 된다.
웬만한 담장쯤은 휙 넘겨다본다.

꽃 판은 사발만큼
꽃잎은 사자 수염
부릅뜬 눈이다.

발등에 부어 주는 물쯤으로는 아예 목을 축일 수 없다.

먼 산을 넘어온 푸른 소나기라야 생기가 돈다.

장대비가 두들기고 가면
다른 꽃들은 진창구가 돼도
그는 오히려 고개를 번쩍 든다.
샛바람은 그의 몸짓
무지개는 그의 음악이다.
해님도
다른 꽃들에게처럼 깁실 같은 보드라운 볕을 보내 주는 것
이 아니다.
금빛 화살을 마구 쏘아 주는 것이다.
그래야 씨앗이 꽉꽉 박힌다.

손바닥만 한 화단에 피는 마을 조무래기 같은 꽃이 아니라
군화 신고 온 우리 아저씨같이 키가 크고 늠름한 꽃,

나는
해바라기 같은
강하고 훤칠한 사람이 되고 싶다.
〈해바라기처럼〉, 정완영, 〈동아일보〉 신춘문예 당선작, 1967년

이 두 작품은 현저히 다른 태도로 쓴 것임을 곧 알 수 있을
것이다. ㉡의 〈해바라기처럼〉은 말 하나 하나가 실감을 주는
것으로 선택되고 구성 표현되어 있다. 그래서 그 말들은 살아

서 독자의 마음에 안기고 감동을 일으키고 있다. 언제나 바라
보는 해바라기의 모습에서 느낄 수 있는 어린이의 생활 감정에
호소하는 시요, 실감의 세계를 그린 시다. (이 작품이 완벽해서
다른 문제성이 없다는 것이 아니고, 누구나 공감할 수 있는 느
낌의 세계를 그렸다는 점에서 말한 것이다.)

그런데 ㉠의 〈겨울〉은 어떤가? 몇 번을 읽어도 이미지가
살아 있는 것으로 떠오르지 않는다. 매우 구체적인 말로 아이
들의 동작을 그려 놓은 것 같은데도 그렇다. 아이들이 장대로
겨울 하늘을 털어 놓는다든지, 호주머니 속에 햇살을 주워 담
는다든지, 줄을 당기듯 햇살을 끌어내린다든지 하는 말들이
어느 한 가지도 실감으로 느껴지지 않고 말만의 허상으로, 마
치 공중에서 서커스 재주를 부리면서 피리 부는 시늉을 하듯
이(혹은 그 이상으로) 제멋대로 겉돌고 있을 뿐이다. 아이들이
무슨 재주로 이런 것을 시로 읽을 수 있을 것인가? 진실이 없
는 빈말의 꾸밈으로 된 허상의 동시라 할 것이다.

3.

허상의 동시는 시인의 언어 기교의 사치한 취미로서만 만들어
지는 것이 아니다. 값싼 서정이나 퇴행 심리의 표현에서도 만
들어진다. 그리고 지금의 우리 동시가 어쩌면 그 대부분이 이
러한 허상으로 이뤄지고 있는 것이 아닌가 하는 생각이 든다.
농촌을 소재로 하여 쓰고 있는 거의 모든 동시인들이 농촌의
생활과 농촌 어린이의 감정은 전혀 무시하고 자신의 기분이나
손재주에만 기대고 취하자니 그럴 수밖에 없다. 그들이 얼마나

농촌 사회와 자연을 모르고, 알려고도 하지 않고, 다만 코뚜레 없는 소를 타고 피리 부는 허상에만 취하고 있는가를 좀 자세히 살펴보자.

1) 있을 수 없는 일을 만들어 내는 허상

나무에 올라 책을 읽는다.
나무에 올라 바다를 본다.
나무에 올라 하아모니카를 분다.
나무에 올라 무지개 꿈을 꾼다.

바다가 뵈는 언덕에 선
나무 한 그루
구부러진 노송 가지
생각하고 싶을 땐 여기 오른다.

아름다운 동화 속 나라.
용궁 같은 나라.
아름다운 음악 같은 나라.
무지개 꿈나라.

생각하는 건 좋다야.
꿈이 있어 좋다야.
구부러진 노송 가지—

내 꿈은 항시 여기서 피어난다.

〈나무에 올라〉, 석용원

노송이라면 가지가 드물고 굵은 둥치가 미끌미끌하고 꾸불꾸불 높이 뻗어 오른 소나무라는 것이 누구나 머리에 떠오를 것이다. 더구나 바다가 보이는 언덕 위에 선 단 한 그루 노송이라면 그렇다. 그런 나무에는 여간해서 올라갈 수 없다. 올라간다고 해도 어디 앉아서 책을 읽고 하모니카를 불고 무지개 꿈을 꾸고 좋아할 것인가? 두 다리와 팔에 힘을 바짝 주어 온 신경을 모아 긴장해 있지 않으면 나무에서 미끄러져 굴러 떨어질 것이다. 그런데 책을 읽고 하모니카를 불 뿐 아니라 "아름다운 동화 속 나라/ 용궁 같은 나라./ 아름다운 음악 같은 나라./ 무지개 꿈나라"에 올라간 기분이 되어 꿈을 꾸고 좋아한다 했으니, 이 무슨 황당한 얘기인가? 더구나 "구부러진 노송 가지"에 올라앉아 그런다니 어처구니없다. 이것은 소를 타고 피리를 부는 것보다 한층 더 아슬아슬한 곡예다.

강물 속에
봄이 흐른다.

얼었던 덩어리가
봄 향기에 놀라
겨울을 깨뜨린다.

조용한 한낮에
뻐꾸기 소리가
강물 위에 흐른다.

〈강물〉, 김사림, 〈새소년〉, 1972년 4월

"얼었던 덩어리가/ 봄 향기에 놀라/ 겨울을 깨뜨"리는 이른 봄인데, 어찌 뻐꾸기가 울겠는가? 뻐꾸기는 첫여름이나 빨라도 늦은 봄이 되어야 찾아오는 철새다. 또, 이 시인의 〈봄 봄 봄〉(〈소년〉, 1971년)이란 작품을 보면 "어제 내린 봄비가/ 아직도 나뭇가지 위에서/ 반짝반짝/ 눈을 굴리고 있는" 그런 비 개인 맑은 아침에 바람이 "나뭇가지 위에 먼지를/ 소리 없이 닦고 있"는 것으로 되어 있다.

'내 별은 오리온'
'내 별은 북극성'
초롱초롱 눈들이
별을 찾으면

〈여름밤〉에서, 김재수

여름밤에 아이들이 오리온을 쳐다본다는 것은 잘못되어 있다. 시인이 내부의 세계에만 갇혀 있거나 감정을 기교로 표현하는 데에만 몰두해 있고, 그 감정이 살아 있는 자리나 외부의 존재에 대한 성찰이 부족할 때 흔히 이런 잘못을 범하는 것 같다.

2) 표면 미화의 허상

소년의 손은
비눗방울처럼 미끄럽다.

귤껍질처럼 싱그럽다.
그리고
비스켓처럼 짜디짜다.

햇살이 파묻힌 무우밭에서
가만가만 솟구쳐 오르는
목화송이의 냄새다.

이른 아침
파아란 유리컵에 묻은
치약 냄새다.

〈손〉, 이상현, 〈햇불〉, 1969년 11월

이 작품에서 첫 줄에 나오는 "소년의 손"이란 말을 뺀다면 누가 이것을 소년의 손을 말한 것이라 짐작하겠는가? 소년의 손은커녕 그냥 '손'의 표현도 될 수 없다. 무엇이든지 감각적으로 미화하기만 하면 시가 된다는 태도가 잘못되어 있지만, 여기서는 감각 자체가 아주 황당한 것이 되고 있다. 아무 뜻도 없는 손의 화장, 진실이 없는 표면만의 미화는 결국 허상으로밖에 될 수 없다.

시집와서 사흘째
아가씨는
시아버지 밥상을 익히고
시어머니 닮은 숟가락을 알아 두고
바지 밑 틔운 시동생
오줌도 누이고,

시집온 지 사흘째 아가씨
외양간 황소와도 얼굴을 익히고
털부숭이 삽사리 얼굴을 익히고
삽사리 밥그릇도 보아 놓고
헛간의 연장 가락도 보아 놓고,

논밭이 몇 마지기?
들에 나가서
이 논 저 논 밟아 보고
논둑길도 걸어 보고
뽕밭의 뽕나무도 세어 보고,

앞산과 뒷산과도
얼굴을 익히고.

〈시집오고 사흘째 아가씨〉, 신현득

시집와서 사흘째 되는 아가씨가 헛간의 연장 가락을 보아 놓고 들에 나가 뽕나무까지 세어 본다는 것이, 결코 그럴 수가 없는 것은 아니지만 아무래도 지나치게 교훈적으로 미화하고 있다는 느낌이다.

요즘은 볼 수도 없는 삽사리는 한국다운 것의 표현이겠지만, 감동은 오지 않고 무엇 때문에 이런 작품을 썼을까, 하고 의문부터 나는 것은 아이들의 생활과는 상관이 없는 얘기가 되어 있기 때문이리라. 효부를 가리고 새마을 정신의 실천자가 되기를 권하기 위해서 쓴 듯한 의도는 알겠지만, 시집살이 독본에라도 넣으면 알맞을 것 같은 이 작품은, 그래서 어디까지나 시부모의 처지, 곧 여인들에게 인종의 미덕을 강요하는 웃어른의 처지에서 쓴 것이다. 이런 것을 읽힌다 해서 사치와 허영에 오염된 도시 중심의 일부 병든 여인들의 풍습이 고쳐질 것 같지 않고, 고쳐진다고 하더라도 이것이 동시는 되기 어렵다. 동시라면 무엇보다도 어린이의 처지, 어린이가 보는 어머니의 모습을 그려야 할 것이다. 우리 나라의 여인들, 어머니들이 지금도 벗어나지 못하고 있는 고난의 역사를 아이들에게 알린다는 것은 중요한 어린이문학의 주제, 제재가 될 것인데, 어째서 이렇게 여인들의 세계를 달콤하게 미화하기만 할까? 인간성과 생활의 진실한 표현에는 등을 돌린 외면적 질서에 대한 관심, 더구나 웃어른들의 처지에서 여인들의 얌전하고 부지런함을 아무런 문제성도 없이 미화하고만 있다는 것은 어른들에게는 물론이고 아이들에게도 만들어 낸 교훈적 허상으로 비쳐질 것이 분명하다.

3) 사치한 감정의 허상

잘 익은 감과 사과에서 나온
향긋한 냄새가
하르르 맴도는
가을 들판에는

물 젖은 솜처럼
향긋한 냄새에 포옥 젖은
노루와
산돼지의 꿈.

잘 익은 아람과 개암에서 나온
고소한 열매가
사르르 퍼져 가는
가을 산기슭에는

고소한 냄새에
코끝이 간질간질한
노루와
산돼지의 꿈.

<노루와 산돼지의 꿈>, 오규원

감과 사과의 냄새가 가을 들판에 맴돌고 아람과 개암 냄새

가 산기슭에 퍼진다는 것은, 그런 느낌을 가질 수도 있을 것이다. 그러나 그런 느낌이 실감의 세계로 연결되는 그 무엇이 없이, 야릇한 시인 혼자만의 기분의 유희가 되고 있을 때, 코뚜레 없는 소를 타고 부는 피리 소리같이 아이들에게는 느껴질 수 없는 사치한 감각으로 되는 것이다. 코끝이 간질간질한 노루와 산돼지의 꿈이란 것이 생활자인 아이들에게 어떤 느낌을 줄 수 있을 것인가? 강아지나 송아지의 꿈이라 해도 좀 어리둥절할 것인데, 노루와 산돼지란 이제는 동물원에나 찾아가지 않으면 구경할 수도 없는 동물이 되고 있다.

익은 감 따서는
하늘에 던지자.

잔잔한 호수에
물결이 퍼지듯,

하늘 하나 가득히
맴을 돌면서

풀밭에 누워 있는
내가 어지러웁게,

익은 감을 따서는
하늘에다 던지자.

〈익은 감 따서〉, 박경용, 〈동아일보〉, 1959년

이 시인은 잔잔한 호수같이 파란 가을 하늘이 하도 고와 익은 감을 따서 던지고 싶어 한다. 그러면 하늘 가득히 맴을 돌며 퍼지는 물결을 보고 풀밭에 누워 있는 시인(어린이)이 어지러울 것이라 한다. 주황빛으로 익은 감이 맴돌면서 떨어지는 호수 같은 하늘, 멋진 상상이다. 그런데 이 시인은 감이란 것을 자기의 감각 표현에 이용함에 있어 그 빛깔과 모양만을 생각했을 뿐, 그것이 먹는 과일, 아이들이 좋아하는 과일이라는 데 생각이 못 미친 것 같다. 감꽃을 고이 주워 목걸이를 만들던 아이들이 어떻게 곱게 익은 감을 따서 하늘에 던져 버릴 마음이 나겠는가? 던지자는 느낌이 들겠는가? 하늘의 아름다움을 본다고 그렇게 하고 싶어 하는 아이가 있다면 야릇한 시인의 흉내를 내는 병든 아이가 아닐 수 없다. 하긴 초콜릿 과자를 먹지도 않고 물에 던지고 노는 아이들의 행동을 귀엽게만 그리고 있는 동화들이 있기는 하지만, 아무래도 이것은 사치스런 얘기고, 어린이의 생활 감정으로서는 받아들여질 수 없는 시인 혼자만이 부는 피리 소리다. "풀밭에 누워 있는/ 내가 어지러웁게"도 너무 지나쳐 실감을 잃은 말의 유희가 되고 말았다.

4) 어린애를 흉내 내는 허상

산에 사는
짐승이 아니어요.

안 보인다고
요술쟁인 더욱 아니죠.

메아리는
우리들 가슴속에
쌓여진 소릴
내지르면 대답하는
거짓 없는 말.
"할머니―"
산을 향해 불러 보면
이내 오시는데,

지금은
먼― 이북 땅
목소릴 다해 봐도
대답이 없다.

메아리도
삼팔선을
못 넘는가 봐.

〈메아리〉, 송명호(1938~2007년)

첫째 연과 둘째 연에서 어린애들도 다 알고 있는 사실을
무엇 때문에 이렇게 말해 보이는지 알 수 없지만, 셋째와 넷째

연의 어린애의 몸짓은 거짓스럽다. 아이들도 어른이 쓴 이런 동시를 흉내 낸다면 모르지만 진심으로는 결코 이런 것을 쓰지 않을 것이고, 이런 몸짓은 물론 할 턱이 없다.

이 작가의 〈시골 정거장〉(《국도신문》 신춘문예 당선작, 1959년) 이란 작품은 '경상도'의 어느 정거장 풍경을 그려 놓고 있다. "내리는 사람/ 타는 손님/ 하나 없는데/ 기차는 왜 설까?/ 쓸쓸한 마을" 하는 구절이 있는데, 아무리 시골이기로 이런 정거장은 경상도에 없다. 그리고 설사 내리는 손님이 없더라도 기차는 서게 되어 있는 것을 모를 리 없는 어른이 (아이들도 다 알 터인데) "기차는 왜 설까?" 하는 것은 어설픈 어린애 흉내다. 또, 능금 파는 아이가 떠나는 기차를 보고 "코스모스 같은/ 손을 흔드네" 하는 것도 현실성이 없는 허상이다.

순이는 달이
두 개라고 한다.

돌이는 달이
세 개라고 한다.

영이는 달이
네 개라고 한다.

동무끼리
다투는

그런 말이 아닙니다.

달이 하나라는
선생님 말씀이
틀렸다는 거지요.

집에서 하나 보고
외갓집에서 하나 보고
서울에서 하나 보고

그런데 영이는
대구서도 보았대요.

맞다, 맞다, 맞다,
맞고 틀렸다.

하나도 아이고
둘도 아이고
셋도 아이고
넷도 아이고

1+2+3+4
열 개가 맞구나!

〈달〉, 조유로

학교에 다니는 아이들이 달을 이곳저곳에서 보았다고 해서 그 본 대로 달의 수효가 있는 것처럼 생각할까? 이것은 장난 삼아 할 것 같은 아이들의 얘기를 써 본 것이라면 하나의 난센스지만, 정말 아이들이 이렇게 생각한다고 보았다면 아이들을 모르는 정도가 이만저만이 아니다. 또, 설사 학교에 다니는 1학년 중에서 이런 아이가 있다 치더라도 무엇 때문에 이런 것을 쓸까? 아이들은 이런 말장난조차 할 것 같지 않다.

> 아빠가 사다 주신 구두를 신고
>
> 〈구두〉 첫 줄, 박 송

> 아빠가 십자매 한 쌍
> 사 왔거덩요.
>
> 〈십자매〉 첫 줄, 석용원

> 순이는
> 문득
> 아빠 얘기를 되새겨 본다.
>
> 〈두멧골 순이〉에서, 정상묵

> 설빔 술기운 거나하신
> 아빠
> 아득한 눈 속
>
> 〈아빠 따라〉에서, 이명수

이랴 낄낄 소몰이에
엄마 아빠 바쁜 일손

〈내 고향〉에서, 심우천

하늘의 노을을 보고
아빠는 들에서 연장을 챙기고

〈박꽃 피는 시간에〉에서, 신현득

얼마든지 많이 들 수 있는 이런 예는 동시인들이 '아빠'란 말을 함부로 쓰면서 얼마나 어린애의 흉내를 내거나 어린애의 상태에 빠져서 시를 쓰고 있는가 하는 것을 말해 주는 것이다.

여기 든 여섯 작품의 예에서 앞의 두 작품은 도시에서 넉넉하게 살고 있는 아주 어린 아이들의 얘기라고 할 때, 실제 말을 그렇게 쓰고 있으니까 사실대로 쓴 것이라 할 수 있겠지만, (물론 나는 이런 경우에도 될 수 있는 대로 '아빠'란 말은 안 쓰는 것이 좋다고 생각하지만) 뒤의 네 가지 예는 농촌이다.

농촌에서는 유아들도 아직 아빠란 말은 거의 안 쓰고 있다. 그러니 이것은 실제로 쓰고 있는 말을 틀리게 표현하는 것이고, 이렇게 함으로써 언어 사실을 왜곡할 뿐 아니라, 경박한 도시 문화를 농촌 어린이에게 강요하는 것이 된다.

5) 농촌을 구경거리로 삼는 허상

알몸뚱이 송아지처럼

들판을 달리면
하늘이 발밑에 깔린다.

몇 번이고 뒹굴면
나는 알곡이 되어
참새 떼와 어울려
수수밭에 눕고,

어깨동무한 이삭들
햇살을 받아서
노래로 빚는다.

일렁이는 물결이 좋아
턱을 고인 메뚜기도
다이빙을 하는데,

들은 들끼리
멍석을 깔고
알알이 쏟아지는
알곡을 받는다.

<가을 들판>, 김완기

　가을 들에는 어른들과 같이 일하는 농촌 아이들의 모습을
누구나 보게 된다. 초등학교 1학년 아이들도 대개는 제 동생을

등에 업든지 하여 한몫을 할 만큼 바쁘다. 그런데 이 동시에서
는 "알몸뚱이 송아지처럼/ 들판을 달리"면서 "몇 번이고 뒹굴
면/ 나는 알곡이 되어/ 참새 떼와 어울려/ 수수밭에 눕고" 좋
아하는, 할 일 없는 아이로만 그려져 있다. 이런 아이는 농촌에
없다. 설사 어쩌다가 있다고 하더라도 하필 그런 도시적인 아
이를 그린다는 것은 작시 태도의 불성실을 말하는 것이다. 농
촌을 소재로 한 동시를 농촌을 모르는 도시인의 눈과 기분으로
쓰기 때문에 코뚜레 없는 소 그림같이 되지 않을 수 없다.

　　같은 작자의 작품에 〈산골 아이 서울 구경〉이 있다. 산골
아이가 처음으로 밤 열차를 타고 '몰래 그리던 서울'에 가서
"반짝반짝 전깃불/ 번쩍번쩍 지나가는 자동차"를 보고 "어쩜
우리 동네 반딧불"이라 생각하여 "쟤야, 개똥벌레 아이노?/ 왔
다 갔다 숨바꼭질/ 개똥벌레도 우리 따라/ 서울 구경 온 게 아
이노?"하고, 또 자동차 소리, 전차 소리, 기계 소리로 "귓속이
간질간질"해서 '어쩜 우리 동네 모기떼 소리'라 생각하여 "쟤
야, 모겡이가 아이노?/ 모겡이도 우리 따라/ 서울 구경 온 게
아이노?"하고 있는데, 이런 것은 전혀 현실성이 없는 얘기가
되고 있으며, 시골 아이를 한갓 장난감으로 놀리고 있는, 도시
의 껍데기 문화에 오염된 작자의 태도만이 드러나고 있다.

　　쑥죽으로 끼니를 때우는
　　쑥죽처럼 풀기 없는
　　두멧집 아이.

개나리 울 밑에서
오금도 못 편 채
해바라기하는 한나절.
겨우내
강냉이밥 안 먹겠단 트집이
개나리꽃 위에 아련히 피어,

이젠 조당수도 맛보기 어려운
보릿고개 아이 얼굴에도
누렇게 피는 개나리꽃.

산에 가신 아빠
외가에 가신 엄마
기다리다 기다리다
소르르 꼬박.

—봉양 캐는 울 아빠
산신령님 도와주세요.

—외할머니, 울 엄마 편에
양식 좀 보내 주세요.

긴 하루해가 기울어
울타리에 날아드는

포르르, 찌 찌 찌
참새 한 마리.
아이는 문득 잠 깨어
놀란 눈을 두리번거리지만,

기다리는 아빠 엄마는
울타리를 덮은 산그늘 속에도
아직 안 오시고.
신제당 고목에서
뻐꾸욱—.
기인 뻐꾸기 울음에
한 치만큼 더 파래진
양지쪽 보리 싹.

—보리야, 어서 자라라,
나즉이 중얼거리는 아이 얼굴에
또 한 개 망울 터지는
누우런 개나리꽃.

〈보릿고개〉, 이진호

첫째 연에서 "쑥죽으로 끼니를 때우는/ 쑥죽처럼 풀기 없
는/ 두멧집 아이"라고 해 놓고, 둘째 연에서 "개나리 울 밑에
서/ 오금도 못 편 채/ 해바라기하는 한나절"이라고 했으니, 참
으로 처참한 아이의 모습이다. 과연 이런 아이가 이 작품을 발

표할 무렵(이 작품은 1970년 〈가톨릭 소년〉 1월 호에 실린 것으로 되어 있다)에 있었던가 의심이 될 정도다. 그런데, 이와 같이 쑥죽처럼 풀기 없이 오금도 못 펴는 영양실조로 병든 아이가 "겨우내/ 강냉이밥 안 먹겠단 트집"을 부렸다니 이럴 수가 있는가? 더구나 이 아이는 뒤에 나오는 대로 산에 간 아버지를 위해 산신령님께 빌고, "보리야, 어서 자라라" 하고 말할 만큼 성장해 있는 아이로 되어 있다.

셋째 연에서는, 이렇게 쑥죽으로 끼니를 잇는 아이가 "조당수도 맛보기 어려운" 했는데, 조당수는 춘궁기에 굶주리는 사람들이 먹는 음식이 아니다. 쑥죽으로 겨우 살아가는 사람이라면, 조금이라도 곡식알이 있으면 거기 나물을 많이 넣어 나물죽을 끓여 먹는다. 그래서 "보릿고개 아이 얼굴에도/ 누렇게 피는 개나리꽃"이란 표현도 실감이 없는 한갓 모방적인 비유의 말로 느껴진다.

넷째 연에서 "소르르 꼬박" 하는 것은 이 무슨 가엾은 아이를 놀리는 동요조인가? "산에 가신 아빠" "봉양 캐는 울 아빠"는 농촌 아이의 말이 아니다. '울 아빠' '울 엄마' 모두 실없는 어린애 말의 흉내다.

일곱째 연에서 긴 하루해가 기울어 참새 한 마리가 "포르르, 찌 찌 찌" 하고 울타리에 날아들었다고 한 것은 무엇 때문에 쓴 것인지 알 수 없다. 그리고 "문득 잠 깨어/ 놀란 눈을 두리번거리지만" 한 것도, 왜 놀란 눈을 두리번거렸는지 이해할 수 없다.

여덟째 연에서 "뻐꾸욱―/ 기인 뻐꾸기 울음에" 했는데,

뻐꾸기는 '뻐꾸욱—' 하고 길게 울지 않는다. 이 뻐꾸기 울음에 양지쪽 보리 싹이 "한 치만큼 더 파래"졌다는 것도 실감이 안 따르는 표현이다. 뻐꾸기가 울 무렵에는 벌써 보리 이삭이 피기 시작하는데 '보리 싹'이란 말부터 잘못되어 있다. 그리고 해가 이미 기울었고, 산그늘이 울타리를 덮었는데 "양지쪽 보리 싹"이라고 한 것은 맞지 않는 말이다. 마지막 아홉째 연에서, 아이의 얼굴에 또 한 개 누우런 개나리꽃이 망울 터진다는 것도 필경은 이런 아이를 구경거리로 삼고 있는 태도에서 나온 말이다.

좀 지루한 작품의 비판이 되었지만, 언뜻 보기에 농촌을 이해하고 농촌 아이들에 깊은 동정심을 보이는 듯한 작품이 기실은 농촌을 알지 못할 뿐더러 농촌과는 전혀 상관이 없는 정신 바탕에서 다만 말의 모방적 기교로서 만들어지고 있다는 것을 보여 주고 싶었다. 그리고 아직도 농촌과 농촌 아이들을 한갓 사치한 도시인의 감정을 표현하는 재료로 삼고 있는 적지 않은 동시인이 있다는 것은 이 땅의 어린이와 어린이문학을 위해 불행한 일이라 할 수 있다.

4.

동시를 쓰는 사람은 그의 어린이관과 문학관에 따라 허상 속에 취할 수도 있고 진실을 찾는 편에 설 수도 있다. 다만 내가 보기로는 허상 속에 살고 있는 많은 동시인들이 농촌을 시의 소재로 쓰고 있으면서 그 정신은 외래적인 도시 문화에 깊이 오염되어 있다. 이들은 농촌 사회를 내면에서부터 깊이 파악하지

못하고 값싼 개인의 기분 속에 갇혀 현상의 표면만을 보기 좋
게 꾸며 보이려고 하고 있다. 그 결과는 사물과 인간이 비뚤어
지거나 거짓스럽게 표현되고, 혹은 건강한 생활 감정으로서는
이해할 수 없는 아리송한 느낌의 안갯속 세계나 싱거운 난센스
의 유희가 되고 있다. 어린이와 참된 시의 세계에서 멀리 떠난
동시인만의 동시는 이렇게 해서 앞으로도 약빠른 손재주꾼들
에 의해 만들어지고 범람할 것이 우려된다. 사회와 인간의 진
실보다 그 진실에 관여하지 않는 시인의 개인 취미나 기분이
더 귀한 것으로 되는 것은 동시를 읽어 줄 아이들보다 어른들
의 상품 제조를 위한 의도가 존중되기 때문이다. 이런 시 짓기
태도와 문단 풍조는 하루빨리 청산되어야 할 것이다.

〈한국문학〉, 1975년 5월

표절 동시론

송장을 채찍질하는 짓인가

우리 어린이문학에서 최초의 표절 작품이 어느 것이었던
가? 정확한 것은 모르지만, 지금 가장 널리 알려져 있는 것이
1925년 〈동아일보〉 신춘문예 당선작으로 되었던 동요 〈소금
쟁이〉다. 이 작품은 당시 독자의 논란과 이를 변명하는 사람의
글이 몇 차례 같은 신문에 실리는 바람에 널리 알려진 것 같다.
그런데, 동요 〈소금쟁이〉와 그 원작인 사이죠 야소의 작품을
비교해 보면 이것이 시상이나 표현 기법의 단순한 모방이 아
니라 전문을 거의 그대로 옮겨 놓은 완연한 표절이다. 이런 것
을 어떻게 변명할 수 있었는지, 이 작품을 옹호한 사람과 당시
의 문단 사정이 도무지 이해가 안 된다. 이 〈소금쟁이〉 사건의
뒷맛이 개운찮게 끝났다는 것은 우리 어린이 문단이 그 초창기
부터 참된 문학 정신을 확립하는 자리를 만드는 데 실패한 것
을 말해 주는 것이 아닐까? 근년에 와서 표절 얘기가 끊임없이

나돌고, 신춘문예 당선작으로 결정되었다가 표절 혹은 지나친 모방작으로 판명되어 당선이 취소된 일이 여러 번 일어났는데, 이러한 일이 옳고 그름을 철저히 가려내어 깨끗이 매듭을 짓지 못하고, 흐리멍덩한 타협과 안일 무사의 세속만을 추종하던 그 옛날 편의주의의 그림자가 그대로 오늘날까지 긴 꼬리를 끌고 있는 것이라고 할 수 있다.

대관절 물품일 경우 엄연히 형사 책임에 따라 절도죄가 성립되는데, 피를 말려 가면서 써 놓은 문학작품을 도용하고는 왜 치사스런 변명이 따르는 것이며, 또 흔히 그것이 흐지부지 되고 마는가? 발각이 돼도 본전이다, 손해 볼 건 없다는 생각으로 남의 것을 슬쩍 해치우게 되는지 모르지만, 도작(盜作)이란 사실이 세상에 알려지면 어떻게 낯을 들고 다닐까? 그러나 애당초 인간의 수치심이나 양심을 가진 사람이라면 그런 짓을 할 턱이 없을 것 같다. 작가라고 일컬어지고 시인이라고 하지만, 거리의 장사꾼이 어디 그렇게 지능적인 술책으로 살아가겠는가 싶도록 말과 행동과 글이 한결같이 '재주'만을 피우며 살아가는 인사들을 볼 때마다 부정과 악이 번성하는 현실을 생각하게 된다. 그리하여 참된 작가 정신은 소외당하고 손재주와 잔꾀만이 제 세상을 만난 듯 득실거리는 문단 풍토에서 표절작·도작이 성행하고, 모작과 아류들이 역사를 꾸며 가려고 하는 판에, 우선 작가와 작품 양에서 절대 다수를 차지하고 있는 동시 부문에서만이라도 표절 작품을 가려내어 그 정체를 밝혀 본다는 것은 우리 어린이문학을 바른길 위에 놓기 위한, 진지한 노력이 될 것이라 믿는다.

그런 만큼 이것은 이미 지나가 버린 것, 해결이 다 된 것, 모든 사람들의 기억에서 사라진 것을 새삼 들춰내는 무의미한 호기심으로 하는 일이 아니다. 송장을 땅속에서 파내어 매질하는 잔인성을 발휘해 보자는 것이 결코 아니다. 송장이 아니라 엄연히 살아서 돌아다니고 있는 도깨비를 쫓아 버리고자 하는 일이다. 이 땅의 수많은 어린이들을 농락하고 작가 시인의 정신을 어지럽히고 있는 그 도깨비를! 문학 정신의 부재 현상, 상업적 혹은 사기적 수단의 횡행…… 어린이 문단의 혼란과 정체는 아직도 땅속에 묻혀 없어져야 할 것이 없어지지 않고 백주에 활보하고 있는 유령들 때문에 일어나고 있는 사태로 판단된다.

표절류의 작품이 끊이지 않고 나온다면 그것을 뻔뻔스럽게 써내는 사람만이 책임이 있는 것이 아니다. 오히려 그런 작품을 신문·잡지에 실어 주고, 상찬하고, 그런 사람을 훌륭한 작가라 시인이라 떠메고 다니는 사람에게 더 책임이 있다. 그리고 이런 사람을 알면서도 모른 척하는 사람, 다시 말하면 단절할 것을 단절하고 옹호할 것을 옹호해 나가지 못하는 모든 문학인이 함께 책임을 져야 한다. 그러니 이 글에서 표절 작품의 일부를 공개하는 것은 어떤 개인을 공격하여 궁지에 몰아넣기 위한 것이 결코 아니다. 이 땅의 어린이와 문학을 위해 연대 책임을 다해야 하는 문학인의 의무감에서 하는 일이다. 우리는 어쩌면 누구나 모두가 자신의 정신 속에 조금씩이라도 이 도깨비와 유사한 것이 숨어 있을지도 모른다. 자신이 도깨비라고 깨달은 사람은 두말없이 땅속에 파묻힐 일이다. 그리하여 흙으

로 돌아가면 훗날 그 언젠가 다시 새싹으로 피어나 빛을 볼 수
도 있으리라.

　　타작 · 표절작 · 도작 · 모작……

표절이란 말을 사전에서 찾아보면 "시문을 짓는 데 남의 것을
가져다가 씀" "남의 문장의 일부를 가져다가 쓰는 것, 또는 그
렇게 쓴 작품"으로 되어 있다. 그러니 표절이란 것은 남의 작품
을 가져다가 그대로 쓰거나 일부를 고치거나 좀 다른 것을 첨
가해서 발표하는 행위를 말한다. 다음 도작이란 말이 있는데,
이것은 "남의 작품을 제 작품처럼 내용이나 구성법 같은 것을
대강 고쳐서 제 글로 만드는 것, 또는 그렇게 만든 작품"이라고
사전에서 풀이해 놓았다. 그러니 표절과 도작은 다 같은 문장
의 절도 행위지만, 굳이 따지면 표절에 비해 도작이 더 그 정도
가 심하고 지능적이라 할 수 있을지 모른다. 이 글에서는 대체
로 같은 뜻으로 쓰기로 한다.

　　사전에는 표절과 도작 이 두 낱말밖에 없다. 그런데 남의
작품 전체를 조금도 보태거나 빼거나 고치지 않고 전문을 그
대로 제 것인 양 발표하는 행위를 무엇이라 해야 맞겠는가? 이
런 경우를 말하는 적당한 용어도 있어야겠기에 이 글에서는 타
작(他作)이란 말을 쓰기로 한다. 또 하나, 모작(모방작)이란 말
도 있어야 할 것 같다. 모작과 표절작의 차이는, 뒤의 것이 남
의 작품을 그 내용이나 구성이나 표현에서 교묘히 바꿔치기하
거나 이것저것 꾸며 맞춰 만들거나 하여 그 본색을 감추고 있
는 것임에 비해, 앞의 것은 남의 작품의 내용이나 기법의 단순

한 모방으로, 굳이 그 모방한 것을 꾸며 감추려고 한 흔적이 뚜렷하지 않은 경우라 하겠다.

이러고 보면 아류란 말도 있다. 사전에서 "둘째 지위에 있는 사람" "어떤 주의나 학설을 이어받은 사람"으로 풀이하고 있는데, 자기 세계를 만들지 못하고 남의 뒤를 추종하기만 하는 사람을 말한다. 타작·도작·표절작·모작·아류작, 이렇게 차례대로 그 정도의 차가 있는 것이라고 보겠는데, 여기서는 표절작까지를 언급하려 한다. 모작은 그 예가 너무 많고 또 문제가 한층 복잡하기 때문이다.

표절 작품집의 해적판

표절 작품집으로 으뜸가는 것은 뭐니 뭐니 해도 1967년에 나온 《버들피리》란 동시집일 것이다. 이 책은 한국글짓기지도회 전남지부장인 ㅈ 씨의 이름으로 나온 것이다. 그런데 이 책에 실린 70여 편의 동시 중 21편(공개 사과문에서 저자 자신이 드러내어 밝힌 것만이 21편이다)의 작품이 타작, 혹은 표절작으로 판명되었다.

이 타작·표절작의 원작자는 윤석중·박경종(1916~2006년)·박화목(1924~2005년)·정완영(1919~2016년)을 비롯하여 김종상·이천규·이무일·강준구·김광옥 씨 들이었는데 특히 김종상 씨의 작품에서는 12편을 그대로 복사해 옮겼고, 또 김 씨의 작품집 《흙손 엄마》의 발문까지를 그대로 베껴 실었던 것이다. 이 사실이 알려져 말썽이 되자, 본인 ㅈ 씨는 공개 사과문을 인쇄하여 돌렸고, 한국글짓기지도회 지부장이란 자리를 사퇴하

였다. 이 일은 워낙 엄청난 장난이어서 피해자들이나 문단에서 어이없는 웃음으로 넘겨 버렸던가 싶다. ス 씨가 그 후 다시 작품을 발표했다는 말을 못 들었으니, 이 일은 일단 종결이 나서 그 이상의 피해는 없이 되었다 할 수 있다. 이《버들피리》사건은 중앙 문단에서 일어난 일이 아니니 문단 사람들에게는 전혀 책임이 없는 일이라 할 수 있는가? 그러나, 원체 이런 어처구니없는 일이 일어난다는 것은 사이비 어린이문학 작가들이 횡행하는 문단의 영향이 아니라고 결코 단언할 수 없는 것이다.

신춘문예의 표절 작품

근년에 들어 신춘문예에 당선되었다가 타작·표절작, 혹은 모작이라 하여 당선이 취소된 것은 1962년 〈한국일보〉 동화 〈학처럼〉(김 모 작으로 발표 되었으나 원작은 이봉구의 〈모래무지〉임), 1966년 〈한국일보〉 동시 〈할머니 주머니〉(김 모 작으로 발표되었으나 원작은 어느 학생의 작품으로 알려져 있음), 1968년 〈한국일보〉 동화 〈달마산의 아이들〉(임 모 작으로 발표되었으나 원작은 오영수(1914~1979년)의 〈요람기〉), 1971년 〈조선일보〉 동화 〈유리 구슬〉(금 아무개 작으로 당선되었으나 원작은 최인훈(1936~2018년)의 〈칠월의 아이들〉) 같은 작품들이다. 이 가운데 동시는 한 편뿐인데, 신춘문예 동요·동시는 표절보다 모작이 많은 것이다.

신춘문예 당선작이 표절이나 모작이었을 경우 심사자의 책임은 전혀 없을 것인가? 있다면 어느 정도 있는 것인가? 1966년에 표절작이라 하여 당선이 취소되었던 문제의 동시 원

작은 어느 지방 학교의 문집에 실려 있던 학생 작품이라고 한
다. 그렇다면 심사자가 아무리 작품집을 많이 읽고 또 기억력
이 비상한 사람이라고 하더라도 전국 각 지방의 학교에서 내고
있는 문집과 동인지를 모조리 통독해서 그것을 또 기억하고 있
을 수는 도저히 없는 노릇이 아닌가? 물론 그럴 것이다. 그러
나 그럼에도 심사자의 책임은 역시 물어야 한다고 본다. 우선
9년 전에 문제되었던 그 동시가 어떤 작품이었던가를 보기로
하자.

할머니 따라
환갑집에 갔다 온
분홍 주머니,

보올록 살이 쪄서
돌아왔는데

동생들이 대롱대롱
매달리면서

"할머니 나 밤!"
"할머니 나 대추"
"나, 낙지"

밤, 대추, 낙지, 콩

노나 주는데
아버지도 웃으시며
손을 내민다.

〈할머니 주머니〉

　이 작품을 표절 사건과 관계없이 생각해 보자. 심사를 맡
았던 ㅂ 씨의 심사 소감이 어떤 것이었는지 모르지만, 매우 정
돈되고 흠이 없는 표현에 웃음을 자아내는 동심의 풍경이 그려
져 있는 것이라고 칭찬했을지 모른다. 그러나 동시란 것이 이
런 ‘동심’에 싱거운 웃음을 보내게 되는 그런 것인가? 동시란
현대인의 감각이나 감동과는 아주 관계없는 종류의 시일까?
신춘문예 당선작이라면 그 당대 문학에 무슨 보탬이 될 만한
정도까지야 기대할 수 없다 하더라도 신인다운 발랄한 시상이
나 어떤 새로운 가능성은 보여야 할 것이다. 심사자의 작품관
이 꼭 어떠해야 한다고 우기는 것이 아니지만, 아무리 그러하
더라도 과거의 어떤 선배들의 작품 내용이나 표현 수법을 완전
히 그대로 모방하고 있는, 아류의 아류작, 우리 민족 아이들의
현실이나 이상이 담기지 않고 살아 있는 감각·감동이 전혀 없
는 작품, 낡은 소재만으로 어떤 분위기를 만들어 내어 아이들
에게 값싼 웃음을 제공하는 동심천사주의의 망령에 사로잡혀
있는 동시, 이런 것을 어쩌자고 신춘문예 당선작으로 뽑아서
동시를 쓰려는 사람들에게 모범으로 보이려 하는가?
　이 작품은 본디 어느 초등학교 어린이 작품으로, 소백동인
회 작품집 〈물레방아〉에 실린 것을, 서울 ㅁ여고 어느 학생이

제 이름으로 학교 문집에 발표하였던 것인데, 이것을 또다시 신춘문예 작품으로 표절(타작?)하였다고 한다. 그러나 원작자는 대전의 그 어느 학생도 아닌지 모른다. 학생의 작품 같지 않기 때문이다. 학생 작품이 아닌 것 같다는 것은 학생의 솜씨로서는 미칠 수 없는 능란한 작품이 되어 있어서가 아니라, 학생다운 말과 느낌이 없고, 학생다운 세계가 안 보이기 때문이다. 이것을 만약 학생이 썼다면 어른들의 흉내나 내고 손재주나 부리는 학생이다. 이 작품을 쓴 사람이 어른이든 학생이든, 이런 사람은 어린애들의 재롱이나 가정의 안이한 웃음 풍경, 곧 지금까지 많은 동요 시인들이 수없이 우려먹은 낡은 제재의 세계에서 벗어나지 않으면, 결코 시를 쓸 만한 사람이 될 수 없을 것이라는 것만은 단언할 수 있다. 아무튼 이런 작품을 당선작으로 뽑아 찬양하는 사람이 있기 때문에 동시 전체가 매너리즘에 빠져 꼼짝도 못 하는 상태가 되고 신춘문예까지 표절작·타작의 소동이 일어나는 것이다.

이 모 씨의 경우

이 모 씨는 현재 문단에서 자못 왕성히 활동하고 있다. 그는 호화판 동시집을 두 권 낸 바 있으며, 문단 기타 사회 활동의 경력은 첫 동시집 뒤편에 장장 세 페이지에 걸쳐 기록이 될 정도다. 어린이 잡지나 일간신문에 부지런히 발표하고 있는 그의 작품을 떠메고 다니는 선배들이 또 있어 월평이나 연평에서 혹은 작품집의 해설에서 찬사를 아끼지 않는 나머지(예를 들면 〈아동문학〉 1974년 12월 호에 나온 김 모 씨의 아동문학 총평 같은 것) ○○○○문학회에서는 1974년도 '아동문학가 베스트 7'이라는 자리에 그의 동시집을 올려놓기까지 하고 있다. 그러나 그의 보호자나 옹호자 내지 찬양자가 어떤 사람이고 어떤 단체이든, 또 그의 경력이나 활약이 아무리 문단이나 그 밖의 허울 좋은 교육 연구 단체에서 요란스런 것이든, 그런 것 일체 무시해 버리고 작품만을 문제 삼기로 한다.

밤중에
도란도란 얘기 소리.
장독대 일곱 오뉘
다정한 얘기 소리.

울 엄마와 훈이 엄마의
걱정 담긴 김장 얘기.
우리 누나와 호야 누나의
볼 붉은 선본 얘기.

포롬한 달빛 아래
엿듣고 익혔다가
들킬라! 나즉나즉
주고받는 속 얘기.
오늘 밤도 엿듣자!

조심조심 뚫어 보는

달빛 짜한 마당에
나보다 먼저 듣는
가랑잎 하나.
사르륵 사르륵
가랑잎 하나.

〈장독대 이야기〉, 《꽃잔치》

이 작품은 박경용 씨의 〈가을밤〉의 두어 구절을 빼거나 바
꾸고 혹은 한두 줄 가공했을 뿐, 전체를 그대로 표절한 작품이
다. 다음에 든 박 씨의 원작과 비교해 보면 누구나 이 사실을
확인할 것이다.

밤중에 바깥에서
도란도란 얘기 소리.
보나 마나 뻔한걸
어제 밤도 그랬는걸
장독대 장독 식구 일곱 오뉘의
정다운 얘기 소리.

웃음 섞인 누나들 얘기랑
엄마들의 귓속말을
엿듣고 익혔다가
잠깬 눈을 반짝이며
들킬라!

나즉나즉하게
주고받는 얘기 소리.
허지만 오늘 밤도
문구멍으로 엿듣자!

조심조심 내다보는
달빛 짜한 마당에
나보다 먼저 와 듣는
가랑가랑 가랑잎.

<가을밤>, <농민문화>, 1970년 10월

이러고도 작가 노릇을 하고 있으니 놀라운 일이 아닐 수
없다. 더구나 이런 사람을 유명 어린이문학가로 선전하는 이들
은 또 무슨 해괴한 망동인가. 그런데 그에게는 표절작이 한두
편에 그치지 않는다.

다음의 <아침>이란 작품을 보자.

바다에서
생선처럼 뛰어오른 해.

잎새에 반짝반짝
햇살을 비늘로 달고

미루나무가

생선처럼 꼬리 친다.

미루나무 아래
나도
생선 된 몸짓으로
기지개를 켠다.

미루나무의 키가
한 치쯤.

그 아래
열 손가락에 반짝반짝
햇살 비늘을 매달고

내 키도
한 치쯤.

이 작품은 1971년 〈가톨릭 소년〉에 발표되어 전석환 씨가
작곡까지 하였으며, 동시집 《꽃잔치》 첫머리에 실려 있기도 하
다. 그런데 1967년 〈새벗〉에 이와 똑같은 작품(단지 2연에서
"비늘로"란 낱말이 없고, 4연에서 "생선 된"의 '된'이란 동사가
'의'란 연결 토로 되었을 뿐 전문이 그대로인 작품)이 박경용
씨의 이름으로 발표된 바 있다 하니(박경용 씨 증언) 이것은
표절이라기보다 타작이다.

또, 〈땀방울 훈장〉(1974년에 낸 동시집《날줄과 씨줄》에
수록)이란 작품이 있다.

구리빛 몸뚱이
엔진으로 돌아서
산을 뚫어 길을 만든다.
황무지를 옥토로 만든다.

잘난 체한 적 없는
착한 이마에
송글송글 땀방울이
훈장으로 빛난다.

아! 일의 열매
땀방울 훈장.
국민이 달아 준
땀방울 훈장.

땀에 절은 몸뚱이
불덩이로 달아올라
무쇠를 녹여 버린다.
빌딩을 높이 세운다.

땀방울이라는 것을 생활을 윤택하게 보이기 위한 장식물

쯤이라도 된다고 보는 모양이다. 땀이란 것을, 그것을 흘리는 인간의 현실에서는 전혀 파악한 것이 없이 이토록 제멋대로 안이하게 미화해 보이는 것이 시를 쓰는 사람의 말재주라면, 시인이란 얼마나 한심스럽고 경멸의 대상이 되어야 할 존재인가? 그런데 이 작품은 1969년 대한교육연합회 〈새어린이〉에 발표되었던 김녹촌의 〈땀〉이란 동시를 적당히 앞뒤를 바꾸고, 형용사를 더하거나 낱말을 좀 고쳐서 만든 표절작임을 다음의 원작과 비교해 보면 누구나 알게 될 것이다.

노동자 아저씨들
이마에 눈썹에
이슬처럼 맺히는
땀방울은,

한 번도 잘난 체해 본 적 없는
착한 이마에
보람이 달아 주는
풀꽃 같은 훈장.

송송 솟은 땀방울이
눈시울을 쓰라리며
쪼르르 여울져
흘러내리면,

몸뚱이는 엔진처럼 달아올라서
뜨거운
힘의 불덩어리.

황무지도 기름지게 적셔 버리고
천 길 땅속 광석도
모조리 파헤쳐 내는
땀에 젖은 불덩어리.

땀방울이 지글지글 끓다가
소금으로 잦아들면
살갗은 사뭇
머룻빛으로 타고,

노을진 하늘에 시장기가 스쳐도
멱 감은 듯 개운한 힘살엔
(……)

〈땀〉에서

　　1972년에 나온 동시집 《꽃잔치》에 수록된 〈선생님이 나를〉이란 작품은 1963년 〈아동문학〉 6집에 발표된 최일환 (1939년~) 씨의 〈선생님은 나를〉이란 작품을 표절한 것이라 한다. 다음에 이 두 가지 작품을 들어 본다. 표절이나 도작으로 된 작품이 제대로 시가 되어 있을 리가 만무하니 작품에 대한 언급은 더 하지 않는다.

(표절작)
"누가 읽어 볼 사람?"
자신 있게 손을 들었지만
또 순이만 시키셨다.

"누가 풀어 볼 사람?"
이번엔 어쩌다
내가 내가 풀었지만

시간이 늦었다고
꾸지람만 내리셨다.
그래도
심부름은 나만 시키신다.

선생님은 나를
미워하실까?
좋아하실까?

〈선생님이 나를〉

(원작)
선생님은 나를
예뻐할까?

미워할까?

선생님 댁
심부름은 나만 시키고
어려운 산수 문제도
나를 시키고
어쩌다 답이 틀리면
입을 꽉 물다
휙 돌아 싱긋 웃고,

선생님은 나를
예뻐할까?
미워할까?

〈선생님은 나를〉, 최일환

　　그런데 여기 해설을 붙여야 할 것은 이 모 씨의 동시집《꽃
잔치》를 보면 이 작품 아래 '1957년 4월'로 적혀 있다. 이것이
사실이라면 최 씨가 이 씨의 것을 표절한 것이 된다. 그러나 실
제로는 최 씨의 작품을 이 씨가 가져갔다는 것이 많은 사람의
공통된 견해다. 그것은 실제 어떤 작품을 어느 지상에 발표한
사실이 없이 다만 작품집에 수록한 작품 끝에 적어 놓은 발표
연대나 창작 연대란 것만 가지고는, 특히 표절을 예사로 하고
있는 사람일 경우 믿을 수 없기 때문이다. 그런 예증이 또 있
다. 1967년 〈동아일보〉 신춘문예 당선작인 정환영 씨의 동시

〈해바라기〉가 글자 하나 틀리지 않은 그대로 '1967년 2월 재판(초판은 1966년 11월)'이라 되어 나온 ㅈ 씨의 동시집《버들피리》에 수록되어 나왔는데, 이《버들피리》속의 〈해바라기〉를 보면 작품 끝에 '1965. 6. 29 연구 수업=사제 공동작'이라고 적혀 있다. 이것이 사실이라면 정 씨가 표절한 것이 된다.

이 사실이 말썽이 되자 ㅈ 씨는 처음엔 〈해바라기〉가 자기 작품이라고 우기다가 결국 남의 것임을 자백하였던 것이다. 남의 작품을 제 이름으로 발표하거나 표절·도작을 하는 사람은 이와 같이 훗날에 일어날지도 모르는 일에 대비하기 위해 작품 창작의 날짜까지 원작보다 앞서도록 거짓 기록을 해 두기를 잊지 않는 용의주도한 지능을 발휘한다는 것을 알아 둘 필요가 있다.

이 모 씨의 타작·표절작은 워낙 수가 많아 여기 다 들 수 없고, 몇 가지 더 말썽 나 있는 것의 제목만 든다면, 1972년 8월 18일 〈조선일보〉에 낸 〈하얀 숲길〉은 박경용 씨의 〈하얀 길〉(〈국제신보〉, 1966년 2월 12일)의 표절 내지 모작이며, 1971년 5월 〈새교실〉에 낸 〈소꿉놀이〉는 김 모 씨의 〈콩 두 알〉(〈동아일보〉, 1969년 1월 9일)(이 김 모 씨 역시 표절로 신춘문예에 당선까지 되었다가 취소된 사람)의 모작이며, 〈하늘〉(《씨줄과 날줄》)은 박경용 씨의 작품 〈물〉과 김녹촌 씨의 〈포플러나무〉 같은 여러 작품을 모자이크한 것이라 하고, 〈봄이 오는 들판에서〉는 김사림 씨의 〈들판에서〉(《월간문학》, 1972년 7월)를 표절한 작품이라는 것이 알려져 있다.

정·이·유 제씨의 예

정 모 씨는 〈안개〉란 작품이 있다.

앞산 비탈밭은
하늘나라 올라가는 층층다리.
안개는 산을 안고.

언니야,
씀바귀는 뒀다 캐고
목화송이 따다가
별무늬 파란 비단으로
이불 만들어
너캉 나캉 덮고 자면
소근소근 별들 얘기
들려올 거다.

《종아 다시 울려라》, 교학사, 1964년

씀바귀는 봄에 캐는 나물이다. 씀바귀를 캐다가 목화송이를 따다니 무슨 말인가? 더구나 씀바귀를 캐다가 그만두고 목화송이를 따서 이불을 만들어 덮고 자자는 것은 무슨 황당한 얘기인가? 원체 시를 쓰는 정신이 돼 있지 않고 남의 작품을 적당히 꿰다가 좀 손질이나 해서 제 것인 양 보이자니 이 꼴이 되는 것이다.

이것은 김종상 씨의 다음 작품을 표절했던 것이다.

안개구름 내린
서산 언덕에,
비탈진 층계 밭은
하늘나라 가는 길.

한 층
두 층
딛고 올라서,

파란 비단 자락
하늘 이불에

구름 솜 폭신하여
잠이 들며는,

아기별님 손잡고
선녀 아씨 만날까?

<안개구름>, <소년한국>, 1961년 3월 7일

정 씨에게는 또 <발자국>이란 작품이 있는데,

누가 누가 발자국을 잃고 갔을까?
누가 누가 발자국을 두고 갔을까?
발자국이 모여 모여 길이 되었다.

할아버지의 할아버지들
할머니의 할머니들의 발자국
자국마다 담긴 얘기 흘러나온다.

귀담아 들어라,
지나간 분들의 오고 간 얘기를.

《종아 다시 울려라》, 교학사, 1964년

이것은 다음 작품을 표절, 혹은 모방한 것이다. 모델이 된
이 원작은 어느 어린이의 작품이었던 것.

발자국이 모여서 길이 되었다.
발자국 속에는 이야기가 있다.

사박사박 걸을 때마다
이야기가 나온다.
겨울나라 이야기.
눈 나라 이야기.

어디까지나 이야기가
따라다닌다.

〈눈길〉, 〈새벗〉 현상 모집 입선작, 1957년

다음, 이 모 씨의 〈꽃밭〉을 보자.

아침마다 피라 해도
피지 않는 꽃
(······)

물을 주면서 졸라도
피지 않는 꽃
(······)

날마다 피라 해도
피지 않는 꽃
(······)

오늘 아침 이슬에
피어났어요.

《동그라미 편지》, 1973년

이 작품은 1957년 동아출판사 현상 모집 입선작을, 너절
한 설명을 더해서 표절한 것이다. 그 원작을 소개한다.

아침마다 피라 해도
피지 않고요.

저녁마다 피라 해도
피지 않고요.

날마다 피라 해도
본체만체하더니

오늘 아침 이슬비에
눈을 베시시
(……)

〈살구꽃〉에서, 신춘희

유 모 씨의 〈꽃그늘〉은 박경용 씨의 시조 〈살구꽃 그늘〉을
전문 표절한 것으로 알려져 있다.

(표절작)
뜰에 문득
날아든
낯선 새 한 마리.

나들이 가자
가리키는
토담 너머로

연분홍
머언 자취

졸음 오는

살구꽃 그늘.

〈꽃그늘〉,《나무는 자라서》, 일심사, 1967년

(원작)
내 뜰에 문득 날아든
낯선 새 한 마리가

날 이끌어 나들이 가자
가리키는 산자락에

여울물 골을 파고 들 듯
머언 자취, 연분홍.

졸음 오는 살구꽃 그늘
어지러운 마음 자락

피었다가 이우는
꿈을 쫓는 한나절에

행여 또 가는 비 오려나
젖어 드는 그늘빛.

〈살구꽃 그늘〉, 박경용, 〈시조문학〉 3집, 1961년

그런데, 다음에 드는 예는 누가 누구의 것을 표절한 것

일까.

> 높은 산허리 구름이
> 꽃비를 싣고
> 빙그르르 돌아가면
> 파란 싹이 튼다.
>
> 〈꽃비〉에서, 이 모

> 먼 산에
> 꽃비
> 빙그르르 돌아
> 마을에 내려서
> 살구꽃 된다.
>
> 〈꽃비〉에서, 김 모

> 산허리 걸린 구름
> 빙그르르…… 안겨 드는
> 소나기 한 줄기
>
> 〈원두막〉에서, 이 모

외국 작품의 표절

〈소금쟁이〉도 일본 작품의 표절이지만, 우리 나라의 창작 동
요·동시는 그 출발부터 일본 작품의 영향이 많았다. 대개 외국
문학의 영향이란 것이 더욱 근원적이고 내면적인 것일 때는 비

판하며 섭취하는 태도가 확립되어 창조적인 것으로 발전할 수 있겠는데, 작품의 구성이나 표현과 같은 형식의 모방부터 애쓴다든지, 정서의 단편 같은 것에 눈이 팔릴 때 자기 민족의 현실과 어린이 생활에 뿌리박은 문학은 창조하지 못하고 남의 찌꺼기나 핥는 결과를 가져온다. 가령 일본의 지난날 어떤 동요 시인들의 작품이 아무리 재치 있는 말솜씨에서 완벽성을 보여 주고, 혹은 감미로운 서정의 세계를 그렸다고 하더라도, 그런 것에 심취한 태도로 작품을 쓰게 되면 결국 우리 어린이 세계와는 동떨어진 단순한 말장난이 되어 결코 감동을 낳을 수 없다. 혹은 그런 것이 저마다 자신도 모르게 모작이 되고 표절이 되는 것이다. 과거 우리 선배들의 동요·동시에서 그런 예를 보는 것은 결코 드물지 않다. 〈눈·꽃·새〉 같은 동요도 그 예의 하나로, 표절까지는 아니더라도 지나친 모방에는 틀림없다는 말이 나는 것은 필경 시정신을 확립하지 못한 이런 작가들의 태도에 기인하는 것이다. 여기 최근에 문제된 작품을 들어 본다. ㅅ 씨의 〈다리〉란 동시다.

맨 처음 그것은 한 그루의 나무. 비바람에 쓰러져 어느 산골짜기에 누워 있을 때 개미가 지나가고, 다람쥐가 건너가고 뭇 짐승들이 오가던 편리한 나무였다.

도끼를 생각해 낸 때부터 그것은 다리. 깎이고 다듬어져 강에 놓였을 때 짐을 지고 건너기도 하고, 초롱불을 밝히고 건너기도 한 외나무다리였다.

두 그루 나무에 토막을 걸치면 사닥다리. 과일을 따기도 하고, 지붕에 이엉을 덮기도 하고, 대추랑 고추랑 널기 위해 디디고 오르내리는 사닥다리였다.

맨 처음 그것은 길가에 뒹굴던 바위. 그 바위를 개울에 놓았을 때 누나의 빨랫돌도 되고, 책보자기를 등에 메고 내가 십 리 길 학교엘 오가던 징검다리였다.

나무들이 모여 뗏목이 되고, 바위들이 다듬기어 층계가 되고, 흙들이 모여 시멘트가 되고, 물을 골라 기름이 되고, 쇳덩이가 깎이어 기계가 되어서 이제 우리는 아무 데나 마음대로 갈 수 있다.

기중기가 움직여 지하도가 되고, 육교가 되고, 물에는 자동차와 기차와 탱크와 하늘에는 비행기가, 바다에는 배가 있어 마음대로 오가는, 다리는 없지만 다리는 어디에나 있다.

아, 우주로 올라가는 다리. 별나라로 달나라로 올라가는 사닥다리는 없지만 올라갈 수 있는 다리. 나는 다리의 고마움을 느낀다. 맨 처음 그것은 나무랑 돌이랑 흙이랑 물이랑 쇳덩이였을 게다.

이 작품은 1962년 7월 〈가톨릭 소년〉에 처음 발표된 뒤

ㅅ 씨의 동시집에도 수록되고,《신문학 60년 대표작 전집》에도 나오고 그 밖에 또 다른 책에도 실려 있으니, 그의 대표작이라고 자타가 함께 인정할 만하다. 그런데 이 작품이 일본의 시인 다쓰미 세이카의 같은 제목 작품을 표절한 것이라는 사실이 일부 사람들에 의해 이미 알려지고 있다.

여기 원작을 소개해 본다.

다리는 본디 한 그루 나무였다.
썩어 넘어져 계곡 위에 있었을 때
여우, 호랑이, 늑대, 다람쥐,
모두가 그 위를 건너갔었다.

다리가 두 그루의 나무로 만들어졌을 때
인간의 지혜가 시작되었다.
생각한다는 것은
그 얼마나 위대한가?

아침마다 나물 바구니를 메고
저녁에는 소의 등을 치며
사람들은 다리를 건너갔다.

돌다리, 층층다리, 세 발 다리
얽음 다리, 도리 다리, 철근 콘크리트 다리,
적교, 가롯대 다리, 움직이는 다리.

인간은 아직도
생각하는 것을 쉬지 않았다.
바다에는 배, 하늘에는 비행기,
그리고 지금은 터널을 파고 있다.
바닷속 깊이 끌 소리를 울리고 있다.

이 두 작품을 비교해 볼 때, 물론 ㅅ 씨의 작품에 조금 더 첨가된 진술이 없는 것은 아니다. 그러나 발상이나 표현된 언어와 내용이 너무나 닮아 있고, 원작을 좀 더 부연하고 해설해 놓은 듯한 느낌을 준다. 원작에 비해 첨가된 부분이 때로 적절한 것이 못 되고, 혹은 상상의 전개에서 김빠진 말이 나오는 것도 이 작품이 작자의 정신 연소에서 오는 필연적 산물이 못 된 까닭이다. 누가 이것을 표절이 아니라 할 것인가? 실로 우리 모두가 부끄러운 일이다.

문단·문화의 요인과 책임

여기서 표절 작품이 범람하는 요인을 검토하기 전에 지금까지 예시한 작품을 재료로 하여 표절 작품의 유형을 만들어 볼 필요를 느낀다. 표절은 남의 작품을 그대로 옮겨 제 것 속에 끼워 넣거나 제 것처럼 고쳐 꾸미는 것이지만 그 유형의 기본을 다음 몇 가지로 나눌 수 있을 것 같다.

첫째는, 원작을 더 부연해서 길게 풀어 쓴 것 같은 경우인데, 〈꽃밭〉〈다리〉와 같은 것이 본보기가 될 것이다.

둘째는, 이와 반대로 원작의 어떤 부분을 줄여 더욱 간명하게 한 것인데, 〈살구꽃〉 〈꽃그늘〉 같은 것이 그 보기가 될 것이다.

셋째는, 원작을 부분으로 좀 고쳐 놓은 것이다. 〈아침〉 〈선생님이 나를〉 〈안개구름〉 〈발자국〉 같은 것이 그것이다.

넷째는, 남의 작품의 어떤 구절을 그대로 빌려다 쓴 것. 〈꽃비〉 같은 것이 보기가 될 것이다.

다섯째, 둘 이상의 여러 작품을 가져다 모자이크한 것인데, 〈하늘〉이 그 보기가 될 것이다.

그러나 이러한 다섯 가지 기본 되는 유형이 실지 작품에서 나타나는 것을 보면, 어느 한 가지 유형이 단순하게 나타나는 예도 많지만, 두 가지 이상이 복합하여 나타나는 경우가 더 많은 것 같다. 앞에서 예시한 실제 작품들을 보아도 여러 가지 수법을 써서 만든 것임을 알 수 있다.

그러면 결론을 짓기로 한다. 표절이나 도작은 가장 문학인답지 못한 행위다. 그것은 좋게 말해서 입신출세를 위한 장사꾼 짓이지, 똑바로 말하면 정신 영역에서의 절도·사기 이외의 아무것도 아니다. 이것은 문학인이기 전에 인간으로서도 지탄받아야 마땅할 일이다. 그리고 문학이란 것이 사람다운 것 위에 서지 않는다면 그것은 인간의 가장 가증스러운 지능적 타락의 모습을 보여 주는 결과가 될 것이다. 그럼에도 이러한 사람답지 못한 습성을 버리지 않고 그것을 예사로 발휘하고 있는 사람이 우리 어린이 문단에 상당한 수가 있다는 것은 참으로 부끄러운 일이다. 몇 사람의 표절 작가가 자랑스레 활동하고 있는 문단이라면 남의 작품을 모방하기만 하는 작가는 또 얼마나 될까? 아류는 얼마나 될까? 또한 여기 공개한 작품들이 바다에 잠긴 빙산의 일각이 물 위에 나타난 것이 아니라 하더라도 더 많은 표절 작품이 없다고 할 수 없으니, 과연 우리 동시단에서 참된 시정신을 발휘하고 있는 시인이 몇 사람이나 될까? 이러한 적막한 심경의 의문까지 나오게 되는 것을 어찌할 수가 없다. 아무튼 어린이 문단이 이런 수치스런 꼴을 보이고 있는 상태에서 단지 그런 행위를 감행하는 당사자에게만 책임을 돌리고 말 것이 아니라, 이러한 문단 풍토가 이뤄진 요인을 좀 더 사회적으로 혹은 문학적으로 분석 검토할 필요가 있다고 본다.

먼저, 문단이란 사회를 두고 생각할 때, 도저히 문학작품을 창조해 낼 만한 재질과 양심을 갖지 못한 사람이라면 함부로 작품 발표를 하지 못하도록, 문단에 발을 붙이지 못하도록 해야 할 것이다. 작품 심사자와 친분이 있다거나 이해관계를 맺고 있다는 것이 문단인이 되는 조건으로 크게 작용한다면 이것은 철저한 규탄을 받아야 한다. 그리고 신춘문예나 잡지 추천에서는 좀 더 신중을 기해야 하겠다. 지금까지 예를 보면 한심스런 것이 당선작·추천작으로 되어 심사자의 문학에 대한 식견을 의심스럽게 한 일이 너무나 많았다. 표절작이나 모작들이 훌륭한 작품이라 찬양되는 경우도 어쩌다가 범하는 실수가 결코 아니다. 다만 이름을 내기 위해 수단을 안 가리는 작가를 기회만 있으면 떠받쳐 올리는 선배 대가들이 있다는 것은 놀랄 만한 일이다. 앞에서 지적한 표절을 능사로 하고 있는 모 씨의 최근 한 동시집은, 거기 수록된 작품의 절반 이상이 초등학교

교가와 유행가조의 노래이고, 나머지 작품들도 거의 정체가 의심스러운 것인데, 이런 책을 어린이문학 최고 수준의 작품집의 하나로 올려놓는 사람들이 문단이란 사회를 움직이고 있는 판세니까, 20여 년이나 문단 경력이 있어 시집만 해도 일고여덟 권을 낸 역량이 있다는 중견 작가의 대표작이 표절이었다는 슬픈 역사가 만들어지는 것이다.

어쨌든 정치적인 술수로 문단을 주름잡는 사이비 문인들이 있고, 또 이런 사람들을 두둔하는 불순한 문사들이 있다는 것은 개탄할 현상이다. 우리 어린이문학의 몇몇 선배들이 문학보다 문단 정치에 더 관심이 많아 작품의 창작은 등한히 하고 후배들의 작품집에 서문 따위나 쓰고 혹은 신인을 추천하거나 자파 세력을 늘리는 데만 열을 올리고 있다는 것은 문단 전체에 미치는 해독이 크므로 지적하지 않을 수 없다. 이러한 선배들의 태도는 훌륭한 작가의 배출을 방해하고, 어린이문학 작가를 지망하는 젊은이들에게 그릇된 창작 태도를 조장한다. 표절 작품들이 수록된 동시집에, 국회의원으로 출마할 사람이 선전 책자를 만들었다 해도 그토록 할까 싶게 지겹도록 긴 저자의 약력이란 것을 늘어놓고, 생가 사진에다 어록까지 올려놓고, 그런 책에다 한층 그 호화스러운 영광을 더해 주기 위해 문단의 유명 무명의 전체 인사들이 총동원되어 축하 사인을 해 주는 이런 치사스런 일은 두 번 다시 되풀이되어서는 안 된다. 그 것은 실로 값비싼 종이가 아까울 뿐 아니라, 무엇보다도 이 땅의 어린이들에게 입히는 정신적 피해가 막대하다고 보기 때문이다.

다음, 문학작품의 창작 면에서 생각할 문제는, 도대체 이런 타작·표절작·도작·모작 들이 동시 작품에 성행하는 까닭이, 워낙 감동이란 것이 전혀 담기지 않은 의미 없는 언어 기교를 일삼는 풍조가 가져온 부산물이라는 것이다. 불행한 시대에서 자라나는 약소민족의 우리 어린이들을 위해서 우리 동시가 당연히 성실한 의미와 감동 있는 언어 탐색에 충실하지 않을 수 없는데도 사실은 전혀 이와 반대되는 길을 걸어온 것이다. 그리하여 대부분의 동요 시인들은 부질없이 선배들이나 외국 작품에서 그 형식이나 표현의 지엽적 기능만을 의미 내용에서 분리시켜 본받으려고 할 뿐, 창조적인 내면의 자세를 스스로 세워 가는 일은 아주 대수롭잖게 여겨 왔다. 무릇 공허하게 기교를 부린 작품은 시의 핵이 될 만한 씨앗을 작가가 잉태함이 없이, 그리고 그 씨앗을 주체적 정신 속에서 키워 가는 괴로움과 기쁨이 없이 그냥 몇 가지 낱말과 그 낱말을 바꾸고 꾸며 짜서 만드는 모방적 손재주에 익숙함으로써 얼마든지 만들어 내는 것이다. 이 글에서 예시한 것만으로도 충분히 짐작되듯이, 표절작의 본이 된 그 원작이란 것이 대개가 감각적 언어 기교로 이뤄진 작품이요, 그런 경향의 작가인 것이다. 참된 이념이 상실된 시대, 시정신이 모멸을 받는 상업적 시대에서 작가를 지망하는 사람들은 기껏해야 이러한 길바닥에 떨어진 하잘 것없는 유리 조각의 파편이 발하는 광채 같은 것에서나 매력을 느끼고 정신이 온통 팔리는 것이다.

워낙 개성 있는 작가의 작품은 그 내용은 물론이고 작품의 형식도 독특하게 나타나는 것이어서 잔꾀를 일삼는 사람이 표절이나 모방의 대상으로 삼을 수도 없다. 그리고 또 흔해 빠진 것을 써야만 표절 행위를 감출 수도 있는 것이다.

그러니 모작이나 표절작의 본이 된 원작과 그 작자도 결코 명예스런 일이 아니라는 것을 문학적 의미에서도 반성할 필요가 있지 않을까?

그런데다 우리 어린이 문단에서 어떤 이는 표절을 상습으로 하는 사람을 이용해서 그런 사람에게 자기 작품을 팔아 주고 있다는 얘기까지 나돌고 있으니, 이런 말이 한갓 낭설에 그친다 하더라도 남의 것을 제 것처럼 가져다가 이용하는 사람이 이리도 흔하게 있는 것을 보면 그런 어처구니없는 말도 나올 법하다.

어쨌든 이것은 우리 모두의 책임이다. 부끄러운 짓을 밥 먹듯이 예사로 하는 사람은 물론이고, 그런 사람을 추키고 내세워 문단에서 지위를 확보하고 싶어 하는 인사들 또한 물론이고, 이런 문단의 부정과 부패를 보고도 모른 척하는 모든 사람이 이 부정부패와 관련이 있는 사람으로 책임을 져야 한다. 문학 정신은 간 곳 없고 정치 술책과 상업 수단만 익히고 있는 문단인들이 그 체질을 개선하지 않고 이대로 나간다면 돌이킬 수 없는 죄악을 우리 모두의 책임으로 아이들 앞에서 범하는 결과가 될 것이다.

※ 이 글은 김종상·박경용·이영호·정재호 같은 분들의 자료 제공과 증언에 따라 쓴 것임.

《동시, 그 시론과 문제성》, 1975년 7월

모작 동시론

모작의 뜻과 유형

이 글은 어린이문학의 동시에서 모작의 말뜻을 밝히고, 우리 동시의 상당한 수가 모작의 상태에 빠져 있는 사실에 주의를 환기시킴으로써 동시인들의 반성을 촉구하려는 데 목적이 있다.

어린이문학이 처세의 방편이나 상품 만드는 행위나 개인의 오락에 그치고 있는 상태에서는 진실이 무엇인가를 얘기한다는 것이 쉬운 일이 아니다. 그러나 더욱 근본이 되는 문제를 덮어놓고 지엽적인 것에 관심을 둔다는 것은 무지가 아니면 기만이며, 그런 태도로서는 우리 어린이문학의 정체 상태를 결코 한 걸음도 타개할 수 없다고 믿는다.

모작(모방 작품)이란 물론 예술 작품을 평가할 때 쓰는 말이다. 가령 이 말뜻을 정해서, 모작이란 예술 작품의 창작에서 독창성이 없거나 희박한 상태에서 남의 작품의 일부나 전체를 표현 방법이나 내용에서 모방함으로써 이뤄진 작품을 말한다고 하더라도, 이런 설명은 좀 막연함을 면치 못한다. 미술 작품과 문학작품의 사이, 같은 문학에서도 산문과 시에서 얼마쯤 달리 얘기될 수 있기 때문이다. 여기서는 어린이문학의 동시에 한정해서 모작이라 할 수 있는 경우를 생각해 본다.

첫째는 제재의 유사성이다. 작품 속에서 다루는 소재는 단순히 객관화된 사물이 아니다. 그것은 작자의 심정에 들어온 것으로서 작품의 주제와 발상을 결정하는 요소가 되는 것이다. 어떤 작품들에서 여러 가지 소재들이 서로 닮아 있다는 것은 그 작품들 사이에서 이뤄진 모방의 관계를 얘기할 수 있는 근거가 된다.

둘째는 발상, 분위기, 표현 내용 들의 유사성이다. 주제라는 것은 누구나 같은 것을 다룰 수 있지만, 그 주제가 담긴 구체적인 진술 내용이 비슷하다든지, 발상이나 시의 분위기가 닮아 있다면 모작이 거론될 수 있다. 그리고 앞에 든 제재의 유사성은 대개의 경우 그대로 발상과 시의 분위기, 의미의 유사성으로 나타난다.

셋째는 표현 방법의 유사성이다. 두 작품의 대비에서 표현 수법이 비슷하다면 모작의 논거가 된다. 물론 표현된 말이 너무 지나치게 유사하거나 아주 같다면 그것은 모작보다도 표절이 되어 버리는 것은 말할 것 없다.

이상 세 가지 유사성의 측면은 실제 작품에서 각각 따로 나타나는 경우는 드물고 오히려 두 가지나 세 가지가 함께 나타나는 것이 예사다.

대관절 시인의 시 작품에 어찌하여 모작이 생겨나는가? 처음 시를 습작하는 사람이 대개는 모작을 한두 편은 쓰게 된다고 하고 '창조는 모방에서'란 말조차 있지만, 설사 그런 말에 일리가 있다 하더라도 적어도 시인이라면 모작 행위를 꺼려야 할 것이다. 모작, 혹은 모작 같은 상태를 철저히 추궁해서 이를 탈피하는 데서만 시정신은 살아나기 때문이다.

　　모작의 부류를 작자의 모작 심리 과정에서 살펴보면 다음 세 가지로 나눌 수 있다.

　　① 어떤 작가의 작품을 주로 기교의 측면에서 흥미를 느끼고 그것을 이용해 보려는 태도를 가지는 데서 모작을 쓰는 경우다. 이럴 때는 대개 어떤 원작을 두고 고의로 모방하는 행위가 된다.

　　② 어떤 작품에 감동하거나 심취한 상태를 경험했을 때, 그런 감동이나 심취에서 깨어나 자신의 세계로 돌아와 새로운 감동을 창조하는 상태가 되기 전에, 곧 그런 감동이나 심취 상태 속에서 작품을 썼을 때 모작을 쓰는 수가 흔하다.

　　③ 특정한 작품의 본이 있는 것도 아닌데, 안이한 상식의 세계, 흔히 동시라면 이런 것을 쓰더라, 이런 것이라야 동시다운 것이 되겠지, 하는 동시에 대해 유행하는 사고와 상식에 젖은 관념에서 쓰기 때문에 유사 모조품이 만들어진다. 대체로 이렇게 해서 쓴 모작품이 가장 많다고 본다.

　　물론 ①의 경우는 작자가 모작이란 것을 처음부터 자각할 터이지만 ②와 ③의 경우는 모작이란 것을 작자 자신이 깨닫지 못하는 수가 흔하다고 본다. 자기로서는 진짜 깔축없이 독창적인 것으로 썼는데도 남이 모작으로 본다면 그런 사람은 자기의 정신이 안이한 상식의 세계에서 머물고 있음을 깨닫는 것이 유익하다. 문학작품의 비평은 이런 점에서도 없어서는 안 될 작업이라 여겨진다.

의도적 모작

이제 세 가지 부류의 모작을 차례로 예를 들어 고찰해 보겠다. 먼저, 어떤 작품을 주로 표현 기교에 흥미를 가지고 그것을 모방해 보려고 하여 쓴 작품의 예를 원작과 대비해 본다.

(원작)
구두를 닦으며 별을 닦는다.
구두 통에 새벽 별 가득 따 담고
별을 잃은 사람들에게
하나씩 골고루 나눠 주기 위해
구두를 닦으며 별을 닦는다.
하루 내 길바닥에 홀로 앉아서
사람들 발아래 짓밟혀 나뒹구는
지난밤 별똥별도 주워서 닦고
하늘 숨은 낮별도 꺼내 닦는다.
이 세상 별빛 한 손에 모아
어머니 아침마다 거울을 닦듯
구두 닦는 사람들 목숨 닦는다.
저녁 별 가득 든 구두 통 메고

겨울밤 골목길 걸어서 가면
사람들은 하나씩 별을 안고 돌아가고
발자국에 고이는 별 바람 소리 따라
가랑잎 같은 손만 굴러서 간다.

〈구두 닦는 소년〉, 정호승, 〈한국일보〉, 1975년 1월 25일

(모작)
조간신문에
별을 가득 주워 담고
소년이
새벽에 신문을 돌린다.

별을 잃어버린
집을 찾아다니며
새로이 돋은 별을
하나씩 나누어 준다.

별만큼이나 많은
부끄러운 활자를 뽑아 버리며
새벽 골목을 달려서 가면
사람들은
별을 받아 읽는다.

발자국에 쌓이는

외로운 눈물을 닦으며

소년은 새벽 별이 되어 흐른다.

<새벽길>, 어느 월간지, 1975년 4월

원작과 모작을 비교해서 유사성과 이질성을 찾아 표를 만들어 본 것이 다음과 같다.

항목	원작	모작
제재·발상	구두 닦는 소년 별을 닦는다.	신문 배달 소년 별을 나눠 준다.
의미·내용	구두를 닦는 소년의 행동을 별을 닦아 사람들에게 안겨 주는 것으로 상상하고 있다.	신문을 배달하는 소년의 일을 별을 집집마다 나눠 주는 것으로 상상하고 있다.
표현	㉠ 구두통에 새벽 별 가득 따 담고 ㉡ 사람들은 하나씩 별을 안고 돌아가고 ㉢ 발자국이 고이는 별 ㉣ 가랑잎 같은 손만 굴러서 간다.	㉠ 조간신문에 별을 가득 주워 담고 ㉡ 사람들은 별을 받아 읽는다. ㉢ 발자국에 쌓이는 별 ㉣ 소년은 새벽 별이 되어 흐른다.
이질성		별만큼이나 많은 부끄러운 활자를 뽑아 버리며

두 작품은 제재와 발상, 진술 내용과 의미뿐 아니라 언어 표현도 여러 구절이 대응되고 있어, <새벽길>이 표절이 아닌가 생각되기도 하지만 모작으로 보는 것이 더 적당할 것 같다. 이것이 본을 하나 두고 의도해서 모방한 것임은 이 대비표로서 알게 된다.

이렇게 의도적 모작의 특징이라고 할 것을 몇 가지 들면 첫째, 원작을 모방하되 그것을 변형하여 내용이나 표현에서 언뜻 보아 독창성이 있는 것처럼 보인다는 것이요, 둘째는 원작에 없는 것이 첨가되기는 하지만, 이 첨가 부분은 시상의 중심이 될 수 없고, 또한 억지로 떼어다 붙인 것처럼 어색한 것으로 되어 있는 점이요, 셋째는 억지로 말만 바꿔 꾸며 맞췄기 때문에 황당한 내용이 되어 모작이란 사실을 제쳐 두고라도 예외 없이 실패작이 되고 있다는 것이다.

무의식적 모작
다음에 어떤 작품에 감동하거나 심취한 상태에서 모작을 쓰는 예를 나 자신의 작품으로 얘기해 보자.

> 밤새도록 눈이 내려 쌓여
> 찬란한 태양이 떠오르는 아침입니다.
> 주여! 이렇게 밝고 빛나는 아침엔
> 땅 위에서 굶주리는 사람들이 없게 하소서.
> 어둔 방에 앉아 떨고 있는 가족들이
> 없게 하소서.
> 길을 가는 나그네도 이 아침엔
> 따뜻한 집에서 쉬게 하시고,
> 날마다 무거운 짐을 나르면서
> 모진 매를 맞던 가축들도 그들의 마구간에서
> 배불리 먹고 누워 있게 하소서.
>
> 〈눈 온 아침의 기도〉 앞부분, 이오덕

20년 전에 쓴 이 졸작이 프란시스 잠(1868~1938년)에 심취
한 상태에서 쓴 모작이라고, 나는 지금 반성하고 있다. 여기 아
무리 나 자신의 심정이 숨김없이 표현되어 있다 하더라도, 독
자 세계를 이루지 못한 값싼 심정을 프란시스 잠의 시 모양을
빌려 토로한 것만은 사실이다. 이런 것을 모작이라고 단정하는
데서 독자들은 혹 반문할지 모른다. 그럼 모작이 아닌 것을 쓰
는 동시인들이 얼마나 될 것이냐, 하고. 그렇다. 조금이라도 엄
격하게 따진다고 하면 우리 동시의 현재 상황에서는 모작 아닌
작품이 차라리 드물다고 할 수 있을 것 같고, 모작을 쓰지 않는
사람, 곧 진정한 시인은 정말 희귀하다고 할 수 있다. 더구나
특정한 작품의 본도 없이 다만 상식화된 동시적인 것을 찾아
씀으로써 작자도 깨닫지 못하는 모작이 되어 버리는 셋째 번의
부류는 정말 그 예가 많다고 본다.

　　가령 〈겨울밤〉이니 〈시골 밤〉이니 하는 제목으로 된 동시
를 이따금 대하는데, 이런 작품을 보면 그 소재와 시상이 너무
나 유사함에 놀라게 된다. 우선 예를 하나 들어 본다.

바람이 쏴아쏴아 부는 밤
문풍지가 부웅붕 우는 밤
겨울밤 추운 밤.

우리는 화롯가에 모여 앉아
감자를 구워 먹으며 옛날 얘기를 합니다.

언니는 호랑이 이야기
누나는 공주 이야기
나는 오늘 밤도 토끼 이야기.

감자를 두 번이나 구워 먹고 나도
우리는 잠이 안 옵니다.
겨울밤은 깊고 깁니다.

〈겨울밤〉 앞부분, 강소천

이런 유형의 작품에 등장하는 인물이나 용구는 거의 한정
되어 있다. 깜박거리는 호롱불, 바람에 우는 문풍지, 화롯불에
밤을 묻어 놓고 기다리는 아이들, 그 아이들에게 호랑이 얘기
를 들려주는 할머니……. 얘기를 들려주는 것이 할머니가 아니
고 어머니로 된다든지, 혹은 어디로 간 할머니를 기다리는 것
으로 되어 있다든지, 화롯불에 묻어 놓은 것이 밤이 아니고 감
자로 바뀐다든지 하여 작품에 따라 얼마쯤의 변화는 있다. 그
러나 이런 작품들은 그 소재와 분위기, 시상이 너무나 유사해
서 개성이라고는 도무지 느낄 수 없다. 잠깐 살펴도 여러 편을
찾아낼 수 있는 이런 작품은, 십수 년 전에 신춘문예 당선작으
로 뽑혔던 것을 기억하고 있는데, 오늘날에도 훌륭한 작품으
로 상찬되고 있다. 올해에도 분명히 이 유형의 작품이 두 편이
나 수많은 경쟁 작품을 물리치고 공인된 문단 입적 제도에서
당선 혹은 입상된 것으로 안다. 이러니 우리 동시에서 모작이
얼마나 많을 것인가. 우리 동시의 대부분이 모작으로 되어 있

지 않은가, 하는 의구심까지 생겨나는 것이 결코 괴이스런 독단의 견해에서 오는 억지 느낌이 아님을 알 것이다. 화롯불에 밤이나 콩을 구워 먹으면서 할머니의 옛날 얘기를 듣는 따위의 동시를 '시골 겨울밤'형 동시라고 한다면, '산골 아이'형 동시라 할 수 있는 유형도 있고, '시골 정거장'형 동시도 있다. 산골 아이의 모습을 도시인의 눈으로 미화 혹은 희화해서 보여 주는 작품도 당장 여러 편 모을 수 있고, 이런 작품들이 어떤 점에서 모두 유사성을 보이고 있지만, '시골 정거장'형도 마찬가지다.

시골 정거장은 항상 적막하다. 손님은 없거나 한둘, 역장이나 역부가 혼자 쓸쓸히 서 있고, 코스모스가 손을 흔들게 되어 있다. 이런 것이 단순한 소재나 배경으로만 되어 있는 것이 아니라 시상의 중심이 되고 있는 것이 문제다. 이런 동시를 나는 여러 편 알고 있지만, 그중 다음 작품은 아마도 이 유형에서 가장 전형이 되는 것으로 보인다.

해 저물어 지나는 시골 정거장
내리는 손님은 한 분도 없고
마나님 한 분이 타셨습니다.

고요히 잠드는 시골 정거장
울안에 곱게 핀 코스모스가
떠나는 손님보고 손짓합니다.

이런 작품에서 누가 누구의 것을 모방하였는가를 따지는

것은 거의 무의미한 일이다. 다만 같은 형의 동시 중에서 최초의 그 어느 작품을 제외한다면 그 밖의 것은 정도의 차는 있을지 모르지만 모두가 모작이라고 볼 수 있다. 그것은, 최초의 통나무 수레바퀴의 발명자는 틀림없이 위대한 과학자였지만, 그 다음에는 무쇠 바퀴를 만들었거나, 바퀴의 수를 열이고 스물이고 불어나게 했거나, 또 크기를 백배로 하여 만들었다고 하더라도, 그들은 결국 하나의 기술자일 따름이지 과학자가 될 수 없는 것과 같다.

매너리즘의 말기 증상

모작이 범람하는 요인을 사회 문화 면에서 규명해 보는 것이 매우 긴요할 터이지만, 지면 관계도 있어 여기서는 문학의 측면에서만 잠시 살펴보기로 한다. 문학 내부에서 일어난 것으로 한정해서 볼 때, 이런 현상은 결국 작가들의 정신 타락에서 오는 매너리즘의 말기 증상이다. 매너리즘의 상태가 상당한 기간을 두고 계속되어도 작가·시인들이 크게 각성해서 새로운 길을 열어 가지 못하고 그 속에 갇혀 있을 때, 그런 상태는 점점 더 병적인 징후를 드러내어 모작이 성행하고, 모작이 또 오래 성행하는 곳에 드디어 표절작마저 횡행하기에 이른다. 이것이 바로 우리 동시의 과거와 현재의 상황이다.

우리 동시가 오랫동안 동심천사주의에 묶여 어린애들의 어리광이나 재롱을 흉내 내는 짝짜꿍 동요조가 주류를 이루고 있었을 때, 그런 풍조 속에서 이뤄지는 모작은 대개 제재와 주제의 빈곤에서 오는 무의식 상태의 행위였다. 그런데 최근 일부 동시인들이 어떤 경향의 어른시를 모방하여 동시에서 의미성을 배제하고 공허한 말의 수공적 기교만을 주장하면서 이를 '현대 동시'라 하고 있는데, 이런 경향은 어린이문학의 독자를 처음부터 무시하고 있는 폐쇄된 취미로서, 과거의 짝짜꿍 동시보다 한층 더 타락할 가능성이 있다. 의미 없는 말장난으로 된 이런 작품이 동시의 이름으로 언제까지나 쓰일 것인지 모르지만, 다만 한 가지 불을 보는 것보다 더 명확한 사실로 말할 수 있는 것은 그것이 수공적 기교에 의존하는 만큼 멀지 않아 의식적 모작 행위가 성행하여 이런 작품이 온통 모작의 판으로 되리라는 것이다. 그리고 이런 사태는 벌써 현저하게 나타나고 있다. 결국 공연히 신기함을 좇는 이런 경향은 지금까지의 매너리즘을 타개하는 새로운 방법도 아무것도 될 수 없으며, 차라리 그 자체가 매너리즘의 말기 경화 현상의 병적인 변태의 모습이라고 볼 수밖에 없는 것이다.

그러면 이토록 깊은 수렁에 빠져 있는 상태를 개선할 길은 어디에 있는가? 함정에 빠져 있는 자가 스스로 천국에 들어앉아 있다고 생각한다면 구원의 방법은 없다. 무엇보다도 오늘날의 동시가 빠져 있는 비시적(非詩的) 함정을 자각하는 데서 참된 동시의 길은 열릴 것이다.

시의 자각

여기 동시인들이 시를 자각하는 창을 하나 마련해 보고자 한다. 곧 어린이들이 쓰고 있는 시의 세계다. 많은 동시인들이 통풍이 안 되는 심리적 밀실에 스스로를 감금해 놓고 수없이 우

려먹은 낡은 제재와 퇴색한 언어를 주무르고 뒤척이고 있을
때, 그래도 시를 얻지 못하고 닮은꼴만 만들어 참담한 상태에
빠져 있을 때, 아이들은 어떤 세계에 살면서 어떤 작품을 쓰고
있는가 살펴보자.

안동매기에서
솔을 빈다.
짝닥닥 하고
넘어간다.
빌 지기는
설설 거다가
넘어갈라 할 지기는
짝닥닥 거다가
땅에까지 댈 때는
콰당탕 건다.
내가
멀리 있어도
칭기는 것 같다.
소나무 앞에 있는
참나무도
엄침이 큰 게
소나무에 칭기서
불거진다.
＊ 빈다: 벤다.　＊ 빌 지기는: 벨 적에는.

220

* 설설 거다가: 설설 하는 소리가 나다가.

* 콰당탕 건다: 콰당탕 그런다. 콰당캉거린다.   * 칭기는: 치이는.

* 엄침이: 엄청나게.   * 불거진다: 부러진다.

〈솔 넘어가는 소리〉, 권상출(경북 안동 대곡분교 3), 1969년 10월 4일

하필 이런 어린이시를 들어 보이는 것은 동시인들이 외계의 사물과는 격리된 암실에서 혼자 상상하는 경우에서만이 동심의 시가 이뤄진다고 믿는 것이 아닌가 생각하기 때문이다. 유폐된 심리 세계에서 죽은 말만을 만지고 있다 보니 남들이 공감할 수 없는 것이 되고, 또 그래서 비슷한 모조품이 쏟아져 나오는 것이라 보기 때문이다. 사물을 사실적으로 그리는 것이 시에서 용납될 수 없는 것처럼 보는 사람은 사실적으로 정확하게 그리는 것이 얼마나 어려운가, 얼마나 날카로운 감각이 필요하고 심정의 투입이 필요하고 상상을 필요로 하는가, 또 정직하고 순수한 마음이 준비되어 있어야 하는가, 그리하여 이런 수련이 마치 그림을 그리는 데서 기초가 되는 데생을 하는 것처럼 얼마나 중요한 것인가를 모르는 사람이다.

이 작품은 어린이시에서 사실을 그대로 그린 작품의 성공한 본보기로 든 것이 아니다. 가장 객관의 눈으로 있는 그대로 모양을 그리려고 하는 경우에도 주관과 상상의 개입은 불가피하다는 것, 우리가 모작의 세계나 획일화된 세계에서 탈피하는 데에서 믿을 수 있는 것은 객관 세계와 차단된 시인의 기분이나 손끝이 아니라 오히려 무한한 상상의 원천을 제공하는 그 객관 세계라는 것을 얘기하기 위해서다. 이러한 객관 세계

를 진실하게 파악하려고 하여 쓰는 시에는 결코 모작이란 것이
나올 수 없다고 나는 확신한다. 한 그루 나무가 넘어지는 것을
소년의 눈을 통해 그린 것이 이만큼 생생한 느낌이 드는데, 하
물며 복잡 미묘한 인간과 사회의 온갖 모습을 그리는 데 있어
서랴.

> 미루나무 큰 놈이
> 대장질한다.
> 큰 미루나무가 일렁일렁하며
> 자기 몸을 흔드니
> 작은 미루나무들도 몸을 흔든다.
> 큰 미루나무가 안 흔드니
> 작은 것도 안 흔든다.
> 참 터구배끼 안 되나.
> * 터구배끼: 터구밖에. 바보밖에.
>
> 〈미루나무〉, 이성윤(경북 안동 대곡분교 3), 1969년 5월 3일

　　같은 나무를 보고 쓴 것이지만 여기서는 작자의 상상이 한
층 크게 작용하고 있고, 그것이 날카로운 비판 의식에 연결되
고 있다. 미루나무는 단순한 완상의 대상으로 그려진 풍치도
아니고, 관조의 눈으로 파악된 경물도 아니다. 그런 모조품이
나 되기 쉬운, 굳어 버린 어른들 세계의 죽은 사물이 아니다.
지극히 개성 있는 눈으로 파악한 살아 있는 나무가 되어 있다.
한 어린이의 삶의 세계에 들어옴으로써 미루나무는 비로소 살

아 있는 존재가 된 것이다. 상상이란 이와 같이 삶의 세계에서 촉발될 때 비로소 그 진실성이 보장된다는 것은 시인의 경우도 마찬가지가 될 것이다. 그리고 하나의 사물이 보는 사람에 따라 얼마나 다양하게 보일 수 있는가, 곧 모조품이 만들어지거나 획일화된 것으로 떨어질 염려가 전혀 없는, 싱싱하고 풍요한 어린이의 마음과 삶의 세계를 여기서 확인할 필요가 있다.

다음은 다른 곳에서 인용한 것이지만 또 한 번 들어 본다.

내 몸집보다 무거운 가방을 들고
나는 오늘도 학교에 간다.
성한 다리를 절룩거리며.
무엇이 들었길래 그렇게 무겁니?
아주 공갈 사회책
따지기만 하는 산수책
외우기만 하는 자연책
부를 게 없는 음악책
꿈이 없는 국어책
무엇이 들었길래 그렇게 무겁니?
잘 부러지는 연필 토막
검사받다 벌이나 서는 일기장, 숙제장
검사받다 벌이나 서는 혼식 점심 밥통
무엇이 들었길래 그렇게 무겁니?
무엇이 들었길래 그렇게 무겁니?
얼마나 더 많이 책가방이 무거워져야

얼마나 더 많은 것을 집어넣어야

나는 어른이 되나, 나는 어른이 되나?

〈내 무거운 책가방〉, 김대영(서울 공덕초 5), 〈문학사상〉, 1975년 1월

이 작품에 대해서 소설가 박완서(1931~2011년) 씨가 한 말에 따르면, 동화고 동시고 도무지 시시하다고 읽지 않던 막내 아이가 이 작품을 보더니 눈을 빛내며 무릎까지 치면서 두 번 세 번 읽고 감탄하더라는 것이다. 이런 증언이 아니더라도 나는 이 작품이 아이들에게 감동으로 받아들여질 것을 확신한다. 그 이유는, 이 작품이 아이들의 가장 절실한 생활 문제를 그들의 친근한 일상어로 표현해 놓고 있기 때문이다.

이 작품은 아이답지 못한 좀 지나친 표현이 있어 순수한 어린이의 작품임을 의심하게 하기도 하나, 그러나 여기서 문제 되는 것은 아이들이 그처럼 감동으로 읽는다는 데 있다. 아이들이 감동하게 만드는 것은 반드시 반항하는 마음이 나타나서 그런 것이 아니고, 무엇보다도 솔직한 그들의 일상, 어른들이 시로 써 보여 주지 않던 그들의 절실한 생활이 과감하게 쓰여 있기 때문이다. 지금까지 어린이문학에서, 동시에서 거의 완전히 망각되었고 버림받았던 것이 어린이의 생활 세계였던 것이다.

어린이문학인 동시가 어린이의 생활 세계를 외면하고 있었다면 참으로 괴이하다 할 것이지만 그것은 사실이다. 앞 장에서 몇 가지 동시에 유행된 유형 같은 것은 들었지만, 그 유형들이 '시골 겨울밤' '산골 아이' '시골 정거장'과 같이 한결같

이 산골이니 시골이니 하는 접두사가 붙어 있었던 것을 상기할 필요가 있다. 이것은 거의 모두 도시에서 살고 있는 동시인들이 자기와 연결된 존재인 어린이의 세계, 날마다 목격하고 있는 살아 있는 어린이의 세계는 모른 척하고, 그것을 비켜서 눈앞에 없는 것, 옛날의 것을 그리워하며 찾고 헤매고 있다는 것을 말해 주는 것이다. 이것은 어린이문학 작가로서 결코 건전한 태도라 할 수 없다. 제 것이 아닌 것, 이미 지나가 버린 것을 붙잡으려고 하는, 건전하지 못한 동시인들의 태도는 생활 속에 살면서 시를 쓰는 아이들의 태도와는 전혀 상반되어 있다. 동시인들이 무한한 감동의 원천이 되는, 진짜 동시의 세계는 텅 비워 놓고 그림자 따라 허깨비 놀이 같은 것이나 하고 있었으니 모작의 풍조가 안 될 수 없다. 〈내 무거운 책가방〉의 작자는 이런 어른들 동시의 허점을 찔러 그들이 갈구하는 시가 무엇인가를 우리들에게 보여 주고 있다.

다음에 이 작품은 또 하나 동시인들의 반성을 촉구하는 것이 있다. 그것은 우리 동시에서 전혀 가지지 못한 지적인 면을 어느 정도 잘 보여 주고 있는 일이다. 열한 살 어린이도 이토록 자기 문제를 정면으로 받아 그것과 진지하게 대결하고 있다는 것을 생각할 필요가 있다. 이러한 정직한 어린이들의 시에다, 어린애들의 어리광에 빠져 스스로 어린애가 되거나 어른시 흉내를 내고 있는 동시인들의 동시란 것을 대비해 볼 것이다. 솔직히 말해서 어린애들이 쓴 시보다 뒤떨어지고 있는 많은 동시들을 아이들이 시시하다고 비웃는 것은 너무나 당연하다.

여기서 동시란 것이 반드시 무슨 사회 비판 같은 것으로 되어야 한다는 것이 아니다. 동시란 것이 오늘날에 와서 시가 되자면 마땅히 지적인 기반을 확보해야만 된다는 것을 말하고 싶은 것이다. 시가 발견이요 창조인 이상 그것은 기성의 모든 타성·위치·견해·권위 같은 것들을 부정하는, 넓은 의미의 비판 정신이 없이는 쓰일 수 없다. 자연에 대한 섬세한 감정을 보이는 것도 좋을 것이고 참된 동심의 탐구도 좋다. 문제는 유행적인 사고, 상투적인 언어, 곧 모조 세계를 탈피하는 일이겠는데, 이 모조 상태의 극복은 아무래도 지적 조명이 없이는 불가능하며, 지적 정신 기반의 구축은 잊어버렸던 어린이를 도로 찾고 삶의 세계를 자각하는 데서만 가능하게 되어 있는 것이 우리 어린이문학의 오늘의 상황인 것이다.

아무튼 동시인들이 어린이시에서 많은 영양을 섭취할 만하다고 보는 것은 동시인들보다 어린이 자신이 더 절실한 것을 쓰고, 더 정직하고 순수한 것을 쓰고, 살아 있는 말을 쓰고, 감동이 담긴 시를 쓰고 있기 때문이다. (여기서 어린이시라 함은 신문·잡지에 많이 발표되고 백일장·글짓기 대회 같은 데서 상받고 하는, 어른들 동시를 흉내 내어 쓴, 그런 작품들을 말하는 것은 물론 아니다.) 어린이문학 작가·시인들이 아이들이야 무엇을 읽든지, 어디서 어떻게 살아가든지, 제 기분과 재주놀이에만 취해 글을 쓰면서 정치와 사교에나 정신을 팔고 장삿속이나 밝히고 있다면 50년이 아니라 백 년이 가도 언제나 그 꼴이 될밖에 없다. 비평이 없기 때문에 어린이문학이 발전하지 못한다는 말은 논의할 만한 작품이 별로 없는 후진적 수준에서 비평이 설 자리를 찾지 못한다는 말이 될 수도 있다. 동화나 소년소설 같은 산문의 영역에서는 많은 작가들이 아직 기초적인 문장 수련이 되어 있지 않다는 것이 정론이지만, 동시에서는 모작의 단계, 모작의 세계를 벗어난 동시인이 드문 상태다. 이러니 평론이란 장르가 확립될 수 없는 것도 당연하다. 기껏해야 모작을 얘기하고 표절작을 시비하는 꼴이 되고 있으니 말이다. 그런 것도 제대로 정직하게 말하는 것이 어렵게 되어 있는 상황 아닌가. 그러나 창작과 비평의 이 악순환은 기어코 극복되어야 하고, 그러기 위해 비판의 풍토를 조성하는 일은 온갖 어려움을 무릅쓰고 진행되어야 한다. 문학에 관한 정직한 발언을 조장하고 작품에 대한 비판을 겸허하게 받아들이는 문학인다운 자세를 확립하는 일이 우리 어린이문학에서 오늘날처럼 긴요한 과제로 그 해결이 요청된 적이 일찍이 없었다고 하겠다.

〈영남일보〉, 1976년 3월

아동문학 작가의 아동 기피 1
이상현 씨의 〈동시의 기능 분화〉에 대하여

머리말

이상현 씨의 〈동시의 기능 분화(技能分化)〉(〈문학사상〉, 1975년 6월)는 그 논문에 명시되어 있지 않지만 최근 내가 발표한 어린이문학에 관한 논문 〈아동문학과 서민성〉〈시정신과 유희정신〉〈동시란 무엇인가〉 들에 대한 반론임이 명백하다. 이 씨는 어린이문학의 서민성에 관한 문제뿐 아니라 동시의 독자와 의미 내용에 관해서 나와는 전혀 상반되는 의견을 제시하고 있다.

문학작품이란 것이 결코 같은 경향의 것만으로 나타날 수 없듯이 문학에 대한 견해 또한 다양할 수 있다. 그럼에도 여기서 이 씨의 글을 검토하려고 하는 것은, 첫째 나 자신의 발언에 대한 책임을 끝까지 져야겠다는 의무감에서요, 다음은 이 씨가 어린이문학자로서는 결코 허용될 수 없는 어린이 세계에 대한 기피 태도를 정당한 것으로 공공연히 주장하고 있기 때문이다. 그 논문의 진술 내용은 처음부터 끝까지 너무나 이치에 어긋나는 판단을 강요하고 있는데다가, 생경하고 난삽한 조어(造語)나 외래어로 우회적인, 불투명한 문장을 만들어 놓고, 남의 나라 유명 학자들의 말을 인용한다든지 하여 읽는 이를 미혹하고 있다. 따라서 글의 참뜻을 바로 파악하기 힘들고, 어린이문학과 동시에 관해서 커다란 오해가 발생할 가능성이 있는 것이다. 우리 어린이문학 작품이 최근에 와서 좀 남부끄러울 정도로 수준 이하의 것들이 일반 문예지에 이따금 실리고 있는 혼란상을 보이고 있는 상태에서 평론조차 이렇게 되면 돌이키기어려운 문제가 될지 모른다. 어떤 병적인 현상이나 퇴화 현상을 문학의 발전이라고 오해할 가능성이 있음에 비추어, 이런역리 현상을 문학의 상식과 인간의 양심에 입각해서 정직하게지적하는 것은, 왜곡된 풍조에 감염될 우려가 있는 많은 작가들을 깨우치는 일에 도움될 뿐 아니라, 문학인에게조차 버림받고 있는 이 땅의 어린이들을 구조하는 노력이 된다고 확신하기때문이다.

이 씨 논문의 요지를 알기 쉽게 정리해서 열거하면 다음과같다.

① 오늘의 한국 동시는 난해해져 가고 있다는 비판 때문에도리어 혼란에 빠져 있다. 동시의 난해성은 현대시의 난해성과도 관련이 있는 것이니 긍정적으로 보아야 한다.

② 동시는 어린이를 위해서 쓴다고 알고 있기 때문에 동시인들은 좋은 작품을 못 쓴다. 그래서 유능한 동시인들은 어린이에게 읽히는 것이라는 동시의 개념에서 벗어난 작품을 쓰고

있다. 어린이를 위한 동시도 있겠지만 어른을 위한 동시가 있을 수 있고 있어야 한다. 어른을 위한 동시라고 보면 난해성 문제는 해소된다.

③ 동시의 독자를 모든 어린이라고 생각하는 것은 망상이다. 독자는 극히 한정된 소수의 어린이일 수밖에 없다. 동시가 예술이 되자면 모든 어린이가 이해할 수 있게 쓴다는 생각을 버려야 한다.

④ 동시에서 '정치적 강연'이나 '구호'가 있어서는 안 된다. 어린이에게도 '시대고(時代苦)'는 있지만 그런 것을 쓰면 문학이고 예술이고 될 수 없다.

난해성 변호의 논리

오늘날의 시가 대개 가지고 있는 난해한 양상을 현대 문명의 병적인 상황과 그 상황 속에서 살고 있는 인간 정신의 온갖 고뇌의 표정이라고 말한다면, 난해한 시를 쓰는 대부분의 시인들은 그거야 당연한 말이라고 할 것이다. 그러나 현대시의 난해성을 변호하는 논리는 대개 외국에서 수입해 온 이론이다. 모든 난해 시가 외국 시를 모방해서 쓴 것같이 변호하는 이론 또한 외국의 시론을 번역해 들여온 것이고, 우리 나라의 시 현실에서 이뤄진 것이 아니다. 문명의 병적 상황이니 인간 정신의 고뇌니 하는 말 자체가 우리가 사는 이 땅에서 절실한 그 무엇을 발언하려는 말이라기보다 유럽인들이 그들의 사회와 문명을 두고 비판할 때 흔히 쓰고 있는 말이라 함이 옳다.

설사 어른들이 읽는 시가 어느 정도 그 자체의 시적 무게

로 하여 어려워지는 것(따지고 보면 그것을 난해라 할 수도 없
는 것)이 불가피하다고 하더라도, 아이들이 읽도록 써야 하는
동시가 어려워 어른들도 재미없다고 할 만큼 되어야 할 이유가
어디 있는가?

어린이문학인 동시는 공연한 말의 기교로 인해 난해해지
는 것은 물론이고, 언어가 내포하고 있는 무게로 하여 난해해
지는 것조차 거의 허용될 수 없다. (이런 동시는 현재로서는 없
으니 문제될 것 없지만.) 그런데 실감이 따르지 않는 빈말의 재
주만을 부리는 난해 동시가 최근 부쩍 늘어나고 있어 말썽이
다. 이 난해 동시는 감동을 주려고 쓴 것이 아니라 동시인들의
말재주 놀이 취미로 쓴 것이다. 이런 작품들에 한결같이 나타
나고 있는 공통된 특징은 ① 의미 내용의 희박성, 즉 지적인 면
에서 지극히 유치한 상태에 있다. ② 감각적 표현 기교에 신경
질이 되고 있다. ③ 실감이 없는 말로 짜여 있어서 현실성이 없
다. ④ 어린이를 무시한 어른만의 취미가 나타난다. ⑤ 낱말 하
나하나는 아무것도 어려울 것이 없고, 또 그것이 모여서 이뤄
진 구절이나 연도 특별한 기법을 쓴 것이 아닌데, 아무것도 느
껴지는 것이 없고, 시 전체에서 통일된 세계가 보이지 않는다.
그리하여 이런 작품은 아이들은 물론이고 어른들까지도 전혀
감흥을 느낄 수 없는 난해 시로 되는 것이다.

원래 시란 것은 이해받기 위해서 쓰는 것이 아니라 감동을
주기 위해서 쓰는 것이다. 그렇다면 난해 시란 있을 수 없고,
감동을 줄 수 없다면 그것은 시가 될 수 없는 것이다. 그러니
문제의 난해 시란 바로 이런 감동을 얻을 수 없는, 시 아닌 시

를 말한다. 누구든지 시라면 그것을 읽었을 때 가슴에 어떤 감정의 물결을 일으키게 되거나 정신의 앙양을 체험하게 된다고 알고 있는 것이 상식이다. 그런데 어떤 시를 읽고 나서 아무것도 느껴지는 것이 없을 때 '내가 이 작품을 잘 이해하지 못해서 감동을 얻지 못하는가 보다' 하고 생각하기 예사다. 난해라는 관념은 이렇게 해서 생기는 것이다. 즉, 누구나 가지는 시에 대한 지극히 정당한 생각이 감동을 내포하지 않는 시 아닌 시를 대했을 때 난해라는 관념이 생겨난다. 적어도 시의 원리로 생각하면 그렇게 되는 것이고, 그리고 동시에서는 이런 시에 대한 원칙적 견해가 어떤 경우에도 타당한 것으로 되어야 한다.

이러한 동시의 난해성에 관한 내 소견은 그것을 이론으로보다 실제 우리 동시를 많이 보아 온 사람이면 누구나 다 그 타당성을 인정하리라 믿는다. 그런데 이런 '난해 동시'를 문제 삼는 것이 오히려 잘못이라고 이 씨는 말한다. 그것은 '현대 동시'를 모르고 현대시를 모르기 때문이라고 한다. 이 씨는 그 논문 첫머리에 T. S. 엘리엇(1888~1965년)을 인용하여 시가 시대와 환경에 따라 '변신'하는 것이라고 하면서, 이 '변신'이 바로 동시의 난해성이나 동시의 '기능 분화'란 것을 의미하는 것처럼 보이고 있다.

T. S. 엘리엇의 말대로 현대시의 난해성은 문명의 다양성과 복잡한 양식, 그 시스템에 의해 작용되고 있는 의식의 미분화에 상당한 이유를 존재시킬지 모른다. 필자의 생각건대 엘리엇의 이 말은 '시의 환경'을 역학적으로 진술하

고 시의 환경적 변신을 수락하는 의미에서 감명 깊게 받아
들이고 싶다.

여기 씌어 있는 많은 낱말들의 모호성과 부정확성, 까닭
없이 굴곡되어 있는 문장 진술은 이 씨 특유의 것이라 뒤에서
다시 고찰하려 하지만, 결국 여기서 하려고 한 말은 '엘리엇의
말대로' 현대시가 어려워진 것이 현대 문명이 복잡해져서 인간
정신이 그 영향을 받았다(의식의 미분화 때문이라는 말은 맞
지 않은 말이다. 엘리엇이 이런 말을 했을 리가 없다. 아마 잘
못 쓴 말이라고 보고 그냥 영향을 받았다고 해 둔다)는 것이다.
그리고 엘리엇의 이런 말은 시가 환경에 따라 '변신'할 수 있다
는 뜻으로 감명 깊게 생각한다는 말이다.

설령 현대시가 문명의 영향으로 난해해진 것이 불가피하
다고 하더라도, 그리고 또 시가 엘리엇의 말이라는 것에 대한
그의 '감명 깊은' 해석대로 '환경적 변신'을 한다고 하더라도,
그런 것이 어째서 아이들이 알 수 없는 난해한 동시에 대한 정
당성을 주장하는 논거가 될 수 있는가? 동시가 난해해지는 것
이 과연 엘리엇의 말로 정당화될 수 있는가?

엘리엇은 모두가 아는 바와 같이 전통과 역사의식을 존중
한 주지주의 시인이요 비평가였다. 그의 시 〈황무지〉(1922년)
는 제1차세계대전 후 유럽 사회의 황폐를 인간의 정신 내면에
깃든 암흑으로 파악한 시로서, 이 작품으로 시란 것이 인간과
문명사회를 비판할 수 있는 기능을 가졌다는 자각이 영미 시
단에서 눈뜨기 시작했다. 엘리엇은 논문 〈전통과 개인의 재능

Tradition and Individual Talent〉(《거룩한 숲 The Sacred Wood》, 1920년)에서 시인에게 비평이란 호흡과 같이 피할 수 없는 것이라고 말하고 있다. 그래서 엘리엇 이후 시란 무엇인가를 생각할 때 "시란 비평이다"고 하는 말은 현대시의 가장 중요한 측면을 지적하는 말로 된 것이다. 만일 엘리엇이 오늘날 이 땅에서 살고 있다고 하면 그가 어떤 시를 썼을 것인가? 여기는 세계 곳곳에 식민지를 소유했던 영국이 아니라 그런 제국의 식민지로 짓밟혀 온 땅이다. 식민 제국들이 모여 있는 유럽과는 전혀 다른 역사를 가지고, 따라서 유럽 사회의 황폐와 암흑과는 전혀 질이 다른 황폐와 암흑이 사회와 인간 정신을 지배하고 있는 곳이다. 가톨릭교의 시인이었던 그가 이 땅에 살고 있는 모든 인간의 삶 문제를 자신의 시 과제로 받아들이는 양심을 보여 주었을 것은 추측하기 어렵지 않고, 따라서 이상현 씨가 몹시 혐오하는 '정치시'나 '시대고'의 시를 썼을 것은 틀림없다. 그 이유는 이 씨가 지적한 대로 엘리엇은 시대와 환경에 따라 '변신'할 수 있는 시를 써야 한다고 하는 사람이요, 또 실상 20세기 초 자신이 살고 있는 유럽 사회의 엄청난 시대의 고민을 시로 쓴 사람이기 때문이다. 다음에, 엘리엇이 만일 오늘날 이 땅에서 어린이문학에 관한 비평을 썼다고 할 때 어떻게 썼을 것인가를 생각해 보는 것은 더욱 긴요하다. 시에서 지적인 면을 핵심적인 것으로 본 그가, 이 씨가 극구 찬양 변호하는 '현대 동시'란 것, 지적인 면에서 전혀 백치에 가까운 상태에 있는 공허한 언어의 기술만을 보여 주고 있는 작품들을 얼마나 여지없이 혹평을 했을까 하는 것은 쉽게 짐작할 수 있다.

엘리엇의 시나 논문은 실상 난해한 것이 아니다. 가령 〈황무지〉만 하더라도 이상현 씨가 옹호하는 어떤 동시들보다 결코 난해하지 않다. 산문으로 말하면 엘리엇의 어느 논문을 읽어도, 함부로 어설픈 한자어와 조어와 외래어를 써서 불투명한 문장으로 독자를 미궁으로 끌고 다니는 이 씨의 글보다 훨씬 더 명쾌하게 읽힌다. 동시란 것이 아무 감동도 주지 못하는 시시한 감정이나 얄팍한 생각이나 느낌을 다만 신기한 낱말의 수공적 조립으로 독자를 어리둥절하게 하는 데 그치고 있는 것을 가지고 무슨 별난 기술이나 되는 것처럼 여겨 '현대 동시'라고 하는 나머지, 당치도 않게 외국의 유명 학자·시인까지 끌어들여 이를 변호하고 있는 것은 난센스라고 할밖에 없다.

기능 분화란 무엇인가

이 씨의 글에서 중심이 되고 있는 것은 동시의 기능이 달라져 간다는 것이다. 어린이를 위해 쓰던 동시가 어른을 위해 쓰는 동시로 '변신'을 하고 '분화'해 간다고 하면서 이것을 '기능 분화'라고 하고 있다. 동시의 기능이란 것이 어떻게 달라지는 것이며 그것이 분화까지 하게 되는가? 그런 사실이 있어서 밝힐 수 있다면 놀라운 얘기가 되겠는데, 이 논문을 처음부터 끝까지 아무리 살펴보아도 그런 설명은 전혀 없다. 다만 어린이를 위한 동시가 아니라 어른을 위한 동시가 새로 생겨난 것으로 보아야 한다고 하고, 이렇게 보면 동시의 난해성이 문제될 것이 없다고 한다. 이것이 바로 동시의 '기능 분화'요, 또 이렇게 쓴 것이 '현대 동시'라는 것이다. 어린이를 위해 쓰던 동시가 어른을 위해 쓰는 동시로 '분화'까지 하게 되도록 '기능'이 그렇게 현저히 달라졌다면 거기에 대한 해설이 이 논문의 핵심이 되어야 할 것이 아닌가?

어린이를 위한 동시의 일부가 어른을 위한 그것으로 분화되었다고만 하는 것이라면 이것은 '기능 분화(技能分化)'가 아니라 '기능 분화(機能分化)'라 해야 우선 말이 될 것 같은데, 이 글에는 어디든지 '기능 분화'(본문에는 '기능 분화'라고 표기되어 있지만 표제와 소제목에 나타난 한자대로 그것은 '技能分化'란 말이다)라고 쓰고 있고, 3장에서는 '기능 분화(技能分化)의 기능(技能)'이란 기묘한 제목까지 붙어 있다. '기능 분화'도 아리송한데 '기능 분화의 기능'이라니, 너무 제멋대로 된 말이다. 바로 그 3장에는 이른바 어른을 위한 동시를 쓴다는 몇몇 이들의 작품을 들어 해설을 하고 있지만, 그것은 어디까지나 작품의 감상이요 해설이지 '기능 분화'의 해명은 결코 될 수 없다.

그러나 '기능 분화'라고 해서 무엇을 말하려고 하는 것인가 짐작은 되니 발언하려고 한 것 자체를 문제 삼기로 한다. 먼저, 지금까지 써 온 어린이를 위한 동시는 어린이라는 살아 있는 생명체의 인식(이 씨는 '객체의 즉물적 인식'이라고 한다) 때문에 "오늘의 우리들에게 시적 불만과 자기적(自己的) 회의, 좌절을 안겨 주고 있다"고 한다. 여기서 나는 당황하지 않을 수 없다. 어린이의 생활과 운명을 염려하는 것이 어린이문학자로서는 그야말로 호흡과 같이 필요 불가결한 것일 터인데, 어린이란 존재가 그로서는 꺼림칙스러운 것이 되고 있으니 말이다. 어린이를 가까이하고 그들을 이해하는 것을 '객체의 즉물적 인식'이라 하고, 어린이가 알 수 있도록, 감동할 수 있도록 써야 한다는 동시에 대한 너무나 정당한 자각이 오히려 "우리들에게 시적 불만과 자기적 회의, 좌절을 안겨 주고 있다"고 하니, 이게 도대체 무슨 소린가? 어린이를 기피하는 어린이문학자를 우리는 상상할 수 없다. 그런데도 여기 엄연히 나타났으니 어떻게 보아야 하는가? 이런 사람이 갈 길은 너무나 명백하다. 어린이문학을 버리고 다른 장르로 옮겨 가는 일이다. 그러나 이 씨는 어린이가 알 수 없는 작품을 써도 동시요 어린이문학인 줄 알고 있다.

앞에서 인용한 말 다음에 이 씨는 또 "그 '시적 용기(詩的 用器)'의 협소는 일반 시단에의 전향까지 자극, 실제로 재등단하는 현실적 사례를 통해 우리는 소박한 증거를 목격하고 있다"고 하는데, 이것이 무슨 말을 해 놓은 것인가를 알려면 다음 장의 정중수(1946년~) · 정호승(1950년~) · 이준관(1949년~) 같은 이른바 어른 동시를 쓰고 있다는 사람들의 작품 해설에 가야 밝혀진다.

그 해설문에서 "이들은 동시에 대한 무한한 애착을 가지고 있으면서도 그 협소한 시적 면적의 아쉬움 때문에 다시 일반 시단에 재등장, 이원적 활동을 하게" 되었다고 한다. 이들이 정말 이 씨의 말대로 동시라는 것의 '시적 용기의 협소' 때문에 처음 동시단에 나왔다가 다시 일반 시단에 재등장하였을까? 만일 그렇다면 그들도 어린이문학을 잘못 알고 있는 것이라고 해야겠지만, 내 생각으로는 차라리 동시라는 것이 일반적으로 추측하듯이 안이하게 만들어질 수 있는 것이 아니라 일반 시보다 더 쓰기 힘들어서 일반 시단으로 옮긴 것인지도 모르고, 혹은 이들은 어린이문학의 동시보다 일반 시가 더 자신들의 체질에 맞는 것임을 뒤늦게 깨닫고 그리한 것인지도 모른다고 본다. 아무튼 이 씨의 의견처럼 아이들이란 참 좁고 답답한 세계에서 사는 '물리적' 존재여서 그들이 이해할 수 있는 작품을 쓰자니 동시라는 그릇이 협소하게 느껴져서(자연 무능한 동시인은 아이들이나 읽을거리를 쓰지만) 유능한 동시인은 거기서 벗어나 일반 시단에 재등장하여 일반 시를 쓴다는(아니면 어른들이나 읽을 만한 '현대 동시'란 것을 쓴다는) 것은 어린이와 어린이문학인 동시를 전혀 알지 못하고서 현상을 임의로 비뚤어지게 해석하는 일이라 하겠다.

어린이란 '물리적' 존재로서 그렇게 협소하고 쓸모없고 '시대고' 속에 보잘것없이 살고 있는 존재일까? 어린이문학자가 어린이의 현실에 때로 절망할 수는 있다. 그러나 어린이 자체를 기피해야 할 존재로 본다면 벌써 그는 어린이문학 작품을 쓰거나 어린이문학을 얘기할 자격을 잃은 사람이라고 할밖에 없다. 동시라는 '용기'가 협소하다는 말도 어린이문학자로서는 자기 세계가 협소하다는 말밖에 다른 뜻이 될 수 없다.

나는 최근 신문·잡지 들에 실린 어린이문학 작품을 두루 살펴보는 중에 한 가지 깨달은 것이 있다. 그것은 요즘 일반 시단의 시인들, 그중에서도 대가급이라고 할 사람들이 더러 발표하고 있는 동시들이 뜻밖에도 보잘것없었다는 사실이다. 이들은 동시를 안이하게 보고 아무렇게나 써 버린 것이라고 볼 수 없다. 또 동시란 것이 이 씨의 말처럼 워낙 '시적 용기'가 협소한 것이어서 시인의 재질을 충분히 발휘하지 못하였다고는 더구나 생각 안 된다. 그 증거로는 우리 동시의 재산 안에는 참으로 훌륭한 작품들(그 수가 그렇게 많다고 할 수는 없지만)이, 정말 일반 시단의 시인들에게 이만한 것을 한 번 써 보시오, 하고 자랑할 만한 동시가 상당히 있기 때문이다. 이것은 동시가 일반 시를 쓰기보다 더 어렵다는 증거가 되겠는데, 이 어렵다는 것은 어린이의 세계가 보잘것없이 답답하고 동시라는 그릇이 군색해서가 아니다. 오히려 반대로 유능한 시인이라도 쉽사리 들어갈 수 없을 만큼 어린이의 세계는 순수하기 때문이요, 어른들에게 미지 혹은 망각의 분야가 되어 있기 때문이다. 일반 시에서는 시인만의 정신적·심리적 세계를 쓸 수도 있고, 독자의 이해 정도를 고려하지 않고 시의 기술을 최대로 발휘할 수 있다. 그래서 자칫하면 난삽한 언어나 표현의 기교 자체만으로 시가 되고 있는 것처럼 보이기 쉽다. 그러나 동시에서는 시인의 독선에 찬 세계나 허울 좋은 기술이 그 효용성을 잃는다. 여기서는 시의 기술이란 것이 일반 시처럼 큰 역할을 할 수 없고, 정말 벌거벗은 시인의 순수한 시정신이 드러나는 것이니, 손재주만으로 쓰는 사람은 '시적 용기'가 협소해서 어려울 수밖에 없다.

어른들이 만들어 놓은 사회와 역사 속에 살아가는 아이들, 그들은 온갖 '시대고' 속에서도 무한한 가능성과 미지의 세계를 안고 있다. 물론 악에 물들기도 하여 우리를 절망시킬 수도 있다. 그러나 이러한 아이들이 있기에 작품을 쓰고 보람을 느끼는 것이다. 어린이가 없는 세계에서 무슨 어린이문학이 있으며 동시가 있는가? 어린이를 혐오하고 어린이문학에 절망하여 다른 곳으로 갈 사람은 가라. 그것은 결코 말릴 수 없는 개인의 자유에 속한다. 다만 어린이문학의 이름을 내세우면서 어린이와 인연이 없는 작품을 쓰고, 또 이런 작품을 변호하는 속임수는 용서될 수 없다. 일반 시를 발표하려면 시단에 등단할 자격을 가져야 하는데 그런 자격을 얻지 못했으니 이미 취득해 놓은 동시인의 자격을 써먹을 수밖에 없어서 '어른을 위한 현대 동시'란 새 간판을 걸고 있는 것이라면, 이런 측은한 사람을 위해 한 방법을 얘기하겠다. 그것은 일반 시단에 진출하기 위해 굳이 신춘문예나 잡지 추천을 받을 것 없다는 것을 알면 된다. 시인 주소록에 얹혔다고 해서 어디 시 청탁이 제대로 있는 것도 아니고, 어차피 시집은 자비로 출판해야 하니 말이다. 문제는 좋은 시를 쓰는가 못 쓰는가에 달렸으니, 그렇게 하여 어린이문학을 시원스레 떠남으로써 어린이와 어린이문학을 어지럽히지 말 일이다.

어른을 위한 현대 동시, 이 기묘한 장르 설정의 필요성을 이 씨는 "각박한 사회의 성인을 위한 '동심의 시적 교감 또는 감동'을 전문화하는" 것이라고 한다. 그러나 일반 시는 "동심의 시적 교감 또는 감동"일 수 없는가? "동심의 시적 교감 또는 감동"이 왜 어린이에게는 될 수 없는가? 어린이에게 느껴질 수 없는 동심이 있단 말인가? 아이들이 감동할 수 있는 것을 쓰면 그것이 그대로 어른들에게도 "동심의 시적 교감 또는 감동"이 되는 것이 아닌가? 그런 것이 동시요, 동시의 본질이 아니겠는가? 열 번을 고쳐 생각해도 이 씨의 말은 수긍이 안 가는 상식

밖의 말이다. 이 씨는 어른을 위한 동시란 것을 내세운 나머지 "우리 한국 동시에는 시의 기능 분화적 의미가 아직 낯설지 모른다"고 하여, 마치 외국에서는 어른만을 위한 어린이문학의 동시란 것을 많이 쓰고 있는 것 같은 암시를 주고 있다. 어느 나라에서 동시(어린이를 위한 시)란 것이 아이들도 못 읽는 어른만을 위한 어린이문학 작품이 되고 있었던가? 외국과 외국의 학자들을, 그것도 아무 근거 없이 빙자한다는 것은 한심스럽다. 이 논문 첫머리에서 엘리엇을 끌어댄 말을 하나 더 인용해 보자.

> 그의 진술(엘리엇이 말했다는 현대시의 난해성 이유—글쓴이)은 또 다소의 상황이 다른 대로 동시의 기능적 변신의 가능성에도 관련될 수 있다. 여기서 이른바 동시의 난해성 문제에 대한 인식의 혼돈을 바로잡기 위해 나는 최선의 답변을 획득하고 싶다.

앞에서 그는 엘리엇이 현대시의 난해성을 변호하였으니 우리 동시도 난해해지는 것이 당연하다는 견해를 표명하더니, 여기서는 "동시의 기능적 변신" 곧 "동시의 기능 분화"란 것을 또 엘리엇을 끌어대어 빙자하고 있다. 다만 한심스러울 뿐이다.

어린이 기피의 논리

오늘날 이 나라의 어린이문학 작가들은 박대를 받고 있다. 작품 발표의 지면이 좁다. 원고료는 너무나 보잘것없고, 동화집이고 동시집이고 거의 자비 출판이다. 특히 동시집은 책방에서 팔리는 일이 극히 드물다. 아이들이 문학작품을 읽지 않는 것은 쓰는 사람의 책임도 있고, 사회 전체의 문화 상황 때문이기도 하다. 참고서는 시험 성적을 올리기 위해 필요하고 만화책은 재미로 읽지만, 아무 재미도 없고 시시한 동화집을 누가 사 보겠는가? 그보다도 대부분의 아이들은 돈이 없어서도 못 산다. 그래서 전체 인구의 반이 넘는 농촌에는 아예 책방도 책 장사도 볼 수 없다.

그러나 그렇다고 해서 동시인들이 한 권에 천 원 가까이 하는 동시집을 마음대로 사 볼 수 있는 극소수의 아이들, 가령 자가용 차로 학교에 다니는 아이들이나 상대해서 그들의 사치한 생활과 감정에 맞춰 동시를 써야 할까? 아마 그렇다고 대답할 사람은 없을 것이다. 책도 제대로 살 수 없는, 어쩌다가 남의 헌책이라도 얻어서 볼지도 모를 궁핍한 서민층의 아이들을 위해 쓰는 것이 문학가의 양심인 것이다. 만일 책이 잘 팔리기를 바라서 그런 책을 쉽게 살 수 있는 특수한 아이들의 기분에 맞춰 작품을 쓴다면, 그런 작가나 시인은 한갓 상품을 생산하는 장사꾼밖에 안 된다고 해야 할 것이다. 실지로 오늘날의 어린이문학 작품에는 상품 가치만을 크게 고려해서 쓴 듯한 작품이 상당히 나오고 있다. 이와 함께 이런 천박한 상품들을 변호하는 논리까지 나오고 있는 판세다.

'독자에 대한 오해'의 장에서 이 씨는 동시의 독자를 모든 어린이로 착각하고 있는 것은 잘못이며, 동시의 독자는 극소수

일 수밖에 없다고 하여 다음과 같이 논술하고 있다. 이 대문은 언뜻 보아 논리가 서 있는 것 같고 자신이 있는 말 같기에 좀 길게 인용해 본다.

시의 관객인 아동 독자의 인식 문제가 또 하나의 난해성 제기의 근거가 되고 있다. 손쉬운 예로 비유하건대 아동문학가들은 전국의 모든 어린이들이 곧 완전한 자기 독자로 너무 지나친 과욕을 보이고 있다는 사실이다.

어린이들의 인구가 관념적인 상태의 무한한 공간으로 존재할 때, 자기 독자로서의 추정은 얼마든지 가능하다. 그러나 보통 말하는 실제의 독서 인구로서는 추정할 수 없는 가공의 인구이다. 이 무한한 가공의 인구를 1백만 명으로 추산했을 때 그들이 모두 국어 과목을 좋아하리라는 판정도 불가능한 것이다. 그와 함께 국어 취향의 인구를 그중 50%로 추정했을 경우, 곧 50%가 모두 동시와 동화 문학 인구라고 다시 단정할 수는 없다. 그중에서 다시 동시 인구를 추출할 경우, 얼마 만한 양의 대상을 획득할 수 있을 것인가는 이해 수준의 다양성과 함께 검토해 볼 만한 문제이다.

여기서 특히 그 동시 이해의 연령, 두뇌의 문학적 감수성 문제는 수준에 따라 개인의 감수 능력에 따라 공통된 측정이 또한 불가능하다.

이 예시문에서 중요한 부분만을 문제 삼아 본다. 앞에서

나는 어린이문학의 독자가 적은 이유를 경제를 중심으로 한 문화 전반의 상황으로 고찰하였는데, 이 씨는 여기서 개인의 취미를 주로 생각하고 있다. '국어 취향'의 인구를 50%로 보고, 그 50%에서 또 얼마나 동화·동시를 읽는 취미를 가진 아이가 나올까, 하였지만 국어과에 취미를 가진 아이라야 동화나 동시를 읽는다고 생각한 것이 잘못되어 있다. 체육이나 음악을 좋아하는 아이도 동화·동시를 읽을 수 있고, 읽고 있는 것이다. 또 아이들의 취미란 것은 어른들의 그것처럼 고정되어 있는 것이 아니다. 취미보다 책이 있나 없나 하는 것, 그것을 사서 읽을 환경이 되는가 안 되는가 하는 것이 더욱 문제다. 즉, 사회·경제 문제, 교육 환경 문제가 거의 절대 문제로 되어 있는 것이다.

이 진술의 또 하나 큰 잘못은, 동시를 쓸 때, 더욱 많은 어린이가 읽을 수 있는 작품을 쓰는 자세를 가진다는 동시인의 창작 태도와, 동시집이 얼마나 팔리는가, 곧 실지로 동시가 어느 정도 수효의 어린이에게 읽히고 있는가, 하는 문제를 온전히 혼동하고 있다는 사실이다. 이것은 문학 행위의 당위성을 실제 상품 수요자를 계산하는 것으로 대체하는 태도다. 실지로 동시집을 사서 읽게 될 극소수의 아이들을 예상해서 그런 어린이의 취향에 맞춰 동시를 써야 한다고 하는, 이념 상실의 상품주의 문학관이라 할밖에 없다.

그럼에도 이 씨는 다시 이를 강조한다.

아동문학가들은 작품이 발표될 경우 모든 아동이 당연히

읽어야 하고 당연히 읽어 줄 의무가 있는 것처럼 일방적 자기 요구에 가득 차 있으며 또 모두 읽어 주고 있으리라는 아름다운 착각에 매료돼 있는 경향이 짙다.

이것 역시 독단에 찬 말이다. 어린이문학가 중에 그 누가 "모든 아동이 당연히 읽어야 하고 당연히 읽어 줄 의무가 있는 것처럼 일방적 자기 요구에 가득 차" 있겠는가? 바보가 아닌 이상 제 작품을 모두 읽어야 하고 읽어 줄 의무가 있는 것처럼 생각하는 사람은 없을 것이다. 또 "모두 읽어 주고 있으리라는 아름다운 착각에 매료돼 있는 경향이 짙다"고 해서 비난한 것도 잘못이다. 글을 쓰는 사람이 자기 글의 독자가 많을 것을 바라고 혹은 많을 것이라 예상하는 것은 나쁘다고 해야 할 아무런 이유가 없기 때문이다.

다음에, 독자가 소수의 선발된 아이들임을 증명하기 위해 글쓰기 교육의 문제를 끌어들인 것도 경솔하게 되어 있다.

이것은(동시의 독자가 소수라는 것—글쓴이) 예술이라는 특수성과 함께 글짓기가 독립된 커리큘럼으로 수업되지 않고 있다는 사실만으로도 파악될 수 있기 때문이다.

글쓰기 교육을 예술 작품 창작 교육으로 오해하고 있다. 그리고 글쓰기가 예술이기 때문에 독립된 커리큘럼으로 수업되지 못한다고 한다면 음악이나 미술은 독립된 것으로 가르치고 있으니 예술이 아니라고 해야 하지 않겠는가? 글쓰기가 독립된 교과로 되지 않고 있는 것은 예술이기 때문이 아니다. 국어과의 한 부분으로, 즉 말하기·듣기·읽기와 함께 종합해서 지도하는 것이 더욱 효과 있는 교육이 되기 때문이다. 다시 말하면 글쓰기 지도는 예술 작품의 창작을 가르치는 전문 교육이 될 수 없기에 국어과의 한 부분으로서 종합하여 지도하고 있는 것이다. 여기서 이 씨는 어른이 문학작품으로 쓰는 동시와 아이들이 쓰는 글쓰기 작품을 근본이 같은 예술 작품으로 보고 있다. 그러면서 이 장의 끝에 가서는 "아동들이 자기 연령적 수준에서 글쓰기 공부를 하는 형태와 어른들이 그들을 위해 쓰는 전문적 동시는 일치될 수 없다"고 하여 이번에는 글쓰기를 예술이 될 수 없는 것으로 말하는 혼란을 나타내고 있다.

여기서 동시의 독자를 극소수의 선발된 어린이로 보아야 한다고 논리의 혼란을 일으키면서까지 애써 역설하고 있는 의도는, 동시의 난해성을 어떻게 해서라도 정당화하려고 하는 데 있다. 그래서 결국은 "대상(독자를 말함—글쓴이)이 얼마 만한 양이든 그 양에 관계없이 '아동 자체를 위한 시'의 정확한 개념 설정이 중요하다"고 하고 있는데, 이런 말도 매우 황당하다.

이 진술의 잘못을 몇 가지 지적하면,

① 독자 대상의 수가 문제라고 해서 그처럼 장황하게 독자의 '양'에 대해 얘기해 놓고서 이번에는 독자의 '양'이 문제될 것이 없다니 어찌 된 말인가. 결국 이 글 전체의 논조로 봐서 소수의 특수 아동을 위해 예술 가치가 있는 동시를 써야 한다고 말해야 할 것을 이렇게 적당히 얼버무려 놓은 것 같다.

② 독자의 '양'에 전혀 구애받음이 없이 동시의 개념 설정

을 한다는 것은 불가능하다. 그 이유는 자기의 작품이 온 나라의 어느 아이라도 읽게 되기를 바라서 쓰는 동시인의 동시와, 일부 특수한 선발된 어린이를 위해 쓰는 동시인의 동시는 엄청나게 달라질 것이기 때문이다. 실지로 이 씨는 어른을 위한 동시란 것을 주장하기까지 하고 있는 것 아닌가.

③ 독자의 수를 전혀 고려하지 않는다는 것은 독자 자체를 고려하지 않는다는 말이 된다. 독자란 존재는 수량을 떠나 생각할 수 없기 때문이다. 또 독자의 수라는 것은 질도 함께 수반하는 말이 된다. 동시의 독자를 한마디로 어린이라고 하지만, 그 아이들 중에는 유아에서 중학생에 이르기까지 나이 차가 10여 년이나 된다. 거기에다가 어린이뿐 아니라 2차적 독서로서 어른들도 포함된다. 또 농촌 어린이, 도시 어린이, 가정환경과 빈부의 차…… 실로 그 수에 따른 질 또한 다양하다. 그래서 독자의 수를 고려할 필요가 없다는 것은 전혀 성립될 수 없는 말이고, 이 씨 자신의 주장과도 모순되어 있다.

이렇게 어린이를 염두에 두지 않고 동시인 자신의 '예술적' 세계에서만 써야 하는 것이 동시라고 한다면 어째서 또 "아동 자체를 위한 시"라고 말하는가? 어린이를 떠난 또 다른 어떤 어린이가 존재하는 것일까? 이런 말은 풀 수 없는 수수께끼로 되고 있지만, 이 씨의 글을 주의 깊게 읽어 보면 결국 그가 '아동'이란 말을 편의에 따라 전혀 다른 두 가지 개념으로 쓰고 있는 것을 발견하게 된다.

그 하나는 우리가 보통 말하고 있는 현실적 어린이인데, 이 어린이는 예술성 있는 동시를 거의 이해할 줄 모르고 그 세계가 협소하며 보잘것없어서 동시를 쓸 때도 그 존재를 고려할 필요가 없는 것으로 되어 있는 어린이요, 다른 하나는 이 씨가 그의 마음속에서 막연히 생각하고 있는 어린이다. 이 둘째 번 어린이는 실제 살아 있는 어린이들이 알 수 없는(혹은 특수한 동시인만이 알아낼 수 있는) 특수한 동심을 소유하고 있으며, 간혹 동시인이 쓴 '현대 동시'에 나타난 예술의 '기능'을 이해하는, 일부 특별히 선발된 어린이 속에 그 단편적인 모습을 발견할 수 있는 존재로 되어 있다. 그러니 결코 실재하지도 않고 실재할 수도 없는 이 관념상의 어린이를 이해하기란 난해 동시를 감동해서 읽는 만큼이나 힘든 일이다.

아이들이 감동을 받는 동시를 쓰자면 아이들의 취미에 영합하는 것이 아니라, 시인의 온 정신을 투입해야만 하는 것이다. 이런 시정신은 결코 일부 소수의 어린이에게 경박한 웃음을 제공하는 일에 만족할 수 없고, 어린이를 떠난 동시인 혼자의 언어유희로 나타날 수도 없다. 어린이란 존재에 상관함이 없이 동시를 생각하는 것은 어린이를 떠난 동시의 예술성이란 것을 가정하는 것인데, 이런 그릇된 가정이 동시가 얼마든지 예술성을 확보하기 위해서 난해해질 수 있다는 결론으로 발전하는 것은 필연적이다. 이래서 동시의 난해성이 정당화되고, 다시 한 걸음 나아가 그 아이들이 처음부터 알 수 없도록 쓰는, 어른만을 위한 동시라는 기묘한 것을 쓸 수 있다는 억지스런 논리까지 생겨나는 것이다. 어린이를 무시한 동시의 이론이 이와 같이 모순과 이치에 어긋나는 것으로 일관되는 것은 당연한 귀결이다.

그러면 동시의 독자를 너무 넓게 잡기 때문에 동시의 난해성 문제가 상대적으로 제기된다는 말은 옳은가?

공간적 양의 지나친 상상에서 난해성 문제가 거의 직접적으로 연유되고 있음은 부인하기 어렵다.

이것 역시 타당한 견해가 될 수 없다. 첫째, 우리 동시가 어렵다고 해서 난해성 문제를 제기하게 된 것은 독자의 수와는 관련이 없다. 즉, 동시가 어렵다고 말한 것은 아이들보다 어른들이요, 어린이문학 작가들, 특히 동시인 자신들이었다. 다음에, 아이들에게 받아들여지는 경우를 생각해 보면, 한두 사람에게 어려워 이해가 안 되는 동시는 열이고 스물이고 백, 천, 만 사람에게도 마찬가지로 이해가 안 되는 작품인 것이다. 또 수백만 어린이에게 난해한 것이 한두 아이들에게 난해하지 않은 것으로 될 리가 없다. 이것은 이론보다도 실제 작품으로 어린이를 상대로 알아보면 더 나을 것이다. 작품을 이해하는 경우는 그 이해의 정도, 감동의 정도가 아이들마다 다를 수 있겠지만, 이해를 못 하는 난해 동시의 경우는 대체로 모든 아이들이 한가지로 '모른다' 혹은 '재미없다, 감동이 없다'고 할 것이다. 독자의 수를 많이 예상하기 때문에 동시의 난해성이 상대적으로 문제된다는 말은 전혀 근거가 없는 그릇된 가정이다. 이런 잘못도 필경은 어린이문학의 독자를 모르기 때문이고 어린이란 존재를 너무 무시하기 때문이다.

동시를 쓰고 있는 어른들도 난해하다는 작품을 아이들이

이해할 리가 없는데, 그래도 독자의 수를 좁히면 난해 문제가 해소된다고 하는 주장은, 결국 그런 작품을 쓰는 작자와, 같은 난해 동시를 쓰는 이상한 취미를 가진 몇몇 사람은 이해하고 좋아하니 그만하면 되지 않는가, 하는 태도다.

아동에 대한 '시 예술'의 이해를 지나치게 보편화시키려는 욕망에서 난해성이 상대적으로 더욱 문제되고 있는 것으로 파악된다.

이렇게 강조하고 있는 말에서 발견되는 것은 어린이 세계와 '시 예술'의 세계를 대립된 것으로 파악하여 시 예술의 편에 서서 어린이란 존재를 친화할 수 없는 저쪽 편으로 멀리 바라보고 있는 태도다. 어린이의 생활 세계에서 무한한 동시 예술의 원천을 발견하려 하거나, 시인 스스로의 청순한 정신의 세계가 그대로 어린이의 세계로 되는 어린이문학 창조의 기본 태도가 여기서는 여지없이 무너지고, 대신에 어린이를 멀리하고 적대시하여, 어린이에게는 시 예술의 이해조차 지나치게 보편화시켜서는 안 되는, 그렇게 하면 시 예술의 타락을 가져오는 것으로 되고 있다. 동시가 난해해지는 것이 시 예술의 타락을 구하기 위한 노력에서 당연히 나오는 결과라고 변명하고 있는 것이다.

앞 장에서는 어른만을 위한 동시가 동시 예술의 양양을 위해 있어야 한다고 하더니, 여기서는 시인이 '시대고' 속에서 보잘것없이 살고 있는 아이들을 멀리해야 훌륭한 예술 동시를 쓸 수 있다고 말한다. 모두 어린이문학 작가로서 어린이를 기피하는 불가해한 이론이다.

문장 구조의 의미

마지막으로 이 씨는 이 논문의 제목과는 거의 관련이 없는 좀 엉뚱스런 문제를 꺼내어 강조하고 있다. 그것은 동시의 내용이 '정치 사상적'인 것이 되어서는 안 된다는 것이다.

동시의 본질이 '정치 사상적 강연장'에 있지 않다는 간단한 상식으로써 그 내용물의 예술적 한계는 측정되고도 남는다. 따라서 동시의 순수시적 본질을 뛰어넘으려는 과대망상적 내용물에의 탐욕은 극히 위험한 시대고이다.

동시에서 시 예술적 본질이 배제된 '구호'는 존재해서도 곤란하며 존재시켜서도 안 된다.

동시의 비문학적 사상에 따른 주제, 그 내용을 포괄한 '동시의 내용물적 기능'의 과욕에 대한 고민은 동시의 난해성 문제 그 이상으로 지적해야 할 '시적 탈영(詩的 脫營)'이다.

이런 예시문들에서 보이는 바와 같이 이 논문의 주제인 동시의 '기능 분화'란 것 이상으로 이 씨가 문제 삼고 있는 것이 '정치 사상적 강연'이나 '구호'의 동시다. 그러나 내가 보기로는 정말 자신의 논문 주제에서 탈영한 것 같은 이런 막연한 비난의 논조가 문제다. 구체적으로 작품을 지적하지 않고 이렇게 논란만을 하는 것은 또 하나의 무책임한 방언(放言)이 되기 때문이다. 과연 그가 어떤 작품을 가지고 정치적 강연이니 구호니 했을까? 내 견해로는 어떠한 작품이라도 정치성과 전혀 인연을 맺지 않은 것이 존재하지 않는다고 보지만, 그가 말한 정치적 작품이나 구호 작품이란 소위 '시대고'를 담은 것을 가리키는 것 같다.

그런데 우리 동시에서 그가 너무 많다고 해서 걱정해 마지않는 '시대고'를 담은 작품이 오히려 너무 쓸쓸하다고 할 만큼 적다. 어째서 그처럼 흥분해서 염려하는지 도무지 이해가 안 된다. 결국 이것은 내 글에 대한 비방으로 볼 수밖에 없다. 이씨가 논란의 대상으로 하고 있는 여러 논문에서 나는 우리 동시의 현상을 분석 비판하면서 소재와 주제들이 어린이의 유희성과 어른들의 자연 완상이 그 전부로 되어 있음을 거듭 밝힌 바 있다. 이런 논증은 결과를 놓고 볼 때 민족과 어린이의 현실을 망각한 동시인들의 불성실을 드러낸 것이 되었으며, 사실 나는 동시인들 시정신의 치졸성을 지적하였던 것이다.

이런 내 의견은 외국의 시와 시론에 의지할 줄밖에 모르는, 기교적 시 짓기 취미에 빠져 있는 사람으로서는 심히 못마땅한 것이 될 수 있다. 그러나 그렇다고 하더라도 민족과 어린이의 현실과 시인의 양심을 말한 것을 '정치 사상적 강연'이나 '구호'의 동시를 쓰라는 것으로 이해하였으니, 한심스럽다. 일부러 곡해해서 비방하는 것이라면 더욱 어처구니없는 일이다. 어린이와 어린이문학의 현실을 눈감고 시와 예술의 이름을 빌려 엉뚱한 말장난을 하고, 바른말을 하는 사람을 비방 훼상하는 사람이 더러 있는데, 이런 사람들의 글이 필경 무엇을 의미하는가를 생각하면 생각할수록 이것이야말로 정치요 구호의 글이구나, 하는 생각이 절실하다. 이제 이 문제를 일단 여기서 유보하고, 다음 문제로 넘어가 본다. 이 씨 논문의 문장이 어떤 구조로 쓰여 있는가를 고찰함으로써 그의 문학에 대한 인식의 입각점을 더욱 명확히 조명할 수 있다고 보기 때문이다.

나는 지금까지 이 씨의 논문에 나타난 견해의 잘못, 논리의 모순들을 지적해 왔다. 이 씨는 동시에서 의미 내용을 배제하여 기술 면을 거의 전부로 알고, 혹은 기능이란 것을 의미와 분리해서 인식하고 있으며, 이런 태도로 실제 작품을 창작하기도 하고 산문으로 이를 옹호하고 있으니 만큼, 그의 논문이 어떤 기능으로 쓰여 있는가를 관찰하는 것은 그의 주장이나 의도를 파악하는 또 하나의 방법이 될 것 같다. 그래 여기서는 이 논문에 나타난 어구와 문장의 구조를 잠시 검토하기로 한다.

먼저, 문장을 구성하고 있는 낱말을 보면 체언이나 수식어는 물론이고 용언까지도 공연히 어려운 한자말이나 신기한 조어를 쓰고 있다. 예를 들면 '바뀐다'고 하면 될 것을 '치환한다'고 하고, '상식을 얻는다'든지 '대답이 된다'든지 할 것을 '상식의 획득' '회답의 획득'이라 하고, '지킨다'를 '수비한다'고 쓰고 있다. 물론 우리 말에는 한자어가 많다. 그리고 복잡한 생각을 정확하게 표현하기 위해서 일상에 쓰는 순수한 우리 말보다 한자어를 쓰는 경우가 얼마든지 있을 수 있다. 즉 '수비'니 '획득'이니 하는 말을 우리는 경우에 따라 얼마든지 쓸 수 있는 것이다. 그러나 이 씨의 문장을 이루는 낱말들은 부자연스러울 만큼 필요 없이 어색한 한자어들로 되어 있다.

좀 더 예를 들어 보자. '1960년대 초기부터 나타나기 시작했다'고 하면 될 터인데 '1960년대 초기부터 표출되기 시작했다'로 쓰고, '의미가 들어 있어야' 하면 될 것을 '의미가 투입돼야'로, '동시의 본질을 가져오고'를 '동시의 본질을 동행하고'라고 하고 있다. 그냥 '회의(懷疑)'라든지, 거기에다가 꼭 '자기'란 말을 붙이고 싶으면 '자기 회의'라면 될 것을 그것도 '적' 자를 또 더 붙여서 '자기적 회의'라고 한다. 이래서 '자기적 논리' '자기적 반문(反問)'이란 어수선한 조어를 함부로 만들어서 공연히 신기함을 노리고 있다. '내용'을 '내용물'이라고 할 뿐 아니라 '동시의 독자를 얻는다'를 '동시 인구의 채광'이라고 하고, '아동을 이해한다'는 말을 '객체의 즉물적 인식'이라 한다. '기능적 변신'이니 '기능 분화의 기능'이니 하는 말도 이래서 만들어진 것이다. 그는 아동이란 말까지 '물리적 아동'이라 한다. '나이'라든지 '연령'이란 말도 '물리적 연령' '과학적 연령'이라 쓰고 있다. 정신 연령에 상대되는 말이라면 '자연 연령'이라는 모두가 알고 있는 정확한 용어가 있는 것이다.

외래어의 사용도 그렇다. 이 글에는 이 씨의 다른 글에서보다 그리 많이 쓰고 있다 할 수 없지만, 그래도 '시스템'이니 '케스트'니 '케스트진'이니 '콘트롤'이니 하는 말들을 불가피하게 혹은 자연스럽게 썼다기보다 어딘가 현학적 문장 취미의 관습으로 쓰고 있다는 느낌이다. 심지어 이 논문 첫머리에 나오는 미술 용어 '데포르마시옹'이란 말조차 부적당하게 쓰고 있다. "오늘의 한국 동시는 '시 의식의 데포르마시옹'에서 비롯된 대상과의 공간 문제로 상당한 혼동에 빠져 있다." 이 문장에서 다른 낱말들도 모두 모호하게 '부정확하게' 쓰고 있지만, '시 의식의 데포르마시옹'이란 무슨 말인가? 이 글을 통독해 보면 결국 시의 기능적 '변신'이니 '분화'니 하는 뜻으로 쓰려고 한 것이다. 그러나 여기서 '데포르마시옹'이란 전혀 맞지 않는 말이다. '기능 분화'니 '변신'이니 하는 말 자체가 이해할 수 없는 것으로 되어 있지만, 설사 그런 말이 해명되어 있다고 하더라도 어린이를 위한 동시에서 어른을 위한 동시가 된다는 것이 시의 데포르마시옹이라고 할 수 없기 때문이다. 더구나 '시의 데포르마시옹'도 아니고 '시 의식의 데포르마시옹'이라니, 마치 '기능 분화의 기능'이란 기묘한 말과 흡사하게 독자를 곤혹에 빠뜨린다.

다음에 문장은 어떤가? 앞에서 신기한 조어나 외래어, 어색한 한자어 들을 많이 쓰고 있는 사실을 보았지만, 이 씨의 글을 읽으면 흔히 주어고 술어고 문장 전체가 한자어와 외래어투성이가 되고 토만 겨우 우리 말을 붙였다는 인상이다. 뭔가 이질적인 것이 한데 모여 소란을 피운다는 느낌이고, 해독하기에 무척 신경이 피로해진다. 그래도 끝내 수수께끼로 남는 낱말과 문장이 드물지 않다. 앞에서 엘리엇의 논문보다 월등 어렵다고 말했지만, 외국의 학술 논문을 아무리 서툴게 번역해 놓은 것이라도 이보다는 잘 읽히겠다는 생각이 든다. 지금까지도 예시를 했지만 몇 가지 더 보기로 한다.

그것(의미가 통제된 언어의 관리, 시정신의 물리적 관리라는 것―글쓴이)이 아니라 해도 그 시적 한계의 통제는 곧 그 대상에 대한 즉물적 시성(詩性)의 벽을 뛰어넘고 싶은 언어적 정신적 욕망을 충격시키게 하며 그 언어 의미의 욕망은 의식 또는 무의식적으로 이른바 난해성에 직접적으로 접근되고 있다.

이 문장은 '시적 통제'(어린이가 이해하고 감동을 받게 되는 동시를 써야 한다고 하는 주장을 가리킴) 때문에 그런 통제의 벽을 뛰어넘고 싶어서 어쩔 수 없이 시가 난해해진다는 견해를 말한 것인데, 누가 이 글을 쉽게 판독하겠는가? "시적 한계의 통제"니 "대상"이니 "즉물적 시성의 벽"이니 "언어 의미의 욕망"이니, 그 어느 하나의 낱말이나 어구도 정확하게 쓰이지 않고, 혹은 공연히 이해가 곤란한 수식어만 골라 쓰고 있는 것이다.

시술(詩術)은 하나의 기술임에 틀림없지만 단순한 기술이 아니고 일차 그의 인식적 방법은 시적 상상력에 독특한 준비를 두고 있는 점이다.

"시술"의 "인식적 방법"이 "시적 상상력"에 독특한 준비를 두고 있'다니 이게 무슨 소린가? '시술은 시적 상상의 과정에서 준비된다'고나 할 것을 무엇 때문에 "인식적 방법"이 나오고 "독특한 준비를 두고" 어쩌고 하는가?

조작이 없는 시 인식과 충돌 없이 연결된 동시의 본질적 조화에 대한 현대 동시의 이원적 기능을 발견케 하는 관찰의 한 예로 설명되고 있는 것이다.

'조작이 없는 시'라면 모르지만 "조작이 없는 시 인식"은 또 무엇인가? '인식'도 조작될 수 있다는 것인가? "충돌 없이 연결된 동시의 본질적 조화"란 무엇인가? "충돌 없이 연결된"도 공연한 수식이지만, 동시에서 비본질적인 조화도 있다는 말인가? 이렇게 어수선하고 제멋대로 된 허식적 용어만을 쓰고 있는 글을 유쾌하게 읽을 사람은 없을 것이다. 앞의 두 구절은 이준관(1949년~) 씨의 작품 해설을 한 대문에서 임의로 뽑아 인용한 것인데, 시보다 시의 해설이 월등 까다롭고 불분명하고 재미없이 되어 있다. 이런 해설문을 읽고 나면 이렇듯 찬양되고 있는 시인의 작품을 다시 보고 싶은 생각이 싹 없어질 지경이다.

주어에서는 공연히 허식적 낱말을 이중 삼중으로 꾸며 놓고, 술어에서는 몇 번이나 비비 꼬아서 서술해 놓은 그의 문장은 이와 같이 하여 논문 전편을 이뤄 놓았다. 그런데 이런 결코 긍정될 수 없는 허식적 문장 형식이 외국 학자나 명사를 관습처럼 인용하는 것과 함께 그의 작품이나 문학에 대한 발언에서 무엇을 의미하는가를 고찰하는 것이야말로 중요하다.

첫째, 앞에서 언급한 바와 같이 그는 문학작품의 창작에서 기법이란 것을 의미 내용과 분리해서 보고 있으며, 기법만으로 작품이 이뤄진다고 믿는다. 의미와 내용은 전혀 무시하거나 매우 경시하고 있다. 무엇을 표현하는가에 대해서는 '정치적' '사상적'인 것을 배제하고, 다만 명랑하고 웃기는 것이 되어야 한다는 점에 관심을 가질 뿐이다. 삶의 문제성이나 괴로움 같은 것을 정직하게 쓰거나 써야 한다고 말하는 것은 '정치성'과 '사상성'을 띤 짓이 되고 '구호'가 되지만, 민족의 양심으로 어린이의 현실에 관심을 가지는 것을 '정치성'과 '사상성'을 내포한 불순한 문학이라고 하는 자신의 그러한 태도는 '정치성'이 아니라고 믿는다. 아무 뜻 없는 웃음과 명랑성을 강요하는 것은 정치가 아니고 구호가 아니라고 믿으며, 그런 것이 예술이요 문학의 순수성이라고 한다. 동시의 독자가 어떤 '내용물'을 느끼고 생각하게 되어서는 안 되고 언어 형식의 아름다움이란 것을 작품에서 찾아내야 한다고 본다. 그래서 의미를 떠난 언어의 조작은 기껏해야 감각적 표현의 기교를 넘지 못하고(혹은 삶의 껍데기를 경박하게 미화하거나 왜곡하고), 그 감각의 기교조차 진실의 세계에서 멀리 떠난 허황된 것이 되고 있다. 의미가 없는, 혹은 의미를 압도해 버린 황당한 공작물, 이런 동시를 아이들이 이해할 리가 없으니 어른을 위한 '현대 동시'라고 한다. 이러한 역리(逆理)를 억지로 세우려고 하는 사람의 글이 정상으로 된 문체를 가질 수 없는 것은 당연하며, 내용이 텅비고 형식만이 요란할 도리밖에 없다. 상식에서 벗어난 사고는 모순에 가득 찬 말들로 진술하지 않을 수 없고, 다만 어리둥절한 허식적 문장으로 오히려 그 무슨 심각한 내용이라도 있는 것처럼 과시하려고 하는 것이다.

다음에, 그의 이런 모든 억지스런 주장이나 난해를 위한 난해의 문장은 어린이문학 작가로서 생명으로 알아야 할 어린이 독자를 전혀 무시하고 있는 그릇된 태도에 근원이 있다고 본다. 그가 어린이란 존재를 보잘것없는 것, 답답한 것으로 여겨 동시라는 '예술적' 작품을 만드는 데서 멀리 기피하고 있고 기피해야 한다고 하는 태도는 그의 글 곳곳에 표명되고 있지만, 문장을 구성하는 낱말에서도 단적으로 잘 나타나 있다. 그는 어린이문학 작가로서 어린이 속에 살아가고, 작가 속에 어린이가 살고 있어야 하는 어린이문학 작가와 어린이의 떼려야 뗄 수 없는 관계를 아주 단절하고 있고, 그리하여 어린이와 자신은 아주 딴 세계에서 살아가는, 결코 함께 살 수 없는 이질적 존재로 인식하고 있다. 그래서 문학자인 자신은 주체요, 어린이는 객체로 파악하고 있는 것이다. 또한 어린이문학자는 무대에서 연극을 해 보이는 배우고, 어린이는 그 연극을 구경하는 관객으로 알고 있다. '시의 관객인 아동'이란 말과 '객체의 즉물적 인식'이란 말들이 곧 이것을 말해 준다. 이 '즉물적'이란 말을 풀어 볼 만하다. 그는 시가 가진 의미성을 싫어하여 그냥 내용이라고 하지 않고 이것을 '내용물'이라 하고 '시정신의 물리적 강요'라 하듯이 뭔가 보잘것없고 가치가 없는 것에 '물'자를 붙이는데, 그래서 어린이도 '즉물적'이라고 한다. '물리적 아동' '물리적 연령'이란 말도 이래서 쓰고 있다. 어린이의 수를 말할 때도 '수'가 아니고 '양'이다. 살아 있는 생명체는 수로 세지 양으로 말하지 않는 것이 우리네 상식이다. '동시 인구의 채광'이란 말도 그렇다. 땅속에 묻혀 있는 것, 그러나 그것을 잘 붙잡으면 동시집이 팔려 돈이 될 수도 있으니 채광은 채

광인 셈이다. '일선 아동'이란 말도 어린이문학을 하는 사람의 상식으로는 쓰지 않는 말이다. 그에게 어린이는 객체요 관객이요, 정신적 존재인 시인과는 아주 멀고 또 별다른 세계에서 어설프게 살고 있는 '즉물적' 존재이니 '일선 아동'이란 말이 나오게 된다.

　　형식은 곧 내용이다. 독자를 당황하게 하는 어수선한 낱말들, 공연히 난해한 현학적 문장은 필경 어린이문학자로서 어린이를 기피하고 무시하는, 문학과 인간의 이치에 어긋나는 현상일 뿐이다.

　　결론

상식 이하의 글 한 편을 가지고 너무 왈가왈부하였다. 그러나 우리 어린이 문단은 아직 이런 문제들을 해결하지 못한 상태가 되고 있으니 할 수 없다. 근년에 들어서 짝짜꿍 동요·동시가 어지간히 모습을 감춰 간다 싶더니, 이번에는 신기함을 노리는 언어유희의 현상이 나타나고, 여기 또다시 괴이스런 작품을 옹호하는 변론까지 나오기에 이른 것이다. 동시에서 언어의 의미성을 배제하는 창작 행위가 예술과 문학을 사칭하여 유행하려고 하는 것은 그것이 천박한 시대 풍조에 편승하는 상업주의에 기반을 두고 있기 때문이다. 어린이뿐 아니라 어른들에게도 이해될 수 없는 감동 없는 난해 동시, 곧 껍데기 동시들이 바야흐로 범람하려 하고 있는데, 이런 수공품들을 무슨 명목을 세워 존재하도록 하기 위해 드디어 '성인을 위한 현대적 동시'라는 기묘한 간판을 붙이게 된 것이다. 그러나 이것은 필경 아이들

을 멀리하고 어린이의 세계를 버린 어린이문학 작가의 비극적
종말 현상 이외에 아무것도 될 수 없다. 어찌 이 씨뿐이겠는가.
아이들에 관심이 없이 말장난을 일삼는 모든 어린이문학 작가
의 말로가 이와 같을 것이다. 1975년 8월

아동문학 작가의 아동 기피 2

이상현 씨의 〈네가티브적 시론을 추방한다〉에 대하여

광복 30년을 맞은 우리 어린이문학은 이제 중대한 위기에 직면하게 된 것 같다. 몇 가지 흥성한 표면 현상에도 어린이문학이 실제로 부재 상태에 놓일 위기에 다다라 있다고 느끼는 것은 어린이와 인연이 없는 어린이문학이 되어 가고 있는 사실 때문이다.

동시와 동화가 아이들에게 읽히지 않는다는 것은 나 혼자하는 소리가 아니고 많은 부모와 교사 들에게서 들어 온 말이다. 어린이와 인연이 없는 어린이문학이 된 요인은 세 가지로 볼 수 있는데, 첫째는 사회·경제적 요인으로, 아이들이 동화책이나 동시책을 살 수 없다는 것이고, 둘째는 문화·환경적 요인으로, 아이들의 관심이 만화와 텔레비전 같은 경박한 유흥물에만 쏠리고 있는 것이고, 셋째는 작가들에게 책임을 물어야 할 것으로, 아이들의 마음을 움직일 수 없는 작품을 쓰고 있다는 사실이다.

아이들의 마음에 파고들 수 없는 작품이란 ① 재미가 없고 시시한 것 ② 무엇을 썼는지 알 수 없는, 어른만의 취미로 된 것, 이렇게 두 가지로 나눌 수 있겠는데, 이런 것을 문학이니 뭐니 하여 이런저런 변명을 붙여 가면서 쓰고 있다는 것은 분명 잘못되어 있다. 요즘의 아이들이 어떻게 어린이문학 작품을 대하고 있는가, 소설가 박완서 씨의 얘기를 들어 보자.

> 우리 집 큰애만 해도 동시나 동화를 읽다가 자연스럽게 명작을 읽는 과정을 밟았으나 막내에 이르러서는 전연 동시나 동화를 읽으려 들지 않는다. 억지로라도 읽힐라치면 몇장 읽다 말고 '웃기네' 아니면 '시시하다'든가 '쌩 구라 까고 있네'라든가 하는 혹평을 하고 내던져 버린다……
>
> 〈여성동아〉, 1975년 4월

이렇게 어린이문학 작품을 비웃는 아이가 "눈을 빛내며 무릎까지 치면서 감동을 나타내더니" 재독 삼독 하면서 "이 새끼 내가 하고 싶은 말을 고대로 했잖아!" 하고 좋아한 작품이 어떤 것인가 알아보자.

> 내 몸집보다 무거운 가방을 들고
> 나는 오늘도 학교에 간다.
> 성한 다리를 절룩거리며.
> 무엇이 들었길래 그렇게 무겁니?
> 아주 공갈 사회책

따지기만 하는 산수책
외우기만 하는 자연책
부를 게 없는 음악책
꿈이 없는 국어책
무엇이 들었길래 그렇게 무겁니?
잘 부러지는 연필 토막
검사받다 벌이나 서는 일기장, 숙제장
검사받다 벌이나 서는 혼식 점심 밥통
무엇이 들었길래 그렇게 무겁니?
무엇이 들었길래 그렇게 무겁니?
얼마나 더 많이 책가방이 무거워져야
얼마나 더 많은 것을 집어넣어야
나는 어른이 되나, 나는 어른이 되나?

〈내 무거운 책가방〉, 김대영(서울 공덕초 5)

이 작품을 읽고 나도 감동했다. 어린이문학의 동시가 많지
만, 동시 수천 편을 모아 놓고 보더라도 과연 이 열한 살 아이
가 쓴 시만큼 아이들의 마음을 움직일 수 있는 작품이 몇 편쯤
나올 것인가, 하는 생각이 들었다.

내 견해가 미덥지 못하면 신구문화사나 어문각의 동시집,
혹은 그 밖의 어떤 동시 선집을 이 작품과 함께 주어 아이들에
게 읽힌 다음 의견을 물어보면 될 것이다. 이 작품이 아이들이
팽개쳐 버리는 많은 동시인들의 작품과 다른 점은 ① 아이들의
살아 있는 세계를 표현한 것 ② 아이들이 실감할 수 있는(실감

한) 말로 표현한 것, 이렇게 두 가지가 될 것이다. 이것은 바로 이 작품을 읽은 아이가 "이 새끼 내가 하고 싶은 말을 고대로 했잖아!" 하고 좋아서 소리친 것으로도 알 수 있다.

그런데 아이들의 소리에 귀를 기울이려고 하거나 아이들 세계를 찾으려고 하는 노력을 어린이문학에서 용납될 수 없는 불순한 태도라고 보면서, 아이들이 알 수 없는 동시는 그만큼 예술성이 높기 때문이라고 말하는 사람이 있다. 이상현 씨는 〈동시의 기능 분화〉란 글에서 동시가 예술성을 가지기 위해서는 어려워지는 것이 어쩔 수 없으며, 따라서 동시는 아이들이 알 수 없어도 좋고, 차라리 어른을 위한 동시라야 '현대 동시'가 된다고 하면서, 특히 동시에서 의미성을 배제해야 한다고 역설한 바 있다. 그러다가 얼마 전 아동문학회 주최 세미나에서는, 실감의 언어와 현실성을 강조한 내 글 〈진실과 허상〉을 비난하며 자못 흥분된 말을 토로한 바 있다. 〈동시의 기능 분화〉에 대해서는 따로 글을 썼기에 여기서는 세미나 때의 발언(〈네가티브적 시론을 추방한다〉, 〈한국일보〉, 1975년 8월 12일)을 대강 검토하려고 한다. 신문에 소개된 발언 요지에도 이 씨의 감정이 과열하게 드러난 언어와 분명히 고의라고 할 수밖에 없는 곡해, 비방이 어떤 선동 의도마저 느끼게 하지만, 그런 것 일체 무시하고 다만 논리의 핵심만을 문제 삼기로 한다.

이 씨의 발언을 이렇게 거듭 논란하는 것은 그가 아이들의 마음을 조금도 움직일 수 없는 작품을 문학과 예술의 이름으로 옹호하고 있는데다가, 공공연하게 어린이란 존재를 멸시 혐오하고 기피하는 이론을 너무 독선적으로 세우고 있기에 이런 그릇된 태도를 비판하는 것이 어린이문학의 위기를 극복하는 데 매우 긴요한 과제라고 믿기 때문이다.

이 씨의 발언을 다섯 가지로 요약해서 이에 대한 비판을 해 본다. 첫째, 시는 상상의 언어 미학이다, 상상을 배제하고 시를 논할 수 없다, 너무 어린이의 생활을 주장하고 실감을 중시하는 것은 눈앞에 보이는 그대로를 써야 한다는 것이니, 시의 상상을 전면 거부하는 것이다, 이런 그의 주장에 대해서다.

그런데 실감과 진실을 쓴다는 것은 '있는 것'을 쓰는 것이 아니라 '있을 수 있는 것'을 쓴다는 말이다. "시각 앞에 조명된 어떤 실체의 카메라적 접근"을 내가 주장했다는 말은 터무니없는 오해가 아니면 일부러 한 생트집이다.

실감과 진실이란 말의 뜻을 정확하게 알아야 할 것이다. 만일 실감을 중시하는 것이 상상을 거부하는 것이라면, 앞에 든 〈내 무거운 책가방〉이란 작품은 실감으로 쓴 것이니 상상이 작용하지 않은 작품이 될 수밖에 없고, 따라서 시가 될 수 없어야 한다. 그러나 실감이야말로 상상의 진실성과 허위성을 식별하는 가장 믿을 수 있는 수단이요, 동시인과 어린이가 서로 관계를 맺게 되는 통로다. 실감 없는 상상이 무슨 시가 되는가?

〈진실과 허상〉에서 지적한 대로 이른 봄에 뻐꾸기가 울고, 여름밤에 오리온이 나오고, 혹은 바닷가 홀로 선 구부러진 노송에 올라가 가지 끝에 앉아 하모니카를 불고 꿈을 꾼다는 따위, 있을 수 없는 일을 만들어 내어도 그런 작품이 그저 아름답게만 보이는 둔감한 사람은 상상력이 풍부해서 그렇고, 그런 작품이 거짓스럽게 느껴지는 사람은 상상력이 없기 때문에 그렇다면 얼마나 비뚤어진 말인가?

시인이란 어떤 거짓스런 표현도 시의 이름으로 할 수 있는 특권을 누리고 있는 사람이 아니다. 오히려 거짓을 가장 싫어하고, 가장 정직해야 할 사람이다. '상상의 극적 미학'이란 거짓 시의 구실로 내세우는 말이 될 수 없다. 무슨 거짓을 쓰든지 헛소리를 지껄이든지 쓰는 사람의 기분이 중요하지 그까짓 사실이 맞고 안 맞고 실감이 되고 안 되고가 무슨 상관인가, 그건 시 이전의 문제다, 이런 태도야말로 시 이전의 인간 문제가 된다.

둘째, 〈진실과 허상〉에서 여러 동시인의 작품을 들어 실감과 현실성이 결여되어 있다고 지적한 것은 어떤 특정한 작가를 들어 비방하려고 한 것이 아니고 우리 동시가 어린이에게서 멀어져 가고 있는 경향을 깨우치기 위해서였다. 그중 신현득 씨의 작품 〈시집오고 사흘째 아가씨〉를 들어 너무 표면만을 미화한 작품이라고 했던 것인데, 이 씨는 이런 비평이 잘못되어 있다고 하면서 그 작품은 "우리 어머니들의 운명적 한의 의식구조를 작품 속에 깊고 조용하게 깔고 있는" 것으로, 이런 내부의 소리를 들을 줄 모르고 활자만 겉핥는 것은 획일적 시법을 강요하는 것이라고 하고 있다. 그러나 신 씨의 그 작품 어디에 '우리 어머니들의 운명적 한'이라든가 '슬픔'이라든가 하는 '내부의 목소리'가 있는가? 이 땅 어머니들의 운명적 정한의 세계와는 너무나 먼 거리에 있는 얕은 순응적 미화주의가 있을 뿐이다. '운명적 한' 운운의 해석은 당치도 않은 말이다. 그런 식으로 동시를 설명한다면, 학교 가는 아이들의 모습을 귀엽게 그린 작품을 두고 애국정신에 투철한 위대한 어린이의 모습을 그린 작품이라고, 얼마든지 말할 판 아닌가? 그러나 학교 가는 아이들을 다만 귀엽게밖에 볼 줄 모르는 눈이야말로 상상력과 정직성을 아울러 잃는 눈이요, 획일주의로 굳어진 비시적(非詩的) 눈이다. 아이들의 비웃음을 사는 것이 바로 이런 작품이다. 아이들 '내부의 목소리'가 어떤 것인가, 그것을 알고 싶으면 앞에서 든 어린이시를 보면 될 것이다.

셋째, 이 씨는 자신의 동시 〈겨울〉을 "환상의 크로키"라고 하면서 이것은 '아동 대중'을 위한 시가 아니라 '아동'을 위한 시라고 변명하고 있다. 그 자신이 말하는 '아동'은 예술을 이해하는 천부의 소질을 갖는 일부 극소수의 선발된 아이들(그는 이 점을 〈동시의 기능 분화〉에서도 강조했다)이고 내가 말하는 어린이는 '물리적'인 대대수의 어린이라고 해서 그냥 '아동'이라고 하지 않고 '대중'이란 말을 더 붙이고 있는 것이다. 이것은 상식으로 이해할 수 없는 말이지만 그의 작품과 이론의 수수께끼를 푸는 열쇠가 된다. 내 신념으로는 '아동 대중'이 느낄 수 없는 작품은 특수 선발 어린이도 느낄 수 없으며, 그가 상정하고 있는 예술적(?) 환상의 동시를 이해하는 특수 아동이란 그의 심리 속에 관념으로만 있는 환상에 불과하다.

넷째, 그는 '아빠'란 말을 시어라고 하면서, 이런 유아를 흉내 내는 말을 쓰지 않는 것이 좋다고 한 내가 시어와 일상어조차 구별할 줄 모르는 무식쟁이라고 했다. '아빠'란 말에 대해서는 다른 곳에서도 말했지만, 시어와 일상어가 따로 있다니,

도무지 처음 듣는 소리다. '아빠'란 말은 농촌 아이들이 일상에서 쓰지는 않지만 아이들을 귀엽게 보는 시어이고 '아버지'는 시에 쓰일 수 없는 일상어라고 하니, 이보다 시를 모르는 말이 없다. 시어가 되나 안 되나 하는 것은 그 말이 작품 속에서 작자 자신의 살아 있는 말로 쓰이고 있는가, 아니면 남의 것이나 관습을 따라 꾸며 만든 말인가 하는 데 따라 결정되는 것으로, 특별히 시어라고 있는 것은 아니다. 아버지고 아빠고, 그 밖의 어떤 말이고 쓰는 데에 따라 시어가 될 수도 있고 안 될 수도 있는 것이다. 이 씨는 시어란 것을 일상어와 구분 대립시켜 놓고 일상어는 시에 쓰일 수 없는 것으로 알고 있다. 어린이라든가, 생활이라든가, 의미라든가, 실감이라든가 하는 것을 극도로 싫어하는 사람이 일상생활에 쓰이는 말조차 시에 쓰일 수 없다고 하는 것은 당연한 태도다. 내가 믿기로는 시에서 일상어를 잘 살려 쓰는 것이 좋다. 어린이의 생활 세계를 감동 깊게 표현하기 위해서도 그렇다.

다섯째, 시는 직관에 의존할 수 없다는 주장인데, 이것 역시 전혀 잘못된 말이다. 시야말로 직관이요, 직감의 표현이다. 사물에서 인생과 자연의 본질을 직감으로 파악한 것을 표현하는 것이다.

이상에서 보아 온 대로 이상현 씨의 시에 대한 논리는 처음부터 끝까지 잘못된 것뿐이다. 그런데다가 여기서도 외국 학자들의 이름과 말들이 어설프게 나열되고 있다. 이 난폭한 논리가 난폭한 용어로 한 문학 단체가 주최하는 세미나에서 공표되고, 그것을 어떤 신문은 자랑스런 기사로 보도하는 세상이 되었으니, 이래 가지고야 문학이고 양심은 인간의 소유가 될 수 없다. 그러나 아이들에게 버림받고 있는 작가들이 역사의 버림을 받지 않고 어찌하겠는가?

우리는 다만 아이들 편에 설 것이다. 어린이의 생활 속에, 어린이의 앞날을 염원하는 우리들의 간절한 기원 속에 무한히 풍성한 시와 동화의 세계가 창조될 것을 믿는다. 그리고 아이들을 떠난 환상이니 미학이니 하여 예술과 문학의 이름을 빌려 말장난·손장난의 게으른 오락에 취해 있는 작가 동시인들의 그 잔꾀와 무지와 거짓과 외인(外人) 숭배를 "쌩 구라 까고 있네!" 하고 비웃는 아이들과 함께 지켜볼 것이다. 어린이를 기피하는 어린이문학 작가는 슬픈 존재가 되겠지만, 어린이문학의 비뚤어진 상태는 아이들의 무한한 가능성을 믿는 지혜와 양심을 가진 작가들에 의해 기어코 바로잡힐 것이다.

〈매일신문〉, 1975년 9월

2부

아동문학과 서민성

열등의식의 극복

머리말

우리 어린이문학의 현황을 말할 때 가장 큰 문제점으로 볼 수 있는 것은 어린이가 읽지 않는 어린이문학이 되어 있는 일이다. 그다음 또 하나 큰 문제가 있다면, 이런 어린이문학의 치명적인 문제점을 문제점으로 보지 않고 있는 상당한 수의 어린이문학 작가가 있다는 사실이다. 동시고 동화고 대체로 시인과 작가의 자기만족으로 쓰는 데 그쳐 있고, 어린이는 2차 독자로 밀려 나가고 혹은 애당초 독자의 대상으로 되지도 않고 있다. 그러면서 어린이를 빙자한 작품이 범람하더니 최근에는 아예 어린이란 머리말까지도 문학의 명칭에서 떼어 버리자는 주장까지 하게 되었다. 이것은 말할 것도 없이 어린이문학의 부정이다. 어린이문학이 어린이에서 유리되어 있고, 그러한 상태를 어린이문학의 발전이라고 잘못 알고 있는 경향이 있는데다가 어린이문학을 부정하는 사람까지 나오게 되었으니, 어린이문학은 분명 커다란 시련을 겪게 된 것이라 말할 수 있다.

한편 주제와 제재, 표현 같은 한정성에서 오는 어린이문학의 특질을 잘못 이해하고 어린이문학이 본격적인 문학이 될 만한 가치가 없는 것처럼 말하는 이들도 있고 하여, 어린이문학에 대한 어린이문학 작가 자신들의 불신감이 조성되고 있다. 이런 모든 사태에서 판단되는 어린이문학의 커다란 위기를 이제 우리 모두가 책임감을 가지고 신중히 검토하여 해결해야 할 상황에 처해 있다.

나는 어린이문학 작가들의 어린이 소외 내지 기피 태도와 어린이문학 불신감, 일반 문학에 대한 선망과 모방 경향, 이러한 일련의 비정상적 현상이 어린이문학 작가들의 열등의식에 기인하는 것이라고 보고, 이 열등의식을 극복하는 것이 어린이문학을 살리는 핵심 과제가 됨을 논하려 한다. 어린이문학 작가들이 갖는 열등의식은 우리 민족의 대부분이 공통으로 갖는 일반적인 열등의식에다, 또 하나 일반 문학에 대한 차등 의식이 겹친 두 겹의 열등의식으로 되어 있다.

열등의식과 자주정신

먼저 우리 민족이 공통으로 갖는 열등의식이 어떤 것인가 살펴보자. 서울에 가서 공부를 하고 있는 학생(취직해 있는 젊은이라도 좋다)이 시골 고향에서 꾀죄죄한 모습으로 찾아온 어머니를 가리켜 저건 우리 집 식모라고 제 친구에게 말했다는 얘기는 단순한 우화도 아니고 옛날 얘기도 아니다. 그것은 우리들 주변에서 얼마든지 볼 수 있는 우리 자신의 모습이요, 현실이다. 가난하고 약한 자신을 부끄러워하여 덮어 감추기에 정신을 잃고 있는 이 정신 상태는 봉건시대 이후 우리 민족의 삶의 방식이 되어 오늘날 우리들의 의식을 지배하는 현실이 되고 있다. 끊임없는 외국 세력의 위협과 봉건 왕조의 학정과 그 뒤를 이은 군국주의자들의 총칼 앞에서 과연 서민들이 살아갈 윤리가 이것밖에 없었을까.

근세 이후의 정치와 교육, 도덕, 종교, 학문, 예술 같은 모든 우리 문화는 이 치욕스런 열등의식에서 벗어나려는 민족적·민주적인 자각과, 한편 열등의식에서 깨어나지 못하고 그 속에서 불합리한 생활을 함으로써 그 열등의식을 더욱 심각한 상태가 되도록 조장하는 노예근성, 이 두 가치관의 대립과 상극으로 볼 수 있을 것이다.

오늘날 대다수의 우리 나라 사람들이 철저한 열등감으로 살면서 그 열등감을 해소시키기 위해 매우 불건전한 방법을 쓰고 있는 것이 보편화되고 있는데, 이 비뚤어진 삶의 방식을 나는 다음 세 가지로 나눠 생각해 본다.

첫째로 들어야 할 것은 겉치레 생활이다. 남의 겉모양을 흉내 내고 화려한 겉치레를 하는 것이 모든 일의 중심을 차지하고 있다. 모두가 그런 상태니 우리는 그런 비뚤어진 상태를 오히려 정상으로 알 만큼 되었다.

옷에 대한 것만이라도 잠시 반성해 보자. 얼마 전 고국을 다녀간, 미국에 있는 김호길 씨의 얘기인데, 그가 한국에서 공부할 때 집도 넉넉하지 못했지만 옷에 대한 관심이 워낙 없어서 여름철이고 겨울철이고 노상 시커먼 군복 염색한 것을 입고 헌 군화를 신고 다녔다 한다. 그러다가 장학생으로 뽑혀 영국으로 가게 되어, 신사들 사는 나라에 이런 옷으로 어떻게 견딜까 좀 염려가 되었는데, 막상 런던에 갔더니 그곳 사람들이 모두 자기와 다름없이 허름한 옷차림이고 조금도 자기를 이상하게 보는 사람이 없어서 나 같은 사람은 한국보다 영국 같은 나라에 사는 것이 마음 편하겠구나, 하는 생각이 들더라는 것이다. 그 후 김 씨가 미국에 갔을 때도 그런 느낌이었다는데, 몇 해 전에 한국에 돌아왔더니 김포공항에 마중 나온 어느 친구가, 이 사람아 옷이 왜 그 꼴인가, 한국서는 그런 옷 입고 다녀서는 안 된다고 하면서 억지로 끌고 가서 새 양복을 맞춰 주더란다. 과연 서울 거리에는 줄을 쪽 세운 바지를 입고 다니는 신사들과 눈부시게 화려한 옷을 걸치고 다니는 여자들로 넘쳐 있는 것을 다시 보게 되어 새삼 놀라고, 이것이 내 조국의 모습인가 서글픈 생각이 들었다는 것이다. 이 세계적인 과학자가 고향 산마을에 와서, 헌 운동화를 신고 지례(그의 고향) 사투리를 쓰고, 미국서 자란 아이들을 데리고 보릿대 모자를 쓰고 들판에 나가던 것을 보고, 그가 고향에 왔을 때마다 한국 사람들의 들뜬 겉치레 생활을 혹독하게 비판하는 까닭을 나는 잘 알 수 있었다.

여기서 하고 싶은 말은, 다른 나라 사람의 위치에 선 김호길 씨의 눈을 통해 볼 수 있는 우리 나라 사람들의 공허한 생활이다. 왜 우리 나라 사람들은 미국이나 영국 같은 부유한 나라 사람들보다 더 좋은 옷을 입고, 더 큰 집을 지어 살려고 하는가? 가난하기 때문에 가난하지 않은 것처럼 겉이라도 꾸며 보이려고 한다. 가난한 사람이 부유한 척하고, 약한 사람이 강한 척하여 열등한 자기를 우월한 사람으로 보이면서, 스스로도 그렇게 착각하고서 살아가려고 하는 심리 현상이다. 국제적인 모임에 참가하고 온 사람의 말을 들으니 옷차림을 화려하게 해서 회의장에 나오는 사람은 모두 동남아의 후진국 대표들이었다고 하는데, 가난한 나라들의 살아가는 방식은 비슷한 모양이다.

열등감을 비합리적으로 해소하는 방식으로 두 번째로 들어야 할 것이 약한 자를 짓밟고 올라서는 생활 태도다. 강한 자 앞에서는 꼼짝 못 하고 다만 복종하는 것을 예의로 알면서 약자에게는 강자가 되어 그를 괴롭히는 것이다. 그렇게 함으로써 강자에게 짓밟힌 굴욕감, 패배감을 보상하려 한다. 소위 약육강식의 이 생활 방식은 우리 민족의 몸에 깊이 박혀 있어, 어른들은 물론이고 어린아이들의 의식까지 지배하고 있다.

여기에 대한 예화를 하나 들어 본다. 얼마 전에 ㅋ 마을 아이들이 학교에 올 때 책 보퉁이를 어떤 한 아이에게 모두 맡겨 메고 오게 한다는 소식이 들려와서 아이들을 나무 그늘에 모아 놓고 조사를 한 일이 있다. 그랬더니 ㅋ 마을뿐 아니라 ㅎ 마을에서도 그런 일이 있어, 날마다 제 책 보퉁이를 남에게 맡기고 오는 아이가 여남은 명이나 불려 나왔다. ㅋ 마을도 ㅎ 마을도 모두 재를 넘거나 강물을 따라 학교까지 2km의 통학 거리다. ㅋ 마을에서 남의 책 보퉁이를 날마다 재를 넘어 날라다 준 2학년 한 여자아이(그다음 날 부모들 얘기를 들으니, 이 아이가 밤마다 땀을 흘리고 헛소리를 했다는 것이다)는 그 마을에서 가장 가난한 집에 사는 아이였음이 밝혀졌다. ㅎ 마을에서 남의 책 보퉁이를 강물 따라 날라다 준 5학년 한 남자아이는 '농막'에 산다고 했다. 농막이란 남의 땅을 소작하는 사람이 땅임자가 두고 간 집에 들어 사는 것을 말하는 것임을 아이들의 설명으로 알았는데, ㅎ 마을에서 농막살이를 하는 집은 단 한 집뿐이었던 것이다.

나는 이 사실이 10여 년 전 ㅅ군 어느 학교에서 있었던 일과 같은 것임을 깨닫고 놀랐다. 10여 년 전의 일이란, 재를 넘어 3km를 통학하는 아이들의 책 보퉁이를 1학년의 어느 여자아이가 날마다 등에 지고 날라다 주었던 일인데, 그 여자아이의 아버지는 그 마을 어느 집에서 머슴으로 일하고 있었던 것이다. 아이의 어머니가 하루는 학교에 와서 눈물로 호소하기에 비로소 그 사실을 알았다. 그런데, 10년이 지난 지금에도 그런 일이 여전히 있다는 사실에 놀라지 않을 수 없었다. 민주주의가 들어온 지 30년이 되었고, 근대화가 되고 있는 지금에도 이러하니, 왜정 때나 봉건시대에는 어떠했으랴.

더욱 놀랄 일은 ㅎ 마을에서 책 보퉁이를 모아 나른 그 아이는 자진해서 그런 일을 했다고 하는 것이다. 이 자진이란 것이 아무리 본인의 솔직한 진술이라고 하더라도 남을 위해 스스로 희생하는 거룩한 봉사의 정신을 발휘한 것이라고 칭찬할 수 없는 것은, 그 아이가 그 마을에서 남다른 위치에 있다는 것을 생각해서 단언할 수 있다. 이것은 분명 봉건시대부터 물려받은 노예의 습성이요, 일제 때도 익혀 온 식민지 백성의 삶의 방식이요, 씻어 버리지 못하는 열등감 속에 살아가는 슬픈 민족의 몸짓이다. 이 열등감은 책 보퉁이를 자청해서 메어 나르거나, 메어 나르기를 강요받는 극소수 아이들에 국한되는 것이 아니다. 책 보퉁이를 남에게 맡기는 아이들도 같은 차원에서 살고 있는 것이다. 책 보퉁이를 가난하고 약한 자에게 지우는 아이들은 가방을 메고 다니는 도시 아이들 앞에 열등감을 느낀다. 지방의 도시 아이들은 서울에서 공부하는 아이들 앞에 열등감을 가지고, 서울의 아이들은 외국에서 공부하는 학생들이나 외국 학생들 앞에 열등감을 가진다. 이래서 어린아이 때부터 열등감을 철저하게 몸에 익히고 사는 것이다. 이 열등감은 강자 앞에서 굴복하지만, 약자 앞에서 강자로 군림하는 것이 그 특성이 되어 있다.

약육강식의 비인도적 사회는 이렇게 하여 만들어진다. 옛날부터 우리 농민들의 몸에 밴 관존민비(官尊民卑) 풍조도 이런 사회상의 일단을 말하는 것이다. 요즘은 이런 약육강식의 질서가 황금만능과 권력 숭배 풍조로 나타나고 있는데, 그래서 이것이 달리 좋은 말같이 표현되고 있는 것이 입신출세주의란 것이다. "억울하면 출세하라!"는 이 유행 가사는 강자에게 짓밟히는 자가 저보다 약한 자를 향해 소리치는 자랑스런 호령이다. 평소에 받고 있는 굴욕을 보상받기 위해 비뚤어진 이기주의자가 행하는 추악한 배설 행위다.

열등감의 소유자는 세 번째로 또 하나 불건전한 해소 방식을 갖는다. 그것은 현실에서는 전혀 이룰 수 없는 것을 어쩔 수 없이 꿈속에서 그리면서 만족을 얻으려고 하는 자위 혹은 자기 마취 행위다. 여기서 꿈이란 것은 현실을 딛고 서서 지향하는 어떤 이상이 아니라, 현실이란 토대를 아주 잃은 허공에서 심리적 유희를 하는 것을 말한다. 현실과 꿈은 서로 단절이 되고 딴 세계가 되어 있다. 현실도피의 백일몽이 바로 이것이다. 이와 같은 병적인 해소 방식은 특히 예술과 문학에서 현저하게 나타나고 있는데, 우리 문학에서 볼 수 있는 어떤 탐미주의 경향이나 소위 순수문학이란 것은 바로 이런 인간의 심리 현상으로 풀이할 수 있는 것이다.

지금까지 말한 열등의식의 세 가지 해소 방식, 겉치레로 강자나 우자나 혹은 내용이 충실한 자인 척하고, 혹은 저보다 약한 자를 괴롭힘으로써 강자가 되고, 또는 엉뚱한 꿈속에서 저 혼자 만족을 하려고 하는 이런 태도는 모두 남을 속이고 자신을 속이는 짓이다. 그것은 열등감을 근본에서 해소시키는 것이 아니라 한층 더 그런 상태에 묶여 있도록 할 뿐이다. 자신을 일종의 마취 상태에 빠뜨려 놓고 남에게는 해독을 주는 비인간적 삶의 태도다. 개인이 이런 상태에 빠졌을 때 그는 사람다운 생각이나 감정을 갖지 못하고 가장 부도덕한 행위를 유행과 관습에 따라 예사로 하게 되며, 한 사회가 이런 사람으로 충만했을 때 그 사회는 타락하여 구제받기 힘들게 된다. 이런 사회에서는 인간이 만드는 모든 문화라는 것이 비뚤어진 삶의 방식을 경고하고 교정하려고 하는 편보다 오히려 그것을 유지하고 조장하려고 하는 경향으로 흐르게 되는 것이다.

열등감은 그것을 일시적으로 망각하거나 다른 행위로 보상받는 데서는 극복이 불가능하며, 다만 열등감 자체를 버려야 한다. 열등의식을 초극하는 문제는 특히 경제적 후진 사회에서 그들의 자주력을 획득하는 원동적 정신을 확보하는 문제가 된다. 그리하여 모든 문화의 지표가 이 문제에 집중되어야 할 것이라 믿는다. 만약 다른 모든 문화가 바람직한 방향으로 나가지 못할 때는 문학인만이라도 깨어 있어 인간 정신을 회복하는 활력소를 공급해 주어야 할 것이라고 생각한다. 우리 민족문화의 기본 과제를 여기에서 찾아내어 남북 분단의 현실에 밀착시키면 문학 창조의 방향이 결정될 것이다. 여기서 특히 역설해야 할 것이 어린이문학의 사명이다. 어린이문학은 자라나는 어린이들의 정신을 좀먹고 있는 열등의식을 소멸시켜 주는 해독제 노릇을 해야 한다. 그리하여 가정과 사회와 학교의 교육이 이룰 수 없었던 막중한 임무를 효과 있게 수행해야 할 것이다.

어린이문학 작가의 열등의식

어린이문학이 우리 민족의 어린이들에게 침투되어 있는 열등의식을 불식시켜 주는 혈청 작용을 감당해야 한다면, 과연 우리 어린이문학이 이 귀중한 사명을 어느 정도 수행하여 온 것일까? 유감스럽게도 이 문제에 대한 해답은 긍정적으로 내릴 수 없는 상황에 놓여 있으며, 대부분의 작가들이 그 사명을 온전히 감당하지 못하여 온 것 같다. 우리 어린이문학사를 훑어보면 과거보다 지금에 이르러 어린이문학은 더욱 민족 문학의 구실을 다하지 못하고 있는 경향이 짙다. 특히 그들 스스로 열등의식을 버리지 못하는 상당수의 작가들 때문에 어린이문학은 어린이들의 열등의식을 지양시켜 주기는커녕 오히려 그것을 조장하는 문학이 되고 있음이 뚜렷하다.

우리의 근대 어린이문학이 출발하던 때, 곧 방정환·마해송(1905~1966년)·이주홍(1906~1987년)·이원수, 이들이 활동을 시작했을 때는 적어도 어린이문학에서 어린이는 주인이 되어 있었고, 작가는 민족과 어린이를 위한 어떤 신념을 가지고 있었다. 그런데 8·15를 지나고 6·25를 거친 오늘날에 와서 그러한 이념은 대부분의 작가들에게서 찾기 힘들게 되었다. 민족과 어린이의 앞날에 대한 신념을 확립하지 못하는 작가들이 어린이의 열등의식을 없애 줄 수 있는 문학을 창조할 능력이 없음은 당연하다.

그러면 오늘날 많은 작가들이 작품을 쓰게 되는 원동력은 무엇인가? 이념이 사라진 자리에 남아 있는 것, 대신 그 자리를 차지한 것은 물질적 이익과 입신양명에 대한 관심, 그리고 오락적 취미 같은 것일 수밖에 없다. 지금은 모든 것이 금전으로 환산되는 물질적인 시대가 되었다. 반세기 전에는 젊은이들이 아무런 보수도 없이 날마다 몇십 리씩 밤길을 걸어 산간벽촌에 가서 농민들을 깨우치기 위해 글을 가르치는 것을 자랑으로 여겼고, 작가들이 글을 써도 원고료를 받을 줄 몰랐다고 하는데, 요즘 그런 사람이 있다면 멸시의 대상밖에 안 된다. 이념의 시대는 가 버리고 천박한 이해타산으로 살아가는 황금만능의 시대가 된 것이다. 그래서 특수한 개성과 정신을 가진 사람이 아니면 작가들도 이런 물질주의를 극복하지 못하고 열등의식으로 살아간다. 거기다 어린이문학 작가들은 또 하나의 열등의식을 안고 있다. 그것은 다른 일반 작가들에 비교해서 물질적 대우가 박약하다는 데 기인하는 것이다. 어린이문학 작가들이 받는 고료는 일반 작가들의 반액도 안 되고, 그런 고료조차 얻기가 매우 어려운 상태다. 이리하여 어린이문학 작가들은 어린이문학 자체에 대한 신념의 결핍에서 오는 상업주의적 타락에다, 일반 작가들에 대한 등차 의식이 겹친, 두 겹의 열등의식을 안고 그 혼돈의 늪에서 헤어나지 못하고 있는 것이다. 오늘날 많은 작가들이 쓴 어린이문학 작품에 나타나고 있는, 개성이 전혀 보이지 않는 모방과 어른의 취향, 어린이 세계에 대한 몰이해, 동화의 무국적 경향, 동시의 난해성, 감각적 기교 편향, 갈피를 못 잡는 궤변 같은 이론과 저급한 감정을 발산하는 잡문의 횡행 따위는 모두 작가들의 정신의 타락에서 오는 현상이다.

작품에 대한 언급은 뒤로 미루고, 어린이문학 작가들의 정신에 잠재해 있는 자기모멸 의식을 그들의 말에서 살펴본다. 흔히 어린이문학은 천대받는다, 소외당한다, 서자 취급을 받는다고 하는데, 이 말을 생각해 보자.

물론 사실이 그러하고, 또 경우에 따라서 충분히 할 소리가 되기도 하지만, 이런 말이 어디서나 아무 거리낌 없이, 다시 말해서 어린이문학 작가들의 자기반성이 수반된 무게 있는 소리가 되지 못하고 다만 문단적인 자리 잡기와, 작품 쓰기보다 그런 발언 자체에 더 관심을 둔다면 문제가 되고, 사실 그런 문제를 안고 있는 것 같다. 누가 천대하고 누가 소외했다는 말인가? 만일 충분히 할 일을 하지 못하고 그런 말을 하는 것이라면 스스로 자기를 천대하고 소외시키는 것밖에 안 된다. 문화 사업을 한다는 출판업자들이 왜 고료를 적게 주고 책을 내 주지도 않는가? 그러나 출판업자들의 대답은 당당하다. 아이들이 사 주지 않는 책을 출판해 달라고 하지 말고 당신들 돈 있으면 자비로 내든지, 아니면 좀 더 재미있는 작품을 써서 아이들이 읽도록 해 보라고 할 것이 뻔하다. 서자 취급은 누가 한단 말인가? 어린이문학은 적자가 될 만한 노릇을 하였다고 자부할 수 있는가? 민족이라는, 어린이라는 '아버지'를 잘 받들어 모시는 적자 노릇을 하였던가? 아이들은 버려두고 작가 자신의 장난감으로, 오락감으로 즐기면서 누구에게 적자를 요구할 권리가 있는가? 소외하지 말라, 서자로 다루지 말라…… 이 말은 결국 열등의식을 극복하지 못하는 어린이문학 작가들이 작품으로서가 아니라 작가라는 이름으로 일반 작가와 동일시되기를 바라는 공허한 말이 되어 있다. 거의 아무 효과도 거둘 수 없는 이 말이 뜻하는 대개의 경우 '우리도 작가다!'고 하는 자기 존재의 시위와 열등의식의 표현이다.

다음, 이것 역시 어린이문학 작가들의 말인데, 어린이문학 작품만 쓰는 사람보다 다른 일반 문학 작품도 겸해서 쓰는 사람이 더 유능한 작가라고 하는 말이다. 이것이 어떤 근거에서 하는 말인지, 설사 어떤 근거가 있다고 하더라도 어린이문학 작가들이 어른문학(이런 말이 어색하지만 편의상 쓰는 것이다)을 선망하여 될 수 있으면 어린이문학에서 이탈하고 싶어 하고, 아주 이탈하지 않더라도 다른 문학 장르를 겸해서 활동하는 것을 자랑으로 생각하는 풍조가 있는 때에 그런 말은 매우 해롭다. 물론 일반 작가들이 어린이문학 작품을 쓰는 것을 환영할 만한 일로 보아야 하듯이, 어린이문학 작가라 해서 소설이나 시를 못 쓸 것 아니고 작가의 세계가 여러 장르에 걸친 광범위한 활동을 요구하는 것이라면 얼마든지 그렇게 하더라도 좋은 일이다. 그러나 어린이문학 작가들이 어린이문학에 대한 신념을 잃고 열등감에 젖어 있는 상황에서는 어린이문학의 주체성과 자주성을 옹호하기 위해서도 함부로 다른 장르를 넘나드는 작가를 분별없이 찬양할 수만은 없다. 소설이나 시를 겸해서 쓰는 작가가 더 유능하다는 말은 어린이문학 작품만 쓰는 작가들의 열등감을 조장하는 말밖에 될 수 없고, 또 다른 뜻이 있다면 일반 문학작품을 겸해 쓰는 사람의 우월감을 과시하는 것인데, 이 우월감이 사실은 또 문제가 된다. 그것 역시 어린이문학 작가의 자기 멸시요, 우월감 자체가 열등감을 뒤집어 놓은 것에 지나지 않기 때문이다.

우리가 이미 어린이문학이란 장르를 뚜렷이 인정하고, 또 어린이를 위한 작품을 쓰는 유능한 작가가 많이 나와 주기를 바라는 것이라면, 어린이문학 작가는 될 수 있으면 어린이문학 이외의 작품은 안 쓰고, 쓰더라도 덜 쓰고, 작가의 힘을 어린이문학에 더욱 많이 바치기를 바라는 것이 당연하다. 유능한 작가일수록 그렇게 해 주면 좋겠는데, 무능한 작가는 무능하기 때문에 열등감을 가지고 있으면서도 어른문학 쪽으로 가 버리지도 못하고 아이들에게 열등감만을 안겨 주고 있으니, 이것이 탈이다.

다음 또 한 가지, 최근 몇 사람의 발언 중에 이른바 교직 작가를 문제 삼고 있는 것에 대해서다. 어린이문학가 중에 교직에 있는 사람, 특히 초등학교 교사가 많다면서 이들 때문에 어린이문학의 질이 떨어졌다고 한탄하는 것이다. 이런 말은 근거가 될 아무런 자료도 제시할 수 없는 말이요, 매우 그릇되고 해로운 편견이다. 수가 많으면 자연 유능한 작가도 있고 서투른 이도 들게 된다. 질이 떨어진 것이라면 교직 이외의 작가도 마찬가지다. 다만 이런 발언의 동기가 문제되어야 한다. 문인들의 직업에서 교사보다 기자나 관리나 사장이 더 훌륭해 보이고, 같은 교직자 중에서도 초등학교 교사보다 중고등학교 교사가 더 유능하고 대학교수는 더 훌륭한 작가같이 보인다면, 그리고 지방에 있는 작가보다 서울에 있는 작가를 더 우월하게 여긴다면 이거야말로 비참한 열등의식이다. 특히 어린이의 생활 세계를 작품에 담으려는 경향을 '작문적 취향'이라고 하여 어린이 세계를 멸시하는 말과 함께 초등학교 교사들을 덮어놓고 비방하는 것은 무지하기도 하지만, 그런 불성실한 발언 자체가 같은 어린이문학 작가들을 직업의 계층 의식으로 멸시하고 까 내림으로써 스스로 우월한 위치에 있는 것처럼 여기려는, 좀 저열한 심성의 발로로 보인다. 그리고 이것이 열등의식 소유자의 약육강식적 보상 행위라는 것임을 지적하지 않을 수 없다.

어린이문학에 대한 신념의 상실이 가져오는 물질주의 · 외형주의의 파탄은 이 밖에도 얼마든지 들 수 있다. 작품보다 문단 사교를 위주로 하고, 이름 내기에 급급하여 작품집에 서문을 받아도 어린이문학인보다 일반 문단의 유명 인사 이름을 얻고 싶어 하고, 동인지나 잡지의 활자가 가로짜기보다 세로짜기로 되고 한문 글자를 무제한으로 쓰고 있는 경향 같은 것이 모두 주체성을 잃은 짓이다. 작가들의 서울 집중 현상(기왕 원고료로 생계를 유지할 수 없는 형편에서 어린이문학 작가의 서울 집중 현상은 일반 작가의 그것보다 더욱 명분이 안 선다)도, 근년에 들어 외국으로 이민을 가 버린 어린이문학 작가가 여럿 있었던 사태도 모두가 민족과 어린이에 대한 신념이 사라진 자리에 물질 만능의 상품주의가 들어앉은 풍조와 아무 관계가 없다고는 결코 보이지 않는다. 그러나 어린이문학 작가의 열등의식이 가장 잘 드러나고 있는 것은 아무래도 그들이 쓰고 있는 작품 자체가 될 것이다.

동시에 나타난 열등의식

어린이를 위한 우리 시문학의 변천을 말할 때 흔히 동요에서 동시로, 동시에서 시로 발달하였다고 하고, 그것을 당연한 발전 과정으로 알고 있는 것 같다. 여기서 나는 특히 동시에서 시로 발전하였다는 단계에 대해서 회의를 품는다. 적어도 현재 많은 양이 생산되고 있는 이러한 동시, 아이들이 읽지도 않고 읽어도 이해가 안 되는 이런 동시를 시의 단계라고 한다면 나는 이것을 어린이를 위한 시의 정상 발전 단계로는 볼 수 없다고 말하고 싶다. 결론부터 말하면 시도 동시도 될 수 없는 작품들은 어린이문학에 대한 열등의식에서 만들어진 것이며, 어른들이 읽는 시의 형식을 모방함으로써 어린이문학의 겉모습에서 벗어난 것처럼 보이려는 어른시 동일시 현상이다.

동요·동시에 한하지 않고 우리의 근대 어린이문학이 처음으로 출발했던 반세기 전에는 어린이문학이 어른들의 문학적 취미를 만족시키기 위해 쓰는 오락물이 아니라 민족과 어린이에 대한 명확한 주체적 자각에서 창조된 것이었음은 앞에서 언급하였다. 이 자각이란 것은 일제와 봉건사회라는 두 겹의 억압에서 아이들을 보호하는 것이 민족을 해방하는 길로 통한다는 인식을 토대로 한 것이다. 그러던 것이 일제의 탄압이 한층 더 가혹해지고, 한편 일제의 문학이 밀려들어 옴에 따라 우리 어린이문학은 일부 몇몇 작가를 제외하면 대체로 현실을 도피하는 동심천사주의로 변모하고 말았다. 그것은 일본의 어린이문학이 그대로 수입 번역된 모습이요, 일본의 문화 침략에 결과로 보면 야합되는 상태였다고 할 수 있으니, 그 이유는 간단하다.

우리 어린이들의 현실에는 눈감고, 행복한 남의 나라 어린이들의 생활과 조금도 다름없는 세계를 그려서 어린이문학이라고 보여 줌으로써 우리 어린이들의 열등의식을 한층 조장하는 일에 이바지하였기 때문이다. 누구나 아는 바와 같이 일제 침략자들이 식민지 어린이들의 자주 정신을 뿌리 뽑기 위해 가장 힘을 기울였던 것이 어린이들에게 열등의식을 심어 주는 교육 정책이었던 것이다.

이 동심천사주의가 8·15 이후에 얼마쯤 그 겉모습이 달라졌지만 뿌리 깊은 전통이 되어 오늘날까지 청산되지 못하고 있는 사실에 대해서 나는 다른 여러 글들(〈시정신과 유희정신〉〈아동문학과 서민성〉〈부정의 동시〉)에서 논한 바 있다. 특히 산문에서보다 동시에서 이 천사주의는 완고한 뿌리를 내려 많은 동시인들의 어린이관·문학관을 지배하고 있다. 해방 직후와 자유당 치하의 그 물질적 곤궁이 극했던 때에도 이 천사주의의 망령은 불행한 대부분의 어린이를 외면하고 황금의 세력과 야합이 되어 어린이들에게 열등의식만을 강요하였고, 오늘날에는 아이들이 살아가는 '생활'과 '진실'을 거부하고 어린이란 존재마저 기피하는 괴이한 태도를 보여 주고 있다. 어린이를 위한 문학이 변모하여 천사주의라는 식민지 문학으로 타락하였다는 것은 작가들의 문학관이 민족과 어린이를 주체로 파악한 민족 문학에서 국적이 없고 성격이 없는 문학으로 옮겨 간 것을 말해 준다. 또 그것은 어린이문학의 주체요, 목적이었던 어린이가 문학의 방편이나 도구로 되어 버린 사실을 말해 준다. 어린이문학은 이렇게 하여 주체적인 창조의 문학이 되지 못하고 주체 상실의 모방 문학, 열등의식의 문학으로 전락하였다. 한때 도덕 교과서의 문장과 다름없는 작품이 많이 나와서 논란거리가 되었지만 이것도 어린이를 주체로 의식하는 문학이 아니라 아이들을 지배하고 그 위에 군림하려는 어른 중심의 어린이관에서 나온 것이다.

여기서 동심천사주의의 발생과 변모 과정을 다시 한 번 간추려 본다. 민족의 가난과 슬픔을 노래하던 우리의 동요가 밀려든 일본 제국의 겉보기 아름다운 문학 앞에서 결코 고울 수만 없는 스스로의 초라한 모습을 부끄러워하여 감추려고 했을 때, 참된 우리 민족의 어린이 세계를 노래하는 야심과 지혜를 잃고 다만 화려한 남의 것에 정신을 파는 결과가 되었다. 어린이를 장난감으로 어루만지고 재미있어하는 동심천사주의의 짝짜꿍 동요는 이렇게 하여 생겨난 것이다. 그것은 우리 민족의 어린이와는 상관이 없는 넋 빠진 어른들의 장난감 문학이었고, 침략자 일제가 이 땅에 피어나기를 원했던 식민지 문학이었다. 이러한 짝짜꿍 동요가 8·15 이후에는 당연히 청산되었어야 함에도 여전히 어린이문학의 주류를 이루고 있었던 것은 우리 사회와 역사의 특수성이 그렇게 한 것이라고 볼 수밖에 없다. 6·25를 지나 1960년대에 들어와서야 동요는 동시에 그 자리를 양보하고 거의 그 모습을 감추었는데, 이때부터 쓴 거의 모든 동시가 자연을 관조하고 농촌 풍경을 완상하는 작품이었다. 이 자연 경물 완상 동시란 것은 그때까지 장난감으로 삼아 온 어린이란 존재를 살아 있는 인간으로 인식한 데서 창조된 참된 동시가 아니었다. 장난감이 되었던 어린이가 여기서는 아주 내버림을 당하고 말았으니, 동시인들은 어린이가 존재하는 세계와는 다른 각도로 방향을 잡고 저희들만 홀로 또 다른 길을 걷기 시작했던 것이다. 자연 경물을 평면으로 묘사하는 데 그치고 있는 동시는 두 가지 면에서 불성실한 동시인의 정신을 입증한다. 그 하나는 자연이란 것을 인간의 삶과 무연한 것으로만 파악하는 비뚤어진 태도고, 다른 하나는 생활자인 어린이의 세계에서가 아니라 노령에 든 옛 선비같이 사물을 정관(靜觀)하는 자세다. 그것은 결코 생명이 약동하는 어린이의 마음에 통할 수 없는 어른만의 취미요, 글장난이라 할 수밖에 없는 것이다. 이러고 보면 실은 동요가 동시로 발전했다는 단계도 문제되어야 할 것이고, 그것은 참된 발전이라 보기 어렵다 하겠다.

　어린이 완상이 자연 완상으로 바뀐 것이 동요가 동시로 변한 겉모습이었는데, 이러한 언제나 한결같은 어른들의 전유물인 동시가 1970년대에 들어오자 어린이를 더욱 멀리하는 일부 동시인들만의 기호물로 되어 갔다. 감각적 언어 기교의 동시가 범람한 것이다. 그리고 최근에 이르러 이런 감각적 기교 동시는 다시 또 한 걸음 나아가 그 감각마저 실감에서 떠난 빈 말장난이 되고 있다. 이것이 소위 '난해 동시'요, 어른을 위한 '현대 동시'란 것이다. 어린이를 기피하며 어른만의 취미를 일삼기에 어린이를 팔아 오던 동시가 이에 이르러서는 막다른 벽에 부딪치고 말았다고 할 수 있다. 식민지 백성으로 짝짜꿍 놀이에 빠져 있던 동요가 민족의 주체 의식을 확립하지 못하고 남의 것 흉내로 열등감을 부당하게 해소하려고 한 민족적 패배의 문학이었다면, 자연 경물을 그리다가 감각적 기교에 빠지고, 다시 그것이 무의미한 말장난으로 된 이른바 '시'가 되었다는 동시란 것은, 청산되지 못한 민족의 열등감에다가 또 하나 더 겹친 어른문학에 대한 열등의식으로 어른시(그것도 외국의 어떤 것을 모방한 어른시)의 겉모습을 흉내 냄으로써 이뤄진 열등의식의 문학이요, 이중으로 패배한 문학이라 할 것이다. 이러고 보면 우리의 동시는 아직도 식민지 문학에서 벗어나지 못하고 있는 것이 분명하다. 지금까지 말한 것을 요약해서 도표를 그리면 다음과 같다. (이 표에서 어린이를 주체로 한 동시의 존재를 표시한 것은, 이러한 우리 동시의 표면상의 그릇된 조류에도 꾸준히 민족 동시의 명맥을 이어 온 몇몇 시인과 작품이 있다고 보기 때문이다.)

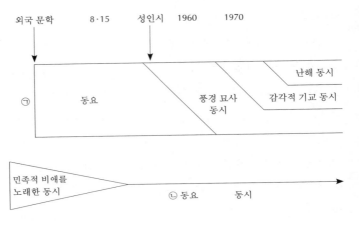

ⓐ 외국 문학　　8·15　　성인시　1960　　1970

난해 동시

ⓐ　　　동요　　　풍경 묘사　감각적 기교 동시
동시

민족적 비애를
노래한 동시　　　　　ⓑ 동요　　　동시

ⓐ 동심천사주의 동요, 동시
ⓑ 아동을 주체로 한 동시

동시가 '시'로 되었다는 것은 시 비슷하게 된 것이요, 시 비슷하게 된 것은 시도 동시도 되지 못한 것을 말한다. 동시는 동시가 됨으로써 시가 되는 것이지 동시가 어른시로 되어야 시 노릇을 하는 것이 아니기 때문이다. 우리의 동요·동시가 변모한 이 과정은 어린이문학을 민족과 어린이의 처지에서 주체적으로 파악하지 못하고 열등의식에 빠져 있는 동요 시인들이 외국적인 것과 어른시를 모방함으로써 일반 시인과 자기들을 동일시하고, 한편 어린이와 세계를 망각하려는 자기 마취의 상태에 있는 것임을 보여 준다.

산문에 나타난 열등의식

산문에서는 어려운 한자어와 외래어부터 말해 본다. 어른들이 읽는 소설도 될 수 있는 대로 쉬운 말을 골라 쓰는 것이 옳은

데, 동화나 소년소설에서는 말할 것도 없다. 어린이문학 작가
들은 어린이들이 알 수 있는 바르고 쉬운 우리 말을 찾아 쓸 의
무가 있다. 그럼에도 어려운 한자어를 함부로 쓰고, 안 써도 좋
을 외래어를 남용하는 작가가 많다. 이것은 작품 자체의 공허
함을 어른스럽고 혹은 신기한 용어로 메우려는, 일종의 열등의
식의 나타남이다.

문장에서 감각적인 표현의 기이한 말을 애써 사용하는 일
과 공연한 언어 기교의 악습에 젖은 '장식 문체'도, 일반 문학
작품에서는 거의 볼 수 없는 어린이문학 작품 특유의 비뚤어진
경향으로 지적할 수 있다. 이것 역시 열등의식으로밖에는 풀이
될 수 없는 현상이다.

저마다의 빛깔로 충만하게 들어서 있는 가을이 부담 없이
안겨 주는 기쁨에 젖어 있는 자신을 아이는 모른다.

이것은 어느 문학지에 발표된 동화의 문장을 하나 예로 든
것이다. 이러한 공허한 장식 문체는 어느 특정한 한두 작가에
한하지 않고 작가라는 이름이 붙은, 너무나 많은 이들의 작품
에 나타나 있어, 이러한 예문을 얼마든지 들 수 있다. 이런 문
장을 읽게 되는 어린이야말로 불행하며 차라리 안 읽는 것이
다행이다. 아이들이 문학작품을 싫어하도록 만들고 문학을 모
르는 자신을 열등시하도록 할 것이 너무나 확실하다.

다음은 무국적성과 당치도 않은 어른 취미에 대해서다. 생
활동화든 공상동화든 민족과 어린이의 현실이 전혀 반영되지

않은 국적 불명의 작품이 범람하고 있다. 이런 작품의 특징은 사치한 생활과 감정의 표현이 아니면 생활 그 자체가 없는 것으로 되어 있다. 또 어른 취미란 것은 가령 어른들의 연애 감정이나 애정 생활 같은 것을 동화라고 쓰는 일이다. 이런 국적도 없고 생활도 없는 동화와 어른 취향의 작품은 화려한 물질적 생활을 턱없이 동경하게 하고 혹은 현실을 눈감게 하여 불건전한 생활 태도와 정신을 기르게 한다. 그것은 마치 시골 아이들이 텔레비전 화면을 들여다보고 열등의식을 길러 가는 것같이 어린이들의 열등감을 길러 주는 노릇을 한다. 그것은 외래적이고 모방적인 것이며, 반민족의 문학이라 할 수 있다.

최근 이른바 평론들에 나타나고 있는 작가들의 비뚤어진 의식 표현은 더욱 주목할 만하다. 그것은 어린이문학 작가들의 열등의식과 그 불건전한 해소 방식을 정당한 것으로 옹호하는 궤변을 늘어놓는 언론이 되어 있기 때문이다.

첫째, 작가들이 어린이를 기피하거나 어린이와 동떨어져 있는 창작 태도를 시와 문학의 이름으로 변호하고 있는 일이다. 우리 어린이문학이 어른들의 기호에 맞추어 만들어지고 있다는 것은 지금까지 언급하였다. 동시에서는 의미 없는 난해한 표현, 제재의 어른 취향, 시인의 사치한 몽상 취미 따위, 동화에서는 요란스런 장식 문체, 서구의 것에 대한 모방을 일삼는 무국적성, 도시의 특수한 귀족스런 어린이의 모습을 '이상과 낭만의 문학'이란 이름으로 그려 내고 있는 상업성 따위, 이런 모든 주체성을 잃은 창작 태도를 노골적으로 대변하고 옹호하는 언론이 있다는 것은 놀라운 일이다. 비뚤어진 문학을 옹호하기 위해 내세우는 이들의 주장을 몇 가지 들면 다음과 같다.

① 어린이문학의 1차 독자는 어린이지만 역시 어른이 쓰는 것이고 어른이 읽을 만해야 문학이 된다. 어린이를 너무 의식하면 문학이 안 되고 예술성을 확보할 수 없고 작품이 저급해져서 아이들 작문같이 된다.

② 어린이라고 하지만 문학작품을 이해하고 수용하는 어린이는 극소수다. 어린이문학은 이 극소수의 선발된 어린이가 예술을 감지하는 능력으로 읽고 감상하는 것이면 된다.

③ 어떤 학자의 학설에 따르면 어린이란 한 살에서 스무 살까지다. 어린이를 스무 살까지라고 보면 동시의 난해성 문제도 해결되고, 어린이문학의 질이 어떤 것이어야 하는가도 명확해진다.

④ 어린이문학이라 할 것이 아니고 그냥 문학이라 함이 옳고, 동시라 하지 말고 그냥 시라 해야 한다. 어린이란 말을 시 앞에 붙일 필요가 없다. 그리고 어린이 독자를 전혀 예상하지 않는 어른을 위한 동시도 있을 수 있다.

이 네 가지 주장에 대해서는 별로 언급할 가치가 없는 것이지만 여기서 간단히 비판해 본다. 어린이를 너무 의식하면 문학이 안 된다는 ①의 주장은 어린이문학 작가로서는 할 수 없는 말이다. 일반 작가들이 어린이를 특별히 의식하지 않고 쓴 시나 소설이 어린이에게도 읽히어 어린이를 위한 문학이 되고 있는 예는 가끔 있는 사실이지만, 어린이문학을 전업으로 하는 작가가 어린이를 생각하지 않고 작품을 쓴다는 것은 있을 수 없다. 설사 그가 어떤 순간에 어린이란 존재를 염두에 두지 않고 시 한 편을 썼다고 하더라도(그런 일이 흔히 있겠지만) 그가 동시를 쓰는 사람으로서 항상 느끼고 생각하는 세계가 어린이의 세계와 통하는 것이 되고 있으니, 이런 사람에게는 일부러 어린이를 의식하게 한다는 것이 오히려 우습고 불필요하다. 동심에서 살고 있는 작가에게는 어린이를 의식하고 어쩌고 무슨 필요가 있는가. 어린이를 의식한다 안 한다가 문제가 아니다. 어린이가 읽는 문학이 되고 있는가 아닌가가 문제다. 어린이가 읽는 문학이 되기 위해 어린이의 생활과 심리를 깊이 이해하는 것이 어찌 무익하며, 어린이문학가로서 그러한 노력이 어찌 불필요하겠는가. 어린이문학 작가가 어린이의 현실과 마음을 파악하는 것은 어린이문학을 어린이의 것으로, 깊이 있는 감동의 문학으로 만드는 요인이 되는 것이다.

그런데 작가가 어린이의 세계를 알 필요가 없고 어린이를 너무 생각하면 문학의 질이 떨어진다고 하는 사고방식은 어떻게 해서 이뤄진 것일까. 이것은 어린이의 세계를 전혀 이해하지 못하고 덮어놓고 그들을 빈약하고 보잘것없는 존재로 멸시하는 태도에서 나온 것이다. 어린이 세계의 진실함과 아름다움을 깨닫지 못하는 사람은 어린이를 다만 미숙하고 불완전하고 아름다울 수도 없는 것으로 보고, 그리하여 어린이의 심리나 생활이 문학의 세계가 될 수 없는 것으로 생각한다. 어린이를 믿지 못하고 멸시하고 기피하는 태도는 이렇게 하여 형성된다. 이런 사람이 어린이와 어린이문학을 열등시하는 것은 당연하고 어린이의 세계를 알 필요도 없고 어린이를 의식하면 문학이 제대로 안 된다고 하는 것도 당연하다. 문제는 다만 이런 사람이 어린이문학을 한다는 것이고, 그것이 이해할 수 없는 한국적 현상인지도 모른다.

과거의 어린이문학이 유아들을 완상하는 어른 중심의 문학이 되었던 것은 어린이를 너무 의식해서 그런 것이 아니었다. 어린이를 전혀 의식하지 않거나 잘못 의식한 때문이다. 정확히 말하면 의식이 아니라 인식을 못 한 때문이다. 어른이 읽을 만해야 가치가 있다는 것도 어린이를 모르고 어린이를 불신하는 말이다. 어른에겐 재미있는데 아이들에겐 재미없거나, 아이들에겐 감동 깊게 읽히는 것이 어른에겐 시시하게 보이는 그런 어린이문학 작품이 있을 수 없다. 독자의 나이와 취향에 따라 또 작품에 따라 조금씩 차이는 있지만 대체로 아이들이 즐겨 읽는 것은 어른들도 즐겨 읽게 되고 아이들이 시시하게 보는 것은 어른들에게도 시시한 작품이 되는 것이다. 예술 작품을 받아들이는 감정은 아이들이 어른들보다 그 순수성을 더 확보해 가지고 있는 것이라 볼 수도 있다.

다음 ②, 어린이문학의 독자가 되는 어린이는 극소수의 선발된 어린이라는 주장인데, 이것 역시 허망한 말이다. 일반 어른문학의 독자도 극소수의 선민이라면 괴이한 말이 되겠는데, 어린이문학의 독자를 이렇게 한정한다는 것은 당치 않은 말이다. 독서 취미를 가진 어린이가 극소수라는 것도 있을 수 없는 말이다. 다만 이런 상식에서 벗어난 주장은, 어린이를 무시한 난해 동시나 어른 본위의 백일몽 같은 동화를 어떻게 해서라도 어린이문학의 이름을 빌려 문학작품으로 행세할 수 있도록 해보려는 데에 그 의도가 있는 것임을 주목할 필요가 있다. 그리하여 어린이 독자가 극소수의 선발생이란 이론의 허망성을 보충하기 위해 다시 내세우는 것이 ③의 어린이 스무 살 상한설이다. 벌써 여기에 이르면 비판할 필요도 없는 것 같다. 논리고 뭐고 할 것 없이, 물에 빠진 사람이 지푸라기라도 의지해 보려는 몸부림같이 느껴진다. 스무 살 가까운 어린이를 주된 독자로 하는 문학작품을 쓰는 것도 좋다. 문제는 어린이에게 이해되지 않고 어린이가 친근할 수 없는 작품을 이렇게까지 억지를 세워 가며 굳이 어린이문학의 범주에 넣으려고 애쓰는 태도다. 일반 문학에도 낄 수 없는 작품이고 보면 이렇게라도 하는 수밖에 없는지 모르지만 결국 재난은 어린이문학에 내리는 것이고 어린이들만이 수난당한다. 어린이를 버리고 어른들 쪽으로 달려가 있으면서도 어린이의 이름을 팔고 있는 이들이 드디어 어린이란 이름마저 문학에서 없애 버리자고 하는 ④와 같은 자기 부정의 모순된 발언, 혹은 솔직한 발언을 하게 된 것도 당연한 귀결이다.

다음 두 번째로 병든 문학 태도를 옹호하는 비뚤어진 언론으로 지적해야 할 것이 서민 정신에 대한 비방이다. 어린이를 멸시하고 멀리하는 이들은 우리 민족의 삶의 현장과 어린이의 생활을 진실하게 파악하려는 문학 태도를 반대하고 또한 어린이문학이 서민 정신에 서서 창조되어야 한다는 발언을 제멋대로 왜곡하여 중상하고 있는데, 이것은 이념과 철학을 가질 수 없는 열등감 소유자의 병든 해소 행위가 되고 있다. 어린이문학이 어린이를 위한 문학이라면 그것은 당연히 어린이의 건전한 성장과 그들의 미래가 밝고 빛나는 세계가 되기를 염원하는 작가의 철학을 기반으로 창조되어야 한다. 따라서 작가는 우리 민족의 역사와 사회 현실을 양심으로 파악하고 어린이의 생활을 정직한 눈으로 보고 거기서 진실을 찾아야 하는 것이다. 작가의 머릿속에 그려지는 상상이나 공상은 여기서 비로소 그 의미를 부여받을 것이고, 모든 사람들에게 감동을 주는 문학도 여기에서 창조되는 것이다. 그리고 이러한 주장은 해방 30년 동안 다만 어른의 장난감이 되고 혹은 어른의 문학 취미를 만족시켜 주는 도구나 방편이 되어 버림받아 온 어린이를 다시 어린이문학의 주체로 받들기 위한, 너무나 당연하고 또 긴급한 우리 민족 문학의 한 과제였다. 그런데 어린이를 문학의 도구로 이용하는 이들은 어린이의 생활과 감정에 뿌리박은 문학을, 현실을 그대로 복사하는 사진사의 그것이라고 왜곡시켜 말한다. 그리고 어린이와 생활을 문학으로 표현하는 것은 작가의 문학적 상상을 거부하는 행위라고 말하는데, 이들의 '문학적 상상'이란 것이 바로 열등의식을 가진 사람의 현실도피의 백일몽이 되어 있기 때문이다. 어린이와 생활을 기피하는 이들이 서민성을 반갑게 여길 리 없다. 이들은 서민이란 말을 싫어하여 이 말이 불온성을 띤 것처럼 비방하다가, 드디어 프로문학과 억지로 연결시켜 놓고는 난폭한 인신공격까지 하고 있다.

　　여기서 어린이문학 평론의 문장에 대해 언급할 차례가 된 것 같다. 평론 문장에 나타난 열등의식의 표현으로는 ① 현학 취미를 자랑하는 난삽한 번역체, 허식적 문체 ② 저급한 감정을 배설하는 감정문 ③ 높은 자세로 남을 호령하는 허세적 문체, 이 세 가지를 들 수 있다.

①의 예

시술(詩術)은 하나의 기술임에 틀림없지만 단순한 기술이
아니고 일차 그의 인식적 방법은 시적 상상력에 독특한 준
비를 두고 있다는 점이다.

②의 예

이 무슨 철 늦은 잠꼬대란 말인가. 누가 평론이랍시고 '시
(詩)란 무엇인가?' 하고 제 나름의 '발견적 시론(發見的 詩
論)'도 아닌 남의 이론(理論)들을 차용해서 구색(具色)만 갖
춘, 그나마도 정제(整齊)된 체계(體系)도 없이, 글을 내놓았
다면 실소(失笑)를 사기 십상일 것이다. 헌데 그는 치기만
만(稚氣滿滿)한 문학청년의 기질을 아낌없이 드러내며 사
뭇 기고만장(氣高萬丈)이다.

③의 예

다시는 여상(如上)한 불행한 활자를 줍게 하지 않기 위하
여 문제된 제군(諸君)들의 '실력 향상' '문학 회복(文學恢
復)'을 74년에 바라 마지않는다.

이러한 허세와 장식문은 항상 그 내용의 공백과 이론의 허
망성을 그 스스로 입증해 주는 표현이 된다. 문학에 대한 생각
이 얕고 믿음이 없을수록 남의 권위에 기대는 수밖에 없어 외
국의 유명 문사들을 빈번히 인용하고, 될 수 있는 대로 어려
운 낱말을 쓰고, 문장은 이해가 잘 안 되도록 야단스럽게 꾸미
고 비비 꼬아 놓는다. 또 평론을 시를 쓰듯이 감정을 쏟아 놓기
도 하고, 유아독존의 치졸한 자세를 보이기도 한다. 글의 제목

까지 〈턴다, 19○○년의 시〉 〈네가티브적 시론을 추방한다〉 〈비리, 부정, 섬어 기타〉 따위, 언뜻 보아도 자기 세계를 나타내 보이지 않는, 남을 헐뜯기 위한 글같이 보인다. 이런 모든 문장의 허식성과 경박성은 어린이를 버리고 어른문학의 흉내를 내려 하고 그런 흉내를 내는 경향을 변호하는, 그릇된 이치를 세우려는 데서 오는 것이다.

어린이를 기피하는 작가들이 어린이문학의 독자를 극소수의 어린이로 한정하고 싶어 하고 혹은 어른에 가까운 어린이가 있다고 하다가 마침내 어린이문학은 어린이를 상대로 하지 않아도 되고, 어린이란 말도 필요 없다고 주장하기에 이른 사실에 대해서는 이미 언급하였다. 근자에 어린이문학이 어린이를 대상으로 하는 그 제약성 때문에 하나의 문학 사상을 이루지 못하고, 소박한 휴머니즘의 자리에 머무를 수밖에 없다고 하면서, 그것을 섭섭하게 여기는 이들이 있는데, 이런 견해가 어린이문학을 열등시하는 일반적 풍조와 어린이문학을 부정까지 하게 되는 일부 작가들의 영향을 받은 것이 아닐까 생각되기도 한다. 이런 발언의 진의야 어디에 있든 어린이문학 작가들에게 좋은 영향을 줄 수 없는 말이 되고 있음은 확실하다. 문학 사상이란 대체 어떤 것이어야 버젓한 것이 될 수 있는가? 어린이들의 세계를 민족의 주체적 관점에서 성실히 창조해 가는 것보다 더 긴요하고 훌륭한 사상이 무엇일까? 안데르센(1805~1875년)은 문학 사상을 이루지 못했다고 할 수 있는가. 그리고 우리 어린이들의 세계를 주체적으로 창조하여 그들에게 깊은 감동을 주고 있는 우리 민족의 작가라면 안데르센보다 더 귀중한 우리들의 자랑이라 할 것이다. 또 휴머니즘이란 것을 너무 신묘한 것으로 생각할 필요가 없다. 소박한 것이야말로 거짓이 없고 순수하고 내용이 충실한 것의 모습이며, 인간적이고 가치 있는 것이다. 어린이문학의 가치를 의심하는 태도는 어린이문학을 열등시하고 혹은 부정하는 태도와 함께 어린이문학에 대한 작가들의 신념의 상실에서 오는 것이 확실하다. 이것은 앞에서 논술한 바와 같이 어린이문학 작가들이 민족의 열등의식을 물리치지 못한데다가 모든 가치가 돈으로 계산되는 상품 시대가 되어 박대를 받는 어린이문학을 스스로 멸시하고 어른문학을 부러워하는 또 하나의 열등의식이 겹쳐져서 어린이와 어린이문학을 불신하는 풍조를 만들었기 때문이다. 민족의 열등감을 씻어 주지 못하던 동심천사주의는 어린이문학에 대한 신념을 상실한 또 하나의 열등감으로 말미암아 어린이에게 더 한층 열등의식을 고취하고, 그리하여 드디어 어린이문학 자체마저 부정하는 위기에 이른 것이다.

해결의 전망과 그 문제점

지금까지 우리 어린이문학의 과거와 현재를 열등의식의 표현 혹은 그 왜곡된 해소 방식으로의 표현이라는 점에서 논하였다. 여기서는 민족적인 혹은 인간적인 주체성을 확립함으로써 열등의식을 훌륭히 극복한 작자와 작품에 대해 언급하려고 한다. 우리 어린이문학의 초창기부터 활동한 마해송·이주홍·이원수, 이들은 민족 문학으로서 우리 어린이문학을 지탱해 온 커다란 기둥이다. 이들은 항상 민족과 어린이의 삶을 문제로 하여 진실을 창조하여 왔지만, 그때그때의 문단 시장에서는 그 문학적 비중이 차지하는 만큼은 받아들여지지 않았던 것 같다. 차라리 상품 시장에서는 천박한 내용의 유행물이 더욱 많이 보급되었다. 이것은 사회 환경이 진실보다 가식적이고 천박하고 경솔한 것이 환영받는 상황이 된 까닭이고, 한편 이들은 참된 문학 정신의 소유자들이 모두 그러하듯이 소위 입신출세식의 처세를 외면하며 살아온 때문이라고도 여겨진다.

마해송 씨는 창작 동화의 길을 개척한 사람이다. 그는 일제와 외세에 대해 민족주의라는 것을 자신의 정신적 기둥으로 삼고 매우 완강한 저항을 함으로써 열등의식에서 벗어나게 되었다. 동화 〈토끼와 원숭이〉(《어린이》, 1931년 8월~1933년 1월)는 일제에 대한 반항 의식을 표현한 것이고, 〈떡배 단배〉(《자유신문》, 1948년 신년호부터 시작하여 20일 동안 연재)는 8·15 이후 우리나라를 둘러싼 강대국들의 경제 침략에 대한 항거 의식을 나타낸 것이다. 정부 수립 이후에는 이러한 약소민족으로서의 대외적 반항 의식이 국내 사회의 온갖 불합리와 모순에 대한 비판 의식으로 나타나 〈모래알 고금〉(《경향신문》, 1957년 9월 10일~1958년 1월 20일) 〈꽃씨와 눈사람〉(《한국일보》, 1960년 1월 1일) 《앙그리께》(1954년) 같은 작품을 쓰게 되었다. 이 작가의 한국의 전통에 대한 관심이라든가, 농촌과 가난한 사람에 대한 애정이라든가, 봉건적 인습과 사회제도로 부당하게 억압당하는 어린이에 대한 사랑 같은 것도 그의 민족정신을 기반으로 한 휴머니즘이 나타난 것이라 할 수 있다.

마해송 씨의 동화는 철저하게 사회와 현실의 문제에서 발상된다. 그의 동화에 동물이나 식물들이 주인공으로 나와도 그것은 결국 인간의 문제를 얘기하려고 한 것이다. 주제가 명확하고 줄거리가 단순하고 선명한 설명문으로 되어 있는데, 소설적 묘사가 부족하고 관념적 주제가 너무 드러난다 할 수 있지만, 그러나 현대 동화를 별로 대할 수 없었던 우리 어린이들에게 이런 동화는 매우 필요하였고 귀한 읽을거리였다. 우리의 근대 동요가 첫걸음을 시작한 후 얼마 되지 않아 동심천사주의의 모습을 띠게 된 것과는 달리 동화에서는 이 천사주의가 지배할 수 없었는데, 그것은 마해송 씨 같은 사람이 민족주의적 주체 의식을 근간으로 한 동화를 써서 열등의식을 넘어섬으로써 외래적 탐미주의나 동심주의에 강력한 제동 노릇을 하였기 때문이다. 마해송 씨는 창작 동화를 개척하여 전래 동화에서 현대 동화로 발전하는 교량 역할을 민족의 주체적 관점에서 훌륭히 감당하였던 작가다.

이주홍 씨의 작품에 나오는 어린이는 농촌과 도시의 가난한 서민의 아이들로 되어 있는데, 이런 아이들은 다시 두 가지 모습으로 나타나고 있다. 그 하나는 불행한 환경 속에서 온갖 시련을 겪으면서 자라는 어린이상이고, 다른 하나는 순진한 행동을 하면서 때로는 말썽을 일으키기도 하는 장난꾸러기들의 모습이다. 앞의 것이 역사 현실 속에서 고난을 극복해 나가는 어린이를 주체적으로 파악하여 실감 나게 그림으로써 감동을 주는 작품이 되고 있는데, 뒤의 것은 장난꾸러기 어린이나 소년들을 익살스럽게 그려 그저 재미있어 웃기는 얘기가 되도록 하면서, 사회와 인간을 비판하고 풍자하고 있다. 이주홍 씨

작품의 특징은 주제가 겉으로 나타나지 않고 다만 얘기의 재미에 끌려 단숨에 읽도록 구성과 표현이 배려되어 있는 점이다. 작품에 스며 있는 서민들에 대한 깊은 이해와 따스한 애정, 해학적인 문장과 실감 나는 묘사가 보여 주는 사회와 인간에 대한 진실한 파악은 그의 많은 동화와 소년소설을 우리 어린이문학의 귀한 재산으로 만들고 있다. 가령 장편소설《아름다운 고향》(남경문화사, 1954년)을 예로 들면, 시적(詩的)으로 펼쳐지는 우리 모두의 고향이었던 농촌을 배경으로 하여 민족사의 한 토막을 불행한 백성들의 수난과 항쟁의 얘기로 엮고 있는데, 여기서 우리는 한 소년이 식민지적 열등의식을 어떻게 극복하면서 자라나고 있는가를 감동 속에서 읽을 수 있다.

이원수 씨의 작품은 불행한 민족과 불행한 어린이를 위해 쓴 것이다. 일제하에서는 동요와 동시로 가난에 시달리는 어린이를 위로하고 용기를 주었고, 해방 후에는 동화와 소년소설을 더 많이 써서 고난을 당하고 있는 어린이 편에 서서 그들에게 진실한 삶을 보여 주려고 하였다. 그는 국토의 분단이 가져온 동족상잔의 전쟁과 그 밖의 온갖 민족의 수난 상황을 그 어느 어린이문학 작가도 못 미쳤던 깊이로 진지하게 다루었다. 민족의 삶의 현실은 곧 어린이의 현실이 되어 있기 때문이다. 어린이문학이 현실과 인간의 모든 문제를 다루어 무한히 깊은 사상을 담을 수 있음을, 이 작가의 작품에서 우리는 확신하게 된다. 열등의식을 병적으로 해소시키고 있는 아이들, 약육강식의 질서를 배우고 있는 아이들, 엉뚱한 꿈만 꾸도록 하고서 부모 형제와 함께 살고 있는 눈앞의 삶을 눈감도록 강요받아 온 아이들, 이런 모든 아이들에게 식민지 노예근성에서 벗어나는 힘과 지혜를 그의 작품은 안겨 줄 것이다.

근년에 열등의식을 강렬한 작가 정신과 인간의 성실성으로 극복해 보인 두 작가, 이현주(1944년~) 씨와 권정생(1937~2007년) 씨를 들고 싶다. 이현주 씨의 장편 동화《바보 온달》(대한기독교서회, 1973년)은 짓밟히고 업신여김을 받으면서도 인간스런 마음을 잃지 않는 사람을 모두가 바보라고 하지만, 그러나 잘나고 약빠르고 남 위에 올라선 사람보다 백배도 천배도 더 착하고 더 강하고 마음이 넉넉한 사람임을 그려 보이고 있다. 그리고 인간의 역사는 돈과 무력으로 지배하는 자가 결국은 패배하고, 바보 같은 착한 정신이 승리한다는 것을 이 동화는 감동으로 보여 주고 있다. 여기서는 가난하고 약한 자가 다만 착하고 순하고 바르고 깨끗함으로써 열등의식과는 전혀 반대의 강인한 인간 정신을 발휘하게 되는 것이다. 이 밖에 이 작가의 작품은 모두가 사회정의와 인간 정신의 순수성을 지키려는 성실성에서 쓰이고 있다.

권정생 씨는 이 세상에서 가장 불행한 이들을 찾아 그들을 부둥켜안고 함께 울고 괴로워한다. 그리하여 그 불행한 이들이 실은 얼마나 착하고 아름다운 마음을 가지고 있는가를 증명하여 준다. 동화 〈무명 저고리와 엄마〉(〈조선일보〉 신춘문예 당선작, 1973년)는 이런 가난하고 수난만 당하는 사람들이 우리 민족이요, 우리 자신의 모습임을 간결하고 아름다운 문장으로 보여 주고 있다. 동화 〈강아지똥〉(〈기독교 교육〉 제1회 기독교어린이문학상 당선작, 1969년)에서는 모두가 더럽다고 가까이하지 않는 강아지 똥을 아름다운 민들레꽃으로 피어나도록 하고 있는데, 여기서 가난한 생명에 대한 이 작가의 눈물겨운 사랑을 읽을 수 있다.

이 밖에 근년에 발표된 작품으로 박홍근 씨의 〈만세〉, 손춘익(1940~2000년) 씨의 〈달과 꼽추〉〈돌사자 이야기〉(1973년), 박경종 씨의 〈돌아온 껌 장수〉, 이영호(1936년~) 씨의 〈보이나 아저씨〉(1973년) 〈영생원 아이〉(《빙판 위의 아이들》, 문조사, 1973년), 정휘창(1928년~) 씨의 〈원숭이 꽃신〉(《밀리미터 학교》, 배영사, 1968년), 윤일숙(1939년~) 씨의 〈돼지〉(〈한국일보〉 신춘문예 당선작, 1965년) 들은 외세에 대한 항거 의식으로, 불행한 혹은 착한 사람에 대한 애정과 믿음으로, 사회에 대한 비판 정신으로 열등의식을 극복한 작품들이 되고 있다.

열등의식을 극복하는 문제에서 일반적으로 범하기 쉬운 오류로서 한 가지 말해 둘 것은, 작품에 나오는 인물의 지나친 영웅화 혹은 성숙화다. 말하자면 어려운 환경을 벗어나기까지 필연적으로 겪게 되는 온갖 시련이나 인간적인 고뇌, 고투 같은 것이 전혀 없거나 별로 보이지 않고 너무도 안이하게 이상 인물을 설정해서 그려 놓는 일이다. 이 점은 〈만세〉나 〈영생원 아이〉나 〈돼지〉 같은 작품이 모두 같은 각도에서 논란이 될 여지를 남겨 놓고 있다. 또 하나, 많은 동화 작품이 빠져 있는 함정으로 지적할 것은 고난을 당하는 인간의 얘기를 할 때 그런 인간의 불행을 작가가 시적 감상에 탐닉하거나 심미적 소재로 이용하는 데 그치고 있다는 점이다. 불행을 불행으로 완상하고 있는 것은 불성실한 작가의 태도이며, 열등의식을 극복하게 해 주는 작품이 될 수 없다. 안데르센의 〈성냥팔이 소녀〉(1846년)를 우리는 넘어서야 한다.

　최근에 나온 조평규(1945년~) 씨의 동화집 《토란잎 우산》(백합출판사, 1976년)을 예로 들어 우리 동화의 현 단계를 얘기해 보자. 이 동화집은 후기에 쓴 이영호 씨의 말과 같이 우리의 향토적인 것, 토속적인 것을 찾아 보여 주었다는 점에서, 또 극명한 묘사로 현실성을 획득하였다는 점에서 근래 우리 어린이 문학이 거둔 보기 드문 성과라 할 수 있을 것이다. 오늘날 많은 작가들이 빠져 있는 외래적인 모방 상태에서 이 작가는 훌륭히 빠져나와 자신의 세계를 성실하게 열어 가고 있다. 그러나 이 작가가 넘어서야 할 문제를 여기에 제시해 보자. 가령 〈꽃씨와 귀염이〉의 예를 들어 본다. 집이 가난하고 혀짤배기인 꽃씨가 학급의 일을 남보다 더 잘 해내려고 하는 것이 하필이면 집이 넉넉한 귀염이를 따라 화분을 사서 갖다 놓으려 애쓴다는 것은 열등의식의 비뚤어진 해소 방식이라 하겠고, 또 혀짤배기 식모라고 놀림을 당했다 해서 어항에다 금붕어가 죽으라고 기름기 묻은 빵 부스러기를 가득 뿌리는 것도 그렇다. 나환자의 딸아이 얘기를 그린 〈순연이〉도 모든 사람에게 소외당하는 소녀의 문제를 마지막에 선생님이 어느 의학박사에게서 받게 되는 편지로, 즉 우연한 사건, 의타적인 사건으로 해결하여 놓고 있는데, 그 편지가 아니었다면 어찌하였겠는가? 이것은 진정한 해결이라 볼 수 없다. 〈토란잎 우산〉은 근이라는 부모 없는 아이보다는 근이를 괴롭히는 그의 조카 정호란 아이를 중심으로 얘기를 만들었는데, 마지막에 정호가 집을 나간 근이를 불러오고 싶은 마음이 생긴 것도 정호의 에고이즘의 결과이고 보면, 여기서도 여전히 문제의 해결은 될 수 없는 것으로 되었다.

다음은 이 작가의 문장인데, 후기에서 언급한 대로 간결한 비유의 묘사가 놀랍다. 그것은 확실히 작품에 생기와 긴박감을 주고 독자를 이끌어 가는 매혹적인 힘이 되기도 한다. 그런데 자칫하면 그것이 지나쳐 문장을 만들기 위한 문장이 되고 허식이 되고 혹은 문맥과 내용을 감지하는 데 방해가 되는 거추장스런 장식이 될 수 있다는 점을 유의할 필요가 있다. 이 작가의 산문정신이 이 점에서 좀 더 철저하고 현명하게 발휘되어야 할 것이다.

동시에서는 사치한 언어유희의 작품과 대조가 되는 것을 몇 편 들어 본다.

자주 꽃 핀 건, 자주 감자.
파 보나 마나, 자주 감자.

하얀 꽃 핀 건, 하얀 감자.
파 보나 마나, 하얀 감자.

〈감자꽃〉, 권태응(1918~1951년), 1948년

모두가 알고 있는 작품이지만, 농촌 어린이의 생활과 모습을 이렇게 실감으로 그려서 그 내용과 형식이 완벽한 작품을 우리는 이제 보기 어렵게 되었다. 어린이의 진실과 시를 되찾기 위해서 우리는 그들의 세계에서 무한한 시의 보고(寶庫)를 발견할 수 있는 지혜를 가져야 하며, 그러기 위해 이러한 우리들의 고전을 다시 음미할 필요가 있다. 시인의 머리에서 짜낸 말의 기술과 어린이의 세계에서 발견한 시 중에서 어느 것이 더 감동이 있는가, 우월한가를 생각해 보자. 그래서 허황한 몽상이나 감각의 말장난보다는 차라리,

동그랗고
조그만
간장 종지!

밥상 위에
한복판
자리 잡았다.

식구들의
식성대로
간을 쳐 주며

끼니마다
한 번도
결석 않는다.

〈간장 종지〉, 이희철

이런 작품이 그 형식에서 논란의 여지가 있지만, 얼마나

시의 진실과 아름다움을 더 느끼게 하는지 모른다. 이러한 서민적 감각과 생활 세계의 자각을 동시의 귀중한 영토로 삼는 것은 열등의식의 극복을 과제로 안고 있는 우리 어린이문학으로서 매우 값있는 노력이라 하겠다.

옥중아, 옥중아,
너는 커서 뭐 할래?

보리밥 수북이 먹고
고추장 수북이 먹고
나무 한 짐
쾅당!
해 오지.

〈옥중이〉, 신현득, 《아기 눈》

물질과 외형적 위세 같은 것에 추호의 비굴감도 없는 이런 의식의 확립이야말로 민족과 어린이의 주체를 회복하는 길이 될 것이다.

결론

어린이문학이 어린이의 열등의식을 불식시켜 줄 수 있는 참된 민족 문학이 되기 위해서는 먼저 무엇보다도 작가 자신이 열등의식에서 벗어나야 한다. 금전으로 환산되는 가치관, 입신출세식의 사고, 개인 중심의 폐쇄된 취미, 이런 모든 비인간적 근성

을 청산해야 한다. 이리하여 민족의 주체 의식을 확고히 몸에
붙일 수 있으면 어린이문학에 대한 신념을 회복할 수 있을 것
이고, 따라서 일반 문학에 대한 어린이문학자의 열등의식도 소
멸될 것이다.

어린이문학이 작가의 온몸을 투입할 만한 보람 있는 업이
라는 신념을 갖기 위해서는 어린이에 대한 애정이 작가 중심의
이기적인 것이어서는 안 되며, 어린이를 장난감으로 귀여워하
는 동심천사주의가 극복되어야 한다. 어린이를 살아 있는 인간
으로, 현실의 온갖 불결한 환경에 오염되어 비뚤어져 가고 있
지만, 그러나 그들 속에 무한한 가능성을 가진 인간으로 믿어
야 한다. 민족과 인간의 앞날을 그들 속에서 바라보고 그들의
삶에서 진실을 찾아낼 수 있는 지혜를 작가는 가져야 한다. 특
히 가난하고 약한 어린이의 세계를 작가 자신의 것으로 삼고
그들 세계의 아름다움과 진실함을 찾아 보여 준다는 것은, 약
소민족의 열등의식을 청산해야 할 사명을 지고 있는 어린이문
학 작가들의 긴요한 관심사가 되어야 할 것이다. 이제 여기서
열등의식을 극복해야 할 작가의 창작 태도를 몇 가지로 요약해
본다.

첫째, 돈과 물질적 겉모양으로 모든 가치가 매겨지는 사회
와는 전혀 다른 정신적 질서의 세계를 창조해 보여 주는 것은
참으로 중요한 일이다.

둘째, 민족과 어린이의 현실을 바로 보고 인간다운 양심을
가지고 문학을 창조해야 한다.

셋째, 어린이 세계에 침투되어 있는 힘의 숭배 태도를 바

로잡고 참된 민주 정신을 심어 주어야 한다.

넷째, 가난하고 약한 자에게 위안과 희망, 용기를 주어야 할 것이다. 불행한 사람과 함께 손잡고 살아가야 하는 것은, 우리 모두의 인도적 책임이란 것을 깨닫게 한다.

다섯째, 거짓스럽고 비뚤어진 것을 그대로 눈감아 버리지 말고 그것을 비판하고 바로잡는 양심과 정의감을 몸에 붙이도록 하는 것이 바람직하다.

여섯째, 꾀부리고 약빠른 처세술이 어린이의 세계에서 경멸되고, 솔직 소박하고 순진한 동심이 옹호되어야 한다.

일곱째, 열등의식을 불식시켜 주는 적극적인 주제와 내용이 아니라도, 모든 어린이가 실감할 수 있는 참된 세계를 보여 주는 것은 어린이를 문학의 주체로 파악하여 그들의 정신을 충만하게 하여 주는 훌륭한 어린이문학이 될 수 있을 것이다.

다음엔 열등의식을 조장하는 문학이 어떤 모습으로 나타날 수 있는가를 간추려 본다.

첫째, 우리 민족의 처지에서 당치도 않은 사치한 생활과 감정의 표현.

둘째, 입신출세식 사고와 생활 모습을 긍정적으로 그린 작품.

셋째, 현실을 기피한 폐쇄 심리 속에서 그리는 백일몽을 문학적 상상으로 알고 있는 작품.

넷째, 어른 중심의 취미, 오락 관심을 그린 것. 어린이를 완구나 도구로 보는 태도의 작품.

다섯째, 어른문학을 모방하는 상태에 빠진 것. 내용이 없는 장식 문장으로 된 것. 감각적 기교주의 작품.

여섯째, 세상 모든 것이 어린이를 위해 있는 것처럼 보여 주는, 안이한 사고 위에 이뤄진 작품. 인간의 삶을 왜곡시켜 표현한 것. 현실성이 없는 것.

일곱째, 어린이의 생활과 감정을 이탈한 작품을 비호하는 비뚤어진 문학 이론. 어린이를 멸시하고 어린이와 어린이문학에 대한 신념을 동요시키는 결과를 가져오는 불성실한 발언.

마지막으로 일반 문학작품에서 작가들이 열등의식을 어떻게 극복하고 있는가를 참고로 살펴본다. 한 시인의 시 작품을 예로 든다.

방 안 하나 가득 찬 철 모르는 어린것들.
제멋대로 그저 아무렇게나 가로세로 드러누워
고단한 숨결은 한창 얼크러졌는데
문득 둘째의 등록금과 발가락 나온 운동화가 어른거린다.
내가 막상 가는 날은 너희는 누구에게 손을 벌리랴.
가여운 내 아들딸들아,
가난함에 행여 주눅 들지 말라.
사람은 우환에서 살고 안락에서 죽는 것,
백금 도가니에 넣어 단련할수록 훌륭한 보검이 된다.
아하, 새벽은 아직 멀었나 보다.
　　　　　　　　〈병상록〉 후반부, 김관식(1934~1970년), 1970년

가난으로 하여 아이들이 열등감을 가질까 염려하여 이 시

인은 그 가난이 오히려 사람을 위대하게 만들어 줄 수 있는 가치가 있는 것임을 아이들에게 말한다. 이것이 입으로만 지껄이는 공허한 교훈이 아니라 시인의 깊은 삶의 신념으로 되어 있다는 것은 "사람은 우환에서 살고……"라는 동양적 체관(諦觀)을 표명한 것에서도 느낄 수 있다. 여기서 이런 체관이 체관으로 주저앉아 자기를 잃어버리지 않고 엄연한 주체성을 확고히 가지고 미래를 바라보고 있는 점을 주의할 필요가 있다. 이 시인은 또 다른 시에서 "벼슬아치가/ 수레를 머무르고 찾아온다 할지라도/ 두 다리 쭈욱 뻗고 마루에 걸터앉아/ 필타리를 까 배꼽을 내놓은 채/ 이를 잡으며 말할 것이다"(〈옥루(屋漏)의 서(書)〉 한 구절)고 하고 있다. 이런 오연한 기개야말로 주체성 확보가 지상 과제인 우리에게 귀중한 작가 정신, 시정신으로 여겨져야 할 것이다. 앞 장에서 든 동시 〈옥중이〉는 이런 진지한 시정신에서 이뤄진 작품으로 보고 싶다. 그러나 오늘날 많은 어린이문학 작가들은 가난과 불행을 부끄러워하여 덮어 감추고 있는 것이 사실이다. 사치한 감정이나 허망한 꿈을 문학으로 알고 있고 어른들의 연애 감정 같은 것이나 쓰는 것을 자랑삼고 있어, 이런 작품이 상품으로 범람하여 어린이들의 열등의식을 조장하고 있다. 어린이문학의 이름으로 어린이의 세계에 마약을 뿌려서는 안 된다. 어린이문학의 위기는 열등의식에서 오는 것이고, 이 열등의식의 극복은 어린이에 대한 신뢰, 어린이문학에 대한 신념을 회복하고, 어린이를 주체로 목적으로 인식하는 주체 정신의 확보로써만 가능하다.

〈창작과비평〉, 1976년 겨울

동심의 승리
이윤복 일기《저 하늘에도 슬픔이》에 나타난 동심

머리말

이윤복 일기 문집《저 하늘에도 슬픔이》(신태양사, 1964년)를 최근 다시 읽은 나는 적지 않은 충격을 받았다. 10년 전에 읽었을 때 무엇을 느꼈던 것인지 별로 기억이 없는 것은, 워낙 오랜 시간이 지나게 되어 그때 받은 감명을 잊어버린 것이라 생각되지만, 이번에 다시 읽어서 얻은 감명이 특히 컸던 것은 또 다른 까닭이 있다는 것을 깨달았다. 최근 국내 작가들의 어린이문학 작품을 두루 살피게 되었는데, 그러다가 이 책을 대하니 지금까지 읽었던 그 많은 동화며 소년소설들이 솔직히 말해서 거의 모두 뭔가 가짜요 엉터리란 느낌을 갖게 되고, 대신 열한 살 소년이 쓴 이 일기문이 그 불행한 체험의 정직한 기록으로 하여 가슴을 압도해 온 것이다. 최근 활자를 가로로 짜서 만든 이 책 고침판의 끝장을 보면 1964년 11월 15일 초판 이래 1974년 3월 10일로 20판을 펴낸 것으로 되어 있다. 동시집은 물론이고 동화집이나 소년소설 책들이 실제로 재판까지 간 것이 극히 드문 형편에서 이렇게 이 책이 많이 팔렸다는 것은 놀랄 만한 사실이고, 이 책에서 감동을 얻은 것이 결코 나 하나만이 아니라는 것을 알게 된다. 나는 이 책을 그처럼 많은 사람들이 읽었고 읽고 있는 엄연한 사실을 두고, 문학 하는 사람으로서, 또 교육을 하는 사람으로서 모른 척할 수 없다고 생각했다. 그래서 이윤복 일기가 가지고 있는 문제성을 긍정적인 면에서부터 부정적인 면에 이르기까지 밝혀 보는 일이 우리 어린이문학을 창조하는 일에 참고가 될 뿐 아니라 교육에 관해서도 도움이 될 것이라 믿기었다.

이윤복 일기에서 가장 관심을 끌게 된 문제는 우리가 찾고 있고 찾아서 키워야 할 동심이란 과연 어떤 것인가, 그것은 어떤 모양으로 어린이의 생활과 글에 나타나고 있는가, 하는 것이다.

비바람 속에 피어난 꽃

이윤복 일기《저 하늘에도 슬픔이》(이하 이윤복 일기라고 함)는 1963년 6월 2일부터 시작하여 다음 해 64년 1월 19일까지 쓴 것이다.

먼저 이 일기에 나타난 저자의 생활을 대강 살펴보자.

윤복이는 당시 대구 명덕초등학교 4학년, 나이는 만 열 살. 어머니는 가정불화로 집을 나가 행방을 알 수 없게 되고 아버지는 무직에 신병으로 늘 누워 있는데다 동생을 셋이나 데리고 있는 실제 가장이었다. 동생 순나와 함께 학교가 끝나면 밤늦게까지 거리를 다니면서 껌을 팔아 국수를 사 와서 삶아 먹고, 껌이 잘 안 팔린 날은 깡통을 들고 밥을 얻어 와서 먹고, 그러지도 못하면 흔히 굶는다. 집은, 처음에는 염소를 치는 우리(염소 우리라면 누구나 그 고약한 냄새를 짐작할 것이다)에 들어 있었는데, 그 후 겨우 사람 사는 방을 한 달 2백 원으로 빌려 들어가게 되지만 비가 오면 밤새도록 물을 받아 내면서 잠을 못 자고, 방세도 못 낸다. 그러니 어디 옷을 살 돈이 나오겠는가? 하루는 개울에 빨래를 하려고 냄새 나는 옷들을 가지고 가다가 비누가 없이 억지로 빨면 옷이 다 해어져 못 입게 될 것이라 걱정되어 그것을 빨지도 않고 도로 가지고 온다. 그러니 학교에 다닌다고 하지만 워낙 옷 모양이 누추할 수밖에 없어 깡패들 눈에 띄면 집 없이 거리를 헤매는 아이로 보여 붙잡혀 가기 일쑤다. 불량 청년들의 소굴까지 끌려갔다가 탈출해 나오기도 하고, 넝마주이한테서 집게로 이마를 얻어맞아 피투성이가 되어 병원에 가기도 한다. 물론 병원에서는 치료비도 못 낸다. '희망원'에도 여러 번 잡혀 갔다가 도망쳐 나오는데, 그곳은 껌을 팔러 다니는 아이들을 데리고 가서 보호해 주고 키워 주는 고아원인 듯하다. 윤복이는 이런 당국의 보호조차 동생들을 굶게 하는 결과를 가져오는 것이라 잡혀 들어갈 때마다 도망쳐 나올 수밖에 없었고, 법과 질서를 무시하면서 '잡으러 다니는 아저씨'들을 피해 껌 장사를 하지 않을 수 없었다. 그러나 그 껌 장사는 밤 11시까지 팔아도 국수 사 먹을 돈이 잘 안 벌려서 그 이튿날은 온 식구가 굶고 누워 있는 수가 흔하다. 한 번은 그런 괴로운 지경에서 헤어나기 위해 천신만고로 밑천을 모아 구두닦이 통을 마련하여 구두닦이를 시작하지만 사흘이 못 가서 큰 아이들에게 구두닦이 통을 빼앗기고 만다.

초등학교 4학년이라면 아직 응석을 부리면서 부모에 매달려 자라고 있어야 할 때다. 그런 나이에 그 아무 데도 기댈 곳이 없이, 사랑을 받는 것이 아니라 주어 가면서 스스로 기둥이 되어 식구들을 먹여 살려야 했으니, 실로 감당하기 어려운 일이었다. 거기다가 집도 먹을 것도 없고 어떻게 해서라도 살아가려고 하면 온갖 재난이 닥치고 사회의 박해를 받았으니, 이런 상황에서는 아무리 착한 아이라도 의지가 꺾이고 심성이 비뚤어질 대로 비뚤어지는 것이 당연하다고도 하겠다. 그런데 윤복이는 천만다행히도 모든 고난을 견디어 냈다. 가냘프고 약한 소년의 몸으로서 기적과 같이 견디어 낸 것이다. 깡패들을 따라가지도 않고 소매치기도 되지 않고, 혹은 너무 일찍 익어 버린 열매처럼 되지도 않고, 끝내 참고 견디면서 착하고 아름다운 마음을 잃지 않고 있었다는 것은 정말 신기하고 눈물겨운 일이다. 여기서 윤복이의 티 묻지 않은 순수한 인간 정신, 곧 동심이 어떻게 그 곤궁한 극한 밑바닥의 생활에 나타나고 있는가를 알아보기로 한다.

저녁 10시쯤 되어 '만미당' 빵집 앞에서 순나를 만났습니다.
"순나야, 이자 고만 집에 가자."
"오빠, 한 시간만 더 팔다 가자."
"순나야, 니 몇 통 남았노?"

"요고 두 통만 팔면 된다" 하면서 껌 통을 나에게 보였습니다. 나는 그 소리를 들었을 때 눈물이 날 것 같았습니다.

1963년 6월 5일 일기에서

이렇게 밤늦게까지 배고픈 것을 참으면서 돌아다니는데도 순나는 집을 생각해서 더 팔다 가자고 하고, 윤복이는 또 이런 동생의 마음을 생각해서 눈물이 날 것 같은 심정이 되는 것이다. 8월 1일에는 아침에 밥을 얻으러 갔다가 어느 집에서 밥과 반찬을 많이 주어서 한 깡통이 된다. 그래 집으로 오면서, 배가 고픈 나날을 참지 못해 집을 나가 어디로 행방을 감춘 순나 생각을 한 것을 다음과 같이 쓰고 있다.

……오늘은 밥을 이렇게 많이 얻었는데, 순나가 집에 있었으면 같이 먹을 텐데 하며 그때 언젠가 대구대학 버스 정거장에서 순나가 버스 속의 손님들을 바라보며 노래를 부르던 생각이 났습니다. (……) 노래를 다 부르고 나서 동전한 푼씩을 얻던 모습이 내 눈앞에 떠올라 집에 와서 밥을 먹을 때 밥도 몇 숟갈 못 먹고 나는 숟가락을 놓았습니다.

물질이 궁핍하면 인간의 마음이 황폐해진다고 하지만, 한편 가난 속에는 이토록 따스한 인간의 마음이 살아 있음을 보게 된다. 비바람 속에서 피어난 꽃이기에 더욱 아름다운 것.
다음은 12월 2일의 기록이다.

아버지께서는 앓고 계시고 윤식이와 태순이는 새벽부터 배가 고프다고 울기에 나는 눈물도 나지 않고 기가 막혔습니다. 몇 시간 후 날이 환하게 밝아 왔기에 나는 깡통을 들고 밥을 얻으러 나갔습니다. 오늘 얻으러 간 곳은 계명대학 뒷동네였습니다.

얼마 동안 부지런히 돌아다니면서 밥을 얻었더니 벌써 밥은 한 통이 다 차 갔습니다. 이제 몇 집만 더 얻고 집으로 돌아가야 하겠다고 생각하며 한 집에 들어가 "아줌마요, 밥 한 숟갈 보태 주이소" 하니 방 안에서 문을 열고 나오는 소리가 들렸습니다. 고개를 푹 숙이고 서 있다가 신을 신고 나오기에 고개를 쳐들고 보다가 나는 깜짝 놀랐습니다. 나오는 사람은 우리 반 경애였기 때문입니다. 경애도 나를 쳐다보고 깜짝 놀랐습니다. 나는 얼른 돌아서서 경애네 집을 뛰어나왔습니다. 경애가 따라 나오며 뒤에서 "윤복아" 부르는 소리가 났지만 못 들은 척하고 골목길로 걸어가는데 또 따라오면서 불렀습니다.

"우리 집에 밥 얻으러 왔다 와 그냥 가노?"

"경애야, 너거 집 그거가? 나는 모르고 들어갔다."

"우리 집에 가자, 윤복아. 밥 좀 먹고 가그라."

"괜찮다" 하고 돌아서서 막 뛰어오니까 뒤에서 경애가 "윤복아, 그라문 좀 가지고 가라" 하였습니다. 나는 아랫골목으로 뛰어 큰 골목 밖에 나와 한숨을 쉬며 뒤를 돌아보니 경애는 저쪽 골목 끝까지 나와서 나를 바라보고 서 있었습니다. 정말이지 경애 보기가 부끄러웠습니다.

밥을 얻으러 갔던 집이 뜻밖에도 자기 반 아이의 집이란 것을 알았을 때 얼마나 놀라고 부끄러웠겠는가? 어찌 생각하면 이렇게 삶에 시달리고 온갖 고생 다 겪으면서 밥을 얻어먹고 살아가는 아이라면 이런 일쯤 예사로 당하는 일이라 하여 아무렇지도 않게 여길 것 같고, 뻔뻔스럽게 행동할 것 같다. 아니 그렇게 되는 것이 당연하다. 살아가기 위해서 어쩔 수 없이 밥을 얻으러 다니는 것이 죄가 될 수 없고, 더구나 이 아이의 경우 차라리 거룩한 행동이라고까지 보인다. 그러나 그렇다고 해서 남의 집을 구걸하면서 다니는 것을 조금도 부끄럽게 여기지 않는다면 이것은 아무래도 병든 마음이라 하지 않을 수 없다. 밥을 얻으러 갔다가 자기 반 아이를 만나 깜짝 놀라 어쩔 줄 모르고 달아나는 아이나 그 아이를 보고 밥을 먹고 가라고 하는 동무 아이나 모두 착하고 아름다운 인간의 마음을 잃지 않았다고 하겠다.

8월 2일에 쓴 것을 하나 더 보자.

동생 윤식이가 어디서 매 새끼를 한 마리 잡아 왔습니다. 벌써 어미가 다 되어 가는 새였습니다. 윤식이는 하루 종일 그 매 새끼를 가지고 놉니다. 방 한구석에다 나뭇조각으로 집을 지어 그 속에다 매 새끼를 가둬 놓고 윤식이는 태순이와 밖에 나가 방아깨비 새끼를 잡아다가 방에 들어와서는 끽끽 소리를 내어 매 새끼가 입을 벌리면 방아깨비를 입에 넣어 주곤 합니다.

나는 가만히 방에 누워 윤식이와 태순이가 좋아하며 매 새

끼를 들여다보고 있는 모습을 보고 있었습니다. 매 새끼
도 배가 고픈지 곧잘 받아먹습니다. 나는 눈을 감고 매 새
끼의 어미를 생각해 봅니다. 다 키운 자식을 잃어버렸으니
그도 짐승이지만 얼마나 속이 아프겠나 하고 생각하니 잡
혀 온 매 새끼가 불쌍했습니다. 그래서 나는 윤식이를 보
고 돌아누우며 "윤식아 그 새끼 날가 보내 조라."
"씨야, 와?"
"아무래도 못 살고 죽을 끼다. 불쌍하잖나?"
"어어웅, 싫다."
"죽어 버리문 죄 받는다."
"씨야, 날가 보내 주면 저 엄마 찾아가겠나?"
"어디서 잡았노? 그곳에 갖다 놓으면 저 어미가 데리고 갈
기다" 하고 내가 말했더니 윤식이는 아무 말도 하지 않고
눈만 깜박거리며 매 새끼를 들여다보고 있었습니다. 이따
금씩 밖에서 참새가 짹짹 할 때마다 매 새끼는 제 어미가
온 줄 알고 찍찍 하며 소리 내어 울었습니다.

잡혀 온 매 새끼를 놓아주자고 한 아이가 옷밥 걱정 없이
편안하게 살아가는 아이가 아니고 날마다 밥을 굶고 온갖 고생
을 하는 아이라는 사실을 우리는 어떻게 보아야 하는가? 가난
한 사람들이야말로 목숨을 아끼고 남을 사랑하는 마음이 한층
더한 것이 아닐까, 하는 생각이 든다.
  일본의 교포 야스모토 스에코가 쓴 일기 문집《니안짱》
('둘째 오빠'라는 일본 말)에도 이와 비슷한 얘기가 나온다. 오

빠와 이웃 아이가 어디서 붕어를 여러 마리 잡아 왔는데, 양동이에 물을 담아 넣어 두었더니 이튿날 한 마리가 죽으려 한다. 다른 놈도 힘이 없어 보인다. 이래서 스에코는 생각한다. '만일 내가 저런 붕어고 인간들에게 잡혀 와서 저 모양으로 되면 얼마나 괴로울까?' 하고. 그래 오빠한테 그 얘기를 했더니 오빠도 그럼 놓아주자고 해서 그 고기들을 멀리 언덕길을 넘어 조그만 못까지 가져가서 그 속에 놓아주고는 기쁜 마음으로 돌아온다. 물질적으로 곤궁의 극에 달해 생존을 위협받고 있는 어린이들이 이렇게 짐승이나 물고기 같은 약한 생명들에 연민의 감정을 느끼고, 잡힌 것을 놓아주고 싶어 하는 것은 얼마나 아름다운 인간다운 마음인가? 만일 이것이 어른의 경우라면 결코 이렇지는 않을 것이라 생각할 때 동심의 진수를 여기서 발견하게 된다. 이런 동심에서 우리는 인간에 대한 무한한 신뢰를 회복하게 되고, 인간 구원의 길까지도 생각하게 되는 것이 아닐까.

이러한 동심은 교육으로 계발된 것인가? 인간이 본래 어릴 때부터 가지고 있었던 것인가? 적어도 윤복이의 경우 교육으로 말미암은 것은 아니라고 본다. 윤복이의 가정은 그를 덕성이 풍부한 사람으로 키우기보다 오히려 불량소년으로 만들 가능성이 많았던 환경이었고, 시험 준비를 위주로 했던 그 당시의 형식주의 학교교육이 그를 정신적으로 풍성한 인간으로 키워 주었다고는 믿을 수 없다.

윤복이는 교회에 나간 일도 없었던 것 같다. 김동식 교사의 감화가 컸으리라는 것은 부인할 수 없지만 그것은 훨씬 뒷날에 있었던 것이다. 그러니 윤복이의 그 순수한 인간 정신은 본디부터 가지고 있었던 것이라고 할밖에 없다. 적어도 이 일기에서는 그렇게 보인다. 그것은 《니안짱》이나 《안네 프랑크의 일기》를 쓴 소녀들의 순정과도 통하는 인간 본래의 타고난 것이다. 그러나 이러한 특수한 개성을 지닌 아이들이 아닌 일반 어린이에게서 이러한 타고난 인간 정신이나 동심은 대개 환경의 지배를 받아 조금씩 혹은 거의 다 소멸되어 버리거나 소멸되는 과정에 있다. 교육과 문학은 그릇된 환경에 의해 짓밟히고 소멸되어 가는 인간 내부의 순수 정신, 곧 동심을 일깨워서 살아나게 하고, 이것을 키워 주는 것이 되어야 한다고 믿는다.

정직하게 쓴다는 것

보고 듣고 생각하고 체험한 것을 정직하게 쓴다는 것은 아이들의 글쓰기 지도에서 처음이요 마지막 과제가 된다. 동심을 키워 가는 것이 교육이니 당연하다. 이 정직하게 쓴다는 것은 솔직하게 숨김없이 남의 것을 흉내 내지 말고, 쓰고 싶은 것을 자유스럽게 마음껏, 제 마음의 진심을 찾아내어 쓰는 것이라 하겠는데, 그것은 소재의 선택에서부터 관찰·사고·기술에 이르기까지 어린이의 생활과 개성을 기반으로 한 자유의 확보를 의미하는 것이기도 하다.

윤복이의 일기는 정직한 생활 기록이다. 그는 자기 생활에서 가장 문제된 것을 나날이 쓰고 있으며 관심을 가진 모든 일을 (이보다 더 자세하고 솔직하게 쓸 수 있었을지 모르지만) 솔직하게 쓰고 있다. 깡통을 들고 밥을 얻으러 다닌 얘기도 숨김없이 썼다. 윤복이로서는 그것이 어쩌다가 있었던 비밀스런 일이 아니고 날마다 겪고 있는 예사로운 생활이니 쓸 수밖에 없다. 윤복이 일기에 나타난 이 정직성은 바로 윤복이가 어떤 고난에도 꺾이지 않고 티 묻지 않던 그 동심의 발현이기도 한 것이다. 그러면 윤복이의 맑은 동심에 인간과 사회는 어떤 모양으로 비쳐 들 수 있었던가?

밤 열 시쯤 되어서 아버지께서 들어오셨기에 나는 "아버지, 어디 가셨다 이제 오셔예?" 하고 물었습니다. "일자리 때문에 이제 온다" 하시며 말씀하시기에 나는 더 물어보지 못했습니다.

아버지 일자리는 판 만드는 공장이라야만 합니다. 지금도 심한 노동일은 못 하시지만 손으로 나무를 다듬고 깎고 하는 일은 잘하실 수 있습니다. 돈이 있으면 판 만드는 연장을 사야겠다고 여러 번 말씀하신 적이 있지만 나는 그때마다 마음이 안타까워 내가 돈을 더 가지고 있다면 당장 사 드리고 싶었습니다. 그래서 그런지 나는 길을 걸어갈 때 누가 돈 한 뭉치를 땅에 흘리고 가지 않았나 하며 땅바닥을 자세히 살피면서 다닐 때가 많습니다.

하지만 누가 돈뭉치를 잃어버렸다면 그 사람도 얼마나 애타게 여기겠어요. 나는 어서 아버지께서 연장 한 벌을 사서 일자리에라도 나가신다면 얼마나 좋을지 모릅니다. 아마 선생님이 내 일기장을 보시면 윤복이 바보 같은 생각을 한다고 웃으실 것입니다.

길을 걸어가는 아이가 무슨 생각에 잠기더라도 그것이 동무와 노는 일에 대한 것이거나 공부에 대한 것이 아니고, 먹고 살아 갈 걱정에 **빠져** 있다면 얼마나 비참한 얘기인가? 더구나 이 아이는 혹시나 돈뭉치가 땅에 떨어져 있지 않은가 하고 땅바닥을 살피면서 가는 버릇이 되었다니 기가 막힌다. 그러나 바로 이것이 윤복이의 동심이다. 만일 윤복이 같은 처지에 있는 아이가 행복하게 뛰노는 아이들의 흉내나 내고 동화 속 왕자의 꿈만 꾸고 다닌다면 그것은 얼마나 비뚤어진 마음이며 또 그것은 얼마나 더 기막힌 불행이요 비극일까? 그러기에 동심은 흔히 말하듯이 '천진하게 뛰노는 아이들의 마음'이라 일률로 말할 수 없으며, 차라리 그것은 바르고 착하게 세상을 살아가는 인간의 순진성인 것이다.

윤복이가 땅에 떨어진 돈뭉치를 생각하면서 길을 걸어간 것은 단순한 망상도 아니고 혹은 돈 쓰는 맛을 들였기 때문에도 아니다. 단지 그 기막힌 궁핍에서 헤어나려는 애절한 몸부림에서 오는 소망이요 꿈이었던 것이다. 그러기에 이 아이는 그런 꿈속에 갇혀 꿈을 즐김으로써 스스로를 속이는 병든 마음이 되지 않고 곧 자세를 바로 하여 현실을 직시하는 건강성을 회복하는 것이다. 이 건강성은 자기중심의 사고에서 한 걸음 나아가 모든 사람들과 같이 살고 있다는 연대 의식 속에서 자기를 발견하게 되어 "하지만 누가 돈뭉치를 잃어버렸다면 그 사람도 얼마나 애타게 여기겠어요······"라고 해서 반성을 하고, 더욱 건실한 희망을 표현하고 있다는 것은 참으로 훌륭한 태도라고 할 수 있다. 그러니 다음 날 일기에 "나는 커서 꼭 성공해서 부자가 되어야지 하는 생각이 가슴에 꽉 차 있습니다"고 하는 말이 나오는 것도 무슨 입신출세식 생활 태도에 젖은 사람들의 입에서 흔히 나오는 그런 말의 흉내가 아니다. 그것은 부모도 없이 끼니를 굶고 학교에서 돌아오는 저만을 기다리던 어린 동생들의 창백한 얼굴을 보았을 때 어쩔 수 없이 가슴에서 터져 나오는 심정의 표현이었던 것이다. 대개 가난에 빠져 있는 사람은 아이들까지도 흔히 화려한 남의 생활에 넋이 팔림으로써 현실을 잊으려고 하는 자기 마취나 자기기만의 태도를 취하기 쉬운 것인데 윤복이는 전혀 그렇지 않았다. 그는 항상 자기를 바로 보고 자기와 같은 처지에 있는 사람들의 생활에 관심을 가졌던 것이다. 7월 5일 일기에는 길을 가다가 어떤 젊은 아주머니가 고철 주운 그릇을 옆에 두고 아이 셋을 데리고 앉아 있는 모습을 본 것을 이렇게 쓰고 있다.

그 아주머니 얼굴을 보니 구릿빛처럼 검은 얼굴이었는데, 흩어진 머리카락 사이로 땀방울이 뚝뚝 떨어지고 있었습니다. 나는 갑자기 어머니 생각이 나서 발걸음을 멈추고 서서 불쌍한 그 아주머니와 아이들을 쳐다보았습니다. 그 아주머니는 몇 때를 굶은 사람처럼 정신을 잃고 눈을 감고 쓰러질 듯한 몸으로 어린 아기를 안고 있는데, 세 살쯤 되어 보이는 아기는 알몸뚱이로서 어머니 젖을 열심히 빨고 또 다섯 살쯤 먹어 보이는 내 동생 태순이만 한 계집아이와 여섯 살쯤 돼 보이는 남자아이는 누덕누덕 기운 더러운 옷을 걸치고 나를 이상한 듯 쳐다보고 있었습니다. (……) 나는 그 아이들 아버지가 살아 계실까 죽었을까 궁금했습니다.

이와 같이 자기와 현실을 직시하여 온몸으로 살아가려고 한 윤복이의 정직한 마음은 그대로 이웃에 대한 일체감의 의식이 되고 따스한 인간성으로 나타나고 있는 것이다.

다음은 9월 1일의 일기다.

염매시장 옆으로 지나올 때입니다. 올해는 비가 많이 와서 보리농사를 잡았다고(망쳤다고-글쓴이) 정부에서도 식량 때문에 골머리를 앓는답니다. 곡식값은 자꾸만 올라가서 이젠 굶는 사람도 많다고 합니다. 염매시장 옆에서 배급을 주는지 많은 사람들이 그릇을 가지고 줄지어 서 있습니다.

옷차림을 보니 어떤 사람은 잘 입었고, 또 어떤 사람은 다 떨어진 옷을 입고 힘없이 자기 차례가 돌아오기를 기다리고 있었습니다. 나는 저 사람들이 배급을 얼마나 많이 받나 하고 배급을 주는 곳까지 가서 들여다보고 있었는데 배급을 타 가는 사람들은 모두 다섯 되가 아니면 너 되쯤밖에 되지 않았습니다.

나는 저 쌀을 다 먹어 버리면 또 어떻게 할까 하고 생각해 보았습니다. 정말 우리 나라 사람들이 저렇게 가난하게 살아 장차 희망이 있을까 하고 생각했습니다.

여기서도 윤복이가 자기를 떠나 사람들의 모습을 보고 사람들의 생활을 생각하는 마음이 잘 나타나고 있다. 끔찍한 가난에서 벗어나는 것이 가장 큰 소원이었지만 자기 둘레에 똑같이 가난한 많은 사람들이 있다는 것을 의식하게 된 이 소년은 그들과 괴로움을 함께하려고 하는 것이다. 그리고 사회현상에 대해 매우 드물기는 하지만 정직한 의견을 표명하는 것도 이 때문이다.

학교에 다녀와서 공부를 했습니다. 도덕책을 꺼내 〈임금님과 양 치는 목동〉을 읽었습니다. 재미가 있는 이야기였습니다. 높은 자리에 올라가서도 양 치던 때를 생각하고 검소하게 살며 임금께 충성했으니 정말 한이 어른은 훌륭하고 어진 어른이었습니다. 요사이는 좀 높은 사람들 집을 보면 으리으리하게 해 놓고 잘삽니다.

1963년 10월 14일

"요사이는 좀 높은 사람들 집을 보면……" 이것은 무슨 불평이나 불만이 아니고 지극히 순박한 감상이다. 아이들의 눈과 마음은 물론 그런 것이지만 윤복이도 그 이상 나가지 않고 있다.

9월 18일에는 학교에서 공부를 하다가 어떤 아주머니가 찾아온 얘기를 쓰고 있는데, 그 아주머니는 옷을 잘 입었고 선생님도 웃는 얼굴로 맞으신다. 뒤에 앉았던 아이가 반장 아무 개의 엄마라고 일러 준다. 그 반장 집은 부자일 거라고 하면 서 엄마가 저렇게 와서 "선생님한테 마 와이로(뇌물, 돈봉투) 잘 쓴데이." "그래 가지고 우리 선생님이 가시나를 반장 안 시키 나?"고 말해 주는 것이다. 윤복이는 "정말 그런 모양이다"고 하면서 "우리 선생님이 왜 여자를 반장으로 시켰을까 생각해 보니 상규 말이 맞는 것 같았습니다. 우리 선생님이 학교에서 주희와 언제나 정다워 보이는 것을 보면 우리 선생님이 주희네 집과 잘 아는 사이인 모양입니다. 선생님이 다시 교실 안으로 들어왔을 때 상규는 입을 삐쭉해 보였습니다. 나도 우리 선생 님이 좀 미워 보였습니다. 그러나 그렇지는 않겠지요" 이렇게 쓰고 있다. 이런 것도 학교에서 있었던 일을 순진한 눈으로 보 고 생각한 대로 썼을 뿐이다. 이런 것을 사회에 대한 비판이라 고 굳이 말 못 할 것은 아니지만, 그러나 윤복에게는 비판이라 든가 항의라든가 하는 자세는 거의 없었던 것 같다.

윤복이는 불평과 불만을 하기보다는 오히려 반대로 너무 순종하고만 살아가고 있었다. 어머니가 어린 저들 형제와 집을 두고 어디로 가 버렸는데도 어머니를 원망하기보다 어디로 가 서 어떻게 사는지 궁금한 생각을 더 한 것 같고, 어머니가 집을 나간 원인을 만든 듯한 아버지가 저들을 기를 힘도 없이 병들 어 누워 있어도 조금도 원망하지 않고 아버지 병 걱정을 하며 극진히 간호했다. 아버지 병이 심할 때는 학교까지 쉬고 이웃 집에 가서 염소를 먹여 주고 돈을 얼마쯤 얻어 약을 사 오기도 했다. 이렇게 하여 어린 나이로 그토록 끔찍한 밑바닥 생활을 하면서도 가정의 기둥이 되어 동생들을 돌보고 부모를 섬기고 선생님을 존경하며 사회에 순응하며 살아가려고 한, 그 동양적이고 종교적이라고도 해야 할 생활 태도는 놀랄 만큼 훌륭하고 한편 너무 순종적이라고도 느껴지는 것이다. 이것은 《니안짱》이나 《안네 프랑크의 일기》에 나타나고 있는 글쓴이들의 생활 태도와 비교해 봐도 그 차이점이 느껴진다. 같은 가난 속에 살아간 생활 기록이지만 《니안짱》에는 오빠에 대한 솔직한 비판이 있고, 담임교사에 대해서도 윤복이보다 훨씬 더 적극적인 비판이 있다. 사회에 대해서도 순진한 관찰과 감상이 날카로운 비판이 되고 있는 곳이 많다. 《안네 프랑크의 일기》에서는 물론 작가가 좀 더 나이 많기는 하지만, 인간 사회에 대한 인식과 비판이 성숙한 사고를 하는 어른을 무색하게 할 정도로 깊고 날카롭다.

윤복이 일기가 《니안짱》보다 소년다운 생기가 좀 결핍되어 있다고 느껴지는 것은, 말하자면 한국적으로 너무 얌전하고 어른스럽게 쓰여 있다는 것이다. 이러한 일기문의 기술은 윤복의 천성이 바탕으로 되어 있기는 하지만 담임교사나 김동식 교사가 너무 어른스럽게 쓰도록 지도했을 가능성이 있기도 하다. 이 일기문의 문장에 대한 검토는 뒤에 다시 하려고 한다.

그런데 이렇듯 철저한 순종적 생활 태도에도 이 일기문은 정직한 기록으로 하여 그 전체가 통렬한 사회 비판이 되고 있음을 아무도 부인하지 못할 것이다. "어린이헌장이 마련되어 있는가 하면, 아동복지법에다 미성년자보호법이 버젓하건만, 이 땅의 어린이는 왜 이렇게 헐벗고 굶주려야 하는 것입니

까"(경상북도교육회장 최해태 씨 추천사) 하고 책머리의 추천
사에도 있듯이, 이런 사회를 만들어 놓은 어른들에 대한 분노
없이 이 글을 읽는다면 그는 얼마나 마음이 병들어 있는 어른
일까 생각되는 것이다. 그리고 또 "우리 나라에서 이러한 참혹
한 처지에 빠져 있는 가족들이 여기저기에 수없이 있기 때문에
우리들은 피도 눈물도 없는 사람인 양 이런 사람들의 이야기를
들어도 무감각에 가까운 상태, 그대로 들어 넘겨 버리는 때가
많다. 그러나 생각하면 이런 기막히고 두려운 일이 또다시 있
을까? 불행을 불행으로 느끼지 않고 당연한 것으로 받아들이
는 불행의 극한 상태……"(대한교육연합회 회장 유진오 씨 추
천사)라고 지적한 바와 같이 우리는 불행의 극한 상태에 있는
스스로의 모습을 깨닫고 원통스럽게 여기기도 하는 것이다.

이 일기가 그 엄청난 고난의 기록으로 하여 전편이 눈물로
호소하는 사회 고발이 되고 있다 하겠지만, 가령 12월 4일에
쓴 것을 읽으면 이 소년이 겪은 일이 그대로 통렬한 사회 비판
이 되지 않을 수 없다는 것을 집약해서 보여 주고 있다.

이날의 일기 내용은 이렇다.

윤복이가 껌을 팔고 밥을 얻으러 다니고 하면서 공부를 하
고 있다는 얘기가 신문에 나게 되어 대구시에서 "최고 높은 사
람들"이 학교에 찾아왔다. 부시장, 사회과장 이런 사람들이다.
이런 "높은 사람들"이 껌을 팔아서 살아가는 윤복이들을 붙잡
아 희망원에 끌고 가도록 하는 일을 맡고 있는 사람들이란 것
을 윤복이는 어느 정도 알고 있었는지 모르지만 일기문에는 그
런 것을 비판하는 말이 일체 없다. 윤복이는 교장실에 불려 가

서 그 높은 사람들에게서 칭찬을 받고 사진도 찍고 하여 기분이 좋아 그날은 공부도 잘되었다. 그런데 바로 그날 밤에도 윤복이는 여전히 껌을 팔러 갔고, 그리고 또 시청 직원에게 붙들려 희망원에 가게 된 것이다. 윤복이를 붙잡아 데리고 가는 시청 직원과 희망원에서 아이들을 인계받은 요장이란 직원의 불친절하고 거친 말씨와 행동으로 보아 그 희망원이란 곳이 아이들을 어떻게 다루고 있고 대우하고 있는지 짐작되고도 남는다. 또한 희망원에서 껌을 파는 아이들을 붙잡아 가고 있는 것을 부시장이나 사회과장이 모를 턱이 없고, 신문에 난 윤복이가 껌을 팔아 살아가는 아이임을 알았다면 응당 이 일을 근본부터 해결하는 성의를 윤복이 단 한 아이에게라도 보여 주었어야 할 터인데, 학교에 찾아가서 칭찬만 해 놓고(어떤 칭찬이었는지 모르지만) 돌아가 버려 그날 밤에도 여전히 껌을 팔도록 버려 두고, 그래서 또 잡아가도록 하고 있다는 것은 눈 가리고 아웅 하는 짓으로, 한심하기 짝이 없다. 이런 관리들의 태도는 밥 얻으러 갔던 어느 가난한 집의 아주머니가 식은 밥 한 덩이를 그에게 보태 준 성의만도 베풀지 못한 것이라 하겠으니, 이날의 기록은 흡사 한 편의 풍자소설을 읽는 느낌이다.

이렇게 하여 윤복이 일기는 사회에 호소하는 동심의 절규가 되고 있다. 누가 이 일기를 불순한 생각에서 쓴 것이라 하겠는가? 누가 윤복이에게 그런 고생한 얘기는 덮어 두고 학교에서 즐겁게 공부한 얘기나 쓰는 것이 좋은 글이 된다고 할 것인가? 문학도 마찬가지다. 어린이문학은 인간 사회를 비판하는 것이 꼭 되어야 하는 것이 아니며, 또 일부러 비판하려고 할 필요가 없다. 그러나 어린이문학이 단지 어린이를 소재로 한 어른들의 장난감 문학이 아니고, 어른들이 만들어 놓은 사회에서 살아가고 있는 어린이들의 운명을 생각하고 인간의 행복을 진지하게 염원하는 데서 창조되는 문학이라면, 사회와 인간을 비판적으로 보는 입장에 서는 것이 양심적인 문학인이라면 피할 수 없는 일이다. 윤복이 일기에서도 보는 바와 같이 순진한 눈으로 보고 겪은 것을 정직하게 쓰면 그것이 그대로 불행한 사회에서는 비판적인 글이 될 수 있다. 동심은 이렇게 하여 어른들이 가지고 노는 것이 아니라 어른들도 배워야 할 바른 삶의 태도이며, 선을 바탕으로 한 인간 본연의 마음이다. 그것은 모든 사람의 불순 불결을 일깨워 주는 귀중한 인간 정신의 바탕이 되고 창조의 원동력이 되어 어린이문학의 밑뿌리 노릇을 하는 것이다. "임금님은 벌거벗었다!" 하고 정직하게 소리칠 수 있는 것이 순수하고 참된 동심이 아니었던가.

만일 사회와 인간의 삶 문제를 얘기하는 것이 어린이문학답지 않다고 하여 정직하게 쓰는 것을 금기로 여기고, 그래서 아이들만이 살아가는 별천지를 만들어 꿈만 꾸게 하는 것을 어린이문학의 세계라고 한다면 그 결과는 작가가 어린이를 방치하고 배반하는 것밖에 될 수 없다. 진실로 이 땅의 어린이들 운명에 관심을 가지고 그들을 위해 작품을 쓴다고 할 때, 그들이 당하고 있는 처지를 외면할 수 없을 것이고, 따라서 그들이 관여하고 있는 상황이 이 땅의 역사와 사회문제에 필연적으로 깊이 관련되고 있음을 누구나 깨닫지 않을 수 없을 것이다. 역사와 사회에 대한 관심과 이해가 없이 어린이문학 작품을 쓸 수 없는 이유가 여기에 있고, 또한 그러한 관심과 이해가 양심적이고 정직한 인간 정신, 곧 동심을 바탕으로 하고 있는 것이라는 사실도 이해될 것이다.

우리 어린이문학은 지금까지 대체로 어린이를 외면한 자세를 취해 온 것이 숨길 수 없는 사실이다. 특히 불행한 어린이들을 무시 내지 방관하여 왔다. 동시고 동화고 소설이고 할 것 없이 어린이문학이라면 천진난만한 동심을 그리는 것으로 되어 있고, 그 천진난만한 동심이란 세상을 살아가는 일에 마음을 쓸 필요가 없는 천사들의 세계인 것이다. 이것은 분명 어린이문학 작가들의 정신 퇴행 경향이요 도피적 태도라 할 수 있지만, 문제는 이것이 단순한 작가 개인의 퇴행이나 도피 행위에 그치지 않고 어린이에게 심각한 해독을 주는 데 있다. 가령 초콜릿 과자를 물에 던져 장난치는 것을 자랑으로 여기고 밤낮 투정만 하고 피아노나 치는 아이들의 얘기를 늘어놓는 동화나 소설이야 천박한 상품 생산의 의도밖에 없는 것이라 문제 삼지 않기로 하자. 그러나 먹고사는 것에 관계되는 얘기는 어른들이나 관심을 가질 것이고 어른문학에서나 문제 삼을 바다, 아이들이란 어른들이 주는 것을 다만 받기만 하면 되고 즐겁게 노래하고 뛰놀고 꿈만 꾸면 되는 것이다, 해서 사회의 모든 현상을 아름답게 꾸며 보여 주는 일은 문제가 된다. 이것은 물질의 빈곤으로 불행하게 된 어린이는 물론이고 잘못된 환경에서 동심을 잃어 가고 있는 모든 어린이를 기만하는 것이다. 이런 사이비 동심의 문학이 어린이 사회의 진실에 눈감고 아무리 허황한 말의 장난스런 누각을 제멋대로 쌓아서, 꿈이라 낭만이라 동심이라 변명하더라도 어린이들의 삶의 자세를 그릇되게 하고 건전한 동심을 흐리게 하는 것밖에는 아무런 뜻을 갖지 못한다.

삶의 자세를 그릇되게 한다는 것은 현실을 도피하고 자기를 기만하도록 만드는 일이다. 이렇게 하여 자기와 이웃을 멸시하고 겉모양이 화려한 것에 마음이 팔리며 돈과 권세를 숭배하는 모든 비인간적이고 비동심적인 습성이 참된 동심이 시들어진 자리에 잡초처럼 무성히 뻗어 나는 것을 동심천사주의 문학은 돕고 있는 것이다. 여기서, 가뜩이나 열등의식 속에서 노예의 몸짓을 익혀 가고 있는 민족에게 아이들마저 자기를 멸시하고 화려한 것, 남의 것을 숭배하는 정신을 심어 주고 있다는 점에서 어린이문학이 작용하는 사회적 역기능을 비판하지 않을 수 없다.

어린이문학이 어린이를 외면하고 있는 자세를 최근에 어떤 이는 오히려 정당한 것으로 공언하고 있다. 이런 사람의 주장에 따르면 어린이란 참 답답한 존재고, 생활이니 현실이니 하는 것은 맛도 향기도 없어 그런 것에는 작가의 상상이 개입할 여지가 전혀 없으니 문학이 생겨날 수 없다. 그런 데 관심이 많은 사람은 문학을 모르는 사람이고 의도가 불순하다. 어린이 문학 작품을 창조하려고 하면 어린이란 존재를 의식하지 말아야 하고 현실을 아주 떠난 작가의 자유로운 상상의 세계를 확보해야 한다는 것이다. 그러나 이런 생각이 잘못되고 있음은 세계적인 어린이문학의 명작 치고 그 나라와 그 시대의 인간 문제와 어린이의 현실을 초월해서 쓴 작품은 결코 없다는 사실을 봐서도 알 수 있다.

문학작품을 창조하는 데서 상상이란 것이 인간의 문제를 떠난다면 그것은 상상이 아니라 망상이라 해야 옳다. 상상은 어디까지나 현실을 토대로 하여 이뤄지는 것이고 현실에서 출발하여 현실로 귀결되는 상상만이 문학의 진실을 창조할 수 있는 것이다. 우리 어린이문학이 동시는 물론이고 동화나 소설까지 대체로 재미가 없어 아이들이 즐겨 읽지 않는 것은 까닭이 없는 것이 아니다. 아이들과 진실을 외면하고 있으니 재미가 있을 리 없다. 동화나 소설에서 설정된 픽션이란 것이 참 너무도 유치하고 허무맹랑한 것이 예사여서 초등학교 아이가 쓴 생활글보다 그 내용이 빈곤하고 또 불성실한 것으로 되고 있다. 이런 것이 모두 어린이의 세계를 외면한 자세로, 뿌리 없이 생긴 꽃이나 열매를 만들어 내듯 제멋대로 종이꽃 만들기 장난을 문학의 이름으로 하기 때문이다. 어린이를 등진 어린이문학이 이제 와서 어린이를 기피할 것을 공언하면서, 민족과 어린이의 운명에 대한 문학자의 너무나 당연한 양심적인 관심을 두고 무슨 불순한 문학 태도인 것처럼 말하는 것은 진정 불순한 일이라 안 할 수 없다.

여기서 문제가 또 하나 남는다. 윤복의 불행은 가난 때문이었고, 그것은 10년도 더 지난 옛날 얘기가 아닌가 하는 것이다. 물론 그렇다. 그러나 8·15 이후 적어도 20년 동안 농촌과 도시를 막론하고 수없는 어른들과 아이들이 굶주리고 있을 때 어린이문학 작가들은 무엇을 노래하고 무엇을 얘깃거리로 하고, 어떤 어린이를 상대로 하고 있었던가? 윤복이는 굶주리고 박해당하고 병들어 가던 수없이 많은 아이들 중에 겨우 하나의 예로 세상에 나타난 것뿐이다. 이런 아이들의 모습을 20년이고 30년 동안 단 한 편의 작품에도 그려 내지 못하고 문제 삼지 않았다면 우리 어린이문학 작가들은 완전히 이 땅의 어린이들을 내버린 것이라 볼 수밖에 없다. 불행한 이 민족의 어린이들을 방치한 일에 대한 어린이문학자의 책임을 규명하고 뼈저린 뉘우침이 없이는 결단코 오늘날 우리 눈앞에서 살아가고 있는 아이들을 이해하고, 또 순수한 동심을 잃어 가고 있는 많은 어린이의 모습을 정직하게 파악할 수 없을 것이다.

아무튼 윤복이의 일기는 동심의 정직한 기록으로 어른들의 깊고 폭넓은 사회와 역사의 파악에서 창조된 훌륭한 문학작품에 필적할 만큼 우리에게 감명을 주고 있다.

김동식 교사의 동심

윤복이 일기에서 김동식 교사는 중요한 자리를 차지하고 있다. 물론 김 교사는 일기의 후반부에(1963년 6월 2일부터 다음 해 1월 19일까지 쓴 일기에서 김 교사는 10월 8일 처음으로 윤복이를 알게 된다) 나타나지만, 윤복이가 끝까지 좌절하지 않고 희망과 용기를 가지고 살아간 것이 김동식 교사에게 힘입은 바 크다고 보인다. 그만큼 김 교사는 윤복이에게 물질로도 도움을 주었지만, 정신 면에서도 영향을 크게 준 것 같다. 비바람 속에 시달리던 이 가련한 동심은 그 오랜 시련의 도중에서 훌륭한 보호자요 지도자를 만나게 되었으니 참으로 다행한 일이 아닐 수 없다. 여기 김동식 교사에 관해 생각해 보려고 하는 것은 그가 윤복이에게 준 감화도 큰 것이지만 그보다 김 교사 자신이 훌륭한 동심의 소유자가 되고 있다고 믿기 때문이다. 이제 일기에 나타난 김동식 교사의 모습을 더듬어 보자.

10월 8일 학교의 쉬는 시간 변소 길에서 옷차림이 남루하고 머리카락이 길게 자라 보기 흉한 아이를 발견한 것이 김 교사가 윤복이를 만난 시초였다. 김 교사는 곧 윤복이를 이발소에 데리고 가서 머리털을 깎아 준다. 이날부터 윤복이는 김 교사를 자주 만나게 되고, 김 교사는 이따금 윤복이의 집을 찾아가 양식을 사 주고 옷을 사 주고 한다. 그래서 일기에 김동식 선생의 얘기가 자주 나오는 것이다.

"윤복아, 아침 먹었나?" 하시기에 나는 아무 대답도 하지 않았더니 "아버지는 어데 가셨노?" 하며 또 물으셨습니다.
"식전에 일찍 일어나서 나가셨는데 어데 가셨는지 몰라예."
"그럼 솥하고 그릇하고 내 온나. 밥하자" 하셨습니다. 이때 윤식이와 태순이가 밖에서 들어와 김동식 선생님을 빤히 쳐다보고 서 있으니 "어데 놀로 갔드노? 니가 윤식이고 니가 태순이가?" 하시니 윤식이는 가만히 있고 태순이가 고개를 끄떡끄떡하였습니다.
나는 방 안에서 솥을 가지고 나와서 선생님께 드렸더니, 선생님은 가지고 오신 쌀을 내어 밥을 하기 시작하고 나는 물을 길러 갔습니다.

물을 길어 오니 선생님이 나무를 해 놓지 않았다고 꾸중을 하셨습니다. 방 안을 들여다보니 선생님이 가지고 오신 쌀을 윤식이와 태순이가 집어 먹으며 좋아하고 있었습니다. 나는 선생님 보기에 부끄러워 동생들에게 야단이라도 치고 싶었습니다만 꾹 참았습니다.

이것은 10월 23일의 일기인데, 윤복이가 껌 장사를 할 밑천도 없어서 여러 날을 굶고, 그래서 학교에도 못 가고 있던 차에 김동식 선생이 자전거에 쌀을 싣고 찾아온 것이다. 아마 처음 찾아온 날인 듯하다. 김 교사는 손수 쌀을 씻어 밥을 지어 준다. 나무를 해 놓지 않았다고 꾸중도 하신다. 동생 윤식이와 태순이의 이름은 아마 윤복이 일기장을 통해 미리 알고 있었던 것이리라. 김 교사가 윤복이를 처음 알게 된 다음 날인 10월 9일의 일기를 보면, 교실에서 윤복이 담임선생이 윤복이한테 일기장을 가져오라고 하여 김동식 선생에게 보여 주면서 윤복이를 김동식 선생님이 도와주려 하신다 하고 격려하는 얘기가 나오는 것이다.

……어디서 보았는지 태순이가 뛰어오면서 "오빠" 하고 나에게 매어 달리며 좋아하는 것을 본 김 선생님이 "태순아, 악수하자" 하면서 큰 손을 내밀어 악수를 하고 난 다음 두 볼을 만지면서 태순이를 안아 높이 올렸다 내렸다 했습니다.……

김동식 교사가 두 번째 찾아간 10월 29일의 기록이다. 윤복이는 이날 김 선생님이 찾아오신다는 것을 미리 알고, 나무를 안 해 놓았다고 꾸중하실까 싶어 동생과 같이 과수원 가까이 가서 검불을 긁어모아 놓기도 한다. 김동식 선생은 아이들의 옷과 고무신을 사서 자전거에 싣고 왔던 것인데, 보따리를 방에서 풀어 보이고 세 아이에게 옷을 갈아입혀 준다. 여기 예시한 대문은 김 교사가 태순이를 만나 귀여워해 주는 모양을 쓴 것이다. 누추한 옷을 입은 아이를 그는 이렇게 진정으로 귀여워한 것이다.

김 교사 자신은 어떤 옷차림을 하고 있었던가?

……극장에 가시려는지 다른 선생님들은 오바를 입으시면서 극장에 대한 이야기를 하고 계셨는데, 옆에 선 김 선생님은 오바도 안 입고 검은 작업복 차림에 누덕누덕 기운 운동화를 신고 계셨습니다. 나는 며칠 전 선생님 자취하는 방에서 바지를 입는 것을 보았습니다. 그때 선생님은 다 떨어진 내복을 입고 계셨습니다.
왜 김 선생님은 다른 선생님들처럼 옷도 잘 입지 못하고 계실까? 언제나 저 옷차림 그대로입니다. 선생님의 적은 월급으로 가난한 아이들을 열다섯 명이나 공부시키고 있다는 소리를 들었습니다만 정말 가난한 사람들을 위해서 저렇게 험한 옷을 입고 계실 것이라 생각했습니다.
1963년 11월 22일 일기에서

……김 선생님이 구두를 신으신 것을 예식장에서 처음 구경했습니다. 선생님도 잘 꾸며 놓으니 저렇게 신사 같고 의젓한데, 하고 속으로 생각했습니다.

1964년 1월 14일 일기에서

한겨울에 오바도 없이 검은 작업복에 누덕누덕 기운 운동화, 그리고 다 떨어진 내복, 이것이 대도시 한가운데서 선생님 노릇을 하는 김 교사의 옷차림이었다. 그러면서 가난한 아이들의 학비를 열다섯 명이나 대어 주고 있는 것이다.

1월 14일의 일기는 김 선생님의 결혼식장에 갔던 얘기인데, 윤복이는 이날 처음으로 선생님이 구두를 신은 것을 보았던 것이다. 11월 27일의 일기에는 교육자인 김 교사의 성격을 엿볼 수 있는 얘기가 나온다. 김 교사가 윤복이를 자전거에 태워 시내로 가는데 길옆에 흙으로 쌓은 집이 있어 처마 밑에 신발이 보기 싫게 흩어져 있는 것을 본다. 김 교사는 그것을 자세히 보더니 윤복이한테 "저 신발 바로 해 놓고 온나" 한다. 윤복이가 그 집에 들어가 신발을 바로 놓고 다시 자전거에 올라타니 그는 "윤복아, 바로 놓으니 기분이 어떻노?" 하고 묻고 "똑바로 놓으니 보기 좋제?" 하고 다짐하는 것이다. 이래서 윤복이는 김 교사에게 감화를 입게 되었고, 김 교사를 진심으로 존경하여 그를 따르려 했던 것이다.

11월 12일 일기에는 밤늦게 껌을 팔고 집으로 돌아가는데 언젠가 종이 줍는 아이한테 얻어맞았던 골목을 지나오면서 무서운 생각이 들자 김동식 선생을 생각하여 힘을 내는 것이다. "선생님의 씩씩한 모습이며 쩍 벌어진 어깨며 맨손으로 자전거 도둑을 잡은 유도 3단의 힘센 김동식 선생님의 큰 몸집을 생각하며 길을 걸으니 무서움이 없어지고 나도 커서 김 선생님의 폼을 따서 유도도 배워 씩씩한 사람이 되어야겠다고 생각해 보았습니다" 하고 이날의 일기에 쓰고 있다.

일기의 인용은 이 정도로 하고 김동식 교사의 인간됨을 고찰하기로 한다. 대개 어떤 인물의 행적을 기록할 때는 그 기록하는 사람의 위치나 생각이나 그 시대의 영향을 받아 잘못을 범하기 쉽다. 더구나 현재 살아 있는 사람의 얘기를 썼을 경우 그렇다. 비록 순진한 어린이의 글이지만 그 어린이에게 많은 도움을 준 사람, 특히 학교에서 공부를 시키고 일기장을 검사하는 선생님의 얘기를 썼을 경우, 보이기 위해 쓴 것이 아닌가 하고 우선 의심해 볼 수 있는 것이다. 윤복이 일기에 나타난 것이 사실이라면 김동식 교사는 세속에서는 좀 용납이 안 되는 기인이라고 할 만한데, 과연 그러했던가?

10년 전에 내가 윤복이 일기를 읽었을 때도 다른 기억은 별로 없지만 일기 후반부에 나오는 김동식 교사에는 퍽 흥미를 느꼈던 것 같다. 그래서 대구에 가게 되면 기회 있을 때마다 많은 사람에게 김 교사의 얘기를 물어보았다. 그런데 뜻밖에도 그곳 사람들은 거의 예외가 없다 할 만큼 모두 김 교사에 대해 심한 오해를 하고 있다는 사실을 발견했다. (내가 접촉해서 의견을 들어 본 사람은 거의 모두 교원이었다.) 윤복이 일기가 나온 대구에서 그곳 사람들이 특히 그곳 교원들이 김동식 교사에 대해 품고 있는 많은 오해와 비난, 퍼뜨린 소문 같은 것을 정리해서 몇 가지로 나누면 ① 그 일기는 윤복이가 쓴 것이 아니다, ② 윤복이 담임선생은 제쳐 두고 제 얘기만 쓰게 했다, ③ 신문에 이름 내기 위해 온갖 짓을 다한 속물이다, ④ 그 사람 아주 좋지 못한 사람이다, 이렇게 된다. 김 교사에 대한 이 모든 말들이 아무런 근거가 없는 비난과 오해라는 것을 내가 여기 밝히려 하는 것은 아직 만나 보지도 않은 김 교사에 대한 동정 같은 것 때문이 아니다. 다만 세상의 습관이나 체면이나 이해관계나 유행하는 사고방식 같은 것을 전혀 고려하지 않고 오직 선의에서만 나온 인간의 행동이 얼마나 세속에 젖은 사람들의 오해를 사게 되는가, 인간답고 순수한 직선적 행위가 이런 사회에서 얼마나 받아들여지기 어려운가 하는 것을 말해 보고 싶을 따름이다. 참된 인간 정신, 곧 동심의 옹호를 해야 할 의무감에서다.

첫째, 이 일기는 윤복이가 쓴 것이 아니라는 말인데, 이것은 누구의 증언을 들을 필요가 없이 이 일기문 자체를 검토해서 판단할 일인 줄 안다. 나는 이 일기문을 어른들이 좀 지나치게 지도한 것을 인정하지만 윤복이의 작품이 아니라고 할 수 없다고 본다. 이 문제에 대해서는 다음 장에서 자세히 고찰할 것이다.

둘째, 윤복이 담임선생은 제쳐 두고 제 얘기만 쓰게 했다는 비난에 대해서다. 윤복이 일기에 담임교사는 자주 나오지는 않지만 가끔 나타나고 있다. 아버지 병환으로 열흘이나 학교에 못 가고 염소를 먹이다가 다시 나가게 된 날 담임교사는 윤복이 일기를 아이들 앞에서 읽어 주면서 눈물을 흘리게 되고, 다음 날은 집에까지 찾아간다. 그 뒤로 때로는 점심 도시락을 윤복이에게 주어서 먹이기도 하고, 일기장 여러 곳에 감상을 적어 격려하고 있는 것으로 나타나 있다. 아마 윤복이의 생활 걱정도 많이 하였으리라.

그러나 담임교사가 윤복이를 도와준 일이 이러한 것 밖에 또 뚜렷이 있는데도 그런 것이 일부러 기록되지 않았다고는 생각할 수 없다. 담임교사가 고맙게 해 준 일을 일부러 숨겨야 하는 아무런 요인도 없기 때문이다. 물론 윤복이를 위해 더 많은 일을 못 했다고 해서 담임교사를 비난할 수 없고, 이 일기에 나타난 사실만으로도 담임교사는 교사로서 할 일을 충분히 한 것으로 보아야 한다. 그런데 한 불우한 아이를 돕는 일이 반드시 담임교사라야 할 수 있는 것도 아니고, 그런 뜻이 있는데 담임교사가 뒷전이 되기에 그러한 체면 때문에 못 할 바도 아니다. 더구나 김 교사의 경우 불행한 아이를 살려 주고 싶을 뿐이었지 담임교사가 남들에게 어떻게 보일까 하는 따위는 전혀 염두에 없었을 것이니, 나는 이런 김 교사의 태도가 교육자로서나 인간으로서 옳았다고 본다.

또 김 교사가 자기 얘기를 일기에다 쓰도록 했다는 것인데, 그것이 사실이라면 윤복이의 동심은 패배한 것이요, 그의 일기는 전체가 거짓이 된다. 그러나 이 일기문을 통독해 보면 그와 같은 생각은 지극히 부자연스럽고 불순한 의문이라고 판단된다. 그리고 이런 판단이 틀림이 없고, 김 교사의 모습을 얘기한 윤복이의 글이 정직하다는 것, 오히려 김 교사의 모습이 일기에는 극히 조그만 것으로, 그야말로 바다에 뜬 빙산의 한 모퉁이로 나타나 있는 것이라는 사실을 나는 최근에 확인했다.

김 교사와 사범학교 동창생이었다는 배길도 씨(대구 평리교 근무)의 말에 따르면 김 교사는 불우한 학생들의 학비를 대어 주는 일을 지금도 계속하고 있는데, 김 교사의 도움으로 공부한 학생이 몇십 명이 되는지 모른다 한다. 지금은 시골 어느 중학교 교감으로 가 있는데, 여전히 운동화를 신고 다닌다는 것이며, 결혼식 때 아무것도 선물을 주지 않아 부인한테 오해를 받고, 더구나 선물을 받은 것까지도 팔아서 가난한 아이들 학비로 주었다는 것이다.

그러면서 배 씨는 이런 얘기도 해 주었다. "한번은 제가 군에서 휴가를 받아 왔는데, 마침 길에서 동식이를 만났더니 '잘됐다, 지금 가정방문 가는데 너, 같이 가자' '먹을 것 나오면 너나 실컷 먹어라' 하고 끌고 가잖아요. 그래 할 수 없이 따라가는데, 이건 하필 산등성이 가난뱅이들 집만 찾아가거든요. 어쩌는가 보고 있으니, 흙이고 판자로 된 움막집 방에 마구 들어가서는 누더기를 걸치고 어쩔 줄 모르는 아이를 덥석 껴안고 볼을 비비고 이 야단인데, 학생 시절에 좀 남다른 애라고 알고는 있었지만 이것 참 선생이 돼서도 저런가 싶었지요. 나는 냄새가 나고 더러운 방에 들어갈 생각도 못 했는데, 가는 집마다 그러니 어째요. 몸집이나 작으면 좀 덜 보기 싫겠는데, 그 커다란 녀석이 그런 짓을 하니 참 우습기도 하고 보기에 민망하더군요. 그래 골목에 나와서 '야, 너 좀 몸뎅이 값을 해라. 그게 무슨 꼴이고?' 해도 '뭐 어때?' 하고 예삽니다.……" 나는 이 얘기를 듣고 윤복이 일기에 나오는 장면, 김 교사가 윤복이 집에 찾아가서 윤복이 동생의 볼을 쓰다듬어 주고 들어 올렸다 내렸다 하면서 좋아하는 김 교사의 모습을 눈앞에 그리면서 참으로 이 세상에서 귀한 것을 발견한 기쁨을 참을 수 없었다. 윤복이와 같은 많은 아이들을 도우면서 자기는 해진 작업복에 운동화를 신고 태연히 대구 거리를 돌아다닌 천진한 동심의 사람 김동식 교사! 이런 사람이 자기가 도와주고 있는 한 어린 학생이 쓰고 있는 일기에 제 자랑을 쓰도록 하였다고 어떻게 믿을 수 있나.

셋째, 신문에 이름을 내기 위해 온갖 짓을 다 했다. 여기에 대해서는 당시의 신문에 어떻게 보도가 되었는지 모르지만, 윤복이 기사를 내어 준 〈영남일보〉 전경화 씨의 말을 들어 보면, 김 교사가 윤복이를 돕기 위해 여러 아이들과 설날을 전후해서 복조릴 팔러 다녔다 하면서, 이렇게 얘기하고 있다. "김 선생이 아이들과 같이 돌아다니면서 복조릴 파는데 나를 여러 번 찾아와서 '김 선생님, 오늘은 ○○개를 팔았어요' 하고 자랑하잖아요. 그러면서 신문에 좀 내어 달라고 하는데, 물론 윤복이를 위해서 내어 주고 싶었던 터이지요. 그렇게 아이들과 자주 찾아와 좋아서 얘기하는 모양이 참 순진한 어린애같이 보였어요. 이런 일로 해서 김 선생을 오해하는 사람이 많은데 정말 딱한 일입니다." 결국 이것도 김 교사가 남이야 어떻게 보든지 생각하든지 제 할 일을 하면서 조금도 옆을 돌아보지 않는 그 순진성 때문에 생겨난 오해인 것이다.

넷째, "그 사람 아주 좋지 못합니다" 하는 친구가 있어 나는 다그쳐 물었다. "왜 좋지 못한가요? 무슨 나쁜 짓을 했습니까?" "그 사람 어딘가 모자란 사람입니다. 바보 같지요." 나는 옳아, 역시 그가 기인이라는 것을 말하려는 것이구나 싶어, 그런 일이 있었던가 또 물어보니, 다음과 같은 얘기를 해 주었다.

한번은 김 교사가 숙직을 했다. 숙직실이 2층인데 밤중에 "도둑이야!" 하는 소리가 나서 창문을 열어 보니 한 놈이 무엇을 안고 나가는 것이 바로 밑에 내려다보인다. 그 순간 김 교사는 다짜고짜 2층에서 내리뛰어 그 도둑을 잡기는 했는데 팔을 다쳤다는 것이다. "그거 참 재미있는 얘긴데요" 했더니 "그게 바보지 뭡니까? 2층에서 무작정 내리뛰다니 영 머리가 돈 사람 같지요" 하는 것이다. 이 얘기에서도 자기 한 몸의 이해를 전혀 생각하지 않고 옳다고 믿는 행동을 감행하는 김 교사의 면목이 잘 나타나 있다고 생각되었지만, 여기서는 '바보 같은 사람'이 곧 세속에 용납되지 않는 좋지 못한 사람이 되고 있는 것을 본다.

이제 김동식 교사에 대한 견해를 정리해 보자. 그는 무슨 행동을 할 때 자기중심의 이해를 따지지 않는다. 그 결과 자기 한 몸보다 남을 돕는 일을 많이 한다. 어린애들을 극진히 귀여워하고, 특히 가난한 학생들을 많이 돕는다. 옷차림, 신발 같은 외모에 마음을 안 쓴다. 옳은 일이라면 설사 그것을 수행하는 데에 남들의 오해나 비난이 따르더라도 그런 것은 전혀 염두에 두지 않는다. 한마디로 그는 '기인'이다. 이 기인이란 말은 모든 사람들이 비정상적인 생활에 젖어 살아가고 있어 그것이 오히려 정상인 것처럼 보일 때, 어떤 특출한 개성을 지닌 사람이 있어 정상적 정신을 발휘할 경우 그 사람을 기인이라 하게 된다고 보아서 하는 말이다. 이 얼마나 귀중한 인간 정신의 소유자인가? '기인'이야말로 동심을 가진 어른을 일컫는 말이다.

물론 어른이 동심을 가졌다 할 때 김동식 교사가 가진 그런 모양의 동심만이 있어야 한다는 것도 아니고, 윤복이의 동심이 그대로 발전했을 때 김동식 교사의 동심으로 된다는 것도 아니다. 사람 성격의 차이, 지능 정도에 따라 동심도 다양하게 그 모습을 나타내는 것이 당연하다. 그러나 그것이 동심이 되자면 적어도 동심답지 않은 모든 불순물, 자기중심의 이해타산, 약삭빠른 수단 부리기, 불의 부정, 아부 아첨, 남을 해치는 태도, 겉모양 꾸미는 흉내, 속임수와 같은 것들과는 결코 한자리에 공존할 수 없는, 이런 불순물과는 정반대 편에 서 있어야 하는 정신의 순수성이라고 볼 때, 김동식 교사의 동심은 가장 순수한 동심의 한 전형을 보여 주고 있다고 할 수 있다.

동심의 패배

이윤복 일기를 두고 더러는 이것이 김동식 교사나 담임교사와 합작한 것이라고 하는 말을 듣는데 나는 그렇게 안 본다. 일기문 자체의 내용과 문장으로 보아서 처음부터 어린이가 쓰지 않았다고 지적해야 할 구절은 없다. 이것은 어디까지나 이윤복의 생활 기록이요, 이윤복의 작품이다. 설령 문장 수정을 교사가 지도했다 하더라도 그것은 교육으로서 할 수 있는 만큼, 문장 수정 자체를 잘못이라 할 수 없는 것이다.

그러나 내 견해로는 이 일기문의 첨삭 지도가 적당하고 올바르게 되어 있는 것 같지 않다. 흔히 신문 잡지에 발표되는 아이들 글에서 볼 수 있듯이 이 일기문도 발표를 위한 지나친 지도, 지도라기보다 교사가 일방적으로 수정을 한 것이 아닌가 하는 의심을 버릴 수 없다.

초등학교 4학년 아이가 이렇게 오랫동안 쓴 일기라면 아무리 국어 실력이 탁월한 아이라 하더라도 응당 본문에서는 사투리가 가끔 섞여 나오는 것이 정상일 것이고, 또 실지 입말을 그대로 쓰게 되어 있는 대화문에서는 이와 반대로 학교에서 익힌 표준말이 섞여 나올 수 있는 것이 정상이다. 그런데 이 일기문은 철두철미하게 본문은 표준말로 되어 있고 대화문은 온통 사투리투성이다. 이것을 어린이 자신이 나날이 쓴 일기문이라고 할 때 아무래도 교사의 지나치게 무리한 수정 지도나 출판사 측의 의도적인 수정이 아니고는 이렇게 될 수 없다고 본다. 다시 말하면 이 글은 어른이 의도해서 쓴 문학작품이 아니라 어디까지나 초등학교 학생이 쓴 생활기록문인 만큼, 대화문에 보이듯이 그토록 일상에서 사투리를 많이 쓰는 아이가 본문에서는 철저하게 능숙한 표준말을 쓰고 있다는 것이 지극히 부자연스러우며 어린이답지 못한 글이 되었다고 하겠다. 아이들도 문학작품을 쓸 수 있지 않은가, 혹은 쓰는 지도를 할 수 있지 않은가 할지 모르지만, 어린이에게 문학작품을 쓰게 한다고 어린이의 심리와 능력에 맞지 않는 무리한 지도를 하는 것은 여러 가지 면에서 해로운 결과를 가져오게 되고 더구나 우리 나라의 잘못된 겉치레 교육 상황에서는 그러하다. 그리고 또 이것은 소설도 동화도 아니고 자기 생활 체험을 그대로 쓴 글이니 대화는 듣고 말한 그대로 쓸 것이고 본문 역시 쓴 아이 자신의 말이 되어야 하는 것이다. 이 일기문의 문장은 어린이의 참된 성장을 무시한 발표 위주와 형식 치중의 지도가 될 수밖에 없는 문학작품 창작 흉내 교육의 해독을 받은 것으로 비판 받아야 한다.

윤복이의 일기문이 그릇된 지도 과정에서 쓰였다는 것은 이것을 《니안짱》의 문장과 비교해 보아도 깨달을 수 있다. 《니안짱》은 작자 스에코가 3학년 마칠 무렵에 시작하여 5학년 중간까지 쓴 것으로, 그러니 이것도 4학년의 일기가 태반이 되어 있다. 문장 표현을 보면 형상적 표현이나 심리 묘사에서 윤복이 일기보다 《니안짱》이 훨씬 능숙하고 여유가 있다. 그런데도 《니안짱》에는 본문에 사투리가 상당히 나오고 있어 출판사에서는 독자를 위해 사투리에다 일일이 주를 달아 놓고 있다. 책 이름 《니안짱》도 '둘째 오빠'란 말인데, 스에코의 아버지가 스에코를 위해 그렇게 불러 줘서 집안에서만 쓰게 된 독특한 사투리였던 것이다.

이렇게 사투리가 그대로 든 글을 읽으면 아이들의 생활과 감정이 싱싱하게 나타나 글이 한층 살아나 보인다. 그런데 윤복이 일기는 얌전한 표준말로만 쓰고 있어서 생기가 그만큼 죽어 있다. 거기다가 많이 나오는 대화문은 또 어색하리만큼 사투리투성이라, 소설 문장을 흉내 낸 것이라기보다 어른스런 글로 무리하게 수정된 것 같아 여간 불쾌하지 않다. 이 아이가 쓴 그대로 활자화되었더라면 얼마나 더 실감이 나고 감명 깊게 읽혔을까 생각하니 참으로 아깝게 되었다고 느껴진다. 이것이 교사 때문에 이렇게 되었다면 흔히 이런 그릇된 지도를 하는 글짓기의 방법을 무조건 따른 것이겠고, 출판사에서 고친 것이라면 업자들의 무지함을 한탄하지 않을 수 없다.

신문과 잡지에서 아이들의 글을 그대로 발표하지 않고 무참하게 고치는 예가 얼마든지 있는데, 그 한 가지 예를 여기 들어 보는 것이 참고가 될 것 같다. 언젠가 ㅋ 씨가 글쓰기 지도 방법을 어느 일간 소년지에 연재했을 때 내가 지도한 어린이 작품을 인용한 일이 있는데, 이 작품이 신문에 나왔을 때는 아주 깨끗이 표준말로 고쳐져 나왔더라고 했다. 이 작품에 나온 사투리가 표준말로 고쳐졌을 경우를 생각해 보자.

> 마굿간에 마웃똥이 많다. 할머니가 마구 처자고 소시랑을 좀 얻어 오라고 하신다. 강녹이네 집에 소시랑을 좀 돌라 캐 가지고 할머니 갖다 주고 또 내가 달영이네 집에 가서 소시랑을 달라 하니 달영이네 아버지가 "있거든 찾아 가지고 가" 하시면서 삽짝으로 나가신다. (……) 할머니가 20번 쳐고, 나는 24번 쳐니까 다 쳐 간다. 한 번 가지고 나오니까 쓸 것도 없고 탑새기도 없다. 내가 비짜리로 쓸어 논 탑새기를 동생이 삽으로 끌어 담아서 거름 자리에 갖다 놓는다. 다 쓸고 나서 짚 좀 마구간에 갖다 놓고 손을 씻고 저녁을 먹었다. ―1964년 5월 26일 화요일, 흐림
> * 마구: 마굿간   * 처자고: 치우자고   * 소시랑: 쇠스랑
> * 삽짝: 사립문   * 쓸: 쓸   * 탑새기: 쓰레기
>
> 〈마굿간 치기〉, 김성환(경북 상주 청리초 4)

이 글이 고쳐져 나온 신문을 보지 못해서 마웃똥, 탑새기

같은 낱말들이 어떻게 바뀌어졌는지 모른다. 그러나 이 아이의 생활어인 이런 사투리를 표준말로 고쳤을 때 그것은 이 아이의 말이 아닌 다른 지방 말이 되고, 따라서 이 글은 남의 글이 되고 만다. 아니 그것은 그 누구의 글도 아닌, 도저히 있을 수 없는 개작이 된다. 대관절 아이들 글을 어른들이 일방적으로 고쳤을 때 대개의 경우 잘못되는 것이 상례지만, 특히 어떤 지방이나 농촌에서 독특하게 쓰는 사투리를 고쳤을 때 더욱 그렇다. 아이들의 언어생활, 아이들의 글은 사투리에 의존하지 않고서는 이뤄질 수 없기 때문이다. 나는 이 글을 쓴 아이가 신문에 깨끗이 표준말로 고쳐져 나온 자기의 글을 부디 안 보았기를 바라고 빌었다. 만일 보았다면 얼마나 실망했을까? 글이란 이렇게 표준말로만 써야 되는 줄 알고 자신을 잃고는 두 번 다시 사투리로밖에는 표현할 수 없는 자기 생활을 글로 쓰려고 하지 않을 것이다. 그 대신 얌전한 것, 자랑스러운 것, 보기 좋은 것만을 찾아 겉만 꾸며 만드는 재주를 익힐 것이다. 자기 자신을 한층 더 열등한 존재로 의식하면서…….

윤복이 일기에 사투리와 표준말이 깨끗이 정리되어 나타나 있다는 것은 윤복이로서는 어찌할 수 없었던 동심의 또 하나의 수난이었다. 이 수난은 교육자와 문학자가 가해자의 처지에 놓이게 됨으로써 이 나라 교육과 문학의 실패를 의미하는 것이다.

다음 또 하나 이 일기에서 문제되는 것이 있다. 윤복이 일기를 《니안짱》과 《안네 프랑크의 일기》와 비교해서 그 쓴 기간과 일수를 보면 오른쪽 표와 같다.

작품명	기간	쓴 날	안 쓴 날	쓴 날의 비율
윤복이 일기	232일간 (약 8개월)	182일	50일	78%
니안짱	590일간 (약 1년 7개월)	175일	415일	30%
안네의 일기	779일간 (약 2년 2개월)	166일	613일	21%

이 표에서 보면《니안짱》은 1년 7개월 동안에 175일을 쓰고,《안네 프랑크의 일기》는 2년 2개월 동안 166일을 썼는데, 윤복이는 겨우 8개월 동안에 182일이나 썼다. 여기서 무엇을 생각할 수 있는가? 윤복이가 다른 두 소녀보다 일기 쓰는 것을 한층 더 생명처럼 소중한 행위로 여겼기 때문인가? 그렇게는 볼 수 없다. 일기 쓰는 행위가 그 생활에서 차지하는 중요성으로만 말하면 윤복이보다《니안짱》의 저자가 더 절실했다고 느껴지고,《니안짱》의 저자보다《안네 프랑크의 일기》의 안네 (1929~1945년)가 또 더 한층 중요한 의미를 가졌다고 본다. 그럼 윤복이가 다른 두 소녀의 경우보다 더 일기를 빠뜨리지 않고 계속 쓸 수 있는 시간의 여유와 환경이 되어 있었던가? 이 것도 전혀 반대다.《니안짱》을 쓴 이도 윤복이보다 시간의 여유가 있었고, 안네는 비록 숨어 사는 곳에서 자유도 빼앗기고 있기는 하였지만 글을 쓸 시간만은 얼마든지 있었다. 그런데 윤복이는 낮에는 학교에 갔고, 밤에는 늦도록 껌을 팔러 다녔다. 아침에도 밥을 얻으러 다니거나 국수를 삶거나 했다. 이 세 아이가 살아간 상황을 보면 그중에서 윤복이가 제일 일기를 쓸 수 없는 날이 많아야 할 것 같다. 그런데 사실은 이와 반대로

《니안짱》이 전 기간의 30%, 안네가 21%밖에 못 썼는데, 윤복이는 78%나 썼으니 좀 이상하다 보지 않을 수 없다. 이것은 결국 윤복이의 일기 쓰는 행위가 자기 뜻이었다기보다 타율적인 것이었기 때문이라 볼 수밖에 없다. 물론 타율적인 동기에서 이뤄진 행위가 반드시 나쁘다는 것이 아니다. 아이들에게 일기 쓰기를 권장하기 위해 점수로 평가하는 수도 있고 상품을 주는 수도 있어, 이런 방법은 필요하기도 하기에 윤복이뿐 아니라 《니안짱》을 쓴 이도 이렇게 해서 담임교사로부터 격려를 받은 것이다. 다만 여기서 문제되는 것은 그런 교육 수단이 어느 정도 적절하게 행사되었는가, 하는 것이다. 같은 지도 격려라도 《니안짱》의 스에코는 담임교사뿐 아니라 그의 오빠까지 칭찬과 격려를 하고 있는데 30%를 쓰고, 윤복이는 그처럼 바쁜 나날을 보내면서 80% 가깝게 썼으니 말이다. 때로는 이런 날 언제 이 일기를 썼는가 싶은 날이 많은데도 그날그날 꼬박꼬박 기록한 것처럼 되고 있다. 결론을 말하면, 일기를 쓰는 일이 교육으로 이뤄지는 것이 당연하지만, 좀 더 자유스럽게 즐겁게 쓰는 자율적 행위가 되지 못하고 지나친 외부의 강요로 어쩔 수 없는 의무감에서 쓰는 행위가 되고 있는, 우리 나라의 일반적 교육 상태가 이윤복 일기에서도 그대로 나타나고 있다고 보는 것이다. 이것은 앞에서 고찰한 대로 초등학교 4학년 아이가 얌전한 표준말과 사투리를 철저히 구별하여 문학작품 쓰는 흉내를 내게 했다는 일과도 관련이 되는 것으로, 결국 한국의 글쓰기 교육이 그 근본에서 잘못되어 있는 것을 말해 주고 있다.

　무릇 문학작품이든지 어린이의 글쓰기 작품이든지 그것

을 제대로 쓰자면 작자의 주체성이 절대로 확보되어야 함은 말할 것도 없다(이 주체성이 곧 동심이란 것을 짐작하겠지만). 학교교육은 마땅히 이 주체성을 배양하여야 함에도 오히려 이를 침해하고 파괴하는 수가 많은 것 같다.《니안짱》과《안네 프랑크의 일기》를 쓴 이들은 그래도 이해를 하는 훌륭한 사람들이 있고 혹은 자신의 강렬한 개성으로 주체성을 지켜 나갈 수 있었다. (물론 이들이 자라난 교육 환경은 대체로 인간성을 파괴하는 데에 철저하지 않았다는 것도 생각되지만.)《니안짱》을 쓴 스에코의 큰오빠는 탄광의 임시 고용원으로 있다가 거기서도 쫓겨나 실업자가 되어 동생들을 먹여 살리지 못해 무한히 애를 쓰는 청년이지만, 동생의 글을 이해하여 알뜰한 격려와 지도를 해 주는 편지글을 보면 학교의 교사가 이 정도 되면 얼마나 좋으랴 싶을 정도다.《니안짱》의 서문도 훌륭한 글이라, 이런 오빠가 있었기에 동생이 있었구나 싶다.《안네 프랑크의 일기》에는 은신처에 숨기 전 이런 기록이 나온다.

교실에서 안네가 너무 재잘거리기 때문에 수학 교사가 여러 번 안네에게 '수다쟁이'라는 제목으로 글을 써 오게 한다. 안네는 그때마다 그것을 벌이라 생각하지 않고 집에 가서 재미있게 글을 써 오는데, 결국 나중에는 수학 교사가 안네의 글에 감복하여 그 글을 교실마다 다니며 읽어 주고 안네가 재잘거리는 것도 꾸중하지 않게 된다는 것이다. 안네의 주체성은 형식주의 교수법에 젖은 교사를 감화시킨 것이다. 그런데 윤복이에 와서는 스에코의 오빠와 같은 글쓰기 교육의 지도자가 없었고, 안네의 개성을 낳고 그것을 허용하도록 한 교육 환경이 도저히 될 수 없는 땅에서 살아야만 했던 것이다. 윤복이는 최선으로 살았지만 학교교육에 의지해서 자라날 수 있었던 그의 동심이 애당초 완전히 승리할 수 없는 운명에 놓여 있었다. 윤복이 일기는 윤복이를 둘러싼 가정과 학교와 사회와 그리고 시대가 낳은 어쩔 수 없는 산물이 되고 있는 것이다. 이런 모든 사정은《저 하늘에도 슬픔이》라는 윤복이 일기 문집의 이름이 단적으로 잘 설명해 주고 있다.《안네 프랑크의 일기》《니안짱》처럼 아무 꾸밈도 없이 소박한 이름이 되지 못하고 무슨 유행하는 문학 서적의 이름을 흉내 내고 있는 것부터가 상품 제조 의도 때문에 어린이의 주체성이 침해당하고 있음을 말해 준다.《니안짱》을 우리 말로 번역한 책 이름이《구름은 흘러도》(유주현 옮김, 신태양사, 1959년)로 된 것도 이런 사정을 말해 주는 것임은 물론이다.

맺음말

이윤복 일기《저 하늘에도 슬픔이》는 그것을 쓰고 책으로 출판되는 과정에서 지나치게 타율적인 작용으로 이것이 교육의 산물로서나 특수한 문학작품으로서나 적지 않은 흠이 있다는 것을 인정하지 않을 수 없다. 그러나 그럼에도 이 작품은 해방 이후 30년 동안에 나온 수많은 어린이 작품 중에서 단연 빛나는 높은 봉우리를 차지할 수 있으며, 또한 어른들이 쓴 대부분의 어린이문학 작품들보다도 귀중하고 값있는 작품이 되고 있다.

그것은 10년 동안 20판이라는, 일찍이 어린이가 읽는 책으로서 전례가 없는 출판 기록을 세워, 이 땅의 아이들이 그 어느 문학작품보다도 많이 읽어서 그들의 마음의 양식이 되고 있다는 사실에서도 그렇거니와, 또한 이 작품이 해방 이후 20년 동안 우리 사회와 역사를 순진한 한 소년의 눈과 체험으로 생생하게 기록한 살아 있는 증언이 되어 있기 때문이다.

우리는 이 일기에서 사회가 얼마나 아이들을 불행에 빠뜨리고 있고, 불행한 어린이를 더욱 박해하고 있는가 하는 것을 새삼 깨닫게 되고, 한 소년이 어떻게 하여 곤궁의 극한 상태에서 그것을 이겨 내고 사회의 중압을 견디어 나갔는가를 살피게 되고, 그리고 어떠한 고난 속에서도 인간스런 마음을 잃지 않는 동심의 극치를 발견하게 된다. 윤복이에게서 우리는 동심의 승리, 곧 인간의 승리를 보는 것이다. 그리하여 우리의 앞길에 어떠한 시련과 환난이 닥쳐도 이 민족의 앞날에 한 가닥 불빛 같은 희망을 품게 된다.

우리는 지금도 이 나라 방방곡곡에서 온갖 시련을 겪고 있는 어린이들의 마음속에 가장 착하고 아름다운 세계가 숨어 있다는 것을 믿자. 그런 '인간다운' 것을 찾아내는 노력, 그런 인간다운 것이 짓밟혀 시들어 가는 것을 애통히 여기고 그것을 지키고 키워 가는 작업, 이것이 교육이고 문학임을 확인하자.

이윤복 일기는 우리 사회에서 가난으로 오는 불행이 근절되지 않는 이상 앞으로 영원히 애독될 것이다.

〈창작과 비평〉, 1975년 겨울

아이들은 어떤 동화를 재미있게 읽는가

한국 창작 동화가 어린이에게 수용되는 경향에 관한
조사 연구

머리말

한국자유교육협회에서는 여러 해 전부터 전국의 각급 학교 학
생들에게 고전을 읽히는 독서 운동을 벌여 왔다. 이 사업은 교
육행정의 협조를 얻음으로써 전국의 교사들과 어린이들의 관
심을 모았던 것이다.

이 이른바 고전 읽기 운동에서 1975년도에 초등학교 어
린이들이 읽게 되어 있던 책 중에《한국 동화 선집》이 있었는
데, 이 책은 한국의 창작 동화 84편을 학년별로 나눠 엮은 것이
다. 지금까지 초등학생들이 읽어야 할 것으로 이 협회에서 해
마다 지정한 고전 도서, 혹은 교양 도서를 보면 역사물이나 전
기류가 아니면 종교 서적이 대부분이었고, 문학작품이 끼어 있
어도 번역물이 아니면 옛날얘기, 곧 전래 동화였던 것이니, 국
내 작가들의 창작품은 한 권도 없었다. 이것은 민족 문학의 창
달을 위해서나 문학 교육의 처지에서나 참으로 섭섭한 일이었

다. 전국의 어린이가 교과서 다음으로 읽어야 할 교양 도서를 선정하는데 이러한 협착한 안목과 오류가 어느 정도 시정되어 1975년도에 국내 어린이문학 작가들의 창작 동화를 널리 모든 어린이에게 읽히게 했다는 것은 참으로 다행한 일이 아닐 수 없었다.

이것은 독서 지도와 문학작품의 감상 교육은 물론이고, 우리 어린이문학을 우리 어린이들의 마음 밭에 심고 가꿈으로써 어린이문학을 육성해 나가는 가장 든든하고 또 유일한 발판을 마련할 절호의 기회이기도 하였다. 그리하여 이《한국 동화 선집》의 편찬 사무를 맡은 분들은 단지 책을 엮어 내는 일뿐 아니라 교육과 문학의 상관관계를 살펴서 마땅히 올바른 독서 지도와 참된 작품 감상 교육을 부모들과 교사들이 할 수 있도록 전국의 교사들과 손잡고 일대 문학 교육 운동을 전개해 나갔어야 할 일이었는데, 여러 가지 사정으로 못 하고 만 것은 참으로 안타까웠다. 나도 뒤늦게 이 사실을 깨닫고, 겨우 여기 이러한 독후 반응 조사나마 하게 되었던 것이다.

동화고 소설이고 동시고, 같은 어린이문학 작품집을 일정한 시기에 전국의 어린이들이 읽게 된다는 것은 (1976년도부터 이 고전 읽기는 교육행정의 협조 없이 하게 되어 있다.) 앞으로도 좀처럼 그 기회가 없을 듯하고, 그런 만큼 이런 문학작품에 대한 반응 조사도 정말 천재일우의 좋은 기회였는데, 이것을 좀 더 치밀하게 계획을 세워 더 큰 규모로 또 완벽하게 실시하지 못한 것이 반성된다. 그러나 이 정도의 조사라도 교육하는 사람들과 문학인들에게 상당한 참고가 되리라 확신한다.

반응 조사

1) 조사의 내용과 목표

이 조사의 내용은 어린이들이 어떤 동화를 감동으로 받아들이고 즐겨 읽는가, 혹은 어떤 동화를 재미없게 보는가, 하는 것이다.

이것은 어린이들의 문학작품에 대한 지극히 단순한 반응 조사이지만, 이 조사 결과로 나는 적어도 두 가지 면에서 중요한 참고 자료를 얻을 수 있을 것으로 기대했다.

그 하나는 문학 교육 면에서 독서 지도의 올바른 방향 같은 것을 잡게 되는 일이고, 다른 하나는 작가들의 창작이 더욱 어린이 세계에 밀착되어 이뤄지는 가운데서 참된 문학성을 확보하도록 하는, 말하자면 어린이문학 작가 본연의 자세를 찾으려 할 때, 반성의 자료를 얻는 일이다. 더구나 오늘날과 같이 대개 우리 작가들이 어린이 세계와 동떨어져 개인 취미로 작품을 쓰기만 하고 있고, 어린이들은 또 그들대로 어린이문학 작품을 외면하고 살아가는 상황에서는 이런 조사 자료가 결코 무의미하지 않을 것이라 믿는다.

어린이문학 작품은 그 본질상 교육성과 문학성을 분리해서 생각할 수 없다. 따라서 어떤 작가가 '내가 무엇을 쓰든지 내 자유에 속하는 일이고, 아이들이야 읽든지 말든지, 좋아하든지 싫어하든지 내가 쓰고 싶은 것을 썼으면 그만이다'라든지, '아이들이 읽지 않고 좋아하지 않는 것은 내 책임이 아니다. 나는 오직 예술성을 찾아 가지는 일에 대한 책임만 지면 그만이다'고 한다면, 이런 무지한 말은 결코 용납될 수 없다. 아이들이 읽지 못하고 아이들에게 읽히지 않는 작품을 왜 어린이문학이란 이름으로 쓰고, 동화니 동시니 하는 이름으로 책을 만들어 내고 있는가? 이것은 분명히 하나의 기만이다. 작가 자신과, 그리고 무엇보다도 어린이를 기만하는 짓이다. 우리 어린이들이 어린이문학을 멀리하고, 그리하여 어린이문학이 침체의 길을 걷고, 어린이 문화 전체가 위축 혹은 비정상의 상태에 놓여 있다면, 그 가장 큰 원인의 하나가 바로 이런 사이비 작가에 있는 것이라고 말할 수 있다. 물론 이런 단정에는 유보될 조건이 있기는 하다. 어린이들의 독서 환경이 참된 문학작품을 수용할 수 없는 상황에 놓여 있을 경우에는 어린이들의 작품에 대한 취향을 더 비판의 관점에서 보아야 할 것은 말할 것 없다. 저질 만화와 텔레비전과 시험 준비 및 지식 편향의 학교교육과 도덕의 기반을 잃은 생활 질서 속에서 제대로 된 문학 교육을 거의 받지 못하고 있는 어린이들의 생활 태도와 정신이 어떤 것인가 하는 것은 어느 정도 짐작이 되고, 따라서 이런 어린이들의 취미에 덮어놓고 영합하는 작품을 쓰거나 그런 작품을 권장하는 것이 부당한 것임은 말할 것 없다. 그러나 그렇다고 해서 어린이들의 느낌과 생각을 근본부터 부정하고, 작품 창작에서나 교육에서 전혀 이것은 참고할 가치조차 없다고 한다면 결정적인 잘못을 범하는 것이 된다. 어린이의 생활과 심리를 부정하는 것은 결국엔 어린이문학의 존재를 부정하는 결과가 되기 때문이다. 우리는 어린이들의 반응을 그들의 현실 상황에 따라 긍정과 부정 양면에서 이를 정당하게 파악함으로써 비로소 문학과 교육에 보탬이 될 의미 있는 자료를 삼아 가질 수 있을 것이다.

또 한 가지는 '어린이문학은 아이들만 읽는 것이 아니다. 어른들에게도 읽히는 것이야말로 참된 문학작품의 가치를 가진 것이다' 하는 말을 최근 자주 듣는데, 물론 잘못된 말이 아니다. 지당한 말이기도 하다. 그런데 '어른들에게도 읽히는 것'이 '어른들에게만 읽히는 것'이 되고, 그래서 어린이가 안 읽어도 어른들만 즐겨 읽으면 훌륭한 어린이문학 작품이 된다고 강변하기 위한 속셈으로 이런 말을 하는 것이 아닌지 생각할 문제다. 그리고 이런 주장을 세우는 사람들이 말하고 있는 '어른들이 읽을 만한 것'이란 대개 작가 자신의 어른스런 상념으로 만들어진 것으로서, 실지로는 어른들도 결코 읽지 않는 작품을 말하고 있는 것 같아 염려스럽다. 아무튼 어린이들이 어떤 작품을 재미있게 읽는가, 재미없이 읽는가, 하는 어린이들의 정직한 반응을 확인한다는 것은 교육과 창작 양면에서 어린이문학을 한 걸음 나아가게 하는 일에 도움이 될 것으로 믿는다.

본 조사 연구의 목표를 요약하면 ① 아이들에게 좋은 문학작품을 읽도록 권장하고 ② 부모와 교사들에게 어떤 작품을 어린이들이 좋아하는가를 알게 하여 독서 지도의 지침을 삼게 하며 ③ 작가들에게 어린이가 감동할 수 있고 재미있게 읽을 수 있는 양질의 작품을 쓰도록 참고 자료를 제공하는 데 있다.

2) 읽은 책과 읽은 환경

본 조사에서 대상으로 삼은 《한국 동화 선집》의 내용은 다음과 같은 체계로 된 책이다.

책명	지정 학년	쪽수/크기	작품 수	집필 작가	편자	책값
한국 동화 선집 1	초등 3학년	258/국판	24편	22명		
한국 동화 선집 2	초등 4학년	260/국판	22편	22명	이원수 박홍근 이석현	280원
한국 동화 선집 3	초등 5학년	276/국판	20편	19명		
한국 동화 선집 4	초등 6학년	276/국판	20편	18명		
계			86편	52명		

※ 집필 작가 52명은 중복된 작가를 뺀 숫자임

　　동화 작가가 52명이라면 한국의 작가를 거의 총망라한 것
이고, 86편 중 돌아가신 6명의 작품은 다른 사람이 뽑은 것이
지만 그 밖의 현역 46명의 작품은 모두 대표작이라 할 만한 것
을 스스로 추린 것이라, 작품의 소재와 내용, 표현의 다양성은
말할 것도 없고, 이것으로서 한국 어린이문학의 질을 어느 정
도 가늠할 수 있다고 본다. 그리하여 이 책들에 수록된 작품들
에 대한 반응은 그대로 한국 어린이문학 전체에 대한 어린이들
의 반응이라고 보아 무방할 것 같다.

　　다음에 이 책들을 읽은 어린이들의 독서 사정을 좀 말해
둘 필요가 있다. 3학년 이상의 어린이가 모두 읽게 되어 있다
고 해도 교과서와는 달라 모든 어린이들이 사 가지고 읽는 것
도 아니고, 학교에 따라서 한 학급에 서너 명씩 선정하여 읽히

기도 하고, 열 명 남짓 읽히는 학교도 있다. 1975년도의 형편에서는 내가 아는 한 그러했다. 읽히는 어린이의 수는 교육청이나 학교의 방침에 따라 차가 있지만, 또한 책을 살 수 있는 학부모들이 어느 정도 되는가에 따라서도 결정되기 마련이다.

이렇게 학교마다 학급마다 학년 처음부터 계획을 세워 지정된 책을 몇몇 어린이들에게라도 읽힐 수밖에 없는 것은 교사들의 교육에 대한 순수한 자각이나 의도라기보다 행정 당국의 시책, 몇 달 후에 있을 독서 감상문 쓰기 내기나 경시대회에 대비하기 위해서다. 경시대회란 책을 어느 정도로 읽어서 그 내용을 알고 있는가를 알아보기 위해 문제를 주어 시험을 치르게 하는 일이다. 이런 상 타기 경쟁 행사에서 학급과 학교 간의 성적이 비교 평가되므로 교사들은 자의든 타의든 어린이들에게 책을 읽힐 수밖에 없다.

이 자유 교양 독서 지도는 ① 포상과 성적 평가로 어린이 상호 간, 학교 간에 경쟁을 시킴으로써 책을 읽는 태도나 습관을 기르는 일보다 읽은 결과를 겉으로 드러난 현상으로 성급히 노리는 것이 되고 ② 그 지도가 대개 교사의 교육에 대한 열의에서 이뤄지는 것이 아니라 행정 당국의 지시로 행해지는 것이 되어 있고 ③ 교사들의 독서 지도 자체가 의도해서 행해지는 것이 아니고 거의 대부분 어린이들을 방임하여 다만 읽는 것만을 강요하고 있으며 ④ 간혹 상 타기를 노려 지도하는 경우에는 시험 준비 교육처럼 하여 참된 문학 교육이 전혀 이뤄지지 않고 있으며 ⑤ 전체 어린이를 대상으로 교육하는 것이 아니라 일부 특수 어린이에게 독서를 강요하여 그들을 '책 읽기 선수'

로 만들고 있다는, 이런 여러 가지 점에서 결코 바람직한 독서 지도가 될 수 없다. 오히려 책을 읽는 어린이에게나 그 밖의 어린이에게 책과 책 읽기에 대한 혐오감을 안겨 줄 우려가 있는 것이다. 문학작품을 읽는 것조차 이렇듯 부자연스런 상황 속에서 이뤄져야 하는 우리들의 풍토가 슬퍼진다.

본 조사가 어린이들의 이런 특수한 독서 상황 속에서 행해졌다는 것을 감안할 필요가 있다. 그래서 어린이들의 독서 결과 반응이 혹시나 순수하지 않고, 타의적인 것으로 나타나고 있는 것은 아닌지 충분히 주의할 필요가 있다. 더구나 앞에서 바람직하지 못한 사정을 다섯 가지로 든 것 중에서 ④에 해당하는 것이 문제될 수 있으며, 교사의 부당한 지도가 어린이의 독서 감상 표현에 왜곡되어 작용했을 가능성을 충분히 경계해야 하리라고 본다.

그러나 이 조사를 가능하게 한 독서 상황에서 이러한 여러 가지 부자연스런 요인들이 있음에도 이 조사 결과가 전부 부정될 수 없다고 보는 것은 어린이들 반응의 순수함을 믿기 때문이다. 어린이들이 타의적 동기로 동화책을 사서 보게 되었다 하더라도 동화를 읽는 순간의 흥취라든가 읽은 다음의 느낌이나 생각은 여전히 그들 마음의 순수한 반응이라고 해야 할 터이고, 설령 또 어떤 교사가 어떤 작품을 두고 억지스런 해설을 들려준 것이 어떤 어린이의 독후감에 영향을 미쳤다고 하더라도 그런 경우는 지극히 드물고 또한 조사한 전체 숫자에서는 미미한 영향밖에 줄 수 없으리라고 보인다.

3) 조사 방법과 경과

자유교육협회에서는 어린이들이 그해에 읽어야 할 책을 연초에 지정하고, 행정 당국에서도 그해의 독서 지도와 감상문 쓰기, 경시대회 같은 행사 계획을 세워 진작부터 학교마다 문서로 전달하지만, 실지로 학교에서 어린이에게 책을 사게 하여 읽히는 것은 대체로 6월 이후인 것 같고, 특히 여름방학 동안에 읽히는 것 같다. 9월 중에 학교 단위로 감상문 쓰기와 경시대회가 열리고, 10월에 도 단위 경시대회가 있기 때문이다. 그래서 이 조사는 9월 하순경에 하는 것이 가장 적절하겠다고 작정하여, 내가 있는 농촌 지역에서는 예정한 시기에 조사를 마쳤다. 그런데 대구시의 어린이에 대한 조사는 뒤늦게 계획하여 11월 하순에야 실시하게 되었다.

이 조사에 쓴 설문지는 다음과 같다. ㉠은 농촌 지역 어린이에게 준 것이고 ㉡은 도시, 곧 대구시 어린이에게 준 것이다. 대구시 어린이에게 준 것은 뒷면에 동화 제목을 책에 나온 차례대로 적어 놓았고, 따라서 학년별로 따로 인쇄되어 있다. 그리고 이 설문지를 어린이에게 나눠 주어 써넣게 하여 거둬들여 달라 하면서 담임교사들에게 부탁한 말은 이렇다.

"학급마다 그 학년에 지정된 동화책을 알뜰히 읽은 어린이만을 단 한 아이나 두 아이라도 좋으니 제 생각대로 써넣도록 해 주십시오."

ㄱ

( ) 초등학교	제 ( ) 학년	( ) 반
성명 ( )		(남 · 여)

《한국 동화 선집》을 다 읽은 여러분, 다음 물음은 여러분을 위해 좋은 동화를 쓰는 데 참고가 될까 하여 묻는 것이니, ( ) 안에 작품 이름(동화 제목)을 하나(또는 둘)씩 써넣어 주십시오.

① 가장 감동 깊게 읽어서 잊히지 않는 것은 무슨 얘기입니까?

(   )

② 가장 재미있게 읽은 것은 무슨 얘기입니까?
  (①과 같은 것일 수도 있습니다.)

(   )

③ 무슨 얘기인지 알 수 없는 것이 있으면 적어 주십시오.

(   )

④ 재미가 없어서 억지로 읽거나, 읽다가 그만둔 것이 있으면
  적어 주십시오.

(   )

369

ⓛ

( ) 초등학교	제 ( ) 학년	( ) 반
성명 ( )		(남 · 여)

《한국 동화 선집》을 다 읽은 여러분, 다음 물음은 여러분을 위해 좋은 동화를 쓰는 데 참고가 될까 하여 묻는 것이니, ( ) 안에 작품 이름(동화 제목)을 하나(또는 둘)씩 써넣어 주십시오.
읽은 지 오래되어 제목을 잊었을까 싶어 뒤쪽에 제목을 모두 적어 두었습니다.

① 가장 감동 깊게 읽어서 잊히지 않는 것.

( )

② 가장 재미있게 읽은 것(①과 같은 것일 수도 있습니다).

( )

③ 무슨 얘기인지 알 수 없는 것.

( )

④ 재미가 없어서 억지로 읽거나, 읽다가 그만둔 것이 있으면 적어 주십시오.

( )

370

이 설문지에서 어린이들의 긍정적 반응을 묻는 항목을 두 가지, 부정적 반응을 묻는 항목을 두 가지, 모두 네 가지 설문을 해 놓았다. '감동 깊게'와 '재미있게'를 나누어 놓은 까닭은 이러하다.

어린이가 어떤 작품에 몰입해서 열심히 읽었을 때, 그것은 응당 재미가 있어서 그렇게 읽은 것이 되겠고, 재미가 있었다면 또한 감동이 따른다고 볼 수 있다. 한편 감명 깊게 읽었다면 그것은 그대로 재미있게 읽은 것으로 볼 수 있다. 따지고 보면 문학작품에서 얻는 감동과 재미는 별개의 것이 될 수 없다. 그러나 또 어찌 생각하면 재미에도 감동이 크게 따르지 않는, 단순히 가볍게 웃기는 재미 같은 것이 있을 것 같다. 감동보다 재미가 위주로 되고, 혹은 재미라기보다 감동이란 말이 더 적절한 작품이 있을 듯하여 이렇게 나눠 본 것이다.

'무슨 얘기인지 알 수 없는 것'과 '재미가 없는 것'도 나누어 보아야 할 것 같았다. '알 수 없는 것'은 대개 재미가 없이 되지만, 재미가 없다고 모두 알 수 없는 것은 아니기 때문이다.

응답 어린이 수와 조사한 학교는 다음과 같다.

지역	농촌			도시			계		
성별 학년	남	여	계	남	여	계	남	여	계
3	16	18	34	38	43	81	54	61	115
4	18	22	40	51	40	91	69	62	131
5	22	20	42	59	55	114	81	75	156

6	39	18	57	53	35	88	92	53	145
계	95	78	173	201	173	374	296	251	547

지역	조사한 학교
경북 봉화군	소천, 도촌, 법전, 갈산, 상운, 재산, 춘양, 삼동, 하눌, 봉화, 두문 (11개교)
대구시	대구, 수창, 평리 (3개교)

이것은 이 조사 연구와 관계가 없는 것이지만, 이 표에 나타난 어린이 수를 살펴보면 농촌·도시를 막론하고 3학년에서는 여자가 많다가 차차 학년이 오를수록 남자가 많아지는 현상을 볼 수 있다.

부모들이 아이들에게 교과서 이외의 책을 사 주어 공부하게 하는 일에서 이와 같은 경향은, 자식들이 자랄수록 부모들은 여자아이보다 남자아이에게 더 교육에 대한 기대를 걸고 관심을 보여 준다는 것을 의미하는 것이다. 서민층 가정에서 상급생이 될수록 여자아이는 집안일이나 거들게 하여 공부할 틈을 주지 않고, 상급 학교 진학도 남자아이가 우선시되고 있는 경향과 아울러 생각하게 된다.

4) 조사의 제약성에 대하여

첫째, 동화 작품을 학년별로 나눠 놓은 것이 어느 정도 타당성을 얻고 있는지 모른다. 즉, 학년별 배당이 적절하지 못하면 어린이들이 충분히 이해하고 감상하지 못할 우려가 있다. 그러나 워낙 독서력이 있는 아이들이니 설령 한두 학년 위의 것을 읽는다 하더라도 능히 이해하지 않겠는가 생각된다.

둘째, 어린이들이 책을 읽는 과정에서 담임교사나 그 밖의 어른들이 특정한 작품에 중점을 두어 어떤 지도를 했을 경우 어린이의 견해가 공정하지 못할 염려가 있다. 그러나 앞에서 지적한 바와 같이 교사들이 이런 책을 교과서 다루듯이 지도할 여유가 거의 없는 상황에서 어린이가 저마다 책을 사서 읽기만 하는 것이 실정이었다. 그리고 어린이의 한쪽으로 치우친 응답 이 전혀 없지는 않겠지만, 그것은 전체 통계 숫자에 영향을 줄 만한 것이 못 된다고 보아야 한다.

셋째, 설문지에 써넣을 때 작용될 우연성이 생각되는데, 예를 들면 가장 최근에 읽은 것이 기억에 더 뚜렷이 남아 있을 것 같고, 또 책에 수록된 작품의 차례에서 맨 앞쪽에 나온 작품 이 가장 인상 깊을 것 같다. 그러나 이런 사정은 어쩔 수 없는 일이고, 또 큰 문제가 될 수 없을 것이다.

넷째, 봉화군 내의 어린이에 대한 조사는 그 시기가 대체 로 적당했으나, 대구시 어린이에 대한 조사는 적어도 어린이 들이 책을 읽은 두 달 후에 하게 되었으니, 그동안 읽은 내용을 기억해 내기 어려웠을 것이라 염려된다. 워낙 여러 작품이라 차라리 어느 정도 날짜가 지난 뒤에 그 느낌을 잡는 것이 오히 려 공정한 판단을 얻는다 할 수도 있겠으나, 한편 아이들의 감 흥이란 그렇게 여러 날을 잊지 않고 마음속에 간직하기 어렵다 고 볼 때, 아무리 상 타고 시험 치기 위해 정독을 하였다고 하 더라도 작품에 대한 느낌을 되살릴 수 없어 아무렇게나 대답해 버렸을 염려도 있다.

다섯째, 난해한 작품의 경우(어린이의 심리나 생활에 맞지 않고 어른스런 세계를 쓴 것은 난해할 것이다) 훗날의 경시대회에 대비하기 위해 교사가 국어 교과서 다루듯 해설을 해주지 않았을까, 그런 경우가 있다면 이런 작품에 한해서 어린이의 반응이 좀 타의적인 것이 되어 불순하게 나타날 수 있을 것이다.

5) 조사 결과

조사 결과를 학년별로 집계한 것이 다음과 같다. ① ② ③ ④는 설문지에 표시된 문항 번호다. 작품마다 문항별 반응 빈도를 숫자로 표시하고, 다시 긍정적인 두 문항 숫자와 부정적인 두 문항 숫자를 각각 합산해 보고, 마지막에 긍정 숫자에서 부정 숫자를 빼고 난 나머지 숫자를 ⑤에 기록해 보았다.

이런 표를 만든 것은 아이들 작품 점수 매기듯 하려는 의도가 전혀 아니고, 다만 어린이들의 반응을 이렇게 숫자로 환산함으로써 그것이 얼른 쉽게 일람이 되는 편의를 보이려고 한 것이다. 그러니 여기 나타난 숫자의 차이를 너무 엄격하게 생각하지 말고, 일반 경향만을 찾아내는 것이 옳을 것이다.

예를 들어 가령 어느 작품에서 ①항의 숫자가 3으로 나타났을 때 그 작품을 읽은 백 수십 명의 어린이 가운데서 겨우 세 사람이 감동한 것이라 보아서는 안 된다. 20편이나 되는 작품 가운데서 한두 편만 써넣게 되어 있으니, 나머지 작품에 대해서는 어느 정도 감동을 받은 것이라도 써넣지 못했다는 사실을 생각할 필요가 있다. 부정의 반응을 보여 주는 숫자에서도 이와 같은 관점으로 보아야 할 것이다.

작품의 차례는 책에 나오는 차례 그대로다.

《한국 동화 선집1》(3학년, 농촌 34명, 도시 81명, 계 115명)

작품	지역별	①	②	계	③	④	계	((①+②)-(③+④)=⑤
꽃신을 짓는 사람 (강소천)	농촌	6	3	9	2	5	7	2
	도시	10	1	11	2	2	4	7
	계	16	4	20	4	7	11	9
땅 벙어리 (김복진)	농촌	1	1	2	1	0	1	1
	도시	1	7	8	0	1	1	7
	계	2	8	10	1	1	2	8
메아리 (김성도)	농촌	0	0	0	10	3	13	-13
	도시	0	2	2	9	6	15	-13
	계	0	2	2	19	9	28	-26
복더위에 (김영자)	농촌	0	1	1	3	0	3	-2
	도시	0	1	1	3	4	7	-6
	계	0	2	2	6	4	10	-8
금메달 (김영자)	농촌	1	4	5	0	0	0	5
	도시	8	7	15	0	1	1	14
	계	9	11	20	0	1	1	19
바위나리와 아기별 (마해송)	농촌	1	1	2	2	0	2	0
	도시	7	2	9	1	3	4	5
	계	8	3	11	3	3	6	5
나두 갈 테야 (목해균)	농촌	1	0	1	0	0	0	1
	도시	1	1	2	4	7	11	-9
	계	2	1	3	4	7	11	-8

돌아온 껌 장수 (박경종)	농촌	2	3	5	0	2	2	3
	도시	16	5	21	1	1	2	19
	계	18	8	26	1	3	4	22
오리들의 행차 (박홍근)	농촌	0	1	1	0	2	2	-1
	도시	1	4	5	0	1	1	4
	계	1	5	6	0	3	3	3
이상한 샘물 (방정환)	농촌	6	6	12	1	0	1	11
	도시	6	20	26	0	1	1	25
	계	12	26	38	1	1	2	36
금붕어와 가재 (서석규)	농촌	3	2	5	2	2	4	1
	도시	1	1	2	4	1	5	-3
	계	4	3	7	6	3	9	-2
풀 안경 (손동인)	농촌	7	7	14	2	0	2	12
	도시	32	9	41	0	0	0	41
	계	39	16	55	2	0	2	53
창가에 서 보셔요 (신지식)	농촌	1	0	1	1	3	4	-3
	도시	0	1	1	16	16	32	-31
	계	1	1	2	17	19	36	-34
금반지 (어효선)	농촌	1	1	2	0	2	2	0
	도시	5	1	6	2	0	2	4
	계	6	2	8	2	2	4	4
복조리 사이소 (유영희)	농촌	0	0	0	0	0	0	0
	도시	5	14	19	1	1	2	17
	계	5	14	19	1	1	2	17
외짝 아가 신 (윤사섭)	농촌	0	0	0	0	0	0	0
	도시	1	0	1	2	0	2	-1
	계	1	0	1	2	0	2	-1
산울림 (이구조)	농촌	0	0	0	0	0	0	0
	도시	0	3	3	4	5	9	-6
	계	0	3	3	4	5	9	-6
봄이 오면 (이석현)	농촌	0	0	0	0	2	2	-2
	도시	0	0	0	1	1	2	-2
	계	0	0	0	1	3	4	-4

아빠의 그림 (이석현)	농촌	0	0	0	1	1	2	-2
	도시	0	1	1	3	4	7	-6
	계	0	1	1	4	5	9	-8
아기 붕어 (이원수)	농촌	1	1	2	0	1	1	1
	도시	1	1	2	0	0	0	2
	계	2	2	4	0	1	1	3
딩동댕 구두 병원 (이윤자)	농촌	0	1	1	2	1	3	-2
	도시	2	9	11	2	2	4	7
	계	2	10	12	4	3	7	5
인형이 가져온 편지 (이준연)	농촌	4	1	5	0	3	3	2
	도시	1	5	6	7	4	11	-5
	계	5	6	11	7	7	14	-3
자라바윗골 아이들 (이형도)	농촌	0	1	1	0	0	0	1
	도시	1	3	4	2	3	5	-1
	계	1	4	5	2	3	5	0
봄소식 (홍은표)	농촌	2	1	3	1	0	1	2
	도시	0	0	0	1	2	3	-3
	계	2	1	3	2	2	4	-1

《한국 동화 선집2》(4학년, 농촌 40명, 도시 91명, 계 131명)

작품	지역별	①	②	계	③	④	계	(①+②)-(③+④)=⑤
분홍 감자꽃 (구진서)	농촌	5	4	9	1	7	8	1
	도시	13	3	16	2	3	5	11
	계	18	7	25	3	10	13	12
운동화 (김일환)	농촌	4	0	4	4	1	5	-1
	도시	8	3	11	3	5	8	3
	계	12	3	15	7	6	13	2

동무 둘 마음 둘 (김종환)	농촌	0	0	0	3	0	3	-3
	도시	2	0	2	3	5	8	-6
	계	2	0	2	6	5	11	-9
코스모스 병원 (김한규)	농촌	5	1	6	1	0	1	5
	도시	1	0	1	5	3	8	-7
	계	6	1	7	6	3	9	-2
다람쥐 장수 (박경종)	농촌	0	3	3	1	0	1	2
	도시	6	8	14	2	0	2	12
	계	6	11	17	3	0	3	14
삼태성 (방정환)	농촌	4	5	9	2	1	3	6
	도시	7	2	9	5	7	12	-3
	계	11	7	18	7	8	15	3
산골 아이들 (손동인)	농촌	4	5	9	0	0	0	9
	도시	5	6	11	1	0	1	10
	계	9	11	20	1	0	1	19
뿔난 노루 (손춘익)	농촌	0	0	0	3	6	9	-9
	도시	0	5	5	4	6	10	-5
	계	0	5	5	7	12	19	-14
땡꼬 (신송민)	농촌	5	3	8	3	0	3	-5
	도시	6	15	21	7	4	11	10
	계	11	18	29	10	4	14	15
별들도 본 호랑이 (여영택)	농촌	1	0	1	0	1	1	0
	도시	2	3	5	13	6	19	-14
	계	3	3	6	13	7	20	-14
나무가 웃는다 (오영민)	농촌	1	2	3	1	2	3	0
	도시	2	1	3	5	6	11	-8
	계	3	3	6	6	8	14	-8
황금빛 보리 수염 (유여촌)	농촌	0	1	1	3	8	11	-10
	도시	2	2	4	13	7	20	-16
	계	2	3	5	16	15	31	-26
방패연 (이구조)	농촌	0	0	0	3	5	8	-8
	도시	0	0	0	3	11	14	-14
	계	0	0	0	6	16	22	-22

밤 동네 낮 동네 (이석현)	농촌	0	1	1	1	0	1	0
	도시	1	1	2	4	3	7	-5
	계	1	2	3	5	3	8	-5
청개구리 (이주홍)	농촌	4	2	6	1	2	3	3
	도시	8	13	21	1	3	4	17
	계	12	15	27	2	5	7	20
미끄럼틀 (이희성)	농촌	0	3	3	0	2	2	1
	도시	3	1	4	1	2	3	1
	계	3	4	7	1	4	5	2
꿈꾸는 나무 (임인수)	농촌	0	0	0	5	4	9	-9
	도시	0	2	2	4	4	8	-6
	계	0	2	2	9	8	17	-15
원숭이 꽃신 (정휘창)	농촌	2	2	4	0	0	0	4
	도시	15	20	35	1	0	1	34
	계	17	22	39	1	0	1	38
산토끼 찻집과 너구리 (조대현)	농촌	7	2	9	0	0	0	9
	도시	26	12	38	1	1	2	36
	계	33	14	47	1	1	2	45
즐거운 메아리 (최병화)	농촌	1	1	2	1	1	2	0
	도시	1	1	2	12	8	20	-18
	계	2	2	4	13	9	22	-18
장난감 고양이 (한상수)	농촌	0	1	1	1	0	1	0
	도시	3	4	7	1	2	3	4
	계	3	5	8	2	2	4	4
할머니 (황영애)	농촌	8	10	18	1	0	1	17
	도시	12	4	16	0	0	0	16
	계	20	14	34	1	0	1	33

《한국 동화 선집3》(5학년, 농촌 42명, 도시 114명, 계 156명)

작품	지역별	①	②	계	③	④	계	((①+②)-((③+④)=⑤
꿈을 찍는 사진관 (강소천)	농촌	3	0	3	11	12	23	-20
	도시	14	8	22	21	5	26	-4
	계	17	8	25	32	17	49	-24
꽃주머니 복주머니 (김성도)	농촌	2	2	4	0	0	0	4
	도시	2	4	6	1	1	2	4
	계	4	6	10	1	1	2	8
박과 봉선화 (마해송)	농촌	2	1	3	0	0	0	3
	도시	5	6	11	1	8	9	2
	계	7	7	14	1	8	9	5
다홍치마 아가씨 (목해균)	농촌	2	0	2	2	0	2	0
	도시	9	3	12	7	4	11	1
	계	11	3	14	9	4	13	1
정말 시시한 일 때문에 (박홍근)	농촌	0	0	0	2	3	5	-5
	도시	3	7	10	9	14	23	-13
	계	3	7	10	11	17	28	-18
눈 속에 묻힌 마을 (서석규)	농촌	0	0	0	0	0	0	0
	도시	4	2	6	4	6	10	-4
	계	4	2	6	4	6	10	-4
바람개비 (어효선)	농촌	0	0	0	1	2	3	-3
	도시	1	3	4	9	6	15	-11
	계	1	3	4	10	8	18	-14
남수와 닭 (오영민)	농촌	3	1	4	0	0	0	4
	도시	20	5	25	1	5	6	19
	계	23	6	29	1	5	6	23
풍선을 탄 아이 (유영희)	농촌	2	1	3	2	2	4	-1
	도시	9	5	14	2	3	5	9
	계	11	6	17	4	5	9	8

총잡이 박 노인 (윤사섭)	농촌	1	2	3	0	2	2	1
	도시	6	10	16	13	6	19	-3
	계	7	12	19	13	8	21	-2
별을 따려는 아이 (이영호)	농촌	10	10	20	0	4	4	16
	도시	18	8	26	6	8	14	12
	계	28	18	46	6	12	18	28
명월산의 너구리 (이원수)	농촌	7	7	14	1	2	3	11
	도시	10	23	33	0	6	6	27
	계	17	30	47	1	8	9	38
해님 (이원수)	농촌	0	1	1	0	0	0	1
	도시	0	1	1	5	1	6	-5
	계	0	2	2	5	1	6	-4
못난 돼지 (이주홍)	농촌	2	6	8	1	0	1	7
	도시	15	27	42	3	1	4	38
	계	17	33	50	4	1	5	45
물 아이 (이주훈)	농촌	6	5	11	3	0	3	8
	도시	16	7	23	2	3	5	18
	계	22	12	34	5	3	8	26
꽃뫼 (이현주)	농촌	0	0	0	7	7	14	-14
	도시	2	0	2	15	20	35	-33
	계	2	0	2	22	27	49	-47
눈보라 (이효성)	농촌	0	1	1	1	1	2	-1
	도시	1	1	2	5	4	9	-7
	계	1	2	3	6	5	11	-8
춤추는 학 (최인학)	농촌	5	4	9	1	1	2	7
	도시	10	15	25	1	3	4	21
	계	15	19	34	2	4	6	28
철이와 호랑이 (최효섭)	농촌	1	7	8	0	1	1	7
	도시	11	17	28	5	0	5	23
	계	12	24	36	5	1	6	30
사랑의 승리 (한정동)	농촌	1	0	1	3	8	11	-10
	도시	3	0	3	20	15	35	-32
	계	4	0	4	23	23	46	-42

《한국 동화 선집4》(6학년, 농촌 57명, 도시 88명, 계 145명)

작품	지역별	①	②	계	③	④	계	((①+②)-((③+④))=⑤
두 아이의 꿈 (김 성)	농촌	7	3	10	1	0	1	9
	도시	21	8	29	2	3	5	24
	계	28	11	39	3	3	6	33
꽃씨와 인형 (김성도)	농촌	0	1	1	2	4	6	-5
	도시	1	1	2	3	4	7	-5
	계	1	2	3	5	8	13	-10
열세 동무 (노양근)	농촌	16	10	26	0	0	0	26
	도시	15	10	25	1	1	2	23
	계	31	20	51	1	1	2	49
꽃씨와 눈사람 (마해송)	농촌	1	0	1	2	1	3	-2
	도시	0	1	1	2	5	7	-6
	계	1	1	2	4	6	10	-8
점잖은 집안 (마해송)	농촌	1	1	2	1	1	2	0
	도시	1	7	8	7	1	8	0
	계	2	8	10	8	2	10	0
만세 (박홍근)	농촌	10	2	12	0	0	0	12
	도시	9	3	12	3	0	3	9
	계	19	5	24	3	0	3	21
돌사자 이야기 (손춘익)	농촌	5	7	12	1	2	3	9
	도시	13	12	25	2	1	3	22
	계	18	19	37	3	3	6	31
바람과 금잔화 (신지식)	농촌	0	1	1	5	5	10	-9
	도시	0	2	2	8	14	22	-20
	계	0	3	3	13	19	32	-29
말하는 항아리 (오세발)	농촌	2	2	4	2	0	2	2
	도시	0	11	11	1	0	1	10
	계	2	13	15	3	0	3	12

바람을 그리는 어린이 (유여촌)	농촌	0	1	1	7	7	14	-13
	도시	4	2	6	15	16	31	-25
	계	4	3	7	22	23	45	-38
어느 음악가 (윤사섭)	농촌	1	2	3	3	3	6	-3
	도시	6	4	10	9	7	16	-6
	계	7	6	13	12	10	22	-9
돼지 (윤일숙)	농촌	4	14	18	0	0	0	18
	도시	5	14	19	1	4	5	14
	계	9	28	37	1	4	5	32
신비산에 종 칠 때 (이석현)	농촌	1	9	10	1	0	1	9
	도시	9	22	31	2	0	2	29
	계	10	31	41	3	0	3	38
들불 (이원수)	농촌	1	0	1	17	12	29	-28
	도시	0	1	1	12	2	14	-13
	계	1	1	2	29	14	43	-41
통신대 뜨락의 까치 (이윤자)	농촌	0	0	0	8	6	14	-14
	도시	0	2	2	7	5	12	-10
	계	0	2	2	15	11	26	-24
꽃이 된 소녀 (이주홍)	농촌	4	3	7	0	2	2	5
	도시	5	4	9	3	7	10	-1
	계	9	7	16	3	9	12	4
쇠사슬에 묶였다가 (이주홍)	농촌	14	6	20	1	0	1	19
	도시	7	10	17	2	1	3	14
	계	21	16	37	3	1	4	33
바위가 모래 되어 (임인수)	농촌	0	0	0	4	10	14	-14
	도시	1	0	1	4	11	15	-14
	계	1	0	1	8	21	29	-28
날아간 두루미 (장욱순)	농촌	0	2	2	1	0	1	1
	도시	2	0	2	0	0	0	2
	계	2	2	4	1	0	1	3
밤비 오던 날 (조유로)	농촌	6	4	10	0	2	2	8
	도시	14	3	17	2	5	7	10
	계	20	7	27	2	7	9	18

결과에 대한 고찰

위의 집계표에 대한 해석과 고찰은 어린이들이 문학작품(동화)을 수용하는 일반 경향을 작품의 소재와 주제, 구성, 표현면에서 검토하고, 그러한 어린이들의 일반 경향이 문학작품을 창작하고 혹은 문학 교육을 하는 입장에서 볼 때 과연 타당한가를 고찰하며, 또한 동화 작품을 어린이에게 읽혀야 한다는 가장 중요한 명제에서, 작품들이 어떤 정도로 그 사명을 감당하고 있는가를 비교 검토하여, 작품 창작과 작품의 수용과 독서 교육의 세 가지 측면의 문제성을 종합해서 규명하는 것을 목표로 하고 있다. 그래서 먼저 어린이 반응의 일반 경향 몇 가지를 찾아보고, 다음에 이런 반응이 두드러지게 나타나는 작품들에 대해서 그 반응을 긍정하는 처지와 부정 또는 비판하는 처지 양면에서 대강 언급해 보려고 한다. 따라서 ①②항과 ③④항을 각각 따로 고찰하고, 다음에 ①②의 합에서 ③④의 합을 뺀, 곧 ⑤항의 숫자로 어린이가 긍정하는 작품과 부정하는 작품을 나눠 살피는 차례가 되겠는데, 그러니만큼 어떤 작품에서는 그 언급이 중복될 것이 예상된다.

1) 일반 경향 몇 가지
(1) '재미'와 '감동'

역시 예상한 대로 재미있게 읽은 작품과 감동이 깊었다는 작품을 나눌 수 있을 것 같다. 물론 모든 작품이 다 그런 것은 아니다.

감동을 받았다는 작품으로는 〈꽃신을 짓는 사람〉〈돌아온

껌 장수〉〈풀안경〉〈분홍 감자꽃〉〈산토끼 찻집과 너구리〉〈할
머니〉〈남수와 닭〉(《조선일보》 신춘문예 당선작, 1961년), 〈별을 따
려는 아이〉(《빙판 위의 아이들》, 문조사, 1973년) 〈물 아이〉(1959년)
〈두 아이의 꿈〉〈열세 동무〉(《동아일보》, 1936년 7월 1일부터 47회
연재) 〈만세〉〈밤비 오던 날〉 들이 상당한 반응 숫자를 보이고
있다.

감동보다는 재미에 끌려 읽은 작품으로는 〈금메달〉〈이상
한 샘물〉〈복조리 사이소〉〈다람쥐 장수〉(1958년), 〈땡꼬〉〈원
숭이 꽃신〉〈명월산의 너구리〉(《현대문학》, 1969년) 〈못난 돼지〉
(1946년) 〈철이와 호랑이〉(《한국일보》 신춘문예 당선작, 1963년) 〈돼
지〉〈신비산에 종 칠 때〉 들이다.

감동을 가장 많은 어린이에게 준 것으로 나타난 작품은
〈풀안경〉〈산토끼 찻집과 너구리〉〈열세 동무〉〈별을 따려는 아
이〉〈두 아이의 꿈〉 들이고, 재미를 가장 많은 어린이에게 준
것은 〈못난 돼지〉〈명월산의 너구리〉〈돼지〉〈신비산에 종 칠
때〉 들이다.

여기서 〈원숭이 꽃신〉이나 〈명월산의 너구리〉 들이 도시
아이들에게 감동보다 재미로 받아들여지고 있다는 사실에 주
목할 필요가 있다. 〈점잖은 집안〉(《한국일보》, 1960년)도 마찬가
지다. 이것은 어린이들이 작품을 이해하는 정도나 한계, 아니
면 태도 같은 것을 보여 주는 것이다.

'재미'와 '감동'이 비슷한 정도의 숫자로 많이 나타나고 있
는 작품은 〈산골 아이들〉〈청개구리〉(《새벗》, 1969년 7월) 〈춤추
는 학〉(1969년) 〈돌사자 이야기〉〈쇠사슬에 묶였다가〉 들이다.

이런 작품에서는 감동이 곧 재미가 되고 있다고 하겠다.

(2) 알 수 없는 것과 재미없는 것

'알 수 없다'는 반응이 두드러지게 나타나고 있는 작품으로는 〈메아리〉〈별들도 본 호랑이〉〈즐거운 메아리〉(1949년) 〈들불〉(〈월간문학〉, 1970년) 들이다. 이런 작품들은 대체로 어른들 취향으로 쓰인 것이다. 다만 〈들불〉만은 이 작품의 주제와 표현이 현재 초등학교 6학년들의 감상 능력을 넘어서고 있는 것 같은데, 앞으로 어린이들의 문학에 대한 소양이 쌓여 초등학교 상급생들도 이해할 수 있어야 한다고 본다. '어른의 취향'이란 말을 했는데, 어린이문학 작품을 어른의 취향으로 썼을 때는 사실은 어른들도 읽을 맛을 얻지 못한다. 어른이 읽을 만한 작품은 아이들도 재미나 감동으로 읽게 되는 것이고, 아직은 못 읽는다 하더라도 좀 더 학년이 높아지면 읽게 되는 것이다. '어른의 취향'은 그런 뜻이라 〈들불〉의 문학성은 현재 어린이들의 반응 여하에 불구하고 흔들릴 수 없는 것으로 보고 싶다.

'재미없는 것'으로 현저한 반응을 보이고 있는 작품이 〈방패연〉〈정말 시시한 일 때문에〉〈바람과 금잔화〉(1967년) 〈바위가 모래 되어〉〈뿔난 노루〉(1971년) 들이다. 이런 작품들도 모두 어른들의 상념·취미·교훈 같은 것으로 만들어진 어른 중심의 것이다. 여기서 특히 주목할 것은 어린애들의 귀여운 행동을 그린 〈방패연〉 같은 작품을 많은 어린이들이 재미없는 것으로 보고 있다는 사실이다. 그리고 〈뿔난 노루〉만은 작품 자체에 문제성이 없는 것은 아니나, 이 작품을 어린이들이 부정의 시각으로 본 것은 현대 도시 문명에 오염된 어린이 정신 자체에 원인이 있는 것이 아닐까? 특히 농촌 어린이들의 반응이 부정으로 현저히 나타나고 있는 것으로 봐서 더욱 그런 판단이 굳어지는 것이다.

알 수도 없고 또 재미도 없다는 작품으로는 〈창가에 서 보셔요〉〈황금빛 보리 수염〉〈꿈꾸는 나무〉(〈가톨릭 소년〉, 1964년 2월) 〈꿈을 찍는 사진관〉(1954년) 〈꽃뫼〉〈사랑의 승리〉〈바람을 그리는 어린이〉(〈경향신문〉 신춘문예 당선작, 1964년) 〈통신대 뜨락의 까치〉들인데, 알 수 없으니 재미가 없는 작품들이다. 모두 소재 혹은 주제나 표현 면에서 어린이의 세계를 무시하거나 이해 정도를 고려하지 않고 썼거나, 아니면 문장 서술에서 결정적인 잘못이 있다고 본다.

(3) 농촌과 도시의 반응 차

앞에 나온 〈황금빛 보리 수염〉은 농촌 어린이에게는 재미가 없는 것으로 나타나고, 도시 어린이에게는 알 수 없는 것으로 나타나고 있다. 이것은 소재와 표현, 두 가지 면의 결합 때문이다. 이 밖에 농촌 어린이와 도시 어린이의 반응 차이를 많은 작품에서 발견할 수 있는데, 이것을 긍정적인 면과 부정적인 면으로 나누고, 이러한 반응의 요인이 되었다고 보이는 것을 간단히 적어 보면 다음에 나오는 표와 같다.

그리고 도시와 농촌 어린이의 반응에 나타나는 경향성을 몇 가지로 요약해 본다.

첫째, 농촌 어린이는 농촌을 소재로 한 작품에 대해 한층 더 친근감을 가지고 대하고, 도시 어린이는 도시를 소재로 한 것을 더욱 잘 이해하고 좋아한다. 이와 반대로 농촌 어린이가 도시 생활을 얘기한 작품을 대하거나, 도시 어린이가 농촌 풍경이나 농촌 생활을 쓴 작품을 대했을 때는 흔히 부정적인 반응을 보인다.

둘째, 농촌 어린이는 애국 사상, 독립 운동, 그 밖에 더 교훈적인 것을 상당히 잘 받아들이는 경향이 있는데 도시 어린이는 이런 것을 별로 좋아하지 않는다.

셋째, 도시 어린이들은 익살스런 얘기, 단순한 웃음 같은 것에 많은 흥미가 끌리는 것 같다. 이것은 오늘날 도시 문화가 아이들에게 어떤 영향을 주고 있는가 하는 것을 짐작하게 하는 것이다.

	작품	반응 요인
	긍정적 작품	긍정적 요인
농촌 어린이가 크게 반응한 것	할머니 (황영애)	농촌 소재와 배경
	열세 동무 (노양근)	농촌 중심의 이야기
	만세 (박홍근)	농촌 배경, 독립 사상
	돼지 (윤일숙)	농촌 어린이가 주인공이다.
	쇠사슬에 묶였다가 (이주홍)	농촌 배경, 독립 사상
	별을 따려는 아이 (이영호)	애국 사상, 군기물
	부정적 작품	부정적 요인
	들불 (이원수)	통속적 재미의 무시, 혹은 주제와 상징적 표현을 이해하기 어렵다.
	통신대 뜨락의 까치 (이윤자)	소재와 이야기의 내용이 농촌 어린이에게 이해가 안 된다.
	꿈꾸는 나무 (임인수)	이야기가 없고 어른의 상념뿐인데 농촌을 소재로 하여 한층 농촌 어린이에게 비판당함.

도시 어린이가 크게 반응한 것	긍정적 작품	긍정적 요인
	돌아온 껌 장수 (박경종)	도시 소재
	복조리 사이소 (유영희)	도시 소재
	딩동뎅 구두 병원 (이윤자)	도시 소재와 생활 의식
	다람쥐 장수 (박경종)	도시 소재
	산토끼 찻집과 너구리 (조대현)	도시 소재
	원숭이 꽃신 (정휘창)	풍자
	남수와 닭 (오영민)	도시 이야기
	못난 돼지 (이주홍)	구연조로 서술된 익살스런 문장
	신비산에 종 칠 때 (이석현)	가벼운 웃음
	두 아이의 꿈 (김 성)	도시 생활 의식의 표현
	부정적 작품	부정적 요인
	창가에 서 보셔요 (신지식)	도시 소재이나 어린이의 세계가 아니다.
	정말 시시한 일 때문에 (박홍근)	농촌 배경, 교훈
	별들도 본 호랑이 (여영택)	농촌 소재
	즐거운 메아리 (최병화)	농촌의 이야기
	박과 봉선화 (마해송)	농촌 소재
	긍정과 부정 공존 작품	긍정과 부정 공존 요인
	다홍치마 아가씨 (목해균)	도시 이야기

농촌에서 긍정적이고 도시에서 부정적인 것	
작품	반응 요인
봄소식 (홍은표)	농촌 소재
코스모스 병원 (김한규)	농촌 소재, 혹은 전쟁과 군대에 관한 교훈

2) 현저한 반응을 보인 작품

(1) 감동을 받았다, 재미있었다는 작품

《한국 동화 선집1》(다음부터 《선집》)에 나타난 3학년 어린이의 긍정적 반응을 ⑤에서 찾아보면 가장 많은 숫자가 〈풀안경〉이고, 다음이 〈이상한 샘물〉 〈돌아온 껌 장수〉 〈금메달〉의 차례로 되어 있다.

〈풀안경〉은 3학년에서뿐 아니라 전체 학년에서도 단연 최고의 인기를 모으고 있다. 소풍에 관련된 생활 얘기를 재미있게 전개해 나가고 있는데, 여기서는 무엇보다도 생활을 현실감 있게 파악하여 보여 준 것이 아이들에게 자신들의 얘기로 느껴져서 감동을 크게 받았을 것이라 생각된다. 그런데 전반부의 현실감 있는 묘사와 줄거리 전개가 결말에 가서 좀 싱겁게 끝난 느낌을 주는데, 이렇게 행복한 결말로 끝이 난 통속성이 이 작품의 인기를 더욱 모으는 결과가 되지는 않았을까, 하는 추측을 해 본다. 〈이상한 샘물〉은 널리 알려진 전래 동화이기에 친근하게 받아들여졌을 것이며, 문장도 쉽게 읽힌다. 설문지에 응답할 때 이 작품의 내용만은 분명히 기억해 낼 수 있는 이점이 있었을 것이다. 〈돌아온 껌 장수〉는 아이들에 대한 신뢰의 정을 보이려고 한 것인데, 껌 장수 아이를 끝까지 믿고 있는 아저씨가 옳았다는 것이 확인되었을 때, 어린이 독자들은 얼마나 기뻐했을까, 하는 생각이 든다. 이 작품도 마지막이 좀 통속적으로 처리되어 있다. 〈금메달〉은 한진이란 아이를 지나치게 어른스럽게 그려 놓고 있으나 생활 소재를 다루어 소설 같은 구성으로 재미있게 전개해 나간 것이 어린이들의 마음을 끌었을 것으로 본다.

《선집2》에 나타난 4학년 어린이의 긍정 반응을 ⑤에서 보면 〈산토끼 찻집과 너구리〉가 가장 많은 숫자를 나타내고 있고, 그다음이 〈원숭이 꽃신〉 〈할머니〉 〈청개구리〉 〈산골 아이들〉의 차례로 되어 있다.

〈산토끼 찻집과 너구리〉는 개인주의 사회에서 서로 뜯어먹으려는 습성에 젖은 현실의 인간을 너구리를 통해 나타낸 것이 어린이들의 공감을 샀겠지만, 또한 착하게 살아가는 산토끼 앞에 결국 너구리가 굴복하고야 마는 교훈을 전래 동화의 형식을 빌려 친절한 문장으로 자연스럽게 얘기해 나간 것이 많은 어린이들의 흥미를 끌었을 것이다. 〈원숭이 꽃신〉은 명료한 구성과 간결한 표현으로 시원스럽고 재미있게 읽힌다. 이 재미라는 것은, 우리 사회의 진실을 말해 주는 이 동화의 숨은 뜻을 깨달았을 때, 더욱 절실한 감동으로 느껴지는 것이지만, 어린이들도 이 얘기에서 그런 감동을 어느 정도 받았을 것이라 믿는다. 〈할머니〉도 구성과 표현이 잘되어 있다. 어린이들이 관심을 가질 생활 얘기를 재미있게 짠 것이 평범하거나 속되지 않고, 문장이 실감 난다. 〈청개구리〉는 전래 동화를 개작한 것인데, 봉건사회 도덕을 고취한 원작에서 벗어난 작가의 뚜렷한 재창작 의지가 엿보이며, 얘기도 훨씬 재미있게 전개되었고, 세부 묘사가 능숙하다. 이 작품은 좀 더 많은 관심을 모아야 했을 것이라 생각한다. 〈산골 아이들〉은 산골 아이들 모습을 명랑한 얘기로 쓴 것인데 아이들의 취향을 잘 살리고 있는 것 같다.

《선집3》을 읽은 5학년 어린이의 경향을 ⑤에서 살피면, 긍정적 반응의 집중도가 〈못난 돼지〉를 첫째로 하여 〈명월산의 너구리〉〈철이와 호랑이〉〈별을 따려는 아이〉〈춤추는 학〉〈물아이〉〈남수와 닭〉의 차례로 되어 있다.

〈못난 돼지〉는 앞에서 언급하였지만, 구연체로 쓴 익살스런 문장으로 되어 있다. 다만 우습고, 우스워서 읽어 나가게 된다. 이 웃음은 단순히 웃기는 것만으로 끝나는 것인데, 아이들의 흥미를 어떻게 해서 그처럼 모았을까? 이 못난 돼지의 악의 없는 순박한 행동은 바로 장난꾸러기로 자라나는 어린이들 자신의 모습이 아닐까? 또한 가정과 학교와 사회와 교과서와 심지어 동화책에까지 튀어나오는, 아이들을 얽어매고 가르치고 지시하는 온갖 규범의 중압으로부터 한번 해방이 되고 싶은 아이들의 욕망이 이런 동화를 환호성으로 받아들이는 것이 아닐까? 이것이 이 작품에 대한 어린이 반응의 긍정적 해석이다.

〈명월산의 너구리〉는 불의에 굽히지 않고 결백하게 살아가려는 인간 정신을 보여 주는 작품이 어린이들에게 상당한 감명을 줄 수 있다는 것을 알게 한다. 물론 이 작품은 문장 표현이 아주 현실감 있고 능란하여 어린이들의 흥미를 충분히 자아내기도 한다.

〈철이와 호랑이〉는 현실과 환상 세계를 혼동한 작품이라 아이들은 거짓 얘기인 줄 알면서 읽을 터이지만 워낙 호랑이에 대한 환상이 자연스럽게 처리되어 있어서 어린이들의 마음을 끌게 된 것 같다.

〈별을 따려는 아이〉는 계속 긴장감을 주는 극적인 전개, 간결한 문장이 흥미 있게 읽힌다. 이 작품이 특히 농촌 어린이의 마음을 사로잡은 것은 주제에 내포된 시대성과 윤리성 때문인 것 같다.

〈춤추는 학〉은 학춤을 보고 싶어 피리를 갖고자 한다는 주인공 아이의 행동 동기 설정이 워낙 비현실적인 것이 되고 있지만, 이러한 관념성을 단순 선명한 줄거리와 자연스런 표현으로 극복하여 작품을 아이들이 재미있게 보도록 하고 있다.

〈물 아이〉는 물 아이의 생활이 좀 실감이 안 가는 점이 있기는 하나, 짐승을 사냥하는 인간들의 잔인성에 항의하는 인도주의 정신이 순진한 어린이들의 공감을 샀으리라고 본다.

〈남수와 닭〉은 어린이의 생활 세계에 어른들의 불미스런 모습이 현실감 있게 반영되고 있는 얘기다. 이 작품은 더욱 많은 관심을 모을 수 있었을 것 같은데, 아마 결말이 행복하게 끝나는 '명랑 동화'가 아닌 것이 어린이들의 인기를 얼마쯤 감했을 것으로 본다.

《선집4》를 읽은 6학년 어린이의 경향을 보면, 가장 인기를 모으고 있는 것이 〈열세 동무〉이고, 그다음이 〈신비산에 종 칠 때〉〈쇠사슬에 묶였다가〉〈두 아이의 꿈〉〈돌사자 이야기〉〈만세〉 들이다.

〈열세 동무〉는 상급 학교 진학이라는 문제를 민족과 사회적 입장에서 해결하려는 것으로, 작가의 진지한 철학이 보이며, 진학 문제를 앞둔 6학년 어린이들에게는 (일제시대와 지금이라는 시대의 거리감은 있으나) 가장 절실한 현실로 받아들여져서 크게 감명을 받았을 것이다. 농촌을 중심으로 한 이 얘기가 특히 농촌 어린이들에게는 그 어느 작품보다도 크게 환영을 받은 것이 당연하다.

〈쇠사슬에 묶였다가〉는 일제시대의 민족 수난을 보여 준 얘기인데, 그 수난이 '해방'이라는 뜻밖의 일로 즐거운 해결을 본 것이 아이들을 기쁘게 했을 것이고, 〈만세〉도 박해를 당하면서 굽히지 않는 소년들의 용기를 보여 주는 작품이다.

이상의 세 작품은 독자들이 마음을 졸이면서 읽게 되는 이야기로 되어 있고, 또 이 세 작품은 모두 일제시대에 침략자들로부터 우리 민족이 박해를 받고 있던 상황을 보여 주고 있다. 이런 작품이 도시보다 농촌 어린이의 마음을 더욱 움직인다는 사실에 주목할 필요가 있다.

〈신비산에 종 칠 때〉는 십이지 짐승으로 재미있는 얘기를 만든 것인데, 여러 가지 동물의 특성을 잘 잡고 있으며, 특히 쥐와 고양이의 얘기가 그럴듯하다. 이 작품은 앞에 든 세 작품과 달리 거의 '재미'로만 읽힌다. 그리고 이것이 도시 어린이에게 더 많은 환영을 받고 있다.

〈두 아이의 꿈〉은 상투성을 벗어난 사건의 반윤리적 처리가 특히 도시 어린이들의 마음을 사로잡았다고 본다. 이 작품이 주인공 소년의 심리 묘사에서 너무 지나치게 미화된 기교를 부리지 않았더라면 한층 더 많은 긍정적 반응이 있었을 것이라 믿는다.

〈돼지〉는 곰보요 언청이인 한 불행한 소녀의 구김살 없이 순박한 마음과 행동을 농촌 생활 풍속을 배경으로 하여 상당히 현실감 있게 그려 놓았다. 아이들, 특히 농촌의 여자아이들은 이 주인공의 생활을 자신의 것으로 느끼고 절실한 감동으로 읽었을 것이 틀림없다.

〈돌사자 이야기〉는 구성과 표현이 완벽에 가깝다. 이 작품이 좀 더 많은 반향을 일으키지 못한 것은 작품의 소재와 주제가 어린이들이 그들의 일상에서 실감하는 것이 아니기 때문이다. 일본의 경제 침략이란 것도 어린이들은 느끼지 못하고 있는 것이다.

(2) 모른다, 재미없다는 작품
《선집1》을 읽은 3학년 어린이의 부정적 반응을 ⑤에 나타난 숫자로 보면 가장 현저한 것이 〈창가에 서 보셔요〉이고, 그 다음이 〈땅 벙어리〉〈아빠의 그림〉〈나두 갈 테야〉(〈일요신문〉, 1963년)〈산울림〉(1937년) 들이다.

〈창가에 서 보셔요〉는 아이들이 이해할 수 없는 어른의 마음 세계가 되어 있고, 〈땅 벙어리〉는 교훈이 드러난데다가 이야기가 싱거울 만큼 안이하게 전개되어 있어 도덕 교과서 교재 같다. 〈나두 갈 테야〉와 〈산울림〉은 어린애들의 귀여움을 그린 어른 중심의 취미물이다. 〈아빠의 그림〉은 주제와 구상과 표현이 모두 흠이 있고, 특수한 아이들의 세계를 그린 것이 되고 있다.

《선집2》를 읽은 4학년 어린이들의 부정적 태도가 뚜렷하게 나타난 작품은 〈황금빛 보리 수염〉〈방패연〉〈즐거운 메아리〉〈꿈꾸는 나무〉〈뿔난 노루〉〈별들도 본 호랑이〉 들이다.

〈황금빛 보리 수염〉은 주제가 모호한데다가 이야기의 구성이 없어 재미없이 읽힌다. 〈방패연〉과 〈별들도 본 호랑이〉는 어린아이의 심리와 행동을 귀엽게 본 어른 본위의 작품이다.

〈즐거운 메아리〉는 얘기가 통속적이고 표현에 현실성이 없다. 〈꿈꾸는 나무〉는 이야기가 없다. 어른의 값싼 상념인데, 결국 무엇을 쓰려고 한 것인지 알 수 없이 되었다. 〈뿔난 노루〉는 야성을 되찾으려는 휴머니티의 표현인데, 아이들이 이 작품을 부정적으로 본 것은 앞에서 언급한 것같이 도시의 기계문명에 오염된 어린이들의 정신 상황 때문이라고 본다. 자연스런 것, 야성이 살아 있는 것을 순박하고 인간적인 것으로 보지 않고 오히려 무지하고 빈곤하고 시대에 뒤떨어진 것으로 보는 아이들이 산속의 자연보다 도시의 양옥집을 동경하는 것이리라.

《선집3》에서 5학년들의 부정적 태도를 보면 〈꽃뫼〉〈사랑의 승리〉〈꿈을 찍는 사진관〉〈정말 시시한 일 때문에〉〈바람개비〉 같은 작품에 뚜렷하게 나타나고 있다.

〈꽃뫼〉는 작품이 상징하는 세계 인식을 어린이들이 받아들이지 못하는 상태라, 알 수 없는 작품이 될 수밖에 없다. 〈사랑의 승리〉는 이웃집 꽃밭에 그처럼 관심을 갖는 아이의 얘기가 할 일 없이 한가한 사람의 넋두리같이 여겨졌을 것이고, 또한 정적이고 심리적인 얘기가 어린이들이 즐겨 하지 않는 바가 되었을 것이다. 〈꿈을 찍는 사진관〉은 주제와 얘기 내용이 어른 본위의 것이다. 현실에서 환상으로 옮겨 가는 대문도 어린이들이 실감할 수 없게 되어 있어, 알 수 없는 것으로 보는 것이 당연하다. 〈정말 시시한 일 때문에〉는 교훈이 드러난 얘기가 실감을 주지 못한 것이 어린이들의 감명을 사지 못한 원인이 되었다고 본다. 〈바람개비〉는 복덕방 할아버지의 동심이 재미있으나 앞부분이 좀 지루하고, 또 이런 고요히 웃음 짓게 하는 얘기를 아이들이 좋아하지 않는 것 같다. 혹은 실감이 안 따르는 얘기로 보았을 것이다.

《선집4》를 읽는 6학년 어린이들의 부정적 의견이 나타난 작품은 〈들불〉 〈바람을 그리는 어린이〉 〈바람과 금잔화〉 〈바위가 모래 되어〉 〈통신대 뜨락의 까치〉 들이다.

〈들불〉은 상징적 작품인데, 아파 누워서 숨을 거두었다가 다시 깨어나는 아이의 의식 과정을 동화적 환상으로 그려 놓았다고 볼 수 있으며, 그러한 심리적 정신적 상황이 무서우리만큼 절실하게 그려져 있다. 이 작품이 어린이에게 알 수 없는 것으로 되고 있는 것은 첫째, 주제가 초등학교 어린이로서는 좀 이해하기 어려운 것이 되어 있고, 둘째가 밖으로 나타난 극적인 사건이 아니고 심리적이고 환상적인 얘기가 되어 있기 때문이고, 셋째는 사색적이고 내면적인 세계를 그린 문학작품을 읽는 훈련을 받지 못했기 때문이라 생각된다. 이 작품을 특히 농촌 어린이들이 더 많이 부정한 것을 보아도 이런 사정이 짐작된다. 그런데 〈바람을 그리는 어린이〉를 어린이들이 부정한 것은 그 경우가 다르다. 이 작품은 환상의 내용이 좀 공허하고 문장도 전달의 가능성을 잃고 있어 어른도 읽기 거북스럽게 되어 있다. 〈바람과 금잔화〉와 〈바위가 모래 되어〉는 이야기가 없는 수필이 되어 있고, 〈통신대 뜨락의 까치〉는 주제가 모호하고, 전쟁의 참상을 공연히 미화시켜 그려 놓고 있는 것이 문맥의 이해조차 곤란하게 하고 있다. 그리고 이 세 작품은 모두 어린이를 떠난 어른 본위의 것이 되고 있다.

3) 어린이 반응에 대한 비판적 고찰

여기서는 지금까지 언급하지 못한 작품을 위주로 말해 보려고
한다.

《선집1》에서 감명 깊게 읽힐 것 같은 것이 뜻밖에 어린이
들의 흥미를 크게 끌지 못한 작품으로 〈바위나리와 아기별〉
(〈샛별〉, 1923년) 〈아기 붕어〉(1973년) 〈외짝 아가 신〉(1966년) 세
작품이 있다. 이 작품들은 동화로서 완벽에 가깝거나 혹은 상
당히 성공한 것으로 보인다. 또한 시적이고 상징적이고 혹은
의인화된 표현이라는 것이 동화의 필수 요건이라고 할 경우에
도 이 작품들은 가장 동화다운 동화라고 보이는데 어린이들
이 크게 환영하지 않는 것은 무슨 까닭인가? 〈바위나리와 아기
별〉은 이국적 정서가 아이들에게 얼마쯤 낯설다고 할지 모르
지만 〈아기 붕어〉와 〈외짝 아가 신〉은 그렇지 않다. 그것은 아
이들이 일상에서 느낄 수 있는 현실이 되고 있는 것이다. 그렇
다면 아이들은 어째서 이 작품을 크게 반가워하지 않는가?

내 소견은 이렇다. 이 세 작품에 공통되는 것은 인간의 내
면성을 보여 주려고 하는 것이다. 그것은 들뜬 마음으로 긴장
감 넘치는 사건 진행에 가슴을 졸이는 독자들을 위해 쓴 것이
아니라, 고요한 마음으로 자기를 성찰하는 가운데 아름다움을
찾고 기쁨을 느끼고 또는 감동을 얻으려는 독자들만이 '재미'
를 얻을 수 있도록 쓴 것이다. 그런데 3학년이란 나이로서는
이런 마음의 상태가 되기 어렵다. 더구나 요즘은 아이들이 긴
장감 넘치는 모험물이나 만화의 애독자가 되어서 이런 차분한
동화 세계에 들어갈 줄 모른다. 흔히 학교에서 동화 대회를 열

어 아이들에게 구연을 시키고 들려주는 동화란 것도 웅변조로 떠들썩하게 연출해서 청중이자 관중들이 연극을 보는 태도로 박수갈채를 하도록 되고 있으니, 이런 차분하고 내성적인 태도로 읽게 되어 있는 동화가 많은 어린이들의 흥밋거리가 될 수 없는 것이 당연하다고 생각되는 것이다. 〈바위나리와 아기별〉 〈아기 붕어〉 같은 작품은 좀 더 높은 학년에서 읽도록 했더라면 조금은 반응이 좋았을 것 같다.

《선집2》에서 〈별들도 본 호랑이〉는 앞에서 어른 중심의 것이 되고 있다고 말했는데, 그렇다고 하더라도 차분히 읽어 가면 어린이 심리의 미묘한 표현에 얼마쯤은 감명을 얻을 수도 있을 터인데 이렇게 부정 쪽으로 반응이 기울어진 것은 어린이들이 본격적인 독서 훈련을 받지 못한 데 원인이 있기도 한 것이다.

《선집3》의 〈해님〉과 〈눈보라〉(1970년)는 시정(詩情)이 주가 되어 있는 작품들이다. 이런 작품을 아이들이 좋아하지 않는 것은 이야기가 없다는 이유도 있지만, 또 하나의 원인은 앞에서 말한 바와 같이 요즘 아이들의 삶이 조용하고 내면적이고 사고적인 것이 못 되어 있기 때문이다. 하긴 아이들이란 그 본질에서 활동적이요, 생활 속에 사는 존재다. 그러나 문학작품의 감상 교육이 조금이라도 되어 있다면 이런 작품이 결코 이렇게 부정되지는 않을 것이라 믿는다.

《선집4》에서 〈꽃씨와 눈사람〉(〈한국일보〉, 1960년 1월 1일) 〈점잖은 집안〉 같은 작품들이 부정적으로 보이거나 환영받지 못하는 것으로 나타나고 있는 것은, 이 작품들에 깔린 생각의 깊이를 아이들이 이해하지 못하기 때문이다. 문학 교육은 이런 작품을 아이들이 어느 정도 감상할 수 있도록, 그리고 즐겨 읽을 수 있도록 하여야 할 것이다. 〈들불〉이나 〈꽃뫼〉 같은 작품도 마찬가지다.

〈꽃이 된 소녀〉는 나비를 따라다니면서 파악한 불행한 소녀의 모습과 생활이 감동 깊게 그려져 있는 작품이다. 이 작품을 아이들이 좀 더 크게 환영하지 않고, 혹은 '재미없는 것'으로 보는 어린이가 있는 것은 경사스러운 얘기로 끝나는 통속물과는 판이한 작품 세계가 되어 있기 때문이다.

4) 긍정적 반응과 부정적 반응이 각각 상당수로 나타난
작품

한 작품을 두고 재미가 있다고 하는 어린이가 나오고 또 재미가 없다고 하는 어린이가 나오는 것은 어린이들의 취향이나 작품 감상력이 한결같을 수 없기 때문이기도 하지만, 한편 작품 자체에 긍정적 요소와 부정적 요소가 함께 내포되어 있기 때문이다. 이런 작품을 한 차례 보아 나가기로 한다.

〈꽃신을 짓는 사람〉은 구연체 문장이 어린이들에게 친근감을 주고, 잃어버린 아기를 위해 꽃신을 지으며 살아가는 사람의 진실한 마음을 느낀 어린이가 이 작품에 감동했을 것이나, 현실성이 없어 실감을 충분히 주지 못하는 점이 있다.

〈인형이 가져온 편지〉(〈한국일보〉 신춘문예 당선작, 1961년)는 얘기의 줄거리가 뚜렷하게 살아 있지만 외래적 동화의 세계라 할 수 있고, 좀 지루하게 읽힌다.

〈분홍 감자꽃〉은 농촌을 소재로 한 것이라 농촌 어린이에게 친근감을 주었을 것이고, 도시 어린이에게는 또 그들의 일상생활이라 할 것을 그린 것이라 호감이 갔을 것이나, 너무 시시한 얘기라고 재미없이 본 어린이들이 있었을 것이다.

〈운동화〉(《중앙일보》신춘문예 당선작, 1967년)는 극적인 구성이 대체로 긴 얘기를 끌고 가서 아이들의 흥미를 붙잡았다고 보이나, 한편 현실성이 없는 표현이 어떤 어린이들에게 이 작품을 안 좋게 보게 했을 것이다.

〈코스모스 병원〉은 잘 읽히는 문장이나 교과서의 교재같이 되고 있는 내용이 어린이들의 감흥을 덜게 한 것으로 본다.

〈삼태성〉은 전래 동화가 되어서 친숙감을 갖게 했을 것이나, 이야기가 필연성이 없이 전개되고 있는 것이 문학작품으로서 생명감을 주지 못하고 있다.

〈꿈을 찍는 사진관〉은 전체 학년을 통해 가장 많은 아이들이 '알 수 없다'고 하고, 가장 많은 부정적 반응을 보여 준 작품 가운데 하나이지만, 한편 '감명을 받았다'는 어린이도 어느 정도 나오고 있다. 이 작품은 문장은 잘 읽히도록 쓰여 있지만, 주제가 아이들에게 인연이 없는 어른들의 추억이란 것으로 되고 있는 점이 어린이문학 작품으로서 치명적이라 하겠다.

〈총잡이 박 노인〉, 아이들은 이 작품에 깔린 생각의 깊이를 이해하지 못하고 단순한 얘기로만 받아들이고 있는 것 같다. 그래서 이런 단순한 재미를 찾지 못한 어린이들은 알 수 없는 것으로 보았을 것이다.

〈꽃이 된 소녀〉는 앞에서 언급한 바 있다. 이 작품이 '명랑

동화'류와는 달리 씁쓸한 감명을 준 것이 오히려 어떤 어린이들에게는 '재미가 없는 것'으로 반응이 나온 것 같기도 하다.

결론
지금까지 검토한 것을 종합해서 요약해 본다.

1) 어린이가 좋아하는 작품

o 소재가 어린이들에게 친숙한 것일수록 좋다는 것은, 농촌 어린이는 농촌 얘기를 좋아하고, 도시 어린이는 도시 얘기를 좋아한다는 것으로 보아 알 수 있다.

o 모든 어린이들이 외래적, 혹은 이국적인 세계보다 민화 같은 세계를 좋아한다는 것도 이와 아울러 생각하게 된다.

o 주제는 어린이들이 그들의 생활에서 절실히 요청되는 문제이거나 모든 사람들이 관심을 갖는 문제가 좋다. 그리고 주제가 뚜렷해야 한다.

o 이런 주제가 아니더라도, 유머와 재치로써 아이들을 실컷 웃겨 줌으로써 그들에게 해방감을 맛보게 하는 작품을 좋아한다.

o 이야기가 극적으로 짜여 있고, 줄거리가 단순하고 뚜렷해야 한다.

o 호흡이 짧고 읽기 쉬운 친절한 문장이어야 한다.

2) 어린이가 싫어하는 작품

o 주제가 모호한 작품은 어린이들의 감동이나 흥미를 일으

킬 수 없다.

○ 일반 어린이들에게 거리가 먼 특수한 어린이들의 생활 얘기를 쓴 작품을 아이들은 싫어한다.

○ 일상의 시시한 얘기에 그치고 있는 것을 어린이들은 재미없게 본다.

○ 교훈이 드러난 것을 싫어한다.

○ 어린이 세계를 무시한 어른의 취미만으로 쓴 작품을 아이들은 알 수 없는 것, 재미없는 것으로 본다. 이런 작품에는 ① 어른들의 상념이나 환상물이 된 것도 있고 ② 현실을 아이들이 이해할 수 없는 각도에서 그려 보이는 것도 있으며 ③ 어린애들의 귀여움을 그린 유희물도 있고 ④ 소재 자체가 어린이가 친근할 수 없는 것도 있다.

○ 심리를 파고드는 취미를 어린이들은 좋아하지 않는다.

○ 이야기가 없는 것, 수필 같은 것을 좋아하지 않는다.

○ 현실성이 없는 작품에 감동하지 않는다.

○ 서술된 문장이 저항감을 주어도 안 된다. 공연히 문장을 아름답게 꾸미려 하거나, 어른 중심의 문장으로 표현하거나, 내용 없는 기교 취미가 난삽한 문장을 만들고 있거나, 까닭 없이 문장을 불투명하게 만들어 독자를 어리둥절하게 하는 따위가 모두 문장의 장애로 독자를 가까이하지 못하게 하는 작품들이다.

○ 묘사가 너무 지루해도 안 된다.

3) 반성할 점

(1) 교육의 처지에서

어린이들이 즐겨 읽는 동화는 많은 사람들이 그 생활에서 절실히 느낄 수 있는 문제를 재미있는 얘기로 짜서 간결한 문장으로 들려주는 작품이다. 어린이들이 싫어하는 작품은 어린이의 세계에서 느낄 수 없는 어른들만의 생각이나 생활을 그린 것, 무엇을 쓰려고 한 것인지 분간할 수 없는 시시한 얘기, 다만 문학작품을 쓰기 위해서 썼다고 할 수밖에 달리 말할 수 없는 작품, 아이들을 장난감으로 여기고 쓴 것, 공허한 내용을 황당한 문장으로 꾸며 놓은 것, 아이들을 얕잡아 보고서 함부로 아무렇게나 써 놓은 불성실한 작품, 이런 것들이다. 아이들은 작품을 순박한 태도로 읽고 받아들인다. 아이들이 감동을 받는 작품이라면 어른도 읽을 맛이 있는 것이다. 아이들이 재미있게 읽는다면 그 작품은 잘된 작품이요, 성공한 작품이라 보아야 한다. 아이들을 믿어야 하고 믿을 수밖에 없다.

그러나 이것은 대체로 그렇다는 말이지, 어린이들의 반응이 절대로 옳다든지, 그 반응이 이상적인 정도로 되어 있다든지 하는 말이 아니다. 한마디로 아이들이라지만 이 아이들 가운데는 독서력이나 감상 능력이 뛰어난 어린이도 있고, 교과서밖에 모르는 어린이도 허다하다. 인간과 사회 문제를 참되게 생각하고 정직하게 살아가려는 아이도 있지만 세상 따라 기분 좋게, 혹은 요령 있게 살아가려는 아이도 많다. 그래서 작품을 읽어도 깊은 생각을 해야 하는 것은 피하고, 그런 것은 싫어하고, 그런 참된 것을 찾아 가지는 재미와 감동을 모르고, 다만 웃기는 것, 얘기의 마지막이 아들딸 낳고 잘 살았다는 식으로 되어, 그들의 통속적 생리가 잘 수용하는 저속 유행물을 환영하는 경향도 있다.

어린이 독서의 천박성과 통속성을 그들의 반응 경향에서 깨달을 수 있을 것이다. 예를 들면 〈돌아온 껌 장수〉〈풀안경〉〈산골 아이들〉 같은 작품들이 어린이들에게서 좋은 반응이 나올 만한 요소가 충분히 있지만, 결말이 재미있고 행복하고 경사스럽게만 끝나고 있는 이런 작품들이 크게 환영을 받는 데 비해, 〈바위나리와 아기별〉〈아기 붕어〉와 같은 우수한 작품들이 거의 환영을 받지 못하고 있다는 사실을 봐서도 그렇다. 〈뿔난 노루〉는 안 좋은 쪽으로 14란 숫자를 보이고 있다. 다만 웃기는 얘기로 된 〈못난 돼지〉가 45의 숫자로 환영을 받는데, 같은 작가의 역작이라 보이는 〈청개구리〉가 20밖에 안 되고, 〈꽃이 된 소녀〉는 겨우 4로 되어 있는 것을 보아도 아이들의 취향을 알 만하다. 물론 이런 웃음을 주는 얘기에 대한 반응은 달리 또 긍정적인 해석이 가능하지만, 작품의 무게로 봐서 〈못난 돼지〉가 〈청개구리〉나 〈꽃이 된 소녀〉를 따를 수 없다는 것을 누구나 인정할 것이다. 아무튼 작가가 어린이들의 통속 취미에 영합해서는 안 될 것이지만, 교사와 부모들도 어린이들의 독서 지도에 관심을 가지고 참된 문학작품을 읽는 재미를 붙여 주어야 할 것이다. 이런 작업이 없이는 어린이문학이 발전할 수 없다고 본다. 교육으로 〈꽃이 된 소녀〉와 같은 작품이 많은 어린이에게 환영받게 해야겠고, 〈해님〉과 같은 시의 정취가 담뿍 든 동화도 즐겨 읽혀야 할 것이고, 〈꽃씨와 눈사람〉〈점잖은 집안〉도 재미로 받아들여지게 하고, 〈들불〉과 〈꽃뫼〉까지는 적어도 어느 정도의 독자는 확보될 수 있도록 해야 할 것이다. 그렇게 되어야 우리 어린이문학이 어린이의 세계에 뿌리를 내리고 착실한 발전을 할 수 있으리라. 문학으로 어린이를 키워 가는 일에 작가와 교사와 부모가 합심하고 협력하는 작업이 우리의 새로운 과업으로 자각되어야 할 것이다.

　(2) 작가의 처지에서

동화는 어린이에게 읽히기 위해 쓰는 것이다. 어른도 읽는 것이 바람직하지만 어른만 읽을 수 있는 것이라면 이미 그것은 어린이문학이 될 수 없다. 그러니 너무 상식 같은 당연한 말을 되풀이하지만, 동화 작가는 작품을 쓸 경우 소재와 주제와 이야기 내용과 표현 태도에서 어린이들이 느낄 수 없고 받아들일 수 없는 것이 되지 않도록 주의해야 한다. 그런데 어린이들이 느낄 수 있는 것이라든지, 어린이의 세계를 얘기해야 한다고 할 때 그것이 작가의 문학 세계와는 아주 단절된, 혹은 차원이 낮은, 아주 유치한 것으로 본다면 이것은 큰 잘못이다. 우리는 아이들을 얕잡아 보지 말아야 하고 그들을 신뢰해야 한다. 통속 취미에 젖어 있다고 해서 그들을 경멸할 것이 아니다. 어린이란 존재를 사회와 역사 속에 살아가고 있는 생명체, 주인공으로서 작가의 온 인생관과 문학관으로 이를 파악해야 할 것이다. 그래서 작품에 좀 더 절실하고 진지한 주제를 다루어야 할 것이다. 얄팍한 교훈이나 시시한 일상생활 얘기나 제멋대로 된 환상이나 혹은 공허한 내용을 요란스런 수식으로 미화한 거짓스런 글줄 같은 것이 작품이 된다고 생각하면 큰 오산이다.

이런 자각 없는 태도로 작품을 쓰는 이들이 있기 때문에 어린이 문학이 어린이에게조차 무시당하고 경멸받는 대상이 되는 것이다. 웃음이라든가 유머 같은 것을 주는 것도 아이들을 가볍게 보는 데서가 아니라 인간에 대한 신뢰와 더욱 높은 문학과 철학의 시점에서 써야만 그들이 받아들일 것이다. 명랑물이나 모험물 같은 것도 어른들 세계가 그런 것이고 작가 자신들이 어느 정도 그런 통속 세계에서 벗어나고 있는가 반성할 일이다.

다음에 동화 작품을 읽은 어린이들의 전체에 걸친 반응 경향이 환상적인 것보다는 생활적인 것을, 시 같은 것보다는 소설 같은 것을 좋아하고 있다는 사실에 대해서다. 이것은 환상 동화나 환상적 수법을 원용한 동화가 대체로 현실성이 없는 실패작이고, 시의 정취를 표현한 것도 줄거리가 없고 또는 좀 더 절실한 감정을 주지 못하는 까닭도 있지만, 그것보다도 오늘날의 '동화 문학(어린이 문학)' 자체의 방향을 암시해 주는 것으로 보고 싶다. 말하자면 어린이의 세계에서도 환상의 시대, 시의 시대는 지나가 버린 것이다. 앞으로 어떤 천재 작가가 나타나서 환상적 작품이나 시적인 동화를 훌륭하게 성공시킬 수 있을지 모르지만, 그것은 아마 기적에 가까운 일이라 할 것이고, 동화 문학의 앞길은 역시 생활적이고 소설적인 평야를 향해 가지 않을 수 없는 운명에 놓여 있다. 꿈이니 낭만이니 하는 것도 작가의 아리송한 심리의 주머니 속에서 나온 것이니 어찌 밝은 태양의 광선을 견딜 것인가? 더욱 많은 어린이가 공감하는 생활적 정신적 기반 위에 피어난 건강한 꿈과 낭만만이 동화 문학의 꽃을 피울 것이다. 1975년 11월

아동문학과 서민성

머리말

이 글은 서민성이란 시점에서 어린이문학의 관념적 동심주의와 탐미적 독선 세계를 비판하고, 우리 어린이문학에 나타난 서민성을 살펴봄으로써 민족 문학 수립이란 과제에 이어진 어린이문학의 건설이 서민성을 구현함으로써 이뤄질 수 있다는 것을 밝히는 것이 목적이다.

서민이란 말은 우리 말 사전에 나온 대로 "자기의 손발로 벌어서 가족의 생활을 이끌어 가는" "뭇 백성"이다. 요즘 우리 문단에서 '시민문학'이니 '농민문학'이니 하는 말을 쓰고 있는데, 서민이란 말은 '시민'이나 '농민'을 다 포함한 글자 그대로 뭇 백성이 되는 것이다. 그러니 '서민적'이란 말을 '민족적'이란 말로 대치시킬 수도 있으리라. 다만 확실히 말해 두고 싶은 것은 서민성이란 권력이나 금력의 속성일 수 없다는 것, 위에서부터 내려오는 것이거나 외부에서 들어오는 성질의 것일 수 없다는 것, 그리하여 어디까지나 밑에서부터 올라가는 인간스런 마음이요, 내부에서부터 터져 나오는 주체적 정신의 나타남이라는 것이다.

그런데 문학 용어로서 서민문학이니 평민문학이니 할 때는 근세 후기의 평민 계급의 사회 진출과 함께 일어난 실학사상을 기반으로 한 문학을 가리키는 말로 되어 있다. 그래서 신문학 이후의 우리 현대문학을 말할 때 서민문학이니 서민성의 추구니 하는 것이 거의 문제된 일이 없었는데, 이것은 근대문학의 출발 자체가 서민 속에 있었던 까닭이요, 서민을 벗어나서 근대문학이 성립될 수 없었기 때문이다.

문학이라면 그것이 어떤 장르의 것이든 서민을 대상으로 하는 것이고 서민을 위해 존재하는 것이 너무나 당연한데 어째서 새삼 서민성을 논의해야 하는가? 여기 우리 어린이문학이 지금까지 그 속에 갇혀 벗어나지 못한 전근대적인 풍토가 있는 것이다.

1.

우리 어린이문학이 탈피하지 못한 전근대성이란 무엇인가?

어린이들을 봉건과 일제의 이중 억압에서 해방시키려는 문화 운동의 하나로서 출발한 우리 어린이문학이 이 땅의 어린이 현실에 깊이 뿌리박지 못하고 외국의 어린이문학, 특히 일본의 그것을 모방함으로써 이뤄졌다는 사실은 누구나 인정하는 바이다. 나라를 잃은 슬픔이 방정환·윤극영 같은 이들의 애조 띤 동요로 나타나기는 하였지만, 그것은 잠시 동안이었고 또 그런 슬픔은 지식인의 한갓 감상에 지나지 못한 것이기도 하였으니, 그런 슬픈 동요들이 이내 동심이란 특별한 세계를 만들어 무작정 귀엽고 아름다운 것만 찾아다니는 세계로 변한 것을 보아도 알 수 있다. 그리고 이 동심주의란 것이 본디 식민지란 땅에서는 제대로 생겨날 수 없는 남의 것이었다.

일본의 어린이 문예지 〈빨간 새 赤の鳥〉(1912~1926년)의 기조를 이룬 동심주의가 밖으로 식민지를 가지고 안으로 군국의 기초를 굳혔던 그 나라에서는 그들대로 어떤 문화의 의미가 있었을 것이다. 그러나 식민지가 되어 있었던 우리들이 스스로의 목소리를 내어 보지 못하고 우리를 짓밟고 있는 자들이 부르고 있는 노래에 장단을 맞추고 있었다는 것은 웬일인가?

손에 손을 잡고 들길을 가면
모두들 귀여운 새가 되어
노래를 부르면 신발이 울려요.
맑게 갠 하늘에 신발 소리 울려요.

우리 동요 작가들이 얼마든지 만들어 온 동요적 발상의 세계가 여기에 있다. 일본 〈빨간 새〉의 동심을 대표한다고 할 수 있는 이 동요는 식민지 아이들이 보통학교 창가 시간에 배워야 했던 것이다.

"신발이 울려요"는 "くつがなる" 곧 원어대로는 "구두가 울린다"이다. 짚신을 신고 다니는 아이들이 어찌 구두를 신고 다니는 아이들의 발가락 감각을 이해할 수 있겠는가? 우리 민

족의 피를 빨아 살이 찌고 있던 그네들이 구두를 신은 저들의 아이들에게 주고 있던 노래를 그대로 우리 아이들에게 부르게 하여 저들 민족의 우월성을 느끼게 하고 우리 민족의 열등감을 그 어린 넋들에게 불어넣었던 것이다. 그리고 식민지의 우리 작가들이 일본 작가들의 이런 동심을 그대로 흉내 내어 그저 즐겁고 재미스러운 것만을 헐벗고 굶주린 우리 아이들에게 주고 있었던 것은 치욕스런 문학 행위라 해야 마땅할 것이다.

그러나 일제 말기의 그러한 문학 행위는 어떤 면에서 변명의 여지가 있을 수 있었다. 우리의 말과 글까지 말살당할 위기에 처해 있었던 그 암흑의 시대에 어떠한 내용이건 우리 말로 글을 썼다는 그것만으로도 헛된 일은 아니었다고 할 수 있기 때문이다.

그런데 8·15 이후는 어떠하였던가? 전쟁 후 일본은 점령군의 보호 아래 차차 그들의 자본을 키워 가면서 오히려 외국 세력을 배척하여 경제 자립을 부르짖어 모든 문화 활동이 완전 자주독립의 길로 집결되었던 것인데, 우리는 그들과 반대로 분단된 국토에서 동족상잔의 비극을 연출하였고, 말 못 할 민생고에 허덕이면서도 남의 것에만 정신이 팔려 화려한 껍데기를 꾸미기에 바빴다. 미군정과 자유당 시대 때 풀뿌리 나무 열매로 연명하는 서민들에 등을 돌리고 그저 좋아라 노래하고 춤추는 동심만을 찾아다닌 것이 대부분의 어린이문학 작가들이 아니고 누구였던가? 그들이 일제시대 때 짚신을 끌고 다니는 아이들에게 구두를 신고 뛰노는 외국 아이들의 웃음을 강요한 그 욕된 문학 행위를 그대로 계승하고 있었다고 말하지 않을 수 있겠는가? 이리하여 지금까지도 어린이문학이라면 그 본질부터 현실을 기피해야 하는 것으로 알고 있는 풍조가 만들어졌다. 민족의 운명이라는 것과는 아무런 상관이 없는 유아독존의 심리 세계만을 희롱하여 이국적인 것, 환상적인 것, 탐미적인 것, 혹은 감각적인 기교만을 존중하는 경향이다. 거리에서 팔고 있는 상품의 포장이 남의 나라 글자로 표시되어 있듯이, 아이들의 장난감 인형이 모두 서양 아이들 모양이 되어 있듯이, 문학작품도 될 수 있는 대로 우리 자신의 생활이나 정신은 배제하고 남의 것을 흉내 내어 만드는 것이 더욱 문학적이고 예술적인 것으로 알고 있는 것이다.

이러한 문학 정신의 부재 현상은 창작뿐 아니라 비평(월평이나 서평 같은 것에 나타난 단편적 견해를 비평이라고 치고)에서도 볼 수 있어 타락한 상업적 문학 활동을 더욱 부채질하고 있다. 작품을 사회적·인간적 산물로 이해할 줄 모르고 형식만으로 왈가왈부하는 것은 장님이 코끼리의 몸을 더듬는 경우와 다름없다. 형식만으로서 작품을 이해하기도 어렵거니와 그들은 애당초 무엇을 썼는가 하는 문제에는 관심이 없다. 관심이 없는 것이 아니라 작품에 표현되고 있는 의미와 사상을 혐오하고 기피하고 있다. 작품 내용이 이 땅의 아이들 상황을 보여 주는 것, 아이들의 절실한 현재와 미래의 문제를 얘기한 것, 그래서 독자들의 마음을 깊이 흔들어 놓은 것이면 그런 것은 어린이문학에서 다루어서는 안 되는 불순물이라고 하여 덮어놓고 헐뜯고 혹은 멀리하고 있다.

그들은 삶의 문제에서 멀리 도피하여 동심이란 천당을 만들어 달콤한 꿈만 꾸는 것을 어린이문학이라고 인식하고 있기 때문에 더욱 인간적인 모든 문제에 너무나 무지하고 무력한 것이다. 그리하여 평론 자체가 하나의 형식 논리를 추구하는 괴이한 글 장난이 되고 마는 것이 당연하다.

서구의 문예사조를 끌어온다든지 동서고금의 이름난 사람 말을 빌린다든지 하여 글의 권위를 가장하지만, 지엽적인 문제를 가지고 공연히 어렵게 만들어 안갯속으로 끌고 다니며 독자를 현혹할 뿐이다. 지금까지 어린이문학에서 평론이라고 할 만한 것이 없고 기껏해야 월평 같은 것으로 개인의 친분에 따라 적당히 칭찬과 허물을 나누어 온 까닭은 작품을 형식에만 치우쳐 보는 동심 탐미 세계의 옹호자들이 문단 상가를 점유하고 있었기 때문이다.

도대체 어린이문학 작품이란 것이 어른들조차 얼굴을 찌푸리며 생각해도 알 수 없는 것이어야 하는가? 그것이 우리 일상과는 너무나 거리가 먼 천국의 이야기여서 일반 어린이들이란 애당초 발을 들여놓지도 못하는 세계여야 하는가? 또한 작품이 잘됐다 못 됐다는 판단을 아무나 할 수 없는 것일까?

나는 그렇게 보지 않는다. 독자들의 가슴을 울리는 감동의 깊이야말로 문학작품의 가치를 결정하는 가장 믿을 수 있는 잣대가 되어야 한다. 그러니 작품을 이해하고 논의하는 데서 문학개론 같은 지식이나 궤변보다도 훨씬 더 귀중한 기본적인 것이 있다고 생각한다. 그것이 바로 인간적인 양심과 양식이다.

전통을 계승하자는 문제만 해도 그렇다. 근원을 따지고 역사를 살피는 일이 무익한 것은 아니지만 그것만으로는 전통을

413

살릴 수 없다. 그보다 더욱 긴요한 것은 우리들의 역사적 위치를 자각하는 일이다. 우리들이 어디에 서 있는가? 우리가 문학 창조의 대상으로 하고 있고, 그 속에 우리가 함께 있어야 하는 어린이란 어디에 어떻게 있는 존재인가? 이것만 파악되면 전통 문제는 스스로 해결된다고 본다. 전통이 어디 공중에 날아다니는 것이 아니라 우리 모두의 가슴과 핏속에, 우리들이 밟고 선 흙에 들어 있기 때문이다.

지금까지 우리들은 문학을 얘기할 때 사조니 원론이니 전통이니 하는 테두리를 벗어나지 못했고, 그리하여 일반적인 이론에다 우리들의 그것을 갖다 맞춤으로써 스스로의 모습을 확인하려고 애썼다. 어린이문학이라는 주체적인 방법을 확립하지 못한 이런 태도는 가장 핵심이 되는 문제를 무시하고, 가장 중요한 존재를 까마득히 잊어버린 사실로 드러난다. 그것이 바로 어린이란 존재다. 어린이가 없는 어린이문학이 있을 수 없는데도 우리는 지금까지 어린이 문제를 한 번도 논의한 일이 없다. 작품이 어떻게 짜여 있느니, 표현이 어떠하다니, 신선하고 건강하고 상징적이고 환상적이고 무엇이고 말하지만, 결국 특수한 어른들 중심으로 본 것이지 독자인 어린이가 그 작품을 어떻게 받아들일까 하는 점은 전혀 고려되지 않았다. 참 괴이하게도 우리는 어린이를 무시한 어린이문학을 하여 온 것이다. 물론 여기 어린이라 함은 막연히 추상화된 보편의 존재인 어린이가 아니다. 바로 우리가 살고 있는, 이 땅에서 자라나고 있는, 현실 속의 어린이를 말한다. 이제 우리 어린이문학을 오랫동안 정체 상태에 빠뜨려 온 동심주의의 본모습을 어린이란 존재의 새로운 인식으로써 좀 더 밝게 조명해 보려고 한다.

2.

우리가 쓰고 있는 동화와 시를 읽어 줄 아이들, 그 아이들은 과연 어떤 아이들인가? 우리는 그 아이들에게 어떻게 살아가기를 권하고 있는가? 아이들의 마음이 자라나도록 그들의 편에서 쓰고 있는가? 그들이 즐겁게 받아들이도록 작품으로서 형상화하고 있는가?

먼저 어린이란 존재를 그 나이에서 확인해 보자. 어린이문학의 독자는 대체로 초등학교와 중학교에 다니는 나이에 해당되는 아이들, 그러니 만 6세에서 15세 정도까지라 말할 수 있다. (혹은 좀 더 폭을 넓혀 유년기부터 고등학교 학생의 나이까지로 볼 수도 있지만.) 그러니 이 나이의 상한선과 하한선의 폭은 적어도 10년이 넘는다고 보아야 한다. 이 10년이란 햇수는 어른 나이의 10년과는 그 질이 같을 수 없다. 상식으로 추측이 되겠지만 어른의 경우 몇 해의 나이란 것이 그 정신이나 육체에 거의 아무 변화도 없이 지나가는 것이 예사지만, 아이들의 경우는 한 해만 지나도 엄청나게 다른 세계가 된다. 하루하루 달라지면서 자라나는 것이 어린이다.

어린이문학 작가들이 어린이의 이런 까마득히 넓은 나이의 폭을 두고 어느 위치, 어느 세계에 있는 독자를 대상으로 하여 작품을 써야 한다는 것은 쉽게 정할 수 있다. 가령 이 동화는 초등학교 5·6학년에게 알맞다든지, 예닐곱 살 아이들을 위해 쓴 동화라든지, 이 시는 대체로 열두 살 정도는 되어야 이해할 수 있겠다든지, 이 소설은 중학생들이 주로 읽도록 쓴 것이라든지…… 이렇게 대체로 독자의 대상을 정해 두어야 할 것이다. 그렇지 않으면 10년이란 긴 성장 과정에서 오는 어린이 세계의 격차를 의식하지 못하고, 따라서 어린이의 심리와 생활을 구체적으로 파악하지 못하고 말 것이기 때문이다.

그런데도 지금까지 많은 작가들이 어린이의 나이란 것을 거의 의식하지 않았던 것 같다. 그저 막연히 어린이의 세계라는 생각으로 쓰는 태도는 작품의 내용과 형식이 서로 맞지 않는 결과를 가져오게 되었다. 내용으로 봐서는 네댓 살짜리 유아들의 것인데 거기 쓰인 말은 열 살 이상 아이들의 것이라든지, 형식은 우선 어린이의 것으로 되어 있는데 내용은 어른의 세계라든지 하는 예는 얼마든지 들 수 있다. 더구나 동심주의 작가들이 어린이란 것을 나이와 환경을 초월한 천사 같은 존재로 만들어 두고 작품을 썼다는 것은 부인할 수 없는 사실이다.

물론 어린이에게 주기 위해 쓴 작품들이 어른에게도 감흥을 어느 정도씩은 다 줄 수 있어야 하는 것이다. 그런데 어른들에게도 큰 감명을 주는 작품을 아이들이 받아들이는 나이의 한계는 대체로 사회의 사물과 현상에 깊은 관심을 가지게 되는 초등학교 상급생이든지, 아니면 적어도 중학생 나이는 되어야 할 것 같다. 서너 살 유아에서부터 어른들까지 고루 감동을 받게 되는 작품이 있을까? 대개 독자의 사회적·연령적 폭이 넓으면 넓을수록 그 작품에서 얻어지는 감동이란 것이 여러 가지 장애 때문에 엷어지는 것이 보통인 듯하다. 유아에서부터 모든 아이들과 어른에 이르기까지 감동을 받는다고 할 때, 그런 감동이란 것이 현실의 인간 문제를 일체 벗어난, 영원이라든가 생명의 근원이라든가 허무라든가 하는 극히 일반적인 인생 문제밖에 없는 것이니, 그런 것이 어린이문학의 독자로서는 큰 감동거리가 될 수 없을 것 같다.

더구나 현실 사회에서는 별로 할 일이 없어진 늙은이들의 관심거리나 될 인생 문제를 유아들이 느낄 수 없으니, 아무리 상징의 폭이 넓은 시라 하더라도 제멋대로 해석하여 도취되지 않는 이상, 독자의 가슴 깊이 파고드는 것은 어렵다. 가령 "송아지 송아지/ 얼룩송아지……"로 시작하는 이 동요는 작자가 아무리 생명의 신비니 하는 해설을 붙여도 시를 지은 동기나 과정이야 어찌 되었든 그런 신묘한 느낌은 우러나지 않는다. 그저 송아지와 엄마 소가 꼭 같은 얼룩이라는 것을 발견한 아이의 경이감이 있을 뿐이다. 이 경이감은 몇 살쯤 되는 아이의 것으로 함이 적당할까? 초등학교 5·6학년이라면 이미 싱거운 발견이다. 2·3학년의 관찰이라도 별것 아니다. 결국 대여섯 살이나 네댓 살짜리 유아들의 것일 수밖에 없다.

초등학교 아이들이 노래로 부르고 있는 것은 그것이 교과서의 교재로 되어 있기 때문이다. 그런데 길을 가는 젊은이들의 입에서나 술집에서도 흘러나오는 〈고향의 봄〉은 경우가 다르다. 이 동요는 유아들의 것일 수 없다. 그리고 물론 환경을 초월한 것이 아니다. 여기에는 적어도 진달래 피는 고향과 조국의 강토를 생각하는 심정이 있다. 이 심정은 오랜 역사에 걸쳐 수난당한 서민들의 슬픔과 연결될 수 있다. 그래서 이 나라 모든 사람들의 심금을 건드리는 그 무엇이 있어 널리 애창되고 있는 것이다. 받아들일 나이의 하한선이 대체로 초등학교 5·6학년, 즉 고향과 부모와 이웃을 생각할 수 있는 나이가 되어야 한다는 것이 뚜렷하다.

동심주의 작가들의 동심이란 것은 귀여운 것, 재미스러운 모양, 우스운 일, 어린애들의 재롱 같은 것이다. 이런 세계를 표현하는 결과는 같은 어린이라도 나이가 훨씬 어린 유아들의 세계로 되고 있다. 윤석중·박목월·강소천 같은, 우리 나라 거의 모든 동요 작가의 동요가 유아 세계의 표현으로 그 본령을 삼고 있는 것이다.

동심 세계를 유아의 그것으로 표현하게 된 결과 작품이 어떤 모습이 되어 나타났으며, 어떤 영향을 독자인 어린이에게 주어 왔는가 살펴보자.

여기 유아라고 함은 초등학교에 들어가기 이전, 즉 대여섯 살 이하의 어린이들이다. 동심주의 작가들이 이런 유아의 세계를 나타냈다고 말했지만 좀 더 정확하게 말하면 현실의 유아 세계를 그려 낸 것이라기보다 그저 순진하고 귀엽고 재미있는 공상의 세계를 그려 낸 것이 유아의 그것으로 되어 버렸다고 하는 것이 더 알맞을 것 같다. 앞에서 든 동요 〈송아지〉의 예를 보더라도 이 작가가 유아의 어떤 경이감을 발견했다기보다 자신의 동심 세계를 표현한 것이 결국 대여섯 살 어린이의 심리 세계를 그려 낸 것이 되었다고 보는 게 옳다. 여기서 작품 하나를 더 예로 들어 본다.

나무야, 나무야, 서서 자는 나무야

나무야, 나무야, 다리 아프지?

나무야, 나무야, 누워서 자거라.

<나무>, 강소천

　이 작품에 나타난 작가를 대신해 나무에게 말하는 아이의 나이는 몇 살이 된다고 보아야 하는가? <송아지>의 경우보다 여기엔 나이가 더 내려갈 것 같다. 이 작품에 나타난 아이의 사물 인식 정도는 아무리 생각해 봐도 글을 읽을 수 있는 나이에 이르지 않았다. 다시 말하면 글을 읽을 수 있는 모든 아이들은 이 작품에서 시를 느낄 수 없다. 이것은 <송아지>의 경우와 같다.

　이런 작품을 읽는 아이들은 시를 느끼는 것이 아니고 말의 재미스러움이 아니면 기껏해야 제 동생 같은 어린애들의 재롱스러운 모습을 느낀다. 어린애가 하늘의 달을 따려고 손을 내민다고 할 때 그런 것이 우리 어른들에게는 참 진귀한 세계로 여겨지고 때로는 시적인 상상을 유발할 수도 있다. 그러나 그 유아의 세계를 조금 전에 지나온 아이들에게는 아무런 놀라움도 불러일으키지 못할 것이다. 그런 것은 그들에게는 유치한 세계로, 아무 관심거리도 될 수 없다. 그러니 그것이 어찌 시로 느껴질 수 있겠는가? 이런 동요를 문학작품이라고 만들어 아이들에게 준다는 것은 아이들을 위하는 짓이 될 수 없다. 어린이들은 작가의 문학에 대한 욕구를 채워 주기 위한 장난감의 존재가 되고 있는 셈이다. 아이들이 동요니 동시니 하면 으레 그것은 유치한 제 동생들의 재롱을 흉내 내는 것으로만 알고 있는 것이 너무나 당연하다 할 것이다.

동심주의 동요가 가져온 해독은 아이들이 참된 시의 세계로 찾아가는 것을 완고하게 방해하고 있는 일뿐만이 아니다. 그것은 또 아이들의 정신 성장을 방해하고 있다는 점에서 주의하지 않을 수 없다.

어른들이 유아 세계의 작품을 읽을 때는 그것이 아주 유아의 세계란 것을 전제로 하여 이해하는 것이지만 아이들이 이런 것을 읽을 경우에는 사정이 달라진다. 미래만을 바라보고 현재의 순간을 온몸으로 살아가야 하고 그렇게 살아가고 있는 아이들에게 과거의 치졸한 세계를 무슨 귀중한 것인 양 보여서 그것을 그리워하게 한다는 것은 아이들의 인식 발달을 방해하는 것밖에 아무 뜻도 없다. 더구나 거기 나타난 세계가 그것을 읽는 아이의 나이와 그렇게 차이가 많지 않을 경우(실상 이런 경우가 대부분이다)에는 마치 그런 세계가 제 것인 양 착각하게 되고, 그래서 그 정신 상태가 이제는 아무 쓸모없는 과거 세계에 사로잡히게 되는 것이다.

우리는 이런 아이들의 모습을 흔히 학교 교실에서 보게 된다. 열 살이나 되는 아이가 어쩌다가 학교에 늦게 들어와 여섯 살짜리들과 같이 어울려 "바둑아, 바둑아" 하고 1학년 책을 읽다가 보면 그 아이의 행동이 온전히 콧물 흘리는 다른 여섯 살짜리와 비슷해지는 것이다. 동요가 아이들의 의식을 과거에 얽매으로써 인식의 발달을 막고 정신의 성장을 가로막는 구실을 하는 것이 이와 같다.

아이들의 행복을 조금이라도 연장시켜 준다는 것은 이유

가 될 수 없으며 그것은 궤변이다. 정신의 성장을 막는다는 것은 단지 그 발달을 억제하여 지연시키는 것뿐이 아니다. 눈앞의 현실을 모른 척하고 지나가 버린 유치한 것에 관심을 가지게 하여 안이한 꿈나라에서만 놀게 하는 것은, 아이들로 하여금 현실도피라는 극히 건강하지 못한 정신을 갖게 하는 것이 된다. 이리하여 그 근본이 현실을 도피하는 자리에서 발상되는 동심주의 문학은 어린이들의 정신을 병들게 하고 있다.

유아 세계에 안주하는 보금자리를 만들어 놓고 있는 동심주의는 이와 같이 동요라는 형식을 통해 가장 잘 나타나고 있다. 동화나 소설 같은 산문보다는 동요로 더 뚜렷이 나타나는 이유는 무엇인가? 이것은 '동심'이란 것이 재미있고 즐겁고 우습기만 한 세계이기 때문에, 그런 것을 나타내기에 알맞은 가볍고 명랑하고 무엇이든지 노래로 흥얼거려 흘려버릴 수 있는 외형률의 동요라는 형식을 필연적으로 쓸 수밖에 없었다. 이리하여 만들어진 동요적 발상의 세계는 처음부터 창조적 정신을 배제한 채로 굳어진 담 안에 갇힌 것이었지만, 그것이 우리 어린이문학 전체에 커다란 영향을 미쳐 지금에 이르고 있을 뿐 아니라 교육과 그 밖의 어린이 문화 전반에 영향을 미쳐 왔다.

작가들이 만들어 낸 동요를 이번에는 아이들이 흉내 내도록 교육함에 이르러서는 일부 문인들과 학교의 교사들은 물론이고 저널리즘과 온갖 상업 단체들까지 그들의 상품 선전 수단으로 이를 이용하게 되어 타락의 한길을 달리게 되었다. 교묘한 모방 기술과 수공적 잔꾀만이 칭찬 장려되어 천편일률의 작품이 생산되고, 아이들의 감정과 사고는 안이하고 치졸한 세계에 갇혀 개성의 말살과 인간성의 획일화라는 무서운 결과를 가져왔다. 아이들이 쓰고 있는 것이 동요라 하든지 동시라 하든지 마찬가지다. 이름이 동시지, 그게 무슨 시인가? 동요적 발상에서 한 걸음도 더 나아가지 못한 것이다. 우선 이름부터 어린이문학의 장르인 동시를 그대로 하여 아이들에게 쓰게 하는 사실부터 이런 그릇된 교육 상황을 잘 말해 준다.

본디 동시는 허수아비 같은 동심 세계에 만족할 수 없던 일부 작가들이 근대 자유시의 영향을 받는 한편 우리 민족의 어린이를 문학의 주체로서 자각하고부터 자유로운 서민 정신을 표현하는 방편으로 창조하고 발전시킨 것이었다.

오랫동안 동심이라는 고정된 관념 속에 갇혀 있었던 동요 작가들은 우선 시대에 맞지 않는 그 낡은 형태만이라도 벗어나야 할 것이었지만 그것은 극히 어려운 일이었다. 동요의 형식을 버린다는 것은 고정관념의 동심 세계를 버리는 것이 되기 때문에, 그러한 문학 형식의 혁신을 가져올 수 있는 정신세계의 변혁이 극히 어려웠던 것이다. 이리하여 동요란 것이 우리 어린이문학에서 늦게야 그 자취를 감추다시피 한 것은 1960년 대로 들어와서였으니 놀랄 만한 일이다. 그런데, 1960년대 이후 동요가 동시로 그 형태를 바꾼 것은 사실이지만, 그럼 그 이전까지 이른바 동심의 세계란 것이 모두 서민 정신을 바탕으로 한 자유시의 세계로 발전하였는가 하면 그렇지 않다. 동요적 발상이 갈아입게 된 옷은 감각적 기교주의와 독선에 빠진 시인들이 안일한 기분으로 만들어 낸 유희 같은 동시였다. 그들은 여전히 땅 위의 아이들이 오를 수 없는 천상에 홀로 앉아 신묘한 피리를 불었고, 고무신을 신은 아이들이 느낄 수 없는 비단 구두 속에 싸인 발가락의 감각을 노래했다. 그들의 작품 제재는 예나 제나 꽃이요 나비요 아가의 웃음이요, 아침과 햇빛의 옹달샘밖에 될 수 없었다. 근본부터 이 땅의 아이들에게 등을 돌린 현실도피란 자리에서 꼼짝도 않고 있기 때문이다.

3.

지금까지는 어린이를 성장하는 인간으로 파악하는 데서 동요적 발상의 세계를 비판하였지만, 여기서는 어린이를 사회적인 존재로 파악해 보기로 한다. 그리하여 아이들의 존재를 잊어버린, 서민 정신에 위배되는 작가의 세계가 동화에서 어떻게 나타나고 있는가를 알아보자.

꽃놀이 달놀이 물놀이
봄놀이 산놀이 들놀이
엄마 아빠 손목을 잡고
들이나 산이나 놀러 가자.

이것은 교실에서 부르는 아이들의 노래다. 아이들은 이렇게 살아가고 있는가? 물론 이런 아이도 있으리라. 지금까지 많은 작가들이 즐겨 노래하고 그려 보인, 이른바 동심의 세계가 바로 이런 아이들의 세계였던 것은 말할 것도 없다. 그리고 지금도 이런 아이들의 생활과 감정을 대변해 보이는 것을 신성불가침의 어린이문학 세계인 줄로 알고 있는 이들이 많다.

이런 아이들을 대상으로 쓴 것이라면 확실히 상품 가치는 있다. 동시집이든 동화집이든 책을 쉽게 사 볼 수 있는 아이들이고 또 오늘날 천박한 어린이 문화를 만들어 내고 있는 것이 다름 아닌 이 아이들의 부모이기 때문이다. 그러나 얼굴에 짙은 화장을 하고 카바레 같은 데서 춤이나 추면서 살아가는 여인이 우리 민족의 어머니일 수 없듯이, 엄마 아빠 손목을 잡고 봄이면 꽃놀이를 가고 여름이면 해수욕을 즐기고 가을이면 단풍놀이로 등산을 하는 아이들이란 결코 이 땅의 대다수 아이들일 수 없고 이 땅의 어린이문학 작가들이 그려 보일 긍정적인 아이들의 세계는 못 되는 것이 우리 실정이다.

우리 어머니는
아기를 업고 가서
밭을 매요.
내가 아기를
봐주마 좋겠어요.
〈어머니〉, 윤원숙(경북 상주 청리초 3), 1963년 6월 1일

부모를 따라 일을 해야 하고, 살아가는 걱정을 그들대로 하는 것이 이 나라 거의 모든 아이들의 참모습이다. 우리가 아이들을 위해 글을 쓴다고 할 때, 극소수 귀족 같은 아이들의 모습을 그려 그들에게 봉사하느냐, 아니면 대다수 서민의 아이들을 위해 쓰느냐 하는 것은 사실상 작가의 자유에 속할 일이다. 그러나 민족 문학의 수립이란 과업을 앞에 둔 작가의 사명을

생각하고, 인간의 양심과 문학인 본연의 자세를 생각하면, 이 문제는 더 논의할 여지가 없다.

　일반 서민의 아이들과 특수 귀족의 아이들을 이렇게 대비시켜 놓는 일을 두고 과거의 프로문학처럼 계급 사이의 적의를 조성하려는 목적의식이 있는 것이라고 말한다면 그것은 무지가 아니면 악의에서 나온 중상이다. 계급투쟁이란 것이 어찌 아이들의 세계에서 있을 수 있겠는가? 불행한 아이들이나 비뚤어진 환경 속에서 살아가는 아이들을 모른 척하고, 그들이 생각할 수도 없는 남의 나라 같은 세계를 그려 보임으로써 그들이 처해 있는 현실을 더욱 비참하게 느끼도록 하는 일이야말로 계급의식을 자아내고 계급 사이의 증오심을 일으키는 잘못된 문학인 것이다.

　우리는 촌에서 마로 사노?
　도시에 가서 살지.
　라디오에서 노래하는 것 들으면 참 슬프다.
　그런 사람들은 도시에 가서
　돈도 많이 벌일 게다.
　우리는 이런 데 마로 사노?
　* 마로: 머 하로. 머(뭐·무엇) 하러. 뭐 할라꼬. 무엇 때문에.
　　　　　　　〈촌〉, 김종철(경북 안동 대곡분교 2), 1969년 10월 6일

　산촌에서 일하며 궁핍하게 살아가는 아이들은 도시 사람들의 화려한 생활을 보고 즐거워하는 것이 아니다. 라디오의

노랫소리조차 이 아이들을 슬프게 하는 것을 생각해 보라. 헐 벗은 아이 앞에 새 옷 입은 아이가 지나간다면 그 아이의 마음은 얼마나 어두워지겠는가? 배고픈 아이의 눈앞에 맛있는 고기반찬에 쌀밥을 차려 놓고 먹는 장면을 보이는 것이 그 아이를 위한다고 할 수 있겠는가? '우리가 배불리 먹는 것을 구경하면서 마음속으로나마 배부른 생각을 하고 있어라. 그것이 너희들의 행복이니라' 이것은 얼마나 인간답지 못하고 잔인한 태도인가?

고난 속에서 살아가는 아이들에게는 슬퍼하고 괴로워하는 그들 스스로의 모습을 보여 주는 것만이 위안이 되는 것이며, 희망과 용기를 가지고 밝은 마음으로 살아가는 힘이 될 수 있다. 이러한 문학은 불행하게 살아가는 모든 아이들에게 유익하다. 즉, 일하면서 가난하게 살아가는 아이들에게는 희망을 주어 참되게 살아가게 하는 동시에, 옷밥 걱정에서 아주 벗어나 사치한 환경에서 오히려 인간성을 잃어 가고 있는 아이들에게도 참된 생각과 아름다운 인정을 심어 줄 수 있는 것이다. 이런 뜻에서 어린이문학에서 서민성을 강조하는 것은 민족 문학의 한자리를 맡은 어린이문학의 기본 명제라 할 것이다.

이러한 선의에 충만한 인간의 창조 활동을 두고 계급주의 운운하여 중상을 일삼는 이들의 정체는 무엇일까? 그들은 예술을 위한 예술을 표방하지만 결국은 시대에 아부하여 비뚤어진 아이들의 모습을 그림으로써 타락한 장사꾼 노릇을 하고 있다. 이 땅의 아이들과 민족을 배신하여 스스로 버리지 못하는 노예근성에 사탕발림을 하여 팔고 있는 것이다.

이제 동요적 발상의 세계가 동화에 나타나고 있는 모습을 알아볼 차례다.

강소천은 많은 동요와 동시·가사를 남겨 아이들이 배우는 교과서에도 흔히 나와 그 영향이 컸지만, 동화 또한 적지 않은 작품을 남겨 놓았다. 그의 동화는 한결같이 사회의 명랑하고 긍정적인 면만을 돋보이게 하여 주는 것이어서 미담가화(美談佳話)로 되고 있다. 소천의 동화를 읽으면 마치 도덕 교과서를 읽는 것 같은 느낌을 지울 수 없다. 작품에 간혹 아버지를 잃은 가난한 아이가 나오는 수가 있지만, 그런 경우에도 미담 일화의 주인공으로 등장한 것뿐이지 조금도 그런 아이들의 현실이란 그려져 있지 않다. 부모에게 효도하고 부지런히 일해 저축하고 나라에 충성하는 그의 작품의 모든 주제는 허수아비 같은 아이들의 품행 방정한 행동으로 하여, 문학작품으로 형상화되지 못하고 교훈만 노출시켜 놓고 있다. 또 소천의 동화에 도덕 교과서 냄새를 풍기지 않는 작품이 약간은 있지만, 이런 작품은 대개 어른의 회고 심리를 그린 것으로, 아이들에게 읽힐 거리가 못 된다. 모든 사회현상을, 심지어 고아원의 고아까지도 미화시켜 보여 주고 있는 그의 동화는 또한 교훈을 구호처럼 노래한 그의 대부분의 동요나 가사와 함께 철저하게 서민을 등진 처지에서 쓴 것이었고 그의 문학이 실패한 까닭이 여기에 있는 것이다.

김요섭(1927~1997년)은 8·15 이후에 활동한 동화 작가로서 커다란 업적을 쌓은 사람으로 인정되고 있다. 그의 작품이 실상 많은 어린이에게 읽히고 있을 것 같고, 따라서 그 영향이

클 것이라는 점에서 우리 어린이문학을 얘기하는 자리에서 뺄 수 없는 존재다. 6·25 전쟁 중 혹은 그 직후에 썼다고 보이는, 대체로 그의 초기 작품에 속하는 전쟁을 소재로 한 동화가 있다. 〈샛별과 어머니〉〈진달래와 고향〉(〈소학생〉, 1947년) 〈은하수〉〈나비 잡는 마을〉 같은 작품들은 모두 전쟁의 비극을 그린 것이다. 인간 생명을 무자비하게 짓밟는 전쟁의 참상을 다루면서 그것을 시적으로 잘 승화시켜 동화로서 성공하고 있는 빼어난 작품들이다. 단단하게 설정한 구성을 기반으로 한 자유분방한 상상의 세계가 흥미를 끌고, 시적 문장이 상징과 꿈의 분위기를 만들어 놓고 있다.

전쟁을 소재로 한 이런 작품은 그것이 가령 어른 세계의 것이라 하더라도 어린이문학일 수 있다. 전쟁이란 것은 아이나 어른이나 다 그 속에 휘말려 들어갈 수밖에 없는 절박한 인간 상황이기 때문이다. 그리고 이와 같이 전쟁이란 것을 무조건 찬양하거나 동조 혹은 방관하는 것이 아니라, 그것을 비판하는 처지에 서 있다는 것은, 그가 서민의 세계에서 살고 있다는 것을 뜻하는 것으로서, 민족의 운명에 이어진 어린이문학의 과제를 참된 작가 정신으로 의식하고 있음을 말해 준다.

그런데 김요섭의 이러한 서민 철학을 바탕으로 한 진지한 작가 정신은 그 후에 눈에 띄게 변모하였다. 1964년에 나온 동화집 《물새 발자국》(배영사)에서는 앞에 든 그의 초기 작품에서 보여 준 치열한 문학 정신이 전혀 보이지 않는다. 장편 동화 〈물새 발자국〉의 주인공 혜경이는 시골 아이들이 '감히 신어 보지 못하는' 구두를 신고 쓸데없이 심술과 투정을 부리고, 걸핏하면 입을 삐쭉거리고 뾰로퉁해지는 아이다. 그리고 아버지가 사 주는 캐러멜도 반쯤 씹다가 아버지 옷에다 뱉어 버리고 하는 아이다. 이렇게 응석만 부리는 아이가 어머니가 없다 해서 잠시 아버지를 따라간 시골 바닷가에서 집에서 보내 온 피아노고 침대고 조롱이고 다 마다하고 "벽과 마주 앉아 아무 말 없이 한 시간이라도 시무룩해 있는 것"이라니, 도무지 몇 살쯤 되는 아이인지 짐작이 안 가도록 성격이고 행동이고 이상스럽다.

혜경이를 위해 혜경이와 같이 피아노를 배우게 하는 그 시골의 은순이란 아이도 이런 아이로 되어 있다.

은순은 학교 가면 커다란 자랑거리가 생기었다. 자기는 서울 아이의 친구가 되었다는 자랑, 그리고 서울 아이와 함께 피아노를 배운다는 자랑, 그리고 가끔 그 피아노와 같이 한방에서 잔다는 이야기였다.
학교 친구들은 모두 부러워하였다. 자기네도 그 서울 아이의 친구로 한몫 끼게 해 달라 하였다.
"안 돼, 안 돼!"
은순은 막 삐기며 싹 잡아떼었다.

어쩌면 시골 아이를 꼭 이렇게 만들어야 하는가? 이것은 이 세상이 모두 제 것인 양 놀아나는, 도시의 그 정체를 알기 힘든 아이들의 세계에 대해, 그 화려한 세계를 부러워하여 제정신을 잃고 가난한 이웃을 멸시하도록 시골 아이를 그려 놓은 것이니, 참으로 아연하지 않을 수 없다.

혜경이의 아버지는 화가다. 우리 나라의 화가들이 얼마나 수입이 많아서 잘살고 있는지 모르지만 그림 그리기 위해 잠시 떠나가 있는 먼 시골까지 어린애를 달래기 위해 피아노며 침대 같은 것을 옮겨 오고 온통 그의 관심이 투정부리는 아이에게만 쏠려 있다는 것은 어찌 된 일인가? 또한 혜경이 할아버지는 그 북새통에도 외손녀 아이에게 염소를 선물로 보내는 여유를 보인다. 그 염소는 다시 혜경이를 잃고 정신없이 헤매는 아버지 어머니가 있는 시골에까지 데려가게 되는데, 이 무슨 사치한 얘기인가? 생활에 대한 걱정이란 티끌만큼도 없는 등장인물들, 그 생활과 직업이 없는 세계의 모습이 너무나 뚜렷하게 나타나고 있다. 아버지와 어머니가 한 아이 때문에 애정을 회복한다는 이 동화는 그들의 너무나 현실과 동떨어진 행동과 사치스런 생활 때문에 공감을 불러일으키기는커녕 혐오감을 자아내고 있다. 이런 세계를 정상인 것으로 그리고 있는 작가가 우리 나라에 있는가, 놀라지 않을 수 없다. 물질생활이 우리보다 엄청나게 다른, 넉넉한 미국 같은 나라에서도 이런 동화는 결코 나오지 않을 것 같다. 이런 작품에서 문장 표현이 어떠니 얘기의 짜임이나 전개가 어떠니 하는 것은 애당초 문젯거리가 되지 않는다.

동화집《물새 발자국》에 수록된 또 하나의 장편〈오, 멀고 먼 나라여〉란 동화도 무엇 때문에 이런 걸 썼는지 이해가 안 간다. 유리라는 이 작품의 주인공 소녀, 그의 아버지는 화가인데 프랑스에 가 있다. 그의 어머니는 프랑스 사람인데 프랑스에서 죽었다. 유리는 할머니와 서울에 남아 살고 있다. 어머니를 그리워하고, 어머니가 남긴 피아노 위에서 잠을 자고 한다. '가' 선생이란 가정교사한테서 프랑스 말을 배우는데, 이웃 사람들과 아이들은 서양 귀신이 든 집이라고 멀리하기 때문에 유리는 따돌림을 당한다. 그러다가 프랑스에서 아버지가 돌아오게 되고, 동무들과 이웃들과도 친하게 되고, 가정교사인 가 선생은 유리의 새어머니가 된다는 얘기, 이런 얘기가 지루하게 전개되어 있다. 얘기의 진행에서 아무런 필연성도 없이 엉뚱하게 미궁으로 끌고 가다가, 그 해명은 나중에 나오는 식으로 이상스런 수법을 쓰고 있어 더욱 지루하게 느껴지는 것도 같지만, 옷밥 걱정을 하면서 살아가야 하는 보통 사람들로서는 상상도 못할 세계에 사는 사람들의 너절한 얘기가 되어, 절로 이맛살이 찌푸려진다.

아버지와 같이 커피, 코코아를 마시러 다방에 들어가고, 겨울에도 아이스크림을 먹으러 과자점을 드나들고 하는 유리는 "싫어, 하고 유리는 딱 잡아떼고 나자 겨울밤 아이스크림을 먹는 그런 산뜻한 맛이었습니다"라고 할 만큼 사치한 감정을 가진 아이다. 선물로 받은 초콜릿 상자도 며칠이나 잊어버린 채 두고, 나중에 열어 보고는 먹지도 않고 그것을 분수에다 하나하나 던져 버리는 아이다. 걸핏하면 삐쭉거리고 토라지는 것이 〈물새 발자국〉의 혜경이와 같지만, 때로는 시인처럼 공상에 잠기기도 하는 것이다.

주인공 유리뿐 아니라 여기 나오는 해심이란 아이의 집에서는 피아노가 한 대 있는데도 또 산다. 그리고 크리스마스 밤에는 동무들을 차로 태워 데려와서는 선물을 안겨 보낸다. 그러다가 해심이 아버지는 피아노 한 대를 홧김에 도끼로 부숴 버리고, 남은 한 대는 이번에는 그걸 팔아 먼 섬의 아이들을 위해 풍금 같은 것을 사서 보내는 선행을 보인다. 이 얘기에 나오는 가장 덜 행복하다고 할 수 있는 현민이란 아이조차 "한국의 전 기독교 출신의 일류 음악가들이 모여 가지고 개최한 음악 대회치고는 가장 으뜸가는 음악 예배"에서 피아노 독주를 하여 박수갈채를 받고, 그의 아버지는 올해에는 "아주 썩 좋은 놈으로" 백만 원짜리 피아노를 사 주려고 하고 있는 것이다.

도대체 이 동화의 주제는 무엇인가? 크리스마스와 선물과 피아노와 겨울에 먹는 아이스크림과 삐쭉거리고 앵돌아지고 하는 아이들과 아이들은 알 수 없는 어른들의 로맨스와 그 밖에 무엇이 있는 것인가?

이 작품의 마지막에는 프랑스에서 돌아오는 유리의 아버지가 도중에 폭풍을 만나 비행기가 어느 남쪽 바다 섬에 불시착하는 것으로 흥미를 끌려고 하고 있다. 그 비행기는 어느 초등학교 교실 옆에 떨어져 교실이 좀 부서진다. 이걸 보고 유리네 반 아이들은 곧 어린이회의를 열어 그곳 아이들을 위해 학용품이랑 돈을 모은다. 놀라운 '선행'을 하게 되는 셈인데, 이 정도의 교훈을 주려고 이 지루한 얘기를 벌여 온 것 같지는 않다. 어쨌든 일하면서 살아가는 사람들로서는 참 별난 세계에서 살고 있는 사람들의 연극을 보는 것 같아 그저 어리둥절하다. 도대체 여기 나오는 사람들은 무슨 노릇을 해서 그처럼 사치한 생활을 누리고 있는가?

1968년에 나온 동화집 《날아다니는 코끼리》(현암사)에 수록된 같은 이름의 장편 동화는 앞에 든 두 장편 동화와는 달리 이 작가가 어린이의 세계를 모색하고 있음을 보여 주고 있다.

코끼리 애드벌룬에 매달린 아이들이 그 코끼리와 함께 아프리카로 사하라사막으로 어린이 공화국과 얼음과자의 나라로 온갖 모험을 하면서 신기한 일과 유쾌한 일을 겪는 얘기다. 재미있는 공상의 세계가 펼쳐지는 가운데 여러 가지 교훈 같은 것도 암시하려 한 것 같다. 이 작품은 김요섭의 다른 동화에서 보기 드문, 아이들의 눈을 통해 본 세계를 아이들의 행동을 중심으로 그렸다는 점에서 주목을 끌지만, 그보다도 작가 자신의 역사관·사회관 같은 것을 뚜렷이 볼 수 있어 문제가 될 것 같다.

코끼리와 함께 여행하게 되는 아이들 일행이 '어린이 공화국'이란 가상의 나라에 간다. 그 나라에는 어린이들이 사회의 모든 주도권을 잡고 있어, 지금 우리들이 사는 세상과는 달리 어른과 아이들의 위치가 정반대로 되어 있는, 기이한 세상이다. 어린이들의 권리가 너무 지나쳐서 남용이 되고, 어린이들의 행동이 비뚤어져 가고 있다. 학교에서는 걸핏하면 아이들이 선생님을 벌주고, 데모를 벌인다. 그래서 이 작가는 무엇이든지 지나쳐서는 안 된다는 것을 강조하기 위해 코끼리의 입을 빌려 이런 말을 하게 된다.

"그야 어린이만 그렇지 않죠. 권력이란 모두 그렇죠. 재벌의 힘도 커지면 폭력으로 변하고, 대학생의 힘도 커지면 폭력으로 변하고, 신문도 그렇고, 가정에서는 아내도 그렇고, 노동자 농민 다 그렇죠."

"아니, 그저 서당 개 3년에 풍월 짓는 격입니다. 서울에 있는 빌딩 꼭대기에서 날다가 데모대의 플래카드 글귀만 읽었더니 공연한 소릴 했습니다."

여기에는 학생 데모라든가 언론이라든가 노동자 농민에 대한 이 작가의 견해가 뚜렷이 표명되고 있다. 데모고 언론이고 노동자 농민이고 재벌이고 여자의 권리고, 그런 것은 모두 적당히 눌러두어야 한다는 것이다. 데모 얘기가 나온 것을 보면 이 작품을 4·19 직후에 쓴 듯하다. 4·19 학생 시위를 안 좋게 본다고 해서, 그런 철학을 가진 작가가 동화를 못 쓰는 것은 아니다. 다만 여기서 나는 이 작가가 그 안에서 살고 있던 민중, 혹은 서민의 세계에서 아주 떠나 어떤 귀족 세계에 시종하고 있는 것이 아닌가 싶어 애석하게 여기는 것이다.

그러고 보면 이 동화는 그저 모험과 신기한 세계로 얘기가 전개될 뿐이지 거기 깔려 있는 의미, 곧 철학을 발견할 수 없다. 뭣 때문에 어린이 공화국이란 것을 그 모양으로 만들어 보이는가? 우리 나라의 어린이들이 권리를 너무 주장해서 남용할 염려가 있어 그런 거울을 보여 주고 있는가? 동화는 교훈을 담은 얘기로 되어야만 하는 것은 아니지만 공연히 실없는 얘기가 된다든지, 아이들 정신에 나쁜 영향을 주는 것이어서는 안 된다. 이 동화를 읽는 아이들은 '어린이들은 권리를 주장해서는 안 된다'는 생각에 지배될 것이다. 여기 표현된 작가의 사상은 어른들이 만들어 놓은 낡은 체제를 옹호하는 것이다. 아이들의 미래를, 그들의 편이 되어 보기를 거부하는 어린이문학자의 슬픈 상이 여기 있다.

이 동화에는 또한 과자 얘기가 전편에 깔려 있다고 볼 수 있는데, 더구나 얼음과자의 나라에서는 과자로 된 집과 과자로 만들어진 버스가 나오고, 과자로 폭탄을 만들어 던지는 전쟁을 하기도 한다. 거기는 온통 과자의 세계요, 과자를 마음대로 먹을 수 있는 어린이들의 이상 세계로 나타나고 있다. 그러나 아이들의 권리를 그처럼 부정하는 작가가 아이들에게 과자를 마음껏 주는 것을 아이들에 대한 가장 큰 사랑의 표시라고 믿는다면, 이것은 너무나 한심한 노릇이 아닌가. 오늘날 우리 사회에서는 온갖 유독한 과자가 상품으로 범람하여 아이들의 건강을 해치고 있다. 그런데 이 작품에 처음부터 나오는 코끼리 애드벌룬은 서울의 어느 커다란 제과 회사의 선전용으로 하늘에 떠 있는 것이다. 여행을 마치고 마지막에 서울로 돌아오게 되는 그날에는 그 과자 회사에서 굉장한 과자 선전을 하게 되어 있는 것을 이 동화의 즐거운 결말로 그리고 있는 것이다.

4.

우리 어린이문학에서 예술을 위한 예술을 표방하는 이들은 그들이 지향하는 가공적인 미의 세계조차 창조하지 못하고 말았다. 우리가 살아가는 이런 땅에서는 그런 순수한 미의 꽃이 결코 피어날 수 없기 때문이다. 이 땅에서 현실을 금기로 대한다는 것은 민족과 어린이를 배반하는 것이기 때문에 그러한 불성실하고 인간답지 못한 유아독존의 정신이 순수한 미를 창조하는 것을 예술의 신은 결코 허락하지 않는 것이다. 결국 그들이 신이 나서 보여 주는 것은 이해의 길이 전혀 막힌 바다 건너 남의 세계요, 그러한 환상에서 깨어나 현실에 돌아왔을 때는 그 본성이 드러나 천박한 설교를 하든지, 아니면 회고 취미나 즐기고 있을 수밖에 없다. 이 땅을 고향으로, 조국으로 알고 있는 모든 사람에게 공감을 주기는커녕 준엄한 비판의 대상이 되어야 할 이런 거짓스런 문학이 양화 좇는 악화처럼 성하여, 이 땅 아이들의 인간다운 성장의 길을 막고, 무턱대고 남을 따라 웃고 화려한 겉치레에 정신을 빼앗기는 노예의 습성을 도와 왔다는 것은 두고두고 반성이 되어야 할 것이다.

대체 이러한 왜곡된 문학이 오랫동안 우리 문단에서 한 줄기 세력으로 이어져 온 그 원인은 어디에 있는가?

우선 정직한 견해를 표명하는 비평 활동이 없었다는 사실을 문제 삼을 수 있다. 아이들을 위해 쓴 작품이라면, 마치 고운 포장지 안에 싸인, 독소를 머금은 과자가 그대로 아이들의 입에 들어가듯이 비판 능력이 없는 순진한 아이들의 정신에 그대로 흡수되어 끝나는 것이었으니, 작품에 대한 진지한 논란이 없는 상황에서는 악화가 더욱 날뛰는 추세를 필연으로 가져오게 한 것이다. 그리고 이보다 더 큰 원인은 우리 사회 자체의 혼란에 있었다. 8·15 이후 사회 교육과 교화의 수단으로 저널리즘과 교과서를 통해 이런 문학 이하라고 해야 할 작품들이 아이들의 세계에 널리 침투되었다는 것은 이 땅의 특수한 상황이라 할 것이다.

이와는 대조되게 문학으로서 어린이와 인간의 진실을 얘

기하려고 한 작가들은 식민지 같은 외래문화에 지배된 사회에서 냉대를 받아 왔다. 그들의 작품이 우선 상품으로 잘 팔릴 수 없었던 것은 서민들, 특히 농민들이 가난하였기 때문이다. 특수한 예를 제하면 교과서에도 실릴 수 없었다. 서민들이 언제나 먹고살아가기에 허덕이는 존재인 것처럼, 그들을 위한 문학과 그 문학을 창조하는 작가 또한 시대의 냉대를 받아야 하는 운명에 놓였던 것이다. 이제 서민 속에서 살아온 작가들이 그들의 작품을 통해서 이 땅의 아이들에게 진실의 아름다움을 어떻게 보여 주고 있는가를 살피기로 한다.

마해송은 인간을 옹호한 동화 작가였다. 현대사회의 모순된 구조를 선명하게 그려 보여 준 〈떡배 단배〉(1948년)는 물론이고, 계모의 횡포로 고난을 당하는 소년에서 민족의 슬픔 같은 것을 직감하게 하는 〈어머니의 선물〉(〈샛별〉, 1923년)에서나, 동물과 인간의 사랑, 죽음의 신비를 그린 〈들국화 한 포기〉에 이르기까지, 다양한 주제를 이룬 이 작가의 관심은 항상 인간 자체에 있었으며, 그것도 우리 둘레에서 언제나 접하게 되는 서민의 체취를 지닌 인간들이었다. 가령 〈박과 봉선화〉(〈새벗〉, 1954년 8월)에서 귀엽기만 한 봉선화와 차분한 말로 타이르고 생각하는 박은 우리 옛 마을 박꽃 피는 초가집에서 자라나는 순박한 자매의 모습을 그대로 보여 준다. 박과 봉선화의 대화 속에 박의 뿌리가 닿는 똥 얘기가 나오는 것을 보라. 이것은 소위 동심이라는 세계에서는 엄두도 못 낼 일로서 서민에 대한 이 작가의 깊은 이해와 따스한 애정을 보여 주는 것이다.

작품의 유미적인 경향을 두둔하는 이들은 흔히 이 작가의 작품 중에서 〈바위나리와 아기별〉을 가장 수작으로 치지만, 그러나 이 작품도 단순한 탐미적 공상만으로 된 것이 아니다. 바위나리와 아기별의 사랑은 이 세상에 얼마든지 있는 청순한 인간 정신의 현실이고, 별나라 임금님은 그 인간성을 짓밟는 기성의 권력인 것이다. 우리가 이 작품에서 감동을 받는 것은 동화적인 환상 세계의 아름다움 속에 변용된 인간 사회의 진실이 있기 때문이다.

이주홍은 농촌과 도시에서 이야기에 굶주린 아이들에게 구수하고 재미있는 동화를 들려준다. 읽으면 그저 우습고 웃지 않을 수 없는 얘기가 재미있는 줄거리와 대화로 전개된다. 이것은 그가 재미있는 얘기를 만들어 내는 문학적 재질을 가지고 있다는 것을 말해 주는 것이다. 동화나 소설을 쓰는 사람으로서 그건 당연하겠지만, 아무 맛도 없는 동화가 범람하고 있는 오늘날의 어린이 문단을 생각하면 귀한 일이라 할 수 있다. 그리고 이 웃음이란 것이 아무 뜻 없는 얘기에서 나오는, 그런 빈 웃음이 아니다. 낡은 도덕과 습관에 얽매여 꼼짝도 못 하는 어른들이나 권력만을 휘두르는 인간들에 대한 웃음이다. 이러한 유머의 창조는 그의 투철한 서민 정신에서 발생되는 것이다. 사회의 불합리와 모순에 희생되는 어린이의 세계를 그린 《청개구리》(상아출판사, 1978년)와 〈꽃이 된 소녀〉(1977년), 약자에 대한 동정과 생명의 존엄을 보이려고 한, 고양이를 소재로 한 동화들이 모두 이와 같은 작가 정신에서 나온 것이다.

이 작가의 서민성을 보여 주는 작품의 예로서 최근의 동화 《못나도 울엄마》(창작과비평사, 1977년)를 들어 보자. 이 동화의 주인공 영희는 아버지에게서 걸핏하면 "너의 참 어머니는 굴 다리 밑에서 떡장수 한다"고 말하는 것을 듣는다. 눈이 찌그러 지고 입이 비뚤어진 팔 병신 할머니라고 하는 말을 듣는다. 그 러다가 한번은 잠을 자는데, 꿈에 그 떡장수 할머니가 찾아온 다. 영희는 아무리 생각해도 그 할머니가 아버지 말같이 제 어 머니는 아닐 것 같다. 어머니는 고운 얼굴로 고운 옷을 입고 있 지, 어디 저런 못나고 가난한 할머니가 내 어머니란 말인가? 그런 생각을 하는데 갑자기 그 떡장수가 아프다고 못 견디어 하면서 영희에게 물을 갖다 달라고 하고, 죽을 것같이 되자 영 희는 죽지 말라면서 저도 모르게 "엄마"라고 부르게 된다. 영 희의 가슴속에서 살아나는 이 따스한 인간적인 마음은 서민 들만이 갖는 것이다. 가난하고, 그리하여 겉모양이 추한 사람 들을 자기와는 딴 세상에 있는 사람으로 여기던(그래서 그들 을 멸시하고 짓밟게 되는) 오염되고 불순한 태도를 씻어 버리 고 인간적인 마음을 되찾아 그들한테서 동류의식을 느낀다는 것은 서민성의 회복 곧 가장 순수한 인간 정신의 승리를 말하 는 것이다. 평소에는 남이라고 여긴 사람이 일단 위급한 경우 에 빠진 것을 보게 되자, 그를 자기 자신과 관계가 있는 존재로 의식한다는 것은, 평소에는 부모 형제로 여기다가 어떤 곤경에 부딪혀 정말 제 힘을 필요로 할 때는 나 몰라라 싹 돌아서 남이 되어 버리는 경우와는 전혀 반대가 되는 인간적인 태도이며, 이것이 바로 서민들이 갖는 인간과 조국에 대한 참된 마음이라 고 본다. 시골 사는 어머니가 서울에서 공부하는 아들을 찾아 갔다. 아들의 앞날에 모든 것을 건 어머니의 옷차림은 보기에도 촌스러웠고, 노동에 시달린 얼굴과 손은 험하게 일그러진 모습이었다. 그런데 어머니를 모른 척하는 아들은 제 친구에게 "저건 우리 집 식모야"라고 했다는 얘기, 이것은 한갓 우화에 그치는 것이 아니라 실상 오늘날 우리 나라의 수많은 어른들과 아이들의 정신 상태를 말해 주는 얘기가 될 것 같다. 식민지 노예근성이 바로 이것이다. 이런 사회·민족의 현실에서 한 어린이의 마음속에 인간성을 회복하는 모습을 그려 보여 준다는 것은 귀한 일이다. 이 동화는 작가의 높은 철학을 보여 주고 있다.

이원수는 일제에 짓밟힌 가난한 어린이들을 위해 피와 눈물로 시를 썼던 시인이다.

별은
가엾은 별은,
춥고 먼 하늘에서
밤마다 반짝반짝—

너희는 엄마 품에
안기지도 못해 보고,
애들처럼 누나 등에
업히지도 못해 보고,
자라서 달각달각
란도셀 등에 메고
학교에도 못 가 보고.

바람 부는 하늘에서
떨고만 있던 별은
아기 재우는 우리 누나
자장노래 듣고 있다.
구름 이불 집어 쓰고
그만 눈을 감았다.

별아, 잘 자거라.
별아, 잘 자거라.

〈가엾은 별〉,《종달새》

이것은 1941년 작품이다. 일제의 총칼이 동양의 천지를
덮고, 우리 백성들이 놈들에게 짓밟혀 소위 지식인·문화인들
은 허수아비가 되고, 모든 문인들이 그들의 앞잡이가 되거나
순수와 기교 속에 도피하여 목숨을 보전하고 있을 때, 그는 끝
까지 시로써 민족의 양심을 지켜 온 극소수의 고독한 시인 중
의 한 사람이었던 것이다. 우리가 잘 아는 〈이삿길〉〈저녁〉(〈새
동무〉, 1946년)〈달밤〉(〈소학생〉, 1947년)〈보오야 넨네요〉〈헌 모
자〉들은 수난당한 민족의 어린이들 모습을 증언하는 시로서
길이 기억될 작품이다.

동시에서 쌓은 그의 공적은 동시집《빨간 열매》(아인각,
1964년)가 증명하는 것같이 민족 시로서 동시를 써서 외적에
저항하는 한편, 아무도 찾아 주지 않는 버림받은 서민의 어린
이들 생활과 그들의 가슴에 담긴 아름다운 정을 때로는 조용한

목소리로, 때로는 열정을 다하여 노래함으로써 그 아무도 따를 수 없는 경지에까지 동시를 참된 시로 높여 놓았다. 1920년 대 마지막부터 40년대에 이르는, 적의 치하에서 기껏해야 동요가 아니면 창가의 가사 속에 교훈이나 이른바 동심 같은 것을 담았던 때에, 그는 벌써 정형의 사슬을 벗어나 자유로운 율격의 시를 써 보였다. 이것은 1929년에 발표한 〈가시는 누나〉, 1932년에 발표한 〈이삿길〉을 보면 이런 시들이 얼마나 선구적 인 자리에 있는가를 알 수 있다. 이 사실은 무엇을 말해 주는 가? 이것은 그가 처음부터 동심이란 관념에 사로잡히지 않고 서민의 정신을 체득하여 서민의 감정에 충실한 결과 그런 세계 를 표현하기에 알맞은 자유로운 내재율의 시를 창조하지 않을 수 없었다는 것을 말해 주는 것이다.

8·15 이후 이 작가는 동시보다 동화와 소년소설을 더 힘 들여 써 왔는데, 산문 또한 우리 어린이문학에서는 그 아무도 따를 수 없을 만큼 많은 작품을 발표하였고, 또한 깊이 있는 세 계를 원숙한 수법으로 보여 주어 독보적 존재로 되어 있다. 이 작가의 작품 세계의 중심은 어디까지나 가난한 도시의 아이들 과 농촌 아이들의 편에 서서 그들의 손을 잡고 함께 울고 웃고 괴로워하고 분해하면서 온갖 어려움 속에서도 한줄기 빛을 찾 아 주려고 하는 마음의 나타남으로 되어 있다.

동화《파란 구슬》(인문각, 1960년)은 전편에 깔린 시적 분 위기를 바탕으로 구슬치기 놀이를 하는 장난꾸러기 아이들을 재미있는 얘기 속에 현실감 있게 그리면서, 그들의 장난과 고 집과 실패 같은 것을 한없이 따스한 사랑으로 안아 주고 있는

데, 아이들에 대한 이런 깊은 이해와 사랑은 그의 모든 작품에서 나타나고 있다. 장편《숲 속 나라》(신구문화사, 1953년)에서 시작된 이 작가의 어린이 앞날에 대한 꿈의 설계는《민들레의 노래》(학원사, 1961년)《메아리 소년》(대한기독교서회, 1968년)에서 국토의 분단과 동족상잔의 전쟁이 지난 뒤의 어두운 이 땅의 현실 속에서 시달리고 괴로움을 받는 소년·소녀들의 모습을 그리면서 그들이 사회의 부정과 악에 저항하는 순진한 마음을 끝까지 포기하지 않는 인간의 길을 보여 주었고, 〈명월산의 너구리〉에서는 불의에 대항해서 굽히지 않는 인간의 아름다움을, 〈아기붕어와 해나라〉(〈현대어린이문학〉, 1973년) 〈별〉(〈현대문학〉, 1973년)에서는 인간 사회의 현실을 상징적인 수법으로 감명 깊게 그려 내었다.

1973년에 나온 장편 동화《잔디 숲 속의 이쁜이》(계몽사)를 잠깐 살펴보자. 이 동화의 주인공 이쁜이 개미는 옛날부터 하여 온, 아무런 자유도 없고 혹사만 당하는 노동 생활에서 죽음을 무릅쓰고 도망쳐 나온다. 그리하여 똘똘이와 함께 새로운 가정(나라), 민주적이고 평화와 사랑이 넘치는 사회를 만들어 가려고 하는데, 여기에서 온갖 시련과 고난을 겪게 되는 것이다. 이 작품은 우선 개미의 얘기를 써서, 개미의 습성과 생태를 잘 나타내고 있다는 점에서 놀라움을 금치 못한다. 그리고 세심한 언어의 선택으로 정확한 문장이 되고 있다. 예를 들면,

날으는 동안에 이쁜이는 하늘에도 골짜기와 높은 데가 있는 걸 알았습니다. 눈에 보이지 않는 높고 낮은 것이 무엇

일까 하고 생각해 보았습니다.

높은 데를 날아오르면 낮은 데로 떨어져 내립니다. 그리고
는 또 높은 데로 밀려 올라갑니다. 이쁜이는 한참 후에야
그게 바람의 물결이라는 걸 알아냈습니다.

이것은 이쁜이가 여왕개미로 날개가 나서 하늘을 처음으
로 날 때의 모양을 그린 것인데, 이러한 현실감 있는 정경 묘사
는 이 작품 어디에서든지 보이고 있다. 그러나 이 작품이 재미
있게 읽힐 뿐 아니라 깊은 감명을 주는 것은 또 다른 까닭이 있
다. 그것은 개미의 얘기가 그대로 우리 사람의 얘기로 되어 있
기 때문이다. 우리는 이 동화를 읽으면서 이쁜이가 개미이자
곧 사람이라고 여기면서 조금도 어색한 느낌을 가지지 않는다.
먹이를 찾거나 그것을 운반하는 동작, 서로 감정을 주고받는
행동까지 매우 자세하게, 독특한 개미의 모습을 그려 놓고 있
는데도, 개미와 사람 사이에 조금도 틈을 느끼게 하지 않는 이
동화의 비밀은 어디에 있는가? 그것은 앞에서 말한 바와 같이
이 작가가 뛰어난 문장으로 개미의 모습을 생생하게 그려 놓고
있기 때문이기도 하지만, 또 하나는 살아가기 위해 땀 흘리고
일하는 사람들의 생활을 개미의 그것과 혼연히 일치하도록 생
활의 진실을 창조하였기 때문이다. 그래서 단지 일하고 먹고살
아가는 것, 언제나 그 속에 갇혀 벗어날 줄 모르는 세계를 회의
하고, 거기서 더 나은 생활을 찾아 용감하게 탈출하는 창조적
자유의 정신이 표현되는 것이고, 자유가 없는 생활, 강제된 노
동, 혹사, 부당한 처벌, 이러한 독재 사회에 대한 이쁜이의 비

판 의식이 우리 스스로의 것으로 절실해지는 것이다. 이쁜이와 똘똘이 사이의 애정의 완성이란 것도 그것이 단순한 남녀 사이의 애정 문제에 그치지 않고 더욱 넓은 인간 사회의 모럴(moral) 문제를 암시하고 있다는 점에서도, 이 작품은 개미를 소재로 한 동화답게 처리되고 있다.

현역 신진 작가 중에서 통속화된 동심의 세계를 추종하지 않고 진실한 어린이 세계를 파악하여 개성 있는 문학을 창조하고 있는 동화 작가는 이현주와 권정생이다.

이현주의 장편 동화 《바보 온달》은 돈과 권력과 야만스런 행위에 대해, 짓밟히고만 있는 바보 같은 인간이 끝내 승리하는 모습을 보여 주고 있다. 오직 착하기만 하여 어떠한 학대에도 도무지 반항이라는 것을 모르는 이 바보는 똑똑한 인간들의 사회보다 차라리 바보에 가까운 산과 들의 짐승들한테서 더욱 착한 것을 발견하여 그 속에 있기를 좋아하지만, 돈의 맛을 알고 명예를 얻기 위해 살생의 무술을 배우고 이웃을 침략하게 되는 영리한 인간, 곧 바보 아닌 인간이 되었을 때, 그에게는 파멸이 오게 된다. 이 작품에는 바보같이 살아가는 백성들에 대한 사랑과 믿음이 기도같이 깔려 있다. 바보 속에 서민들의 철학을 증명해 보인, 우리 어린이문학에서 보기 드문 정신의 높이를 보여 준 작품이다.

같은 작가의 동화 〈서글픈 크리스마스〉의 주인공 고릴라 박은 우리가 보통 서민이라고 하는 사람들에게서조차 짓밟히는, 사회의 가장 밑바닥에 깔려 있는 존재다. 부모도 처자도 없이 온갖 곳을 돌아다니며 그 마음이 거칠 대로 거칠어진 그가 모처럼 취직이라고 하게 된 곳은 깜깜한 지하철에서 사람을 두들겨 패는 일이다. 무엇 때문에 사람을 패야 하는지 아무 이유도 감정도 없이 그저 기계의 한 부속품이 되어 그 기막힌 일을 맡고 있는 것이다. 이런 비참한 인간이 걸어가는 눈앞에 전개되는 크리스마스의 밤 풍경, 그러나 고릴라 박은 끝까지 사회를 저주하고 마는 것이 아니다. 술집 여자가 아버지께 갖다 드리라고 주는 꽃을 길바닥에 내버리는 순진한 소녀의 행동에서 눈물을 흘리는 것이다. 사람을 두들겨 패는 직업을 가진 고릴라 박의 세계가 크리스마스에 선물을 주고받고 술 먹고 춤추며 미쳐 날뛰는 무리들의 세계보다 오히려 더 인간스러울 수 있다는 것을 보여 준 이 작가는 밑바닥에서 살아가는 사람들에 대한 이해와 사랑의 깊이를 놀랄 만큼 나타내고 있다. 마지막으로 순진한 소녀에 의해 구원받아 인간을 믿게 되는 것은 고릴라 박뿐 아니다. 진실이 자취를 감춘 거리, 춤추는 노예의 무리들에 절망한 이 작가도, 동화로서 이 작품도 다 구원을 받은 것이다. 이 작가는 이 땅에서 가장 긴급한 문제가 어디에 있는가를 누구보다도 잘 붙잡아 내는 지혜와 양심을 보여 주고 있으며, 그러한 문제를 아이들의 세계에서 높은 정신의 자세로 해결하려고 하고 있다.

　　권정생의 동화 〈무명 저고리와 엄마〉는 고난 속에서 살아가고 죽어 간 이 땅의 어머니 얘기다. 작가의 말과 같이 5천만 우리 모두의 어머니상이다. 우리 동화에서는 보기 드물게 규모가 크며, 서민들의 수난의 역사를 그리면서 동화의 감동을 담는 데 성공하고 있다. 동화 〈강아지똥〉은 강아지 똥이 아름다운 민들레꽃으로 환생하는 이야기이고, 〈똘배가 보고 온 달나라〉(1977년)는 시궁창에 버려진 똘배가 그 시궁창 속에서 자각하게 되는 아름다운 세계를 그려 놓았고, 〈떠내려간 흙먼지 아이들〉은 홍수에 떠내려간 흙먼지들이 다시 어느 강기슭에 모여 새로운 땅덩이를 이루어 꽃을 피우는 이야기다. 이 밖에 작가는 모두가 더럽다고 가까이 하지 않고 혹은 짓밟아 버리는 존재에 대한 무한한 애정을 보여 주고 있다. 미움받고 버림당하고 희생되는 생명들을 찾아가 그들을 부둥켜안고 뜨거운 눈물과 사랑을 쏟는다. 그리하여 지옥의 밑바닥 같은 암흑세계가 한줄기 따뜻한 등잔불 같은 빛을 받게 되는데, 지금까지 우리 어린이문학에서 이와 같이 시궁창에 버려진 보잘것없는 목숨들을 찾아내어 그것들이 진정 인간스럽고 아름다운 사랑의 세계임을 증명해 준 작가는 그 아무도 없었다. 이 작가의 이러한 뭇 생명에 대한 사랑이 결코 값싼 인도주의적 감상에서 오지 않았다는 것은 〈무명 저고리와 엄마〉에서도 알 수 있지만, 특히 〈금복이네 자두나무〉(제1회 한국어린이문학상 수상, 1975년)에서 잘 이해할 수 있다. 이 작품은 우리 어린이문학에서 희귀하다 할 수 있는 리얼리즘을 체득한 작품으로서, 이 작가의 역사와 사회에 대한 인식이 만만치 않음을 짐작하게 한다.

5.

앞에서 우리 어린이문학의 몇몇 작가들이 서민성이란 것을 어떤 모습으로 배제하고 혹은 구현하여 왔던가를 대강 살펴 왔다. 여기서는 지금까지 언급하지 못한 몇 가지 당면 문제를 고찰함으로써 본론을 보완하려고 한다.

첫째는 외국 문학을 수용하는 우리들의 자세 문제다. 가난한 문학 유산밖에 물려받지 못한 우리로서 풍부한 고전을 가진 외국의 그것을 섭취하는 일은 우리 자신의 발전을 위해 극히 필요하다. 그러나 외국의 문학이 아무리 세계적인 명작이라 하더라도 그것을 아무 비판도 없이 무조건 받아들인다는 것은 깊이 반성해야 할 일이다. 비판이란 다름 아니고 그것이 때와 곳을 달리한 전혀 다른 사회의 산물이라는 점을 이해하는 일이다.

가령 영국의 어린이문학일 경우 그 자유분방한 판타지의 세계란 것은 식민지 쟁탈에 앞장섰던 시대의 영국민들이 무기와 상품을 실은 함대 위에서 꿈꾼 세계 경륜의 기상에서 비로소 그 창조가 가능했으리라는 것을 이해해야 할 것이다. 오가와 미메이(1882~1961년)의 휴머니즘을 기조로 한 동화도 그가 마르크시즘과 아나키즘을 지나 침략 전쟁에 협력한 경로를 생각하면 결국 국가주의를 벗어나지 못한 일본 자본 사회의 반영이란 점에서만이 작품의 전체 면모는 이해될 것이다.

생텍쥐페리(1900~1944년)의 〈어린 왕자〉(1943년)는 명상적인 아름다운 동화다. 이것은 프랑스 사람인 그가 미국에 건너가서 쓴 것이다. 비행사로서 하늘을 날면서 자연과 인간의 관계, 개인과 세계와의 관계를 생각할 수 있었던 그는 오늘날 우리처럼 국토가 분단되고 거기 따른 온갖 사회 문제에 이어진 물질과 정신의 고통 같은 것은 상상도 할 수 없는 세계에서 살던 사람이었다.

문학작품을 시대와 사회와 인간의 종합 산물로 이해하지 못하고 무작정 남의 세계를 찬양 모방하는 것은 결코 우리를 이롭게 하는 것이 아니다. 영국 동화의 판타지에 대해서도 그렇고, 일본 어린이문학의 달콤하고 섬세한 세계에 대해서도 그렇고, 〈어린 왕자〉를 우리 창작 동화의 앞날을 밝혀 주는 등불같이 착각하는 태도도 말이 안 된다. 어떤 작가가 엉뚱한 자기 혼자의 관념이나 기분 속에 취해 있다면 문제가 다르지만 적어도 이 나라의 아이들을 생각하면 그렇다.

또 안데르센을 우리 동화가 본받을 성전같이 생각하는 사람이 있다. 물론 안데르센을 읽는 것은 좋다. 그러나 이 땅의 아이들이 안데르센을 그렇게 감격해서 받아들이고 있는 것일까? 그의 동화에는 순진한 것을 옹호하려는 마음과 아름다운 시가 있다. 그러나 한편 허영심과 명예욕, 상류계급에 대한 선망과 굴종, 의뢰심 같은 것, 바로 그의 자전(自專)에 나타나고 있는 정신의 자세를 〈미운 오리 새끼〉(1844년) 〈엄지 아가씨〉(1835년) 〈인어 공주〉(1836년) 들에서 읽게 된다. 〈성냥팔이 소녀〉(1846년)에서도 이러한 정신의 자세가 인정된다. 사회의 밑바닥에 짓눌려 죽어 가고 있는 사람들의 운명에 대한 동정은 있지만, 그 운명에서 벗어나도록 하는 일에 대한 참된 생각이나 고뇌가 없이 오히려 굶어 죽은 소녀를 시적으로 미화하는 데서 얻은 시인의 감상적인 쾌감 추구만이 있는 것이다. 〈미운 오리 새끼〉는 열등의식에 대한 비판과 자각이 있기는 하지만, 그러나 이것은 처음부터 백조라는 전혀 다른 종류의 새라는 전제가 있어서 가능한 것이지, 정말 백조가 아닌 미운 오리 새끼였다면 안데르센은 어떻게 해결하였을까? 아마 그는 그런 못난 오리 새끼 같은 존재는 거들떠보지도 않았을 것이다.

외국 동화에 잘 나오는 마귀할멈이라든가 요정 따위만 해도 우리 아이들은 친근할 수 없는 존재다. 외국의 아이들은 그런 마귀 할머니나 요정들을 저들의 일상에서 가까이 느끼고 꿈에서도 나타나는 것이어서 동화에서도 자연스럽게 대하는 것이다. 왜 하필 그런 것을 우리 아이들에게 만들어 보여야 하는가? 우리 역사에도 없고 풍토에도 맞지 않고 아이들이 이해할 수도 없는 것을 동화의 소재로 한다는 것은 독자인 아이들을 무시하고 남의 것을 그 형식 면에서 흉내 내려고 하는 그릇된 태도에서 오는 것이다.

다음에 공상 동화와 생활 동화의 문제다. 창작 동화를 판타지, 곧 공상 세계를 독창적인 상상력으로 전개해 보이는 공상 동화와 아이들의 현실 생활을 그려 보이는 생활 동화, 이렇게 두 가지로 나눌 수 있다는 것은 모두가 아는 사실이다. 작가에 따라 공상 동화만을 쓰는 이가 있고 생활 동화를 위주로 쓰는 이가 있을 것이다. 공상과 현실을 잘 융합시켜 놓은 예도 있지만 대체로 그 어느 한쪽을 위주로 하여 쓰는 것이 예사다. 그런데 공상 동화와 생활 동화를 두고 그중 어느 한쪽만을 동화의 본질인 것처럼 말하는 이가 있다. 이런 이들은 대개 공상 동화를 두고 그것이 메르헨이나 판타지 같은 외국 동화의 정통을 잇는 것이라고 하여 본격 동화란 말까지 붙이는 한편, 생활 동화란 것은 동화의 본질에서 어긋나는 것처럼 말한다. 그러나 새것을 창조할 수 없다면 창작 동화고 소설이고 다 있을 수 없는 것 아닌가? 사회가 발전해 가고 생활이 변천하여 감에 따라 문학의 장르도 발달하여 가는 것이 당연하다. 또 생활 동화가 일본에서 시작되었다고 하지만 나는 그렇게 안 본다. 19세기 말 프랑스의 소설가 필리프(1874~1909년)의 작품에도 생활 동화라고 볼 수 있는 작품들이 있다. 그리고 가령 제2차세계대전 전에 일본에서 생활 동화의 길을 크게 넓히지 않았더라도 8·15 이후의 우리 나라에서는 생활 동화라는 것이 생겨날 수밖에 없었다고 본다. 현실이란 것이 작가들의 머릿속에서 만들어진 얘기보다 더 신기하게 흥미를 끌고 있는 오늘날에 와서는 소설의 주인공을 일인칭으로 써 실화를 가장하고, 논픽션이란 장르가 생겨나는 것과 같이 동화에서도 현실 같은 얘기가 더 절실한 흥미를 끌 수밖에 없다. 여기엔 목가적인 꿈의 시대가 지나가고 인간이 거대한 메커니즘 속에서 톱니바퀴 노릇을 해야 하는 현대사회의 구조 자체가 아이들의 관심을 현실 문제에만 모이도록 강요하고 있는 상황도 말해야 할 것 같다. 그리하여 이제는 난쟁이나 마귀할멈은 물론이고 허황된 판타지 같은 것은 아이들에게 버림받을 운명에 놓여 있는 것이다. 꿈을 잃은 아이들일수록 꿈을 보여 주어야 한다는 것은 옳은 말이다. 그러나 그 꿈이 현실을 바탕으로 하지 않은, 꿈을 위한 꿈이 되고 있을 때, 아이들의 정신을 결코 채워 주지 못할 것이다. 더구나 현실의 무거운 압력 속에서 살아가는 서민의 아이들에게는 어떠한 아름다운 공상의 세계보다도 그들이 직면해 있는 인간적 삶의 문제에 더욱 관심을 갖는 것이 당연하다. 생활 동화가 서민의 아이들을 위한 동화라면 그것은 곧 우리 어린이문학의 더욱 풍요한 앞날을 약속하는 광야가 될 것이 확실하다.

다음, 동시의 난해성 문제다. 동시란 아이들에게 읽히기 위해서 쓰는 것인데 이것이 어려워져 간다는 것은 어떻게 보아야 하는가? 종래의 유아들을 상대로 한 짝짜꿍 동요의 세계에서 벗어나 뭔가 참된 시란 것을 주려고 하자니 어려워지는 것인가? 그리고 동시란 것이 그것을 읽게 되는 독자의 나이를 조금은 웃도는 나이의 아이들 인식 세계를 보여 주는 것이 유익하다는 견지에서 쓰이기 때문에 그것이 어려워지고 있는가? 그 정도 그런 뜻에서라면 난해성은 당연히 긍정해야 할 것이고 또 난해라고 할 수도 없을 것이다. 어렵다는 것이 문제되는 것은 그런 경우가 아니고, 그것이 ① 시에 쓰인 말에서 오거나 ② 표현 자체에 있거나 ③ 생각 내용에서 오거나 ④ 어른만의 취미로 된 것이거나 할 경우다.

첫째, 동시의 말이 어렵게 되어 있다면 이것은 작가의 무능에서 오는 것이다. 아이들이 읽어야 할 것을 아이들이 알 수 없는 말로 쓴다는 것은 있을 수 없다. 시가 될 수 없는 공허한 내용을 숨기기 위해서 일부러 어려운 말을 쓴다면 더욱 허용할 수 없는 일이다.

둘째, 표현 자체가 어렵다는 것도 있어서는 안 될 일이다. 지나친 말의 생략이나 메타포(metaphor)의 사용은 아이들에게 이미지의 재현을 불가능하게 하는 것이므로 동시에서는 기피해야 한다.

셋째, 어른들만의 사색의 세계이거나 특히 시인들의 특유한 고답적 감정의 표현일 경우 아이들이 이해하지 못하는 것은 당연하니, 이런 세계는 동시에서 배제되어야 한다.

넷째, 지나친 감각의 기교만을 노린 작품은 시인들의 시 짓기 취미에서는 존중될지 모르지만 현실에서 살고 있는 생명체들에게는 관심거리가 될 수 없는 것이므로 이해하지 못한다. 실감에서 멀어진 감각의 말재주를 일삼는 시는 아이들에게 버림받는 것이 당연하다. 동시의 난해성은 결국 일반 시의 경우와 마찬가지로 시인이 현실과 그 현실 속의 독자를 망각하고 무시하는 데 기인하는 것이니, 이런 점에서도 우리는 아이들의 세계에 튼튼히 발을 붙이고 서 있어야 할 것이다.

동화의 문장이 또 시급한 문제가 되어 있다. 문단에서 소설의 문장이 서툴다는 말은 듣지 못했는데 어린이문학 작가들의 문장은 몇 번 말썽이 난 것으로 안다. 내가 보기에는 대체로 문장이 선명하지 못하다. 더러는 뒤숭숭하여 공연히 안갯속으로 독자를 끌고 다니는 것도 보인다. 왜 그렇게 쓰는지 알 수 없다. 글이란 알기 쉽게 쓰는 것보다 좀 어렵게 써야 문학적인 것이 된다고 생각하는지 모른다. 또 신기한 표현의 효과를 노리는 경우도 드물지 않다. 예를 들자면 '참새를 보았다'고 하면 될 것을 '참새에 눈을 꽂았다'고 하는 따위다. 이런 기이한 문장 표현에 관심을 쏟는 작가는 결코 발전할 수 없다. 독자들에게 표현 내용보다는 문장의 기교에 관심이 쓰이도록 한다는 것은 산문이란 것을 근본부터 이해하지 못하기 때문이다.

또 문장을 이루는 낱말부터가 문제다. 아이들에게는 어려운 말을 함부로 쓰는 이들이 많다. 아이들 앞에서 동화를 읽어 주면서 낱말에 주석을 붙여 풀이해 주지 않고 그대로 한 편을 다 읽게 되는 경우는 극히 드물다 해야 하겠다. 쉬운 말이 있는 데도 어려운 한자말을 쓰고, 더러는 외래어를 마구 쓰고 있다. 아이들이 이해 못 하는 어려운 어른의 말이나 불순한 외래어로 이야기하는 작가는 어린이문학 작가라는 기초 기능을 체득하지 못하였다고 해야 하겠다. 그리고 이런 작가가 창조해 놓은 세계가 아이들의 세계와 거리가 멀 것이라는 추측도 할 수 있게 된다. 쉽고 고운 우리 말을 찾아 쓴다는 것은 성실한 작가가 감당해야 할 또 하나 커다란 의무이다.

맺음말

우리가 창조하는 어린이문학, 그것은 미국의 것도 일본의 것도 중국의 것도 그 밖의 어떤 나라의 것도 될 수 없는 바로 우리 한국의 것이다. 한국이란 땅에서 자라나는 아이들에게 주는 문학이요, 한국이란 특수한 풍토에서 피어난 문학이다. 그러면 한국이란 어떤 땅인가? 우선 국토가 둘로 나뉘어 있다. 수백 년을 봉건 왕권 밑에서 인간의 삶을 살아 보지 못한 백성들은 다시 수십 년을 외적의 침략 속에서 학대를 받다가 8·15를 맞았지만 해방은 이름뿐이고, 드디어 종족끼리 전쟁의 비극을 연출한 다음에는 이제 모든 것이 우리 눈앞에 전개되어 가는 현실 그대로다. 우리가 쓰는 작품을 읽을 이 땅의 아이들은 회비와 책값을 걱정하면서 의무교육을 마치지만 그 반수가 겨우 중학교에 진학한다. 오늘날 아이들의 현실이란 것은 부모들과 같이 집일을 걱정하면서 일하고 공부하는 그것뿐 아니다. 모든 아이들은 허영과 겉꾸밈과 '억울하면 출세하라' 식의 질서 속에서 이기(利己)를 익혀 가며 자라고 있다. 진실을 찾는다든지 인간다운 삶을 바란다든지 하는 것은 도무지 바보 같은 이들이나 생각하는 일, 모든 것은 상품이 되어 황금만능주의가 인간 정신을 지배하는 천박하고 경솔한 공기 속에서 아이들은 병들어 가고 있다. 초등학교에 들어가기 전부터 권총 놀이와 유행가와 욕설과 독소가 든 과자와 해골바가지 만화와 벌거벗은 어른의 나체 영화 속에서 세상을 배우고 골목대장에게 동전을 바치는 삶의 수단을 익혀, 살아가려면 위로는 굽히고 아랫것은 짓밟고 올라서야 한다는 철학을 체득하는 것이 이 땅의 아이들이다.

이런 아이들에게 우리는 문학을 주려고 하는 것이다. '마음이 거친 아이들일수록 아름다운 꿈을 보여 주어야 한다'고 하면 그럴듯한 말로 들린다. 그래서 목적의식을 배격하고 문학의 독자성을 부르짖는 것이 문학을 위한 문학이 되고 탐미적 세계에 홀로 취하기도 한다. 그러나 생각해 보라. 내일 당장 학교 선생님께 갖다 드려야 할 그 무엇이 없어서 걱정에 잠겨 있는 아이가 숲속의 요정들이 춤추고 있는 세계를 꿈꾸며 좋아할 것인가를. 현실을 걱정하면서 살아가야 하는 아이가 그와는 전혀 다른 딴 세상의 꿈속에서 즐거워질 수도 없는 것이고, 설령 그런 꿈속에서 사는 아이가 있다면 그 마음이 병들었다고 볼 수밖에 없고, 아이들에게 그런 현실도피의 마음을 길러 준다는 것은 용서될 수 없는 일이다. 우리는 여기서 '미를 위한 미'의 거짓스러움을 지적하지 않을 수 없고, 그러한 주장을 내세워 글을 쓰고 있는 이들이 근본부터 이 땅의 아이들을 배반하고 있다는 것을 말하지 않을 수 없다. 동심천사주의와 탐미적 독존의 세계가 그대로 권총 놀이와 유행가와 욕설 속에서 비뚤어져 가는 아이들의 세계로 연결되어 있다는 것을 깨닫게 된다. 이제 우리 어린이문학이 온 겨레의 재산이 되도록 하기 위해, 지금까지 진실한 세계를 창조하여 온 작가들이 그 작품들에서 모색하고 구현하려던 것을 정리하여 들어 봄으로써 앞으로의 나아갈 길을 밝혀 보고자 한다.

첫째, 무엇보다도 일하면서 살아가는 아이들의 생활과 감정과 꿈을 그들의 편이 되어 그릴 것이다.

둘째, 불행한 아이들에 대해서 단지 그들을 소재로 이용하는 것이 아니라, 그들의 세계에 들어가 동류의식으로서 진정 그들의 불행을 해결해 주고 혹은 불행을 덜어 주어야겠다는 인간적 사랑으로 그들을 그려야 한다.

셋째, 짓밟히고 학대받는 모든 생명에 대한 동정은 서민들의 것이다.

넷째, 평화통일을 염원하는 민족 감정의 표현.

다섯째, 압제에 저항하는 정신과 평화주의 사상.

여섯째, 세련되고 영리하고 약빠른 아이보다 촌스럽고 어리석은 아이들에 대한 이해를 보여 주는 것은 더욱 인간적이고 민족적인 태도다.

일곱째, 모든 인간적 생각과 감정을 옹호해야 한다.

여덟째, 그 밖에 서민들의 특유한 생활과 감정의 세계를 표현하는 것이 바람직하다.

아홉째, 앞에 열거한 주제들을 작품으로 잘 형상화해 아이들이 재미있게 읽을 수 있도록 한다.

열째, 아이들이 알 수 있는 쉽고 바른 우리 말로 쓴다.

〈아동문학의 전통성과 서민성〉, 한국아동문학가협회, 1974년

아동문학의 문제점

어린이문학 평론의 할 일과 현상

무릇 인간이 활동하는 모든 문화의 영역에서 비평이라는 작업이 따라야 할 것이지만 특히 예술, 그 예술 가운데서도 언어를 매개로 하는 문학작품의 창작에서는, 복잡한 인간의 삶과 정신 현상을 대상으로 하는 개성적이고 자율적인 행위에서 이뤄지는 만큼, 다른 어떤 분야보다도 비평 작업이 밀접해야 할 것이다. 더더구나 어린이문학에서는 작품을 수용하는 대상이 비판 능력이 없거나 있어도 대체로 그것을 표현하지 못하는 어린이로 되어 있어서 평론의 필요성은 한층 더 요청된다고 하겠다.

어린이문학에서 평론이 감당해야 할 일을 몇 가지로 나누면 ① 어린이들이 읽을 수 있는 재미있고 유익한 문학작품을 소개·안내해 주는 일 ② 어린이문학의 본질을 규명하고 작품 창작의 방향을 제시하는 일 ③ 실제 작품과 작가를 연구하고 자료를 정리하는 일, 이렇게 세 가지를 지적할 수 있다.

이렇게 말하면 일반 문학에서 평론이 하는 일과 별로 다른 것이 없을 것 같지만, 실은 그렇지 않다. 이 세 가지 중 ①과 ②를 좀 더 자세히 살펴보면 알 수 있다.

①에서는 ㉠ 학년과 나이에 알맞게 작품을 선정해 주고 ㉡ 작품의 내용과 작가의 세계를 해설해 주며 ㉢ 좋은 작품과 책을 찾아 안내해 주는 일들이 있다.

②에서는 ㉠ 어린이문학의 의의와 장르별 본질을 밝히는 문제 ㉡ 교육성과 예술성을 규명하는 문제 ㉢ 어린이문학과 교육의 여러 문제. 그 구별과 상관관계 ㉣ 공상과 현실의 처리 문제 ㉤ 전래 동화의 수집과 재창작 문제 ㉥ 동심의 본질은 무엇인가? ㉦ 어린이 문화와 어린이문학, 매스컴과 어린이문학 ㉧ 전쟁과 어린이문학, 남북 분단의 현실과 어린이문학 ㉨ 도시와 농촌의 특수성에 따른 문제 ㉩ 공해 문제와 어린이문학 ㉪ 언어와 문장 연구.

이 밖에도 어린이문학 평론이 해야 할 일이 많이 있을 것이다.

그런데 이 많은 분야에서 우리는 그 어느 것 한 가지도 제대로 하고 있는 것이 없다. 거의 모두 손을 대지도 않은 채 황무지 그대로다. 심지어 대학 강단에서조차 작가가 쓴 문학작품과 어린이가 쓴 생활 작문을 구별 못 하고 있고, 문학 교육이 바로 문학작품 창작 교육인 것으로 알고 있는 형편이다. 평론 부재의 근본 원인은 물론 우리 사회 문화의 특수 상황에 기인한 어린이 문화 전반의 위축에 있는 것이지만, 우리 말과 글을 도로 찾은 지금에도 유독 어린이문학 평론이 이토록 미개 상태에 있다는 것은 그 원인을 달리 좀 더 바로 관계되는 것에서 찾아야 할 것 같다. 그것은 문학 밖에서 오는 요인이 아니라, 문학 내부에서 오는 요인이라 하겠는데, 창작의 부진 상태와 어린이문학 작가의 안일주의가 곧 그것이다.

평론은 창작의 길을 밝혀 주는 임무를 맡지만, 그것은 지금까지의 창작의 수확을 정리 평가한 토대 위에서 발전의 길을 모색하는 작업이니 만큼 근본적으로 창작은 비평에 앞서야 하는 것이다. 우리 어린이문학의 역사가 아직도 겨우 몇 사람의 작가를 중심으로 이뤄진 빈약한 그것이고 보면 평론이 싹터 날 땅이 척박하다 할 수 있다. 또한 작가의 안일주의는 창작과 비평 양면의 부진 요인이 되고 있다. 뭐 자꾸 따지고 시비할 것이 있나, 서로 정답고 점잖고 화목스럽게 지내는 것이지, 하여 온 것이 우리 어린이문학 작가들의 예의고 미풍이고 자랑이었다. 그래서 적당히 서로 작품 평과 서평으로 칭찬해 주고 잘못된 것 비뚤어진 것은 덮어 두고, 다만 동심이 어떻고 이상과 꿈의 세계가 어떻고 하여 식민지 때부터 익혀 온 상투적 논리를 유일한 전매품으로 팔아 온 것이다.

이런 문단 풍토에서 창작의 새 길이 열릴 수 없고 평론의 싹이 돋아날 수 없는 것이 당연하다. 이 무사태평의 왕국에서는 조금이라도 귀에 익지 않은 목소리나 눈에 선 몸짓은 기피되었다. 얌전하고 예의 바른 것, 곱고 예쁘장한 것만이 어린이의 세계로 환영받고, 더욱 인간스러운 느낌과 생각은 흙발로 침입한 야만의 이단자로 추방당했다. 문학적 기풍보다 정치와 상업적 사교가 존중된 곳, 그곳에는 정체와 부패가 작가의 정

신을 지배하여 공허한 형식과 치졸한 기교만을 반복할 뿐이었
다. 상식화된 모작의 범람, 표절작의 횡행은 결코 우연한 현상
이 아니다. 설령 재능을 가진 유능한 어린이문학 작가 지망자
가 있었더라도 이런 타락한 비문학적 풍토에서 견디기 곤란했
을 것은 충분히 짐작된다. 그들은 모두 어른문학, 더욱 자유로
운 영토를 찾아가지 않았는가 생각된다. 평론이 왜 없었는가?
논의거리가 될 수 없는 작품이 넘쳐 나오고, 참된 작가 정신의
소유자가 소외당하고, 대부분의 작가들이 새로운 견해를 용납
하지 않고 게으름에 빠져 문학적 지성을 소유하기를 거부하고
비평을 받아들이지 않았기 때문이다.

　　이것은 근년에 일어났던 일을 보아서도 알 수 있다. 나는
1974년 이래 논문을 몇 편 발표한 바 있다. 그 논문들은 부분적
으로는 숙성하지 않았을 터이지만 그래도 우리 어린이문학의
근본적이고 시급한 몇 가지 문제를 포괄적으로 다루어 어린이
문학의 과거와 현재를 확인하고 앞으로의 방향을 찾아보려 하
였던 것이다. 만약 어린이문학 작가로서 지닌 어린이에 대한
애정이 어린이문학의 발전을 염원하는 마음으로 나타날 수 있
다면, 설령 박토에서 돋아난 싹이 아무리 보잘것없는 것으로
보이더라도 거기 나타난 소망과 의도를 이해하고 가능성을 발
견하여 그것을 귀하게 여김이 마땅했을 것이다. 또한 견해를
달리하였다면 그것을 정당하게 표명하여 독자들의 판단을 기
다려야 했을 것이다.

　　그런데 내 글에 대해서 어린이 문단 일부에서는 비난과 원
성이 자못 심했던 것 같은데, 그것은 결코 선의에서 온 것이라

x

고는 볼 수 없는 종류의 것이었다. 물론 나는 처음부터 내 글들이 모든 작가들에게 공감을 살 수 있으리라고는 기대하지 않았다. 세상에는 정직한 말을 하는 사람을 못마땅하게 여겨 해치려는 무리가 반드시 있는 것이고, 또 내 논문들이 대체로 우리 어린이문학의 현상에 대한 부정적 비판으로 되어 있었기 때문이다. 그래서 현역 작가들로부터 많은 논란이 있을 것을 예상하였던 만큼 비난의 소리는 오히려 당연하다고도 생각했다.

그러나 내 글에 대해 정상으로 논리를 펴서 반대의 처지를 밝혀 맞서거나, 혹은 수정론으로 보충 발전해 나간 글은 없고, 다만 흥분한 말씨로 논리도 세움이 없이 덮어놓고 비난하고 심지어 폭언과 인신공격까지 감행하는 것은 웬일인가? 물론 이런 글들은 모두가 논평할 가치조차 없는 잡문들이며, 어린이문학 작가의 천박한 소양과 인품의 정도를 엿보게 하는 자료밖에 될 것이 없다.

여기 근년에 제기되었던 몇 가지 문제를 더듬어 그것을 정리하는 의도는 우리가 그동안 이 땅의 문학과 어린이를 위해 무엇을 어떻게 논의했으며, 그러한 논의가 문학의 본질과 인간의 양심에서 정당하고 부끄럼 없는 것이었던가를 반성하려는 것이고, 아울러 내 주장을 확인하려 함에 있다.

서민성 문제

최근 어린이 문단에서 제기되었던 가장 중요한 문제는 서민성을 우리 어린이문학의 기본 성격으로 삼자는 논제였다. 이 문제의 발단은 1974년 1월 한국아동문학가협회(아동문협)에서 주최한 세미나의 논제로 이영호 씨가 발표한 〈아동문학의 전통성과 서민성〉에 있었다. 이 씨의 강연 요지는 이렇다.

우리 한국문학의 전통은 민중 중심 사상, 민본주의에 뿌리 박고 있으며, 한국 어린이문학의 모든 원시적 형태 역시 서민 의식을 바탕으로 하여 이어져 온 것이니, 이 서민 의식을 오늘날의 작가들이 계승 확대해 나가는 것이 우리 어린이문학의 나아갈 길이 된다. 서민적 전통의 계승 방법으로는 "우리 문학 속에서 발견할 수 있는 서민적 정한, 서민적 해학, 고발, 풍자, 미스티시즘(mysticism)과 판타지 등을 내용으로, 현대인의 사상 윤리에 맞게 확대 발전시켜야 한다"고 한다. 그러함에도 우리 어린이문학의 현실은 첫째 "전통적 사상 감정을 완전히 무시하고 신문학 초창기에서와 같이 새것 콤플렉스에 걸려 있는 징후가 보이고" 둘째 "아동문학을 마치 교육에 의한 수단인 것처럼 오인하고 있는 작가들에 의해 낡은 도식적 방법이 되풀이되고 있고" 셋째는 서민적인 의식과 감정을 외면하고 "특수층과 그 어린이들의 생활을 부지런히 작품화하고 있는 작가들이 많다"고 했다.

이 씨의 이 발언 내용은 정당한 것이며 전통의 내용이나 그 계승 방법은 다각도로 추궁하고 고찰해야 할 중요한 문제였다. 그런데 세미나 당일의 토의는 너무 바쁘게 진행되어 별다른 진전이 없었다.

1974년 7월에 나온 아동문협의 기관지 격인 〈아동문학의 전통성과 서민성〉 표제의 책에는 앞에서 든 이 씨의 강연문과 함께 세미나에 참가했던 회원들의 토의 발언 내용이 나와 있는 외에 손동인 씨의 〈전래 동화와 서민성〉, 이원수 씨의 권두언 〈서민 아동과 문학〉, 〈민족 문학과 아동문학〉 그리고 나의 〈아동문학과 서민성〉이 실려 있다.

　　손동인 씨의 논문 〈전래 동화와 서민성〉은 우리 전래 동화 속에 나타나 있는 서민성을 ① 전래 동화의 발생학적 견지와 그 성격에서 ② 구성상에서 ③ 내용상에서 ④ 등장인물에서 어떻게 나타나고 있는가를 논하고 있다. 손 씨의 이 논문은 방대한 자료를 조사 연구한 결과 이뤄진 것으로 전래 동화 연구에 귀중한 문헌이 되고 있을 뿐 아니라, 전통의 계승을 모색하는 작가들에게 적지 않은 시사를 줄 수 있는 글이라 본다.

　　이원수 씨의 권두언 〈서민 아동과 문학〉은 우리 어린이문학의 지향점을 명쾌히 밝혀 놓은 글이다. "군주 정치의 옛 시대에도 양식은 항상 서민 위주의 사상으로서 형성되어 있었고, 어진 군주는 서민을 위한 정치를 하였다"로 시작된 이 글은, 그러면 민주 사상을 근본으로 삼는 오늘날에 누구나 다 잘 아는 문제를 무엇 때문에 말하게 되는가를 다음과 같이 말하고 있다.

　　아동문학이 유소년에게 주어지는 문학이라 하여 '꿈의 세계, 아름다운 공상 세계의 이야기를 줄 수 있다'는 한 특성을 그릇 생각하여 서민 아동의 현실 세계를 외면하고, 부질없는 안일과 사치의 별세계를 보여 주며, 게으른 자의 정신적 유희에 빠지는 경향이 아직도 없지 않을 뿐 아니라, 이러한 부끄러운 작업을 가장 온당한 예술 작업인 듯이 오해하고 작품에 서민성의 부재를 도리어 순수한 아동 문학의 특성에서 있을 수 있다는 듯이 말하는 사람들이 있기 때문이다.

그리고 어린이들에게 부모·형제·자매의 살아가는 현실을 모르게 하고 달콤한 꿈의 세계에서만 놀게 하는 동화는 도덕적인 면에서 "저열한 심성을 만드는 악덕을 배우게 하는 일"이 되고 있다고 하고, 그 달콤한 세계란 것이 기실은 어린이가 처해 있는 현실과는 너무나 다른 "외국에서 장원(莊園), 전원으로 불리는 유한 인사의 구미에 맞는 생활이 그 지반"이 된다고 하고 있다. "한국의 실정을 알고 한국의 아동을 위하는 마음이 있는 작가라면 그러한 게으른 아동의 세계를 조장하거나 긍정하는 작품을 쓸 수 없을 것이며, 그것이 아동을 즐겁게 하는 것이 아니라 병신으로 타락시키거나 국민의 일원이 될 앞날의 한 인간을 누추한 정신으로 살게 만드는 일이 될 수 있음을 느끼게 될 것이다. 서민 정신에 투철한 작가의 문학은 설령 지금의 그 부모들로 말미암아 유희적이요 비도덕적인 환경 속에서 자라고 있는 일부 천사적인 아동에게도 차라리 약이 될 수 있을 것이요, 대다수의 아동에게는 문학의 본질적인 기쁨과 깊은 감동을 줄 수 있을 것이다." 이리하여 "조국의 힘겨운 삶을 살고 있는" 우리 어린이들에게 "아편 같은 동화나 시를 뿌리지 말자. 이런 것을 예술의 이름으로서 준다면 더구나 죄악에 속하는 일이 될 것이다"고 했다. 이 글은 우리 어린이문학이 왜 서민성을 그 특질로 삼아야 하는가를 명확한 말로 갈파해 놓은 것이다.

이원수 씨의 또 하나의 글 〈민족 문학과 아동문학〉은 1974년 5월 한국문인협회 주최 세미나의 강연 원고라는 설명이 제목 아래 붙어 있다. 이 씨는 여기서 우리 민족 문학의 성격을 민족의 자주정신과 현실의 삶을 드러내는 것으로 보고, 이런 민족 문학으로서 어린이문학이 가야 할 길은 민족의 현실적 이상을 투철히 나타내어야 하며, "현실 사회의 반영이 없는 판타지"만으로서는 진정한 어린이문학이 될 수 없다고 했다. 그래서 "부당한 세력에 신음하는 대중의 고통도 슬픔도 모른 체하고 외세에 시들어 가는 민족의 생활도 덮어 두고, 천진난만하게 즐거운 얘기만 하는 아동문학은 인간의 성장에 이로울 것이 없을 뿐 아니라 해독이 되고 만다. 평화와 발전을 희구하며 그런 마음으로 성장하는 데 있어서 불의를 미워할 줄 알며 의를 높이 생각할 줄 아는 아동을 기르는 것은 문학 이전에도 이미 긴요한 일이다"고 하여 동심천사주의 문학을 자본주의 사회의 지배 세력이 영도한 문화의 사생아라고 했다. 이런 우리 자신의 것이 될 수 없는 것들, 표면상의 미와 어린이를 인형으로 본 그릇된 문학은 국적 없는 문학이요, 참된 서민성을 지니지 못한 문학이라고 하여 우리 어린이문학이 서민성을 숙명적인 체질로 지녀야 함을 밝히고 있다.

그리고 특히 민족의 자주정신을 발현해야 함을 강조하여, 외국의 것, 다른 민족의 생리와 습성과 경제의 산물인 것들을 철없이 흉내 내는 것은 주체 의식이 없는 허수아비의 태도이며, 약자에게 던져 주는 사탕발림의 마약 같은 외래문화가 일종의 정신적 침략임을 깨닫지 못하는 데서 원인이 있다 했다.

이 글은 동심과 꿈의 예술만을 말하면서 서민성이 결여된 어린이문학이 민족적 자주정신을 잃고 화려한 외국의 것에 넋을 팔고 있는 타락한 작가들에 의해 만들어지고 있고, 이러한 문학이 얼마나 우리 어린이들에게 해독을 주고 있는가를 정직하게 논하고 있다.

내가 쓴 〈아동문학과 서민성〉은 우리 어린이문학이 어린이 없는 어린이문학이 되어 있다는 서론으로 시작하여 동요적 발상의 그릇된 타성에서 벗어나지 못하고 있음을 지적하였다. 이 동요적 발상이 다름 아닌 동심천사주의이다. 이것이 비뚤어진 외래문화 속에서 한 조류를 이루어 상품적으로 우리 어린이문학을 지배하여, 이 땅의 어린이들을 정신적으로 해쳐 온 사실을 논하였다. 그리고 8·15 이후 활동한 몇몇 작가의 작품을 분석하여 우리 어린이문학에 반영된 서민성이 훌륭한 작가 정신에서 나온 것임을 밝히려 하였다.

이 밖에 이 글에서 외국 문학을 받아들이는 자세, 공상 동화와 생활 동화 문제, 동시의 난해성 문제, 동화의 문장 문제들을 서민성이란 관점에서 언급했지만, 너무 간략히 다루어 충분하지 못했다.

이상과 같은 서민성 문제가 제기된 후 이 이론에 정면으로 맞서 반론을 편 사람도, 글도 지금까지 나오지 않고 있다. 다만 몇몇 작가들이 이 서민성과는 매우 대조된다고 볼 수 있는 '전원문학'(여기에 대해서는 별항에서 언급할 것임)이란 것을 표방하고 있어 다소 주목되었다. 그리고 논문이라고 볼 수 없지만, 서민성이란 것을 일부러 배제하려고 하는 몇몇 작가들이 월평이나 기타 잡문들에 단편적으로 한두 마디씩 '가난한 사람들의 넋두리'니 하는 태도로 빈정거리거나 꼬집는 투로 비방한 일은 가끔 있었으니, 이런 것을 언급할 필요를 느끼지 않는다.

동시 문제

정면으로 의견 대립이 되어 토론이 될 수 없었던 서민성 문제는 형태를 바꾸어 동시론으로 다소 논란이 되었다. 이 동시 문제는 내 글 〈시정신과 유희정신〉 〈동시란 무엇인가〉 〈부정의 동시〉 같은 동시론을 중심으로 하여 주로 이상현 씨가 논란한 것이다.

〈시정신과 유희정신〉에서 나는 윤석중의 《초생달》에서부터 박목월·강소천을 지나 오늘의 대부분의 동시인들을 지배하고 있는 어린이 완상의 유희 세계를 비판하였다.

소재와 기교에서 완전히 매너리즘에 빠져 있는 이 동요적 발상의 세계에서 동시인들은 비판 정신의 결여와 지적 공백 상태를 동요·동시의 특성처럼 착각하고, 오락적 수공의 잔재주에만 의존 몰두하여 왔다. 이런 그릇된 상업적 전통에 대해 항상 민족의 현실에 밀착하여 감동의 시를 써 온 이원수 씨의 작품은 오늘날 살아 있는 고전으로서 다시 검토되어야 할 것이고, 시가 이 땅의 어린이들에게 이기와 경망과 게으름을 조장하는 오락물의 구실을 할 것이 아니라 진실한 감동을 주는 것이 되어야 한다고 믿는 모든 시인들이 민족 어린이문학의 전위가 되는 참된 시의 길을 열기 위해 이원수 동시에서 많은 영양을 섭취해야 할 것임을 강조하였다.

〈동시란 무엇인가〉는 ① 누가 쓰는가 ② 누구를 위해 쓰는가 ③ 무엇을 어떻게 쓰는가, 이렇게 3장으로 되어 있다. ①에서는 어린이가 쓰는 시와 어른이 어린이에게 주기 위해 문학작품으로 쓰는 시를 혼동하지 말아야 함을 논하였고 ②에서는 동시가 시인 자신을 위해 쓰는 시라기보다 어린이를 위해 쓰는 시라는 것 ③에서는 시인이 어린애가 된 상태에서 벗어나 자기 자신의 세계관을 확립하는 한편, 어린이를 이해하고 어린이의 세계를 깊이 파악해야 하는데, 이 어린이를 파악하는(어린이의 세계를 자신의 것으로 가지는) 길에서 두 가지 기본이 되는 면이 있음을 지적하였다. 하나는 미성인으로서 시시각각으로 성장하고 있는 일반적인 어린이란 존재로서 그 심리적 생활적 특성을 파악하는 일이요, 다른 하나는 사회적 역사적 존재인 어린이를 파악하는 일이다. 그래서 어린이를 위해 시를 쓰는 사람은 "어린이 속에(정신적으로라도) 살면서 어린이의 세계를 이해하고 어린이를 더욱 아름답고 참되게 키워 가려는 사랑의 마음을 가지고 어린이의 미래와 역사의 앞날에 대한 철학적인 투시의 눈을 가져야" 할 것을 말했다. 이 논문에서 동시의 본질을 대강 밝혀 놓았다고 믿는다.

〈부정의 동시〉는 〈시정신과 유희정신〉의 속편이라고 할 수 있다. 이 글에서는 우리 동시의 고질적인 전통인 동심 유희의 세계가 박경용, 신현득에 와서 어떻게 계승 변모되었는가, 그리고 이 두 시인의 뒤를 따른 많은 동시인들이 어떤 정체 상태에 빠져 있는가를 밝히려 했다.

1960년대 우리 동시에서 가장 큰 공적이 있었다고 말하는 두 시인 중 박경용의 동시가 감각적 기교에 머물러 있고, 신현 득의 동시가 농촌 생활의 표면만을 미화하는 데 그쳐 있는 곳에 각각 그 한계성을 발견하고, 그리고 이 두 시인의 작품 세계의 바탕에 공통되게 깔려 있는 것이 동심주의 어린이관임을 지적하였다. 그리하여 결론으로 오늘날의 동시가 동심천사주의의 망령에서 벗어나 새로운 어린이관과 자연관·문명관을 확립한 바탕 위에서 나오지 않고서는 결코 한 걸음의 전진도 하지 못할 막다른 골목에 이르고 있음을 말하였다. (이 막다른 골목의 상황을 규명한 것이 〈표절 동시론〉과 〈모작 동시론〉이다.)

이상과 같은 내 동시론에 대한 반론이라고 볼 수 있는 것이 이상현 씨의 〈동시의 기능 분화〉다. 이 글에는 특정한 논문에 대한 반론임을 표명하지는 않았지만, 그 내용은 분명히 내 논문 〈아동문학과 서민성〉 〈시정신과 유희정신〉 〈동시란 무엇인가〉에 나타난 견해를 비판하려 한 것이다. 이 〈동시의 기능 분화〉에서 이 씨가 말하려고 한 것을 몇 가지로 요약하면 다음과 같다.

① 동시가 난해해지는 것은 현대시의 난해성과 관련이 있고, 우리 동시는 난해하다는 비판 때문에 도리어 혼란에 빠져 있다.

② 동시는 어린이를 위해 쓰는 것이라 생각하기 때문에 좋은 작품을 못 쓴다. 어린이를 위한 동시도 있겠지만 어른을 위한 동시가 있을 수 있고 있어야 한다. 어른을 위한 동시라고 보면 난해성 문제는 해소된다(이 어른을 위한 동시가 새로 있어야 한다는 것을 이 씨는 '동시의 기능 분화'라고 했다).

③ 동시의 독자가 모든 어린이라고 생각하는 것은 망상이다. 독자는 극히 한정된 소수의 어린이다. 동시가 하나의 예술이 되자면 어린이가 이해할 수 있게 쓴다는 생각을 버려야 한다.

④ 동시에서 '정치적 강연'이나 '구호'가 있어서는 안 된다. 어린이에게 '시대고'는 있지만 그런 것을 쓰면 문학이고 예술이고 될 수 없다.

이 네 가지의 주장에서 ①~③까지는 동시의 난해성이나 예술성 문제에서, 혹은 동시의 독자를 보는 관점에서 앞에 든 내 논문들이 주장한 서민 정신이라든가 동심 유희에 대한 비판의 견해들과 완전히 반대되는 뜻을 표명하고 있으니, 그 어느 편이 정당한 것인지 독자들이 스스로 판단할 것이다. 다만 ④의 주장만은 그의 논문 제목과는 다른 내용이고, 그 논법이 더욱 비정상적으로 되어 있다. 우리 동시에서 '정치적 강연'이나 '구호'가 있어서는 안 된다니, 무슨 말인가? 결국 이것은 내가 여러 논문에서 공허한 말장난의 동시를 비판하고, 동시인들의 지적 빈곤 상태를 극복해야 할 것을 강조한 데 대한 반론인 것으로 보인다. 그런데 아이들이 읽어서 웃음거리가 되지 않을 동시, 감동을 줄 수 있는 동시를 써야 한다는 말이 '정치적 강연'이나 '구호'의 동시를 써야 한다는 말로 받아들여졌으니, 한심스럽다.

아무튼 이 씨의 이 글은 공허한 언어 기교의 동시를 현대의 동시라고 하여 변론한 최초의 글이다. 그리고 더욱 주목되는 것은 동시가 현실 생활을 담아서는 예술이 될 수 없고, 어린이란 대부분 예술적인 동시를 이해할 수 없는 존재이므로 시인은 어린이란 것을 생각해서도 안 되고, 다만 어른을 위한 동시가 되어야 한다고 하는, 참으로 어처구니없는 놀라운 주장을 공연히 까다롭고 우회적인 문장으로 논술하고 있는 사실이다.

이 밖에 이상현 씨의 글에 〈네가티브적 시론을 추방한다〉가 있는데, 이것은 내가 쓴 〈진실과 허상〉을 반박한 글이다. 여기서 이 씨는 "어린이 글짓기 지도를 하려고 덤비고 있다"느니 "해괴망측한 네가티브적 비평이 날뛰고 있다"느니 하여 함부로 감정적 언어를 쓰고 있는 것이 오히려 논리의 공허함을 드러내고 있다. 이 글의 내용은 아동문학회 주최의 세미나에서 발표되었던 것인데, 그 후 〈한국일보〉, 기타 잡지(《한국문학》, 1975년 10월)에 여러 번 되풀이 발표 소개되고 있지만, 앞에서 든 〈동시의 기능 분화〉란 글과 함께, 막다른 골목에 이른 유희 세계의 동시가 어떻게 타락하고 있는가를 간접적으로 반증해 주는 자료가 되고, 또 그러한 타락상이 한 작가에 의해 어떤 유희적 언어로 변명되고 옹호되고 있는가를 증언해 주는 자료가 될 것이다.

내가 쓴 〈진실과 허상〉은 어린이의 생활 감정에 뿌리박지 못한 시인만의 기호로 쓴 동시를 허상의 동시라 하고, 이런 허상의 동시가 있을 수 없는 사실을 만들어 내고, 사물의 표현만을 공연히 미화하고, 사치한 감정을 자랑삼고, 유아 흉내를 내는 상태에 빠져 있는 따위 어린이들에게 감동을 주기는커녕 아주 버림을 당하고 있음을 지적하고, 실제 작품의 예를 들어 보인 것이다. 단상적(斷想的)인 글이지만 이것 역시 어린이의 생활 세계와 실감이란 것을 중시하고 있는 내 동시론에서 다른 논문들을 보충해 줄 수 있을 것이다.

이 글에 대한 이 씨의 앞에 든 반론이 아주 부당한 것임을 나는 〈아동문학 작가의 아동 기피〉란 제목으로 〈매일신문〉 (1975년 9월)에 낸 바 있다. 여기서 〈네가티브적 시론을 추방한다〉란 글의 공허한 논지를 하나하나 들어서 비판하였다. 이 밖에 근년에 들어 동시를 논한 글이 신문이나 잡지, 지방의 동인지 성격의 책에 더러 보이기는 하나 대체로 이미 논의된 문제를 되풀이한 것인 줄 안다.

동심 문제

흔히 어린이문학은 동심의 문학이라고 하지만, 이 동심이란 것을 좀 깊이 추궁해 본 일이 우리에겐 없었다. 그저 막연히 '아이들의 티 없이 맑은 마음' 정도로 만족해 왔다. 그러나 어린이문학이 동심을 찾고 동심을 키우고 동심을 보여 주는 동심의 문학인 것이 사실이라면 '순진무구한 세계'라고만 간단히 말해 넘기는 것은 무책임한 짓이다. 동심의 정체를 꼭 어떤 형상으로 고정시켜야 한다는 것이 아니고 그것의 성격·자세·지향 같은 것을 문학을 창조하는 작가의 세계에서 제 나름대로 체득해 놓아야 할 것이라 생각한다. 동심이란 모든 어린이가 가지고 있는 마음인가? 어른이 가진다면 어떤 상태의 마음이 동심이라 할 수 있는가? 한 어린이의 마음에도 동심이 될 수 있는 것이 있고 될 수 없는 것이 있는가? 그것은 선천적으로만 가질 수 있는가? 후천적으로 계발될 수 있는 것인가? 영원불변의

473

것인가? 자라나고 변하는 것인가? 실제 어린이가 가진 마음이라기보다 작가의 마음속에 관념으로 가지는 것이 아닌가?……따위 동심을 추궁해 본다는 것은 어린이문학의 본질적 세계를 추궁해 보는 일이 될 수도 있을 것이다.

지금까지 많은 작가들이 써 온 동심이란 말은 문학의 이상에 비추어 그 실상을 조금이라도 깊이 생각해 보지 않고 기껏해야 사전의 의미로만 파악하여 써 왔는데도 아무런 불편이고 문제고 없었다. 어린이문학의 천박성과 상업성은 이런 데서도 엿볼 수 있을 것 같다. 동심이란 말은 정치주의자·상업주의자들이 그 참된 핵심이라 할 것은 거세하고 무사상·무이념·무내용의 껍데기만을 이용해 왔던 것이다. 그러나 우리는 이 말을 조금도 기피할 필요도 없고 부정할 필요도 없다. 동심천사주의와 같은 부정의 뜻으로만 써야 할 까닭이 없다. 우리는 이 말의 참된 뜻을 찾아내어 밝혀야 하는 것이다. 참된 동심의 뜻을 찾아 가진다는 것은 참된 어린이문학의 세계와 그 이념을 파악하는 것일 수 있으니까.

내 논문 〈동심의 승리〉는 동심이란 것이 한 소년의 행적을 기록한 글 속에 어떻게 구체적으로 나타나고 있는가를 살펴본 글이다. 이 글은 이윤복 일기 《저 하늘에도 슬픔이》를 평가하면서, 온갖 고난과 사회의 박해 속에서도 쓰러지지 않고 끝내 정직하고 진실한 인간적인 마음을 지니고 살아가는 주인공 소년의 눈물겨운 모습과 그를 희생적으로 도와준 한 교사의 모습에서 참된 동심의 상을 발견한 것이다. 여기서 고난 속에 참되게 살아가는 사람이 정직하게 쓴 글이 의미하는 것과, 동심을

가지고 동심으로 글을 쓰고 동심을 보여 준다는 것이 골방에
앉아 달콤한 생각에 젖거나 꿈속에 잠기는 것으로는 결코 이뤄
질 수 없는 것임을 알게 하려고 했다. 동심은 어른들의 장난감
도 아니고, 옛날을 회상할 때 잠기는 늙은이들의 그리운 세계
도 아니다. 그것은 삶의 터전에서 온갖 부정과 역경과 싸우면
서 끝내 지켜 나가는 순수한 인간 정신이며, 끊임없이 자라나
는 선의 마음 바탕이며, 온 민족의 어린이와 어른의 마음 바다
로 확대해 갈 수 있는 정심(正心)이며, 문학에서 가장 효과 있게
키워 나갈 수 있는 인간의 본성인 것이다.

　이 논문 밖에 동심을 논한 글이 또 있는지 나는 모른다. 다
만 동심의 문제가 아니고 이 논문을 다른 측면에서 비난한 글
을 최근 박경용 씨가 발표했다. 〈제거되어야 할 부정적 요인〉
(〈한국일보〉, 1976년 5월 5일)이란 제목의 이 시론은 난폭한 감정
적 문맥으로 된 것이기에 거론할 가치가 없으나, 앞장의 '서민
성 문제'에도 언급되었기로 여기 그 중요 부분을 요약하면서
대강의 고찰을 해 둔다.

　박 씨는 먼저 "오늘의 아동문학계는 일찍이 그 유례를 찾
아보기 어려울 만큼 혼란해 있다"고 하면서 무엇을 가리켜 혼
란이라고 하는지 전혀 언급이 없이 그 혼란의 원인을 "일부 무
지하고 몰지각한 사람들의 비평 활동에 있다"고 한다. (여기
'사람들'이라고 했지만 이 '들'이란 복수형은 무의미하게 붙인
말이다. 뒤에 나오는 바와 같이 〈동심의 승리〉를 쓴 나를 바로
가리킬 때도 '들'이란 복수형을 붙이고 있다.) 이 무지하고 몰
지각한 비평 활동을 하는 사람이란 바로 나를 가리키는 것이

다. 아마 박 씨와 같은 자칭 대가를 감각의 유희에서 벗어나지 못했다고 비판하였기 때문이리라.

아동지상주의를 내걸고 아동문학 작품을 문학 이전의 글 짓기 작품으로 저울질하려는 그 무지·부정으로 시종하는 비뚤어진 문학관, 분별없는 난도질을 능사로 하는 횡포 등, 그 모두가 비평가로서의 자질과 비평가로서의 기본 모 럴에 벗어나는 저질성을 여지없이 드러내고 있다.

이 인용문에서 아동지상주의를 내걸었다는 것은 내가 오늘의 어린이문학이 어린이 없는 어린이문학이 되어 있음을 지적하고 어린이의 생활과 마음의 세계를 올바르게 파악하여 어린이에게 멸시당하지 않는 문학을 창조해야 한다고 주장했기 때문이다. 그러니 아동지상주의는 박경용의 감각지상주의보다 백배도 더 귀하고 반가울 일이다. 문학작품을 글짓기 작품으로 저울질하였다는 것은 무엇을 말하려고 한 것인가? 이것은 내가 쓴 〈동심의 승리〉를 두고 말한 것인데 이는 이미 앞에서 다 고찰했다. 그런데 부정으로 시종한 비뚤어진 문학관을 가지고 분별없는 난도질 운운한 것은 또 무엇인가? 무엇이든지 부정하는 것은 비뚤어진 생각이고 긍정하는 것만이 바르다는 것인가? 그것은 누구를 표준으로 하는 말인가? 물론 이것은 박 씨의 동시를 비판한 〈부정의 동시〉를 중심으로 한 내 동시관을 비방한 말이다. 그러나 아이들은 말할 것도 없고 어른도 읽지 않는 그런 동시를 부정하지 않고 어찌하겠는가? 모작과 표절작이 횡행하는 결과를 낳은 상업주의에 밀착해 있는 감각 지상의 동시를 민족과 어린이와 문학의 견지에서 비판하는 것이 비뚤어진 문학관을 가졌기 때문일까? 자기의 생리에 맞지 않으면 모두가 분별이 없고 무지하고, 자기를 비판하는 것은 횡포한 난도질로만 보이고, 그러나 스스로 남을 비방할 때는 못 할 말이 없이 함부로 감정을 발산하는 박경용 씨 같은 사람만이 "비평가로서의 자질과 비평가로서의 기본 모럴"을 겸한 사람이라면, 이게 도대체 어찌된 세상에서 살고 있는 사람인가? 그런데 박 씨는 더욱 놀라운 말을 자꾸 계속하고 있다.

그들의 무지는 마침내 이윤복 군의 일기《저 하늘에도 슬픔이》를 한 개의 어린이문학 작품으로서의 성과로 논하기에 이르렀으니, 그 안목을 따지기에 앞서 그 무모함을 어떻게 받아들여야 할지 모르겠다.

난폭한 감정적 용어로 시종한 이 '시론'에서 힐난의 집중 목표로 삼기 위해 구체적인 증거물로 잡아낸 작품이 바로 내 논문〈동심의 승리〉였던 것이다.《안네 프랑크의 일기》나《저 하늘에도 슬픔이》를 넓은 뜻의 문학작품으로 왜 볼 수 없단 말인가? 그런 일기문을 특수한 문학작품으로서 논하는 것이 어째서 부당하며 우리 문학을 손상시키는 결과가 되는가? 문제는 그것을 정당하게 평가했는가 안 했는가에 달려 있는 것이 아닌가. 그러나 또 내가 쓴 그 논문에서는 이윤복 일기를 문학작품이라고 한 마디도 말한 곳이 없고 문학작품으로서 거론할 생각도 필요도 없었다. 어디까지나 한 소년이 쓴 생활일기문으로 보고 우리 어린이문학 작품과 비교한 것이다. "어른이 쓴 문학작품이란 것들이 아이가 쓴 글보다 못하다" 왜 이런 말을 할 수 없는가? 남을 비평하려면 좀 남의 글을 똑똑히 읽어 보고 할 것이지, 전혀 근거도 없는 말을 조작해서 무지하다느니, 안목이 어떻다느니 하여 비방하는 것은 한심스럽다. "비평가로서의 자질과 비평가로서의 모럴"이 이와 같은 것이어야 한다면, 비평가가 깡패나 사기꾼보다 나을 것이 무엇인가?

다음에 박 씨는 또 엉뚱한 말로 교사들을 비난하고 있다. "교사들의 아동문학 창작에의 분별없는 참여도 큰 문젯거리다"고 하면서 어린이문학가 중에 교사가 가장 많고, 그중에서도 초등학교 교사가 또 가장 많음을 한탄하고 있다.

내 소견으로는 이런 현상은 지극히 자연스런 것인 줄 안다. 어린이들과 함께 날마다 생활하고 있는 교사들이 어린이를 참되게 키워 가야 하는 문학작품의 창작에 뜻을 두는 것은 다행스럽고 환영해야 할 일인 줄 안다. 어린이문학 작가의 직업으로서는 농업이나 상업이나 신문기자 그 어느 것보다도 더 적합한 것이 초등학교 선생이라 할 수 있다. 또 원고료로써 생계를 유지할 수 없는 우리 나라의 실정으로는 특수한 경우가 아니면 어린이문학 작가가 무직으로 글만 쓴다는 것이 오히려 비정상임을 알아야 한다. 천박한 상업주의 근성은 가족의 생계를 위해 정상 근로 생활을 하지 못하는 이런 무직 작가의 정신을 지배하기 쉽다는 것을 반성할 필요가 있다.

그럼에도 박 씨는 또 "작가는 천부적이어야 한다는 전제 아래, 작가와 교직은 엄연히 구별되어야 하고, 그들이 교사이기 전에 작가여야 한다는 점, 따라서 그들의 안일한 작가적 자세만은 아동문학의 장래를 위해 하루속히 시정되어야 함을 이 기회에 못 박아 두고 싶다"고 말한다. "작가는 천부적이어야 한다"는 말은 박 씨같이 자기를 천재로 착각하고 있는 사람만이 작가가 될 수 있고, 교직에 있는 사람은 글쓰기밖에 못 하니 "작가와 교직은 엄연히 구별되어야" 한다는 말인데, 이런 어처구니없는 말을 예사로 하는 사람의 정신 상태가 의심스럽다. "교사이기 전에 작가여야 한다"는 말은 교사의 인생관이나 어린이관, 그리고 인간적인 면이 교직 작가의 작품에 반영되어서는 안 된다는 말인데, 이것도 전혀 잘못된 생각이다. 나는 박 씨와 반대 의견을 가진다. 작가이기 전에 교사면 교사, 의사면 의사, 농민이면 농민, 곧 그 맡은 바 직업인으로서 성실해야 한다. 그것이 곧 인간으로서 성실함을 말하는 것이고, 인간으로서 성실성이 없이 작가의 성실성도 있을 수 없다고 믿는다. 다만 박 씨가 안일한 작가 자세를 충고한 것만은 교직에 있는 사람으로서 솔직히 받아들여야 할 것이지만, 이런 충고는 교직 밖에 있는 사람에게도 주어져야 할 것이고, 무엇보다도 박 씨 자신의 자세나 바로잡으라고 요청하고 싶다. 비평은 감정을 발산하는 글도 아니지만, 지시도 명령도 훈화도 아니다. 그것은 자기 세계를 열어 보이는 일이다. 아무리 잡문 같은 글에서라도 교직 작가들이 어린애들같이 보이는지는 모르지만 "못 박아 두고 싶다"는 고자세는 버리는 것이 좋을 것이다.

마지막에 가서 그는 또 서민성 문제를 언급하며 "……의도가 순수하지 않는 한 '서민 아동문학'은 오늘의 상황에서 프롤레타리아문학으로 전락할 가능성을 지닌 적신호가 아닐 수 없다"고 하였는데, 프롤레타리아 계급투쟁의 문학을 어떤 의도에서 따스한 인간애를 기반으로 하는 서민성을 주장하는 문학과 같이 보고 싶어 하는지, 수단을 가리지 않고 남을 해치려는 악의에서 나온 것이 아니라면, 얼마나 소양이 없고 이론이 궁핍했기에 이런 말로써 자기의 생리에 맞지 않는 사람을 공격하는 무기로 삼아 모함하려고 하는지 한심하기 짝이 없다. 이런 사람이 쓰는 동시가 얕은 손재주에서 벗어날 수 없는 운명에 있는 것은 너무나 당연하다는 생각이 든다.

전원문학 문제

아동문협이 서민성을 우리 어린이문학의 기본 성격으로 삼고 있는 것과는 달리 아동문학회에서는 전원문학을 제창하고 있다. 아동문협 측의 서민성에 대해서는 아동문학회 회원 몇 사람이 단편적으로 비난하는 정도였고, 아동문학회의 전원문학역시 아동문협 측에서는 거의 문제 삼지 않았다. 전원문학이란 일제 말기에 전원 복귀를 주장하던 것의 되풀이라고 해서 문젯거리도 안 된다는 태도였던 것 같다. 그러나 내 견해로는 그렇게 문젯거리가 안 되는 것이 아니다. 그것은 두 가지 이유에서다. 첫째는 어린이문학이 동시 하나만을 보아도 실상 농촌의자연 풍경을 소재로 한 것이 대부분이 되어 있고, 둘째는 전원문학이라 해서 최근에 들고 나온 그 이론 자체보다도, 현대 문명의 침해를 받아 위기에 놓여 있는 자연에 대한 새로운 인식이 어린이문학 작가에게도 요청된다고 생각하기 때문이다. 이 자연을 바로 인식하는 것이 막다른 골목에 다다른 현대 문명의 위기를 극복하는 길을 발견하는 토대가 된다. 인간 생존의 유일한 터전을 문제 삼으려고 하는 듯이 보이는 전원문학론에 우리가 무심할 수 없고, 일소(一笑)에 부칠 수만 없는 것이다. 여기 전원문학론을 제기한 김요섭·박화목 두 사람의 이론을 고찰해 보자.

〈민족 문학으로서의 전원〉(〈동화문학〉, 1976년 6월)에서 김요섭 씨는 전원이란 것을 "반자연(半自然)으로서의 전원"과 "원체험으로서의 전원"으로 보고, "민족애의 뿌리"가 이 자연과 전원에 있다고 한다. 그러나 전원문학은 1920년대에 나타난 것 같은 자연 예찬의 문학이 되어서도 안 되고, "빈농의 어린이를 그리면서 자연이나 전원이 한낱 무대장치의 소도구 정도로" 그려져서도 안 되고, 프롤레타리아문학같이 되어서도 안 된다고 한다. 그러면서, "자연과 전원을 아름답게 형상화하려면 먼저 자연과 전원 속에 사는 사람들의 괴로움과 기쁨을 함께 그려 가지 않으면 안 될 것입니다. 전원 속의 인간을 관찰하고 파악하는 데 정서적인 면에만 기울어지지 말고 과학적인 접근 방법도 같이 겸해야 할 것입니다. 과학적인 접근이란 농촌의 사회적·경제적·정치적인 문제를 포함하게 될 것입니다"고 하고 있다. 이 논술은 언뜻 보아 전원문학이 단순한 자연 예찬의 도피 문학이라는 비판을 견딜 만한 것으로 되고 있는 것 같고, 이런 견해라면 서민성을 기본 강령으로 삼는 이론과 별다른 차이가 없어 보인다. 그러나 주의 깊이 이 문맥을 따라가 보면 자연, 혹은 전원이라고 하는 것과 인간이라는 것을 아주 이질적인 대립물로 인식하고 있음을 쉽게 발견한다. 인간을 그리는 것이 곧 자연을 그리는 것이고, 자연을 말하는 것이 곧 인간을 말하는 것이 될 터인데, 그렇게 보아야만 '자연과 인간의 조화와 교감'도 이뤄질 터인데, "전원을 아름답게 형상화"하기 위해 "인간의 괴로움과 기쁨을 함께 그려 가"야 한다고 하고, "전원 속의 인간을 관찰하고 파악하는 데 정서적인 면에만 기울어지지 말고 과학적인 접근 방법도 같이 겸해야"(글쓴이 강조) 한다고 한 것은 인간과 자연을 따로 떼 놓고, 그 두 가지를 적당히 병행해서 그린다는, 지극히 온당한 듯하면서도 모호하고 추상적인 이론이다. 그리고 이 문맥에 나타난 대로 '전원을 아름답게 형상화'하는 것과 '정서적'인 면을 강조하는 것이 주가 되어 앞서고, 그 뒤를 '인간'이 따르는 것이 되고 있으니, 말하자면 전원이 주가 되고 인간은 전원에 부속된 '소도구'가 되어 있는 것이다. 이 문면만 보아서도 전원문학의 발상이 도시에 살고 있는 작가가 자연이라는 것을 잘못 알고, 인간 사회를 떠난 심리 속에서 그려 내는 전원이라는 유토피아에 마음의 휴식처를 만들고자 하는 도피 문학임을 짐작할 수 있다.

　　그러면 김 씨가 말하는 '과학적인 방법'이란 무슨 말인가? "자연과 전원 속에 사는 사람들의 괴로움과 기쁨을 함께 그려 가"기 위해서 "과학적인 접근 방법"인 "농촌의 사회적·경제적·정치적인 문제를 포함하게 될 것"이라면서, 그러한 과학적 방법이 어떻게 "빈농의 어린이를 그려 가면서 자연이나 전원이 한낱 무대장치의 소도구 정도로 그려진" 것으로 되지 않도록 할 수 있는지 이 글에서는 수긍이 안 간다. 뭔가 정리 안된 이론을 늘어놓은 것 같다. 결국 "농촌의 목가적 탐미적 세계"(그 자신은 이 글 한쪽에서 이런 세계를 부인하지만 그런 문맥의 모순이 있는데도)를 그리워하는 태도를 논리화하려고 한 글이 되고 있는 것은 "자연과 전원을 아름답게 형상화"한다든지, "전원 속의 인간을 관찰하고 파악"한다든지 하는, 도시인으로서 남의 것 바라보듯 농촌을 바라보고 하는, 이런 말에서도 드러나 있는 것이다. 농촌이라 하지 않고 전원이라고 하는 말 자체부터 이것을 말해 준다.

오늘날 전원이란 것이 어디 있는가? 김 씨는 글 첫머리에서 "오늘 우리들이 가까이 하고 있는 자연은 인간의 손으로 길들인 반자연이라고 말할 수 있습니다. 그러기 때문에 인간의 생활과 조화가 된 것이 전원입니다"고 한다. 그러나 어떤 외국에서는 있을지 모르는 부농 소유의 농토와 임야를 가리켜 하는 말이라면 몰라도, 지금 우리 나라의 농토와 산야를 반자연의 전원이라고 함은 전혀 맞지 않는 말이다. 김 씨의 이 글에서도 공해와 환경오염을 말하고 있지만, 오늘날 농촌이란 곳은 그 속에 살아가는 사람들이 자급자족하던 시대처럼 가족의 양식과 의복의 원료를 생산하는 것이 아니라 화폐를 얻기 위한 수단으로써 상품을 생산하고 있는 것이다. 아이들이 인동꽃과 찔레나무 열매를 따다 팔고, 다람쥐와 뱀을 돈으로 바꾸고 하여 기계문명과 자연 파괴의 맨 앞장에 서서 그 손발이 되어 살아가고 있다. 아무리 산골짝에 들어가더라도 농약 오염, 유해식품은 물론이고 수질 오염, 약품 공해, 폐기물 처리 같은 도시

공해의 대부분의 문제들이 그대로 일어나고 있고, 경박한 외래 문화는 한층 더 추한 모습으로 그들의 정신을 지배하고 있다. 이것은 앞에서 말한 바와 같이 농어촌의 사람들이 근대화 작업의 전선에서 자연 파괴의 손발이 되어 있는 비극적 상황 속에 살고 있기 때문이다. 서울의 아이들이 어쩌다 농촌에 나가서 개구리를 보면 신기해서 그릇에 담아 기르고 싶어 할는지 모르지만, 농촌 아이들은 개구리를 보기만 하면 때려잡는다. 그것을 양계장에 가져가면 돈이 되기 때문이다. 농촌 아이들이 어째서 잔인한가, 욕지거리를 함부로 하게 되는가 하는 것도 까닭이 없는 것이 아니다. 엄밀한 뜻에서 오늘날 농촌은 없고 농촌 문화도 없으며, 있는 것은 도시요 도시의 변두리인 것이다. 이런 농촌 현실을 모르고, 그곳에서 살고 있는 농민들과 농촌 아이들의 생활을 모르고는 자연이란 것을 이해할 수도 없고, 자연을 사랑할 수도 없으며, 국토 애호고 조국애고 어린이문학이고 다 빈말인 줄 안다. 그러니 이러한 농촌과 자연을 두고 전원이라고 말하여 그 전원에다가 향수적인 어린이문학의 본향을 두고 싶어 하는 것은 당치도 않은 생각이다.

박화목 씨의 〈우리 동시의 향토미 추구〉(《동화문학》, 1976년 6월)도 전원문학을 제창한 글이다. 이 글에서 전원이란 말을 해설하는 데 외국의 여러 말을 인용 비교한 끝에 "어느 의미의 향토, 그 향토에 포괄되는 소박한 아름다운 풍조(메커니즘에 감염이 덜 되어 있는), 이 전부의 생리"라고 하였는데, 전원의 말뜻은 대강 설명되어 있다. 그래서 전원을 "공해에 시달리는 인간 구제"의 장소로 보고, "도시의 중압감에서 탈주하는 길이

다. 즉 전원으로 돌아가는 것이다"고 하여 "청순한 새 휴머니
즘을 전원에서 찾아"보려고 하고, 어린이문학이 "본질적으로
또한 숙명적으로 전원적이고 향토적"이라고 하여 목가의 세계
인 전원을 찾는 것이 오늘날의 어린이문학이 가야 할 길임을
말하고 있다. 그러나 그러한 '구제의 장'인 '소박한 아름다운
풍조'에 넘친 전원이란 우리 땅에는 없는 것이다. 도시의 빌딩
속에서 살아가는 어린이문학 작가가 그 도시의 아이들을 모른
척하고 농촌에서 살아가는 아이들조차 모르고, 있지도 않은 꿈
같은 전원만을 그리면 어찌 되겠는가? 그것은 결국 어린이문
학 작가가 이 땅의 어린이를 버리는 결과밖에 될 수 없는 것이
다. 이 전원문학은 이념을 잃고 외래적인 것을 모방하는 데 깊
이 그 정신을 함몰시키고 있는 도시의 어린이문학인들이 어쩔
수 없이 잡아 보려는 지푸라기 같은 것이라 보인다.

　　이 전원문학에 대한 논평이 독립된 한 논문으로 제시된 것
은 없으나 단편적인 비판이 있었음은 사실이다. 1974년 1월 아
동문협 세미나에서 이영호 씨는 "소재주의에 불과하다"고 간
단히 언급하였고, 내 보충 의견에서는 다음과 같이 말했다.

　　농촌에서 땀 흘리며 괴로운 농사일을 하는 사람의 편에
　서 산과 들의 풍경을 보는 것이 아니라, 도시에서 소비 위
　주의 생활에 젖어 있는 사람들이 농촌의 표면만을 보고,
　그 목가적인 풍경을 상상해서 그것을 그리워하고 있는 것
　이 아닌가 생각합니다. (……) 농민에게는 풍경을 완상할
　마음의 여유가 없습니다. 농민들의 눈에는 유유한 목가의

전원이 사라진 지 오래입니다. 이제 그런 것 찾는다는 것 될 말이 아닙니다. 농민들의 생활 고뇌를 진정 마음속에서 이해함이 없이, 그것을 멀리서 풍경으로 바라보고 즐긴다는 것은 무슨 뜻이 있습니까. 공기 좋고 물 좋고 공해 없고…… 이런 식으로 농촌을 표현한다면 이것이야말로 반농촌이요 반서민적 태도가 아닌가 합니다.

앞에서 든 김·박 두 사람의 전원문학론을 읽고 이제 다시 나의 소견을 돌이켜 보아도 빗나간 것이 아니었다고 여겨진다. 또 전원문학론을 비판한 글은 아니지만, 〈어린이문학의 전통성과 서민성〉 책자의 첫머리에 나온 〈우리들의 발언〉 중 다음 대문은 전원문학론을 간접적으로 비판한 것이라 볼 수 있다.

'달콤한 꿈의 세계'란 어린이의 자유분방한 공상의 세계나 어린이다운 발전의 세계와는 다르다. 그것은 흔히 어린이 대중이 처해 있는 현실과는 너무 다른 안락의 세계요, 그러한 세계는 현실적으로는 일부 특수층 부모의 가정이거나 아니면 외국에서 장원·전원으로 불리는 유한 인사의 구미에 맞는 곳의 생활이 그 지반이 된다. 그러한 지반은 근로와는 관계가 없는 곳이며, 도시의 근로대중과 농촌의 농민들과도 인연을 갖지 않는다. 유한의 문학이요, 현실도피의 소비성 문학이다.

이렇게 보면 어린이문학에서 서민성을 강조하는 그 자체

가 전원문학론을 간접으로 비판하는 주장이 되고 있다고 보
겠다.

표절·모작 문제

우리 동시의 전통이 짝짜꿍 동요에서 출발한 동심천사주의였
고, 이 동심 완상의 장난감 문학이 어린이의 정신을 해치고 그
들의 감성과 지성의 성장을 저해하여 왔다는 것을 나는 〈시정
신과 유희정신〉 그리고 〈부정의 동시〉에서 논한 바 있는데, 여
기서 다시 〈표절 동시론〉과 〈모작 동시론〉이 계속된 것이다.

〈표절 동시론〉은 《동시, 그 시론과 문제성》에 발표한 것으
로, 이 글에서 표절 작가 10명의 이름과 표절 작품 13편을 그
원작과 대조하여 보이고 있어 문단의 주목을 받았다. 그러나
내 의도는 표절 작품이 횡행하는 문단과 문학의 요인을 규명하
고, 그러한 결과에 대한 책임을 당사자들에게만 물을 것이 아
니라 문단인 전체가 져야 한다는 것을 강조하는 데 있었다. 이
런 표절 행위를 예사로 감행하는 작가와 작품을 폭로 공개하는
것은 그들뿐 아니라 모든 문학인들에게 안이한 창작 자세를 경
고하는 효과가 있을 터이지만, 한편 그릇된 문단 풍토를 만들
고 시정신·작가 정신의 상실을 가져온 근원을 밝히고 이를 비
판 반성하는 것이 더욱 긴요한 일이라 보았기 때문이다. 이런
문단 부패의 원천이 되는 문제에 대한 고찰이 그 글에는 어느
정도 나타나 있다고 본다. 그래서 이 글이 여러 사람이 자료를
제공해서 쓰였고, 또 편집 사정으로 하여 남의 이름으로 발표
되기는 하였지만, 그 속에 일관된 견해와 논리가 있기에, 이 글

은 내 개인의 것이 아닐 수 없다.

그런데 이 논문의 첫머리에서 표절 작품을 논하게 된 까닭을 말한 다음 타작·표절작·도작·모작·아류작…… 같은 말뜻을 밝히고, 신춘문예 당선작의 잘못됨을 말함에 먼저 표절작의 예를 들고, 다음 모작의 예로 송명호 작 〈시골 정거장〉을 든 것이 문제가 되었다. 송 씨는 자기의 작품이 모작이 아니라고 하면서 나와 자료 제공자를 모두 명예훼손으로 고소하기에 이른 것이다. 이른바 '표절 동시론 사건'이다. 이 논문에서 공표된 표절 작가 중 아동문학회 소속 회원이 여럿 들어 있어 결국 아동문학회와 아동문협 사이의 집단 대립의 경향도 되고 하여 이 문제는 한동안 문협의 중재도 효과 없이 일부 이성을 잃은 사람들 때문에 어린이 문단의 치부를 외부에 보이게 되었다. 〈한국일보〉 문화면에서 계속하여 송 씨에게 유리한 보도를 한 사실도 잊을 수 없다. 일반 문단의 몇몇 인사들을 동원해 송 씨의 작품이 모작이 아니라는 따위 송 씨 측에 유리한 발언을 같은 신문에 실었던 사실도 있었다. 나는 이때 어떤 사람들이 동원되어 무슨 말을 했다고 하더라도 소신을 굽히지 않았겠지만, 결국 이 문제는 〈표절 동시론〉에 꼭 넣지 않아도 될 모작 동시의 예를, 그 근거를 일반 사람들까지 수긍이 가도록 좀 더 명쾌히 밝힘이 없이 넣은 일에 어느 정도 책임을 느끼고 사과문을 공표한 것으로 화해가 성립되어 결말을 본 것은 다 아는 사실이다.

이 〈표절 동시론〉은 문학작품에 대한 비평을 비평으로 맞서지 않고 법정의 문제로 끌고 가려고 한 불미스런 사건을 낳았음에도, 그 논문의 발표가 결코 의미 없는 것일 수 없었다고 본다. 그것은 첫째, 표절 행위가 이처럼 성행하게 된 원인을 독자들은 결코 무심히 보아 넘기지 않았을 터이고, 따라서 우리 동시의 정체 현상과 정상이지 못한 어린이 문단의 풍토가 어떤 문학적 파멸의 결과까지 가져온 것인가를 확인함으로써, 이것이 참된 문학 정신의 진작과 문단 풍토의 혁신에 새로운 계기를 마련하는 일에 자극제가 될 수 있을 것이라는 기대가 있기 때문이다. 그리고 다음으로는 그 논문에 공표한 표절 행위를 한 작가들이 모두 침묵을 지켜 자신의 과오를 반성하는 것 같았으니, 이들이 새로운 시정신을 찾아 가지어 앞으로 성실한 자세로 창작에 임하게 된다면 이 점에서도 이익을 준 것으로 보고 싶다.

나의 〈모작 동시론〉은 〈표절 동시론〉의 보충 논문이다. 여기서 모작의 말뜻을 밝히고 모작의 두 가지 부류 중 의도된 모작의 예를 들고, 무의식적 모작은 어떤 창작 태도와 심리 상태에서 이뤄지는가를 말하고, 우리 동시에서 가장 흔한 모작의 몇 가지 유형을 든 다음, 모작이 성행하는 원인을 고찰하여 모작의 세계에서 탈피하는 길을 보이려고 하였다. 시론에서 표절을 얘기하고 모작을 논해야 하는 것이 어쩔 수 없는 우리 실정이다. 어린이의 세계를 비단 같은 말로 껍데기만 꾸며 보이는 창작 행위가 어린이를 사랑하는 마음을 나타내는 게 아니듯이, "시와 소설에 결코 뒤지지 않는 기념비적 동시와 동화는 얼마든지 찾아볼 수 있다"(박경용)고 하여 공연히 호언장담으로 제 자랑을 늘어놓는 것이 작가의 할 일도 평론가의 할 일도 아니며, 더구나 그런 말과 행동이 우리 어린이문학을 위하는 길이 될 수 없다고 믿는다. 이 〈모작 동시론〉으로서 〈시정신과 유희정신〉에서부터 시작한 내 동시론은 우리 동시의 근본적인 문제들에 대한 이론적 체계를 조잡하게나마 대강 정리한 셈이다.

맺음말—비평의 윤리

이상은 근년에 들어 우리 어린이문학에서 평론 작업이 어떻게 이뤄지고 있었는가를 대강 회고하여 고찰해 본 것인데, 내 작품 얘기가 많이 나온 결과가 되었다. 이것은 그동안 중요 문제를 다룬 평론을 발표한 이가 나였고, 정상 논쟁이라 할 수 없지만 여러 가지 형태의 논란과 시비가 대부분 내 논문을 중심으로 일어났던, 어쩔 수 없는 사실 때문이다. 이제 이 글을 맺으면서 다시금 생각할 수 있는 것이 최근에 있었던 우리 어린이문학의 모든 비문학적인 소란 상태다. 논쟁이 될 수 없는 비난과 비방, 악의에 찬 감정적 언사와 폭언, 인신공격, 치졸한 내용과 억지 억설을 위해 동원된 요란스런 언어로 충만한 문장, 협박과 공갈 따위, 이루 말할 수 없는 일들이 우리 둘레에서 일어났던 것이다. 비평 없는 무풍지대라 일컬어 오던 동심 천국에 갑자기 바람이 일어났다면 어느 정도 소란이나 혼란은 당연하다고 할 수 있으나, 아무리 문학보다 장삿속으로 글을 쓰는 사람들이라 하더라도 이렇게 심할 수 없겠다는 생각이다. 작가 정신과 비평 도의(道義) 확립이 지금처럼 시급히 필요한 때는 없었던 것 같다. 여기 마지막에 평론을 쓰고 혹은 비평을 받아들이는 자세가 어떠해야 하는가를 생각해 보는 까닭이 있다.

먼저 평론을 대하는 작가의 자세인데, 무엇보다도 겸허한 마음이 아쉽다. 인간의 성장이 그러한 것처럼 한 작가의 성장 발전도 끊임없는 반성과 탈피와 혁신 없이 이뤄질 수 없다. 누구나 자기의 작품에 애착을 가지는 것이지만, 자기를 아낄수록 스스로 채찍질하는 것이 현명한 사람의 태도다. 자기 생각이 세상에서 제일이고 자기 눈이 가장 정확하고 자기의 기능이 항상 완벽하다고 믿고 남의 충고를 용납하지 않고 남의 의견을 참고할 줄 모르는 사람은 이미 성장이 끝난 사람이다. 충고와 비판을 두려워하지 말고 기피하지 말아야 할 것이다. 만약 어떤 비평에 공감이 안 가면, 보는 이의 시점이 다르면 전혀 다른 견해도 나올 수 있다고 생각하고 자기와 대립되는 의견의 존재를 시인해야 할 것이다. 그러니 비평 자체를 원망할 필요도 없고, 더구나 감정으로 이를 대하는 것은 너그럽지 못한, 혹은 저열한 심정의 발로가 되기 쉽다.

대관절 내가 쓴 작품을 왜 남이 왈가왈부하는가, 하고 생각할지 모른다. 빵 조각이나 연필일 경우 그것이 맛이 없거나 품질이 나빠 제대로 쓰이지 않으면, 사람들이 사 주지 않으면 그만이다. 또 빵을 사 먹은 사람이 배탈이 나서 병원에 실려 갔다면 법률이 해결할 것이다. 그런데 문학작품은 그럴 수 없다. 빵 조각과 문학작품이 다른 점이다. 일단 세상에 공표하고 나면 창작한 작자의 소유에 그치는 것이 아니라 그 사회 공동의 재산이 되는 것이 문학작품이요, 그러기에 그것은 지성의 도마 위에 올려져 비평의 대상이 되는 것이다.

어린이문학은 어린이들의 마음을 키워 가는 양식이다. 그것은 다음 세대에 대한 우리들 희망의 꽃다발이요, 우리 모두가 염원하는 참과 아름다움, 곧 이상의 표현이다. 이렇듯 중대한 문화의 핵심에 자리하고 있는 분야에서 작품의 창작이 진지한 비평 활동의 수반 없이 제멋대로 이뤄지고 있다면, 그런 시대는 분명히 어린이문학의 암흑기가 될 것이다. 어린이문학 작가는 이 점을 자각해야 한다. 어린이문학이 문화 전반에서 차지하는 위치의 중요성을 인식하는 어린이문학 작가로서 기본 태도를 확보하는 것이다. 이런 건전한 태도가 작가들에게 확보될 때, 서로의 견해를 자유스럽게 개진하고 또 그것을 지혜롭게 받아들이는 민주적 문단 풍토는 어렵지 않게 이뤄지고, 이러한 민주적 태도가 확립될 때 창작과 비평의 유기적 병행과 순환이 이뤄져, 비로소 문학의 발전이 있게 되는 것이다.

다음은 비평의 자세에 대한 고찰이다. 여기서도 첫째로 요구되는 것이 어린이문학의 특수성과 그 사회적 기능의 자각과 어린이문학 작가로서 투철한 사명감을 인식하는 것이다. 이름을 팔기 위해, 혹은 입신 처세의 수단으로 평론의 붓을 잡는 사람의 글이 아무리 글재주를 발휘하더라도 그것은 한때 어리석은 독자들을 현혹할는지 모르지만 결국 모든 사람에게 버림받을 것이다. 둘째는, 작품과 작가에 대한 최대한의 이해를 전제로 하여야 한다는 것인데, 구체적인 작품을 논할 경우 긍정적 견해든 부정적 견해든 그 결과는 반드시 어떤 시사를 주어 창작에 도움이 되도록 하여야 할 것이다.

셋째는, 어떤 원칙이나 본질을 연구하여 밝힐 경우든지 작품을 논할 경우든지 남의 견해를 빌렸을 때는 반드시 그 출처를 밝혀야 할 것이고, 또 남의 견해를 논박할 때는 특수한 경우가 아니면 상대자와 작품을 분명히 지적하는 것이 예의고 정직한 태도다. 이렇게 함으로써 무책임한 말과 난폭한 언사를 함부로 발산하는 일을 삼갈 수 있을 것이다.

넷째로, 반대 의견을 말할 때는 논리를 세워 수긍이 가도록 해야 할 것이다. 아무런 이유도 들지 않고, 혹은 극히 희박한 근거를 가지고 함부로 상대방의 주장이 잘못되었다고, 다만 잘못되었다는 말만을 되풀이하는 것은 이 또한 감정의 발산이요, 독자를 멸시하는 태도다.

다섯째, 상대편 주장의 핵심이 무엇인가를 문제 삼지 않고, 문장 진술의 부분 결함만을 찾아내어 이를 붙잡고 시비하려는 것은 비평 정신에 위배되는 일이다.

여섯째, 자기의 견해를 솔직하고 간명하게 표명해야 한다. 공연히 말과 문장을 어렵게 쓰고 필요도 없이 학자들의 말을 자꾸 인용하여 자기의 박식함을 자랑하는 버릇이 들면 좀처럼 고쳐지지 않는다. 이런 글을 읽으면 때로 사기꾼에게 우롱당하고 있다는 느낌을 독자들이 가질 수 있다.

어린이문학 평론이 할 일은 산같이 쌓여 있는데 평론은 없고 자칭 평론가가 어쩌면 속출하는 듯하여 남을 헐뜯고 비방하는 잡문과 악문이 범람하려 하고 있다. 어린이문학의 간판을 내걸어 놓고는 어린이를 멸시하고 어린이와 상관없는 글을 쓰는 작가들도 문제지만, 얕은 손재주를 팔고 있는 상업주의의 유행도 문제고, 위선과 호언장담을 유일한 문단 처세의 수단으로 삼고 있는 사람도 있어, 이들은 항시 정직한 작가의 발언을 봉쇄하기에 광분하고 이 땅의 어린이와 민족의 앞날을 염원하는 양심적 작가들을 해치려고 하고 있다. 그러나 우리는 결코 성실한 문학 정신을 포기하지 않을 것이고 작가와 비평의 윤리를 견지하기를 잊지 않을 것이다. 온갖 어려움을 무릅쓰고 우리의 신념을 피력하고 세계관을 개진할 것이다. 그것은 민족이 있고 이 땅의 모든 어린이가 우리와 함께 있기 때문에 그들과 같이 당하는 어떠한 고난도 영광으로 알기 때문이다.

〈아동문학평론〉, 1976년 가을

어린애 흉내와 어른의 넋두리

사랑에 빠져 있는 상태

젖을 빨던 어린애가 어머니의 품에서 떨어져 나가 걸음을 걷고 있다. 하낫, 둘, 하낫, 둘…… 온몸으로 걸어가고 있는 모습은 얼마나 귀여운가? 지켜보고 있는 어머니의 입가에 절로 웃음이 핀다. 그러다가 몇 걸음 못 가서 몸을 가누지 못하고 그만 땅바닥에 엎어지면 어머니는 당장 달려가서 일으켜 세우고 손바닥과 무릎의 흙을 털어 주면서 호호 입김을 불어 준다. 그리고 대개는 '이놈의 땅, 때려 주자!' 하면서 땅을 치는 시늉을 해 보인다. 그러면 아이도 따라서 "요, 요" 하면서 어머니를 따라 땅을 친다. 이렇게 어른들이 땅이나 담벼락을 때리는 시늉을 두어 번 해 보이면, 그다음부터는 기둥이고 밥상이고 어디에 들이받기만 하면 곧 그것을 손으로 치게 되는 것이다.

세상의 많은 부모들이 이렇게 어린애들을 키우고 있고, 나역시 얼마 전까지 이런 태도로 어린것을 키웠다. 이래서 될까 싶다가도 아직 두 살밖에 안 되는데, 괜찮겠지, 하고 예사로 여겼던 것이다. 그러나 그것은 얼마나 잘못된 아기 키우는 태도인가! 제 잘못으로 벽에 부딪쳤는데도 '이놈의 벽이 나쁘다. 때려 주자!' 하여 무엇이든지 남을 탓하게 하고, 제멋대로 된 생각만 통하도록 하는 것은 성격을 크게 비뚤어지게 만드는 결과가 된다. 가장 경계해야 할 인간의 자기중심, 이기적 사고방식, 행동 양식은 이렇게 하여 어릴 때부터 길러지고 굳어지는 것이다.

'아직 두 살이니까 괜찮겠지' 이런 생각이 잘못되어 있다. 두 살도 늦은 것이다. 어린애들을 장난감이 아니라 인간으로 보아야 하고, 유아의 그 시기를 인간의 성격을 형성하는 가장 귀한 시기로 알아야 하겠는데, 그렇지 않은 것에 문제가 있다. 어린애들을 아주 무시한 어른 중심의 생각이 문제다. 이래서 자라난 청소년들이 가정과 학교와 사회에서 온갖 문제를 일으킨다고 할 때, 그런 일들이 어린아이 때의 극히 작아 보이는 어른들의 부주의와 태만(어린애들을 인간으로 키워 가려고 하지 않고 기분으로만 대해 넘기는), 이런 일과 관계없다고 할 수 있겠는가? 민주주의도 헌법도 모두 이렇게 해서 자라난 인간들이 만들어 내는 것이다.

이 넘어진 아기를 일으켜 주는 어머니의 맹목적 사랑에 대한 비판은 어느 외국 사람이 쓴 글에도 있었던 것 같은데, 어머니들이 아기를 잘못 키우는 경향은 다른 나라에서도 사정이 같은 모양이지만, 특히 우리에게는 절실한 교육 문제로서 모든 부모들이 각성해야 할 것 같다. 왜냐하면 우리들은 주체 정신이라든가 책임이라든가 자유라든가 하는 문제를 이 지구상의 그 어느 나라보다도 더 긴요한 교육의 핵심 과제로 삼아야 할 특수한 역사적 상황에서 살아가는 민족이 되어 있기 때문이다.

넘어진 아기를 일으켜 주는 일뿐 아니다. 과자를 사 주고 싶어 하는 경우도, 입힐 옷을 가게에서 고를 때도, 머리와 가슴에 무엇을 달아 주는 일도 대개는 어린 인간의 몸과 마음의 건강한 성장을 위하는 심정이 아니라 어린애를 귀여워하고 싶은 마음을 참지 못하고 그대로 발산하고 마는 행위가 되고 있는 것이 보통이다. 더구나 유아들이 불완전하게 발음하는 말을 그대로 어른들이 흉내 내어 보이는 것은 아이들의 정상적인 말의 발달, 의식의 발달을 억제하는 결과가 되는 것이다.

아이들을 키워 가는 문제는 곧 어린이문학의 문제가 된다. 우리 부모들이 아이들을 덮어놓고 귀여워하며 키운 것같이, 문학인들은 무조건 아이들의 세계에 빠져들어 가 그 속에서 헤어나지 못하고 온 것 같다. 아이들을 자라나는 인간으로 대하지 않고, 두렵고 놀랍고 때로는 사회에 물들어 병들기까지 하는 살아 있는 생명으로 보지 않고, 어른에게 딸린 부속물로 인형으로 보아 온 것 같다. 그리하여 그 인형을 어루만지며 때로는 어린애같이 되고, 때로는 어른의 기분을 지껄이면서 홀로 만족해 온 것이다. 그러한 동요와 동시와 동화가 너무 많다.

길을 잃어버릴까 봐
철로 위로만 다니지요.
기차는 기차는 바아보.

　　이렇게 어른이 어린애인 척하여 사물을 보고 그것을 재미있는 말로 나타낼 때, 이것을 읽는 아이들 역시 저보다 나이 어린 아이의 흉내를 낸 말놀이로 받아들이는 것이지, 결코 시로 느끼는 것이 아니다. 오늘날 학교 교실에서 아이들이 수없이 쓰고 신문 잡지에 발표하고 있는 '동시'라는 것의 원형이 바로 이렇게 어른들이 써 보인 것이다. 걸핏하면 '거울은 거울은 바아보' '구름은 구름은 바아보' '나무는 나무는 바아보'라 하여 흉내만 내는 것이 누구의 책임인가? '바아보'란 말뿐 아니다. 온갖 어리광 부리는 몸짓을 해 보이고, 어린애들의 혀짤배기 말을 흉내 내고, 사물을 비웃고 놀리고 하는, 아이들이 쓰는 '동시'라는 것이 모두 어른들의 동시를 읽고 배운 것이다.

　'아빠'라는 말

'아빠'라는 말이 있다. 이 말은 8·15 이전에는 말을 할 수 있게 된 일반 아이들의 어휘에는 없었던 것으로 안다. 정말 젖먹이 애들의 말로서 '아빠, 빠빠' 하는 것이었다. 해방 후 이 말이 유년기 아이들의 말로 널리 쓰이게 된 것은 어린애들을 귀여워하면서 같이 놀아 줄 여유가 있었던 서울의 부모들에 의해서다. 이들은 어린애들의 혀짤배기 말을 귀엽다고 해서, 이미 그때가 지나가 버린 아이들에게 들려줌으로써 젖먹이 애들의 말을 유년기까지 연장시키고, 때로는 아동기에까지 연장시켰다. 말의 자라남은 곧 생각(의식)의 자라남이라고 볼 때, 이런 젖먹이

애의 말이 연장된다는 것은 정신의 발달을 늦추게 되는, 비뚤어진 현상이라고 보지 않을 수 없다.

'아빠'에서 '아버지'로 말이 옮겨 가게 되는 나이는 대체로 도시에서는 초등학교 3·4학년 때이고, 농촌에서는 취학 전후이지만, 아이들이 쓰는 글에서는 도시에서는 2·3학년에서 어쩌다가 '아빠'가 나오는 정도이고 농촌에서는 1학년부터 '아빠'란 말이 안 나온다. 농촌의 경우 이 말이 젖먹이 애의 말 그대로거나 기껏해야 유년기까지밖에 쓰이지 못하고 있는 사실은 농촌 사람들의 말과 의식이 급격히 도시화하고 있음에도 농촌의 부모들이 아이들을 장난감으로 삼아 놀아 주는 시간과 마음의 여유가 없기 때문이다.

문학작품은 아이들을 지나가 버린 세계로 되돌리기 위해 창조되는 것이 아니라 앞날을 향해 자라나도록 하고, 이상을 바라보도록 하는 것이다. 그래서 가령 '아빠'라는 말을 쓰는 도시의 초등학교 1학년 정도를 독자로 상정하고 쓰는 동화라 하더라도 특수한 경우가 아니면 '아버지'라 쓰는 것이 좋다.

그런데 실제 우리 어린이문학 작가들은 어떻게 쓰고 있는가? 농촌 아이들은 물론이고 도시의 아이들도 글을 쓸 때는 1학년부터 대부분 '아버지'로 쓰고 있고, 또 교과서에서도 특수한 교재의 동요나 노랫말이 아니면 1학년부터 '아버지'로만 나오고 있는데, 어린이문학 작가들의 작품에는 동시고 동화고 소설이고 할 것 없이 '아빠'를 많이 쓰고 있다. 심지어 작품 속의 인물이 초등학교 5·6학년이 되고, 때로는 중학생이 되어 있는데도 예사로 '아빠'란 말을 쓰는 것을 본다. '아빠'라고 부르면서 어리광 부리는 아이들 속에 빠져들어 가 있다.

> 아빠하고 나하고 만든 꽃밭에
> 채송화도 봉숭아도 피었습니다.
> 아빠가 매어 준 새끼줄 따라
> 나팔꽃도 어울리게 피었습니다.
>
> 〈꽃밭에서〉, 어효선, 〈소년세계〉, 1952년

교실에서 커다란 학생들이 이런 노래를 부르고 있는 것을 들으면 참 딱한 생각이 든다. 그 옛날 내가 어렸을 때 교회 주일학교에서 "햇볕은 쨍쨍 모래알은 반짝, 모래알로 떡 해 놓고 조약돌로 소반 지어, 엄마 아빠 모셔다가 맛있게도 냠냠" 하는 노래를 부를 때마다 어색하고 부끄러운 느낌이 들었던 것을 기억하는데, 저 아이들도 마찬가지가 아닐까? 집에서는 아버지라고 말하는 아이들이 학교에 가면 도로 어린애가 되어 버린다. 집에서 '아빠'라고 하더라도 학교에 가서는 '아버지'라고 배워야 할 터인데, 그와 반대로 이렇게 '엄마 아빠' 노래를 불러야 하는 것이다.

국어 교과서는 1학년부터 '아버지'로 되어 있는데, 동요나 노랫말에서 '아빠'를 쓰고 있는 까닭은, 산문은 교재로 쓰기 위해 교육부에서 만들어 놓은, 문학작품이 아닌 글이지만, 동요나 노랫말은 모두 작가들이 쓴 것이기 때문이다. 교과서가 모두 '아버지'로 되어 있고 아이들도 1학년부터 '아버지'를 쓰고 있는데, 어린이문학 작가들만 '아빠'라고 한다. 이렇게 동심이란 것에 빠져 있는 상태는 작가들 정신의 치졸성을 말해 주는 것이다. 동심천사주의라고 하는 것이 바로 이러한 작가들의 세계를 말한다. 엄마·아빠식 노래는 비단 앞에 든 것뿐 아니다. 아이들이 부르는 대부분의 노래가 이런 유아들의 유희 세계를 흉내 낸 것으로 되어 있는 것이다.

동화 작품 속에 나오는 어린애 말은 '아빠'뿐 아니다. 지금 막 펴 본 어느 동화책에는 "돌이야!" 하고 부르는 할머니의 말이 나온다. 왜 "돌아"가 아니고 "돌이야"가 되는지 수긍이 안 간다. "남미가 갔다"고 할 것을 "미야가 갔다"고 하는 것도 마찬가지다. "경순이 왔다" 혹은 "경순이가 왔다"고 할 것을 "순아가 왔다"고 하는 것도 잘못이다. 아이 이름이 임자말이 될 때, 흔히 어린애들은 이름 밑에 붙여 쓰는 부름을 나타내는 토를 그대로 임자말이 된 이름 밑에도 모르고 붙여 쓴다. 그런데 어른이 그 어린애의 흉내를 내어 그대로 말하는 것이다. 이런 말도 정확하게 어른들이 써서 들려주면 곧 익히게 될 터인데, 그것이 무슨 진귀한 말이라고 일부러 어린애 흉내를 내어 보여 그 유치한 말과 마음의 상태를 버리지 못하도록 하는 것은 잘못이다.

더구나 공부를 하는 아이들이 읽게 되어 있는 문학작품이 이런 말로 되어 있다는 것은 한심하다. 이래서 초등학교에 다니는 아이가 어른에게 하는 말을 어느 동화에서는 "할아버지, 내가 봤잖아!" 하는 말투로 보여 주기까지 하고 있다. 현실을 한 걸음 앞서 가 있어야 할 문학이 그 현실의 뒤꽁무니에도 따르지 못하고, 아이들로서는 아무런 관심도 흥미도 없는 지나가 버린 것, 정신 발달의 미숙한 상태에 머물러 있는 것을 그려 내고 있다면 그 문학은 이미 폐물이 되어 버린 것이라 하겠다.

어린애들의 귀여움 속에 빠져 있는 어린이문학이 동화의 경우 달콤한 꿈 얘기나 소꿉놀이 같은 것이 되기 일쑤고, 동시의 경우 도리도리 짝짜꿍이지만, 소설이 되면 주인공 아이들이 너무 편안하게 살아가는 이야기로 꾸며진다. 근심 걱정 없이 살고 있는 아이들의 싱거운 일상이 아니면, 설령 역경에서 살아가는 아이들이 나오더라도 그런 아이들은 들러리 노릇을 하고 있거나 아니면 너무 쉽게 어른들과 사회의 도움을 받는다. 마치 이 세상이 그 아이들을 위해 존재하는 것처럼 느끼게 하는데, 이것은 아이들을 속이는 짓이다. 그리고 이렇게 뭔가 어린애다운 것만을 나타내려고 하는 노력은 또 흔히 도시의 특수 부유층 아이들의 말과 행동을 그려 내는 것이 되어 있기도 하다.

나는 최근 어린이 문단 중견급의 작품에서, 고급 과자를 먹기 싫어서 아무 데나 내버리는 아이의 행동을 긍정적으로 그린 동화와 소설을 읽고 개탄했다. 그런 아이들의 생태를 그리는 데 "아이 좋아" "뾰로통했습니다" "샐쭉했습니다" "입을 삐쭉거렸습니다" "흥흥" "아빠 뽀뽀" 같은 말들을 동원해서 그 귀여움을 나타내려고 애쓰고 있는 것이다. 이런 말들을 빼고 나면 아무것도 남을 것이 없는 그런 작품이 유명 작가의 이름으로 발표되고 고운 치장의 책이 되어 나오고 있으니 어이가 없다. 아이들이 어린이문학 작품을 읽기 싫어하는 것이 너무나 당연하다.

버림받은 아이들

다시 우리들 가정의 아이들 키우는 얘기로 돌아가 보자. 이번에는 아이들의 먹는 문제인데, 우리 어른들은 짜고 매운 것, 특히 매운 것을 많이 먹는다. 밥상에 놓은 반찬에 마늘과 고추가 들어가지 않은 것이 거의 없다. 그리고 매운 것을 먹지 못하는 아이들을 위한 반찬은 달리 없는 것이 보통이다. 어른보다 아이들의 수가 많은 집에서도 반찬은 어른 위주로 만든다. 그래서 아이들은 숭늉에다 밥을 말아 먹거나, 매운 반찬을 억지로 먹는 훈련을 아주 일찍부터 하게 된다. 우선 우리 집부터 그렇다. 여섯 살짜리 아이가 입을 호호 불면서 눈물을 흘리면서 매운 김치를 먹으면 어머니는 흐뭇해하고, 된장만 찍어 먹으면 야단을 맞는다. 두 살짜리 젖먹이 아이는 조금이라도 매운 기가 있으면 입에도 못 대는데, 어머니는 이놈에게도 매운 것을 먹이고 싶어 한다. 그리고 이 마을의 아이들은 아직 학교에도 들지 않은 것들이 막걸리를 한 컵씩 예사로 마시는 아이가 많다. 자기 아이는 한 그릇쯤 문제없이 먹는다고 자랑하는 어머니를 보았다.

술이고 매운 음식이고, 그런 것은 먹지 말라고 해도 먹게 된다. 나중에는 그런 것 없으면 못 살 것같이 먹게 된다. 그런데 부모들은 왜 그렇게 일찍부터 어린애들을 울려 가면서까지 어른들만 좋아하는 음식을 먹이고 싶어 하는가? 자기 아이가 어른들의 기호물을 먹는 것을 보면 어른같이 자란 느낌이 드는 모양이고, 그래서 좋아하는 것이리라.

먹는 것은 그렇고, 잠자리는 어떤가? 온돌방의 땅바닥이

우선 문제되어야 할 것 같다. 너무 차지 않으면 너무 뜨거운 것
이 아이들에게 곤란하다. 더구나 농촌에서는 흔히 이불도 제대
로 없이 뜨거운 방바닥에 살을 대고 자게 되는데, 어른들은 살
갗이 두꺼워 그대로 견디지만, 조금 더운물도 못 마시고 물그
릇도 손에 대지 못하는 어린애들은 어떻게 잘까? 어떻게 견딜
까? 그렇다고 해서 뜨겁지 않도록 무엇을 두껍게 깔든지 해서
아이들을 걱정해 주는 부모들이 과연 몇이나 될까? 두어 해 전
나는 어느 곳에서 바로 이웃에 있는 한 어린애가 등과 엉덩이
에 온통 무섭게 화상을 입고 있는 것을 보았다. 자다가 방바닥
에 데었다는 것이다. 이런 경우 더구나 말을 할 줄 모르는 젖먹
이 애들이 불쌍하다.

아이들의 불행은 도시에서도 마찬가지다. ㄷ시의 어느 아
파트에 가 보았더니 1층에서 맨 위층까지, 모든 층계와 복도들
이 어른이 아니면 하늘을 바라볼 수 없게 콘크리트 벽으로 둘
러싸여 있었다. 방도 아기들에게는 겨우 손바닥만 한 하늘을
쳐다볼 수 있게 창문이 높게 달려 있었다. 이 아파트의 아이들
은 제 발로 걸어서 바깥에 나갈 수 있도록 자라기까지는 어른
들의 등에 업혀 나가지 않으면 결코 세상을 볼 수 없이 되어 있
는 것이다. 부모들이 늘 직장에 나가게 되어서 업고 나가 줄 사
람이 없이 언제나 감옥살이를 하고 있는 어린애들을 생각해 보
라. 아이들은 완전히 무시한 건물의 구조, 검푸른 콘크리트 벽
이 이 세상의 전부로 되어 있는 아이들의 불행, 이것은 결코 예
사로 보아 넘길 일이 아니다.

그러면 다시 문학의 얘기로 돌아가 보자. 먹고 잠자고 살

아가는 모든 것이 어른 본위로 되어 있듯이, 문학도 어른 본위로 되어 있기 때문이다. 월간으로 어른들이 읽는 순수 문예지는 여러 권이 나오고 있는데 어린이지는 거의 전멸 상태다. 그 야단스럽게 꾸며 만들어 예쁜 아이들의 사진이나 내고 만화와 짝짜꿍 동시 흉내 낸 것이나 싣고 있는 상업지들은 어른들이 읽는 저급한 주간지들에나 견줄 것이니 말할 것이 못 된다. 아이들 보는 일간신문이란 것이 몇몇 신문사에서 나오지만, 그것도 만화와 시험문제투성이로 되어 있다. 단행본도 대체로 성실히 어린이물을 내고 있던 출판사조차 이제는 수지가 안 맞는다고 그만두고 있다. 기껏 낸다는 것이 외국의 번역물을 싸구려 원고료를 주어 책 모양만 곱게 꾸며 내고 있는 형편이다.

아이들은 읽을 책이 없고, 어쩌다 있어도 돈이 없어 못 산다. 더구나 농촌에서는 그러하다. 부모들은 교과서만 있으면 다 되는 줄 알고, 그 밖에 또 필요한 책이 있다면 학습 참고서와 시험문제집 같은 것으로 알고 있다. 대학생조차 책을 안 읽게 된 세상인데, 초등학교 아이들에게 무슨 동화고 소설 같은 책을 사 주겠는가?

부모들이 책을 사 주지 않으니 책이 제대로 나올 수 없는 것이 당연하다. 그래서 아이들은 시험문제와 만화와 텔레비전과 유행가 속에서 살고 있고, 그래서 아이들은 편리하고 이익되는 것만을 찾으려 하고, 화려한 남의 것에나 정신이 팔려 교활하고 잔인한 습성을 익히며 자라나는 것이다. 이 세상에서 아름다운 것이 무엇인가, 진실하게 살아가는 것이 왜 필요한가를 모르고 어른이 되어 버린다. 아이들을 성실하게 키워 가려고 하지 않는 세상, 아이들이 버림받고 있는 세상에서 어린이 문학이 제대로 된 대우를 못 받을 것은 추측하기 어렵지 않다.

그런데 많은 어린이문학 작가들은 이런 상황에서 스스로 또 어린이를 버리고 있다. 그렇게 해서 자기들을 소외시킨 세상에 아부하고 추종하는 것이다. 어린이문학 작가들이 그 본연의 문학 자세를 버리고 부질없이 어린애 흉내만을 내어 아이들을 그르치고 있는 것(사실은 어린애의 흉내도 그 어린애와는 아무 상관이 없는 어른 본위의 취미지만)과는 반대로 이번에는 어른 본위로 되어서 아이들이 읽을 수 없고 읽어도 알 수 없는 작품을 쓰고 있다는 것을 지적해야겠다. 먼저, 작품의 내용이 아이들의 세계에는 있을 수 없는 회고와 회상 취미로 쓴 것이 있는가 하면, 점잖게 세상을 바라보는 관조의 세계, 심지어 어른들의 애정 갈등 같은 것을 주제로 한 것조차 있다. 이런 것을 단지 등장인물에 아이들이 나오고, 아이들이 읽을 수 있는 형식으로 썼다고 해서 동화니 동시니 소년소설이니 하고 발표하는 것이다. 그리고 제일 문제되어야 할 것은 아이들이 느낄 수 없는 작가의 폐쇄적 심리 세계가 전개하는 제멋대로 된 엉뚱한 환상에 빠진 유희 같은 것이다. 이런 동화는 공연히 아이들을 안갯속으로 끌고 다니다가 결국 세상을 극히 불성실하게 보는 태도를 길러 놓게 되는데, 독자인 어린이들이 그 해독을 깨닫지 못하는 것이다.

다음에 문제되는 것은 아이들에게 어려운 말을 쓰고 있는 것이다. 지나친 한자어나 외래어를 아무 조심도 없이 함부로 쓰는 작가가 적지 않다. 아빠란 말이 나오기에 이건 3학년이면 잘 알겠지, 해서 아이들에게 읽어 주다 보면 어려운 말이 자꾸 나와 낱말 풀이를 해 가면서 읽게 되고, 그러다 보면 대부분의 아이들은 책상을 두드리거나 발을 구르거나 옆 아이와 소곤소곤하고 있다. 흥미를 잃고 안 듣고 있는 것이다.

동시에 대해서는 앞에서 짝짜꿍 동요를 못 벗어나고 있다고 했지만, 요즘은 아이들에게 도무지 이해가 안 될 것이 상당히 많이 나오고 있다. 결국 어른들, 동시인들만의 말장난으로 타락해 가고 있는 것이 역력하다.

앞에서 말한 아이들의 마음을 유치스런 과거에 매어 두는 작품과는 대조적으로 아이들이 이해할 수 없는 말과 내용으로 어른의 기분이나 넋두리를 풀어놓는 것은 아이들을 문학에서 떠나게 하고 혹은 아이들을 속이고 있는 짓이다. 앞의 것이 독소가 든 달콤한 과자를 아이들에게 팔고 있는 것이라면, 뒤의 것은 술과 담배를 아이들에게 먹이는 짓이다. 그러나 어린이문학의 이 두 측면은, 그것이 아이들의 세계를 전혀 모르거나 잊어버리거나 모른 척하여 아이들과는 아무 상관이 없는 자리에서 발상됨으로써 아이들을 희롱하고 아이들을 짓밟고 있다는 점에서 같은 모습을 보여 주고 있다. 교사와 부모들은 이런 저질의 작품 시장에서 그래도 이따금 나오는 훌륭한 작가의 작품을 찾아 줌으로써 불행 속에 살아가는 아이들에게 정신의 양식을 공급하고, 한편 어린이문학을 키우는 일에 힘이 되어 주어야겠다고 생각한다. 〈여성동아〉, 1974년 10월

책 끝에

지난 3년 동안 썼던 글을 한데 묶어 다시 세상에 내게 됨에 부끄러움을 금할 수 없다. 더러 고치기는 했지만 원체 가난하고 모자라는 것을 어찌하랴. 앞으로 더욱 높은 시야를 확보하고 치밀하고 폭넓은 이론의 전개 작업이 있어야 한다고 마음을 가다듬는다.

언급한 부분이 주로 동시가 된 것은 우리 어린이문학의 정체 현상이 산문보다 시에서 한층 더 특징적으로 나타나 있어서 이것을 먼저 얘기함으로써 문제의 핵심을 잡고 싶었던 것이다. 정말 평론을 쓰게 될 줄은 몰랐다. 최근 우리 어린이 문단의 사정은 나 같은 둔재의 눈을 뜨게 하기에 충분하였으니, 어쩔 수 없는 문학적 요청으로 이 글들을 썼던 것이다.

수록 논문 중 가장 최근에 발표했던 것이 〈열등의식의 극복〉인데, 이것은 지금까지 논급해 온 여러 가지 문제 중에서도 가장 핵심되는 부분이라 할 수 있고 내가 도달한 결론이다. 앞으로는 이것을 새로운 출발점으로 하여 모든 것을 관찰하고 생각을 펴 나갈 작정이다. 우리 자신을 찾아 가지는 일이야말로 민족의 역사적 과제요, 어린이문학의 나아갈 길이다. 나 자신의 삶의 표적 또한 여기에 있었다는 것을 이제야 우둔한 머리는 깨달은 셈이다.

허술하기 짝이 없는 이 글들이 책으로 된 것은 오직 창작과 비평사의 매운 채찍인 줄 안다. 부디 지금까지 격려해 주고 충고해 주신 여러분들의 질책의 은혜가 계속 베풀어졌으면 하는 마음 간절하다.

1977년 4월
이오덕

이오덕의 문학1
시정신 유희정신

1판 1쇄 ㅣ 2020년 2월 10일

글쓴이 ㅣ 이오덕
펴낸이 ㅣ 조재은
편집부 ㅣ 김명옥 육수정
영업관리부 ㅣ 조희정 정영주

펴낸곳 ㅣ (주)양철북출판사
등록 ㅣ 2001년 11월 21일 제25100-2002-380호
주소 ㅣ 서울시 마포구 양화로8길 17-9
전화 ㅣ 02-335-6407   팩스 ㅣ 0505-335-6408
전자우편 ㅣ tindrum@tindrum.co.kr
ISBN ㅣ 978-89-6372-304-4 04810
978-89-6372-307-4 04810 (세트)
값 ㅣ 25,000원

편집 ㅣ 이송희 이혜숙   디자인 ㅣ 표지·박진범 본문·육수정